横山邦治先生叙勲ならびに喜寿記念論文集

日本のことばと文化

—日本と中国の日本文化研究の接点—

横山邦治先生叙勲ならびに喜寿記念論文集編集委員会編

島田　大助
杉本　好伸
顔　　景義
飯倉　洋一
高　　暁華
山本　綏子
久保田啓一
大髙　洋司
藤沢　　毅
董　　　微
崔　　香蘭
夏　　　然
稲田　篤信
井上　啓治
播本　眞一
板坂　則子
髙木　　元
山本　和明
服部　　仁
佐藤　　悟
田中　則雄
浜田　啓介
山内洋一郎
柳田　征司
友定　賢治
古田　雅憲
張　　士傑
槇林　滉二
塩崎　文雄
孫　　樹林
綾目　広治
押野　武志
朱　　　琳
張　　　蕾
李　　　捷
宋　　協毅
肖　　婷婷
崔　　松子
岸田　裕之
隼田　嘉彦
賀　　静彬
李　　鳳娟
宮崎　洋一

（掲 載 順）

溪水社

題　字／元大連外国語学院副学長　徐　甲申

献辞

横山邦治先生には、平成二十年春の叙勲において、日本並びに中国における永年の教育・研究のご功績により、「瑞宝中綬章」を受章された。まことにおめでたいことであり、心よりお慶び申し上げる次第である。

さっそく、われわれの祝意の一端を表したい旨、先生にお伝えしたところ、日本と中国の研究者が協力して、日本語・日本文化に関する論文集ができれば、何よりのことであるとの内意を承った。そこで、先生とゆかりの深い、広島文教女子大学、近世文学、大連の関係者に執筆を依頼したところ、多くの論稿が寄せられた。また、本年一月に先生は喜寿を迎えられた。本論文集は、叙勲と併せて喜寿のお祝いを記念したものである。

先生は、昭和七年一月二十二日広島県に生まれ、広島大学文学部文学科を経て、同三十七年三月広島大学大学院文学研究科国語学国文学専攻博士課程の単位取得後、同年四月に学校法人武田学園可部女子短期大学講師に就任された。広島大学文学部助手に転出された二年間を除けば、定年まで一貫して武田学園に在職し、創設者の武田ミキ先生の厚い信任を得て、教学部門の責任者として大学運営に主導的な役割を果たされた。

学校法人武田学園は、昭和四十一年四月に広島文教女子大学を開学、同六十一年四月には念願の大学院文学研究科国語学国文学専攻を開設した。こうした大学の充実・発展が、先生の学問に対する真摯な姿勢と強力なリーダーシップによってもたらされたものであることは、誰しもが認めるところである。平成七年四月には広島文教女子大学長に就任、同九年三月、定年により退任された。その功により、広島文教女子大学名誉教授の称号を授与された。

先生は、永年に渉って、近世文学の研究・教育に努められ、昭和四十四年九月広島大学より文学博士の学位を授与された。ご専門は読本の研究であり、主著『読本の研究』（風間書房、昭和四十九年）は、現在もこの分野の研究を志す者の必読書として高い評価を得ている。

また、平成九年からは活躍の場を中国に移し、大連外国語学院、大連理工大学の客員教授を歴任、同十八年に帰国の途に就かれるまでの間、大連図書館所蔵の満鉄資料を始めとする膨大な書籍群のほぼ全貌を明らかにされるとともに、日本語・日本文学・日本文化の教育に多大の貢献をされた。このたびの受章理由の一つは、まさしくこの点にある。

病との闘いが続く中で、めでたく喜寿を迎えられた先生のご加餐を祈念し、献辞としたい。

発起人代表　広島文教女子大学長　角重　始

目次

第二部　近世文学以外の分野

日本のことばと文化

――日本と中国の日本文化研究の接点――

第一部　近世文学

『西鶴諸国はなし』試論

――「大晦日はあはぬ算用」の趣向について――

島田大助

一

『西鶴諸国はなし』巻一之三「大晦日はあはぬ算用」は、大晦日に起こる、一両の金子の紛失を廻る事件を、一座する浪人者の義理堅さと主人原田内助の当意即妙の機転を絡ませながら描く佳話である。

本論考は、この佳話の中にこれまで指摘されていない新たな趣向の可能性があることを示し、報告するものである。

ここで、これまで「大晦日はあはぬ算用」について行われた先行研究を確認しておく。

「大晦日はあはぬ算用」の冒頭にある、原田内助の女房の兄、半井清庵が「度《たび》〳〵迷惑《めいわく》ながら(1)」と思いながら「見捨《すて》がたく、金子十両包《りやうつゝミ》て、上書《うハがき》に、ひんびやうの妙薬《ミやうやく》、金用丸《きんやうぐハん》、よろづによしとしるして、内義《ないぎ》のかたへおくられける」については、重友毅氏が「『西鶴諸国咄』二題(2)」の中で、『可笑記』（寛永十九年刊）巻二にある

昔大江の文平といへる人。有かいもなく。すりきりはて。せんかたやなかりけん。ある時玄山《げんざん》と云る。福薬師《ふくやくし》

の。かり行て申けるハ。抑人間四百四病《ひやう》の其中に。貧《ひん》ほどつらき病《やまひ》なしと。古人もかなしめり。それかしも此中年月貧苦《ひんく》の自病《じひやう》にせんかたもなし。御療治《りやうぢ》無双《ふさう》のきこえあり。一包御慈悲《しひ》あれと申ければ玄山《げんさん》あざわらつて。それこそ。此くすしが得手なる療治《りやうぢ》にて候。さらハ調合《てうかう》仕らんとて。寝所《しんしよ》へ立入。金子百両。うつくしく包《つゝみ》養命補身丸《やうめいほしんぐわん》と銘《めい》を書てあたへぬ。先一療治《まつひとりやうぢ》ハ大げんあり。さいほつハしらす。

（『可笑記』(3)）

と言う一話を示し、その影響関係を指摘する。この指摘を受け、岡雅彦氏は、「西鶴名残の友と咄本」(4)に於て、『可笑記』と同想の噺が『一休諸国物語』（寛文頃刊）『ひとり笑』（寛文十年以前刊）にあることを報告し、また、井上敏幸氏は、『和論語』（寛文九年刊）『露新軽口はなし』（元禄十一年刊）に類話があることを紹介している。(5)内容の類似から考えれば、刊行年が『西鶴諸国はなし』より下る『露新軽口はなし』をのぞく何れかの書から想を得たことは動かしがたいであろう。

武士の義理という「大晦日はあはぬ算用」の主題に焦点を当て論じたものに、堤精二氏の「『近年諸国咄』の成立過程」(6)がある。侍の義理という観点から『御婢子』（寛文六年刊）巻一之二「黄金百両」を創作の素材と指摘する。

吉江久彌氏は、一両の小判を人に知られずに持ち帰らせるという内助の分別が、明の馮夢竜作『知嚢』の和訳本『智恵鑑』（万治三年刊）及び『堪忍記』（万治二年刊）の中に記される「楚の荘王の臣美人の袖を引事」によるものと指摘する。(7)

以上が「大晦日はあはぬ算用」についての先行研究である。素材として指摘された諸書は、他の西鶴作品の中でも素材を提供した作品とされるものであり、それぞれの指摘は意味のあるものと考える。ただ、この作品には、従来指摘されていない別の趣向が隠されているように思えるのである。

以下、今回気づいた別の趣向について述べる。

二

先ず、今回取り上げる「大晦日はあはぬ算用」の内容を確認してみる。

江戸に住みかね品川の藤茶屋の辺にわび住まいする原田内助という浪人者が、大晦日に神田明神の横町で薬師を営む妻の兄半井清庵に無心の書状を遣わすと、「ひんびやうの妙薬金用丸《みやうやくきんやうぐはん》」と上書した十両が送られてくる。喜んだ内助は大晦日の夜、日頃親しくつきあっている浪人仲間七人を招いて酒宴を催し、上書きとともに十両の金を披露していたところ一両足りなくなっていることに気づく。内助は已に一両は遣ってしまったと言うが、十両あったことを知る浪人仲間は納得しない。そのため上座から帯びを解ひて、身の潔白をはらすことになる。三人目の浪人者が、年越しのために小柄を売って工面した一両を持ち合わせていたため、革柄に手を掛けて自害しようとすると、誰かが丸行燈の影から「小判《こばん》ハ是にあり」と一両を投げだしたため、一同安心し、問題が解決したかと思ったところ、台所から内儀が重箱の蓋についていたと一両持ってきたため十一両になってしまい、また問題が発生する。十両が十一両になり「目出し」と浪人仲間が口を揃えて言うが、内助は増えた一両を受け取ろうとしない。夜更鳥が鳴く時分、気まずい雰囲気になったところで、内助が庭の手水鉢に一両置いて一人一人送り出すという提案をし、実際に行ったところ、誰かは知らないが、一両は持ち帰られていた。武士のつきあいは、格別である。

概要は右の通りである。

この話の中で、本論考では本文中にある「目出し」という語に注目したい。岩波書店刊の新日本古典文学大系、小学館刊の新編日本古典文学全集などでは、「目出度し」と改められ、日本国語大辞典などにも立項されていない語であるが、近世期には存在した語のようである。例えば、往来物として、近世期に教材として利用された『庭訓往来』の中には以下のような文章がある。

謹上　石見守殿

改年之吉慶、被任御意候之条、先以目出度覚候

（『庭訓往来』天文六年写(8)）

『庭訓往来』には様々な注が付されるが、右の文章中にある「目出」という語にも詳細な注釈が施されている。

目出《ト》言《ハ》、昔、天照大神、与二素戔嗚呼一争二天下《ヲ》一時、天照大神《ハ》岩戸《ニ》引籠給之間、天下七日七夜成《ルナリ》二暗昧《ト》一。此時、諸神相談《シテ》於二岩戸《ノ》前《ニ》一、為二万《ノ》神楽《ヲ》一給《フ》時、天照大神面白《ク》思召、戸《ヲ》少《シキ》開御覧有。其時、大神《ノ》御目出《ルヲ》見《テ》、諸神喜《ヒ》目出《ルトノ》給《フ》。自レ是始也。其時、太刀雄命、取二岩戸《ヲ》一抛レ空《ニ》。自レ是天下明《カ》也。其戸、信州戸隠《ニ》落《ツル》也。故云二戸隠一。太刀雄《ハ》、今《ノ》常州志津《ノ》明神是也。

（『庭訓往来註』室町末期頃(9)）

目《め》出度《でたく》トハ　天照太神面白しとて岩とをひらき給ふ時、まづ御目の出たるをミて諸神目出度しとの給ふより始《はじま》る詞也。

（『庭訓往来絵抄』元禄八年刊(10)）

「目出度し」（目出）という語には様々な語源が考えられているが、『庭訓往来』に、右のような説明がなされていることは注目されよう。

三

では「目出」の注釈に記される、天の岩屋の神話を、近世期の人々はどのような話として認識していたのであろう。

ここでは「天の岩屋」について記述された『古事記』（寛永二十一年刊）『日本書紀』（刊年未詳、下御霊社刊）の該当箇所を確認していく。

尓、速《ハヤ》須佐之《ノ》男命《ヲ》、白二于天照大御神一、我心清明故《キヨクアキラケシカレニ》、我所レ生之子《コ》、得二手弱女《タヲヤメヲ》一。因レ此言者《マウスハ》、自《ヲノツカラ》我勝《カチヌト》、云而《イテ》、於勝佐備《サヒ》《タスケソナヘム》、此二字以レ音。離二天照大御神之営田《ミタ》之阿《ア》一、此《ノ》阿字以レ音。埋二其溝《ミソヲ》一、亦、其、於聞二看大《ノヲホ》嘗《ニハナヒヲ》一之殿屎麻理《クソマリ》此《ノ》二字以レ音。散《チラス》。故《ニ》、雖《モ》レ然為《タメニ》、天照大御神者《ハ》、登賀米《トカメヲ》受而《テ》告《ツケテ》、如《モシ》レ屎《ハ》、酔而吐散《ハキアカツ》《タクリ》登許曾《トコソ》、此三字以レ音。我那勢之命《アカナせノ》、為二如《ハ》此一。又、離二田之阿一、埋レ溝者、地矣《トコロ》阿多良斯登許曾《アタラシトコソ》、自レ阿以下七字以レ音。我那勢之命《アカナセノ》、為レ如レ此登《ト》、此一字以レ音。詔《ノリコチテ》雖レ直、猶其悪態《ソノアシキシワサ》、不レ止而転《ウタ、》。天照大御神、坐二忌服屋《インハタトノニ》一而、合二織神御衣《クリタマフカンミソヲ》一時《ニ》、穿《ウカチテ》二其服屋之頂《ノハタトノ、ムネヲ》一、逆《サカ》二剝天斑馬《ハキニアマノフツウマヲハイテ》一剥而、所随入時《ヲトシイル》《ニ》、天衣織女《ノミソヲリメ》、見驚而《ミヲトロヒテ》、於レ挨衝二陰上《アイヲツイテホトノウヘヲ》一而死《カンサリヌ》。

訓二陰《ノ》上一云二富登《ト》一。故《ニ》於是、天照大御神、見畏《ミ玉テ》、開二天石屋戸《ノイハヤトヲ》一而、判許母理《サシテコモリ》此《ノ》三字以レ音。坐《マス》也。尒《スナハチ》、高天原皆暗《タカマノハラミナクラシ》、葦原《ノ》中国悉闇《フツクニクラシ》。因レ此而常夜往《トコヤミユク》。於是《コヽニ》、万《ヨロツノ》神《ノ》之声者《ヲトハ》、狭蝿那須《サハヘナス》此《ノ》二字以レ音。満二万妖《ヨロツノワサワヒヲ》一、悉発《ニヲコス》。是以、八《ヤ》百万《ホヨロツノ》神、於二天《アマノ》安之河原一神集集而《カンツトヒニツトヒテ》、訓レ集云二都度比一。高御産巣日《スヒノ》神《ノ》之子、思金《ヲモヒカ子ノ》神令レ思、訓レ金云二加屋々一。而、集二常世《ノ》長鳴《ノ》鳥一、令レ鳴《ナカシム》而、取二天安河《ノ》之河上《ノ》之天堅石一、取二天金山《ノカナヤマノ》之鉄《カ子ヲ》一而、求二鍛人《カチ》天津麻羅《ハラ》一而、麻羅《ノ》二字以レ音。科《ヲホせテ》二伊斯許理度売命《シコリトメニ》一、自レ伊下六字以レ音。令レ作レ鏡、科二玉祖命《タマツクリニ》一、令レ作二八尺勾聰《ヤサカノマカリタマ》之五百津《ノ》之御須麻流《ノ》之珠一而、召《マ子キテ》二天児屋命《ノ》布刀玉命《フトタマ》一、布刀二字以レ音下効レ此。而、内《ウチニハ》抜二天香山《ノカク》之真男麻《マヲノアサヲ》之肩抜《カタヌキニ》一而、取二天香山《マノカコ》之天婆々迦《アマノハ》一此三字以レ音本名。而、令レ占令二麻迦那波一而、自レ麻下四字以レ音。天《ノ》香山《ノ》之五百津真賢木《マサカキヲシテ》矣、根許士尒許士而《子コシニコシテ》、自レ許下五字以レ音。於上枝《ウハツエタニハ》取二著八尺勾璁《ツケヤサカニノマカタマ》之五百《ノ》御須麻流之玉《ノ》一、於中枝《ナカツニハ》取二繋八尺鏡《ヤアタノカヽミヲ》一、訓二八尺一云二八阿多一。於下枝《シモツエタニハ》取《トリテシテシラニ》二垂白丹寸手青丹寸手《テアヲニキテヲ》一而、訓レ垂云二志殿一。此種々《クサく》物者《ハ》、布刀玉命《フトタマノ》、布刀御幣《フトミテクラ》登取持《トトリモチテ》而、天児屋命《アマノ》、布刀詔戸《フトノリト》言禱白《コトシテノミテマウシテ》而、天手力男神《ノタチカラヲ》《ヲ》、隠《シ》二立戸掖《ミトノワキニ》一而、天宇受売命《ウスメノ》、手次《タツキニカケテ》繋二天香山《ノ》之天《ノ》之日影《ヲ》一而、為レ縄天之真折《ヲリ》而、手草《タクサヲ》結二天香山《ノ》之小竹葉《サヽノ》《ヲ》一而、訓二小竹一云二佐々一。於二天《ノ》之石屋戸《トニ》一伏《フセテ》二汙気《ウケ》一、此二字以レ音。而、蹈登杼呂許志《フミトヽロシ》、此《ノ》五字以レ音。為二神懸《カムカヽリ》一而、掛《カキ》二出胸乳《イテヽムナチヲ》一、裳緒《モノヲヽ》忍垂《ヲシタレテ》於番登《ヲハ》也。尒《スナハチ》、高天原動《タカマノハラウコキテ》而、八百万《ヤモヽヨロツノ》神共咲《トモニエラク》。於是、天照大御神、以為レ怪《ヲホシアヤシト》、細《ホソメ》開二天石屋戸《ノイハヤトヲ》一而、内告者《ヒソカニツケ玉ヘハ》、因二吾隠坐《アカコモリマシ》一而、以為《オホセ》天《ノ》原自闇、亦、葦原《ノ》中国皆闇《クラシ》矣、何由以、天《ノ》宇受売者為レ楽《エラク》、亦、八百万《ノ》神諸《モロ〳〵》咲《ワラフ》。尒、天《ノ》宇受《ス》売《メ》白《マウシテ》言《ク》、益《マシテ》二汝《ノ》命《ニ》一而貴神坐《イマス》故《ニ》、歓喜《ヨロコヒ》咲楽《エラクコト》、如レ此《コトシトノ》言《マウス》之間《アヒタニ》、天《ノ》児屋《ノ》命布《フ》刀《ト》王命、指二出其鏡《ノ》一、尒《ノ》奉二天照大御神一之時、天照大御神、逾《イヨ〳〵》思《オモヒアヤシム玉テ》奇而、稍《ヤウヤク》自戸出而、臨坐《ミヲシスル》之時、其《ソノ》所二隠立《タテル》一之手《タ》力《チカラヲノ》男神、取二其《タマハリテソノ》御《ミ》手《テヲ》一引出《マツル》、即布刀玉《ノ》命、以二尻《シリ》久《ク》米《メ》（此二字以レ音。）縄《ヲ》一控《ヒ》二度《ワタメソノ》其御後方一、白言《ク》、従レ此以内《ウチニ》不レ得二還入一。故、天照大御神出坐《イテマス》之時、高天原及葦原《ノ》中国、自《ヲノツカラ》得二照明《テリ》一。

（『古事記』[11]）

是後《ノニ》素戔《ノ》鳴《ノ》尊《トノ》之為行《シワザ》也甚無状《タアヂキナシ》。何則《イカントナレハ》天照《マ》大《ス》神以《ミテ》二天狭田長田《アメノサナダナカタヲ》一為二御田《シタマフミタト》一。時《ニ》素戔《ノ》鳴《ノ》尊《ト》春《ルハ》則重播《チシキマキ》種子《シ》、（重播種子《チウハンシユシ》、此《ヲハ》云二蟹枳磨枳《シキマキト》一。）且毀《マタハナチ》二其畔《アヲ》一。（毀《キ》、此《レヲハ》云二波那豆《ハナツト》一。）秋則《アキハチ》放二天斑駒《チアマノブチコマヲ》一、使二伏《フス》田中《ミタノナカニ》一。復見《タテ》二天照大神当新嘗《ミニハナヒキコシメス》時《トキヲ》一、則陰《チヒソカニケカ》放二屎《シス》於新宮《ニハナヒノミヤニ》一。又見《タテ》下天照大神方《ノマサニヲリツ、》織二神衣《カンミソヲ》一居《マシマスヲ》中斎服殿《インハタトノニ》上、則剝《チサカハキニメ》二天斑駒《マノブチコマヲ》一、穿《ウガチ》二殿《ミヤラカノ》甍《イラカヲ》一而投納《ナケイル》。是時《ノニ》天照大神驚《ミヲトロキ玉ヒテ》動、以レ梭《テカヒヲイタマシムミヲヨテ》傷レ身由レ此《レニイカリマシテ》発慍、乃入《チイリマシテ》二于天石窟《アマノイハヤニ》一、閉二磐戸《サシテイハトヲ》一而幽《コモリ》居焉《マシヌ》。故六合《レクニ》之内常闇《ノウチトコヤミニシ》〆、而不レ知《ス》二昼夜《シラヒル》之《ルノ》相代《アヒカハルワキヲモ》一。于レ時《ニトキヤ》八十万神《ソツノカンタチカンツトヒニツトヘテ》会二合於天安河辺《ノヤスカハラニ》一、計《ハカラフ》二其可レ禱《ノヘキイノル》之方《サマヲ》一。故思兼神深謀遠慮《カレヲモヒカ子ノカミフカクハカリトヲクタバカリテ》、遂聚《ツヒニアツメテ》二常世之長鳴鳥《トコヨノナカナキ》一使《ヲシム》二互長鳴《タカヒニナカナキセ》一、亦以《タテ》二手力雄神《タチカラヲノカミヲ》一立《カクシタテ、》二磐《イハ》

戸之側《トノトワキニ》一、而中臣《ナカトミノ》連《ムラシノ》遠祖《トヲツヲヤ》天児屋《アマノコヤ子ノ》命《ト》、忌部《インヘノ》遠祖《トヲツヲヤ》太玉《フトダマノ》命《ト》、掘《子コチニシテ》二天香山之五百箇真坂樹《ノカゴヤマノイヲツマサカキヲ》一、而上枝《カンツエニハ》懸《トリカケ》二八坂瓊之五百箇御統《ヤサカニノイヲツミスマルヲ》一、中枝《ナカツエニハ》懸《トリカケ》二八咫鏡《ヤタノカヽミヲ》一、一云《アルニ》二真経津鏡《マフツカヽミト》一。下枝《シモヅエニハ》懸《トリシテ》二青和幣《アヲニギテ》和幣《クワヘイ》、此《レヲハ》云二尼枳底《ニキテト》一。白和幣《シラニギテヲ》一、相與《アヒトモニ》致《ノ》其祈禱《ミマウス》焉。又猿女君遠祖天鈿女命《サルメノキミノトヲツヲヤアマノウスメノ》、則《ト》手持《チテニモチ》二茅纏之矟《チマキノホコヲ》一、立《タヽシテ》二於天石窟戸之前《アマノイハヤトノマヘニ》一、巧作俳優《タクミニワザヲキス》。亦以《タテ》二天香山之真坂樹《アマノカコヤマノマサカキヲ》一為《シ》レ鬘《カヅラニ》、以《テ》レ蘿《ヒカゲヲ》 蘿《ラ》、此《レヲハ》云二比舸礙《ヒカケト》一。為《シ》二手繦《タスキニ》一、手繦《シユキヤウ》、此《レヲハ》云二多須枳《タスキト》一 而火処焼《シノホトコロヤキ》、覆槽置《ウケトヾロカシ》 覆槽《フクサウ》、此《ヲハ》云二于該《ウケト》一。顕神明之憑《カンガカリ》談《ス》。顕神明之憑談《ケンシンメイシヒヨウタン》、此《レヲハ》云二歌牟鵝可梨《カンガカリト》一。是時《ノニ》天照大神聞《ミキコシメシテ》之而曰《ヲボサク》、吾《アレ》比《コノコロ》閉《コモリ》二居石窟《ヲリイハヤニ》一、謂《ヲモフニ》当《マサニ》豊葦原中国《トヨアシハラノナカツクニハ》必《ス》為長夜《トコヤミナラン》、云何《イカンソ》天鈿女命《アマノウスメノ》噱《トヱ》二楽《ラクスル》如此《カク》一者乎《ヤトノ玉ヒテ》、乃《チ》以《テ》二御手《ミテヲ》一細《ホソメニ》二開磐戸《アケテイハトヲ》一窺《ミソナハス》之。時《ニ》手力雄神《タチカラヲノカミ》則奉《チタマ》二承《ハリ》天照大神《ノ》之手《ミテヲ》一引而奉出《ヒキイタシタテマツル》。於是《コヽニ》中臣神忌部神《ナカトミノカミインヘノカミ》、則《チ》界《ヒキ》二以端出之縄《ワタシシリクメナハヲ》一。縄《ナハ》、亦《タ》云二左縄端出《サジヨウタンシユツト》一。此《ヲハ》云二斯梨倶梅儺波《シリクメナハト》一。乃《チ》請曰《マウノマウサク》、勿復還幸《マタナカヘリイリマシソ》。

（『日本書紀』[12]）

速須佐之男命（『日本書紀』では素戔鳴尊）の乱行を恐れた天照大御神（『日本書紀』では天照大神）は、天の岩屋に戸を鎖し隠れてしまう。天照大御神を失った高天原は暗闇となり、困り果てた神々は天安之河原に集い、一計を案じて、岩屋から天照大御神を引き出すことに成功するという話である。

この神話を詳細に読んで行くと、「大晦日はあはぬ算用」と類似している箇所があることに気づく。本論考で指摘する西鶴の趣向とは、以下で説明するこの天の岩屋の神話と「大晦日はあはぬ算用」との類似点である。類似点については、先に引用した『古事記』『日本書紀』に於て、必要と思われる事項に点線、名前に傍線を付したので、適宜ご参照頂きたい。

ここでは先ず、事件が大晦日に起こるという設定に注目する。「大晦日はあはぬ算用」では一年の締めくくりの十二月三十日、つまり暗闇の夜に起こった出来事が描かれている。『誹諧類舩集』(13)によれば、「闇《ヤミ》の夜」の付合として「錦《ニシキ》　礫《ツブテ》　天之岩戸　梅か香　なかぬ鴉《カラス》　木の下　五月　蛍　妬討《ネタミウチ》　鵜飼　子をおもふ心　大晦日」とあり、大晦日の闇夜は天の岩屋を連想させるものとなっている。

「大晦日はあはぬ算用」は、大晦日の夜、「日頃別《ひころべつ》して語《かた》る浪人仲間《らうにんなかま》」七人を自宅に招き、もてなした原田内助が、突然起こった事件を無事解決したことで、「あるじ即座《そくざ》の分別《ふんべつ》」と賞され話が締めくくられる。一方、『古事記』では天の岩屋に隠れてしまった天照大御神のために高天原は「満《ス》二万妖《ヨロツノワサワヒヲ》一、悉《ニ》発《ヲコス》」と言う状況になり、これを解決するために天安之河原に集まった八百万の神々が「高御産巣《ス》日《ヒノ》神《ノ》之子、思《ヲモヒ》念金《カ子ノ》神」に「令レ思」ることにする。この思念金神（『日本書紀』では思兼神）は「深謀遠慮」の神とされている。一両の紛失及び一両の増加によって「いなもの」になった一座の雰囲気を、「即座《そくざ》の分別《ふんべつ》」で解決する智恵者振りは、天の岩屋の前で智恵を働かせる思念金神の姿と重なる。また、「金のことを思う神」という思念金神の名前そのものが、内助の直面する問題を表しているように思える。

先の概略に記したが、「大晦日はあはぬ算用」では、原田内助、七人の浪人者の他、原田の内儀の九人が登場する。一方『古事記』には、思念金神、鍛人天津麻羅、伊斯許理度売命、玉祖命、天児屋命、布刀玉命、天手力男神、天宇受売命が、『日本書紀』では、思兼神、手力雄神、天児屋命、太玉命、天鈿女命が描かれ、天照大御神の岩屋からの出御を待つのである。『古事記』との数の符合は偶然であろうか。

岩屋の前で天児屋命は、「布刀《フト》詔戸《ノリト》言《コト》禱《シテノミテ》白《マウシテ》而」という行為を行うのであるが、これは「大晦日はあはぬ算用」の「千秋楽《せんしうらく》をうたひ出し」酒宴を終えようとした時に問題が発生するという場面に一致しないか。

無実を証明するために、浪人達は帯を解き裸になっていく。不運にも前日徳乗の小柄を売り、一両の小判を持ち合わせていた浪人者は、身の潔白を示す手段として切腹して果てようとする。まさに自害しようと「革柄《かわづか》に手を掛《か》る時《とき》」に丸行燈の影から小判が投げだされ、この浪人者の潔白が晴らされることになる。この場面は、天宇受売命（『日本書紀』では天鈿女命）が天の岩屋の前で行っている「手草《タクサヲ》結二天《ノ》香山《ノ》之小竹《サヽノ》葉《ヲ》一」、「掛《カキ》二出《イテ、》胸乳《ム子チヲ》一、裳緒《モノヲ》忍垂《ヲシタレテ》於番《ヲ》登《ハ》也」という場面が相当すると考える。なお、『日本書紀』では天鈿女命が持つのは、「小竹《サヽノ》葉」ではなく「茅纏之矟《チマキノホコ》」である。小竹葉または茅纏之矟を持ち、半裸で天宇受売命が踊るとき、浪人者が一人ずつ身の潔白を晴らすために帯を解き、不運にも一両持ち合わせていた浪人者が革柄を握り自害しようとしたとき、天照大御神・小判は、岩屋・丸行燈の影から現れるのである。

一両が見つかったため浪人者が切腹を思いとどまり、一同安堵しているその時、内儀が重箱の蓋についていたという小判を座敷に届ける。湯気で蓋の裏側についていた小判は、岩屋の戸の影に隠れる天照大御神と同一視できるのではないか。行方が分からなくなっていた小判を座敷に運ぶものが女性である内儀であることにも注意すべきであろう。

この後、「大晦日はあはぬ算用」では、増えた一両の扱いを廻って、武士の義理が描かれていく。この一両増えるという設定も『古事記』の中に確認できる。思念金神が伊斯許理度売命に作らせた鏡である。天宇受売命の踊りによって起こる笑い声を不思議に思った天照大御神は、岩屋の戸を開け「因二吾隠坐《アカコモリマシ》一而、以為《オホセ》天《ノ》原自闇、亦、葦原《ノ》中国皆闇《クラシ》矣、何由以、天《ノ》宇受売者為レ楽《エラク》、亦、八百万《ノ》神諸《モロ〳〵》咲《ワラフ》」と言う。それに対して天宇受売命は「益《マシテ》二汝《ノ》命《ニ》一而貴神坐《イマス》故《ニ》、歓《ヨロコヒ》喜咲楽《エラクコト》、如《コトシト》レ此《ノ》」と申し上げ、天児屋命・布刀王命（『日本書紀』では太玉命）は鏡を差し出す。天照大御神は鏡に映った自身の姿を不思議に思い岩屋から出て外の様子をのぞき見る。その時、天手力男神（『日本書紀』では手力雄神）によって岩屋から引き出されるのである。天照大御神と鏡に映った天照大御神、これをそれぞれ一両の小判と考えるとつじつまが合う。天の岩屋から天照大御神が出御することにより、高天原と葦原中国は「自《ヲノツカラ》得二照《テリ》明一」る、つまり日輪の光により、明るさを取り戻すのである。なお、「光《ヒカル》」の付合に「金銀」があることを『誹諧類船集』に於て確認できる。

この他にも暗闇の中で鳴く鳥として「常世ノ長鳴ノ鳥」(『日本書紀』では常世之長鳴鳥)、「夜更鳥《よふけとり》」(「大晦日はあはぬ算用」)が登場するという類似性がある。

「大晦日はあはぬ算用」と『古事記』『日本書紀』の本文を比較してみた。多くの類似点があることが確認できよう。

四

ここで視点を変えてみる。西鶴作品を読むとき、物語の舞台とされる場所には、何らかの意図が仕組まれていることが多い。例えば『西鶴諸国はなし』巻一之二「見せぬ所は女大工」の女大工は、一条小反橋に住んでいるとされる。ここは渡辺綱が鬼女の腕を切ったという橋であり、女大工が化け物である屋守を退治するという話の展開から考えれば、この場所の設定は意味があると言えよう。また、同巻一之四「傘の御託宣」に於て、玉津嶋から飛ばされた傘が落ちる所は「肥後《ひご》の国《くに》の奥山《おくやま》、穴里《あなさと》」とされている。寛永十年以降、漸く世の中に知られることになったこの土地は、傘を知らない愚か村を想定するには、最も適当な場所なのである。

では、「大晦日はあはぬ算用」では如何であろうか。浪人原田内助が広き江戸にさへ住みかねて女房と共に棚をかりて住むのは「品川《しながわ》の藤茶屋《ふちちや》のあたり」、内助の女房の兄、薬師の半井清庵が住むのは「神田《かんた》の明神《みやうじん》の横町《よこまち》」である。この所名にも西鶴の意図が隠されていると思える。まず半井清庵が住む「神田《かんた》の明神《みやうじん》の横町《よこまち》」から考察してみる。

神田明神は江戸総鎮守として、天平二年に創建され、元和二年に徳川秀忠によって、江戸城内から現在の位置に遷座する。大己貴命、平将門を祭る神社として知られているが、『本朝通鑑』（寛文十年成立）には、

神田、在二武州江戸一、祭二牛頭天皇一、乃是素盞烏尊霊也、伝称、平将門屍埋二于此一

（『本朝通鑑』[14]）

とあり、素戔嗚尊を祭る神社とされていることが分かる。これは、神田明神内に江戸の地主神として三天王社（江戸神社、大伝馬町八雲神社、小舟町八雲神社）が祭られていたことを示していよう。祇園信仰によっても明らかな如く素戔嗚尊の本地は牛頭天王とされ、また、薬師如来が垂迹したものが牛頭天王とされた。

大己貴命、平将門を祭る神田明神の横町に住む半井清庵の生業は薬師である。神田明神内には、江戸の地主神を祭る三つの天王社があり、薬師半井清庵を薬師如来と考えれば、神田明神の横町に住むのは、薬師半井清庵＝薬師如来＝牛頭天王＝素戔嗚尊と考えることは出来ないだろうか。この薬師である半井清庵から送られてきた十両の小判が大晦日の夜の騒動の原因となる。天照大神が岩屋に隠れる原因が素戔嗚尊の乱行にあったことは先に引用した神話から読み取ることが可能である。本論冒頭で引用した『可笑記』の中で、文平に薬を処方する玄山が「福薬《ふくぐす》師《し》」ではなく「福薬師《ふくやくし》」と表記されていることも付け加えておく。

それでは、「品川《しながわ》の藤茶屋《ふぢちゃや》のあたり」はどうであろう。西鶴によって藤茶屋は『一目玉鉾』（元禄二年刊）の「妙国寺」の項で

濱《はま》のかたに藤《ふち》の茶屋《ちや》とて、軒端《のきは》に花を咲《さか》せてかけ作り、殊に夏《なつ》ハ宵に寄《よら》なん
（『一目玉鉾(15)』）

と紹介されているのであるが、その藤茶屋の横には「はまのやしろ」と記される神社が描かれている。挿絵の位置関係が正しいとするならば、この神社は「荏原神社」ということになる。荏原神社は、和銅二年に、奈良の丹生川上神社より高龗神を勧請し創建、その後長元二年に天照大神、宝治元年に京都八坂神社より牛頭天王（素戔嗚尊）を勧請し、古くから品川の龍神さまとして信仰された神社である。右の神々の他にも豊受姫之神、手力雄之尊等が祭られている。

荏原神社は天の岩屋の神話に描かれる天照大神、素戔嗚尊、手力雄之尊が祭られている神社であり、西鶴作の『一目玉鉾』にも描かれる神社なのである。

「大晦日はあはぬ算用」に描かれる二つの地名「神田《かんた》の明神《ミやうじん》の横町《よこまち》」、「品川《しなかわ》の藤茶屋《ふちちや》のあたり」は、いずれも天の岩屋の神話に描かれる神々が関係する場所と言えよう。

五

では、西鶴はこうした神話の利用をどのようにして思いついたのであろうか。天の岩屋の神話については謡曲『三輪』（寛永七年刊）に

〈ロンギ〉地「実有難《がた》き御相好、聞《き》くにつけても法の道、なをしも頼《たの》む心かな　女「とても神代の物語、委《くは》しく

いざや顕《あらは》し、彼上人を慰《なぐさ》めん　地「先は岩戸のその始《はじ》め、隠《かく》れし神を出《い》ださんとて、八百万の神遊《あそ》び、是ぞ神楽《かぐら》の初《はじ》めなる。　〈詠〉女「ちはやぶる。　［神楽］　〈ワカ〉女「天《あま》の岩戸《いはと》を引立《た》てて　地「神は跡なく入給へば、常闇《とこやみ》の世《よ》と、はや成ぬ。　〈□〉女「八百万の神達《たち》、岩戸《いはと》の前にて是を歎《なげ》き、神楽《かぐら》を奏《そう》して舞給へば。　〈ノリ地〉地「天照太神、其時に岩戸《と》を、少開《ひら》き給へば。　〈□〉地「又常闇《とこやみ》の雲晴《は》れて、日月光輝《かかや》けば、人の面白々《しろじろ》と見《み》ゆる。　〈ノリ地〉シテ「面白やと神の御声の　同「妙なる初《はじ》めの、物語《がたり》。

（『三輪』[16]）

とあり、また神楽等でも演じられたと考えられることから、話の素材として思いつくことは難しくなかったと思われる。実際『熱田宮雀』（刊年未詳）には「天照大神出生の月」という西鶴の句があり、西鶴自身の発想の中にも、この神話があったことを確認できる。藤江峰夫氏は「西鶴の咄の種――『西鶴諸国はなし』中の三編をめぐって――」[17]に於て、「見せぬ所は女大工」の中で怪異の原因を占う安部の左近の住まいが「祇園」であることに注目し「女大工の屋守退治には、渡辺綱の鬼女退治ばかりではなく、素戔嗚尊の八岐大蛇退治もまた踏まえられていたはずである」と指摘している。素戔嗚尊の八岐大蛇退治もまた、近世期によく知られた神話だった筈である。

筆者は西鶴が天の岩屋の神話（具体的な書物としては『古事記』または『日本書紀』）を利用して「大晦日はあはぬ算用」を創作したと考えるが、西鶴が最初に神話利用の想を得た資料として、敢えて別のものを示すとすれば、林羅山の『本朝神社考』（刊年未詳）を挙げたい。

先行研究により『本朝神社考』は次に示す『西鶴諸国はなし』の話に素材を提供した書と考えられている。

巻一ノ六「雲中の腕押」の常陸坊海尊については、前田金五郎氏[18]、岸得蔵氏[19]、藤井隆氏[20]によって『本朝神社考』巻六の「都良香」との関係についての指摘があり、巻二ノ四「残る物とて金の鍋」の生馬仙人の記述が『本朝神社考』巻六にあることは前田金五郎氏(21)、岸得蔵氏(22)が指摘している。また、江本裕氏(23)は、巻三ノ六「八畳敷きの蓮の葉」の舞台の設定が吉野になっていることは、『本朝神社考』巻四に記述される吉野金峰山の都藍尼伝説にまつわる龍の池跡が関係している可能性があると指摘している。

これらの指摘により、『本朝神社考』には、必ずしも典拠として確定できるものではないにしても、西鶴が『西鶴諸国はなし』執筆の想を得るのに十分な記述がなされていることが分かる。では天の岩屋については如何であろう。

『本朝神社考』は「伊勢《イセ》」の項目から記述が始まる。この「伊勢」に関する記述の中に次のような文章を認めた。

又曰。日《ノ》神出《テマス》二天磐戸《ヲ》一。此《ノ》時以レ鏡《ヲ》。入《レシカハ》二其《ノ》石窟《イワヤニ》一者触《ツキフレテ》レ戸《ニ》小《コ》瑕《キスツケリ》其《ノ》瑕於レ今《ニ》猶存《ウセス》。此即伊勢《ニ》崇《イツキ》秘《マツルノ》之大神《ヲホムカミ》也。此《ノ》鏡《ハ》者。鏡作《リ》部《ヘノ》遠祖《トヲツヲヤ》。天《ノ》糠戸《ヌカトノ》之作レ造《ル》也。神書抄《ニ》云。是《ノ》鏡即伊勢内宮《ノ》之御体也

（『本朝神社考』(24)）

天の岩屋に隠れた天照大神の出御を促すために作られた鏡は、天照大神が岩屋を去った後、岩屋に納められ、『本朝神社考』が執筆された時点では伊勢内宮の御神体となっていることが記されている。筆者が今論じている「大晦日はあはぬ算用」では、無くなった一両の小判と、増えた一両の小判によって引き起こされる騒動が話の中心になっているのであるが、その増えた一両の小判にあたる鏡（八咫鏡）についての記述が『本朝神社考』にはあるのである。

先に藤江氏の説で触れた「見せぬ所は女大工」にある「一条小反橋」「祇園」についても『本朝神社考』の「反《モトリ》

橋《ハシ》」「祇園《ギヲン》」の項目に確認できる。

挿絵についても一言触れておこう。挿絵には丸行燈を取り囲む五人の男と、小判を持って渡り廊下を歩く内儀が描かれる。本来、内助と七人の浪人者が一座している筈であり、本文を忠実に再現するのであれば、八人の男が描かれるべきである。実は、この挿絵も天の岩屋を利用したと考えれば説明がつく。先に『古事記』『日本書紀』に描かれる神々について確認したが『日本書紀』に描かれる神々は、思兼神、手力雄神、天児屋命、太玉命、天鈿女命と天照大神であり、この場面に描かれる人数と符合するのである。

内儀の着物にも注目したい。内儀が身につける打ち掛けの模様は「霞模様」であり、空に輝く日輪を表す女性が身につける着物としてふさわしい。また、『守貞漫考』の記述をもとに諸注釈書では、この挿絵に描かれるべきは丸行燈ではなく角行燈であるべきとの指摘がなされている。この場面を岩屋に隠れた日輪を取り囲む神々と見れば、角ではなく丸の方がふさわしのではないか。ふすまに描かれる草は、葦原中国或いは神々が集う天安之河原の景色を写しているように思える。

主人公原田内助の名前も、高天原・葦原中国の内で起こった問題を解決し、八百万の神々を助ける思兼神の換え名としてふさわしいものを西鶴が創作したと考えたい。

六

篠原進氏は「『西鶴諸国はなし』の〈ぬけ〉[25]」で『西鶴諸国はなし』の各話に連句的配列があることを指摘した。「大晦日はあはぬ算用」と前後の話の関係については、「叡山の札の下で死んだ守宮の話②。重箱の蓋の下に付いていたのは小判。女の世界を描いた前話に対し、ここには江戸の浪人たちの硬質な男の世界がある③。浪人と笠

（傘）は付合」と説明する。この連句的発想による配列は妥当なものと考えるが、次のような考え方も可能ではないか。祇園の安部の左近によって化け物退治の方法が示され、女大工によって見つけられたのは「えいざん」の札の下に打ち付けられた屋守であった。祇園は牛頭天王、比叡山の本尊は薬師如来である。「大晦日はあはぬ算用」を挟み、次の「傘の御託宣」は飛神明を扱った話である。牛頭天王・薬師如来→素戔嗚尊・天照大神→天照大神の順に話が配列されていると考えるのは如何であろうか。

「大晦日はあはぬ算用」の本文中にある「目出し」という言葉をきっかけに、本論考をまとめてみた。勿論、西鶴がこの言葉を意識して作品を書いたとは思わない。ただ、文章を学ぶ教科書として利用する往来物の中にも、天の岩屋の一件が記されていたことを確認できたのは重要であった。

七

「大晦日はあはぬ算用」は、話に可笑味を添える「可笑記」等の笑話、『御伽婢子』の如き怪異小説、漢籍である『知嚢』或いはその和訳本『智恵鑑』『堪忍記』に、本論考で指摘した日本神話が重層的に重なりあって成立した作品であると考える。『西鶴諸国はなし』の序で「人ハばけもの」とみなす西鶴には、原田内助他七人の浪人者の「義理」は、理解しがたい不思議なものであったのであろう。ただ、こうした武士の生き方を西鶴は是としたため、行燈の影から投げ出された小判を、暗闇の中で煌々と輝く日輪に重ね合わせたのだと考える。

一夜明ければ、新玉の年、江戸湾に面した品川、藤茶屋の辺りから拝む御来光は、武の都を照らし、さぞ美しかったことであろう。「大晦日はあはぬ算用」は、新春を迎えた人々を祝うための祝言の話と読みたい。

注

（1）これ以降の同書の引用は『西鶴諸国はなし　影印』〈西鶴選集〉（おうふう、平成五年十一月）によった。

（2）重友毅氏「『西鶴諸国咄』二題」（『重友毅著作集1』文理書院、昭和四十九年二月）

（3）引用は国文学研究資料館蔵本によった。なお、以下の引用で資料の翻刻を行った際、句読点が付されていない資料については、私に句読点を付した。

（4）岡雅彦氏「西鶴名残の友と咄本」（『近世文芸』二十二号、昭和四十八年七月）

（5）井上敏幸氏『好色二代男　西鶴諸国ばなし　本朝二十不孝』〈新日本古典文学大系七十六〉（岩波書店、平成三年十月）

（6）堤精二氏「『近年諸国咄』の成立過程」（『近世小説　研究と資料』至文堂、昭和三十八年十月）

（7）吉江久彌氏「『好色一代男』に始まるもの二、三」（『西鶴文学研究』笠間書院、昭和四十九年三月）、「『堪忍記』と西鶴」（『西鶴文学とその周辺』新典社、平成二年三月）

（8）引用は『庭訓往来　句双紙』〈新日本古典文学大系五十二〉（岩波書店、平成八年五月）によった。

（9）引用は『庭訓往来』〈東洋文庫〉（平凡社、昭和四十八年十一月）によった。

（10）引用は三原市立中央図書館蔵本によった。

（11）引用は国立国会図書館蔵本によった。なお、『古事記』『日本書紀』の古典籍から引用した「三」については、神々の名前を原典通りとし、その他の箇所については、現在一般的に用いられている表記とした。

（12）引用は三原市立中央図書館蔵本によった。

（13）これ以降の同書の引用は『俳諧類舩集』〈近世文芸叢刊〉（昭和四十四年十一月）によった。

（14）引用は『廣文庫』（名著普及会、昭和五十一年六月）によった。

（15）引用は国立国会図書館蔵本によった。
（16）引用は『謡曲百番』〈新日本古典文学大系五十七〉（岩波書店、平成十年三月）によった。
（17）藤江峰夫氏「西鶴の咄の種――『西鶴諸国はなし』中の三編をめぐって――」（『玉藻』二十五号、平成二年三月）
（18）前田金五郎氏「西鶴題材小考」（『語文』七輯、昭和二十七年十一月）
（19）岸得蔵氏「海尊伝説と『西鶴諸国はなし』」（『仮名草子と西鶴』成文堂、昭和四十九年六月）
（20）藤井隆氏「西鶴諸国ばなし小考」（『名古屋大学国語国文学』四号、昭和三十五年二月）
（21）（18）と同じ。
（22）（19）と同じ。
（23）江本裕氏「西鶴諸国はなし――伝承とのかかわりについて――」（『伝承文学研究』十七号、昭和五十年二月）
（24）引用は三原市立中央図書館蔵本によった。
（25）篠原進氏「『西鶴諸国はなし』の〈ぬけ〉」（『日本文学』三十八巻一号、平成元年一月）

〔付記〕
本論考は、平成十八年度豊橋創造大学、基礎ゼミナールにおいて行われた中島浩太君の「目出」についての報告から発想を得た。ここに、謹んで御礼を申し上げる。

日本における「二十四孝」享受の一展開
――西鶴『本朝二十不孝』の創意をめぐって――

杉本好伸

本拙稿は、平成十四年九月十四日（中国）大連外国語学院主催の〈中日韓日本文化・日本語教育研究国際フォーラム〉において発表した「日本における「二十四孝」の一展開――西鶴『本朝二十不孝』の創作意図をめぐって――」[1]の、いわば続稿にあたる。その折りの資料（一部）・考察を引きつぎながら、その後の考察を新たに加えていった。

はじめに

すでに明らか過ぎることであったにしても、それでもなお、それを振りかえることでしか、正しくものごとの本質を押えられないことがらというものがある。ここでいわんとするのは、もちろん、西鶴作『本朝二十不孝』に関してだ。『本朝二十不孝』という作品の、文学としての〈位相〉を、誤らずに押さえてかかろうとするなら、反措定の対象となった「二十四孝」の伝播の状況――それも圧倒的な伝播波及の状況を、やはり抜きにして考えられるものではない。

誤解を恐れずにいえば、数多ある中国の著述のなかで、もっとも日本人に浸透していったものは「二十四孝」ではなかったか。『史記』『漢書』といった歴史書、『文選』をはじめ李白・杜甫・白居易といった詩人らによる漢詩・漢詩文集、あるいは『論語』『孟子』といった四書五経を主としたいわゆる経書、『水滸伝』『三国志演義』などの明代の通俗小説等々……たしかに日本人と切り離すことのできないものが数多くあり、歴史の重みあるものもある。しかし、これらは日本人によく読まれたといっても、読みこなすだけの、それなりの知識と教養とを前提としたものであったろう。一般の日本人に、あるいは日本の低階層の人々にまで、どれほど広く浸透していったかといえば、必ずしもそうといえるものではなかったはずである。

それに比し「二十四孝」の日本への浸透には、実に広範囲に及ぶものがある。「話の内容が印象的で心に浸透しやすく、一通り人々に受容され理解されたら、後は、物語絵だけが単独に掲げられるだけでも、教導効果は社会に定着していった」と説き、「中国や日本の各時代や各地に残る『二十四孝』関連のおびただしい絵図の存在」自体がそのことを「証明している」と、下見隆雄氏はご指摘になっている(2)が、教導効果についてはいまは措くとして、たしかに視覚的存在だけであっても、その説話内容が想起されるまでに至っていたことは異論のないところであろう。京都の祇園祭の山車にも「二十四孝」の説話が題材として取り上げられ（郭巨山・孟宗山）、文字の読めない人々にも親しまれていたことは、その恰好の例である。あるいはまた視覚的なものではないが、落語のネタとして成立していたのも、やはり説話内容が広く一般に行き渡っていたからであろう。落語の方が西鶴よりも先行するというのではないが、そのような流布状況を抜きにして、『本朝二十不孝』の成立というものは考えられるものではない。

一

中国における「二十四孝」の生成に関して、もとより筆者がものいえる立場にいるわけではない。すべて禿氏祐祥氏[3]・黒田彰氏[4]・橋本草子氏[5]・金文京氏[6]等の諸先学に頼るしか他なく、そのうえ日本における受容の諸相に関してもまた、実際のところ徳田進氏[7]・母利司朗氏[8]等の諸論文に詳しく、筆者ごときの追考できることなど何らあるわけでもない。できることといえば、これら諸先学のご指摘を踏まえて、西鶴登場前後の「二十四孝」の出版状況をひとわたり瞥見しておくことくらいしかない。だが本拙稿にとっては、そのことが『本朝二十不孝』をあらためて見つめ直す前提として、何よりもまず肝要なことであろうと思われる。そこでまず近世前期における「二十四孝」の出版略年表を掲げてみることとしよう（次頁「資料Ⅰ」）。

日本に伝わった「二十四孝」の主なテキストとしては、(1)『孝行録』・(2)『全相二十四孝詩選』(3)『日記故事』、の三系統の書物があったとされている。『孝行録』は中国から韓国に伝播し、李朝時代（太宗六年）に刊行されたものが日本に伝わったのであるが、その『孝行録』と『全相二十四孝詩選』の二書は、いずれも禅宗の僧侶によってもたらされ、学問の対象として取り扱われていたとのことである。また『孝行録』が十四世紀の高麗の上層階級に受け入れられていたこと、『全相二十四孝詩選』が一三八〇年代の日本にもたらされていたことなどの子細も明らかにされている。ただ、十六世紀半ばの日本において、右二書には見られない孝子の話が「二十四孝」の一部として伝えられていたことも明らかにされており[9]、日本への伝播の子細は本当はより複雑なものであったことも推されている。

江戸期に入ってこれら三系統の書物が順次出版物の対象として取り扱われていったのかといえば、実はそうでは

資料I　「二十四孝」出版略年表

慶長　頃　嵯峨本『二十四孝』（大本）
※『全相二十四孝詩選』にもとづく
寛永　九年　『二十四孝』（嵯峨本模刻本）中野市右衛門（京）
※この頃　嵯峨本模刻本『二十四孝』多数刊行
正保　三年　『廿四孝詩并伝』
承応　二年　『二十四孝』（半紙本）草紙屋加兵衛（京）
※『二十四孝』若狭屋加兵衛
明暦　二年　『新板二十四孝』（大本十二行本）松会市郎兵衛（江）
※『二十四孝』（松会版の覆刻）河村治郎七
明暦　四年　『二十四孝』（北辰巨岳『二十四孝図賛並章』漢文体）
※この頃　横本『二十四孝』（のちの「御伽文庫本」）
寛文　五年　『絵入二十四孝抄』（内題『二十四章孝行録抄』）恵鈞著　婦屋仁兵衛（京）
寛文　九年　『万暦新歳版新鍥類解官様日記故事大全』（和刻本）中尾市兵衛
寛文十一年　『二十四孝』高橋清兵衛（京）
寛文十二年　『二十四章孝行録抄』（平仮名）毛利拙斎著　婦屋仁兵衛（京）
※『日記故事』系統
寛文　頃　『分類二十四章孝行録註解』毛利拙斎著
※『日記故事』系統
天和　二年　『首書二十四孝』万屋庄兵衛（江）

天和　二年	『新版異朝二十四孝』七郎兵衛
貞享　三年	『二十四孝諺解』清三郎（江）・三郎兵衛（大）
貞享　三年	『新版二十四孝諺解』河内屋茂兵衛（大）
貞享　三年	『二十四孝伝』清三郎（江）・三郎兵衛（大）
元禄　五年	『日記故事大全』（和刻本）
元禄十一年	『二十四孝絵抄』桜林堂
元禄十二年	『新増二十四孝□抄』
元禄十二年	『新版絵入和解孝子伝』万屋仁兵衛（大）
元禄十四年	『ゑ入古今二十四孝大成』（内題『二十四孝俗解』）貞阿著
元禄　頃	『二十四孝諺解抄』（寛文五年『二十四章孝行録抄』改題本）
元禄〜宝永　頃	『新版二十四孝』熊沢蕃山の和訳 ※『万暦新歳版日記故事』の「二十四孝」を仮名化
宝永　元年	『二十四孝或問小解』熊沢蕃山著
宝永　七年	『頭書絵入二十四孝小解』熊沢蕃山著
宝永　八年	『日記故事大全』（和刻本）
正徳　五年	『増補二十四孝和解』貞阿著　藤屋
享保　三年	『対類二十四孝』日達著
享保　五年	『勧孝詩』壱岐華光寺僧猷山著 ※『全相二十四孝詩選』からの引用あり
享保　頃	『（御伽文庫）二十四孝』渋川清右衛門（大）

なかった。近世初期においてまずその対象となったものは、『全相二十四孝詩選』であったが、しかし『全相二十四孝詩選』そのもののいわゆる和刻本が出版されたのではなく、仮名書きに和訳されたものが出版されたのであった。それが年表の最初、嵯峨本『二十四孝』である。以後しばらく、この系統のものが続くことになり、漢籍としての『全相二十四孝詩選』の本文が引用されるのは、享保五年の『勧孝詩』まで待たなければならなかった。その間の、知識人を対象とした漢籍「二十四孝」の穴を補ったものが、『日記故事』所収の「二十四孝」であったのである。出版の経緯に関する右概要は、母利司朗氏の御論[10]にしたがうものであるが、もちろん、版本以外に写本を通じて伝播していたことも忘れてならない事象であることはいうまでもない。写本の書承に関しては省略するしかないが、ともあれ儒学を社会規範の中心にすえた日本近世社会において、儒学の根幹をなす〈孝〉観念をきわめて分かりやすいかたちで伝えていこうとした当時の社会状況が右「略年表」からでも容易に見てとれることであろう。出版に携わった各々個人の意識のありようはどのようなものであれ、広く歴史を俯瞰すれば、「二十四孝」の伝播はいわば近世社会の要請であり、それゆえにこそ幾度となく繰り返し出版されていたことが、こうしてあらためて確認されることである。

さらにまた、「二十四孝」の伝播は、それを真似た書物の続出という現象を引きおこしていたこともいうまでもない。影響作品に関しても、すでに先学によって指摘されており、何ら新味のあることではないが、これら影響作品の出版もまた、『本朝二十不孝』なる作品を世に送り出そうとする際の、作家側の創意を推し量る必須の一材料であるといえるであろう。これらの出版状況に関する略年表もあわせてここに掲げておくとしよう（次頁「資料Ⅱ」）。

資料Ⅱ　「二十四孝」の影響作品略年表

正保　四年	『鑑草』六冊　中江藤樹
明暦　元年	『勧孝記』二冊　釈宗徳
万治　二年	『女仁義物語』二冊　作者未詳
万治　三年	『孝行物語』六冊　浅井了意
寛文　二年	『親子物語』四冊　（『勧孝記』の改題本）
寛文　五年	『大倭二十四孝』十二冊　浅井了意
寛文　九年	『賢女物語』五冊　芳菊軒某母満
寛文　十年	『釈氏二十四孝』一冊　元政上人
貞享　二年	『本朝孝子伝』三冊　藤井懶斎
貞享　三年	『（改版）本朝孝子伝』三冊（七冊）
貞享　三年	**『本朝二十不孝』**（序・貞享四年）五冊　**井原西鶴**
貞享　四年	『（再版）本朝孝子伝』三冊
貞享　四年	『仮名本朝孝子伝』七冊
元禄　十年	『新版絵入本朝二十四孝』三冊
元禄　十年	『かな本朝二十四孝』三冊　鳥井庄兵衛画
宝永　六年	『今様二十四孝』六冊　月尋堂
宝永　七年	『孝行物語』四冊　（『勧孝記』の改題本）
正徳　三年	『本朝女二十四貞』四冊

二

さて、このように並べて見ることで、より明瞭に見えてくることがある。「二十四孝」を表示する書物は当然のことながら、その影響作品も、いずれも〈孝〉なる徳目をストレートに世に提示したかたちで書物を刊行しているということである。当時においては、それが普通のありかたであった。ところが、貞享三（一六八六）年の『本朝二十不孝』に至り、はじめて〈不孝〉が前面に提示される。しかも貞享三年以降、その流れがそれとともに変化するかといえば、些もそのようなことはなく、やはり〈孝〉を前面に提示したかたちで書物を世に刊行し続けている。

つまり、西鶴の提示の姿勢というものは、近世当時において、かなり相当に〈異色〉なものではなかったかということである。年表にしてみればほんのわずかな時間のように映ろうとも、長期にわたる実際的な時間の経過（＝時間的量感）というものに思いを馳せた場合、〈孝〉の連続のなかの〈不孝〉の提示は、おのずから〈突如〉の感をともなうものであったろう。「西鶴とはそのような作家だ」式の、のちの学習をあてはめるような理解のしかたではなく、素直な意味で近世当時の社会に身をおき想像をめぐらせてみた場合、その作品を目にした当時の人々の、一種の驚きのようなものが伝わってくるのではなかろうか。そうした感覚を今日のわれわれも想像してみる必要があるだろう。すでに明白過ぎることをわざわざ縷々述べているごとくだが、その点を再確認しておかなければ、本当の評価というものは生まれてはこないであろうと思われる。

そしてまた、このような受け止めかたでよいのなら、その驚きを感じた人々が、巻頭の頁を繰り、「序文」の叙述を目にしたときに、さらなる衝撃が走ったのではなかったか、と想像されてくる。

雪中の笋、八百屋にあり、鯉魚は魚屋の生船にあり。世に天性の外、祈らずともそれ〳〵の家業をなし、禄を以て万物を調へ、孝を尽くせる人常なり。この常の人稀にして、悪人多し。生きとしいける輩、孝なる道をしらずんば、天の咎めを遁がるべからず。その例は、諸国見聞するに、不孝の輩、眼前にその罪を顕はす。これを梓にちりばめ、孝にすすむる一助ならんかし。[11]

つまり、人それぞれにそなわった「家業」を勤め、その収入でもって必要なものを調えて親に孝を尽くす――それが人として「常」のありかただとまず一旦いい、しかしその「常」の生活を送れている者は、いまの世の中においては「稀」だといっているのである。この〈事実の指摘〉的叙述は、あまり注目を集めていないようだが、それ自体で、かなり衝撃的な物言いではなかろうか。

この場合、西鶴がどのような意図でこの「序文」を綴っているかということとはまた別の次元のことである。「序文」末尾にあるように「孝にすすむる一助ならんかし」という言葉通りの考えで述べていようとなかろうと、〈孝〉に関して「常の人」が「稀」だという〈事実の指摘〉そのものには何らの意味変化もないはずだ。あるいはまた、世間的にみた場合、その指摘はごくありふれたものでしかないという感想も一方であるかもしれない。現に、諸注釈は『千代もと草』の「悪人はさかむにして善人はまれなり」の文章を引き合いに出している。世間でよく口にするいいまわしを援用しているだけだという捉えかたなのであろう。しかし、その感想が世間的な認識としてたしかに自然なものであったにしても、また世間的に定着した発想であったにしても、〈孝〉を表示する数多の書物のなかにおいて、同様の認識提示がなされているかといえば、堂々と「稀」だとする世間認識をいってのける叙述というものは、おそらく、きわめて希少なものであったにちがいない。『千代もと草』の場合、〈孝〉に即した現象を述べているわけでないことは留意をしておく必要があろうし、また単に修辞のための援用だとしても、〈事実の指摘〉のその内容までを無効化してしまうわけでもないであろう。述べていることがらは、ことがらの事実として、読者の脳裏に残らないはずはないのである。

要するに、〈孝〉をおこなえる人が「稀」だという、その認識を世間に向かって表示すること自体が、相当に思い切った営為であるということを、今日のわれわれは認識しなければならないのでなかろうか、ということである。書名に〈不孝〉の表示を思い切っておこなう姿勢と、序文に「常の人稀にして、悪人多し」と思い切っていい放つ姿勢とは、当然、共通した基盤からのものであるはずだ。はじめてこの書を手にする人々にとっては、冒頭から強烈なインパクトをうけることになったであろう。西鶴の提示姿勢というものは、やはり近世当時において、かなり相当に〈異色〉なものであったということになるだろう。

そのうえ翻って考えれば、この、孝行者を「稀」な存在だとする西鶴の指摘は、営々と継承し続ける「二十四孝」の刊行そのものの無効性を告げていることにもなるだろう。『鑑草』以降の影響作品についても、結局のところ、有益なはたらきを成しえなかったといっていることにもなる。どれほど書物を通じて〈孝〉を表示しようとも、日本の社会には依然〈不孝〉が多く存在するのだ、と告げていることにもなるわけである。もちろん、現実の社会の実態がその通りの状況になっていたとは思いがたいが——つまり書物のたしかな効果というものもあったであろうが——、しかし西鶴の認識提示は、にもかかわらず、〈孝〉を表示する書物の無効性を告げているのも同然だ、ということである。「年表」の読み取りからの帰結は、こうしたところに漂着するといってよいだろう。

しかし、この、西鶴の認識提示の結果として生じてくる意味合いは、何も、「二十四孝」の刊行という営為だけに関わる範囲のものではなかったはずである。周知のごとく、日本の歴史の上でもっとも〈孝〉が強く打ち出され、もっとも〈孝〉と政治とが緊密な関係性をもった時代は、まさに西鶴が作家活動を展開していた徳川綱吉政権下であった。寛文三年の家綱時代において、不孝者に対して単に「処罰」を科すといったレベルであったものが（寛文三年「武家諸法度」）、綱吉時代になると、「重罪」扱いとレベルアップし（天和二年五月「忠孝奨励の高札」）、さらに天和三年七月二十五日に公布される「武家諸法度」においては、その第一条に「忠孝」を掲げるまでにエスカレートしていたのである。

そのような時代に、〈孝〉に関して「常の人」の「稀」であることを告げるというのは、結果として、どのような意味合いをもたらすことになっていくのか——。言葉通り西鶴が「孝をすすむる」ために本作を執筆していたとしても、現実の世の中の実態をさもありげに告げるということは、結局のところ、治政の行き届かぬことを告げているにも等しい、ということになるのではなかろうか。西鶴と同時代の読者、つまり綱吉政権下において〈孝〉の強調されていることを肌身で実感する読者にとっては、「重罪」に相当する者が出てくるかもしれない、この〈事実の指摘〉的叙述は、少なからず衝撃的な類いのものではなかったかと思われる。

作者側に批判的意識があるかないかということで、「序文」末尾の「孝にすすむる一助ならんかし」にこもる作者の〈真意〉に多くの関心が集中しているようだが、もちろんそれはそれで重要なことがらながら、「常の人」が「稀」だといってのけていること自体の重要性を、それでもって希薄化させてはならないだろう。〈事実の指摘〉的叙述自体が、すでに当世的な意味での衝撃を孕んでいるのである。不孝者が「天の咎め」から逃れられず、結果的に「その罪を顕はす」ことになったとしても、また不孝者の話が「孝にすすむる一助」につながっていったとしても、それらとはまた別の次元の問題を孕む、ということである。このあたりの捉えかたの微妙な差異で、『本朝二十不孝』という作品そのものに対する、われわれ読者側の認識も大きく左右されることになるのではなかろうか。一からはじめるごとくに拙論をすすめているのも、まさに、それがためなのである。

三

とはいえ、「孝にすすむる一助ならんかし」と西鶴がしたためたことの〈真意〉は、どのようなものであったのか。本小文において、この点に関するこれまでの研究史を振りかえる余裕はそもそもない。拙稿「〈八百屋〉の構図（上）」[12]および有働裕氏の最近のご論考[13]に譲らせていただくしかないが、いずれにしても、諸説紛然とする研究の現況下においては、結局のところ再度振り出しにもどり、一話一話の内容を突き詰めていくことからしか、その答えを導き出すことは不可能であろうと思われる。そこで残りの紙面、（もちろん本拙稿において最終的な答えを一挙に出せるわけのものではないが、）作品中もっとも〈不孝〉と見なされる巻一の一の内容――金のため親殺しを謀る男が登場――を、あらためてじっくりたどることにより、そのコマをひとつでもすすめるとしよう[14]。

まず話のあらすじをたどりながら要点を押さえていこう――。主人公は、京「室町三条」辺りに住む「篠六（のち「笹六」と表記）」という男だ（笹屋六兵衛などの替名）。当時、室町二条や三条周辺には「笹や半四郎」や「笹屋半次郎」といった呉服所があったが（『京羽二重』巻五）、そのうちの誰とするのではなく、そのような、大名家に出入りする富裕な商人を連想させる人物という設定で話をすすめ、「かくれもなき歴々の子」だと読者に通知する。

この笹六は、七年前にすでに家督を相続し、一家をかまえる身分になってはいるが、相続に際して親から「請け取りし金銀」を、この七年の間に、すっかり「若女ふたつ」の遊興のため費やしてしまったという遊蕩児である。この時点でぷっつりと悔い改めたのならまだよかったのだが、笹六は「俄に浮世もやめがたく」思い、人から「死一倍」の金を借りてまで継続したいとの渇望を抱いた、という。

金の貸し手を仲介したのが長崎屋伝九郎という、新町通り四条の下に住む男。この男は「悪所銀の借次」を専門におこなう人物である。つまり、借り手と金の貸し手との間を取りもつことを職とし、その周旋料（一割）を稼ぎとする男であった。「格子作りの奇麗なる門口に……五人口を、親にかかりの様に、緩りと暮ら」すというような、恵まれた暮らしぶりであることを記し、作者は、借り手の多くいることを暗にほのめかし述べている。

金の貸し手は、「死一倍」形式の貸与であるゆえ、返済が遠い将来すぎては困るわけであり、当然のこと借り手の年齢を吟味しようと、店の手代を派遣する。いわば直々の人物審査といったところだ。本文には、笹六の実際の年齢を「今年二十六」と記すが、その年齢を正直にいえば契約は成立しないであろうと察知し、笹六は年かさに見えるように、自らの身を繕って手代と会う。だが、笹六の家は「かくれもなき歴々」の家であり、笹六の年齢もすでに「知れてある」。父親の年齢にしても、「いまだ五十の前後なるべし」と、貸し手にほぼ知られており、筒抜け状態である。要するに、大企業の情報というものは企業間で行き交うのが通例であり、笹六の家庭内の状況も世間に知られるほどの大きな商家であった、ということである。

笹六は、自らの年齢を三十一歳とごまかし、父親に関しても「年よられましての子なり。もはや親仁は、七十に程ちかし」と偽って、必死に食い下がるものの、審査役の手代はそのようなことでは「合点」しない。そればかりか、先日も父親の元気な姿を目にしているといい、「まだ、十年や十五年に、灰よせはなるまじ。死一倍はかされまじき」と、きっぱり貸与を拒絶する。

是が非でも金を借りたい笹六は、父親に持病があるとの嘘を持ち出し、「長うとつて、五年か三年」くらいしか生きられまいと、根も葉もないことを並べたうえで、「外にしまうてやる思案あり、ぜひに借して給はれ」と、最後に殺人を匂わす言葉までを吐く。まわりにいた末社たちも笹六の言葉に歩調を合わせ、「時節を待たず、埒の明けさしましやう御座る」と、より明確に殺害を示唆する始末である。近々、必ず死ぬことの確約がとれた手代は、

「さもあらば」と、契約履行を告げて帰っていく。

こうして、「死一倍」の「金子千両」を借り受けられることにはなったのだが、利金の先払いや手数料、経費に祝儀、さらには断りきれない保証人への貸し金やらで、結局手にできた額は「四百六十五両」のみ、といった状態であった。本文にはこのときの笹六の様子はいっさい記されていないが、おそらく愕然としたことであったろう。だがその笹六を、「これは、目出たし」と末社たちは白々しく「いさめ」、「四条の色宿」に繰り出していった、という。末社たちに徹底的に鴨扱いされている自分を、笹六という男はまるで気付かぬげである。四条の色宿でも笹六は、これまでの付けを払わされたうえに、瞬く間に何やかやとむしり取られ、千両もの金もいっさい手元に残らずに帰宅する羽目となる。

結局、借金をかかえた笹六は、父親の死を願うしかなく、神仏を頼みに「調伏」したところ、その願いが効いてか、父親は目まいを起こす。嬉しく思った笹六は、「年頃拵へ置きし」毒薬を取り出し、「気付」と偽って飲ませようとするのだが、嚙み砕いた際に誤って飲み込んでしまう。その愚かさは何とも滑稽でしかないのだが、「たちまち」その場で命をおとす。父親は、そんなこととは露知らず、息子笹六の亡くなったことを嘆いた、という。作品は、「欲に目の見えぬ、金の借手《かして》は、今、思ひあたるべし」として、話を閉じている。

四

さて、話の概略は以上のようである。たしかに、父親を殺してまで遊興費を手に入れたいと思う息子は、〈不孝者〉というしかない存在であろう。おそらく、そのことに何らの異論もないことであろう。だが、息子笹六にいっさいの責任を負わせればそれで済む、というように、話が実質上展開されているかどうかとなると、簡単に、問題なしとはいえなくなってくるのである。話の子細を振りかえろう——。

まず、作者の設定した〈年齢〉が問題だ。笹六の年齢は現在「二十六」歳、父親は「五十の前後」とある。父親の年齢が明確ではないので、ひとまず五十歳としてみよう。笹六は七年前に家督を相続しているわけだから、十九の歳のある時期に父親から家督をえたということになる。そのとき父親はといえば、つまり四十三歳。家がそれ相当に豊かであれば、早い時期の譲渡というものも経済的には不可能なわけではなかろうが、当時の商家の一般的なあるべき相続年齢として、本話の場合の親子年齢が、互いに適切なものとして設定されているといえるであろうか、ということである。

参考になる文章がある。西鶴自身が所々で記している具体的な人生観の叙述だ。

人は十三歳まではわきまへなく、それより二十四五までは親のさしづをうけ、その後は我と世をかせぎ、四十五までに一生の家をかため、遊楽する事に極まれり。なんぞ若隠居とて男ざかりの勤めをやめ、大勢の家来に暇を出だし、外なる主取りをさせ、末を頼みしかひなく難儀にあはしぬ。

（『日本永代蔵』巻四の一）

世に金銀の余慶あるほど、万に付けて目出たき事外になけれども、それは二十五の若盛りより油断なく、三十五の男盛りにかせぎ、五十の分別ざかりに家を納め、惣領に万事をわたし、六十の前年より楽隠居して、寺道場へまゐり下向して、世間むきのよき……

（『世間胸算用』巻二の一）

右二文章の年齢がぴたりと同一ではないものの、二十五歳あたりから独力で励むように述べているところは共通すると、まず見なしてよいであろう。そしてその後、四十五ないし五十歳くらいまでに家の基礎をしっかり固め、それが可能になったあと家督を長男に譲渡し、さらに六十歳くらいになると楽隠居するのがよい、けっして男盛りに早々隠居するものではない――といっていることが、勘案してみて、ほぼ読み取れるように思われる。

当時の成人意識は、おそらく今日のそれよりも早い時期の、十代の後半であったと想定してよいであろう。しかし右文章は、元服ののちも「親のさしづ」をうけるよう明言していることがいま着目される。つまり、元服と商人としての独立とは別扱いだ、ということである。元服したとしても、そののちも商人としてのありかた、あるいは人間としてのありかたを親から学べ、といっているのである。ところが笹六は、どうであったかといえば、そうした「親のさしづ」をうけることなく、「七年このかたに、請け取りし金銀を、若女ふたつに、つひやし」ていた、というのである。もちろん、色事にのめり込んだ笹六本人の悪いことはいうまでもないが、その間父親は、親として何をしていたというのか。十九歳の息子に、早々に家督を譲渡してしまい、そののちは関与することなく、自らは「隠居」の生活を早々にはじめていた――と、その親子関係を設定しているのである。

父親は「我と世をかせぎ」、すでに「一生の家をかため」終わっていたのかもしれないが、またその意味では家督を譲る経済的準備は十二分にととのっていたのかもしれないが、笹屋をこれから維持していかなければならない若主人の方は、一人前の商人として、いまだ十分な受け入れ体制（心構え）が準備できていなかったのではなかったろうか。作品末尾が象徴するように、父親は息子の悪事（毒殺）をまったく察知できなかったのと同様、譲渡後の若主人の日々の暮らしぶりなどまったく感知できていなかったようである。「親のさしづ」などあるべくもなかった、ということである。作者は、そのような親子関係を、この話のなかで展開しているわけである。

作者が直接読者に向かって述べる言葉ではなく、間接的に、手代を通して知らせてくる内容も看過すべきではない。「死一倍」契約に関しての、笹六とのやりとりのなかで、手代は次のようにいっていた。

この中も見ますれば、見世に御腰をかけられ、根芋もねぎり給ふ言葉つき、大風の朝、散り行く屋根板を、拾はせらるる心づかひ、あれならば、御養生残る所あるまじ。

つまり、手代はただ、父親の元気な様子を指摘しているだけなのだが、この言葉のなかに、この父親の人間としての姿が、あらわに現れているといってよいだろう。おそらくかなり裕福な隠居生活が送れているはずなのに（父親の寝所を描く挿絵は暮らし向きの豊かさを十二分に伝えている）、ものを値切り、大風で散る屋根板を下働きの者に拾わせる、といった行為には、おのれの隠居生活を盤石のまま保とうとする意識の現れが見てとれるであろう。それは隠居生活を開始してから、はじめて発揮されるようになった行為ではなく、おそらくこれまで、そうやって笹屋を支えてきた、いわば身に付いた日常行為であったろう。本当は、同様のことを、新主人の息子にも父親は求めるべきではなかったのか。ここからは、ちぐはぐな状態にいる父親の姿というものが立ち現れている、といえるであろう。

作者が、そのような父親の姿を直接的に〈地の文〉のなかに描出しようとはせず、あえて手代の言葉のなかに託して描くという叙述のありようも、考えてみれば、かなり意識的な作意というものが、かえってそこから汲み取れるように思われる。話のうえで実際に父親が登場するのは、話の最後の場面になってのことであるが、「死一倍」の駆け引きの場面で、作者はわざわざ読者に向かい、父親の姿というものを発信し、父と子の対比的なありようを殊更に示しているわけである。

松原秀江氏[15]も夙にご指摘になっており、拙稿[16]でもかつて引用していることだが、当時「教訓読み物として広く行われた」（『日本古典文学大辞典』）中江藤樹の『翁問答』に示された〈孝〉観念が、この場合、参考になるだろう（引用は適宜、濁点・句読点をほどこした）。

わがみは、おやにうけたれば、すなはちおやの身なり。おやにうけたるわが身をわけて、子の身となしたるものなれば、子の身もこんぼんは、おやの身なり。子をむさとそだて丶、あしきみちへひきいる丶は、おやの身を悪道へおとしいる丶にことならざるゆへに、子によくをしへざるは、大不孝の第一なり。（上巻之本）

つまり、〈孝〉というのは、子供から親へ向かっての一方向のものではない、ということだ。先祖の血を我が身を経て子供へと分け伝えるものである以上、我が子を正しく導かないのは、先祖に対する「大不孝の第一」にあたり、親から子供へ向かっての行為も〈孝〉となる、というのである。この〈孝〉観念に照らして、笹六の父親を考えれば、まさに「大不孝」者ということになるだろう。要するに、いいかえれば、表面的な意味での〈不孝〉のみを問題にするなら、親を毒殺しようとした息子笹六を単に糾弾すれば済むことになるが、〈不孝〉の根源までを問うならば、父親もともに糾弾しなければならない、ということなのである。

五

話の裏面にひそむ〈内実〉が以上のごときものであることが明瞭化してきたいま、〈話の構造〉に関しても併せて目を向けておかなければならない——。

話は冒頭、「今の都」の平安な情景からはじめられていた。清水寺の西門からの京の眺めが綴られ、朝日に照り輝く「内蔵」の景色とともに、「豊かなる御代の例、松に音なく、千年鳥は、雲に遊びし」と、天下太平が寿がれていた。話はそのあと、様々な「身過」へと一旦流れていったのち、再び「内蔵」へとかえってくるのは（具象話としての「内蔵」）、実は「借次屋」の長崎屋のそれであり、笹屋父子のそれであった（冒頭叙述との呼応）。

つまり、この話のなかの「豊かなる御代」を象徴するのは彼らであった、ということである。「内蔵」の具象のひとつは、悪所の金を周旋する金持ちのそれであり、ひとつはもはや崩壊同様の若主人のそれ、そしてもうひとつは父親ながら我が身の保身のみを専一とする隠居男のそれ、である。「豊かなる御代」とはいえ、そういう男たちによって成り立つ「豊かなる御代」であった、ということである。いいかえれば、作者は「豊かなる御代」の実態あるいは実際を、この話を通じて描いていったということである。

実は、冒頭の天下太平の叙述とほぼ同様のものが、『本朝桜陰比事』のなかにも見られた（巻二の五「俄大工の都の費」）。その話でも、清水寺の西門から眺めた京の繁盛ぶりを描いたあとに、やはり欲を漲らして境界争いを仕出かす男たちを描いていた。具体的にここに詳述する余裕はないが、本話における創意も、『本朝桜陰比事』と同様と判断してよいであろう。〈太平〉を一見言挙げしておきながら、その実、暗示的な叙述構成のもとに、〈太平〉を懐疑させるごとき展開を用意するという皮肉な手法である。『好色盛衰記』巻二の五「仕合よし六蔵大臣」でも、「今君が代のすぐなる道のしるし」と、いまの治世を寿ぎながら、一方で金の力に靡かざるをえない遊廓の実態を描き、困窮する人々のいることを告げるといった作品展開をはかっていた。この種の手法は、ある意味、西鶴の常套の叙述法であったと同時に、西鶴の認識のありようを示していると見なしてよいであろう。笹六の父親のような人間が、商人としてはむしろ成功し、「室町三条」という京のほぼ中心地を所有する、とする（もちろん隠居する以前のことであって、隠居所をその場所とまで設定しているのではない）。冒頭の京のまちの俯瞰的展望は、作品展開につれ、何とも皮肉に響いていかざるをえないものになっていよう。

作品は、冒頭の天下太平につづいて「見過」の様々を描く。引用は差し控えるが、それらはいずれも、呉服屋とは比較の対象にもならない、地を這うがごとき仕事ばかりである。その末尾に、作者は「徒居なく、手足動かせば、人並みに世は渡るべし」と述べるが、そのあと一転翻して、「ここに」と裕福な暮らしを遂げている長崎屋伝九郎の話題へと入っていく。松田修氏は、この導入について、「『手足動かせば』とさきにいい、手足を動かさぬのに『緩り』とした暮しぶりを対蹠的につぎに描いている」と、作品展開の「巧妙さ」を指摘する。[17] 労苦ともなう身過と、「しらぬ人は、医者かと思ふ」闇の仕事との対比的展開は、たしかに鮮やかな対照性を示してはいるものの、しかし同時に、隠れた仕事をも内包する〈都会〉の計り知れなさをも伝えていて絶妙である。

「借次屋」の暮らしは「親にかかりの様に」見えながら、その実、年中「嘘」をその口から吐きつづけることにより成り立っていた。だが、その直後に登場してくる笹六は、それとは真逆。笹六は、親から家督を譲渡され自立の基盤をえながらも、実際には店主として自立できずにおり、まわりの取り持ちの嘘（煽て）により持ち上げられては、「夢」うつつのなかに没入して日を暮らす。この対比的展開にも、前段同様、両者の対照性が鮮やかに伝わってくるだろう。さらに前述したごとく、「夢」から覚めない笹六と、金の貸し手とのやりとりのなかに、作者は、現実の父親の〈実像〉をしのばせて語ってもいく。その手代の言葉から、「歴々」の暮らしの基盤ともなる〈姿勢〉を感受すべきであったのに、「夢」うつつ状態の笹六は、上滑りに聞き流してしまう。話の進行とともに、現実と「夢」とがそれぞれ相際立つ関係になるごとくに仕組まれ、話が展開されていると解してよいであろう。

作品の末尾、作者は一話を総括するごとくに「金の借手《かして》は、今、思ひあたるべし」と述べて話を終えている。この言葉から、作者の一種の社会批判を読みとる見解もあるようだ。だがその際、われわれ読者が留意しておかなければならないのは、そこには、借次屋伝九郎のことは入っていないということである。笹六が死んだがために貸し手は金を手に入れられなかったが、伝九郎はすでに契約履行の段階で「百両」もの金を周旋料としてしっかり入手し終えていた。「緩り」とした「暮らし」に、また拍車がかかることになったはずである。だが、作者は、そこには一歩たりとも踏み込んではいない。いわば一種の〈含み〉を残して話を終わらせている、といってよいだろう。作者の側に批判意識がないとはいえないが、伝九郎のような人間がこの現実の世において〈成功者〉となりえることもまた、無言のもとに同時に伝えているのである。作品中に逐一叙述されていなくても、社会の現実の姿というものが、この作者の意識内において透写されていることがかえって明瞭に伝わってこよう。伝九郎が紹介される場面から、「いよいよ話の核心にはいる」（前記松田修氏）この話は、このように、金の貸し手のことのみを告げる遺漏的（あるいは片手落ち的な）叙述を通じて、明記されぬ伝九郎その人を再び読者に想起させ話を閉じるのである（話の中盤、金を手に入れてからは登場しない）。何気ない作品展開のようでいて、かなり意識的な〈叙述構成〉のもとに構築されている話であることが、以上でもって汲み取れえたことであろう。

六

「二十四孝」をはじめその他の「孝行作品」において、孝行者を事例にとるにしろ、不孝者を事例にとるにしろ、単純に〈孝〉のすすめを世に表示するのは、ある意味、きわめて容易な行為であろう。だがしかし、〈不孝〉の根源がどこにあるかといった、ことがらの〈核心〉を踏まえた〈孝〉の表示というものは、そうたやすくできるものではないはずだ。世間で日々繰り返されている実生活上の親子関係というものは、〈訓示的言辞〉内に必ずしも納まるものではない。「今の都も世は借物」は、いわばそのような実際的な、具体的ケースを指し示したものだといえるであろう。

幕府や各藩は〈孝行者〉を盛んに表彰する方向へと赴いていくが、〈孝行者〉を表彰するのは同じく比較的に容易なことである。しかし、〈不孝者〉を処罰し、重罪を科すといった場合、何をもって〈不孝〉とするのか、人間関係の〈核心〉部分まで正しく判断ができたうえで裁定できればよいが、「今の都も世は借物」のようなケースの場合、子と父のどちらを〈不孝〉と見なすのか、その裁定は言葉でいうほど簡単なものではないだろう。子供だけが責められてよいはずはなく、親だけを処罰して済むわけでもない。西鶴が、幕府の体制に対して反旗を振りかざしていたなどとはさらさら思わないが、少なくとも「処罰」「重罪」をいい出した際の、為政者側の人間認識に対して、一種の懐疑を抱いていたことだけはたしかであろう。〈不孝者〉を「処罰」し「重罪」に科すといっても、表面上のことがらならともかくも、根源的なレベルでの裁定は、そう容易ではないのである。

『可笑記』に対して、西鶴は「誰かわらふべき物にはあらず」として、『新可笑記』を世に送った。『長者教』に対しても、『新長者教』を提示した。同様に、「二十四孝」をはじめとする世の「孝行作品」に対しても、物足りなさといったものを感じとっていたとしてもおかしくはないだろう。〈不孝〉の〈核心〉を問わない〈孝〉の表示など、人間関係の表面をあっさりなぞっただけの上滑りのものでしかない、ということである。『新可笑記』巻一の四「生肝は妙薬のよし」において、〈忠〉を全うしようとすれば〈孝〉を抹殺するしかなく、〈孝〉を尊重すれば〈忠〉が成り立たなくなるといった、二律相反する具体的事例を構築していたことなどが、この場合思い合わされよう。[18] 為政者側の人間認識に対する至らなさ・粗雑さが、その話のなかで抉剔されていたわけだが、同様の指摘が、本話でもおこなわれているということになるであろう。西鶴があえて〈不孝〉を表示したのは、〈孝〉ではなくて、まさに〈不孝〉の〈核心〉に目を向けることの大切さを――一言で律することのできない人間関係の複雑さを――、いわんがためではなかったろうか。「二十四孝」的世界には絶えて見られない、親子関係の様々な実際的ケースが、西鶴の目には具体的に見えていた、ということである。「常の人」が「稀」だといってのけた背後には、世人に対するこのような認識があったと理解しておかなければならないであろう。

しかし西鶴のそうした創意は、必ずしも正しく理解されなかったようである。いや理解されていたのかもしれないが、「年表」から見てとれるかぎり、世の中はまだやはり、ストレートに〈孝〉の表示をおこない続けていくのである。無視されたごとくの西鶴は、しかし後日において、新分野＝浮世草子創始者の名誉を手にすることになる。

注

（1）発表の一部は、次の二編としてすでに発表済みである。「〈八百屋〉の構図（上）――『本朝二十不孝』の創作意図をめぐって――」（『鯉城往来』第六号　平成十五年十二月三十日刊）、および「〈八百屋〉の構図（下）――『本朝二十不孝』の創作意図をめぐって――」（『（安田女子大学）国語国文論集』第三十四号　平成十六年一月三十日刊）に所収。

（2）「『二十四孝』の成立と展開」（『母性依存の思想――「二十四孝」から考える母子一体観念と孝――』研文出版　平成十四年四月十日刊）。

（3）「二十四孝詩選解説」（『二十四孝詩選』全国書房　昭和二十一年四月二十五日刊）。

（4）『孝子伝の研究』思文閣出版　平成十三年九月十五日刊。

（5）「『全相二十四孝詩選』と郭居敬――二十四孝図研究ノート　その一――」（『（京都女子大学）人文論叢』第四十三号　平成七年一月三十一日刊）、「『孝行録』と『全相二十四孝詩選』所収説話の比較――二十四孝図研究ノート　その二――」（『（京都女子大学）人文論叢』第四十四号　平成八年一月三十一日刊）、「『日記故事』の版本について――二十四孝図研究ノート　その三――」（『（京都女子大学）人文論叢』第四十六号　平成十年一月三十一日刊）等。

（6）「『孝行録』の「明達売子」について――『二十四孝』の問題点――」（『汲古』第十五号　平成元年六月刊）、「『孝行録』と『二十四孝』再論」（『藝文研究』第六十五号　平成六年三月十日刊）等。

（7）『孝子説話集の研究――二十四孝を中心として――中世篇』井上書房　昭和三十八年三月三十一日刊、『孝子説話集の研究――二十四孝を中心として――近世篇』井上書房　昭和三十八年十二月二十三日刊。

（8）「『二十四孝』諸版解題――嵯峨本模刻版の部――」（『（国文学研究資料館文献資料部）調査研究報告』第七号　昭和六十一年三月刊）、「『二十四孝』諸版解題続稿――松会版以後の部――」（『（国文学研究資料館文献資料部）調査研究報告』第八号　昭和六十二年三月刊）、「『全相二十四孝詩選』考――日本近世における『二十四孝』享受史の諸問題

――」（『東海近世』第四号　平成三年九月一日刊）、「黄金の釜――郭居考――」（『東海近世』第五号　平成四年十二月三十一日刊）、「江戸版『二十四孝』の成立」（『東海近世』第十一号　平成十二年五月三十一日刊）等。
（9）（5）の橋本草子氏の御論文「『孝行録』と『全相二十四孝詩選』所収説話の比較」参照。
（10）（8）の母利司朗氏の御論文「『全相二十四孝詩選』考」参照。
（11）引用は、小学館『（新編日本古典文学全集）井原西鶴集2』（平成八年五月十日刊）より。
（12）（1）の拙稿。
（13）「『本朝二十不孝』研究史ノート（一）～（三）」（『（愛知教育大学）國語國文學報』第六十二集　平成十六年三月十五日刊　～　第六十四集　平成十八年三月十五日刊）。
（14）なお以下の考察は、拙稿「親不孝な〈隠居〉たち――〈富〉至上社会の一類型――」（『説話文学研究』第三十六号平成十三年六月三十日刊）において既述した内容と一部重複することを申し添えておく。
（15）「『本朝二十不孝』論――存在の根拠としての親――」（『語文』第四十一輯　昭和五十八年五月三十一日刊）。
（16）（14）の拙稿。
（17）（11）と同じ。
（18）拙稿「〈殺害〉と〈慰謝〉をめぐる短編――『新可笑記』巻一の四・巻二の一――」（『安田女子大学紀要』第二十七号　平成十一年二月二十八日刊）。

中国「三言」の初期読本『繁野話』への影響
——主に「杜十娘」と「江口」の主題の相違点を再考——

顔　景　義

一　はじめに

「杜十娘怒沈百宝箱」(『警世通言』巻三十二。以下「杜十娘」と略記)は、「三言」特に中国明代白話小説中において屈指の名作と言われるが、日本の初期読本作『繁野話』にも大きな影響を与えているのである。いわば『繁野話』第八話の「江口の遊女薄情を憤りて珠玉を沈む話」(以下「江口」と略記)は、「杜十娘」を粉本にして翻案されたものである。従って、両者の影響関係についての研究は多くなされている。例えば、浅野三平氏は「『繁野話』の周辺」[1]の中で『繁野話』と他の読本作品との関係を論述し、閻小妹氏は「白猿伝説と庭鐘の翻案作」[2]の中で『繁野話』の典拠問題について論究している。徳田武氏は『日本近世小説と中国小説』[3]の中で庭鐘の翻案方法という視点より「杜十娘」と「江口」の主題の相違点を論じている。徳田武氏は「杜十娘」と「江口」の主題について、「杜十娘」の主題は妓女の純粋な愛情への賞讃と女を裏切った優柔不断な男への非難であり、「江口」の主題は妓女の偏性と家門の継承の重要性という子弟への戒めであると指摘している。

このように、従来の「三言」と読本との比較研究の先行業績を見ると、主に典拠と主題に関する論述が多いが、それは主に日本の江戸初期読本は如何に中国「三言」の影響を受けたかという日本人の視角よりの研究は多く見られるのに対し、中国「三言」は如何に日本の江戸初期読本に影響を与えたかという中国人の視点よりの研究は今だに少ないのが現状である。本稿では先縦業績に基づきながら、特に徳田武氏の主題に関する研究内容を踏まえた上で、中国人の立場から、具体的な実例を取り上げつつ、「杜十娘」と「江口」の関連性を再考すると同時に、筋立て、人物構造、歴史背景などの面から、主に両者の主題の相違点に焦点を当てながら、「杜十娘」の現実性と「江口」の非現実性、「杜十娘」の非教訓性と「江口」の教訓性という二つの主題について、更に新しく分析することを試みたいのである。

本稿ではまず、「杜十娘」と「江口」の梗概を紹介し、次に、「杜十娘」の現実性と「江口」の非現実性、「杜十娘」の非教訓性と「江口」の教訓性という二つの部分に分けて論証し、「杜十娘」と「江口」の主題の相違点及びその諸因について検討してみたいと思うのである。

二　「杜十娘」と「江口」の梗概

まず本論の展開のために、「杜十娘」と「江口」の梗概をそれぞれ紹介しておく。

1.「杜十娘」の梗概

明の万暦年間、李甲は北京の名妓杜十娘と意気投合になる。十娘は李甲を深く愛し、妓院を出ると決意する。李甲は十娘に通いつめたため窮乏する。遣手は彼を妓院から追い出そうとして三百両の金を調達すれば、十娘を身請けさせるという。李甲に十娘は百五十両を都合し、友人の柳遇春も百五十両を調達したので、李甲は十娘を身請けし、十娘と北京を出る。妓女達は十娘に餞別の箱を送るが、李甲はその中を知らない。瓜州に停泊した折、放浪児の孫富が十娘を見染め、父の譴責を恐れて優柔不断の李甲を唆し、十娘を千金で転売させる。怒った十娘は妓女達からもらった箱の宝を河に投じ、自身も投身してしまう。宝は実は十娘が妓院で蓄えた物である。李甲は後悔のあまり狂疾になる。孫富は十娘の幻影にとり殺される。

2.「江口」の梗概

鎌倉時代、西国のある郡司の息子の小太郎は江口で名妓白妙と馴染む。遣手は窮乏した小太郎に百疋の絹にあたる金を調達すれば、白妙を身請けさせるという。小太郎は友人の成双の助けで、白妙の身請け金を調達して、白妙と江口を出て古里に向かう。妓女達は白妙に餞別の箱を送り、小太郎はその中を多少知っている。親の気色を窺うために周防の室積に泊まる。小太郎を勧めに来た従兄の和多為然は、海賊の柴江の仮意の忠告を信じて、白妙を柴江に転売し、一人で故郷に帰って家業を継ぐようにと小太郎を勧める。小太郎は従兄の忠告を聞いて白妙を転売する。怒った白妙は妓女達からもらった宝箱とともに入水してしまう。宝は実は白妙が蓄えた物である。柴江は海賊であることを白妙に暴かれ、官府に逮捕される。小太郎は帰郷の後、郡司を継ぐ。

上掲の両作品の梗概を見ると、「杜十娘」では、作者は純粋な愛情を求める妓女を賛美し、薄情男及び封建制度や封建礼教を非難している非教訓性や、如実に当時の社会実情を反映した現実性に溢れており、鮮やかな時代特徴が露呈されている。それに対し、「江口」の構成が「杜十娘」とほぼ同じであるが、細部まで改変されることにより、「江口」では、現実社会の実態を多く反映されていない非現実性や、封建制度や封建礼教を擁護する教訓性が顕著に表れている。本稿では、当時の現実社会の実情を如実に反映している要素を現実性と捉え、現実社会をあまり如実に反映されていない現実離れの要素を非現実性と把握したいのである。封建制度や封建礼教などへの批判を仮に非教訓性と称し、封建制度や封建礼教への擁護を教訓性と称したいのである。

三　「杜十娘」の現実性の主題と「江口」の非現実性の主題

「杜十娘」の主題は現実性に溢れているのに対し、「江口」には非現実性の要素が見られる。

次に「杜十娘」の現実性の主題と「江口」の非現実性の主題について、1、冒頭部分の設定、2、妓女の命名法、3、身請け後の場面設定、4、転売以前の白妙の行動設定という四つの部分に分けて論究の展開を試みたいと思う。

1　冒頭部分の設定

「杜十娘」の冒頭部分は次のように設定されている。

自永楽爺九傳至于万歴爺，此乃我朝第十一代的天子。這位天子，（中略）在位四十八年，削平了三処寇乱。（中略）話中単表万歴二十年間，日本国関白作乱，侵犯朝鮮。朝鮮国王上表告急，天朝発兵泛海往救。有戸部官奏准：目今兵興之際，粮餉未充，暫開納粟入監之例。（中略）自開了這例，両京太学生各添至千人之外。内中有一人，姓李名甲，字子先，浙江紹興府人氏。（「杜十娘」）

「江口」の冒頭部分は次のように設定されている。

往昔《いにしへ》江口の色里といへるは、岸《きし》に沿《そ》ひながれに臨《のぞ》みて家《いへ》づくりし、後の世の所《ところ》せくにはあらで、かしこに三《さん》瓦《ぐは》こゝに両舎《りようしや》、蒲柳《かはやなぎ》引結び藪《やぶ》をたゝみてめぐらしたる墻《かき》の門より桃《もも》笑ひ柳媚《こび》て、春宵《しゆんせう》に景《けい》を翫《もてあそ》び長夏《ちやうか》に涼《りやう》を納《い》れ、いざなひいざなはれ来る人は宜《むべ》なり。（中略）それが子《こ》に小太郎安方《やすかた》とて生まれ清《きよ》げに心ざま優《ゆう》に鄙《ひな》に似《に》ざりけり。いまだ世を知らざる日《ひ》に王城《おうじやう》の尊きをも拝み、国司《こくし》の館《やかた》へも参り馴《な》れ、心ゆるく上国《じやうこく》の風景遊覧《いうらん》してこよと、親《おや》の慈心《じしん》より万《よろづ》に欠《かく》事なく取したためて登《のぼ》せけり。（「江口」）

「杜十娘」の冒頭部分では、時代背景を明の万暦年間（1573年—1620年）に設定されている。1592年に豊臣秀吉は朝鮮を侵略したので、明の朝廷は朝鮮を助けるため、「納粟入監（金銭と食糧を納めて、官吏の候補になる）」の政策を設け、軍隊用の金銭と食糧を集めることを契機に、男主人公李甲を登場させ、ストーリーが展開されていくのである。中国人は豊臣秀吉の朝鮮侵略をただの事実として述べているが、儒者の庭鐘が豊臣秀吉へのマイナス評価を避けるためか、「江口」の冒頭部分では、粉本の冒頭部分の設定を放棄し、改めて遊里についての描写を多く付け加えている。江口の遊里が架空的に描写され、現実世界の遊里と甚だしく違っていると思われる。江口の遊里の様子をより詳細に描写される際に、文殊、普賢、白妙などの名妓を登場させ、時代背景は鎌倉時代に設定されている。郡司の息子小太郎は京に行った後、友達の成双から名妓白妙のことを知り、会いに行こうと思っていたことから、ストーリーが展開していくのである。

　要するに、「杜十娘」では、ストーリーの展開は、本当の歴史出来事に基づいたのに対して、「江口」では、ストーリーの展開は架空的な描写によるものである。このように、「江口」の冒頭部分には、粉本の現実性が捨像され、非現実性の要素が色濃く現れている。このような改変には庭鐘の日本人としての感情が含まれていると同時に、日本文学の非現実性の特徴も現れていると思われる。日本文学の非現実性の特徴について、鈴木修次氏は「現実に近づかない、現実を離れたところに文学芸術としての趣がある。しかも、これらのところで風雅、幽玄、象徴美を探すのは、日本文学の普通の傾向である」と論究している。[4] 庭鐘は自分の文学素養を存分に表現するために、工夫して改変していると思われる。同じような非現実性の傾向が『繁野話』の第五話の「白菊の方猿掛の岸に怪骨を射る話」にも見られるのである。

2 妓女の命名法

「杜十娘」では、妓女の命名は次のように設定されている。

那名姫姓杜名媺，排行第十，院中都称為杜十娘。（「杜十娘」）

杜十娘という妓女の名前は中国人の伝統的な命名方法であり、深い意味がない。「杜」は苗字、「十」は妓院での年齢順序、「娘」は若い女性の意味ということである。

「江口」では、妓女の命名は次のように設定されている。

地《ところ》に数《かず》ある遊女の家、文珠普賢白妙《もんじゅふげんしろたへ》など世に知られて、此里《さと》のかざしとなれる華名《くはめい》なれば、幾世重《いくよかさ》ねて其名をば絶《たへ》ざらしむる習ひなり。（中略）其時に白妙《しろたへ》といへるは、十三歳より遊客《いうかく》をとゞめ、九年の煙花《ゑんくは》に物馴《ものなれ》てよく人情《にんじやう》の向ふ所を知り、貴賤《きせん》の顧《かへりみ》厚《あつ》く、（後略）。（「江口」）

文殊（文珠）、普賢は元来菩薩の名前であり、白妙も日本語では単語としてよく和歌等に使われ、『広辞苑第六版』では、白妙の意味について、「①（その色が白いからいう）穀（かじ）木の皮の繊維で織った布。万葉⑶『白妙にころも取り着て』。②白い色。万葉⑽『鶯のはね白妙にあわ雪そ降る』。」と解釈していて、意味や用法より、白妙が高雅な言葉であるとわかる。妓女は社会地位が低く、軽視された階層に生きているはずなのに、「江口」では、文殊（文珠）、普賢のような神聖な言葉及び白妙のような高雅な言葉は妓女の名前になっていることは、妓女の身分や社会地位に相応しくないと思われるからであろう。中国歴史上、「緑珠」「梁紅玉」などのような名前の美しい名妓もいたが、「江口」のような妓女の命名方法は中国人から見ると、どうしても現実社会ではありえないという非現実的であると思われる。したがって、このような命名法により、「江口」では、非現実性の要素がよく表れている。

3　身請け後の場面設定

「杜十娘」では、身請け後、次のような場面が設定されている。

月朗讓臥房与李甲、杜媺二人過宿。次日，又大排筵席，遍請院中姉妹。凡十娘相厚者，无不畢集，都與他夫婦把盞稱喜。吹彈歌舞，各逞其長，務要盡歡，直飲至夜分。十娘向衆讃妹一一稱謝。衆姉妹道：“十姉為風流領袖，今从郎君去，我等相見无日。何日長行，姉妹們尚当奉送。”（中略）次日，二人起身辞了謝月朗，暫往柳監生寓中，整頓行装。杜十娘見了柳遇春，倒身下拜，謝其周全之德。（中略）臨行之際，只見肩輿紛紛而至，乃謝月朗与徐素素拉衆姉妹来送行。作謝而已。須臾，輿馬齊集，仆夫催促起身。柳監生三杯別酒，和衆美人送出崇文門外，各各垂泪而別。（「杜十娘」）

妓院を出た十娘は妓院の姉妹たちを宴席に招待し、みんなで歌ったり踊ったりして楽しく過ごしたことにより、妓院を出た後の十娘の嬉しさがよく表されている。と同時に、妓女たちの十娘への羨ましい気持ち、且つ下層社会の女性たちの深い友情も表れている。更に、柳遇春に助けられたおかげで、二人は夫婦に結ばれたので、出発以前、十娘と李甲は恩人の柳遇春の所へ行き、お礼を言ったのは理の当然である。つまり、「杜十娘」では、身請け後の場面についての描写は人情味に溢れ、現実性に満ちている。

「江口」では、身請け後、次のような場面が設定されている。

扨《(さて)》しもこゝに久しくあらば室《むろ》の木に聞《(きこえ)》て何とかはらあしくのゝしらん。とかくする程に夜も明ぬれば従者《ずさ》楫取《かぢ》「早去《はやさり》なん」と騒《さわぐ》に、小太郎諸《(もろ)》とも船に移《うつ》る。明月《めいげつ》・雲井《くもゐ》其外の妓女《ぎじょ》も皆船ばたに手をかけ水に臨《のぞ》んで別《わかれ》をなす。（「江口」）

遊里の遣手の仕返しを恐れて、白妙と小太郎は妓院を出て江口でただ一夜泊まり、そそくさと旅に出たことにより、白妙は辛うじて遊里を出たところで、気持ちが伸びやかではなく、まだ自分の未来が心配になる。もうすぐ得られる幸福と比べると、遣手の仕返しは何でもないことであろう。妓女たちとの惜別についての描写も少なく、彼女たちの友情も十分に表されていないのである。更に、二人は恩人の成双にお礼を言わないまま、江口を出たことは筋道の通らない行為であるかもしれない。

この部分では、庭鐘の僅かの改変で、粉本の現実性が薄くなり、妓女への賛美も皆無になる。このような非現実的描写は教訓性の主題につながっていると思われる。要するに、庭鐘が唱えている心願は妓女への賞賛ではなく、「礼」の規範に従って行動するようにという弟子への教訓である。

4　転売以前の白妙の行動設定

「杜十娘」では、李甲は孫富の悪意を孕んだ言葉を聞いて、次の日、十娘を孫富に転売したのに対して、「江口」では、買主の柴江が小太郎の売った太刀などを探しに行ったので、転売以前、二十日間位の期間がある。「江口」では、転売される以前の白妙の行動は次のように設定されている。

「（前略）今日より君と房《ぼう》をわかち、行《ゆく》時に臨《のぞ》んで別《わかれ》を取《とり》参らせん」とすこしもうれはしげなく、其日より端《はし》の家《や》に閉《とじ》こもり人に面《めん》せず、白日《はくじつ》にも灯《とう》を点《てん》じて机《つくへ》により法華《ほっけ》を拝写《はいしゃ》して悶《もん》《もだへ》を遣《や》る。（中略）廿日ばかりの後、（後略）。（「江口」）

「江口」では、転売される以前の二十日間、白妙がずっと部屋に閉じこもり、法華経を写していたと設定されているが、白妙の心理的変化についての描写はないばかりか、小太郎についての描写は一箇所も見られない。二人は長い間わりなく暮していたので、収拾のつかない事態に至り、二十日間で、過去のことを真剣に考え直すはずで、自然とストーリーの結末も違ってくるかもしれないが、庭鐘がこのように設定していないのである。それに対して、「杜十娘」では、転売以前、一夜しかないので、たとえ考え直したくても時間的な余裕もないのである。庭鐘の改変の中で、この所は最も非現実的であり、「教訓性」の主題に結びつけた部分だと思われる。

このように、庭鐘は「杜十娘」の現実的な部分を省略し、筋立て、人物行動などの面で「江口」に非現実的な内容を大幅に付け加えているという取捨選択により、「江口」では非現実性の主題が明らかに浮き彫りにされている。更に庭鐘がより強く唱えているのは教訓性の主題であり、非現実性の主題はある意味では教訓性の主題のための改変でもあると思われる。

四　「杜十娘」の非教訓性の主題と「江口」の教訓性の主題

馮夢龍は杜十娘の悲劇を通して、封建礼教や封建道徳への批判を明示していることにより、「杜十娘」の主題の面で非教訓性が見られるのに対して、「江口」では教訓性に満ちた主題に変換されている。

次に、「杜十娘」の非教訓性の主題と「江口」の教訓性の主題について、1、百宝箱の神秘的設定、2、男主人公の結末の設定という二つの部分に分けて、分析を試みたいと思う。

1　百宝箱の神秘的設定

「杜十娘」では、百宝箱は非常に神秘的なものが描写されている。

命从人挈一描金文具至前，封鎖甚固，正不知什麼東西在里面。十娘也不開看，也不推辞，但殷勤作謝而已。（中略）公子正当愁悶，十娘道：„郎君勿憂，衆姉妹合贈，必有所済。“及取鑰開箱。公子有傍自覚慚愧，也不敢窺探箱中虚実。只見十娘在箱里取出一个紅絹袋来，（中略）公子提在手中，覚得沈重，啓而觀之，皆是白銀，計数整五十両。十娘仍将箱子下鎖，亦不言箱中更有何物。但対公子道：„承衆姉妹高情，不惟途路不乏，即他日浮寓呉越間，亦可稍佐吾夫妻山水之費矣。“（「杜十娘」）

十娘は妓院を出た後も、李甲の本心を試したがったので、百宝箱を仮に姉妹たちの贈物と見せかけ、身に持ってきた。作者はわざと百宝箱を神秘的に描写していて、読者に百宝箱の意味を考えさせるのである。つまり、十娘にとって、百宝箱はただの財産ではなく、蹂躙された女性の理想の依託でもある。李甲は終始箱の中を知らなかったのは十娘を転売する伏線となっている。彼が十娘を転売する一番の原因は「資斧困竭（お金がなくなった）」のせいである。彼は箱の中に「韞藏百宝，不下万金（箱の中に金がたくさんある）」ということを知っていた時、「不覚大悔」というように後悔した。百宝箱の神秘的設定により、十娘の機敏への賛美と、李甲の信義に背いて十娘を転売した行為への憎悪という非教訓性がよく表れている。

「江口」では、百宝箱について、次のように設定されている。

小雪手づから一つの提厨《さげばこ》を贈《おく》り来り「二人国に帰り玉へども安身《あんしん》の期《ご》定《（さだめ）》がたし。長途《ちやうど》のつれぐ〵を慰《（なぐさむ）》る、画軸《ゑまき》・競香《くらべかう》・翫弄種ゝ《もてあそびしなぐ〵》、是此里衆姉妹《このさとをくのあねいもと》の餞《はなむけ》の物此中《このうち》に収めおく所なり」。白妙《しろたへ》是を受て謝辞《しやじ》ねんごろに申聞へ、（後略）。（「江口」）

「江口」では、小太郎は箱の中身を事前に多少知っていたことに設定されていることより、百宝箱の神秘性そのものが「杜十娘」ほど薄れてくるわけである。更に十娘が箱から金を出して旅費にした描写も省略されている。このような改変は小太郎が白妙を転売する伏線となっている。つまり、小太郎は李甲のように、金のため白妙を転売したわけではなく、為然の忠告を聞いて、自分の過失に気づき、「礼」の重要性を改めて認識したので、白妙を転売することになったのである。これにより、「江口」の教訓性がより明らかになっているのである。

2　男主人公の結末の設定

「杜十娘」では、李甲の結末は次のように設定されている。

李甲在舟中，看了千金，轉憶十娘，終日愧悔，郁成狂疾，終身不痊。（「杜十娘」）

「杜十娘」では、最後、「礼」は「情」に勝っている。十娘は結局思う通りに求めていた愛情が得られなく、身投げて、美しい夢のために自分の命を犠牲にするが、ストーリーはここでまだ終わっていない。李甲は孫富のおためごかしの言葉を聞いて、十娘を転売して、良心に咎められて、「郁成狂疾，終身不痊（気が狂い、一生治らない）」となった。封建礼教を重要視している父親の叱責を恐れたのは李甲の十娘を転売する原因でもあるので、李甲の悪報の結末により、作者の人を殺す封建礼教への批判がよく表れている。

「江口」では、小太郎の結末は次のように設定されている。

彼小太郎は船中にあつて大に恥入り、心地くるはしく見へしがきつと悟《さと》りて思ふに、女が深情《しんじやう》にそむきたるは残念なれども、彼《かれ》は浮花《ふくは》の身のうへ、我も若年の浮気放蕩《ふきはうとう》、彼は彼が侠《けう》に死し、我はわが儇《さとき》にかへる。しりて惑《まど》ふは我ばかりかは。今さら遁世《とんせい》などせばいよ〳〵人に笑われん。父の不興《ふけう》を侘《わび》て家にかへるべしと、太刀《たち》刀《かたな》 万《よろづ》の調度《てうど》、国を出し時のさまにかはらで古郷にかへれば、（中略）やがて家務《かむ》をゆづり司《つかさ》を知らしむ。[5]（「江口」）

「江口」では、小太郎は素朴な為然の忠告を聞いて、はっと悟り、これまで自分のしたことが「是我不義なるのみか拙きに出たり」と意識し、白妙と絶交することを決意した。白妙を転売する前の二十日間、小太郎が何の心理変化もなかったという設定も彼が本当に「礼」の重要性を認識し、「礼」の規範に従って行動したと示している。白妙が百宝箱を抱いて入水した時、小太郎は「彼は彼が侠に死し、我はわが儇にかへる。しりて惑ふは我ばかりかは。今さら遁世などせばいよいよ人に笑われん」と悟り、かえって、大義をよく知っていて、改心ができる君子となる。小太郎は、最後、家業を継ぎ、父親の代わりに、郡司に就任するが、柴江は悪人であり、最後、官府に逮捕されたという設定により、庭鐘が提唱している教訓性が十分に表れている。つまり、悪人が懲罰されるのは理の当然であるが、小太郎はただ一時「情」に目が眩み、一旦過失に気づき、正道に立ち返れば、改めて君子になれるという庭鐘の主眼がそこにある。こうして、「江口」の終わりの部分は粉本の「礼」への批判から徹底的に「礼」への擁護の教訓的なものになっている。庭鐘は小太郎を例にして、女色を遠ざけ、「礼」の規範に従って行動するようにと弟子に教訓している。

このように、庭鐘は粉本の封建制度や封建礼教への批判の非教訓性の主題を放棄し、百宝箱の神秘性と男主人公の結末を慎重に改変していることにより、「江口」では、弟子への教訓という主題が顕著になっている。

五　結　び

以上、「杜十娘」の現実性と「江口」の非現実性、「杜十娘」の非教訓性と「江口」の教訓性という二つの部分に分けて論証し、「杜十娘」と「江口」の主題の相違点及びその諸因について検討してみた。つまり、「杜十娘」の現実性と「江口」の非現実性については、1、冒頭部分の設定、2、妓女の命名法、3、身請け後の場面設定、4、転売以前の白妙の行動設定という四つの部分に分けて論究し、「杜十娘」の非教訓性と「江口」の教訓性については、1、百宝箱の神秘的設定、2、男主人公の結末の設定という二つの部分に分けて分析を試みたのである。

「杜十娘」の現実性と「江口」の非現実性、「杜十娘」の非教訓性と「江口」の教訓性の主題には、それぞれの文化的な諸因があるのである。「杜十娘」は「三言」の中の名作で、資本主義発生期の社会現実を反映している。筋立て、人物構造、歴史背景などの面で現実性と非教訓性の主題に満ちている。庭鐘が「杜十娘」に深い興味を持っていながら、心を込めて模倣し、白話小説「杜十娘」を日本風小説「江口」に改変している。それにより、「江口」では、非現実性と教訓性の主題がより明らかになったと言えるのである。庭鐘の改作により、もともと「杜十娘」中に書きこまれていた中国の歴史背景、風俗人情などの中国「三言」的なものが薄れてきたのに対し、庭鐘は「杜十娘」における現実的な世界を教化的な理想世界に改変していることが明白である。「江口」の非現実性と教訓性の主題に庭鐘の儒者としての取捨選択が十分に現れているし、当時の儒教によって天下を治める社会背景も反映されている。

注

（1）浅野三平「『繁野話』の周辺」『国語と国文学』五十一・東京大学国語国文学会・1984年3月
（2）閻小妹「白猿伝説と庭鐘の翻案作」『和漢比較文学叢書』十七・汲古書院・1993年5月
（3）徳田武『日本近世小説と中国小説』青裳堂書院・1987年5月25日・206頁
（4）鈴木修次『中国文学と日本文学』東書選書・1987年7月
（5）本稿の依拠テキストに関して、『警世通言』は厳敦易の校勘本を、『繁野話』は新日本古典文学大系80、徳田武の翻刻本を利用している。『警世通言』は明の天啓四年（1624年）に兼善堂で刊行され、今、日本蓬左文庫に所蔵されている。中国国内に兼善堂の原本によって影印された世界文庫本があるが、第三十七巻が欠けている。その後、明の衍慶堂と清の三桂堂でも刊行されているが、衍慶堂本と三桂堂本は残欠の部分がある。1962年に厳敦易は世界文庫本を底本として、三桂堂本を参照して、人民文学出版社で校勘本を出版している。

〔参考文献〕

1 孫楷第『中国通俗小説書目』作家出版社・1957年1月
2 谷雲義等『中国古典文学辞典』吉林教育出版社・1990年6月
3 李樹果『日本讀本小説与明清小説』天津人民出版社・1998年6月
4 黄霖等『中国古代小説鑑賞辞典（下冊）』上海辞書出版社・2004年12月
5 麻生磯次『江戸小説概論』山田書院・1961年6月1日
6 石崎又造『近世日本に於ける支那俗語文学史』清水弘文堂書房・1967年9月15日
7 麻生磯次『江戸文学と中国文学』三省堂・1946年5月10日
8 徳田武・横山邦治『繁野話・曲亭伝奇花釵児・催馬楽奇談・鳥辺山調綫』岩波書店・1992年2月20日
9 馮夢龍編・厳敦易校注『警世通言』人民文学出版社・1995年12月

尼子経久物語としての「菊花の約」

飯倉洋一

一　〈信義の物語〉再検討史

美しい〈信義の物語〉として読むのが当然とされた『雨月物語』「菊花の約」の評価に一石を投じたのは、松田修だった（「「菊花の約」の論――雨月物語の再評価（2）――」、『文芸と思想』二十四号、一九六三年）。松田の「菊花の約」への疑問を約言すれば次のようである。

赤穴宗右衛門は「伴《とも》なひに後れ」たことを理由にあるじに宿を求めたが、丈部左門には単身で近江を抜け出したと言っているのは矛盾であり、精読者は赤穴を表裏の人物として把握しかねない。また宗右衛門は信義の士であるならどうして仇敵の尼子経久に面会などしたのか。一方左門が「死生命《しせいめい》あり、何の病か人に伝《つた》ふべき。これらは愚《ぐ》俗《ぞく》のことばにて吾儕《ともがら》はとらず」というのは主人に対して失礼であるし、赤穴を主人の家にとどまらせ続けるのも身勝手である。このような欠陥のある二人を信義の士として設定するのはいかがか。二人の別れ・再会の約束の場面は、べたべたしすぎていて、信義とは異質の性的な雰囲気を暗示する（ふたりの関係は男色である）。

松田論文を契機に「菊花の約」の読みの議論が活発化する。さまざまな〈深い読み〉が行われて〈信義の物語〉

と読むのはむしろ少数派となった。たとえば高田衛は、左門の復讐は、近世の読者にとっては、『武家義理物語』の世界のごとき、男色的な敵討物の「型」において読まれた可能性があるとして、復讐の主題という観点から本篇を読みなおす。念友のために、彼をして死に追いやった者に対して仇を討つという構造である（「復讐の主題」、『上田秋成研究序説』、一九六八年）。

長島弘明は、〈天合と義合〉というテーマをあぶり出す。左門が宗右衛門のいとこの丹治を斬ったのは、「義合」の論理による「天合」の論理の駆逐であり、義のない血縁よりも、信義で結ばれた義合の兄弟の方が強いという認識が示されているという（「『雨月物語』『春雨物語』と『英草紙』」、『秋成研究』東京大学出版会、二〇〇〇年、初出一九七九年）。丹治が宗右衛門の従兄弟に設定されている意味を考えれば、まことにしかりといえよう。

そして木越治の「「菊花の約」私案」（『秋成論』ぺりかん社、一九九五年、初出一九八四年）は、松田論文を受け継ぎながら、信義という観念への偏執がこの話の基調にあるとして、以後の研究史に大きな影響を与えた。木越の主張は、軽薄の人との交わりを戒めるこの物語が、人物も状況も極端な設定として描かれており、ここに描かれている「信義」は、その観念にとりつかれた者、そこに人生のすべてを凝集できる者、それより他に自己の生存場所を見出せない者以外には実現不可能なものであるから、教訓はほとんど色あせ、無意味化され、その結果、否定されるべきはずの軽薄の人の現実性が印象づけられたとしている。

木越の論の影響を受けた小椋嶺一は、「丈部左門と赤穴宗右衛門の交りこそ軽薄そのものであった」と結論し（「菊花の約」論――信義から軽薄へ――」『秋成と宣長』翰林書房、二〇〇二年、初出一九八六年）、矢野公和もまた、「淡きこと水のごとし」とされる君子の交りとは正反対に濃密な交わりを求めた左門と宗右衛門の関係は小人の交わりであったとする（「菊花の約」『雨月物語私論』岩波ブックサービスセンター、一九八六年）。井上泰至は、左門と宗右衛門はやはり「信義」の人だが、左門の厳しい「信義」の下に斬り殺される丹治の「不義」「軽薄」は、読者のだれもが持ちうるもの、「軽薄の人」に誰もがなりうることを説いているとする（「軽薄の人は読者なり――「菊花の約」を読む――」、『雨月物語論』、笠間書院、一九九九年、初出一九九八年）

これらに対して、思想的な文脈から本編の「信義」を考える論も存在する。田中則雄は、原拠が「義気」の精神を契機として生じた信義を描いたのに対し、秋成は左門・赤穴の信義を、惻隠の情を契機として生じた非功利的純粋な心的結合として描出したとし（「庭鐘から秋成へ――「信義」の主題の展開――」（「読本研究」第五輯、一九九一年）、秋成の作品を同時代の空気の中でとらえようとする稲田篤信は、「母子の孝」と「朋友の義」との葛藤の中で苦悩し、他人の苦しみを自分の苦しみとして受容的に生き、『孟子』の共感という理念に忠実でありたいとする近世的人間像を左門の中に見る読み方を提示する（「分度と逸脱――『雨月物語』の作中人物――」『名分と命録　上田秋成と同時代の人々』ぺりかん社、二〇〇六年）。

私自身も、『雨月物語』上梓と同じ安永五年に刊行された『和字功過自知録』の読者が「菊花の約」を読んだとすれば、という設定から、〈近世的な読み〉のひとつを仮想的に復元する試みをしたことがある（該書は『雨月物語』初版の版元の一つである野村長兵衛の刊行である）。そこでは極端な状況の中での信義の物語として読む準備を十分にしている読者が、左門と宗右衛門の信義の物語が現実離れしているからといって違和感を覚えるはずはないと考えた（「「菊花の約」の読解――〈近世的な読み〉の試み」、浅見洋二編『大阪大学大学院文学研究科広域文化表現論講座共同研究・研究成果報告書　テクストの読解と継承』、二〇〇六年）。

二　尼子経久への注目

本論では、これらの研究史を尊重しながら、従来あまり顧みられることのなかった作中人物、尼子経久に着目することから「信義」の問題に迫りたい。

「菊花の約」の解釈の大きな分かれ目は、前節で述べたように、語り手（あるいは作者）は「信義」を讃美しているのか、それとも「信義」という観念に取りつかれた人々を批判しているのかということ、言い換えれば、左門と宗右衛門は美しく肯定的に描かれているのか、偏奇な人として批判的に描かれているのかということである。左門は何のために逐電し、どこへ姿を消したのか、そして、なぜ尼子経久はそれを許したのかという問題も重要である。さらに最大の謎は、やはり冒頭部で示された「交《まじは》りは軽薄の人と結ぶことなかれ」の教訓と本文内容との齟齬、そして末尾で繰り返される「咨《あゝ》軽薄《けいはく》の人と交はりは結ぶべからずとなん」の意味は如何ということである。

私見によれば、これらの謎の解決に、作中人物の尼子経久はことごとく関わってくると考えられる。

「菊花の約」の時代設定は室町時代、九代将軍足利義尚の時代。応仁の乱は終焉したが全国各地でその余波で戦乱のやまない時代である。文明十六年、近江の京極（佐々木）氏の所領である出雲国の守護代尼子経久は、佐々木氏に貢租を納めないなどの理由で富田城を追放される。経久はその後諸国を流浪するが、やがて山中党・鉢屋賀麻党をかたらって富田城の奪還を図る。鉢屋賀麻党は、芸能・技術に関わり、兵役・武器生産にも携わっていたという。

文明十八年正月元日の未明、城の表門で賀麻の一党が甲冑の上に烏帽子・素袍をつけ、太鼓を打ち鳴らして千秋万歳を寿ぎ、鼓・手拍子で騒ぎ立てた。城ではこれをひと目見物しようと開門して女童たちが飛び出してきた。この時搦め手から忍び寄った経久らが所々に火をかけて合図すると、表門の賀麻の一党も烏帽子・素袍を脱ぎ捨てて武装姿となり、城内は戦場となった。この奇襲に富田城主の塩冶掃部介は防戦及ばず敗れる。二十九歳の経久は再び月山富田城の城主となった。

この富山城奪還の顛末は『陰徳太平記』が詳細に伝えており、「菊花の約」の、本文とは一見無関係なことで議論にもなっている挿画は、まさにこの奇襲の場面を『陰徳太平記』の本文に基づいて描いたものであった（中村幸彦「菊花の約」注釈、松田修「読本の流れ」。いずれも『日本古典鑑賞講座』第二十四巻、角川書店、一九五八年）。挿画は、原本十四丁裏・十五丁表の見開きに描かれている。そして次の十五丁裏には、宗右衛門の幽魂が、左門に語る場面だが、そこに「経久」の名が何度も出てくる。挿画が、経久がいかなる人物であるかを説明する場面の直前に配置されていることから考えれば、本挿画は、経久を重要人物と認識するもので、本文と関係が薄いとはいえず、むしろ密接な関係を有するということになるだろう。そこには次のように記されている（傍線飯倉、以下同じ）。

赤穴いふ。「賢弟とわかれて国にくだりしが、国人《くにひと》大かた経久が勢《いきほ》ひに服《つき》て、塩冶《えんや》の恩《めぐみ》を顧《かへりみ》るものなし。従弟《いとこ》なる赤穴《あかな》丹治冨田の城にあるを訪《とむ》らひしに、利害《りがゐ》を説《とき》て吾を経久に見《まみ》えしむ。仮《かり》に其詞を容《いれ》て、つら〳〵経久がなす所を見るに、①万夫《ばんふ》の雄《ゆう》人に勝《すぐ》れ、よく士卒《いくさ》を習練《たならす》といへども、②智を用《もち》うるに狐疑《こぎ》の心おほくして、腹心爪牙《ふくしんさうが》の家の子なし。永く居《を》りて益《やう》なきを思ひて、賢弟が菊花の約《ちぎり》ある事をかたりて去《さら》んとすれば、経久怨《うら》める色ありて、丹治に令《れい》し、吾を大城《おおぎ》の外にはなたずして、遂《つひ》にけふにいたらしむ。此約《ちかひ》にたがふものならば、賢弟吾を何ものとかせんと、ひたすら思ひ沈《しづ》めども遁《のが》るゝに方なし。

経久は万人に優れた英雄で、兵卒をよく訓練していた。しかし、智臣を用いることにおいて疑い深い心を持っていたために、心から従う忠臣はいなかった――そのように宗右衛門は観察した。

『陰徳太平記』に活写された経久の智略と連動する説明であろう。武将として超一流の人物であり、軍をよく統率してもいるが、人には常に疑いの目を持っている。これは戦国を生き抜く武将の条件だとも言えるだろう。宗右衛門が「菊花の約」の約束を述べて去ろうとしたときに、経久は「怨める色」を見せて幽閉したという。「狐疑の心」を持つ自分に「信」を掲げて辞去を申し出る宗右衛門。経久が彼を感情的に許せなかったのは、説得力のある展開といえるだろう。

　では、このような経久の造形はどのようにしてなされたのか。経久説話のひとつである『塵塚物語』（元禄二年正月、京八尾庄兵衛・八尾平兵衛刊。国会図書館所蔵本による）の「尼子伊予守無欲《むよく》の事」の冒頭部分には次のようにある。

　尼子《あまこ》伊予《いよ》のかみつねひさは雲州《うんしう》の国主として武勇《ぶゆう》人にすぐれ、万卒《ばんそつ》身にしたがつて不足《そく》なく、家門《かもん》の栄耀《ゑいよう》天下にならびなき人にてぞ有ける。

先に掲げた傍線①「万夫《ばんふ》の雄《ゆう》人に勝《すぐ》れ、よく士卒《いくさ》を習練《たならす》といへども」の部分が、『塵塚物語』の冒頭部分を踏まえていることは明らかであろう。ところが『塵塚物語』ではその後、その題目が示す通りに、実に正直無欲な人間として経久は描かれているのである。

　扨此つねひさは天性《てんせい》無欲正直《よくしやうぢき》の人にて、らう人を扶助《ふぢよ》し民と共に苦楽を一にし事にふれて困窮《こんきう》人をすくはれける間、因《よつて》レ之彼門下に首《かしら》をふせ渇仰《かつごう》する者多《おほ》し。

無欲正直で、人々が門下に伏して渇仰というこのあり方を逆設定したのが「菊花の約」の傍線部②だといえる。『塵塚物語』における経久の無欲正直さは極端で、訪ね来る人が所持品をほめれば、墨跡・衣服・太刀・馬鞍にいたるまで即時に贈るのが常であった。ある時、出入りの某が庭の見事な松をほめた。某は経久の平生のふるまいを知ってはいたが、まさか松を下さるとは思わなかった。しかし経久は松を掘らせ、それが車に乗せるのも困難で通路も狭いと知るや、切り砕いてすべてを送り付けたという。

智謀不信の武将（『陰徳太平記』）と無欲正直の御仁（『塵塚物語』）。この二つの相容れないイメージが経久にある。経久のこの二面を、「菊花の約」では信義の物語を重層的にする仕組みとして用いたように思われる。

つまり、本話は左門と宗右衛門の〈信義の物語〉であるとともに、信義を掲げて雄々しく振舞う宗右衛門に偽善を読み取り嫌悪の感情を抱いていた経久が、激しいとも言える二人の信義の実践を目の当たりにして、〈狐疑の人〉から〈信義の人〉に改心する物語として、読むことができるのではないか。一見本筋とは無関係に思われる挿画は、この物語が経久の物語でもあることを暗示しているのではないだろうか。

三　「狐疑」と「信義」

「菊花の約」の典拠である中国白話小説「范巨卿鶏黍死生交」（『古今小説』所収）には全く存在しない、後半の復讐譚は、何のために付加されたのか。この物語の信義の主題を激越に彩るために相違ない。経久物語としてこれを見るとき、〈狐疑の人〉経久が、家の子赤穴丹治に手を下して姿をくらました左門を捕らえようとしなかったほど、その「兄弟信義の篤き」に感じた出来事であった。

従来の「菊花の約」の論では、「信義」と「軽薄」を対照的にとらえることが前提となっていた。それは間違っていない。しかし、本話の時代背景は、人を信ずることが難しい戦国の世。同時代に舞台設定される秋成の作品『ぬば玉の巻』では、「大君のしづもりませる都の内さへ、つるぎ打ふり、弓《ゆ》ずゑふりたてゝ、主おやともいはず、妻児《めこ》ともうつくし《寵》まず、あさましうばひあらそふには、人ひとりとしてたのまるる心はなく、ましてゐなか《辺鄙》

のはて〳〵の国には、豺狼《さいらう》のいどみのみ」と書かれる状況である。戦国武将が〈狐疑の人〉になるのはむしろ当然であった。その「狐疑の心」を動かすほどのインパクトが、彼らの「信義」にはあったということであれば、「狐疑」と「信義」の関係を重視して読解することこそが、試みるべき「菊花の約」の鑑賞法ではないだろうか。

「狐疑」は、中国の兵法書の『呉子』に、「兵を用うるの害は、猶予、最大なり。三軍の災いは狐疑に生ず」とあるように、用兵の指導的存在に対して用いることが多い。「狐疑の心」の語は、『漢書』の劉向伝に、劉向の上奏文の中の言葉として「夫れ狐疑の心を執る者は讒賊の口を来す」とある。

もともと塩冶掃部介の旧臣であった者達（赤穴丹治もその一人だったという設定には注意が必要である）が今自分に仕えている。戦国時代の武将である尼子経久が「狐疑の心」を持っているのも当然といえば当然である。

経久が「狐疑の心」を持つことと、彼の許に「腹心爪牙の家臣」がいないのは表裏のことであった。ところが、経久の前に現れた赤穴宗右衛門は、一貫して塩冶の旧臣として振る舞い、それが経久の心の琴線に触れた（そして宗右衛門には経久の「怨める色」に見えた）。朋友との約束を理由に辞去せんとする宗右衛門を拘束したのである。もともと義を尽くすべき主君である塩冶を失った宗右衛門は、森山重雄のいうように、「菊花の約の「信」にしか帰るところがなかった」（『幻妖の文学 上田秋成』（三一書房、一九八二年）わけであるが、経久が彼を幽閉したのは、宗右衛門の復讐をおそれてのことというよりも、義に厚い家臣をもった塩冶掃部介、信義の友をもった左門に対する嫉妬であったと考えられよう。

さて、〈狐疑であることが当然の戦国の世において厳粛に遂行される信義〉が本話のテーマであるとすれば、本話における「信義」の内実について最小限のことを確認しておかねばならない。この点についは旧稿と重なる部分もあるが、行論上必要なので許されたい。

「菊花の約」において「信義」は次のように用いられている。

1　左門が母に対して別れの挨拶をする中で、「兄長赤穴《このかみあかな》は一生を信義の為に終《をは》る。小弟けふより出雲に下り、せめては骨《ほね》を蔵《をさ》めて信《しん》を全《まつた》うせん」という。

2　左門が丹治に対して、「士《し》たる者は富貴《ふうき》消息《せうそく》のこととともに論ずべからず。ただ信義をもて重しとす」という。

3　左門が丹治に対して、「吾今信義を重んじて態々《わざ〳〵》ここに来る。汝は又不義のために汚名《をめい》を残せ」。

4　末尾近くの地の文に、「尼子経久此よしを伝《つた》へ聞きて、兄弟信義《しんぎ》の篤きをあはれみ、左門が跡をも強《しひ》て逐《をは》せざるとなり」とある。

2、3は秋成が新たに創造した場面で用いられているが、1と4は典拠の「范巨卿鶏黍死生交」に対応する箇所があり、そこに「信義」の語が使われているので、「信義」は典拠に則る言葉であるとしてよい。そして「范巨卿鶏黍死生交」をはじめとする中国白話小説において「信義」の語は、たとえば『古今小説』「臨安里銭婆留発㆑跡」における兄弟盟約の場面で「只説我弟兄相慕信義情願結桃園之義」というように、『三国志演義』第一回「宴桃園豪傑三結義　斬黄巾英雄首立功」における劉備・関羽・張飛の義兄弟の桃園の盟約を踏まえていた。そこには、

　今劉備、関羽、張飛、雖然異姓、既結為兄弟、則同心協力、救困扶危、上報国家、下安機黎庶。不求同年同月同日生、只願同年同月同日死。

とあり、契約を結んだ兄弟は、「同年同月同日に生れることを求めず、願わくは同年同月同日に死にたい」とあった。『水滸伝』における豪傑たちの兄弟の誓いもまた『三国志演義』をふまえる。第二回、朱武・楊春が、とらえられていた陳達を救うきっかけになった場面で、「不求同日生、只願同日死。雖不及関・張・劉備的義気、其心則同」。という。生まれた日は違うが、死ぬときは同じ日に死のうと、関羽・張飛・劉備の義気には及ばないものの、志だけは同じであると。『三国志演義』に遡る「信義」の理念を「菊花の約」も踏まえているとすれば、それ

は友情のレベルを超えて命がけで殉ずべき理念である。

この「信義」観は、同時代の通俗教訓書・奇談においても見られる。常盤潭北の『民家分量記』（享保六年刊）巻二「朋友の交」に、「朋友は異親同体とて、信義をもって兄弟となる交也。仮にも約束一言をたがへざるを本とす」と言う。またすでに「菊花の約」との関係が指摘されている、寛延二（一七五〇）年『怪談登志男』巻二「亡魂の舞曲」は次のような話である。

江戸の謡曲好きな老人岩崎翁と楽しみをともにした彦兵衛という老人、しばらく翁の前に姿を見せなかったが、ある日かねてから京都にあつらえていた扇が出来たとして訪れ、仕舞を舞うが、そでを返すはずみに消えてしまう。翌日彦兵衛の息子藤七となのる若い町人が「兼ねておおせ付けの扇を持ってまいりました」と訪ねてくる。それは昨日彦兵衛がもってきたものと同じ。さてはと昨夜のことを話すと、藤七は病に倒れ扇のことを気にしていたが、扇の到着にそれを吟味して息を引き取った。

この話のあと、末尾に、「彦兵衛が実義まことに世の人の鑑なり。人はみな信義あつきこそ人の人といふべし。いつはりかざれるべんぜつもの、りかうさいかくはありとも、人の道にあらじかし」とする。「いつはりかざれるべんぜつもの」とは「軽薄の人」と言い換えることもできよう。そうすると「菊花の約」の末尾と類似することとなり、もっと注目されてよい。

四　尼子経久物語としての「菊花の約」

「菊花の約」の末尾は次のようである。

尼子経久此よしを伝《つた》へ聞きて、兄弟信義《しんぎ》の篤きをあはれみ、左門が跡をも強《しひ》て逐《をは》せざるとなり。咨《あゝ》軽薄《けいはく》の人と交はりは結《むす》ぶべからずとなん。

経久が許すことで、この信義譚は、それを憐れんだ経久の寛容とともに、伝承される物語という形になった。それは、典拠「范巨卿鶏黍死生交」における張劭と范巨卿の信義譚と、それを憐れんで顕彰した明帝の寛容に相当する。つまり、本話は信義の物語の枠組みを持つことが改めて確認されよう。だが、明帝は「信義の墓」と「信義の祠」を建立することで、信義譚を後世に伝えた。経久はどのようにして伝えたのか。

もう一度、経久についてみてみよう。「つら〳〵経久がなす所を見るに、万夫《ばんふ》の雄《ゆう》人に勝《すぐ》れ、よく士卒《いくさ》を習練《たならす》といへども、智を用《もち》うるに狐疑《こぎ》の心おほくして、腹心爪牙《ふくしんさうが》の家の子なし」という宗右衛門の経久評。これは、最後の場面で経久が「信義《しんぎ》の篤きをあはれ」む伏線になっていよう。経久が単に狐疑の人であるのではなく、すぐれた武将であることが示されていたことによって、納得できる場面となるし、それは経久の「狐疑の心」を晴らすような出来事であったという読みが可能になる。

つまり、「狐疑の心」が多かった経久は、左門と宗右衛門の信義の実践をまのあたりにして、変わったのである。変わりうるだけの本来的な実直さを彼は持っていたのである。その根拠・必然性を秋成は、『塵塚物語』における「無欲正直」の経久説話に求めていたと思われるのである。

家臣を殺された経久が、逐電した左門を捕らえて処刑するのは当然のはずだが、そうはしなかった。経久は同年同月同日に死にたいという『三国志演義』「桃園の盟約」を踏まえた「信義」の本来のありかたにふさわしく自決しようとする左門に、その場を与えたのである。経久が「強て逐せ」なかったのはそういう理由であろう。

以下は経久物語としての、本話末尾の解釈である。

経久は思った。あるいは公言したと考えてもよい。「咨《あ》軽薄《けいはく》の人と交はりは結《むす》ぶべからず」と。この思いは、自らが「狐疑の人」であったのは、「軽薄の人」と交わっていたからだという深い反省であり、「信義の人」と交わりたいという強い願いでもあった。

「ああ」「となん」という具合に、なぜ語り手の詠嘆で終わっているのか。語り手の詠嘆の原型に、経久の詠嘆がこめられているのではないか。つまり、

「咨《あ》軽薄の人と交はりは結ぶべからず」となん、経久はいひけり。

と考えればよいのではないか。そこを起点にこの物語の伝承が始まっているということではないのか。私のいう尼子経久物語とは、尼子経久の物語であるとともに尼子経久が語る物語の謂いでもある。

以上は、「菊花の約」が信義の物語であると確認するとともに、尼子経久が改心し、信義を獲得する物語でもあるとする私見である。このように読み取った時にはじめて、本編との関係が薄いとされた挿画が、むしろきわめて明示的に第二の主題を示していることになるのである。

雨月物語（巻之二）　上田秋成 作

高　晓華

［前言］

翻译文学作品讲究的是忠实原文，明白通顺，保持原作风格。然而对于异语言异文化的人来说，要做到这看似容易的几点却颇为不易，尤其是在翻译古典文学作品时更为困难。仅是忠实原文这一点就很难做到。由于语言、文化及时代的隔阻，古典的东西往往难读、难解、更难翻译。因此人们往往从原语种的现代语译文中寻求帮助，这样一来，就容易离开原文而依据现代语译文来进行翻译，使翻译出来的东西有时偏离原文。因为每个原语种的现代语译文的译者对作品都有自己的理解，其中难免有偏离原作者意图的地方。如果根据这种现代语译文进行再翻译，可能会使偏差更大，正所谓失之毫厘，谬之千里。笔者在《雨月物语》的翻译实践中，为忠实地再现原文，在对原文的背景考察之后逐字逐句地理解原文，然后才动笔翻译。可以说是一句一句地啃出来的。当然，在忠实原文的基础上，笔者也尽量努力使译文明白通顺，保持原作风格，但因笔者日语功底和汉语笔力有限，目前的译作只能说是尝试，还不能算是成功的译作。今后笔者将继续依据原作的翻译实践，以期能够翻译出更好的日本古典文学的译文。

浅茅陋屋

在下总国葛饰郡真间乡里[1]，有一名叫胜四郎的男子。从其祖父开始就住在这里，传下了不少田产，生活富足。可是他生来不愿受束缚，讨厌务农出力，因此家道中落。这样一来，亲戚朋友都疏远了，胜四郎心中也不受用，想方设法重振家业。其时，有一名叫雀部曾次的人，为做足利染绢[2]的生意，年年从京城至此访问亲戚，一来二去，与胜四郎也相熟了。胜四郎把想当商人和他一起进京的心思一说，雀部就痛快地应诺了，并说了何时何时出发。胜四郎喜不自禁，将所剩田产尽卖换成钱，又购进许多足利绢，准备进京。

胜四郎之妻名叫宫木，容貌出众颇惹人眼，品性亦贤。此番胜四郎办了货物要去京中做生意，其妻心内不快，百般劝说，可是他平时就是说一不二的性子，这次正在兴头儿上，哪里听得进去，宫木虽然担心日后的生计，还是麻利地给丈夫打点好了出门的用物，胜四郎出门的前一夜，两个人忍泪话别。宫木含泪道："剩下我孤独一人无所依靠，一个女人家的心真是无所寄托，走投无路。不要忘了，家中有我朝夕等待，快点回来。只要活着就好，可是这无常之世连明天如何都难以预料，你虽要强，也可怜奴家些吧。"胜四郎安慰道："我岂能在如乘浮木陌生的他乡久呆呢？当秋风吹拂葛叶之时[3]，我必回来。好生等着我。"天明了，随着公鸡报晓声，胜四郎离开东国急向京地。

这一年是享德四年[4]之夏，镰仓的御所成氏朝臣[5]与管领[6]上杉[7]交恶，御所的公馆被兵火烧毁，御所逃到总州[8]的友军处。从这件事始，关东一带陡然大乱。各方诸侯随心所欲，为所欲为。逼得老人们逃至山中，年轻的被军兵驱使。人们嚷嚷着："今天烧这个地方"、"明天敌军要来攻打"等。妇人和孩童不知往哪里逃才好，急得哭泣不已。胜四郎的妻子也想出去躲躲。可是想到丈夫"等我秋天回来"这句话，心里就有了主心骨，没有逃出去，每天提心吊胆地掰着指头过日子。到了秋天，胜四郎却连一点信儿都没有。宫木觉得他丈夫的心和这世风日下的世道一样不可信赖，她心情悲苦，怨恨着丈夫，心都凉透了。

缕缕愁思长，无人告夫知
逢坂夕告鸟，请告秋已深

吟了这首歌，可两地隔阻，无法把这和歌传给丈夫，随着世间的骚乱，人心也愈加险恶。偶有来访之人见宫木貌美垂涎三尺，就用语言来挑逗，可是宫木全然不为所动，恪守三贞之操行，冷冷拒绝，然后关窗闭户再不见人。惟一的一个使女逃走了，不多的积蓄也用完了，就到了年关。过了新年，世道仍然不太平。加之头年秋天京都城将军家有令，赐官旗给美浓国⑨郡上领主东下野⑩守常缘⑪。并来到下野领地，和千叶实胤⑫联合在一起攻打御所方，御所方也坚守顽抗，战火愈加蔓延，不知何时结束。流寇四处筑山寨放火抢掠。天下八州⑬无一安生之地，世之劫难真是可叹。

胜四郎跟着雀部进了京城，带的足利绢均已脱手，当时京城人喜好华美之物，胜四郎大赚了一笔，准备回乡。就在这时，上杉的兵攻陷了镰仓的御所，并穷追猛打。世上传说家乡一带干戈满目，到处都是战场。这世道连眼前之事都难知真伪，更不要说重云远隔的家乡了。胜四郎心忧如焚，坐立不安，八月初离开京城，来到岐曾的真坂⑭，走了整整一天，在过真坂时，遭遇山贼挡路，行李被抢劫一空。并且听人讲往东的道路到处设了新关卡，不许旅客通行。这样一来，连捎个信回家也不可能。胜四郎想：家已被兵火毁掉，妻子也已不在世上了吧。若是这样，故乡就成了鬼魂出没之地了。无奈他又回到京城，又辗转至近江国⑮，突然心内难受，得了热病。在武佑有一富翁名叫儿玉嘉兵卫。这里是雀部妻子的娘家，在胜四郎的恳请下，他们收留了胜四郎，不但精心将息调养，还请来医生给他开方下药。过了一些时候，胜四郎心中清爽了，诚心诚意地向儿玉道了谢。可是还不能行走，就住了下来，没想到这一年就在这里过了年。不觉间在这里也交上了朋友，因他性情率直，人们都看重他这一点，儿玉还有其他人都与他和得来，毫不隔心。其后，胜四郎去京城就去拜访雀部，回近江就在儿玉家借宿。七年的岁月像梦一样就过去了。

宽正二年⑯，畿内的河内国⑰白田山家族发生内讧，同根兄弟浴血相煎，京城一带动荡不安，加之从春天开始瘟疫肆虐，尸叠街衢，人心惶惶，悲叹命运未卜。胜四郎思忖道：如此落魄，无所事事，活着还有什么指望？滞留于远离故国的他乡，受着外人的恩惠，岂能总是如此活下去呢。甚至也不知道扔在故乡的妻子的消息，如同流浪在长满萱草的野地里一般，过了这么多年，思想起来，自己的心真不够诚啊。即使妻子亦成为他乡之鬼，也要找到遗骸给她修墓立坟。胜四郎向人们说了此意，在淫雨连绵的五月，选个晴天和众人告别，历经十天，回到了故乡。

这一天，日已西沉，雨云压顶，天色晦暗。胜四郎以为在自己熟悉的家乡不会迷路，于是分开茂盛的夏草向前摸去，走到古和歌中曾吟咏过的继桥时，发现桥早已朽了，已经掉到河中了。不但听不到行马的足音，田地荒芜，不辨旧径，也不见了旧时曾住着的人家。稀稀落落似乎有几家还住着人，既像从前，又不像从前，胜四郎不知哪里是自己的家，不知所措地立地在那里，离这二十步远，有一株被雷击过的老松，耸立在那里，借着云间漏下的星光，胜四郎一阵惊喜，“啊，总算找到了自己家门前的记号”。急奔过去看，房子竟完好无损，似乎也还有人住着，从旧门的缝隙漏出些微灯光。胜四郎心咚咚跳着，想：是外人住着还是那人还活着。于是在门口轻咳了一声。里面马上就听到了并问道：“谁呀”。声音苍老嘶哑，但是的确是宫木的声音。胜四郎疑在梦中，心中百感交集，忙道：“是我回来了。在这荒野中还这么住着，好生奇怪。”因为是熟悉的丈夫的声音，里面慌忙打开了门。胜四郎一看，宫木蓬头垢面，眼窝深陷，憔悴不堪。乍看都认不出来这就是以前的妻子。宫木盯着丈夫，也不言语，潸然泪下。胜四郎心也乱了，一时说不出话来。过了一会，总算能开口讲话了。“要知道你还活着，我怎么能在外面过了这么多年不回来？那一年在京城，听说镰仓兵乱，御所的军队溃败，逃到总州抵抗，管领方面穷追猛打。在那第二天，别了雀部，八月初离开京城。来到木曾路[18]，遇到许多山贼，衣服金钱被这些人抢个净光，好容易保住了性命。又听村人们说，东海[19]东山[20]两道都在各处设立了关卡，不许行人通过。还说昨天从京城下来了节度使，和上杉一方联合到一起，来到总州方面作战。家乡这一带被烧殆尽，遍遭军马践踏。我想你不是烧死就是沉入海中了，于是下了决心又回到京城，寄食于人过了七年。近来，思家之心急不可耐，心想哪怕是看看后事如何，就回来了。做梦也没想到你还活在世上。难道这是巫山的云，汉宫的幻影吗？”胜四郎反复絮絮地说着，没完没了。其妻忍住眼泪说：“那年你走后，还没到约好你回来的那个秋天，这世界就变得狰狞可怖，村里的人都扔下家或漂流海上或躲进深山，偶有留下的人也是虎狼心肠，看我一个孤身女人，就来花言巧语地引诱。我抱定宁为玉碎不为瓦全的心思守身如玉，好几次都招致祸事。银河报秋，可你没有回来。等来了冬天，盼来了春天，可是连个音信也没有。甚至马上想到京城去找，可是连男人都不许通过的关卡我一个女人家有什么办法能通过呢？望着檐头的松树，在等也等不回来旅人的家中等得心焦，与狐狸猫头鹰为伴度日至今。现在（见到了你），心里积郁的怨恨也变成了高兴。这么苦等着若熬死了，这怨恨你也不会知道了。”说着又嘤嘤地笑。胜四郎安慰道：“夜短快歇息吧。”于是两人睡下。

破窗纸吹进松风，整夜冰凉如水，由于长途旅行疲劳不堪香甜睡去。五更天亮之时，胜四郎似在梦中，觉得有些凉，伸手拉棉被，只觉得什么东西沙沙响，于是睁开了双眼。脸上就有冰凉的东西滴下，疑心是漏了雨水向上一看，房顶早就被风卷走，一弯惨白的晓月悬在上方。屋子也没有门。地板已朽，朽掉的缝中长出很高的胡枝子和芒草，晨露滴落，袖子都能拧出水来。墙上爬满了各种蔓草，院子几乎被猪殃殃草埋了起来。荒凉破败就像秋日的荒野。回过神来哪里还有同寝共枕的妻子，寻思是被狐狸迷住了吧，可是这荒地肯定就是以前的家呀。从造得很大的里间屋到套廊，稻仓都是按照自己喜好的样子盖的，现在还保持着原样。胜四郎僵住了，忘记了抬脚走路呆立在那里。仔细想来，妻子早就死了。这个家现在是狐狸等的栖身之地，成了荒野中的弃房，昨晚，是奇异的鬼魂显形吧，现出宫木的活时的模样。或是还记挂着自己的妻子的亡魂回来和自己共度一夜的吧。家和妻子都和自己想的一样，一点儿没有错。想到这里，又滴下泪来。“没有变的，只是活下来的自己的身体”这样想着在破房子里面转着看了一遍，看到以前睡觉的房间的地板条被揭了下来，用土堆起一个坟堆，还有些东西遮在上面以防雨露。想到昨夜亡魂来访，心里又怕又想。在上供的器物中间，有一块被削过的木片，贴着破旧的那须野纸[21]，上面的字迹已经模糊难辨，但的确是妻子的笔迹。没有殁去的年月亦没有戒名，只写着三十一个字，表达了妻子临终前的哀伤。

思君情丝长
翘首苦盼夫君归
若知君失信
何苦挣扎生至今

自此，胜四郎才相信妻子真的不在世了，他大叫一声，哭着扑倒在地。都不知妻子是何年何月何日死的，真让人觉得可怜啊。他想去问问有没有人知道这件事，于是忍住眼泪走了出去，这时已日上三竿。先去附近的人家拜访。主人已非从前，原来的住户见到胜四郎反问道："你是何方人士？"胜四郎施礼道："小子本是邻家主人，因生计去京城七年，昨夜归来，旧宅已荒废无人。看来妻子已经去了，也有土坟，可是连什么时候去的都不知道，更让人伤心啊。您若知晓请告诉我。"邻家主人说："这真是可怜啊。我在这里也只住了一年，好像很久以前就不在了。没有见过住在这里的人生前的样子。村子里的老住户大多在战乱开始时逃走了，现在住的人大抵都是从其他地方迁来的。只有一老翁好像是从前就住在这里的。有时去那所房子凭吊亡灵。这老翁大概知道亡故的日子吧。"胜四郎问："请问可知老翁家住何处？"主人答："住在离此百步之遥的海边，老翁有一大片麻地，就在麻地旁边有一间小房。"胜四郎兴冲冲地来拜访老翁，老翁七十多岁，腰已弯了，正坐在庭院灶前的草席上啜茶。老翁一见胜四郎就说："汝为何如此迟归。"看起来，老翁是这里的老住户。

胜郎先祝老翁高寿，然后详详细细地从自己进京不得已滞留至今说起，一直说到昨天夜间发生的怪事。一边对老翁为其妻筑坟凭吊之事郑重地表示感谢，一边忍不住眼泪直滴下来。老翁开口了："汝远行之后，从那年夏天始，此村也陷入了兵乱，人们四处逃跑，年轻的被召去打仗，桑田很快变成了狐兔出没的荒草丛。唯有烈妇汝妻仍等汝秋日归来，足不出户。我腿脚也不灵便，走百步都很吃力，因此也闭门不出。此地一下子成了可怕的魑魅魍魉的栖身之地，可宫木这个青年女子还在苦苦地等，这是何等可佳啊。老身活了这一把年纪见到的听到的也不少，可这个宫木最让人觉得心酸。秋天过去了，开了春，又到秋天的时候，八月十日亡故了。真是可怜啊。我亲手把她装进棺木，又运来土筑了坟。就把她最后写的和歌当成墓牌立在那里。上供的供品不多，只是心意而已，也祭奠了。可是老身不会写字，想写上日子也不能够，近处又无寺院，无处去讨戒名。如此，五年就这么过去了。听你刚才所说之事，定是宫木之魂来此向你诉说长年等待的旧怨吧。再去那里一下，好生凭吊一番吧。“说着拄杖前往，两个人一起跪在坟前唏嘘不已，是夜，就在那里念佛至天明。

两人辗转难寐，老人讲了一个故事。”在我祖父的祖父还没有出生的很久很久以前，这个村子有一美女叫真间手儿女。家里贫寒，虽着麻布皂衿，却面如满月，笑若花开，远胜过身裹绫锦的京城美女。乡里的人自不必说，京城的驻防兵士，邻乡的人无一不爱慕她的美色，前来求婚。被众人所求，而身只有一个，手儿女忧郁烦恼，为回报众人之心，她投身海湾。这件事成了世上悲哀故事的先例，古时的人们在和歌中咏过并传诵至今。老身小的时候，母亲就讲了这个故事，我听到这个故事，虽是小儿之心，也甚感悲伤。这故去的宫木的心性比那古时的手儿女还要强几倍啊。这多让人伤悲啊。“说着老人泪流满面，哽咽不语。胜四郎的心情更是难以述说。听了这件事，就连口拙的乡下人都觉得悲伤咏道：”昔日众慕手儿女，如我今日恋妻情“。正如这首歌所道，心中的痛楚难以言说，可是也许比那些会说会吟的人的感情更为深沉，更觉可怜。这个故事是从经常去下总国的商人那里听说的。

注

（1）下总国／在今日本千叶县境内。

（2）足利染绢／日本下野（今栃木县）足利附近印染的丝绸。

（3）葛／多年生草木植物。在古代日语中是”帰る“的序词。

（4）享德四年／公元 1455 年。
（5）御所成氏朝臣／镰仓公方足利持氏之子。
（6）管领／总辖。
（7）上杉／镰仓管领上杉宪忠。
（8）总州／在此指下总。
（9）美浓国／日本旧国名。位于今岐阜县南部。
（10）下野／日本旧国名。今枥木县。
（11）常缘／武将兼歌人。
（12）千叶实胤／千叶胤将之子。
（13）八州／指相模、武藏、安房、上总、下总、常陆、上野、下野等八国。
（14）真坂／在今长野县西筑摩郡神坂村。以险峻与歌枕而出名。
（15）近江／日本旧国名。位于今滋贺县。
（16）宽正二年／公元 1461 年。
（17）河内国／日本五畿之一。
（18）木曾路／江户时代日本的五大交通要道之一。通过木曾（今长野县）去东国的大道，亦称中仙道。
（19）东海／指东海道。江户时代五大交通要道之一，从京都经太平洋沿岸通往江户。
（20）东山／指东山道。江户时代五大交通要道之一。
（21）那须野纸／下野（今枥木县）那须野地方乌山附近产的纸。

梦应鲤鱼

在从前的延长年间[1]，三井寺[2]有僧名叫兴义。因绘得一手好画很有名。常画的不单单是佛像山水花鸟这些。在寺务空暇的日子，爱在湖上弄一扁舟，散钱给那些撒网钓鱼的人，让他们把打到的鱼再放回江里放生，然后兴义就画这些鱼儿在水中嬉戏的情景。如此经年累日，他的画愈发精妙。有时，他潜心作画，入了神不觉睡着了，在梦中，他竟到水中和大大小小的鱼儿一起玩耍。醒来后就把梦中所见如实画出来贴到墙上，他自己称其为梦应鲤鱼。觉得他的画精妙高超前来求画的人挤破了门槛，谁来求山水花鸟画，他都满足，可鲤鱼画他却当作宝贝，对人戏言："我不能把法师养的鱼给杀生吃鲜的凡夫俗子。"他的画的高超和玩笑广为天下所知。

有一年，他生了病，过了七天，就闭眼断了气。徒弟和朋友们围在枕边，惋惜叹气。只是胸口窝尚有一丝热气，大家都想着也许还能活转来，于是都在枕旁守候。过了三天，他手足一点点开始动了起来，忽听一声长嘘，他竟睁开双眼像是醒过来似地坐了起来，对旁边的人说："我很长时间人事不省了，昏了几天了？"徒弟等答道："师三日前就没有呼吸了。寺里的人和师平时密切的寺外之人都来了，连葬礼的事都商量好了。只是师心口尚有温气，所以没有入敛，都在旁边这么守着。现在您又活转过来，大家都在庆幸'幸好未葬'。"兴义点头道："谁去一下檀家平助的公馆，告诉他'兴义法师奇怪地苏醒过来了。老爷现在正开酒宴，肯定是正让家下做鲜鱼丝。先不要开宴会了，请快到寺里来。有一件很稀罕的事要告诉他。你看看他家的样子。我说的肯定一点不差。"去的人觉得奇怪，到了平助的公馆，说明了来由后看了那里的情形，主人助和其弟十郎、家臣扫守正围坐着喝酒，正和兴义说得一模一样，让人觉得蹊跷。助公馆的人听到此事，也觉得怪异，忙放下筷子，助带着十郎、扫守来到三井寺。兴义从枕上抬起头，先道路上的劳乏，助也祝贺兴义死而复生。兴义先问："你听我说说看。你是不是跟渔夫文四定过鱼？"助大吃一惊说："

的确如此。您如何知晓的？"兴义又说："渔夫带着装着三尺长大鱼的鱼篓进了贵馆的门。您正和令弟在南面的客厅里下围棋。扫守坐在旁边，正吃着大桃子观棋。看见渔夫送来大鱼特别高兴，把高脚盘子里的桃子给他，还拿出酒杯斟得满满的让他喝。厨子得意洋洋地把鱼拿出来做鲜鱼丝，这些，拙僧我说的没错吧。"助等人听了此话，又惊又惑，不断地问兴义："如何知道得如此祥细？"兴义讲述了此事始末。

"我近日生病，不胜苦痛，也不知自己已是死了，酷热难耐心头难过，拄杖出门，似乎忘记了病痛，恰似笼中鸟被放生飞空一般。走过了许多山和村庄，又来到了湖畔。看到湖水碧蓝，像是做梦一般欲嬉水游玩，于是脱了衣服跳进深水处，游来游去，虽说从小就不谙水性，可是竟能随心所欲地游耍。现在想来，是个无聊的梦境罢了。不过，在水中人怎么也不如鱼儿游得畅快。

我心里又羡慕起鱼儿的嬉戏自得来。这当儿，我旁边的一条大鱼对我说：'师之所愿小事一桩。请稍候片刻。'说着就看它消失在水深处，过了一会儿，只见一衣冠好生齐整的人骑着刚才那条大鱼领着鱼鳖虾蟹们浮上来对我说，'海神有旨。老僧平生放生功德无量，今在水中求鱼之乐。我授你金鲤之服一个时辰，让你品味水府之乐。只是，不要贪图钓饵的美味被钓上去身亡。'说着就不见了。简直是不可思议，我朝自己身上一看，不知何时起已鳞闪金光，变成了一条鲤鱼。自己也并不觉怪，摇尾动鳍随心所欲逍遥自得。先乘长等山③的山风向下游去，随波逐浪来到志贺的大湾④的水边。被在湖边行走的人吓了一跳，这些人裳裾都打湿了。我马上又潜到倒映着比良山⑤高峰影子的深水中，可又被坚田⑥渔火迷住，梦一般地游到渔火跟前。暗夜中，月影宿在湖中，映得镜山⑦高峰清澄如洗，无数渡口清晰可见，真个风情无限，湖面浮现出的冲津岛山⑧、竹生岛⑨上的朱墙在波中闪现让我心扑通扑通跳。天亮了伊吹山⑩吹着晨风，在芦苇中睡着的我被旦妻渡口摇出来的船的橹声惊醒了。我躲开划过矢桥⑪渡口的篙，游到濑田，好几次被桥守追赶。天暖的时候我浮上来，风大的时候我就沉到千寻之下玩耍。一时肚饥想吃东西，到处找食饵不得发起狂来，突然看到文四垂下来的鱼钩。其饵甚美。心里又想起海神的告戒。吾为佛门之子，一时不得食物岂可吞食鱼饵。于是离开那里。须臾，肚饥又甚更加难捱。又想，无法再忍了，即使吞了这个鱼饵，哪能被轻易地钓上呢？本来都是老相识，有何怕的。如此想着终于吞了鱼饵钩。文四赶紧收线将我逮住。我大叫‘这是干什么’，可他似乎一点也没有听见似的，用绳穿过我的腮，把小船系在长着芦苇的岸边，把我塞到篓子里进了贵府的门。您正和令弟在南面的客厅下围棋，扫守在旁边吃果子。看到文四带来的大鱼，都赞不绝口，其时我面对众人大喊：‘你们这些人啊，把兴义忘了吗。饶了我吧。让我回寺里去’。我连叫了数次，可都像没有听见似的，只是高兴得拍手。厨子先用左手指头按住我的两眼，右手拿起磨好的刀把我放到案板上正要动刀的时候，我痛得大叫，哪有杀佛门弟子之法。救救我！我哭叫着，可无人理会。终于觉得被切的时候从梦中醒来。“兴义讲完，人们都觉怪异，说：”师僧说的事，现在想来，的确每每都见鱼嘴蠕动，可没听见声响。我们能亲眼见到这等事情，真是不可思议。“说着，叫仆人飞奔家中，把剩下的鲜鱼丝倒入湖中。

兴义从此大愈，很久之后，享天年而终。临终之际，取所画鲤鱼数张散入湖中，画上的鲤鱼离开画布在水中游戏。因此，兴义之画并无传世。其弟子成光深得兴义妙笔之传，在当时颇有名气。在闲院[12]殿的拉门上画鸡，活鸡见了竟用爪去挠。此事载在《古今著闻集[13]》中。

注

(1) 延长／日本醍醐天皇时代的年号，公元 923-931 年。

(2) 三井寺／位于日本滋贺县大津市的天台宗寺门门派的本山，也叫园城寺。

(3) 长等山／三井寺背后的山。歌枕。

(4) 志贺的大湾／位于滋贺县滋贺郡。歌枕。

（5）比良山／日本比睿山北方连绵的山峰。近江八景之一。

（6）坚田／日本近江八景之一。以落雁而闻名。

（7）镜山／日本琵琶湖东南岸的歌枕。

（8）冲津岛山／日本琵琶湖中的岛。

（9）竹生岛／日本琵琶湖中的岛。

（10）伊吹山／日本滋贺、岐阜两县境内的山。

（11）矢桥／日本地名。位于滋贺县草津市。”矢桥归帆“为近江八景之一。

（12）闲院／京都御殿的一部分，曾是藤原冬嗣的邸宅。

（13）古今著闻集／日本 1254 年成书的说话集，作者为橘成季。

〈鶉居〉をめぐって
──秋成・蘭洲・履軒──

山本綏子

はじめに

近世中期の大坂にあって、全国の知的ネットワークの拠点であった懐徳堂の存在は、当時の知識人にとって少なからぬ関心の的であっただろう。懐徳堂全盛期に、大坂で暮らした秋成も例外ではない。秋成が懐徳堂に対して批判的な言説を残していることは、よく知られている。たとえば、『胆大小心録』の次の記述などがある。(1)

大坂の学校とは僣上な名目。郷校でも過た事よ。黌舎といふがあたり前じや。(二五段)

懐徳堂の人々が誇りをこめた「学校」という呼称(2)を、分不相応だと批判する。また、秋成と同世代である竹山・履軒兄弟に対する批判は、特に痛烈である。

竹山、履軒も、茶やへはゆかねど、ひやうしよう物をいふて、おもしろがらす也。(五二段)

学校のおとろへ、この兄弟で徳がつきたかしらぬ。ごくもん所といふわる口を前からいふた。なるほど、ろくな弟子は出来ぬに、皆かねづかひの、しんだいはつぶれ〳〵て、若死。長生したら、獄門にあひさうな人が

あつた。(二六段)

他にも『胆大小心録』には、竹山・履軒とのエピソードがいくつも記されている。いずれも、批判というよりも悪口という方がふさわしい勢いで綴られる。

とはいえ、中村幸彦氏は、秋成と竹山・履軒との仲について、「この文(=『胆大小心録』二六段〈筆者注〉)をそのままに感じる程の仲ではなかったであろう。[3]」と述べておられる。また、秋成と履軒とについては、宮川康子氏の、「こと宣長批判の文脈においては、二人の言葉はおどろくほど一致して」おり、両者は「共通の知的前提を持つ」という指摘[4]もある。確かに、後に述べるように、秋成と履軒との間には共通する要素が少なくない。互いに共鳴するものがあるにもかかわらず、秋成はあからさまな反感を示している。それは、共鳴しつつも、どこか決定的に相容れないものを感じていたからであろう。

一方、『胆大小心録』の、「五井先生といふがよい儒者じやあつて、」(二六段)という記述もまた、秋成と懐徳堂との関わりを指摘する上でしばしば取り上げられる。同じ懐徳堂にゆかりのある人物でありながら、五井蘭洲については、秋成は高く評価する。同時代の人物を次々と痛罵していく印象の強い『胆大小心録』にあって、「よい儒者」と秋成が評価するのは、きわめて珍しい。この記述について中村幸彦氏は、

秋成が師または先生と呼んだ人は、国学の加藤宇万伎、医術の都賀庭鐘以外は、この例のみである。(中略)伊勢物語の理解などに明らかに、蘭洲の勢語通の影響が認められる。

と述べておられる。[5]秋成は蘭洲に対して、単に好感を持つというよりも、学問的に多大な影響を受けているのである。

秋成が、履軒と共通するものを持ちながらも、激しく反発したのはなぜか。また、蘭洲の、具体的にどういった点を評価していたのか。本稿は、これらのことを考えることによって、同じ土壌に生まれ育った秋成と懐徳堂の

人々との関係を考える緒を得ようとするものである。

一

秋成と履軒との交流を示す資料としてしばしばあげられるものに、秋成と履軒とが合賛した鶉の画がある。鶉は巣を定めない鳥であるといわれる。住居が一定しないことを表す「鶉居」という語を、秋成は号として用いた。実際に秋成が住居を転々としたということによるだけではなく、よるべない流浪の境涯にある者として自己を表現しようとする意識の表れであろう。

しかし、「鶉居」という語に自身の境遇を託したのは、秋成だけではない。「鶉居」は、秋成と合賛した履軒にとっても重要な語であったことが指摘されている。(6)

秋成と中井履軒とが合賛した鶉図一幅があったという。その図に履軒は「悲哉秋一幅、如聞薄暮声、誰其鶉居者、独知鶉之情」という画賛を記した。(中略)(「鶉居」は〈筆者注〉)懐徳堂の外に身を置いて転居を繰り返した履軒の生涯を、そのまま示したような語である。

秋成と履軒とは、「鶉居」という同じ語に、自分の境涯を託していた。秋成と履軒との精神のあり方が、きわめて近しいものであったことが表れている。

さて、秋成についていえば、「鶉居」と題された文章が『藤簍冊子』に二編収録されている。号にするほど思い入れのあった「鶉居」という語、その語を題とする文章であるという点で注目される。筆者は以前、二編のうち巻六巻頭に収められた「鶉居」について取り上げ、秋成の安分に対する理想を具現化した文章であることを述べた。(7)

ここでは、その次に置かれた「其二」、すなわち「鶉居」の「其二」(以下、「(鶉居)其二」)を取り上げたい。

『藤簍冊子』では「鶉居」・「（鶉居）其二」と並んで収録されているが、両者は成立年代も異なり、[8] 内容も別である。

今回「（鶉居）其二」を取り上げるのは、「鶉居」という語が履軒との精神的共通点を示す語であるということからだけではない。「（鶉居）其二」は、蘭洲の文に触発されて記したというスタイルを持つ。こうした点において、「（鶉居）其二」は、秋成と懐徳堂との関わりを考える上で、重要な要素を含んでいる。

「（鶉居）其二」では、「彼五井の何某の書おかれしものの中に、いとをかしき事をこそ見出たれ。曰く、[9]」として、蘭洲の『瑣語』（一七六七〈明和四〉年刊）の漢文を引く[10]。さらに蘭洲の漢文を模したものなど、秋成の漢文も記される。その結果、「（鶉居）其二」は、一編の中に和文と漢文とが織り交ぜられるという、『藤簍冊子』においては珍しい特徴を持つ文章に仕上がっている。

『瑣語』から引かれているのは、住居論である。「室を造るの法、僧兼好云ふ。夏に宜きを以て佳と為す。確言也。余其の説を衍して云ふ。」という書き出しで、理想の間取りを述べる。そして末尾に、この文を記した動機が記される。

嗚呼此営、費三四十金に過ぎずして、事を弁ずべし。財乏く且つ居屢徙るを以て、故に竟に果さず。歎くべし。因て以て好事の者に遺す。他人の為に嫁の衣裳を作ると謂ふべし。

自分には財力もなく、また転居を繰り返したため、理想の住居を持つことができなかったと述べている。そこで、後世の好事家のために書き遺すのだという。これが、蘭洲がこの文を書いた目的とされている。

特に、「居屢徙る」の部分は、注目に値する。自身の境涯を、住居を転々とするものと表現している。実際蘭洲は、幼くして尼崎や信州の親類に預けられた経験を持ち、その後も、大坂、京、江戸、果ては津軽などを転々とした。在坂中には、大火により平野に退避したこともある。そうした人生を反映しているのかもしれない。わずかな部分ではあるが、この記述は、「鶉居」を号とする秋成の共感を得るのには充分だったのではないか。いわば、秋成は蘭洲に、自分と同じ〈鶉〉たる要素を見出したのである。「鶉居」と名付ける文に、蘭洲の漢文を引いた理由には、こうした意識も含まれていたのではないかと推察される。

「(鶉居)其二」では、この蘭洲の漢文の後、

彼はかせの、人の為にと云、我そのすき者と名のらん事、人笑へに、かつは物狂ほしけれど、心ばかりに云。

として、蘭洲の漢文を踏まえた秋成の漢文が続く。先に引いた、蘭洲の「因て以て好事の者に遺す。」という記述に応える形をとったものである。当然秋成が述べるのも住居論で、蘭洲と同じく理想の間取りについて述べている。間取り自体は秋成好みのものであるが、自分の理想の間取りを記すという点では蘭洲のスタイルをそのまま踏襲している。

二

ただし、もちろん秋成の住居論が蘭洲の住居論を単に自己流に置き換えたものというわけではない。秋成としても、蘭洲がのこしたものをそのまま模倣するつもりもないであろう。敢えて蘭洲から大きく離れた部分に、秋成の文の主眼を見出すことができる。それは、主に二つある。

まず、山住の風雅な様子を描くところに紙幅が割かれている点である。秋成の住居論では、理想の間取りを記述し終えた後に、窓からの眺望、聞こえてくる鳥や虫の音、水音など、きわめて趣深い情景が描き出されているのである。これは蘭洲の文には見られない。

二つ目が、文を書いた動機である。秋成の文には、「噫、斯の言誰の為にか書して之を遺さん。惟是憂を解き悶

を遣るのみ。」とある。誰のためでもなく、ただ自分の憂さ晴らしのために綴ったのだという。つまり、人に読まれることを前提としないということである。後世の好事家のために書いたという蘭洲の目的とは、対照的である。特にこの点は、「(鶉居)其二」においてきわめて重要である。

それでは、蘭洲の漢文との相違点をもとに、秋成の意図について考えてみよう。

まずは、人に読まれない文を敢えて書くという意識についてである。この意識は、「(鶉居)其二」全体と関わっている。「(鶉居)其二」冒頭は、次のように語り始められる。

世を避る人のかしこきにならへるにはあらで、たのむ陰を、加茂の古堤のほとりに、おしふせたる庵づくりして、柱にかいつけける。

里住の松の扉をさしこめて心を山のおくになさばや

又ひとりごたる、、

絶々の宿の煙に身をなさではひかくれなん事の悲しさ

老朽、まなこやみつかれしには、身投てんふかき谷をこそもとむべけれ。あはれなる山陰のすみか、いかでおぼしよるべきを、

山に隠棲することを理想としながら里住にあまんじている人物として、秋成は自己を語る。ここに語られている秋成は、山住を望む気持ちを自嘲しながら、里に「はひかくれ」ている。この点に留意しておきたい。

さて、この部分に続いて、先に触れた蘭洲の漢文が引用される。引用後に、「これや文に心をやりて、ねぎ事をはたさざりしは、いとも有がたき人の心也ける。」と記される。ここから、秋成が蘭洲の漢文のどこに惹かれたのかを知ることができる。現実に理想の住居を作り上げることなく、文に書くだけで安んじた蘭洲の態度を、秋成は「有がたき人の心」と評価しているのである。

蘭洲は、「(鶉居)其二」に引かれた漢文の中で、「是一室二用なり。」と、一部屋を夏冬両用に仕立てることを構想している。そして、次のようにいう。

又哂て曰く、富貴の家は、冬夏適居なり。何ぞ必ず一室二用ならん。窮措大の言は、往々にして斯のごとし。

裕福な者の住居は夏も冬も快適であるから、夏冬両用の部屋を考えるのは所詮「窮措大」、すなわち貧乏学者[11]の発想だと笑う。ここから浮かび上がるのは、清貧に安んじる隠者の大らかな姿である。

蘭洲の「有がたき人の心」に触発された形で、続いて秋成も漢文を記す。「心をこそ山住にはえなさざれ、すむ庵ばかりは」と前置きがされていて、冒頭の山住願望と呼応している。

このように、「(鶉居)其二」は、隠遁願望、特に山での隠遁生活を理想とする心が根底をなしている文といえる。表面上は、蘭洲が求めた好事家として、自分が名乗りを上げるというスタイルをとっている。しかしそう語りながら、実は、蘭洲の漢文に見える隠者像に共感したというのが本質といえよう。

三

次に、蘭洲の住居論と秋成の住居論とのもう一つの相違点について考える。漢文体で書かれた秋成の住居論の後には、和文が続く。秋成の住居論に山住の風雅な様子が描かれていたのは、その後に続く和文と呼応させるためであったと思われる。和文以降の部分を、順を追って見ていこう。

しかすがに山住ものどかなるのみにはあらで、夏は毒ある虫の喙をいたみ、冬は霜ゆき氷の朝なゆふなは、いかに思ひきゆらん。

山住の風流は、同時に困難の裏返しでもあるとして、山住みの苦労を綴る。山住を実践するには過酷な生活に対する覚悟が必要だとして、山住の二面性を語る。先の漢文で山住の風雅を描いたのは、この二面性を強調させるためであったと見てよいであろう。

右の引用の後は、西行・鴨長明に触れ、その生活の苦労を述べる。西行と長明が住まいを移すエピソードを織り交ぜていて、「鶉居」という題と呼応させようとする工夫が認められる。

続いて、いくら山住が困難だからとはいえ、豪華な住まいは論外であることを述べる。蘭洲も、「窮措大」との対比から「富貴」の家に触れていた。それをふまえているのかもしれない。西行や長明の境地には至らないものの、豪奢な暮らしなどまるで思いも及ばないと語ることから、山住を実践した隠者に心を通わせていることを示している。

さらに記述は陶淵明批判へと続き、精神の伴っていない形ばかりの山住を批判する。そして、次のように語る。

> 又隠るゝを名にて、人の望みをえまくする人は、翁がくらき眼にさへ見とゞめらるゝをや。心たかきがはひかくれずして、よく隠るゝにいたりては、いかで見たまへしるべき。いひつゞくれば、あやしのしこ翁と、世の人つまはじきやすらん。ある人のいへる、山棲のたのしきも、[12]園の趣をかへては、人目をかしからんと営むには、市朝の人に同じとや。うべも心たかき人の言は、思ひしみて忘れぬぞかし。

山住をしていても、それで評判になろうとしたり、人の目を意識するようなのは、本当の意味での隠者とはいえないという。陶淵明に対する批判と通じる内容である。また、逆に、たとえ市井にあっても隠栖の境地を実現している者もいると述べる。山に身を置いたからといって、必ずしも隠者と呼べるわけでもない。市井にも、真の隠者は存在することを主張する。

実は、これは秋成の自己肯定につながってゆく。「(鶉居)其二」冒頭を確認したときに述べたように、秋成は、里に「はひかくれ」ている人物、すなわち市井の隠者として自己を描いていた。自身の文が誰にも読まれることはないという意識も、このことと関わっている。書いたものを誰に見せるでもなく「はひかくれ」ている自分は、真の隠者なのである。

ただし、念のためにいえば、好事家に読ませるためにと文をのこした蘭洲を批判しているわけではない。秋成が蘭洲に隠者として共感していることは、既に確認した。ここは、蘭洲に対する批判ではなく自己肯定に主眼があると見てよいであろう。

さて、市井の隠者に言及した後、「(鶉居) 其二」では、山住のメリットとデメリットとが、和文と漢文とを織り交ぜながら綴られる。そして、世の中のすべてのことはこれと同様、すなわち長所と短所とを併せ持つものだと述べ、最後は自身の文に対する謙辞で筆を置く。

以上のように、一見すると住居論である「(鶉居) 其二」は、実は隠者論と呼ぶ方がふさわしいといえる。ここで語られているのは、隠遁においては、生活の場所ではなく精神のあり方こそが重要であるとする主張である。その主張を通して、市井の隠者、ひいては自身のあり方を肯定的に描くのである。

四

ここまで、「(鶉居) 其二」における秋成の主眼が、市井の隠者を評価し、自己肯定するところにあったことを述べた。そのことを確認する過程において、蘭洲に対する秋成の評価もわずかながら浮かび上がってきた。

次に、もう一人の〈鶉〉、履軒に触れる前提として、別の観点から「(鶉居) 其二」に見える秋成の社会観を確認しておきたい。それは、次の文からうかがうことができる。

古人云ふ、硯の墨を発すは必ず筆を費す。筆を費さざれば則墨を退す。二徳兼ね難きは独り硯のみに非ざるなり。大字は結密に難く、小字は常に局促す。真書は不放を患ひ、草書は無法に苦しむ。茶苦くして不美を患ひ、酒は美にして不辣を患ふ。万事然らざるなし。僕云ふ、世途将にまた斯のごとし。

長所と短所とは裏返しの関係にあるのであって、一つの事柄に良いところばかりがあることはないという考えである。そして、世の中の事柄はすべてこのようなものなのだという。何もかもがうまくいくことはない、これが秋成の世の中に対する認識である。

このことをふまえて、履軒について考えてみよう。履軒にも、和文集『華胥囈語』（成立年未詳）に収められた、住居論といってよい文章がある。「華胥国記」と題されるその文は、次のように書き始められる。[13]

いにしへの大江の岸のわたりにかたつぶりのかくれがをわがものがほにすめるは、安永のみかどの季のとしになむ。

その後は、荒れ果てた家の描写が続く。前半は、理想の間取りを描く蘭洲や秋成とは趣が異なり、現実に自身が住んだ家の様子が綴られる。

その家の庭に、履軒は竹を植える。

此君なくてはひと日しもとて、やをら植たれど、冬の半なれば、みどりの髪も霜とふりつつ、千年のちぎりそらごととなりぬ。

履軒の思いとは裏腹に、どうやら竹は枯れてしまったらしい。また、北山に住む友人に、牡丹と卯の花をもらい受ける。牡丹はすぐに根付いて咲くが、卯の花の方は芳しくない。

卯月のもちはすぐれど、うの花はいまだいぎたなきをうちわびつつ立やすらふ夕暮に雲井はるかに一声おとずれければ、

まつとしもあらで植にし卯花のひもとかぬまにほととぎすなく

時期が来ても卯の花が咲かないことを嘆いている。このように、何かと思い通りにいかない住居の様子が描かれ、履軒の次のような感想が綴られる。

うたて世中にかかるためしのおほかるをおもひつづけてそれとはなくて、

わすれ草たねまきつれど春雨におほるものとは鬼のしごくさ

世の中に、期待通りにいかないことは多いものだという。ここに見えるのは、世の事柄は何もかもがうまくはいかないのだという認識であり、「(鶉居)其二」に表れていた秋成の社会観ときわめて近いものがある。秋成も履軒も、世の中を不条理なものだと捉えている。

秋成の場合はそうした世の不条理さを嘆くところで終わったが、履軒の和文には続きがある。「華胥国記」の後半には、理想的な書斎が描かれる。履軒はその書斎を、理想郷を示す名「華胥国」と名付け、そこで酒や舞を楽しむ理想的な生活を送る。

また酒のみなどしける時は、この国のあるじがほに胡蝶の夢もさめやらず、南の枝ぞすみかなどいまやうめかひてものぐるほしう、まひうたひける。もとより夢てふものはさだかならぬたとひにさへいふなる。すべてこのむろにいりてこの窓の下におれば、いふことすることゆめならぬことはあらじ。

「華胥国」の中で履軒は、現実を隔絶し、そのことによって理想的な生活を実現する。これが、秋成とは大きく異なる点である。

「(鶉居)其二」を見ても分かるように、秋成の場合、期待通りにいかない現実の問題は解決されない。つまり、理想が実現することはない。一方履軒は、現実を完全に遮断するという方法で理想を実現する。

興味深いのは、この傾向が、秋成と履軒とがそれぞれ書いた物語にも見えるということである。これは決して偶然ではないのではないか。秋成の『雨月物語』は、怪異を話の主軸とする。非現実的なストーリーでありながら、しかしそれらを通して描き出されるのは、現実社会における切実な問題である。それらは、基本的に解決することはない。そして、決して解決されることのない現実の諸問題に直面し、割り切ることのできない生きた人間の感情が描き出されていくのである。

それに対して、履軒の『華胥国物語』には理想的な国作りが語られる。様々な施策によって現実の諸問題が次々と解決される、理想郷が描かれていくのである。

この二つの物語からは、それぞれの住居論と同じ傾向を見てとることができる。すなわち、秋成は不条理な社会を解決不可能なものとして描き出し、履軒は不条理な社会とは別天地を創り出すことで解決をはかるのである。このことは、両者の基本的な姿勢を表していると考えて良いだろう。

現実を無視できない秋成にとって、現実を遮断することで理想を実現する履軒の態度は、現実逃避に見えたのではないか。もちろん履軒の場合、理想的な世の中は現実の裏返しとして描かれているのであって、それが現実への皮肉として跳ね返っていくという解釈も可能である。また、履軒が〈華胥国〉において自由を獲得したことで、経学や天文学をはじめとする研究を深化させることができたのもまた事実である。秋成には、ついにそれができなかった。現実に目の前に横たわっている問題を割り切って考えることのできない秋成は、それらと不器用に向かい合っていくしかない。そのようなもどかしさを抱えていた秋成からすれば、履軒の姿勢は理想郷に耽溺するだけで根本的な解決にならないものに感じられもするだろう。近似した社会認識を持ちながら、秋成が履軒に反発を感じた理由の一端は、こうしたところに存在していたと思われる。そのことに対する苛立ちが、『胆大小心録』に見えるような、激しい口調の批判となって表れているのではないだろうか。

おわりに

「(鶉居) 其二」に引用された漢文において、蘭洲は、理想を諦めざるを得ない現実を前に、ただ自分のできること、つまり文を書くことで安んじた。一方、履軒の「華胥国記」では、現実とは隔絶された世界を創り上げることで理想は実現される。秋成が共感したのは、蘭洲のあり方であった。こうしたことが、秋成の蘭洲に対する敬慕、あるいは履軒に対する反発へとつながっているように思われる。

同じ近世中期の大坂にあって、秋成と懐徳堂の人々との間には、共通するものと、相反するものとがそれぞれ存在していた。今回の考察は、その様相を具体的に明らかにするための足がかりとなるだろう。今後、秋成と懐徳堂とを相対的に評価していくことによって、彼らを生み出した近世中期上方の、豊かな〈知〉の背景を明らかにすることを目指したい。

注

(1) 以下、『胆大小心録』の引用は、『上田秋成全集』(中央公論社)による。読解の便を図って、適宜濁点を付した。また、末尾に段数を記した。

(2) 宮川康子氏『自由学問都市大坂』(講談社・二〇〇二年二月)に、次のようにある。

安永九年(一七八〇)、懐徳堂は、それまでの「学問所」という名前を「学校」と改めた。この改称には、単なる学問所ではなく、幕府の官許を得た正式の学校なのだという自負が表れている。

（3）日本古典文学大系『上田秋成集』（岩波書店・一九五九年七月）補注。
（4）（2）所掲書。
（5）（3）に同じ。
（6）湯浅邦弘編『懐徳堂事典』（大阪大学出版会・二〇〇一年一二月）。
（7）拙稿「「鶉居」と安分」（『鯉城往来』第三号・二〇〇〇年一〇月）。
（8）新日本古典文学大系『近世歌文集　下』（岩波書店・一九九七年八月）注。
（9）以下、「〈鶉居〉其二」の引用は、注8所掲『近世歌文集　下』による。読解の便を図って、漢文は書き下し文に改め、漢字、おどり字、句読点の表記を現在通行のものに改めた。
（10）中村幸彦氏による、「その刊本（＝五井蘭洲『瑣語』の刊本〈筆者注〉）と秋成の引用とを照合するに、またかなりの誤脱が目につく」（「『藤簍冊子』異文の資料と考証」〈（1）所掲『上田秋成全集』第一〇巻〉）との指摘がある。両者の異同については、本稿の論旨とは直接かかわらないため、今回は問題として取り上げないこととした。
（11）（8）に同じ。
（12）（8）所掲『近世歌文集　下』では、「国」。注1所掲『上田秋成全集』では「園」。板本を確認の上、「園」をとった。
（13）以下、「華胥国記」の引用は、湯城吉信「中井履軒『華胥囈語』翻刻・解説」（『懐徳堂センター報２００５』・二〇〇五年二月）による。読解の便を図って、適宜行移り、濁点、句読点を改めた。

〔付記〕
本稿は、平成二十一年度科学研究費補助金基盤研究（c）「近世冷泉派歌壇の伝存資料についての研究」（研究代表者　久保田啓一）による研究成果の一部である。

大田南畝の『日本風土記』享受

久保田　啓一

一

侯継高撰『全浙兵制考』附録『日本風土記』五巻は、明の万暦二十年（一五九二）頃に刊行された日本研究の書である。この『日本風土記』には中国音を借りて日本語が多数掲げられているため、修訂改題本の『日本考』も含め、室町時代の日本語を記した外国資料として早くから注目され、浜田敦氏・渡辺三男氏の先駆的研究を始めとして、主として日本語学の分野で多くの業績が発表されてきた(1)。特に京都大学文学部国語学国文学研究室編『全浙兵制考　日本風土記　本文、解題、国語・漢字索引』（京都大学国文学会、一九六一年九月。解題は安田章氏執筆。以下、「影印」と呼称する）は研究の推進に大きく寄与している。また、巻三の詩歌三十九首の出典や解釈について検討した文学研究(2)、『全浙兵制考』の撰者侯継高の伝について大きく記述を前進させた東洋史学分野の研究(3)、中国語学の見地から『日本風土記』の音韻を追究した研究(4)など、近年は日本語学の資料の域を超えて多方面からの検討の対象となっている。

以上、『日本風土記』に関する研究史をあらあらと紐解いて見たが、従来の研究は収録される言葉や和歌・歌謡に対する詮索と撰者の伝記追究を専らとし、近世において本書がどのように読まれたかについての論者の関心は概ね低い。それでもあえて専門領域を異にする筆者が本書を取り上げようとするのは、多いとはいえない愛読者の一人に、他ならぬ大田南畝が数え上げられるからである。南畝の眼を通して近世の『日本風土記』享受の一端を探り、その意義を考えるのが本稿の目的となる。明代の中国で成立した日本研究を南畝がどのように受け止めたのか、本論集の趣旨にいくらかでも沿えることを期しつつ検討を加えたい。

二

南畝による『日本風土記』享受について見る前に、本書の近世における享受の大凡を概観しておく。そもそも『日本風土記』は、延宝五年（一六七七）二月に、林鵞峰が長崎の牛込氏所蔵本『全浙兵制考　日本風土記』を借り出し、塾生に命じて二日間で全冊を書写させ、以後林家の秘籍として継承された、書物愛好者であれば強い関心を抱かざるを得ない稀書であった。現在内閣文庫に林鵞峰手跋本（請求番号　一九五―六六）として所蔵される[5]。また同じく内閣文庫に蔵される明版（請求番号　史一九八―一四）は、文政年間に幕府に献上された豊後佐伯藩主毛利高標旧蔵書の中に含まれ、天下の孤本とされる。牛込氏蔵本と佐伯藩蔵本の関係は未詳だが、林家の写本と明版を比べると、鵞峰がいかに正確な副本を作成させたかが理解できる。林家の篋底深く秘められた写本の完本、佐伯藩から幕府へと献ぜられた原刊本とも、近世においてすでに実見できる人は限られていた。広汎な読者を想定できないことはいうまでもない。そんな状況下で本書を精密に閲覧することが可能な人物がいるとすれば、それは林家の当主とその門人か、公務で林家に出入りした人々のいずれか、すなわち林家の関係者を措いてほかに無い。渡辺三男氏が『日本風土記』の伝本収集の過程で注目された篠崎東海[6]などは、その条件に合致する。まさに近世における

『日本風土記』享受の功労者といってよいであろう。

渡辺氏稿によれば、現存する『日本風土記』の写本の中で、東海による校定を経た抄写本が主要な系統をなすらしく、架蔵の東海校定本と他二本の内容対照表を掲げて、三本が基本的には同系統であることを示している。ただし、項目によっては省略の有無に相違があったりして、全く一致するという訳ではない。近世の写本の常で、書写者の私意による改定が施されて細部の異同が生じたものと思われる。渡辺氏架蔵本を実見していないので詳細にわたる比較検討はできないが、巻四を除く巻一～三・五の内題下に「東海平維章挍」との記載がある早稲田大学図書館所蔵の二冊本『日本風土記』（請求記号　ル3／1055／1〈2〉、同館の古典籍総合データベースの画像による）を見ると、渡辺氏の掲げる抄写本の項目と一致することがわかり、同系と推測される。また早稲田大学図書館の一冊本の別本（請求記号　洋学文庫／文庫8／D263、古典籍総合データベースの画像による）も二冊本と同系の本文を有する。渡辺氏稿の「架蔵本のみならず、抄写本のすべてが、この系統のものではないか」との推測は、「すべて」といい切れるか否かの問題は残るものの、現状では概ね首肯できる。渡辺氏架蔵B本[7]にある享保二年（一七一七）の奥書から判断するに、それ以前に林家で作成されていた抄写本を東海が見て、鵞峰が門弟に写させた完本と校合しつつ作成した写本が、その元となった別人による抄写本ともども次々に写し取られていったのであろう。東海の手を経たか否かにかかわらず、抄写本の系統が基本的に一つであるなら、以上のような流れを想定するのが一番自然である。

なお、早稲田の二冊本には渋川春海の蔵書印「明時館図書印」が捺されるが、正徳五年（一七一五）に没した春海自身が、享保十七年（一七三二）に林家に入門した[8]東海の校定本を所蔵したとは考えられない。春海以降の渋川家代々の蔵書に同印が捺され続けた結果であろう。また早稲田の一冊本は元文三年（一七三八）・延享四年（一七四七）の元奥書と享和二年（一八〇二）の書写奥書を有する。『日本風土記』の抄写本が享保期以降に流布し始めたことを自ずと示すものと思われる。

『日本風土記』の流布に東海が大きく寄与したのは確かである。そして南畝が『日本風土記』に強い関心を持つに至ったのも、恐らくは南畝の東海に寄せる強い尊敬の念がきっかけとなったのではなかろうか。東海の著述の収集と紹介に心血を注いだ南畝の元に、かつて東海が校定に取り組んだ『日本風土記』に纏わる情報が引き寄せられたのではないか。筆を南畝に戻す。

三

南畝が『日本風土記』を読んだ時点はいつ頃まで遡れるのか。また彼が読んだのはどのような本文を有する伝本だったのか。直接関連する二つの問いに対する回答を模索することから始めたい。

『大田南畝全集』（以下『全集』と略す）第十九巻所収「南畝文庫書目　坤」（四二六頁）に、

　全浙兵制　日本風土記附　十巻　写

とあり、文化六年（一八〇九）の記事を収める『一話一言』巻三十には、

　乾隆四庫総目兵家類　両浙兵制四巻　明侯継国撰　予家蔵全浙兵制三巻日本風土記五巻侯継光撰トアリ。（『全集』第十四巻一六〇頁）

と、「四庫全書総目」との異同を示しつつ、所蔵する『全浙兵制考』と『日本風土記』の概略を載せているので、南畝がある時点で『全浙兵制考』及び『日本風土記』の写本を入手したのは間違いなく、彼の著述にしばしば引用され言及される記事は家蔵本の繙読の成果と見てよい。もっとも、南畝旧蔵『日本風土記』の詳細は不明で、本節冒頭の問いに直接答えることは不可能である。南畝の利用の形跡を検討することで推測するほかはない。

南畝の記述を年代順に追っていく中で最初に『日本風土記』の名に逢着するのは、安永六年（一七七七）六月撰文の「蓼太集序」においてである。和漢詩歌の本質論や蓼太句の程剣南による漢詩訳に触れつつ蓼太の俳諧を称揚する文章の趣旨については、既に述べた[9]ので繰り返さない。日本人の詩歌が中国人に紹介された代表的事例の一つとして、

　昔、晁卿、唐人と唱酬し、明人、日本風土記を著はして、和歌数篇を載す。然らば則ち彼、我に詩有り、和歌有ることを知る。（原漢文、『全集』第二巻四六七頁）

のように、阿倍仲麻呂と並んで掲げられる。ただし『日本風土記』巻三所収の和歌の存在を漠然と念頭に浮かべておればなし得る行文であり、具体性に欠けるという点で、安永六年時点で南畝の手元に『日本風土記』が既にあったことを示す証拠とは見なしがたい。それでも二十九歳の南畝に本書に関する知識があったことだけは確かである。

寛政十二年（一八〇〇）頃の記録と見られる『石楠堂随筆』に「艇板」の考証があり、その末尾に、

　日本風土記語音の部に船具をのす。跳板福乃法西《フナハシ》、ふなばしなり。（『全集』第十巻九六頁）

と記すのは、短いながらも貴重な情報となる。この考証はほぼそのまま文化十四年（一八一七）刊の『南畝莠言』に生かされる（『全集』第十巻三八〇頁）が、考拠の一つとなった『日本風土記』の記述は、原刊本巻之四の廿六丁表から始まる「船具」の項の十語目に見える（『影印』七一頁）。ところがこの語は流布する抄写本には存在しない。管見に入った早稲田の二伝本はいずれも、「船具」として「舵」「箬帽」の二語を掲げるのみで、残りの十八語は省略されている。[10] 渡辺氏稿の対照表を見ても、抄写本三本とも「船具」登載は二語に限られており、恐らく「舵」「箬帽」の二つに違いあるまい。南畝が依拠したのは流布する抄写本とは異なる本文だったことになる。

享和二年に記された『杏園間筆』巻一には、次のような一条がある。

加藤清正肥後に封ぜられし時、薩摩を攻る聞へありければ、薩摩家老新納《ニイロ》武蔵、歌をつくりて国堺のものにうたはしむ。清正その備ある事をしりてうたずといふ。

肥後の加藤がくるならば、ゑん《塩》しゆ《焇》肴焇にだご《鉄砲》しほけ《茶うけ也》、それもきかずにくるならば、首に刀の引出物

按、だごは鳥銃の事也とぞ。日本風土記に鳥銃弾俄皮也《ダゴビヤ》たごひ也とあり。其比のことばなるべし。（『全集』第十巻二一〇頁）

この「鳥銃」は原刊本巻之四廿八丁裏の「武具」項のうちの一語で、確かに「鳥銃　弾俄皮也」（「影印」七二頁）と記載される。ところが早稲田の抄写本二本を検してみると、いずれも「鳥銃」は登載されるものの、読みの漢字が「弾俄皮世也」となっていて、片仮名で「ダンコヒシヤ」（二冊本）「タンコヒシヤ」（一冊本）とふりがなが施される。抄写本ではなぜか原刊本にはない「世」字が加わって読みも変化していた。南畝が見たのは、『杏園間筆』の引用を見る限り、原刊本そのものの本文を持つ写本だった。ちなみに、南畝は『一話一言』巻四十一でも「鳥銃」の考証を展開し、「舜水文集」の用例とともに『全浙兵制考』第一巻「本区倭乱紀」嘉靖三十五年（一五五六）八月の条を引用する（『全集』第十四巻五九九頁）。南畝には『日本風土記』に留まらず『全浙兵制考』所載の例を自在に引く用意もあったわけである。

なお、『半日閑話』巻八所載の、文政三年（一八二〇）の流行語「いつも御わかひ」に関する考証の末尾近くにも「此語は全浙兵制附録、日本風土記等に千首〈ママ〉万歳の千春万歳華《ハカイ》 蓋《ハカイハ》 云々」（『全集』第十一巻二四三頁）とあるが、「華蓋」は原刊本巻之四の十一丁「人物」の「少年人」「中年人」に「わかい」の音訳漢字として使用されている（「影印」六四頁）ものの、『半日閑話』通りの記事は見えない。『半日閑話』成立の不可解さを思えば、これを南畝の享受例として数え上げることには躊躇せざるを得ない。また、文化九年（一八一二）九月頃に保坂氏の蔵書目を『壬申掌記』に書き留めた中に「日本風土記」が含まれる（『全集』第九巻五七九頁）けれども、この直前に「武

蔵国風土記」が並ぶところを見ると、釈白慧が撰し秋里籬島が補った享和三年（一八〇三）刊の地誌の可能性が高く、この事例をもって南畝の『日本風土記』に対する関心を云々するのは無理だろう。

以上、微細な問題に終始したが、南畝の手元にあった『日本風土記』が抄写本系統ではなく原刊本に忠実な本文を有する写本であったこと、その蔵書を利用したことが確実な初例は寛政十二年の『石楠堂随筆』にまで遡れることの二点は確認できたように思う。前節で見た『日本風土記』の流布状況を思うと、南畝がさりげなく引用する記事の背景には伝存稀な完本の写しの存在が想定される。内閣文庫には、林家旧蔵『全浙兵制考　日本風土記』の『日本風土記』の部分を跋に至るまで正確に写し取った写本（請求番号　一九二―一五三）が伝わる。これなどは林家の完本を横に置かなければ成立しない写本であって、林家の関係者でなければ作成は困難である。しかし、この書の存在は林家の完本の写しが少数ながら出回る可能性を示唆する。南畝所蔵『全浙兵制考　日本風土記』が書目にいう十巻だったのか、『一話一言』巻三十にある八巻だったのかは不明だが、もし南畝が完本の写しを手に入れていたとすると、林家関係者（たとえば東海もその一人であろう）が完本を写し取ったものか、もしくはその写しが南畝の所有となったか、あるいは寛政十一年（一七九九）に『孝義録』関係の業務で昌平史館に出入りした際に自ら写したか、恐らくそのいずれかの場合が考えられよう。南畝としては、貴重な完本の写しに依拠して引用していることを読者に察して欲しかったのかもしれないが、まずは稀覯本を所持することへの自己満足に留まると見てよいのではなかろうか。書物を偏愛する人物ならではの楽しみというべきであろう。

四

南畝の『日本風土記』愛読は、興味の赴くままに記事を抄出しつつ稀覯本を自由に手に取る満足を一人味わうに留まるものではなく、読書経験を自分の文筆に生かすことにもつながった。その内実を探ることで江戸時代の享受の一端が窺えるように思う。以下、二例について検討する。まずは遊び心も交えての『日本風土記』の捩りから。『南畝莠言』の中に、三浦梅園著『詩轍』にある徂徠や清人の訳詩に触発されて、「蓼太集序」でも触れる所のあった蓼太句の程剣南訳詩に対抗すべく、自ら『日本風土記』巻三の形式に沿って訳詩を試みる箇所がある（『全集』第十巻四〇六～四〇七頁）。『一話一言』巻二十六にほぼ同文が収録される（『全集』第十三巻四九七頁）ので、およそ文化三～五年（一八〇六～一八〇八）頃の記事と思われる。『南畝莠言』に従って掲げてみよう。

近比誹諧師蓼太が発句に、さみだれやある夜ひそかに松の月、といへるを清人程剣南が詩につくりたるを見しに、長夏草堂寂、連宵聴レ雨眠、何時懸二月色一、松影落二庭前一。按ずるに、惜らくは其情景をつくさず。杏園主人、戯に明人の日本風土記の例によりて左に訳す。

五月雨耶阿児夜披促革尼松那月

五月雨やある夜ひそかに松の月

呼音　五月雨撒密他列《サミダレ》　夜要《ヤ》　松麼子《マツ》　月紫気《ツキ》

読法　撒《サ》密《ミ》他《ダ》列《レ》耶《ヤ》阿《ア》児《ル》要《ヨ》披《ヒ》促《ソ》革《カ》尼《ニ》麼《マ》子《ツ》那《ノ》紫《ツ》気《キ》

釈音　五月雨正音　耶助語　阿児夜一夜　披促革微　尼助語　松正音　那助語　月正音

切意　尋常五月多二陰雨一　一夜松間微月露(11)

南畝をして『日本風土記』の体裁を完全にまねて翻訳せしめたそもそもの動機は、程剣南の訳詩では「惜らくは其情景をつくさず」との思いを禁じえなかったことであり、日本の詩人として清人に対抗心を燃やしたからにほかなるまい。あらためて蓼太の発句と程剣南の詩、そして南畝の試訳を対照してみよう。蓼太の句「さみだれやある夜ひそかに松の月」は、旧暦五月の長雨に空も曇り続けるが、ある夜、ひっそりと雲間から月が顔をのぞかせて松の木の向こうに光っている、というような意味となる。曇り空が少しだけ切れて月の美しい光がさしても、曇天に慣れきった人はほとんど誰も気づかないという趣旨がこの作品の眼目であり、それは「ひそかに」という言葉が支えているのだが、程剣南の詩ではその眼目が生きない。「長夏草堂寂たり、連宵雨を聴いて眠る」で梅雨の侘び住まいを描写し、「何れの時か月色を懸けし、松影庭前に落つ」でいつの間にか上った月が松に光を投じて影が庭に伸びると程剣南は詠じて見せたのだが、長雨にずっと隠れがちであった月に偶然にも邂逅した驚きは「何れの時か月色を懸けし」では伝わらない。さらに「松影庭前に落つ」で締め括ることにより、描写は松の影に集約される。これでは蓼太の真意は伝わらない。南畝は恐らくそう考え、『日本風土記』そっくりに「切意」の七言二句を作ってみせる。「尋常五月陰雨多し」で五月の長雨を前提として出し、「一夜松間微月露はる」で「尋常」と対比された「一夜」の「微月」に焦点を当てて、蓼太の句に迫ろうとしたのである。

ただし、南畝が最も意を用いたのは、「読法」で示した音訳漢字の周到さだったと思われる。蓼太の発句の一字一字を然るべく音を借りて漢字で表す場合、選択する文字が『日本風土記』で用いられるものとかけ離れていては、いかにも嘘らしく思われて面白くない。『日本風土記』の音訳漢字の用例を踏まえ、もっともらしく組み立てる必要がある。「影印」の「日本風土記音訳漢字表」及び「日本風土記国語・漢字索引」によって検索すると、『日本風土記』中に使用されていないのは「披」一字のみで、他は書中に確例を有する。しかも「撒」・「児」・「麼」の三字は巻三冒頭のいろは字体と音訳漢字の一覧表「以路法四十八字様音註清濁変用」には見えず、本書の精読によって初めて得られる用字であった。一字毎の例ばかりではなく、「月」を書中の通例である「紫気」で示すことも含め、南畝の工夫は行き届いている。『日本風土記』に関心を持ち、隅から隅まで愛読した経験を持つ人物でなければ味わえない面白さこそ、南畝の企図した趣向だった。

五

もう一つ、ケンペル原著・志筑忠雄訳『鎖国論』に寄せた「読鎖国論」（『全集』第六巻二五四頁）という文章がある。『鎖国論』は享和元年（一八〇一）八月の成立で、写本で伝わるが、巻頭に「読鎖国論」を付載する伝本がある。その一本の内閣文庫蔵本（請求番号　一八四―一九七）の巻末に「原本朱書キニ云、文化二年乙丑三月朔以原本遂一校畢　杏花園書于瓊浦大乗院南軒燈下」との奥書が見え、親本が南畝書写本で、しかも南畝は志筑の訳した原本をもって文化二年（一八〇五）三月一日に校合を終えたことが判明する。南畝の『瓊浦又綴』文化二年八月末頃の記事に、

　志筑忠雄仲二郎号柳圃、鎖国論二巻を著す。極西検夫爾《ケンプル》が書の大意をとりて訳せる書也。写して蔵二于家一。

（『全集』第八巻六二六ページ）

とあり、三月に校合を済ませた該書についての心覚えを改めて記したとすれば、『鎖国論』の奥書とも整合する。先に触れた内閣文庫蔵本の「読鎖国論」末尾には、『全集』所収の『杏園集』では省略された「杏花園主人書于瓊浦客舎」の字句があり、『鎖国論』の校合を終えて間もなく撰したと見てよかろう。以下、内容を通覧する。

まず鎖国と開国の長短を述べ、「一啓一閉は治国の要」と規定した上で、遣唐使以来の諸外国との交渉の歴史を辿る。「明国に臣と称」したり、「蛮を以て教へと為」した負の歴史を批判的に振り返り、幕府の鎖国政策を国益に叶う処置として認識する。その上で『鎖国論』の評価に筆を進め、日本の国情を十分に理解したケンペルと、原著を正確に読解した志筑の努力を讃える。『日本風土記』が取り上げられるのはそのあとの文脈においてである。

　吾嘗て明人の日本風土記、及び韓人の海東諸国記諸書を読み、異域の人にして、能く吾が国の事情に通ぜるを

嘆ず。斯の土に生まれ、斯の禄を食むに、徒らに異物に眩うて、用物を遺し、因循苟且、唯だ利のみ是れ謀る者、亦恥づべきの大なる者ならずや。後の君子、斯の書を一読すれば、則ち其れ憂国に於いて、万分の一に庶く、素餐の誚りを免かると爾云ふ。

万暦年間の明人が日本の文物・器物について細大漏らさず考究しようと努め、『日本風土記』という誠実な報告を纏めたのに対し、「斯の土に生まれ、斯の禄を食」みつつ「徒らに異物に眩うて、用物を遺し、因循苟且、唯だ利のみ是れ謀る者」は「素餐の誚り」を受けても仕方がないという、南畝の怒りに満ちた論断は、恐らく長崎に赴任して以来の実際の見聞に基づくに相違なく、特定の幕臣達を念頭に浮かべていたのかもしれない。珍しい「異物」ばかりに目が眩み、治国に役立つ「用物」を蔑ろにする彼らの姿勢は、幕臣としてあるまじきものだった。『日本風土記』において展開される日本紹介に、掻い撫での観察と大まかな概括に終始して珍しい事柄にのみ目を向けるような態度が一切見られず、必要に迫られて日本の文物全般を理解しようと努める真摯さが横溢していることに南畝は感銘を受け、舶来の珍品をひたすらありがたがり、外来の文物を治国に活用する発想を持ち合わせない幕臣たちに厳しい目を向けつつ、『鎖国論』を推奨するのである。

以上二例を検討して気付かされるのは、中国を仰ぎ見るばかりの学問のあり方から自分なりの脱却を試みる南畝にとって、『日本風土記』が思索のきっかけとなったという点である。日本にも中国に紹介するに足る文学があり、自分にも中国人以上に適確に翻訳する能力がある。中国文化の鑽仰・模倣に留まらず、かつての明人が誠実に日本研究に努めたように中国を考究の対象として隅々まで理解してこそ為政者の責務を果たしたことになる。南畝の思いを忖度すれば以上のようになろうか。一種のナショナリズムの基盤ともなる意識が松平定信の政策の影響を受けて幕臣たちの間で次第に形をなし始める時期に、南畝は図らずも立ち会うこととなった。そして、それには『日本風土記』も一役買ったわけである。

六

本稿は、あくまでも大田南畝という個人の、『日本風土記』という特定の書物の享受に限定して論を進めた。明代の日本研究を南畝がどう受け止めたかという問題設定が、日本と中国の相互理解という大きな課題に有意義な回答を示し得るのかどうか、はなはだ心もとない。しかし、大きな状況を把握しようと努め、概括を心がけるのは、十分な研究がなされていない段階では必要な研究態度ではあっても、具体的な細部にわたる検討が不十分では、結局のところ問題解決には繋がらないのではないかと考える。一人の人物、一点の書物から着実に研究を始め、関連する事柄に広げていくという方法を採りたい。あとはその事例をどのように一般化・相対化するかであろう。その出発点に立つ私の実践報告として読んで頂ければ幸いである。

注

（1）浜田敦氏「国語を記載せる明代支那文献」（『国語国文』一〇巻七号、一九四〇年七月）、渡辺三男氏『訳註日本考』（大東出版社、一九四三年）、大友信一氏「『日本風土記』〝山歌〟考」（『文藝研究』四〇集、一九六二年四月、のち『室町時代の国語音声の研究』〈至文堂、一九六三年〉に収録）、渡辺三男氏「篠崎東海とその校定本日本風土記」（『駒沢国文』一一号、一九七四年三月）、福島邦道氏「音韻資料としての全浙兵制考日本風土記」（渡辺三男博士古稀記念論文集刊行会編『渡辺三男博士古稀記念　日中語文交渉史論叢』〈桜楓社、一九七九年四月〉所収）、大友信一氏・木村晟氏編輯『日本風土記　本文と索引』（小林印刷出版部、一九八四年九月）、福田益和氏「『日本考』小考——巻四を中心に——」（『香椎潟』三八号、一九九三年三月）など。

（2）赤瀬信吾氏「扇と和歌と」（『国語と国文学』六五巻五号、一九八八年五月）など。
（3）川越泰博氏「『全浙兵制考』の撰者侯継高とその一族――とくにその素性・履歴をめぐって――」（同氏編『中央大学川越研究室二十周年記念　明清史論集』〈国書刊行会、二〇〇四年二月〉所収）。
（4）赤松祐子氏「『日本風土記』の基礎音系」（『国語国文』五七巻一二号、一九八八年一二月）。
（5）（1）所掲の渡辺氏「篠崎東海とその校定本日本風土記」（以下、「渡辺氏稿」と略称する）では、林家旧蔵写本の延宝五年丁巳二月二十九日付の跋を記した「弘文院林学士」を林鳳岡と見ているが、延宝五年時点では鵞峰はまだ隠居しておらず、鳳岡が弘文院学士を称するのは貞享四年（一六八七）以降なので、通説通り鵞峰によるものと見るべきである。
（6）渡辺氏稿参照。なお東海については、井上泰至氏『サムライの書斎　江戸武家文人列伝』（ぺりかん社、二〇〇七年一二月）所収「幕府御用の日本学　篠崎東海」がもっとも詳しい。
（7）渡辺氏は東洋史学者稲葉君山博士旧蔵と推測するが、「瀧川氏図書記」「君山小史」の蔵書印は「史記」研究で知られる滝川亀太郎氏（号君山）使用のものである。
（8）（6）所掲井上氏稿参照。
（9）拙稿「蓼太詠「高き名の」狂歌と南畝撰「蓼太集序」をめぐって」（『表現技術研究』創刊号、二〇〇四年一〇月）。
（10）渡辺氏稿の対照表で、内閣文庫蔵原刊本の当該項目の語数を「船具（10）」と記すのは、「船具（20）」の誤りである。
（11）引用に際して振り仮名は省略した。

〔付記〕
本稿は平成二十年度科学研究費補助金基盤研究（C）「近世冷泉派歌壇の伝存資料についての研究」による研究成果の一部である。

上方初期〈稗史もの〉読本の様式的検討
――『月華惟孝』に即して――

大髙洋司

一

後期読本のうち、文芸的な達成度の最も高いと見なされる〈稗史もの〉の有する様式的特徴については、現在、次のように整理・認識している。――〈稗史もの〉読本は、一目でそれと分かる外形を持ち、内実としては、〈読本的枠組〉によって支えられる長編構成、勧善懲悪の発露、特有の文体を備えており、「恋愛譚」に代表される脚色〈趣向〉の共有が見られる[1]――。このような〈稗史もの〉様式は、いわゆる「江戸読本」(江戸出来の〈稗史もの〉)において、山東京伝、曲亭馬琴の先導により形成されたものと考えられる[2]。

その結果、〈稗史もの〉読本は、江戸の地に止まらず、主に貸本屋を通じて全国に流布し[3]、大坂・京都、遅れて名古屋その他でも、江戸〈稗史もの〉読本の様式を意識した作品が、多く制作された。しかし、当然のこと、個々の作者、またそれぞれの地域にあって、〈稗史もの〉様式の与えた影響は一様ではなかった。特に上方においては、近時田中則雄氏が、江戸〈稗史もの〉のように、背後に何らかの超越的な因縁が存在することによってではなく、「人間における必然が連鎖して大きな必然を形成する」ことによって作品の筋が展開するという特徴を指摘しておられる。[4]本稿では、この見解を首肯した上で、江戸〈稗史もの〉読本様式が、上方においてどのように受け止められ、咀嚼されたかについて考察を巡らしてみたいと思う。

二

直接の対象としたいのは、大坂版の『復讐小説親子墳墓月華惟孝』（半紙本六巻六冊）である。作者は煙水山人、画者は奥付に「画図　浪花法橋玉山」とあり、岡田玉山と考えられる。以下主として東京大学国文学研究室所蔵の初印本[5]に基づいて論を進めることにする。ちなみに東大本の刊記は次のとおり。

文化三丙寅十月免刻

銭屋林兵衛
浪花書林　加賀屋弥助
秋田屋多右衛門

横山邦治氏の網羅的大著『読本の研究　江戸と上方』（昭和49）が本作を扱っていないのは、千慮の一失と見られるが、水谷不倒『選択古書解題』（昭和2、著作集7〈昭和49〉）に「月華惟孝」を項目立てしており、参考になる。そこにも掲げられる本作の梗概を簡略にまとめ直し、三段落に分けて挙げておく。

a　一度の契りで生まれた主人公（邑川兵蔵）は、父を知らず、母は早く死に、剣術師範の養子として成長する。

b　養父（邑川兵太夫）は湯治場の争いで、真の敵（小野崎仙左衛門）の策略から相客瀬川藤太郎に斬殺され、主人公は瀬川の顔を知る若党文治を伴い仇討の旅に出る。大和国小泉で宿った庵の僧寂念こそ、実父桜井源之進であり、また敵瀬川藤太郎でもあった。親を討てない兵蔵を前に、寂念は真実を語り切腹、兵蔵も死のうとするが、文治に止められ、親子塚を築いて父を葬り、なお真の敵小野崎を求める。

c　小野崎は逃亡の途中殺害して金を奪った女性の娘（大磯の遊女山の井）からも敵と狙われており、山の井の助力で見事小野崎を撃った兵蔵は、帰参して山の井と婚姻する。

『選択古書解題』には、『月華惟孝』が『怪醜夜光珠』巻之一「衣笠山の恋」を潤色したものとされ、同書はまた、『怪醜夜光珠』についても立項している。浮世草子、五巻五冊、花洛隠士音久序、享保二年〈一七一七〉刊。完本は、現在国会図書館所蔵のみが知られ、不倒所見本はこれかと思われる。なお『怪醜夜光珠』は、実は『新怪談三本筆』（孤本、名古屋大学附属図書館岡谷文庫、巻之五欠）の後修改題本であるが、奥付は原題で刊行された時のまま、享保二年のものと考えて良いことが指摘されている。[6]

さて、不倒の指摘は重要だが、直接の典拠と見なすには難点がある。「衣笠山の恋」は、確かに『月華惟孝』a・bと同様の展開を辿るが、短編で記述は簡略であり、兵蔵の敵はあくまでも実父で、真の敵（b・cに見られる「小野崎仙左衛門」）は登場しない。『月華惟孝』は、実は以下に指摘する別の原拠を踏まえていると考えられるのである。

『月華惟孝』の書名角書には、前掲したように、「復讐小説」と並び「親子墳墓」の語が見られ、また序文（玉壺逸士）にも「…有著作一本、認其題面上則曰父子塚復讐伝」の一節が認められる。これにあたる書名について菊池庸介氏（現学習院大学非常勤講師、当時国文学研究資料館研究支援者）にお尋ねしたところ、ただちに実録『和州小泉敵討親子塚』（以下『敵討親子塚』）ではないかとの回答を得た。国文学研究資料館「マイクロ／デジタル資料・和古書目録データベース」を検索し、金沢市立図書館藤本文庫・矢口丹波文庫所蔵本の『敵討親子塚』マイクロフィルムに加え、菊池氏ご所蔵の一本、また最近国文学研究資料館の所蔵に帰した原本（四〇：二一）について調査を行った。四本はほぼ同じ内容であり、ここでは矢口丹波文庫所蔵本の目録を挙げておく（ただし上部の一つ書きは、通し番号に改めた)。

和州小泉敵討親子塚

目録

① 高木大助妹哥都見物　付清水寺花見
② 哥伯母に養育せられ安産
③ 哥病死　付遺言　并一子を川村氏へ養子に遣す
④ 有馬温泉来歴
⑤ 兵太夫五月雨物語　附刀目利小野川遺恨
⑥ 小野川仙右衛門兵太夫寝処へ忍入　付兵太夫瀬川藤太郎に討る、
⑦ 野本文治主人の亡骸を送高槻へ帰る
⑧ 村川兵蔵敵討願　付伯母昔語
⑨ 村川兵蔵播州へ立越京都へ登リ又関東へ下る
⑩ 兵蔵道具屋滞留始終　并大和路へ趣
⑪ 村川兵蔵和州冨小川難儀文治働
⑫ 兵蔵実父に対面
⑬ 寂念切腹兵蔵自害
⑭ 是空浄心廻国小野川を討
敵討親子塚目録終

実録『敵討親子塚』の展開は、大筋で『月華惟孝』に等しいが、実録で、村川《月華惟孝》は「邑川」兵蔵も

114

実父の後を追い自殺して「親子塚」が築かれ、真の敵小野崎は後に父子の若党が討つという結末（⑬⑭）が、読本と大きく異なっている。両者の先後関係は、矢口丹波文庫本の奥書に

天明二壬寅歳七月廿八日　　上州碓氷郡八幡村
天明四甲辰三月十五日ヨリ　　矢口主殿
　同十七日朝五時筆止　　行年廿六

とあって、『月華惟孝』よりも実録の方が先であることが分かる。改めて『怪醜夜光珠』を含め、三者の関係を辿り直せば、享保二年〈一七一七〉刊の『怪醜夜光珠』に収録されたのは、近世前期に街談巷説として伝わっていた「親子塚」説話であり、この説話はその後潤色が進んで実録体小説『敵討親子塚』に成長、実録形態のものが読本『月華惟孝』に利用されたと考えて良いのであろう。ここからは、対象を専ら後二者に限って考察を進めて行きたい。

三

『月華惟孝』には、実録『敵討親子塚』を典拠（以下特に断らない限り矢口丹波文庫本に基づく）としながら、本稿冒頭にまとめた江戸における〈稗史もの〉様式の反映が認められる。特に注意しておきたいのは、本作の刊行された文化三、四年〈一八〇六～七〉の交は、江戸〈稗史もの〉においても様式的安定を見た時期であり(7)、本作は、上方において、最も早期に新様式に対応した作ということになる。具体的に、『月華惟孝』のどういう点が「江戸風」を意識しているのか、列挙してみたい。

まず、体裁から問題にしてみる。半紙本六巻六冊という巻冊数は、江戸〈稗史もの〉の定型（五巻五冊）からす

るとやや多めであるが、先行する京伝『優曇華物語』（文化元年〈一八〇四〉十二月刊）は五巻七冊であるから、特に問題とするほどのことではない。『月華惟孝』の書名に、寛政末・享和期以来上方出来の読本の主流であった〈絵本もの〉読本（絵本読本）を特徴づける「絵本～」が冠されていないことは、注目すべきであろう。本作の刊行された文化三年〈一八〇六〉には、岡田玉山画作の〈絵本もの〉の代表作のひとつと考えて良い『阿也可志《あやかし》譚《ものがたり》』（同年正月刊）も出ており、この時点で〈絵本もの〉が退潮期を迎えているわけではないので、江戸〈稗史もの〉風のネーミングを意識したのではないかと思われる。本作の書名（外題・見返し題・目録題）に「復讐小説」をうたうのは、馬琴『月氷奇縁』（文化二年正月刊）に先蹤が見られ、ことに、「復讐小説親子墳墓月華惟孝物目録」とある本作の目録題は、「復讐小説月氷奇縁惣目録」を踏まえたものであろう。そうすると、『月華惟孝』という書名そのものにも『月氷奇縁』が意識されている可能性がある。

また、本作の口絵は半丁分ずつ三葉（男主人公・敵・女主人公の順）あるが、これら（ただし男女主人公のみ）に添えられた五言絶句の賛の作者「（荏土）蘭洲外史」は、京伝『優曇華物語』、馬琴『月氷奇縁』等の跋者伊東蘭洲である（蘭洲は『月華惟孝』の制作に、あるいは直接的役割を果たすことがあったかもしれない）。「総目録」の全体を上部から三段に区切り、上下に竹をあしらって中央に全巻の目録を記すというデザインは〈絵本もの〉風、挿絵（全三四葉）は、一巻五～七葉で、江戸〈稗史もの〉に対して多めかもしれないが、江戸との画風の違いはもちろんあるものの、特に〈絵本もの〉寄りの特徴が指摘できるわけではない。ことに祝言の場面を描いた最後の一葉は、『優曇華物語』の、同じく最後の一葉における同様の場面の摸倣と見て良いと思う。

続いて内容に入る。まず、趣向上の摸倣。本作巻之一に、主人公の実父母が、清水寺で無頼漢の難儀を救うことで出会い、その後偶然隣家の尺八を聞いて再会、契りを重ねて主人公を懐妊するが、事情あって別離する（母親は主人公出産後死去）という展開がある。ここに見られるのは、浜田啓介氏の指摘される「隣家の恋と合奏」の趣向[8]

で、馬琴『月氷奇縁』（巻之二‐第四回）を先蹤とするものと見られる。

次に、主人公の形象。本作の男主人公（邑川兵蔵）は、養父の敵小野崎仙左衛門を尋ねる旅の途中、女主人公（大磯の遊女山の井）と出会って深く馴染む（巻之三「孝子尋レ跡二冤人一之二関東一《こうしゑんしんのあとをたつねてせきのひがしにゆく》」）。兵蔵の人柄を信頼した山の井は、本名（「和田の一族権左衛門義之と言し人の家来芳谷《よしや》平八郎といへる、侍のむすめ（八重）」）を名乗り、父の死後、困窮のため、やむなく自分を大磯の廓に売った帰途、小田原の山中で母親を殺害した男を、現場を目撃した妹と共に敵と狙っていると語る。これを聞いた兵蔵は、自分もまた敵をもつ身であることを明かし、敵の名を尋ねると、偶然にも同じ小野崎であった。

「…此《この》殿にこそ、身をも命をもまかせなんと、心に占《しめ》ておもひぬるを、きたなしと捨《すて》給はずば、あわれ力となりて、敵《かたき》を討《うた》せ給《た》び玉へ」と、むせび泣《なき》して語りける。兵蔵は物も得言《えいは》ずさしうつむきて聞居《きゝゐ》しが、良《やゝ》あつてはたと手を拍《うち》、「よの中にはおなし悲しみもあるものかな。我も父を人に討《うた》せ、行衛《ゆくへ》もしらぬ敵をたつね、此大磯は、諸国の旅人多く入込《いりこむ》所なれは、若《もし》や在所も聞出《きゝいだ》さんと、心にそまぬ色あそび、計《はから》ずも御身と深く馴睦《なれむつ》び、我を武士《さむらひ》とおもひこみ、大事をあかしての頼み事、違背すべきにあらねども、我が父の敵をたづね出《いだ》し、本意を達し、主君へ帰さん相済《あいすむ》までは、蚤《のみ》にも刺《さゝ》せぬ大事の身のうへ、助太刀して討せたけれど、命がけの勝負おもひもよらず。去《さり》なから、女の身にて親の敵を討《うた》ん志こそけな気《げ》に勇ましく、其《その》敵は何処《いつく》にありて、姓名は何といふや」。

この展開は、京伝『優曇華物語』（巻之四上‐第八段）に先蹤がある。男主人公望月皎二郎に救われた女主人公弓児が、皎二郎に父の仇討ちを依頼する場面で、同一の表現も指摘できる。

「…これも深きえにしとおぼし玉ひて、妾《わらは》を妻となし玉ひ、父の敵を尋出《たづねいだ》し、仇《あた》を報《むくい》て玉はれかし。慈悲ぞ情ぞ。あながちに願《ねぎ》奉る」と、膝の上にまろびおつる涙をのごひつゝいへば、皎二郎は、只さしうつむきて、しばしは返答《いらへ》もせざりけるが、やゝありていへるは、「げに途中《みちなか》の行合《ゆきあひ》にも、たのむとあれば、両刀《ふたこし》をおぶる者の、ひくべき道はあらねど、一ッには其《その》賊を尋出《たづねいだ》さんこと、雲をにぎるがごとし。二には勝負は時の運なれば、利の劔《けん》ながら、又かへり打《うち》にあはんもはかりしるべからず。やつがれ命を捨《すつ》る事、人にすぐれてきらひなり。わりなきたのみを、なげやるにはあらねど、危《あやう》きことはけしてしがたし。命にかゝはらぬことにてあらば、何にまれたのまるべし」と、思《おもひ》の外に臆したる答《こたへ》を聞《き》て、…つゝまず語りきこゆべしとて、「（略）やつがれ父の仇《あた》を報《むくはん》ため、三年前《みとせさき》に家を出《いで》て、諸国をめぐり、百折千磨《ひやくせつせんま》《いろ〳〵のなんぎ》の辛苦をいとはず、さま〴〵に姿をかへ、ちゞに心をくだきて、敵の行方を尋ぬれども、今においてしれざれば、只これを愁《うれ》ひて、寝食も安からず、旅寝のうちに、むなしう三年《みとせ》の月日をおくりけるが」…、弓児はこれを聞《き》て驚き、それとはしらず、女のあさき心から、あらぬことを申せしは、ひとへにゆるさせ玉へといひて、…

なお『優曇華物語』のこの箇所の典拠としては、浮世草子『風流曲三味線』巻二の二が指摘できるのである[9]が、『月華惟孝』の踏まえているのは、明らかに『優曇華物語』の本文である。

遊君山の井に直接該当する人物は、『月華惟孝』の典拠である実録『敵討親子塚』には登場してこない。しかし、山の井は、『敵討親子塚』⑩に出てくる江戸牛込の道具屋安兵衛の娘「初《はつ》」の絡むエピソードに基づいて造形されたのであろう。実録において、初は兵蔵を慕い、契りを重ねるが、手がかりを掴んだ兵蔵は和州へと出発し、実父を討てずに自らも死ぬ（⑩～⑬）。実録では、他家に嫁いでいた初が、事情を知り、人知れず菩提を弔うという大人しい展開のもの（菊池庸介氏所蔵本など）もあるが、嫁いだ他家というのが小野川（『月華惟孝』は「小野崎」）仙右衛門で、修行者となって尋ねてきた若党文治・群介（『月華惟孝』は「軍助」）から夫を庇い、仙右衛門が討たれた後は尼になるというものもある（矢口丹波文庫本）。後者で、追い詰められた仙右衛門が、文治・群介に身の来し方を語る箇所で、「先年流浪の時、武州大みやの原にて旅人上下弐人をきつて、首にかけし金子を奪□江戸へ出しに、彼下人疵や浅かりけん、当春牛込近町に小店を持居たるを見かけし故、早々此地へ身を引たり」とある。また、止めを刺すにあたり、「大みやの原にて旅人をころせし其むくひは、道中なれば足にありと」と、足を切り落とす箇所もある。管見の範囲では、大宮における旅人殺しの件は、この二箇所に間接的に述べられているに過ぎないのだが、『月華惟孝』における逃亡者仙右衛門の盗賊行為（小田原山中の女殺しと金子奪取）は、ここから敷衍されたもののように思われる。男主人公と二世の契りを固めたその娘が、男主人公と協力し合って同じ敵への仇討ちを遂げるというのが、『月華惟孝』後半の眼目であるが、男主人公にあたる登場人物の自害を眼目とする実録『敵討親子塚』の展開を離れ、「才子佳人」による仇討ち話[10]として全体を再構成しようとしたのは、江戸作者による〈稗史もの〉読本、具体的には最も原初的な〈仇討もの〉の型を提示した京伝『優曇華物語』と、その型に追随しながら自家薬籠中のものにすべくつとめた馬琴『月氷奇縁』[11]の影響感化が、きわめて大きかったからだと言って良い。こうした点から見れば、『月華惟孝』は、上方出来の〈稗史もの〉であり、さらには〈仇討もの〉と下位分類できるということになるであろう。

四

しかし一方で、『月華惟孝』は、京伝・馬琴に代表される江戸〈稗史もの〉の様式的特徴に、必ずしもきれいに収まり切らない面を併せ持っている。何よりも、『月華惟孝』には、江戸出来の〈稗史もの〉読本を特徴づける〈読本的枠組〉が設けられていない。つまりこれは、本作においては、作品の表面における筋の展開の背後に「因果など人力を超えた作用[12]」は存在していないということである。それは、主題論としては、「人間の抜き差しならぬ必然の感情の積み重ね」として説明されるが、構成の問題としては、本作の長編構成を支えているのは、〈読本的枠組〉ではなく、実録『敵討親子塚』そのもの、ということになる。ただし、実録写本を読本に再編して刊行するに際して、時代設定を「執権北条泰時、天下の政治をとりおこな」った頃とし、また主人公側について、次のような目立った改変を行っている。

1　男主人公の実父母の出会いについて、『敵討親子塚』が美男に惹かれて周囲が花見の幕の内に招き入れて契った（①）のを、『月華惟孝』では、前述のように、狼藉からの救出→隣家での出会い→契りと別離、と改める。

2　男主人公の養父村川（邑川）兵太夫が討たれる場面（⑥）に先立って、武芸の達者な若党文治が居合わせなかった理由を、『敵討親子塚』では、有馬湯治の最終日にあたり、兵太夫の温情で、骨休めに文治を湯女のもとに行かせたとするのに対し、『月華惟孝』では、高槻で待つ内室の具合が悪くなり、一足先に帰らせた（巻之二「姦計《かんけい》的而費二士一《てきしてにしをそこなふ》」）と改める。

3　男主人公が和州（大和国）小泉で出家した実父に再会する場面で、『敵討親子塚』は、遅れて到着した若党（文治）が、相手の若党（群介）を認め、当の相手こそ目指す敵の一人（瀬川藤太郎）と主人に告げるところから、父子共に自害という悲劇に至る（⑫⑬）。一方『月華惟孝』は、男主人公が証拠の品からまず主の出家を実父と認め、再会を果たした後、遅れて到着した若党（文治）が敵（瀬川）と告げるところから葛藤が起こり、瀬川は自害、共に死のうとする男主人公に若党（文治）が諫言、思い止まった男主人公は、改めて真の敵小野崎仙右衛門への仇討ちを決意する（巻之四「慈父死レ義孝子予造レ塚《じふぎにし、かうしあらかじめはかをつくる》」）。この間、実父（瀬川）の若党（『月華惟孝』では軍助）は登場せず、巻之六（「忠与レ孝誠一心現レ此兮《ちうとかうとのせいいっしんこゝにあらはれたり》」）に至って廻国の修行者姿で登場、大磯の宿で小野崎仙右衛門を主人の敵と認め名のりかけるが、鎌倉参勤途上の「播州明石の目代、菱井重左衛門」に一端引き分けられる（小野崎及び軍助の主人瀬川藤太郎は明石藩家臣であり、「出奔」の罪で「兼《かね》てお尋《たづね》の者等《ものども》」である）。『月華惟孝』の軍助は、「日夜（瀬川の）傍《そば》にあつて、事《つかへ》たてまつりしに、所用ありて京に趣きし其跡へ、…立《たち》かへり、様子を聞《き》し無念さ、をのれ仙右衛門天をかけ、地をくゞるとも尋出《たづねいだ》して此《この》恨み、はらさいで置くべきかと」、諸国修行に出ていたことになっているのである。

改変1・2については、「江戸風」に登場人物の品行方正度を高めたといった程度のことであるが、3は、作品の根幹にかかわる大きな改変である。『敵討親子塚』の眼目である「親子塚」が、『月華惟孝』ではどのように変貌したか、両者の本文を挙げておきたい。

○主人〳〵の脇さしにて、両人髻切はらひ、文治は是空、群助は浄心と法号し、是からは両人して小野川を尋出し、御主人達の修羅のくけんはらさん物をと、親子の死骸を一ッにし、後の山きわへ葬りて、夫より跡を取片付、一夜念仏ゐかふして、両人心を一ッちにし、諸国をめくりおもふ敵を討おふせ、又もや爰に立帰り、御跡弔ひ申さんと、つゝむ泪にむせながら、諸国修行と出て行。有為転変の世の中に、仮の親子と実の親、刃の露と消果て、和州小泉親子塚と、言習はせしうき事を、聞く人毎に袖の雨、かわかぬ種を残しけり。（『敵討親子塚』、句読点筆者）

○（文治に諫められ）兵蔵大きに感得し、「汝が諫めにあらずんば、大事を誤り忠孝ともに廃るべし。心を改め首尾よく敵討《かたきうち》あふせ、活《いき》は邑川の家名を相続し、死せば未来は実《まこと》の父母に、傍《そば》をはなれず事《つか》へ奉らん」とて、寂念《しやくねん》（瀬川）が死骸を棺《くわん》におさめ、菴《いほり》のかたはらに葬《ほふむり》、しるしの卒都婆に、寂念坊《しやくねん》俗名瀬川藤太郎が塚と記《しる》し、其《その》右のかたにまた一ッの塚を築き、我死せば、かならず爰に葬られんと、朱をもつて邑川兵蔵がかきて、これもしるしを立置《たてをき》ける。されば今も小泉の親子塚とて、朽《くち》せず残る因縁は此事なりと知られたり。（『月華惟孝』、カギ括弧筆者）

「親子塚」の由来を七五調で切々とうたい上げる『敵討親子塚』に対し、『月華惟孝』の不自然さは、一読して看取されるとおりである。

しかし『月華惟孝』の作者は、「親子塚」の「親子塚」たる所以を犠牲にしてまで、典拠を改変してしまった。残る巻之四の後半以降を、「才子佳人」の仇討ちに仕立てたかったからであるが、それがどのような展開を辿ったかを、簡単に見ておくことにしたい。この部分の主役は、男主人公邑川兵蔵及び若党たち（文治・軍助）にとっての真の敵小野崎仙右衛門である。逃亡中の仙右衛門が、女主人公大磯の遊女山の井の母親を殺害して金を奪い、男女主人公にとって共通の敵となったことについては前述した。仙右衛門の「生質」については、あらかじめ「大酒淫乱暴悪の曲者」（巻之二「鑑定之刀発レ根レ結レ讐《めき、のかたなあだをむすふのもとをおこす》」）と規定されているが、ただし殺人は、夕立の雨宿りに、雷に悶絶した山の井の母親を介抱しようとして重い財布に気づいたことから衝動的に行われたもので、仙右衛門本位に考えれば「人間における（感情の）必然」（前掲田中論文）によって起きたと説明することが可能である。けれども仙右衛門は、そうして得た三十斤（金）を鎌倉雪の下の遊女浪の戸に注ぎ込み、さらに身請け金をこしらえるために押し込み強盗を試みて三度失敗する。このあたりは、それまでのやや平板な叙述的文体（中国白話の語彙等意識的に難しい漢語を用いる箇所はあるが、多くはない）を離れて、特に会話文に口語・俗語の使用が目立っており、水谷不倒が「滑稽の筆に勧懲を含ませたもので、著者の老練を見ることができる」（『選択古書解題』）と賞賛する箇所である。浮世草子などに典拠が見出せるかもしれない。その後、浪の戸には逃げられ、ますます零落・困窮した仙右衛門は、彼こそ目指す敵と知った山の井の計略で、兵蔵・文治が到着するまでの間大磯の遊郭に匿われているところを、修行者姿の軍助に発見されて（前述）、明石藩目代菱井の計らいで、勢揃いした男女主人公と二人の従者に討たれるのである。ここにおいて、実録『敵討親子塚』の仇討ちと、「江戸風」の「才子佳人」の仇討ちを合体させた『月華惟孝』は、男女主人公の祝言をもって、めでたく完結することとなった。

五

以上のように『月華惟孝』の内実の分析を一通り終えたところで、改めて冒頭の問題意識に立ち戻ってみたい。『月華惟孝』は、江戸〈稗史もの〉様式を特徴づける五点、①外形（装丁・挿絵など）、②構成（長編小説）、③主題（勧善懲悪）、④文体（和漢混合）、⑤脚色（趣向の共有）、に当て嵌めて見た場合、②において長編構成の要となる〈読本的枠組〉が用いられていない点に最も大きな差異が見出され、文体についても、「雅俗折衷体」[13]とまでは認めることのできない、もっと平板な文体が用いられていることについては前述した。

代わって、全六巻のうち巻之四の半ばほどまでが、実録『敵討親子塚』の展開に概ね忠実に寄りかかっており、最後の仇討ちに至る残りの部分についても、『敵討親子塚』から全く離れてしまうことはない。文体もまた、江戸〈稗史もの〉に比べて、実録一般の方に近いという印象が強い。これは、『月華惟孝』が、江戸〈稗史もの〉よりも本質的なところで、上方〈絵本もの〉に依拠して作られているからであろう。もっとも、〈絵本もの〉読本の本格的研究[14]はまだ緒に着いたばかりであり、踏まえられた実録・街談巷説との距離については、さらに多くの具体的検証を積み重ねる必要があるのであるが、上方の作者・書肆・読者には、一方に〈絵本もの〉をベースとして読本を理解・把握する傾向が強くあり、もう一方に、それとは風合いの異なる江戸〈稗史もの〉をどう理解し、受容するかという関心があるのではなかろうか。『月華惟孝』について言えば、関西大学図書館中村幸彦文庫所蔵の後印本[15]に、他は初印本と同じで、外題のみ『絵本報仇親子墳』となっているものがある。この時期にはすでに、江戸〈稗史もの〉を意識した『月華惟孝』というタイトルよりも、実録『敵討親子塚』に拠る〈絵本もの〉であることを正面に出した方が、読者にとって分かり易く商業的メリットが大きかったためなのであろう。

『月華惟孝』を先駆けとして、文化期以降続々と出版される、（江戸〈稗史もの〉、上方〈絵本もの〉の亜種とのみ理解するには共々抵抗のある）上方出来の後期読本群を、改めてどのように分類・整理するか。これは読本全体に単独で立ち向かった横山邦治『読本の研究　江戸と上方』の基本方針にも再検討を迫る、大問題である。私自身は、現在、後期読本全体の様式を代表する〈稗史もの〉という名称のもとに、「江戸〈稗史もの〉」、「上方〈稗史もの〉」の二項を立て、〈読本的枠組〉の施し方による下位分類[16]が、かなりの程度に可能な「江戸〈稗史もの〉」に対し、「上方〈稗史もの〉」には、無理な下位分類は加えない（ただし『月華惟孝』の場合には、〈仇討もの〉として良いと思う）という方向で考えているが、無論これは今後の議論のための「叩き台」のひとつに過ぎない。

注

（1）拙稿「研究余滴「〈稗史もの〉読本様式の解明」、「国文学研究資料館ニュース」9付録、平成19・11。なお、〈稗史もの〉読本様式の基本的要素五点のうち四点は、中村幸彦「読本展回史の一齣」（著述集5〈昭和57〉、初出昭和33）に指摘されるものを踏まえる。また脚色を共有することについては、浜田啓介「読本における恋愛譚《ロマンス》の構造」（上・中・下、「文学」、平成17・7・9・11）、〈読本的枠組〉については、大高の検証（注9拙稿〈昭和62〉以降続行）に基づく。

（2）（1）拙稿など。

（3）高木元『江戸読本の研究　十九世紀小説様式攷』、平成7。

（4）「読本における上方風とは何か」、「鯉城往来」10、平成19・12。なお田中氏の研究は一連のものであるが、本論文に代表させることを許されたい。

（5）三六・七-九。国文学研究資料館にマイクロフィルムが収まる。

（6）樫沢葉子「『怪醜夜光珠』の成立について」、「語文研究」第86・87号、平成11・6。
（7）浜田啓介「近世小説の形態的完成について」、「近世文芸」75、平成14・1。注1拙稿。
（8）「読本における恋愛譚《ロマンス》の構造」上、「文学」、平成17・7。ただし本作では「合奏」には至らない。
（9）拙稿「『優曇華物語』と『月氷奇縁』――江戸読本形成期における京伝、馬琴――」、「読本研究」初輯、昭和62・4。
（10）書名の「月華」は、男女主人公の孝心と共に、「才子佳人」ぶりを表象したものと見て良いであろう。
（11）（9）拙稿。
（12）（4）田中論文。次の引用も同じ。
（13）中村幸彦『近世小説史』第十章「後期読本の推移」（著述集4、昭和62）。
（14）「江戸文学」特集「〈よみほん様式〉考」40（平成21・5）所収の諸論考に、様々な角度からの最新の言及が備わる。
（15）大坂・河内屋茂兵衛版の幕末か明治刷り。国文学研究資料館にマイクロフィルムが収まる。
（16）（1）拙稿など。

実録『敵討親子塚』についてご教示下さった菊池庸介氏に心より御礼申し上げます。

本稿は、平成17～20年度科学研究費補助金基盤研究（B）「近世後期江戸・上方小説における相互交流の研究」による研究成果の一部である。

蘭山作読本『〔報讐／奇話〕那智の白糸』論

藤沢　毅

いわゆる後期読本の中で、山東京伝作のものと曲亭馬琴作のものは特別な位置にあった。しかし、読本というジャンル全体は、決してこの両者の作で言い表せるものではない。むしろその他の多くの読本が、読本らしい読本なのである。こうした読本らしい読本に対して、評価すべき点は評価し、欠点は欠点と判じ、その上で個々の読本の総合評価をしていくことが必要なのであろう。

本稿では高井蘭山作の読本について、特に『〔報讐／奇話〕那智の白糸』[1]（以下、『那智の白糸』と略記）を採りあげて考えてみたいと思う。蘭山の読本で、これまで論じられてきたものには、『絵本三国妖婦伝』『星月夜顕晦録』などがあるが、結局蘭山は、粉本をもとに読本化する、いわゆる「絵本もの」読本の作者とされる。[2]近年、京伝や馬琴作の読本を「江戸読本」とし、栗杖亭鬼卵や中川昌房、馬田柳浪作の読本を「上方風」の読本とする傾向にあるが、[3]さて、江戸の作者である蘭山作の読本はどのような位置にあるのか、構成や展開の方法を検討してみたい。

『那智の白糸』は文化五年（一八〇八）、江戸の中村屋久蔵、大和屋文六、西宮弥兵衛の三書肆によって刊行された読本である。半紙本であるが、半丁につき九行書きという体裁で、やや小さめの版で印刷されている。現在までに典拠は指摘されていない。全体の内容は、巻一冒頭近くに「こゝに新船《あらふね》兵司《ひやうじ》といへる豪傑の士《さぶらひ》、聊《いさゝか》の欲心より信を失ひ、霊狐を射取たりし其祟《たゝり》、おのれのみか子孫まで、希有《けう》の苦患《くげん》を得たる物語、始終《はじめおはり》を委く尋《たづぬ》るに…」とある通りのようである。すなわち、助命の約束を破り、那智白と呼ばれる霊狐を射殺した新船兵司とその一家が、那智白の子である本宮の内侍狐によって復讐されていく話だと言えるかもしれない。しかし、それであれば、新船兵司が殺された時点で物語が終了してもよさそうなものであるが、そうはなっていない。以下、各巻毎にあらすじをまとめてみるが、兵司が殺されるのは巻三であり、以降二巻分、兵司が出てこない話が続くのである。

（『那智の白糸』あらすじ）

巻一

那智の深山の狩において、新船兵司は老狐那智白との約束を違え、射殺してしまう。

那智白の娘である本宮の内侍狐は、新船家への復讐を誓う。

巻二

木食上人は慶蔵坊狐を救い、そのせいもあって上人の危機を内侍狐が救う。

新船兵司の孫・小太郎に狐が憑き、その後小太郎死す。

兵司の次男である香輔は狐に化かされ、妹の園生と乳母を殺す。後、自らも自害。

内侍狐によって、新船家より公金が消える。

巻三

公金紛失は若党白多義六が盗賊の汚名を蒙り、兵司は公金を弁償する。兵司一家は領地没収の上、立退を命ぜられる。
小太郎の弟である久米吉が、池に落ち、竹に貫かれて死ぬ。兵司も狂死。埋葬された兵司の死体は狐によって食いちぎられる。兵司の長男である錦次郎とその妻の薫は回国に出る。
巻四
錦次郎は阿波国の三好家に祐筆として召し抱えられる。薫が発病し、錦次郎は因幡国頭巾山の木食上人を訪ねるが、薫は寿命だと言われ帰国。薫は死ぬが、土中で蘇生。三好家で五百両が紛失。盗人として薫が詮議される。薫は本宮の内侍狐であり、錦次郎を苦しめようとしたが、愛着の念が起こり、貧苦を逃れんため金を盗んだとのこと。
巻五
本宮の内侍狐は、那智白狐の霊とともに松山の社に勧請される。錦次郎は出家し観阿と名乗る。回国中、木食上人と再会。紀州に戻り、やはり出家していた白多義六と会う。義六の子・隣太郎は畠山家に召し出され、子孫繁栄。

巻一における、兵司の裏切りによる那智白射殺が発端だとしたら、その子の本宮の内侍狐による復讐劇が以下に描かれ、兵司の死という結末に向かって収束していくはずであるが、そうではない。そうした全体の枠組を持つのだとすれば、この読本は巻三で終結してしまう。父の那智白を殺された、内侍狐による敵討譚としても同様であろう。では、逆に新船家の側から見て、新船家の受難と再生までの物語という構成なのであろうか。兵司が約束を違えるという過ちによって、長く受難の時が続き、兵司も死ぬが、兵司の死以降、結局は新船家再生へ向かうのか。それでもない。兵司の長男である錦次郎は本宮の内侍狐の手にかからず生き延びるが、出家して新船家は再興されていない。代わりに、若党義六の息・隣太郎が出世して終わりという形を採っているのである。(4) しかし、とするとこの作品の枠組はどういうこととなるのか。

以下、もう少し丁寧にこの作品の構成、展開を追ってみよう。

一　兵司と那智白狐、本宮の内侍狐

序文中に、「人之四綱曰之仁義礼智。四綱孰最貴。曰仁也。五常之目何最専。曰信也。凡無信則仁不仁義不義、由此観之、守信者栄、失信者亡也必矣」とあり、また、その直後には、原拠として、或る人の書いた「中古南紀新船氏射術失信於老狐、其子復仇之譚」があることが記されている。つまり、「信」の重要性を述べ、信を失った新船氏が狐の子に復讐される話が原話であることを述べているのだ。

前述のように、冒頭近くには、「新船《あらふね》兵司《ひやうじ》といへる豪傑の士《さぶらひ》、聊《いさゝか》の欲心より信を失ひ、霊狐を射取たりし其祟《たゝり》、おのれのみか子孫まで、希有《けう》の苦患《くげん》を得たる物語」が展開されることが明言されるが、その前には、序文同様「五常」とりわけ「信」の重要性を述べる文章が存在し、さらに以下の文章が続く。

禽獣の意《こゝろ》、善悪を弁《わきまへ》ざれば、需《もとめ》てなす悪事なし。此ゆへに天の悪《にくみ》を受《うく》ると言こともあらず。人、善を為《なせ》ば、天美《よみ》して福《さいわひ》を賜《たま》ひ、悪を行へば、天悪《にくん》で罰し給ふこと速《すみやか》なり。いかんとなれば、強悪《がうあく》の人たりとも、善悪邪正を弁《わきまへ》ざるはなし。知《しり》つゝなす悪なれば也。又、獣類、人を去《さる》こと遠しといへども、倶《とも》に乾坤造《あめつちざう》化《くは》に生出《なりいづ》るものにて、霊《れい》なくんばあらず。なかんづく狐は、其生質極隠《せいしつごくゐん》にして、疑《うたがひ》深《ふか》く、執念甚《はなはだ》厚し。されば、白狐《びやつこ》星霜を経て、霊妙奇異《れいめうきゐ》なること、他類の及ぶ処にあらず。

禽獣には善悪の観念がないが、人間はそれがあるので、行動に応じて天より賞罰が下るということが述べられている。このことは、物語に登場する人間にも、その行動に応じて天からの賞罰が下ること、その一方で狐にはそうしたことがないことを述べていると読むことができよう。また、狐の性質を「極隠《ごくゐん》にして、疑深《うたがひふか》く、執念甚《はなはだ》厚し」と述べていることは、後の復讐劇が陰惨なものとなっていく、その下染めのような働きとなっている。

兵司が「信」を失った経緯を確認する。兵司は「剛力《がうりき》にして武道に達し、わけて射術を修煉《しゆれん》し、飛鳥下針《ひてうさげばり》も百《もゝ》たび発《はなつ》て百たび中《あた》る妙所を究《きわめ》た」る男であったが、「凡《およそ》、人として誰か立身出世の望《のぞみ》なからん。…（中略）…日《ひ》来《ごろ》の射術《しやじゆつ》をあらはし、剛敵《がうてき》を射取《ゐとり》、武名《ぶめい》を天下に轟《とゞろか》し、運に乗じては、一国一城の主《しゆ》ともなるべきを…」と、その技量を発揮し、出世する機会がないことを嘆いていた。しかし、息子たちに「君命を守《まもり》て忠勤を励《はげみ》給んには、天道《てんたう》の恵《めぐみ》にても御立身の期《ご》、近《ちかき》に有《ある》べし」と慰められ、結局は「私《わたくし》なく、公務を重んじ、時節を待《まち》」という生活を送っていた。身の不遇を嘆きながらも、しかしそれによって悪意を持つこともなく、忠勤を励んでいる男として描かれているのである。

さて、那智山に続く深山で狩が行われることとなり、那智白狐は「武術には遁《のがる》べき道もなきにや」、兵司のもとに命乞いに現れる。那智白狐は兵司に対し、「足下《そつか》の射術神妙にして」「貴辺《きへん》の矢には避《さく》べき道なし」と言い、自分が死ぬと他の獣の生死にも関わってくること、また山を去り逃れることは他の獣に対し義に背くがゆえに出来ないことを語る。それに対し兵司は、「其方《そのはう》が申処、感ずるも余《あまり》あり。義を重んずること、人間にも増《まさ》れり。義を見てせざるは勇《いさみ》なし」と素直に感動し、わざと射損じることを約束するのである。その後も、「『狐ながらも不便《ふびん》なる志《こゝろざし》、いかにもして彼《かれ》ばかりは助《たすけ》たきもの』と思つゞけ」ており、さらに狩の場で那智白が現れた際も「誓《ちかひ》のごとく射損《ゐそん》じ得させん」と思っていた。しかし、射る直前になって、射術の名誉を受けることを思い、「情《なさけ》なくもふと欲心《よく》さし起《おこり》」、那智白を射てしまうのである。このことは他の文章にも「一時の野心に」「一時《いちじ》名聞《みやうもん》利欲《りよく》の為に」「毫釐《がうり》の差《たがい》、千里《せんり》の謬《あやまり》をなす」とも記される。

このように、兵司は根っからの悪人ではない。ふと、魔が差したように、欲心から那智白を射てしまったわけである。そこには「『…元より畜類の事なれば、約《やく》を変じたりとて何程のことかあらん。是ぞ天の与《あたふ》るをとらざれば、還て禍《わざわい》を受《うけ》ん』」と、都合のいい解釈が入ってはいるが、しかし、決して計算しつくされた悪ではなく、言ってみれば普通の人間に起こりうる心のゆらめき、一瞬の出来心であったのかと思われる。しかし、そのために那智白狐が射殺されたのも確かなことであり、そして、その子である本宮の内侍狐が、兵司のみならずその一家に怨みを復すこととなったのである。

その内侍狐であるが、「是《これ》も親狐《おやぎつね》に劣《おとら》ざる通力《つうりき》を得《え》、同じく千歳《ざい》を経《へ》し霊狐《れいこ》」と表現され、親である那智白狐が「兵司がために竊《たばか》られたる」ことを怒り、

「おのれ兵司、武士と生《うま》れ義を弁《わきまへ》ず、父の願《ねがひ》を聞届《きゝとゞけ》ながら、偽《いつわり》をかまへ…（中略）…彼《かれ》、助命の契約《けいやく》をなさずば、我《われ》いかやうにも通力秘術《つうりきひじゅつ》を尽《つく》し、救出《すくひいだ》すべきを、欺殺《だましころ》せし其悪心《あくしん》、いつの世にか忘《わする》べき。さぞ我《わが》父も苔《こけ》の下に、無念の怨《うらみ》深からん。よし〳〵、父の仇《あた》には倶《とも》に天を戴《いたゞか》ずとあれば、畜類にてこそあれ、天晴《あっぱれ》、新船が一家《いっけ》の奴《やつ》ばら、一人づゝ、段々《だん〳〵》にさいなみ殺《ころし》、日あらず一族の限《かぎり》を亡《ほろぼ》し尽《つく》して、父の霊魂《れいこん》を慰《なぐさめ》ん」

と、復讐宣言がなされる。内侍狐が一番問題にしたのは、一旦約束をしたにも拘わらず、その約束を反故にして那智白の命を奪ったことであった。これが「信」の問題なのであろう。また、「父の仇《あた》には倶《とも》に天を戴《いたゞか》ず」と敵討ものの常套句が置かれながらも、いわゆる敵討の形ではなく、最初から新船一家全員を怨恨の対象としている点である。ここに凄惨なる復讐劇の開始が宣言された。そして、

或《あるひ》は怒《いかり》、あるひは歎《なげ》き、天に向《むかっ》てつく息、火炎のごとくたち升《のぼ》る。されば那智の狩《かり》ありし夜《よ》より震動も静《しづま》り、山も穏《おだやか》なれば、里人出て見るに、さばかり狩尽《かりつく》され、狐狸壱疋《きつねたぬきいっぴき》もあるまじきに、かの山に狐火多《おほく》み

へ、別《べつ》に一条《ひとすぢ》の火気あつて天に冲《ひいる》を見て、人々奇異《きゐ》の思ひをなせしが、後年《かうねん》、木食《もくじき》の旅僧《たびそう》の物語《ものがたり》にて思ひ合《あわ》する計《ばかり》也。

新船兵司、一時《いちじ》の名聞利欲《みやうもんりよく》に迷ひ、心を変じ、那智白を射留《ゐとめ》、一旦面目《めんぼく》を施《ほどこす》といへども、遠き慮《おもんぱかり》なければ、必《かならず》近き憂《うれへ》ある理《ことはり》、是《これ》を因果《ゐんぐわ》の初《はじめ》として、門葉類族《もんえふるいぞく》追々滅し、其身うき艱難《かんなん》を歴《へ》て、終《つゐ》に苦痛の死を遂《とげ》しこと、後《のち》にぞ思ひ知られける。

という形で、巻一が終了する。那智に住む人々が狐火を見ることが記され、その人々が後に木食の旅僧なる人物に話を聞き、その理由が明かされるという設定が示されているのだ。そして改めて、兵司の「信」を失う裏切りがもとで、「因果」としてその一族とともに身を亡ぼしていくことが記されている。となると、やはり巻一は発端としての性格を持っていることが明らかなのである。

前述したように、巻二から三にかけては、本宮の内侍狐による凄惨な復讐劇が描かれる。まず、兵司の孫の小太郎に狐がつき、兵司に対しての復讐宣言がなされ、そのまま小太郎が死ぬ。兵司の次男である香輔に幻を見せ、香輔は那智白と思い乳母を斬り殺し、また本宮の内侍狐と思い妹の園生をも殺す。我に返った香輔は自らのなした事を悔い自害。さらにその後、公金を隠され、その罪もあり領地没収、また一家は追放される。親への孝行心から雉を捕ろうとした久米吉が池に落ち、竹に刺さり死ぬ。このように、冒頭に書かれた狐の性格に呼応して、この作品の中では何も悪事をなしていない兵司の家族が次々と殺されていく。そして、兵司が熱病の中、狂死。なお、兵司本人に対しては、一旦葬られた死体を掘り出し、引き裂くという徹底ぶりを見せる。

ところで、これら復讐は全て本宮の内侍狐によるものであることを確認しておこう。なぜなら、本文中では、例えば小太郎の口を借りて復讐宣言している箇所では、「能《よく》も我願《わがねがひ》を肯《うけがひ》ながら、一己《いつこ》の名聞利欲《みやうもんりよく》に耽《ふけり》、情《なさけ》なくも竊殺《たばかりころ》せし。汝《なんぢ》が矢先に骸《かばね》は枯骨《ここつ》になる共、魂魄此土《こんぱくこのど》に止《とゞま》り、怨《うらみ》を晴《はら》さで置《おく》べきや」といった台詞が記され、まるで死した那智白の霊が復讐しているかのように読める。また、香輔が見た幻でも、最初は那智白の姿が見えていた。新船側からも「眼《め》にみへぬ狐の魂魄《こんぱく》を、敵《かたき》にとるべきやうもなし」という台詞にあるように、復讐している存在を那智白の霊と見ていたようだ。しかし、実際はそうではない。前述した、本宮の内侍狐の台詞にあったように、これら復讐は全て内侍狐によるものなのである。逆に言えば、那智白狐は死した後、まったく登場していない。この作品では霊が何か力を及ぼすということはないのである。このことは着目に価する。

復讐の担い手である本宮の内侍狐は、兵司への憎しみのあまり、「親族の終《おはり》にうきめに合《あわ》せ見懲《ごらし》にせん」との言葉通り、その家族を次々に殺していった。しかし、久米吉の死は他の家族のものと少々違う。前述のように久米吉は雉を捕ろうして池に落ち、そこにあった古垣竹に刺さり死ぬ。久米吉が息をひきとる際に放った「思知《おもひしれ》や」との声は狐のものであろうから、この死に内侍狐の意志が働いていたのは確かであろう。だが、それ以上に、久米吉の傷に対して、「先年《せんねん》那智白を射留《いとめ》しも、咽喉《のんど》より腋《わきばら》へ貫《つらぬき》し、まづ其ごとく少《すこし》も違《たがは》ず、竹に串《つらぬか》れ死したるは、是も狐の所為《しよゐ》ならん」と記されている点は考えてみたい。他の家族にはこのような、那智白の死の状態と関係付けるようなことがなかった。そして、久米吉の死の直後には、錦次郎と薫を残して、兵司の死が描かれるのである。言ってみれば、那智白と傷が同じという久米吉の死は、見懲らしのまとめの体をなしているのではないか。家族の中で最初の犠牲者になった小太郎が「思知《おもひし》れや」と叫んで死んだことと、久米吉もまた「思知《おもひしれ》や」と叫んで死んだこととは呼応している。二人とも孫であるということで、兵司に対し最も苦痛を感じさせ、読者に対し最も悲惨さを感じさせる効果があるかもしれないが、それとは別に、ここに巻き添えとされた家族の死の開始と終了が示されているとも読むことができる。久米吉の死をもって見懲らしの期間は終了し、仇の最終目標であるはずの兵司が殺されるのであった。

二　錦次郎と薫、白多義六と隣太郎、木食上人

兵司の家族の中で錦次郎とその妻の薫は、最終的に内侍狐による死を迎えない。この二人については、巻一冒頭から他の家族とは別して詳しい描写がなされていた。すなわち錦次郎については「柔和にして武術も心懸《こゝろがけ》、能書《のふじよ》にて歌道を好めり」と、また薫については「容儀《ようぎ》美《うるは》しく、堂上方に仕《つかへ》たるものゆへ、琴曲《きんぎよく》和歌を善《よく》し」と描かれていたのである。これは後に描かれた二人の性質と呼応し、物語の展開とも関係する。

兵司の死をもって、二人きりになってしまった錦次郎と薫は回国修行を志す。堺から、住吉、明石、須磨、高砂、書写山、姫路、三日月と旅し、伯州米子へと向かう。このあたりは旅程描写とも言うべく、本筋にはあまり関係ないように思われる。あえて意味を求めるなら、神社仏閣諸所への参詣も、狐の怨恨には意味をなさなかったということであろうか（兵司の死の以前にも、さまざま加持祈禱をなしていたが、効果はなかった）。

さて、薫は病気となり、米子にて夫婦は佐兵衛という人物の世話になる。そこで、阿波国三好家の家臣に、錦次郎の能書ぶりを見出され、推挙を約束される。薫が本復し、二人は阿波へ向かい、三好家に抱えられることとなった。ここで、錦次郎は「再《ふたゝび》世に出《いづ》る新船錦次郎、元来柔和の生《うまれ》なるに、新参なれば、謙退《けんたい》を専《もつぱら》とし、太守の向《むき》も一家中《いつかちう》の思入《おもひいり》もよ」いこととなる。一方、薫もまた和歌や琴、手跡の上手を認められ取り立てられていく。狐の怨恨ももはやなくなってきたのか、ふたりの運が向いてきた様相を呈しているのだ。しかし、薫が今度は労咳を病む。錦次郎は、木食上人の噂を聞き、薫の病を治す符を貰わんがため再び伯州へ向かう。しかし、頭巾山にて木食上人より、薫が天命にて死ぬことを聞かされた錦次郎は、悄然と阿波に帰国する。ここまでの、薫の二度の病気、二度の伯州行きにはどうにも違和感が残る。明らかに構成がうまくいっていないのだ。錦次郎が帰国するやい

なや薫が死ぬ。ところが、薫は土中にて蘇生し、「三途川《さんづがわ》に至れば、恐しき鬼来《きたつ》て、『汝《なんぢ》はいまだこゝに来《きたる》べきものにあらず。急ぎ帰れやつ』と叱られ」逃帰ってきたとのこと。読者から見て、この蘇生は本物であるとの感を持つであろう。

その後、今度は錦次郎が病気となる。ここで繰り返し語られるのは、錦次郎が狐の祟りをずっと恐れていることである。「常に狐の祟《たゝり》を恐《おそる》るゆへ」「古狐のこと心掛《こゝろかゝり》ゆへ」「狐の祟《たゝり》に懲《こり》たれば」と繰り返し記され、また、それがために加持祈禱の類に入れあげてしまうとするのである。これには、多少の滑稽感を伴わせながらも、読者に狐の祟りのことを思い出させる、あるいは忘れさせない効果があるのかもしれない。

そんな時に、突如三好家において五百両の紛失のことが描かれ出す。「二重の扉に封印も其儘有《そのまゝあり》、蔵の四壁、窓にも聊《いさゝか》破《やぶれ》たる処なく、中の金子のみ紛失すべきやうなし」としながらもない金。「是は中々人間業《にんげんわざ》に有《あら》じ。神《かみ》隠《がくし》、又は狐狸《こり》の類《たぐひ》、人を惑《まどは》すことなきにあらず」と判断しながらも、内々の捜査をなす。ここで、当然読者は、巻二において兵司の元から公金が隠された事件を思い出すであろう。その際の文章にも「是《これ》は中々人間の業《わざ》にあらず」「他《た》より盗賊入《いり》しならば、破れたる所もあらん」などと、似通った表現があった。読者は前の事件を思い出し、再び内侍狐が暗躍し始めたかと想像する。三好家での金紛失では、病気で、かつ加持祈禱に入れあげて困窮していたはずの錦次郎が、病は癒え、しかし急に金回りがよくなっていることが語られる。錦次郎が目を付けられ、尋問され、そこで薫が「外より金子持かへり呉」るよしが答弁され、今度は薫の詮議となる。薫はあっさりと盗みを認め、かつ、自分が本宮の内侍狐であることを明かす。そして、兵司が約束を破り那智白を射たことから、それに対しこれまでなしてきた復讐のことまでえんえんと語るのだが、これは冗長。「省筆」をすべきところであろう。

この告白の最後に、兵司死後の内侍狐の思いが語られる。

「…次は錦次郎を取殺《ころさ》んと思《おもふ》処、妻《さい》の薫労咳《らうがい》にて病死せし、亡骸《なきがら》に入かわり、蘇生《そせい》せしと思《おもわ》せ、側《かたはら》に付《つき》添《そひ》、誑《たぶらか》し殺さんと、病《やまひ》に身上《しんしやう》をいため、貧苦にうきめをみせ心地よく、今は殺《ころさ》ん翌日《あす》はかくせんと思《おもひ》の外《ほか》、何《いつ》となく馴初《なれそめ》、添臥《そひぶし》の語《かたら》ひに、夫婦のゐにしも深くなり、恥《はづか》しながら始《はじめ》の仇《あた》も忘れ、愛着の念おこり、父の敵《かたき》とは云ながら、錦次郎実《じつ》は何も知《しら》ぬ身と、思《おもへ》ばいとゞいやましに、我ゆへかゝる貧苦もなす。何《なに》とぞ難渋を凌《しのが》せんと…」

まず、兵司の死後も怨みはまだ尽きず、錦次郎を狙っていたこと、天命で死んだ薫の体に入って、少しずつ苦しめながら殺すつもりであったことがわかる。しかし、読者から見るとこれは不自然。これまでの方法に比べ、あまりにもまだるっこし過ぎる。殺す機会を窺っていたが、夫婦としての生活にいつしか愛着の念が湧いてしまい、今度は逆に盗みをしてまで錦次郎を救おうとしたことも、これまでの流れからするとやや不自然。伏線として、もう少し内侍狐に女性的な様相を持たせておくべきであったかと思われる。たくさんある金の中からわずか五百両盗んでも「さのみ障《さわり》もあらじと、後《のち》の憂《うれへ》も顧《かへりみ》ず、夫《おつと》に迷ひ思《おもわ》ず罪を犯せし也」とは、人間とは異なる感覚より盗んだことがわかるが、「たとへ畜類なればとて」「暫《しばし》も君の禄《ろく》をいたゞき候へば、不忠盗人《ふちうぬすびと》の名は遁《のがれ》ず」と、人間の道徳規範にも従おうとする様も併有し、殊勝な様を現している。既に怨みの気持ちが尽きてしまった以上、執着心もないようだ。結局、この後内侍狐は、松山の社に勧請され阿波の守りとなる。

このように、内侍狐が錦次郎夫婦に対してとった行動は、かなり不自然な点が存在する。それゆえにこそ、やはり兵司の死をもって復讐劇は終了していたと読む方が妥当なのであろう。兵司の死後では、兵司への見懲らしにもなりえない。むしろ、この箇所は、内侍狐の落ち着き所を作るためのものかとも思われる。

しかし、錦次郎はまだ世に残されており、ここから真言宗の僧の観阿として二度目の回国に旅立つ[5]。四国八十八箇所、象頭山、金比羅を訪ね、九州行脚の後、長州、石州、雲州を回り、三たび伯州を訪ねることとなる。この回国も無駄な感があり、既に指摘されているが、象頭山での崇徳院の怪異も『雨月物語』「白峰」への連想はできるが（これを踏まえれば、回国や道行的な文章も「白峰」の西行法師を彷彿させるつもりなのかもしれないが、つまらない）、特にそれ以上の意味はなく、かえって作品の質を落としている。

錦次郎（観阿）は再び木食上人と会い、白多義六がやはり出家して故郷紀州に居ることを教えてもらい、そこへ向かう。またもや旅程描写。因州座光寺、摩耶山、八上郡霊石山最勝寺、美作新跡八十八所、木山大明神、播州赤松宝林寺、播州加古川、泉州堺と過ぎ、紀州で義六と再会。義六が亡くなり、錦次郎（観阿）は単独、中国、北国、東国、東海道、五畿内と順礼し、高野山において入寂。

結局錦次郎は、新船一家の最後の生き残りとして、僧籍に入り、死んでいった人々の菩提を弔うという役目を果たしたのであるが、回国途中の旅程描写、寺社の紹介などが多く、最後まで無駄な印象が強い。

さて、新船家の若党白多義六は、巻一の那智白狐射殺の場面から登場している。彼は、那智白に止めの刀を刺すのであるが、これは後に盗賊の汚名を自ら被り、拷問を受けることがその報いであるとの説明がある。その一方、義六は忠義一筋に描かれ、読本類に多くあるパターンの、「密通の罪を犯すも穏便の沙汰を計らってもらった恩義を感じ、忠義を尽くす」という人物として設定されている。また、老耄した母親に孝行を尽くし、前述のように主家のために自ら盗賊として捕らえられるなどの忠義を尽くす。ここで、細部ながら評価できるのは、義六の取り調べの際、彼の老母までもが拷問の対象となった際の書き方である。実は、「老耄《らうもう》を責《せめ》たりとて白状のよしあらず。唯《たゞ》、義六に見する為なれば、棍《しもと》を以て策《むちうつ》と見へしは、張紙子《はりこ》に綿《わた》を詰《つめ》て音《をと》ばかり」であったことが明かされ、「誠に公《おほやけ》の政《まつりごと》也」とまとめるのであるが、義六の不孝の罪を軽減し、母を「老耄」と設定した理由も見出せる。一方、義六は盗人の汚名を自ら負ったことを理由に、後に三百両の褒賞を受けるが、結局この三百両をどうしたかとの記載はなく、これも欠点。その後、新船一家を捜し諸国を巡れども会えず、紀州で出家していた。これらが描かれる巻三では、「惜《おしい》かな其主《しゆ》を得ず」「あはれ大家《たいけ》の老臣ともなさば、末代に大名《たいめい》を残さんものを、埋木《うもれぎ》の知られざりしは遺恨なれ。され共、積善《しやくぜん》の余慶、隣太郎が出世にあり」と記されていた。

前述の通り、巻五において錦次郎（観阿）は義六と巡り会うが、義六の死を錦次郎が弔ったというくらいで、特にここで描かれることはない。そして、巻末近くにいきなり、「こゝに又、其比《そのころ》しも都方《みやこがた》には新船が若党白多義六といへる者、希代の忠節《ちうせつ》也と、追々評判有《あり》けるゆへ」、畠山家が「忠臣の子《こ》也とて白多隣太郎五百貫の所領を宛《あて》行《おこなは》れ、子孫連綿《れんめん》として彼家《かのいへ》に繁昌しけり」との記述がある。そして、最後は、

自他《じた》、新船が不信を以て後車《こしや》の戒《いましめ》とし、白多が至忠《しいち》を以て後事《ごじ》の亀鑑《きかん》とせば、後栄《かうえい》疑ひなからんと、目出度《めでたく》筆を閣《さしおき》ぬ。

と終わる。新船の家に再興の道を残さないのであれば、対比として何かしら善をなして後栄を得る人物を作らざるを得なかったのであろう。義六の忠義はそれほど印象深くなく、やはりとってつけた感が拭えない。しかも、隣太郎本人については何も描写がないのであるから、せめてもう少し義六を物語に拘わらせる必要があったのではなかろうか。

最後にこの物語の神的存在である木食上人であるが、これも描かれ方は徹底されていない。最初に登場した巻二では、慶蔵防狐の難を救うも、熊に襲われ、逆に本宮の内侍狐に救われるということが描かれる。ここでの木食上人は、多少の呪文は使えるものの、人間に近い、弱い存在である。しかし、内侍狐は、自らの復讐劇終結時の因縁を予言するなどして、既に木食に頼る一面をも見せていた。その後、巻四において再登場した木食は、内侍狐により病を治す霊符によって人々に尊み仰がれる存在となっていた。この際には、姿様相も「身には綿衣《めんい》を着《ちやく》し、頭《づ》髪髭《はつひげ》ともにのび、藜《あかざ》の杖を突《つき》、嶮《けはしき》を踏《ふむ》こと平地《へいち》のごとく下来《くだりきた》る」という、一見人間離れしたものである。とはいえ、結局、本宮の内侍狐の納まり方に関与するわけでもなし、後に内侍狐より義六のことを錦次郎に伝えるよう

に と夢中に頼まれ実行するくらいであり、結局は諸相を全て見通しているわけでもなく、伝達者《メッセンジャー》といった存在に過ぎない。

木食上人による伝達事項の一つに、慶蔵坊狐を罠にかけた若者たちが疫病にかかり狂死し、その村が全滅するということがあった。これは、「那智白狐の部類（慶蔵坊を指す）さへ、其怨《そのうらみ》一郷を亡《ほろぼ》せり」との言から、慶蔵坊狐の復讐によるものだということがわかる。つまり、本宮の内侍狐による新船一家への復讐と同じ力によるものだと言える。その一方、物語の中には、運命的な因果応報も記されていた。木食上人が熊に襲われるという危難に遭うのは、幼き時母親の乳を噛んだという不孝のため、熊に殺された樵夫は親不孝の報い、そして前述したように義六が拷問されるのは、那智白狐に止めをさしたからだという。こうしてみると、運命的な因果応報と狐の力による復讐とが混在し、まとまりが大変に悪いということがわかる。

伝達者として木食上人の最も重要な役割は、那智の里人に狐火のことを解説することではなかろうか。このことは、前述のように巻一の終わりに予告されていた。巻五に到り、実際にそれを行うのは「木食霊験上人の弟子」を名乗る人物である。この「弟子」は錦次郎（観阿）と義六のもとを訪ね、そして那智の里において、里人に狐火がなくなったことを確認し、そして新船家と狐との因縁を語る。結局この「弟子」は、木食上人本人なのではないかと思われるが、「弟子」とした意味は不明。しかし、巻一終了間際の予告と呼応して、巻五終了間際にこの解説が置かれていることには、多少の注目をしてもよいのではないか。すなわち、この作品の枠組をなんとかここに見出すことができるのだ。那智の里人にとっては、大々的な狩が行われ、獣がいなくなった筈の山に狐火が見えることを不審に思っていた。それが、いつかその狐火が消えていた。その理由を解き明かし、新船一家と那智白、本宮の内侍狐との事件を教えてくれたのが、木食上人（その弟子?）なのである。那智という場所に始まる一編の物語が那智の里人に伝わるという形で、この作品の枠組があると言えばあるのである。

『那智の白糸』に枠組を見出すことはできた。しかし、その枠組は、発端から終結までが因果によって結ばれるものではなかった。因果はあるが、物語全体を覆うものではない。怨霊もなく、絶対的な因果律（天命）も、同じく絶対的な神の存在もない。基本的には、「星霜を経て、霊妙奇異《れいめうきゐ》なる」「白狐《びやつこ》」が、特異な力を以て人間に復讐するという話である。それ以外にちりばめられた因果は、不徹底な設定もあって、全体に機能することがないのである。こうした特徴は、馬琴や京伝作の読本よりも、むしろその他多くの読本に近い。だが、これも蘭山作読本の未熟さとだけ見ておくこともできるだろう。しかし、人物たちは、巻一から巻五の中で一応の呼応を見せながら描かれていた。後半、旅程描写などに欠点も存在するが、それなりの工夫も見出せる読本である。

蘭山作の読本はもちろん『那智の白糸』だけではない。また、京伝、馬琴以外の江戸作者による読本も多数ある。江戸と上方という分け方が妥当なのか、京伝、馬琴とそれ以外という分け方が妥当なのか、稿者としてはもう少し個々の読本を丁寧に読み込んだ上で判断をしていきたい。

注

（1）佐藤悟氏「文芸資料研究所蔵『［復讐／奇話］那智白糸』解題・翻刻」（実践女子大学文芸資料研究所『年報』13、一九九四年三月）に翻刻と解題がある。

なお、本稿における検討、引用は、弘前市立図書館所蔵本（国文学研究資料館マイクロフィルム）によった。引用にあたっては、以下の措置を加えた。

・仮名は現行の対応するものに統一した。

・漢字については、原則的に通行の書体に統一した。

・踊り字は、仮名単数の場合「ゝ」「ゞ」、漢字単数の場合「々」、複数文字の場合は「〱」に統一した。
・私に濁点や半濁点、句読点、「」、『』を補い、また私に段落を設定した。
・振仮名は原本にあるものの中、現在我々が読む際に必要あるいは便利と思われるもののみを採用した。
・割書は〔　／　〕で表した。

(2) 横山邦治氏『読本の研究――江戸と上方と――』(一九七四年、風間書房)に解説がある。なお、蘭山については、『読本事典』(二〇〇八年、笠間書院)における山本卓氏の注が簡略にして明解。その中には「読本にも関与したが、豊富な知識を分かり易く伝達する才能に長け、創作家というよりも、急増した大衆読者の期待に応える啓蒙的著述者であった」とある。

(3) 田中則雄氏「読本における上方風とは何か」(『鯉城往来』10、二〇〇七年十二月)など。

(4) 口絵に登場する人物たちは、新船兵司、錦次郎(観阿)、薫、白多義六、木食霊験上人、那智白狐、本宮内侍狐、白多隣太郎の八者である。ここに、兵司の巻き添えとして死んでいった人物たち(小太郎、園生、乳母、香輔、久米吉)は描かれていない。そして、最初に兵司、最後に隣太郎が配置されていることから、ある程度、発端としての兵司、結末としての隣太郎という位置が想像できる。

(5) (2)に挙げた横山邦治氏『読本の研究――江戸と上方と――』に、

　この錦二郎の出家というところに象徴的に見られるのであるが、木食上人という霊験ある高徳の僧があって、新船一家の不幸を予言したり、錦二郎を出家させたりという具合に全編にわたって主要場面に姿を現わして活躍する。当然、そこに仏教的勧化の色彩の強さを見るのである。

とある。

中国白話小説『水滸伝』の曲亭馬琴の翻案小説への影響
――発端部分の活用を中心に――

董　微

一　はじめに

中国『水滸伝』は中国古典作品の一つの真珠のような存在であり、中国文化の豊かさと中国人作家の文才によって、その波瀾万丈の筋立てと百八人の人間像をみごとに描きあげられている人口に膾炙した名作である。中国四大名著の一つと呼ばれている『水滸伝』は、中国文学の歴史上だけではなく、世界各国文学の歴史上でも、深遠な意義を持っている。その中で、中日両国歴史上での密接な関係で、特に日本江戸時代文学にもっとも深遠な影響を与えられていたのである。中国『水滸伝』は日本へ伝播してころも大変人気を博したのである。それは日本人に愛読されるほどから、日本人作家によって、その『水滸伝』を粉本としてさまざまな翻案小説が発表されたのである。その翻案小説も日本では大変人気を博したのである。例えば、建部綾足の『本朝水滸伝』、三木先生作の『板東忠義伝』、山東京伝作の『梁山一歩談』と『忠臣水滸伝』、振鷺亭主人作の『いろは酔故伝』などの翻案小説は一つずつもある程度で中国『水滸伝』の趣向や人間像などを翻案した上で作られたのである。その事実は麻生磯次氏等の有名な諸研究者は各自説の中で明確に指摘している。しかし、以上の翻案小説は単に趣向の面から単一的な利用法で模倣されたのである。馬琴時代に至ってから、馬琴の高い漢文学の教養で、中国文学への深い理解や豊富な想像力で中国『水滸伝』を踏襲翻案し、『高尾船字文』『新編水滸画伝』『傾城水滸伝』『南総里見八犬伝』などの有名な翻案小説を次々と刊行したのである。上述の諸翻案小説中、いずれも中国『水滸伝』の発端部分を引用していた事実が見られる。しかし、時代と作者によってその応用ぶりがそれぞれ違っているのである。それなのに、馬琴以前の作家たちは単に中国の『水滸伝』の発端部分の趣向内容に注目しているが、それに漢文学の学力の欠乏によるのか、その翻案の手法はとても単純であった。馬琴に至ってから、その発端部分を最も豊かな措辞表現、緻密な描写と巧妙な翻案手法によって、登場人物は読者の眼前に生き生きと活写されている。馬琴は中国『水滸伝』を翻案している過程で、前の作家と比べると、一番優れた見解は彼の発端部分の趣向的な引用だけではなく、その「楔子」という創作手法に興味を注いだことである。馬琴はその「楔子」という創作手法を中心にその発端部分を自分の翻案小説で具体的に運用され発展しているのである。本稿では、中国の『水滸伝』の発端部分を曲亭馬琴によって、どのように自分の翻案小説中に巧妙的に導入し、奇想天外な趣向を新しく創出したか、またその原話利用法の奥秘を探求してみたい思うのである。

二　『高尾船字文』における伏線的な翻案手法

『高尾船字文』は寛政八年（1796）刊の馬琴の中本型読本で、馬琴読本の処女作である。比較的早くから言及されることが多く、振鷺亭の『いろは酔故伝』とともに、江戸読本における水滸伝翻案ものの流れを形成した作品として位置付けられてきたのである。これは全体のおおざっぱなストーリーは歌舞伎の『伽羅千代萩』を借り、それを構成する十二部分は『水滸伝』を借りるという趣向でこしらえた小説である。各部分が『水滸伝』の借用であることは、作者自身が題に標榜している。例をあげて説明すると、第一冊は二つの部分から成っている。「洪氏あやまつて実方の廟をひらく」　附り　夫は小説の水滸伝　其は戯文の千代萩　その発端は霊魂の雀　このような題が「夫は」と「其は」の二本立てになっていて、「夫は」のほうで『水滸伝』の出処を明らかにしているのである。その第一話「洪氏あやまつて実方の廟をひらく」でも『水滸伝』発端の「楔子」の部分を利用した箇所が見られる。

ころハ応永十二年。足利将軍義満公。諸国へ巡察使を立給ひ。一国の政務を正し給ふにより。巡察使山名洪氏ハ。奥州へ下りける。洪氏松嶋の瑞岩寺至り。（中略）俄に数千本の竹を破るがごとき音聞えて。洞の中より白気立のぼり。数十羽の雀飛び上りければ。洪氏住持ハいふにおよばず大勢の人足共。此体を見て大におどろきおしあへし合。洞の辺りをはしり出て。首をめぐらしてうしろを見れバ。数十羽のすゞめ忽ち化して六尺あまりの白練となり練の中央に十八といふ二字。ありくとみへけるが。東西に吹なびきいづくともなく消うせける。(1)

ここの白気の発想は『板東忠義伝』を模しているようであるが、白気の立ち昇る所より数十羽の雀が飛び出し、それが白練に化していき、その白練に「十八」という二字が見える趣向は、白気の設定が白練と関連あるが、伊達家の紋所である雀を介して、頼兼に災難が降りかかってくることと、萩の方が十八歳で自縊することを暗示させる二重効果を狙った馬琴の苦心が窺え、発端部分の交錯的な基本構想法が見られるのである。

三　『新編水滸画伝』における原話の翻訳

『高尾船字文』の十年後、馬琴は読本の形で中国『水滸伝』の全訳に着手し始めた。それは『新編水滸画伝』である。その初編十巻（十一冊）の前帙が文化二年（1805）に、後帙が同四年に出ている。版元は角丸屋甚助と前川弥兵衛であった。葛飾北斉（1760～1849）によって描いた挿絵がたくさんついているから、『新編水滸画伝』の名前ができてきたのである。『新編水滸画伝』は初編十巻、『水滸伝』第十回まで原文そのままを翻訳している。その翻訳作が著わされてきたのは、その時代の一つの鏡だ思う。まずは言葉の理解力が中日交流の頻繁によって高められていた。つぎには中日両国の文化交流によって日本人が中国の文化への理解が段々と深められていた。それで、その『新編水滸画伝』ができて、ほとんどの日本人の読者が読めるようになった。それに、大変人気を博したのである。その『新編水滸画伝』が中国『水滸伝』の全訳と言えるように、『新編水滸画伝』は初編十巻、『水滸伝』第十回まで原文のそのまま翻訳している。

勿論、中国『水滸伝』の発端部分も『新編水滸画伝』の中に翻訳されたのである。特に『金批水滸伝』（七十回本）の「楔子」部分について馬琴は『新編水滸画伝』の「新編国字水滸画伝引首」の中で次のように適訳されている。

> 楔子は物をもって物を出だすの謂なり。頭に疫をもって楔とす。楔祈祷を出だす。祈祷をもって楔とす。楔天師を出だす。天師をもって楔とす。楔洪信を出だす。洪信をもって楔とす。楔游山を出だす。游山をもって楔とす。楔開碣を出だす。碣を開くをもって楔とす。楔三十六の天罡星七十二の地煞星を出だす。これを正楔という。[2]

つまり、第一回では瘟疫をもって祈禳を引き出し、続いて天師、洪信、游山、開碣を引き出すが、最後に三十六の天罡星と七十二の地煞星を引き出すのがこの「楔子」の主眼であるという構想になっている。馬琴はこの『新編水滸画伝』の中ではじめてその「楔子」の手法をはっきり提出したのである。それは中国『水滸伝』の翻案史上の画期的役割を担当していたことであった。それで、その『新編水滸画伝』は中国『水滸伝』と比べて、細かいところまでそっくりしていたのである。ここから、本当にその『水滸伝』の発端部分の翻案歴史の新しいスタートを始めたのであるから、後の翻案小説はその「楔子」という手法をさらに多彩にかつ見事に活用していることが分かるのである。

四　『傾城水滸伝』における日本風への翻案手法

『傾城水滸伝』は文政八年（1825）刊の馬琴の合巻である。挿絵は最初歌川豊国、つぎに歌川国安、ついでに歌川貞秀であった。版元は鶴屋喜右衛門で、だいたい毎年の正月ごとに出して、だいたい十年後の天保六年（1835）、十三編五十冊を出したところで中絶したのである。江戸時代の小説のなかで『水滸伝』の翻案と言えるものがあるとすればこの『傾城水滸伝』だけである。その「傾城」の言葉から見れば、その登場人物が女性であることがすぐ分かる。その物語のストーリーは全部そっくりそのままである。それに登場人物も『水滸伝』と一対一である。『傾城水滸伝』と『水滸伝』のもっとも違っているところは主要人物は全部男女が逆になっている。『傾城水滸伝』は絵入りの合巻で原文そのまま翻案されているが、『水滸伝』初回の「楔子」の部分も『傾城水滸伝』では「伏魔殿」が「傾城塚」になっている以外に、両作品はほとんど原話のまま利用しているのである。その原文を引用して見よう。

（前略）獨語して行く程に。厳のすそなる熊笹の。さやさやと鳴るよと見えしに。その様牛に等しき狼の。忽然と走り出て。飛び懸らんとしたりしかば。立樹局はあつと叫びて。のけざまに倒れたり。其時件の狼は。紅の舌を垂れ。星より輝く眼を怒らし。暫し局を睨まへて。前に立ち後にめぐり。山びこに響く計の聲凄まじく。遠吠して何地ともなく失にけり。立樹局は倒れしより。凡そ半時計にして。漸く我に返りしかば。首をもたげ身を起して。又手香炉を取り上げつつ。恐る恐る行く程に。いよいよ疲れてたちやすらひ。深く住持を打恨みてある熊野比丘尼めが。飽まで妾を欺きて。猛獣の多かる山に。送の者を添ずして。獨り遣はせしいと憎くさよ。我身華洛へ還りなば。事の由を聞け上げて。遂には思ひ知らせんものをと。口にくどくど怨みの数々。呟き呟く折しもあれ。山中俄に震動して。行手の松の繁みよりいと大なる蟒蛇の。するすると匐ひ出て。唯巨浪の寄するが如く。立樹局の首を望んで。既に呑まんとしてければ。局は再びあつと叫んで。生死も知らず臥したりける。かかりし程に蟒蛇は。長き紅の舌を出して。局の額を嘗め襟を嘗め。頻りに毒気を吹き懸けて。何処ともなく失にけり。斯くて立樹局は。臥すと一時ばかりにして。稍人心地はつきたれど。深く恐れて是より寺へ還らんか。猶も聖を尋ねんかと。思ひ迷ひて佇む程に。女の童の聲と覚しく。遥に小唄を歌ひつつ。此方を指して来るものあり。局は耳をそばだてて。怪しやかかる山中に。幼き女子の聲するは。狐狸の業なるかと。思へば襟元ぞつとして。一足も進み得ず。（中略）次の日住持に案内させて。彼方此方の霊場を巡り見るに。教堂の後ろに當りて。一宇の小堂あり。戸扉を堅く閉て籠めて。大きなる錠を卸し。錠の上には幾個ともなく。封印を押したりければ。立樹局訝りて。其事の故を尋ぬれば。住持の尼進み寄りて。昔室海聖。衆生済度の大方便もて、周防の国室津海なる。（中略）一の塚に築かせ給ひぬ。されば世上に其塚を。傾城塚と呼びなしたり若し其塚を発きなどして。其幽魂を走れせなば。世の中に禍あらんと。深く戒め給ひしにより。常寺に代々住持たる。尼法師斯の如く。戸しに封して開くことを。許さす侍りと告るを聞て。立樹局はからからと嘲笑。（中略）立樹局は聞かずして。先づ其錠を押開かせ。進み入りつつ塚を見るに。いと大きなる自然石もて。傾城塚とゑりたるが。内暗くして定かならねば。松明を振輝させて。猶彼方此方とよく見るに。臺石なる亀は。早半身土に埋もれて。苔蒸したる碑の裏に。遇斧而開といふ。四の文字を鐫りてあり。立樹局は斯る使に。立られし程ありて、男文字をも暗んじけん。件の四字を読みくだちて。尼達是を能く見給へ。斧にあふて開くとあり。斧と呼びてたつ木といへば。斧もたつ木も是同じ。かかれば妾がこの塚を。（中略）よくよく見んとする程に。忽然として天もくぢけ。大地《だいち》も落入如き音して。穴のうちより一道の。黒曇殷々と立ち昇りて。家の棟を突き破り。中空に棚引つつ。幾條ともなく光を放ちて。四面八方に飛び去りぬ。正に是後鳥羽院の御時に。白拍亀菊を。御寵愛ありしより。世の中乱れ勇婦烈女等。出現すべき兆しは此に顕れたり。(3)

上記の発端部分の中で、物語のあらすじがだいたい中国『水滸伝』と同じなのであるが、細かい点において、日本風に改作された箇所がよく見られる。先述したように『新編水滸画伝』が『水滸伝』の原文をそのまま翻訳されたものであるのに対し、『傾城水滸伝』は『水滸伝』をそのまま日本の舞台に移そうとしたものである。たとえば、中国『水滸伝』の発端の部分に道士が洪信の信心を試すために、まずは猛虎、つぎには大蛇である。それに対して、『傾城水滸伝』でまずは狼で、それからは大蛇である。その変化は作者の誤りではなく、実はそのときの日本は虎がなかったためである。しかし、日本文化での狼は中国文化の虎と同等な意味を有していたのである。『水滸伝』初回の「楔子」の部分も『傾城水滸伝』では「伏魔殿」が「傾城塚」になっている以外に、もう一つの面白い部分は洪信は忽ち洞内が見たくなり更に掘ると石の亀にのった石碑があって、その裏面に「遇洪而開」の四文字が彫られている。その「洪」が洪太尉の名前を暗示するという部分が曲亭馬琴によって『傾城水滸伝』の中で、「遇斧而開」という四文字に転換してしまったのである。その意味は「斧」という文字の意味が「立木」と同じ意味であるから、その「斧」も立木局の名前を暗示するものである。この部分から見れば、当時の日本人が中国語に精通していた事実が見られるのである。そこで、中国『水滸伝』が本格的に日本風に転換してしまったのである。そして、江戸時代の小説の中で『水滸伝』の翻案と言えるものがあるとすればこの『傾城水滸伝』のみといっても過言ではないのである。しかし、『傾城水滸伝』が未完で終わっている。

五　『南総里見八犬伝』における創新的な翻案手法

『南総里見八犬伝』（以下『八犬伝』と略称）は文化十一年（1814）から天保十三年（1842）の前後二十八年間心血を注いだ江戸時代の文豪馬琴の読本傑作で、江戸時代後期の人気小説であった。全九十八巻百六冊で、日本古典文学史上最長の雄編である。戦国初頭の関八州を舞台に、犬と夫婦になる悲運の姫君と、仁義礼智忠信孝悌の文字が浮きでる八つの霊玉を持つ、八人の若き武士たちが活躍する物語である。戦国時代に安房の地を活躍の拠点にした房総里見氏の歴史を題材にしているが、決して歴史事実にはこだわらず、そのすべてが新たに創作されたものである。文化十一年（1814）に最初の五冊を出版してから、全百六冊を出し終えたのは天保十三年（1842）のことであった。

この物語の主題は、「勧善懲悪・因果応報」にある。悲劇の最期を遂げた里見氏をはじめ安房地方の善良なる人々などをとりあげて、馬琴の意のままに大活躍させる爽快な小説になっている。その中の第二輯巻之二第十三回「尺素を遺て因果みづから訟　雲霧を払て妖孽はじめて休」に、『水滸伝』の発端部分を活用した部分が見られる。

護身刀を引抜て、腹へぐさと突立て、真一文字に掻切給へば、あやしむべし瘡口より、一朶の白気閃き出、襟に掛させ給ひたる、彼水晶の珠数をつゝみて、虚空に舛ると見えし、珠数は忽地弗と断離れて、その一百は連ねしまゝに、地上へ戞と落とゞまり、空に遺れる八の珠は、粲然として光明をはなち、飛遶り入紊れて、赫弈たる光景は、流るゝ星に異ならず(4)。

ここで安房国富山の山中にこもった伏姫が腹を切ると、腹から湧き出た白気と共に八つの玉が空中へ飛散し（やがてこの玉をにぎった八人の犬士が現われて里見家再興のために尽くす)、後の八犬士の出現を予兆するという発端の基本構想は『水滸伝』を模倣している。これについて麻生磯次氏は捜神記巻三の高辛氏の話と結びつけて構想されていると指摘されている(5)。

『八犬伝』に至るまでの『水滸伝』の翻案小説諸作品はほとんどその発端部分を冒頭部分だけとして翻案されてきたのである。ただ冒頭に置いたのは実は趣向上の模倣である。しかし、『八犬伝』の中でその『水滸伝』の発端部分の翻案はすっかりそのような常套を脱しているのである。その『水滸伝』の発端部分を趣向の翻案から創作手法の翻案に転換してしまったのである。『八犬伝』での『水滸伝』発端部分の翻案は馬琴のもっとも独創的なところである。そして、『八犬伝』は馬琴の『水滸伝』翻案での一番素晴らしく融通をきかせて運用した傑作である。それで、『八犬伝』は日本江戸時代文学史でも、日本文学史でも、とても有意義な著作なのである。今でも多くの学者たちがこの『八犬伝』を研究の焦点として研究を続けているのも現状である。

六　結びに

要するに、中国の『水滸伝』は曲亭馬琴の翻案小説の諸作品に多大な影響を与えている中で、特に『水滸伝』の発端部分が『水滸伝』の翻案小説の基本構想になっていることが明らかであるが、その受容の軌跡をたどってみると、まず最初は『水滸伝』の発端部分が単なる趣向として諸作品の中で利用踏襲されていく忠実的で単純性が見られるが、そのうちに『水滸伝』の発端部分が創作手法として認識されていくうちに、その技法として馬琴作品小説の基本構想に活用していく発展性が浮き彫りされている。その利用としては最初は『水滸伝』は日本に伝わり、翻訳されたものが読まれた可能性が高く、後期には馬琴のような漢文の教養の高い作家に利用されていくからである。つまり、中国『水滸伝』の発端部分を模倣利用して、自作に導入していくが、その翻案手法には最初の時期は殆どそのまま趣向として模倣する忠実的で単一的な利用法から、徐々に日本風への転換して最後にその創作手法を融通をきかせて運用した利用法がみられ、その多様な利用法による創新的な発展性という特徴が看取できるのである。そこにはただ中国の原話を盲目的に模倣するのではなく、さまざまに手を変え品を変え、まるで自我薬籠中の物のごとく、自由自在に活用していく日本の江戸時代の作家たちの巧みな工夫、創造性に満ちた翻案姿勢及び絶え間ない成長ぶりが見られるのであり、それが文学だけではなく、さまざまな分野においても、外国文化を学ぶ謙虚な態度と柔軟な姿勢を物語るのであり、それを通して中国文化の悠久さに誇りを持てるのではなく、日本文化を理解する一つの手がかりになるのではないかと思うのである。また、このような理解力が中日文化交流上いささかでも役に立つことができればと願うことである。

注

（1）曲亭馬琴著『高尾船字文』（慶応義塾大学国文学研究会編）至文堂・1963年・236頁～237頁
（2）曲亭馬琴訳『新編水滸画伝』いてふ本刊行会・1953年・25頁
（3）曲亭馬琴作　林美一校訂『傾城水滸伝』河出書房新社・1986年・10頁～19頁
（4）曲亭馬琴作　濱田啓介校訂『南総里見八犬伝』新潮日本古典集成別巻・新潮社・2003年・332頁～333頁
（5）麻生磯次『江戸文学と中国文学』三省堂・1946年・192頁～193頁

〔参考文献〕

1　横山邦治『読本の研究』風間書房・1974年

2 崔香蘭『馬琴読本と中国古代小説』溪水社・2005年

3 麻生磯次『江戸文学と中国文学』三省堂・1946年

4 麻生磯次『江戸小説概論』山田書店・1946年

5 大高洋司「文化五・六年の馬琴読本」『読本研究』第五輯上套・1991年

6 下斗米晟「八犬伝と水滸伝」『富山大学文理学部文学紀要』第六巻・1956年

7 徐恵芳「『高尾船字文』考――「水滸伝」利用の様相について」『近世文学論叢』・1992年

8 高木元「馬琴の中本型読本――改題本と再刻本をめぐって」『読本研究』第五輯上套・1991年

9 高木元「『高尾船字文』――改題と翻刻」『説林』第四十三号・1995年

10 高島俊男『水滸伝の世界』大修館書店・1987年

11 高島俊男『水滸伝と日本人』大修館書店・1991年

12 丹羽謙治「馬琴読本における『水滸伝』の受容の一齣」『読本研究』第五輯上套・1991年

13 中村幸彦「滝沢馬琴の小説観」『中村幸彦論述集』1・1982年

14 中村幸彦「水滸伝と近世文学」『中村幸彦論述集』7・1984年

15 浜田啓介「馬琴の所謂稗史七法則について」『国語国文』第二十八巻第八号・1959年

16 浜田啓介『近世小説・営為と様式に関する私見』京都大学学術版会・1993年

17 荒木良雄「小説評論家としての馬琴」『文学』9・1941年

馬琴中編読本における中国古代小説の幻術譚受容の様相

――『四天王剿盗異録』と『五雑俎』『古今説海』――

崔　香蘭
夏　然

馬琴は読本処女作である『高尾船字文』を寛政八年（1798）に刊行して以来、三十篇近い中編読本を続々と刊行すると同時に、文化十一年（1814）から天保十三年（1842）の二十八年間の心血を注ぎ入れ、『水滸伝』を目標にした雄大無比な読本の超大作『南総里見八犬伝』を、多大な喝采を浴びながら完成した。以来、弘化二年（1845）まで執筆し続けた最晩年の長編読本『新局玉石童子訓』に至るまで、史伝物を主流とする数多くの読本を創出している。これらの作品には、中国古代小説の筋書や趣向や人間像などにわたる多様多彩な素材が、創作の大きな源泉の一つになっていたことは、周知の通りである。

中国古代小説には、妖怪譚や復讐譚、才子佳人譚、裁判譚、艶笑譚、騙術譚や幻術譚などの様々な趣向を有する奇譚が数多く見られる。本稿では主に馬琴中編読本『四天王剿盗異録』（文化二年刊・以下『剿盗異録』と略記）における、中国古代小説『五雑俎』『古今説海』などに見られる幻術譚を摂取活用した軌跡を辿りながら、馬琴の原話利用法を確認することによって、馬琴の才気に溢れる豊かな構想力に基く趣向創りの真相と、馬琴が読本作者の大御所なり得た自家薬籠中の秘奥とを検証してみたいと思う。

一　『四天王剿盗異録』と『五雑俎』

『剿盗異録』は『前太平記』の源頼光四天王説話に、『宇治拾遺物語』の袴垂保輔説話、安部清明、芦屋道満説話などを付会し[1]、近世になって『安部清明物語一代記』（二冊・延享二年八月刊）に集大成され[2]、その人名を巧みに中国種の趣向に付会しながら、読本として再構築したものである。『剿盗異録』における中国古代小説摂取については、麻生磯次氏が『江戸文学と中国文学[3]』の中で、

この他、曲亭伝奇花釵児（文化元年）と西遊記、『四天王剿盗異録』（文化二年）と五雑俎、松染情史秋七草（文化五年）と今古奇観、雲妙間雨夜月（文化五年）と金瓶梅など、それ〴〵多少の交渉を有ってゐるのである。

と指摘しているが、単に『剿盗異録』と『五雑俎』とが多少の交渉があるとのみ指摘していて、両者の内容について具体的に論及していないようである。麻生氏の指摘しようとされた部分を、徳田武氏はつぎのように解明している。

第九輯、弥介が行元から磁石の術を聞き出す話は、夙に『かくやいかにの記』（未刊随筆百種第八十五集条、随筆百花苑本第百四十一条）が『五雑俎』の名を挙げる如く、同書巻六、金陵の薬売りが大士像の手に付着した薬を人に飲ませて金銭を稼ぐ、一少年がその術を得ようと薬売りを酒家に招き、酒代を払わないで店を出てもとがめられないところを示す、薬売りがその秘訣を聞くと、少年は薬売りの術の秘訣を問う、薬売りが大士の手は磁石で鉄を含んだ薬は付着することを教えると、少年は先に酒代を店に与えておいて客を連れて行くと店

の者に酒代のことを口止めしておくのだと明かす、という話に拠ったのである。[4]

上掲の徳田武氏説以外に、『剿盗異録』第十四綴にも『五雑俎』を利用した死活術の趣向が見られるので、その部分を新しく指摘しながら、両者の関連性を考究してみたいと思う。

即ち『剿盗異録』第十四綴「術《じゅつ》を傳《つたへ》て道魔術《だうまじゅつ》に死する談　附　二條河原に保輔鬼同麿呂《きどうまろ》を賣《うる》事」の道魔が、妖僧袴垂保輔に死活術を伝授し、逆にその死活術によって、保輔が死ぬという部分である。

『剿盗異録』の第十四綴以外の同書の第四綴にも、死活術の部分が見られるので、まずそれを引用しておく。

節折《よをり》も少《すこ》しとからを得《え》。實《まこと》に母子《おやこ》か再生《さいせい》の恩《おん》。いつかハ報《むく》ひ奉《たてまつ》るべき。されど主人《あるじ》今已《すで》に死《し》したれバ。かならず追手《おひて》か丶るべし。この事《こと》いかゞせさせ玉ふると危《あやぶ》めバ。僧莞尔《そうにっこ》とうち笑ひ。われ法《ほふ》をもてこれを殺《ころ》し。又法《ほふ》をもてこれを活《いか》す。吾儕《われ》路《みち》一里あまりもゆきたるころ。彼《かれ》みづから甦《よみがへる》べしといひつ丶。臥《ふし》たる主人《あるじ》に打むかひ何やらん念《ねん》じ訖《をは》り。草鞋《わらぐつ》を穿《うがち》。頭陀袋襟《づだふくろえり》に掛。去来起行《いざうちたち》玉へといひかけて立出れバ。節折《よをり》も朧丸《おぼろまる》を背《せなか》に負《お》ひ。後《しりへ》に引そひ走《はし》りけり。且《しばらく》して夜ハ明《あけ》はなれぬ。椹木《さはらき》は甲夜《よひ》より一睡《いっすい》してこの時はじめて起出《おきいで》。六郎二が臥房《ふしど》にあらざるをふかく怪《あや》しみ。まづ内房《ざしき》を見るに。僧《そう》いまさず。ます〱疑《うたが》ひまどひて。又後舎《せどや》に走りゆけバ。彼婦人《かのふじん》ハあらずして。夫《をっと》は刀《かたな》をもちながら。仆死《たふれし》してありけれバ。こハいかにと慌忙《あはてふため》き。扶起《たすけおこ》して顔に水を吹《ふき》かけなどする間《はし》に。六郎二忽然《こつぜん》と甦醒《そせい》して。室《いへ》の四隅《すみ〲》うち瞻《まもり》て。婦人《ふじん》ハ何《いづ》地《ち》にありやと問《とへ》バ椹木《さハらぎ》しかぐにて。老師《ひじり》も婦人《ふじん》も。いつの程《ほど》にか立出玉ひけん。わらわもしらずと答《こた》ふ。

（『剿盗異録』第四綴）

上記の『剿盗異録』第四輯は傍線部分のように僧の死活術によって女客を犯そうとする店主を気絶させ、また蘇生させるという趣向も見られるが、これも『五雑俎』の死活術の趣向を直接利用していなくても、応用した例である。

では、『剿盗異録』第十四綴「術《じゅつ》を傳《つたへ》て道魔術《だうまじゅつ》に死する談」の部分を引用する。

> ①わが術神變不測《じゅつしんぺんふしぎ》なりと雖《いへど》もその宗《むね》とする所三術《ところさんじつ》に過ず一に變化《へんくわ》二に遁形《とんぎやう》三に死活《しくわつ》是なり變化とハその身を万物に變じて敵を妖《たぶらか》すをいふ遁形《とんぎやう》とハ機《き》に臨《のぞみ》て形《かたち》を隠す事かぎろひの夕《ゆうべ》に消《きゆ》るがごとし死活《しくわつ》とハ敵われを撃《うた》んとする時忽《たちま》ちその人を死《ころ》し又これを活《いか》すしかれどもその人勇敢剛正《ゆうかんこうせい》なればこれを殺しがたし斯《かく》の如きハ遁形《とんぎやう》の術を以身《もてみ》を脱《まぬか》る ②昔漢《むかしかん》の時解奴辜《ときかいぬこ》張貂《ちちやうてう》みなよく隠淪《いんりん》して出入門戸《しゅつにうもんこ》に由らず是後世遁形《こうせいとんぎやう》の祖《そ》也（中略）③時に保輔思ふやうわれ今奇術《きじゅつ》を習ひ得たりといへどもいまだこれを試《こゝろみ》ずまづ死活《しくわつ》の一術《いちじゅつ》を行《おこな》ひ見ばやと思ひければ一日道魔《あるひだうま》が庵《いほり》を訪《とふ》てそれがしきのふ希代《きたい》の沈《ちん》を得たりしかれどもこれを焼《やく》べき香爐《かうろ》なししばしわが師の香爐《かうろ》を貸《かし》玉へといひつゝ床《とこ》に置たる青磁《せいぢ》の香爐《かうろ》をとらんとして悞《あやまつ》てとり外《はづ》したる体にもてなし忽《たちま》ちこれを打砕《うちくだけ》ハ道魔勃然《だうまぼつぜん》として大に怒りこの香爐《こうろ》ハ西宮殿より賜りたる舶来《はくらい》の名器なるをむじんに打《うち》砕《くだ》きぬるこそ安からねといきまきて鉄如意《てつによい》をもて打んとするとき保輔口に咒文《じゅもん》を唱《となふ》れば道魔《だうま》ハ如意《によい》をもちながら撲地《はたた》と倒ふれて息絶たり保輔わが術の行はれしを見てふかくよろこび又活術をもてこれを活さんと思ひしがいや〳〵この法師謀反《むほん》の志《こゝろざし》あれば又別人にもこの術を傳ふべししかじこの序をもて道魔《だうま》を殺しわれより外にこの術をしるものあらせじと深念《しあん》し急に刀を抜《ぬき》て臥たる道魔を刺《さし》ころし彼術書を奪《うば》ひとりて忙《いそがは》しく走り去けるが（『剿盗異録』第十四綴）

上記の部分に近似した箇所が、陳留謝肇淛著『五雑俎』巻之六・人部二に見られる。『五雑俎』の和刻本は寛政元年に、日本で刊行されていることと、『近世書目集』の「曲亭蔵書目録」⑤中にも、馬琴が『五雑俎』の翻刻本を所蔵していた記事があることから、馬琴はこれより三年以前の『剿盗異録』の著作時点において、和刻本『五雑俎』を所蔵していた可能性が強い。そこで和刻本『五雑俎』を引用する。

> ㋐辜張貂皆能隠淪出入不出門戸此後遁形之祖也 ㋑介象左慈于吉孟欽羅公遠張果之流及晋書女巫章丹陳琳等術皆本

此謂爲神仙其實非也其法有五曰金遁曰木遁曰水遁曰火遁曰土遁見其物可隱惟土遁最捷蓋無所無土也（中略）㋒相傳嘉隆間有幻戯者将小兒斷頭作法訖呼之即起有遊僧過見而晒之俄而呼兒不起如是再三其人即四方禮拜懇求高手放兒重生便當踵門求教下數四不應兒巳僵矣其人乃撮土爲坎種葫蘆子其中小頃生蔓結小葫蘆又前禮拜哀鳴終不應其人長吁曰不免動手也将刀砍下葫蘆衆中有僧頭欻然落地其小兒應時起如常其人即吹烟一道冉冉乘之以升良久遂没而僧竟不復活矣蓋術未精而輕挑釁端未有不死者也（『五雑組』巻之六・人部二）

上掲の両書の部分を検討すると、『剿盗異録』の①の部分は、『五雑組』の㋑の部分を模擬したものであり、『剿盗異録』の②・③の部分は、『五雑組』の㋐・㋒の部分をそれぞれ活用したものと考えられる。

ここで『剿盗異録』と『五雑組』の両書の内容を具体的に対比して見る。『剿盗異録』①では、道魔が保輔に幻術（変化と遁形と死活という三術）を教示するという趣向になっているのに対し、『五雑組』㋑では、遁形術には金、木、水、火、土という五術があり、その中の「土」はどこにでもあることから、土遁は最上の術であると記されている。つまり『五雑組』では、このように遁術とその術の内容を記述しているが、『剿盗異録』では、道魔が保輔に三術の術種と、その三術の秘法を教示するという趣向になっている。馬琴は恐らく『五雑組』㋐の遁形術と術種の解明部分、及び『五雑組』㋒の死活術の話から着想を得ながら、変化・遁形・死活という三つの術法を新しく設定した。さらに各々の術法を解明することによって、すぐその後に続く『剿盗異録』③の道魔が、保輔に死活の術を伝授することで、逆にその術に殺される死活術の趣向、そして『剿盗異録』十四綴における保昌が、保輔を射殺そうとすると、保輔がたちまち雲煙のように消えてしまう部分、及び『剿盗異録』第十八綴の保輔の禁獄を脱出して消えるという隠形術の趣向、また『剿盗異録』第十四綴から第十五綴にわたって見られる、鬼同丸が馬から牛や石に化していく変化術の趣向などの構成に応用するための伏線設定と見てもよいのであろう。意識的に趣向を取捨選択したり、新たな創意を付け加えたりすることによって、変幻自在にして神妙奇怪な趣向を構成していくという、馬琴の中国種を自在に応用する柔軟な手法が見られるのである。

馬琴は『五雑俎』の五遁の趣向の素材を、一度だけ利用しているのではなくて、拙稿[6]で少し触れているように、馬琴はその後の『椿説弓張月』や『開巻驚奇侠客伝』、『南総里見八犬伝』に、五遁の術を多彩に活用していくのである。『椿説弓張月』（二十八巻二十九冊・文化四年～同八年刊・以下『弓張月』と略記）拾遺巻之二第四十九回「三《さん》畧《りゃく》を述《のべ》て松壽鶴《せうじゅつる》を救《すく》ふ　鷲巣山《わしのすやま》に李《り》趙《ちゃう》首《かうべ》を喪《うしな》ふ」）において、

凡《およそ》隠形《いんぎやう》の術《じゅつ》に四ツあり、水遁《すいとん》といひ、火遁《くわとん》といひ、木遁《もくとん》といひ、土遁《どとん》といふ是《これ》なり。水遁《すいとん》は水《みづ》によりて形《かたち》を隠《かく》し、火遁《くわとん》は火《ひ》を見て形《かたち》を隠《かく》し、木遁《もくとん》は木《き》に隠《かく》れ、土遁《どとん》は土《つち》に隠《かく》る。

とあるように、隠形術に長けた妖僧曚雲の造形に、金遁以外はほとんど『五雑俎』をそのまま模している。しかし金遁は、叶い難き遁術と認知していたことから、それを意識的に省いたのであろう。

又『開巻驚奇侠客伝』（五集二十五巻・一集～四集、馬琴作、天保三年～同六年刊・五集、萩原広道作、嘉永二年刊・以下『侠客伝』と略記）第一集巻之二第四回「陰徳老境《いんとくろうきやう》に入《いり》て奴婢《ぬび》を得《え》たり　陽卜闘鶏《やうぼくとうけい》に縁《より》て主僕《しゅぼく》を倡《いざな》ふ」において、

然《さり》けれども貞方主《さだかたぬし》は、（中略）料《はか》らず異人《ゐじん》に邂逅《かいこう》して、仙書一巻《せんしょいちくわん》を授《さづ》けられ、且隠形五遁《かついんぎやうごとん》の内中《うち》、水火二遁《すいくわにとん》の仙術《せんじゅつ》を、この折伝授《をりでんじゅ》せられけり。（中略）其居《そこ》へも討兵蒐《うってかけ》られて、危《あやう》き事屡《しばしば》なりしを、那仙術《かのせんじゅつ》の奇特《きどく》をもて、火《ひ》に値《あ》へば火《ひ》に隠《かく》れ、水《みづ》に遇《あ》へば水《みづ》に隠《かく》れ、虎口《ここう》を脱《のが》れ給ひつつ、

とあるように、馬琴は『五雑俎』の五遁の術を明確に意識しながら、その中の水火二遁を貞方主従に備わせることによって、虎口を逃れることができる設定にしているのである。

さらに『八犬伝』第三輯巻之四第二十八回「仇《あだ》を罵《のゝしり》て濱路節《はまぢせつ》に死《し》す　族《やから》を認《みとめ》て忠與故《たゞともふること》を譚《かた》る」）の中で、五遁の術を改めて取り上げ、とくに金遁について「こは金銀銅鐵《きんぎんどうてつ》をもて、よくその形《かたち》を隠《かく》すものなり。」と述べ

て、金遁術への理解を示している。そして、

隠形五遁《いんぎやうごとん》の第二法《だいにはう》、火遁《くわとん》の術《じゆつ》を行《おこな》ひて、修験者《しゆげんしや》に容《さま》を變《かへ》、或《ある》ときは烈火《れつくわ》を踏《ふみ》て、愚民等《ぐみんら》に信《しん》を起《おこ》させ、又《また》或《ある》ときは、火定《くわじやう》に終《をはり》を示《しめ》しつゝ、錢《ぜに》を召《よ》び、財《たから》を聚《あつ》め、軍用《ぐんよう》に充《みて》んとするに、火《ひ》に投《い》るとみせて、火《ひ》に投《い》らず、全身焼亡《ぜんしんやきうせ》たりとおもはせて、火《ひ》の外《ほか》に姿《すがた》を隠《かく》す。これを名《な》づけて火遁《くわとん》といふ。

とあるように、寂寞道人肩柳が君父の復讐道具である、軍備品を調達するために、火定火形という火遁で、愚民から金銀財貨を騙し取るという趣向に利用しているのである。また『剿盗異録』②の、部屋の出入りに門戸を用いないという、張貂が遁術の祖であるという部分は、『五雜俎』㋐の記述をそのまま摸したのであるが、『剿盗異録』③の死活術の趣向は、『五雜俎』㋒の部分を活用したものである。

『剿盗異録』③では、妖盗保輔が老僧道魔より様々な幻術を口授されて会得する。その中の死活術を試みようと、ある日道魔の庵を訪ねて、稀代の沈香を焼くための香炉を借りようとして、床の間にある青磁の香炉を取ろうとする際にそれを落とし、香炉は微塵に砕けてしまう。道魔は怒って保輔を鉄如意で打とうとするが、逆に保輔の呪文で道魔は息絶える。保輔は道魔には謀反の志があると思って活術を用いずに、逆に倒れている道魔を刺し殺すという趣向になっている。しかし『五雜俎』㋒では、ある道人が小児の首を取って気絶させ、また呼び起すという、死活術を見せている所に、遊行僧が通り過ぎながらそれを嘲笑う。このため死活術が効かなくなり、小児は生き返らなくなってしまう。道人は方々の魔術の巧手に頼むが、誰も応じてくれない。そこで盛土に瓢箪の種を播くと、すぐ伸びて実がなる。道人は瓢箪に向かって小児が、生き返ってくるよう願うが、霊験が現示しないので瓢箪の首を切る。そこに遊行僧の首が転び落ちて、小児が忽ち生き返り、道人は一筋の煙と化して消えるという趣向になっている。『剿盗異録』では、道魔は死活術を伝授したことでその術に殺されるが、『五雜俎』では死活術の術者と、その嘲笑者も術を十分会得していないことで、術に殺され、術と無縁の小児は逆に助かるという点から、具体的な

内容が多少異なっていても、死活術に僧が殺されるという全体的趣向は両者が類似している。このことから馬琴が、『五雑俎』に拠ったことは実証できるのである。

このように、馬琴は『剿盗異録』では、『五雑俎』の遁術の趣向に触発されながら、変化、隠形及び死活という三術を新しく設定している。その中の死活術の趣向は『五雑俎』に拠りながら、『古今説海』の変化術と隠形術をも援用している（これについては後述する）。このように新しい趣向を付け加えて、神変不可思議な幻術譚を再構築していくところに、馬琴の豊かな構成力を見ることが出来るのである。それと同時に、それが後の『弓張月』で、はじめて『五雑俎』の隠形術の内容に触れることにより、妖僧曚雲の幻惑ぶりを強調し、『侠客伝』では水火二遁を備えることで虎口を遁れるという、侠客の君臣である貞方主従の神変非凡ぶりを描いている。そして『八犬伝』では、君父の仇を討つために、火遁の術を用いて、民から金品を騙し取る肩柳の邪道ぶりを描いたりして、『五雑俎』の幻術の趣向を手を変え品を変えて、しかも同一趣向を重複することなく、多様に各幻術の場面に織り込んでいるのである。ここに馬琴の趣向創りの独自な手法と、優れた才気を窺うことが出来るのである。

二　『剿盗異録』と『古今説海』

次に『剿盗異録』と『古今説海』について述べることにする。『剿盗異録』第十四綴から第二十綴にわたっては、妖盗保輔が道魔法師に幻術を伝授されて盗賊の首領になり、高島城に篭って幻術を駆使しながら悪逆非道をなすが、幻術が破れることで破滅するという、幻術譚を基調とする壮大な趣向が構成されている。それは『古今説海』（百四十二巻・陸楫輯・明嘉靖年間刊・文言小説叢書）説淵四十一「侯元伝」の侯元が、一叟より奇術を得て妖賊の頭領になるが、幻術が破れることで滅びるという趣向に拠っている。

ここで『劓盗異録』と「侯元伝」の両者の関連部分を、それぞれ引用しておく。

まず『劓盗異録』第十四綴～第二十綴の主要部分を引用すると、つぎのようである。

①保輔大に驚き怪《あやし》みむかへすゝめて拝伏《はいふく》し老師《ひじり》ねがハくハ奇術《きじゆつ》を傳へ玉へといふに（中略）この術《じゆつ》すべて女色《によしよく》に溺《おぼ》るゝ時ハ行《おこな》ふことあたハず汝姪亂《なんぢいんらん》の相《さう》ありおそらくハ功《こう》を成《なし》がたからんまづもつはら淫氣《いんき》を遠《とほ》ざけ齋《ものいみ》してふたゝび来れわれその時三巻《くわん》の天書《てんしよ》を説示《ときしめ》すべしといへば保輔歡喜雀躍《くわんきじやくやく》して次の日室津《むろのつ》にたちかへり別に旅館《りよくわん》をもとめ七日齋《ものいみ》して道魔《どうま》が庵《いほり》に到れバ道魔彼術書《どうまかのじゆつしよ》をひらきて件々《いち〳〵》これを口授《くじゆ》するに保輔一を聞て八九を悟《さと》り僅一旬《わづかとをかばかり》にして悉《こと〴〵》〳〵會得《ゑとく》せり。（『劓盗異録』第十四綴）

②撿非違使《けひゐし》の官人等《つかさら》保輔を搦捕《からめとら》んとすれども（中略）申明亭《ふたのつぢ》に賞榜《たかふだ》を掲出《かゝげいだ》して保輔を搦来《からめき》たる者にハ賞銭《ほうせん》百貫文を賜ふべしとぞ令《ふれ》たりけるしかるに次の日保輔を搦来《からめきた》りて賞銭《ほうひ》を乞ものあり囚獄司《ひとやのつかさ》これを受とり定の如くその人に賞銭《ほうひ》をとらせ保輔をば嚴《きび》しく獄舎《ひとや》に繋《つなぎ》おくに縄をも釋《とか》ず夜の中にいづ地ともなく逃亡《にげうせ》けり斯のごとくなる事ふたゝび三度《たび》に及びぬれバさては保輔賞銭《ほうせん》を奪《うば》ひとるが爲に支黨《どうるい》に命じてわが身を縛来《いましめきた》らせ術を以て禁獄《きんごく》を脱れ出るものなるべしと心づきて遂にその事も止《やめ》られたれば（『劓盗異録』第十八綴）

③今夜手をも濡《ぬら》さず新皇帝の位に則《つく》べしといひつゝ彼高御座《かのたかみくら》に無手《むぞ》と坐し關の太郎は關白《くわんぱく》誰々《たれ〳〵》ハ大臣其ハ納《なう》言《げん》是ハ宰相《さいせう》なんどのおの〳〵位階《ゐかい》を定迯《さだめにげ》まどふたる女房《にようばう》たちを此首彼首《ここかしこ》より索出《たづねいだ》させてむじんに酌《しやく》にたゝせさししつをさへつ興《きやう》を催せバ衆賊《ぬすびとゞも》いよ〳〵咲壺《えつぼ》に入て未皇后《いまだきさき》のわたらせ給ハぬに寝殿《よゐのおとゝ》の設《まうけ》せよなどたわふれて嬋娟《あてはか》なる女房をえらみ出し手を撃腰《ひきこし》を押てわりなく保輔がほとりに引居《ひきすゆ》れば保輔只管《ひたすら》興《きやう》に乗《じやう》じ遂にわが術の破るゝをもうちわすれやがて帳臺《てうだい》の裡《うち》に酔臥《えひふし》けり（中略）やゝ太刀音に夢醒《ゆめさめ》て岸破《がば》と反起《はねおき》四天王と見るとやがて口に呪文《じゆもん》を唱《となへ》つゝ輙《たやす》く逃《のが》れ去らんとするに幻術《げんじゆつ》更に行《おこなは》れずこは朽《くち》をして慌《あはつ》れバ綱公時もかれを保輔なりとしりけれバ（中略）かゝる癖者《くせもの》禁獄《きんごく》すとも又いかなる術を以て逃亡《にげうせ》んも量《はか》りがたければいそぎ

誅戮《ちうりく》せよと命《おほ》すれば四天王命を稟てその夜保輔が首を刎《はね》その丶ち闕の太郎以下の首三十餘級《よきう》と丶もにこれを使《しの》廳《ちやう》に引遞《わた》しけれバ次の日梟首《きやうしゆ》せられける。（『劇盗異録』第十九綴）

つぎに「侯元伝」についてであるが、麻生氏が『江戸文学と中国文学』(7)の中で、次のように指摘されている。

頼豪阿闍梨恠鼠傳（文化五刊）——古今説海

巌の下より一道の白氣立昇り、巌石自ら二つに裂けて異様な人物が現れ、木曽義高をさし招く。そして妖鼠の呪語を授けさまぐ〵の奇術幻術を教へる。やがて裂けて巌石は自ら起返り、異様な人物を内に包み、元の如く閉ぢてしまふ。

これは古今説海説淵に見える侯元の話で、既に怪談全書巻之四に抄譯されてゐる。侯元は大石に向って己が貧窮を歎く。忽ち大石二つに裂けて、洞中に一叟現れ侯元は導かれて中に入りさまぐ〵の幻術を授かる。そして再び外に送り出され、巌は元の如く閉ぢてしまふ。侯元の話は、拍案驚奇巻之三十一「何道士因術成奸　周經歴因奸破賊」にもその儘述べられてゐる。

かくの如く、「侯元伝」の冒頭の部分は、『劇盗異録』刊行三年後の『頼豪阿闍梨恠鼠伝』に再利用されている。「侯元伝」は元禄五年刊の『怪談全書』巻之四「侯元」で抄訳されており、同話は『拍案驚奇』巻之三十一「何道士因術成奸　周經歴因奸破賊」冒頭（本話は唐賽児の話である）の入話部分として、ほぼそのまま導入されている。水野稔氏も『江戸小説論叢』(8)で、馬琴が殿村篠斎に与えた天保元年～二年の書簡や日記を通して、その頃の馬琴には、『女仙外史』を南朝の末裔に擬して翻案しようとする素案があり、『女仙外史』の唐賽児の話が、『拍案驚奇』にもある事を知っていたらしく、『拍案驚奇』の落丁本を書肆より取り寄せたり、倅宗伯に完本と照合しながら落丁部分を抄録させたりしたと述べている。このことから馬琴は、『古今説海』の原書、抄訳本の『怪談全書』や『拍案驚奇』の原書のいずれを利用したかは確定出来ないにしても、『劇盗異録』の三年後に刊行された『頼豪阿闍梨恠鼠傳』で、『拍案驚奇』後半の唐賽児の部分を未だ利用していない点と、『怪談全書』は抄訳であるため、『剿盗異録』で、「侯元伝」の飲酒して捕まる部分を模倣した趣向は、『怪談全書』には見当たらない点より、馬琴は『古今説海』の「侯元伝」を利用した可能性が大きいと思われる。従って『古今説海』説淵四十一「侯元伝」と『剿盗異録』との関連部分を引用すると、次のようである。

㋐唐乾符巳亥歳、于県西北中伐薪回、憩谷口、旁有巨石、巌然若夏屋。元對之太息、恨己之労也。声未絶、石騞然豁開若洞、中有一叟、羽服烏帽、髯発如霜、曳杖而出。元驚愕、遽起前拝。叟曰：〝我神君也。汝何多嘆?·自可于吾法中取富貴、但随吾来。〟（中略）食畢叟退、少頃二童揖元詣便室、具湯沐、進新衣一襲、冠帯竟、復導至亭上。叟出、命僕設淨席于地、令元跪席上、叟授以秘訣数万言、皆変化隠顕之術。元素蠢戇、至是一听不忘。叟戒曰：〝汝雖有少福、合于至法進身、然面有敗氣未除、亦宜謹密自固。若図謀不軌、禍喪必至。且帰存思、如欲謁吾、但至心叩石、当有応門者。〟元因拝謝而帰。㋑即帰、令其党戒厳。是夜潞兵去元所拠険三十里、見歩騎戈甲蔽山沢、甚難之。明、方陣以前、元領千余人直突之、先勝後敗、酒酣被擒。至上党、繫之府守、且視枷穿中唯燈台耳、失元所在。㋒郁悒迫出、復後謁神君、虔心叩石、石不為開矣。而其術漸衰、猶為其党所説。是秋率徒掠并州之大谷、而并騎適至、囲之数重。術概不神、遂斬之于陣、其党与散帰田里焉。

上記の『剿盗異録』と「侯元伝」とを対比して見ると、『剿盗異録』①では、妖盗保輔が、川辺の石上に座り、水の流れを眺めていると、長髯白眉の老僧が杖を筏にして岸に着く。その老僧に奇術の伝授を乞うと、凶悪淫乱な盗賊の首領になる相貌であるから、恐らく功をなし難い。まず体を清めてから天書と奇術を伝授しようという趣向になっているのに対し、「侯元伝」㋐では、侯元は樵の帰りに谷で休んでいると、巌が急に裂け、中から老翁が現れて侯元を洞中へ導く。体を清めた後、天書奇術を口伝するが、功をなす相ではないので、謹慎せずに謀反叛乱を起すと禍を招くと教えられ、侯元は洞から出て帰宅するという趣向になっている。

『剿盗異録』では、「侯元伝」の巌が裂けて異人が現れるという趣向を、後の『頼豪阿闍梨恠鼠傳』に利用しているが、水辺で異様な老僧が出現する設定や、杖という小道具の使用、又身体を清めた後に奇術を伝授することや、禍を招くような凶悪な人相の設定、謀反など道に外れるような行為は、術に憚ると訓戒するという趣向などは、いずれも「侯元伝」の趣向を模倣したものである。「侯元伝」に見られない奇術の術種と術法、及び死活術の試みることで、その術に殺されるという趣向は、先述のように『五雑俎』巻之六に範を仰いだものであり、それを「侯元伝」に付会して重層的に結合させ、奇術伝授という場面をより神秘幻妙な場面に創り上げるための工夫と、創意を見ることが出来るのである。

また『剿盗異録』②の軍備品を調達するために、保輔を捕えて褒美を騙し取ろうと、手下に縛られ投獄されるが、隠形術で牢獄から脱出するという趣向は、「侯元伝」㋑の侯元が敵に勝って酒に酔うところを捕縛投獄されるが、隠形術で牢獄を脱出するという趣向を襲用したものである。隠形術で脱獄する両書の前提は異なっても、主な筋書きはよく似通っているのである。それに『剿盗異録』③での保輔が、堀河院に乱入して天皇になった気分で、帳台に酔い臥してしまうことで幻術が破れ、四天王の勇士に殺されるという趣向は、「侯元伝」㋒の侯元が、老僧の訓戒に背いて叛乱を引き起したことで、妖術の霊験が失なわれて殺される趣向に拠っているのである。「侯元伝」㋑の侯元が飲酒して捕まえられるのは、酒気で心気朦朧になったせいであり、幻術が破れたわけではなかった。しかし飲酒を訓戒に背くことに置き換えて、妖術喪失の要因にしたのであり、原話の侯元の意志薄弱で半端者という人物像から、保輔の天下敵なしと思い上がって天皇気取りの妖盗という人物像に造り変えた、馬琴の苦心が十分に感じられるのである。

三　結び

今まで述べたことを要約すると、馬琴は中国種の幻術譚を自作の中に多様に活用している。その利用の有様を子細に見ると、『劓盗異録』では、『古今説海』の侯元の隠形という幻術譚に、『五雑俎』の死活という幻術譚を重層的に結合させて、一躍幻妙にして奇想に充ちた幻術譚を再創出しているのである。また『弓張月』『侠客伝』及び『八犬伝』という長編続き物読本に至っては、これらの素材を自家薬籠中のものの如くに、自在に多角的に活用しているのである。

このような利用の方法を、馬琴は単に盲目的に原話の諸素材を模倣するのではなく、それぞれの状況に応じながら、原話の読み取りから始めて、常に創意工夫を加えながら、模倣、応用、活用、脱化という原話利用を成長させている。そこに馬琴が次第に熟練していく様相をうかがうことが出来る。このように読み解いて見ていくと、馬琴が化政期の読本最盛時において、読本作者として他に比肩することの出来ない、奇想天外な名場面を次々と創り上げ、多くの読本読み巧者を魅了していった工房の奥秘を垣間見ることが出来るのではあるまいか。

注

（1）『日本古典文学大辞典』（岩波書店・1985年2月20日刊の当該項目（水野稔氏担当）参照。

（2）『読本の研究』横山邦治著（風間書房・昭和49年4月30日刊・628頁参照）

（3）注（2）と同じ、243頁。

（4）『馬琴中篇読本集成』第三巻【解題】徳田武編（汲古書院・1997年1月10日刊）

（5）『近世書目集』・日本古典文学影印叢刊32・この中の解題に「曲亭蔵書目録」は、「文化五年から制作に着手し、文政元年に書き直し、天保二年のこの日に補綴を完了して息宗伯に二巻に仕立てるよう製本を命じる旨がある。そしてこの二巻本が家伝の書となり、馬琴没後の路女日記にも二巻本と記されている」とある。（日本古典文学会編・1989年10月25日刊・222頁）

（6）拙稿「『侠客伝』に於ける馬琴の構想力――第一集に於ける騙術譚をめぐって――」（『日本文化研究』長春出版社・2000年2月刊所収）

（7）注（2）と同じ。（241頁）

（8）『江戸小説論叢』水野稔著（中央公論社・1974年11月30日刊・338頁～343頁）

〔参考文献〕

本稿での原文引用はそれぞれ次の諸書に拠った。

1　『四天王剿盗異録』曲亭馬琴（『馬琴中編読本集成』第三巻・汲古書院・1997年1月10日刊）
2　『五雑俎』陳留謝肇淛著・寛文元年（1661）刊
3　『椿説弓張月』曲亭馬琴著・日本古典文学大系61（岩波書店・1962年1月6日刊）
4　『開巻驚奇侠客伝』曲亭馬琴著・新日本古典文学大系88（岩波書店・1998年10月28日刊）
5　『南総里見八犬伝』曲亭馬琴著・小池藤五郎校訂（岩波書店・1937年10月7日刊）
6　『古今説海』陸楫著（巴蜀書社・1988年刊）

父と子
――『八犬伝』一面――

稲田篤信

一　はじめに

『八犬伝』の冒頭部分には、父と子の別れの場面が繰り返し描かれている。結城合戦で敗走することになった里見季基と一子義実の別離（肇輯巻之一第一回）、金碗八郎孝吉の自刃と一子大輔との別離（巻之四第七回）、義実の口の咎による伏姫富山籠りと伏姫自刃（巻之五第十回から第二輯巻之二第十四回）、金蓮寺の乱闘の場における大塚匠作と番作の死別（巻之三第十五回）、犬塚番作の自刃による信乃との死別（巻之五第十九回）の五例である。

一体、親の死は愛別離苦の最たるものであり、物語や劇の主題の第一のものである。『八犬伝』は幼い頃に父母を失う子供たちの物語である。父が誰であるかが重大であった近世社会で、父のいない子供の行く末がどのようなものであったか、その展開を考えただけでも、読者が『八犬伝』にひきつけられた理由がわかる。小稿では、この内、季基と義実、大塚（犬塚）家三代（匠作、番作、信乃）、義実と伏姫の場合を取り上げて、ここにどのような話題が展開されているかを考えてみたい。

二　季基と義実

『八犬伝』冒頭第一回、嘉吉元年四月十六日結城落城の時、父季基は子の義実に、ひとり戦場を離れて生き延び、時節を待って家を再興せよと諭した。季基遺訓の場面である。この場面は早く後藤丹治に取り上げられて、次のように論じられている。[1]

ここはもともと「回外剰筆」に『房総里見軍記』に拠った旨の作者断りがあり、なお『太平記』巻十「塩飽入道自害の事」、同じく巻二十九「松岡城周章の事」に子息に教えを遺して生き残らしめようとする類似の話がある。本文にそうあるように、作者にはこうした父子の哀別を述べて、楠正成の桜井駅より正行を返す「忠魂義胆」に擬す意向があったのであろう、と。

後藤丹治が指摘した『太平記』の例をもう少し詳しく見てみよう。

楠正成正行父子の場合は、父正成が桜井の駅で子の正行を一旦河内に帰すことになるが、その教えは降参の不義をゆるさず、一族郎党ともに命を投げ出せという厳しいものである（『太平記』巻十六「楠正成兄弟兵庫下向の事」）。親の正成には勅命を前にして、主を選ぶか、子を選ぶかの選択の余地はなく、従って葛藤もないのである。『八犬伝』がこれを引いたのは、有名な涙の庭訓の場面をあげて、季基義実の場合を文飾したのである。

『太平記』巻十「塩飽入道自害の事」は、元弘三年、新田義貞が後醍醐天皇の命を受けて、鎌倉幕府討伐のために挙兵し、上野、武蔵へと進軍して、敗走する幕府軍と激しく戦う場面の一つである。幕府軍の大将北条泰家（恵性）側に結集した塩飽入道は息子忠頼に向かって、「おまえは私の眷属にすぎず、公方の恩顧を受けているわけではない。父の死後は、出家して後世を弔え」と言うが、息子はこれを拒否して、父に先立って自害した。

正保二年刊『太平記評判秘伝理尽鈔』巻第十には、塩飽入道聖遠について、「聖遠《しやうをん》自害の事、子を残し度《た》く思しも、親の心根最《いと》あはれなり。又、主の亡《ほろ》びんとする時、臣として死する事は道なり。主、子を残す時は臣も子を残して、二代の君に仕る事、忠也、義也。此理《コトワリ》を知らざる故にや、出家せよと謂しは、主を思の道に非《アラ》ず、子を深く悲しむ計なるか。又、一家《け》の滅亡をかがみ知る故にやありけん、入道の心の中知らまほしきと也」と述べている。[2]『理尽鈔』の作者は、主に子がいる以上、これにわが子を仕えさせるのが臣下の道であり、聖遠が親の気持ちとして、子に出家を進めて生き延びることを願ったのは忠でないと批判している。そして、聖遠は一家の将来を絶望したのだろうか、心中はかりがたいとも述べている。

聖遠の場合は、『八犬伝』と違って、子供が父の遺訓を受け容れず、父と死をともにする。それを忠魂義胆の美挙として伝えている。聖遠は子供だけでも生き延びさせたいと願う親の恩愛と主家への忠との間で揺れている。『理尽鈔』の作者は聖遠を批判しながらも、親の心を推察し、なおその気持ちを聞いてみたいとまで言う。興味深いのは、『理尽鈔』の作者がこういう葛藤に置かれた時に、主家が存続しているかどうかで生死の選択の道理が異なる、と言っていることである。季基に置き換えてみると、主君の足利公方家の血脈はなお存続している。そのことを念頭に置くと、季基の遺訓は次のような趣旨に読める。

里見の家はもともと足利公方家の譜代の家臣ではなく、季基の亡父里見元義が足利持氏の父満兼に仕えて以来の間柄である。自分もそのように持氏と主従の関係を持ったが、それは自分一代の主との契約であり、公方家の血脈に義実が同じように仕える義理はない。

ここで季基が置かれている立場は、主君への「節」と子への恩愛（ひいては先祖への孝）のいずれを選ぶかというものであるが、季基が抱えた忠孝の分裂と葛藤は、契約と血縁の二つの紐帯のありかたを比較考量する近世的な決疑論の色合いを帯びている。季基は、自分の仕えた主家に子供の将来を託すことが出来ないと、現実的な判断をしたのである。子供も父を棄てて生き延びることを不孝とはしない。しかし、親を置き去りにすれば、同時に主家から本当に切り離される。主家を失う以上、新しい主家を求めるか、主家に拠らない独自の立身を模索しなければならない。冒頭、三浦矢取りの浜から安房漂着にいたる場面には、二人の臣下を抱えて、渡る船のない海とその向こうにそびえる絶壁を眺める義実が描かれている。家も何もない徒手空拳の青年が新しい家を興すという物語である。これなら、共感し、大きな興味を持つ読者は多数いたであろう。

三　大塚（犬塚）家三代

足利持氏家の春王安王二王の近習大塚匠作とその子番作は、里見父子と同様に、嘉吉元年四月十六日の結城落城の運命を共にした者である。大塚父子は春王安王が京都に護送されることになって、密かに敵方に紛れ込んで、主人の後に付き従った。五月十六日、美濃垂井金蓮寺において、二王は処刑されて斬られ、匠作は処刑場の矢来の中に乱入するが、力及ばずここで果てて、二王の後を追うように死んでいく。子の番作は二王と親の首を提げて遁走する。作者はこの父と子の城落ちの敗走、死別の場面について、里見季基の遺訓で嫡男義実が一人落ちたのと同日の談であると断る。

しかし、結城合戦において、子が親を置き去りにしてその場を立ち去るという点では同じ話ではあるが、足利家との関係で言えば、里見は祖父の代からのいわば新参同然、大塚は譜代の近習の身分であり、主家との親疎が大きく異なる。大塚匠作は幼君に殉じた。その子番作は主君の首を持って逃げた。二王と大塚家は運命共同体であるが[3]、主家は失われた。しかし主家筋には、まだ血脈が生きている。自分が縁故を求めて頼る者はいるし、恩顧を受ける義務も果たしている。

時が移って、今度は大塚番作改め犬塚番作がその子信乃と別れることになる。(4) 信乃は父から相伝の太刀村雨丸を渡され、遺命によって改名元服する。この時、親の死と愛犬の与四郎の死が同時並行的に進行している。与四郎犬は母の手束が拾って帰り、やがて生まれた信乃の遊び相手として、共に育ち、信乃が深く慈しんできた愛犬である。信乃の一部である。信乃は分身である与四郎犬を切り、その体内から「孝」の玉が信乃にもたらされる。みずからの一部を切り捨てると、将来の指針となるような命題が啓示される。すなわち、ここでは、痛苦を伴う体験を経て、古い自分と決別し、新しい自分を発見していくといった少年期（男子）の成長という主題が明確化されている。

馬琴は『八犬伝』のような読本を「婦幼のねふりを覚す」勧善懲悪の教訓や慰みの読み物として提供したことあるごとに標榜する。一方で小津桂窓を相手にした評答では、思わず「かくいへるは備らん事を求るに似て」（「八犬傳九輯愚評　自九十二回至百三回」(5)）と作者の意図を正確に察する理想の読者を望み、はては百年の後の知音を俟《ま》つとまで言っている（「第九輯下帙中巻第十九簡端贅言」）。二つは矛盾しないし、婦女童幼を読者に選んだというのは、遁辞ではない。婦女童幼も馬琴にとっては大きな意味のある読者であって、信乃の親との別離や成長の物語は、こうした読者にはっきりと向けられた主題である。

四　義実と伏姫

伏姫の富山行は義実の口の咎が原因である。先に義実が一旦助けると言った玉梓を金碗孝吉の反対によって翻して処刑したのは、権力者の恣意によって、生死が分かれた例であった。義実はふたたびこの間違いを犯した。この度の口の咎は親の不注意によって、子供が翻弄された例である。この話題には親への戒めの教訓が託されている。

権力者や親の気持ち次第で、臣下や子供の行く末が左右される。その結果、犬に嫁ぐことになるという奇怪な異類婚姻譚は、こうした幻想を通して、結婚の相手が自分の望む通りの男性とは限らないという未婚の女性の不安を語っている。

馬琴はこの話は槃瓠の故事に基づいたと、第九回「援引事実」に記している。その末尾に、「今長沙武陵《ノエビス》蛮是也。』又北狗国。人身《ハ》狗首《ニシテ》。長毛《ニシテ》不レ衣。其妻《ハ》皆人《ナリ》。生《メバ》レ男《ヲ》為《リト》レ狗。生《メバ》レ女《ヲ》為《トナリ》レ人云《フ》。見《エタリ》二五代史《ニ》一。」と記す。しかし、『五代史』に見えると言うのは、かぎ括弧の後の「又北狗国」以下の文章に過ぎない。『五代史』に槃瓠故事の記事はない。馬琴は『後漢書』南蛮西南夷列伝七十六の趣旨を取って略述している。

日本側の典拠については、横山邦治の研究によって深められた。横山邦治は、馬琴は「再三再四高辛氏の故事を出拠として指摘し」、さらにそれを「言及する態度は執拗を極めており、それは異常でさえある」とも述べ、しかし馬琴の常として、明示された文献とはまた異なる典拠があり、馬琴の脳裏にあったのは、犬婿入と猿神退治の両型民話を兼備した「竹篦太郎」の話ではないかと述べ、具体的に栗杖亭鬼卯の文化七年刊『犬猫怪話竹篦太郎』に見られる「竹篦太郎」の話を類似するものとして取りあげている。そして、犬婿入りと猿神退治の両民話は文化十一年に刊行の始まった『南総里見八犬伝』の伏姫説話と庚申山説話の趣向に一致することを指摘する。(6)

大塚英志が人身御供の観点から子供の通過儀礼の主題として捉えた猿婿入り譚が、犬婿入りと猿神退治の両類型を兼備している。大塚英志は猿婿入りの民話を次のように構造分析している。(7)

一、女性は異類の求婚に会う。人身御供として差し出される。そのことで親と分離される。イエからの〈分離〉。
二、差し出された女性は山中に隔離される。物忌みの時間。〈移項〉。
三、異類が殺されて、姫は新しい男と幸福な結婚をする。〈再統合〉。

『八犬伝』の伏姫の場合、三にあたる異類の八房が殺されるまではこの類型である。新しい男の大輔とは結婚しない点が類型を裏切るところである。結婚によって父と別れてその後に、自分の思うような新しい男性の庇護者が現れるとは限らない。読者は伏姫物語を読んで、自分もこうした不安と痛苦を伴う経験の道をたどるかもしれないと先取りして味わうことになる。

『八犬伝』のこの場面には、さらに読者に向けられた新しいメッセージがある。

富山籠り終局のくだり（第十三回）、伏姫いまわの際に、「八房はわが夫《をとこ》に侍らず、大輔も亦わが良人《つま》ならず。この身はひとり生れ来て、ひとりぞ帰る糾出《しで》の旅」と述べて、切腹する。伏姫は腹中から百八の数珠を包んだ白気を発し、八つの玉は散り失せて、八犬士出現の機縁を作った。

八房も大輔も我が夫ではない、私はひとりで生まれ来て、ひとりで死出の旅に出るという伏姫のことばは、『八犬伝』中の名文句の一つである。八犬士は、伏姫の子として生まれ、そしてもう一度人の親の子として生まれ、そしてその親を失う。第百三十一回において、義実の口から、八犬士には「所生の親（生みの父母）」と「宿世の親（伏姫）」と「義理の親（、大）」がいると語られる。犬士の出生の宿縁を作った伏姫は、その子たちの父は誰でもないといっている。父は誰でもよい。出自は問わない。これは父の出自によって身の行く末が決定される社会においては、大きな励ましを与えることばである。

キリスト教のマリア伝説に代表される処女懐胎的な生殖は、この世に怪物を作り出すという。[8] 伏姫の場合も妊娠と出産は性的な結合にかかわりがない。社会人類学の知見を援用すれば、こうした幻想においては、「社会的父 social father」がもっとも優先的な必要要素であり、「身体的父 physical father」は不問に付す、あるいはそことの分離を構成する。[9] 出自と親子関係の分離である。『八犬伝』では、八犬士の出自は明確であり、それぞれの身体的父（「所生の親」）は存在する。一方で所生の親を失った子供が自力で新しい親と出会い、新しい姓を獲得するのが

『八犬伝』の長い物語の結局である。里見臣従による新しい集団帰属、その娘たちとの結婚による財産の相続、「義の父（丶大）」という新しい父と賜姓による祖先関係の修正、「異姓の兄弟」という新しい血縁。犬士たちはこうしたさまざまな社会関係を再構築する。伏姫の懐胎と犬士の二重の出自はそのコンテキストに布置されている。『八犬伝』が、冒頭で所生の親との別れの場面を繰り返した所以である。

注

（1）後藤丹治『太平記の研究』後編第二章「歴史的英雄の外伝」第一節（河出書房　一九三八）。

（2）今井正之助・加美宏・長坂成行校注・東洋文庫『太平記秘伝理尽鈔』3（平凡社　二〇〇四）。同じ義貞鎌倉責めの関戸合戦の時、安保入道と息子の弥五郎の一所の戦死も、親の恩愛の闇を叙する。ここでも安保入道が批判されている（『太平記評判秘伝理尽鈔』巻十「三浦大多和合戦意見事」）。『太平記』は新編日本古典文学全集本を参考にした。ちなみに、『里見代々記』などには、義実は素直に「父の諫に任せ」て、父にも子にも葛藤はない。戒めるのが父ではなくて、随身の木曾堀内の家来である伝承もあり、ここは『八犬伝』独自の主題であったことがわかる。

（3）信乃が番作と別れる場面は、馬琴は実兄の死の場面を利用したと、『吾仏乃記』によって、内田保広が述べている「メディアに依る江戸文学とメディアを超える江戸文学」（『日本文学』二〇〇五年三月号）。

（4）稲田篤信「主君へのいいわけ」（諏訪春雄・高田衛編『復興する八犬伝』勉誠出版　二〇〇八）に、大塚三代が馬琴の家と同じ代々童扈従の家であり、幼君と強い結びつきを持つ家柄であることを述べている。

（5）天理図書館善本叢書『馬琴評答集』（八木書店　一九七三）。

（6）横山邦治の研究は、『読本の研究―江戸と上方と―』第二章全盛期の読本第四節伝説ものの諸相・その三上方における伝説ものについて―栗杖亭鬼卯の「犬猫怪話竹篦太郎」など―（風間書房　一九七四）、「「犬猫怪話竹篦太郎」と「南総里見八犬伝」と」（『国文学攷』四三　一九六七）、「『南総里見八犬伝』における〝八房〟の出自について」（『近世文藝』三九　一九八三）にある。横山邦治が栗杖亭鬼卯の『犬猫怪話竹篦太郎』を重視する理由の一つに、巻一「按察《あぜち》中納言の乳母《めのと》の娘《むすめ》、犬に嫁《か》する話《はなし》」に「後漢書に曰《いはく》、昔、高辛氏《かうしんし》の時、犬戎国《けんじうこく》にしたがわず云々」と槃瓠故事が引かれていることがある。同作品の翻刻には、尾道大学芸術文化学部日本文学科近世文学原典講読ゼミ（藤沢毅編集）「翻刻『〔犬猫／怪話〕竹篦太郎』（栗杖亭鬼卯作）」（二〇〇九）がある。

また、馬琴は肇輯巻頭漢文序や巻之五第九回において、槃瓠の故事と『捜神記』を挙げる。李剣国によれば、「槃瓠」の説話を登載するのは、ほかに『芸文類聚』巻九四、『法苑珠林』巻六、『初学記』巻二九、『六帖』巻九八、『太平御覧』巻七五八、巻九〇五、『古今事文類聚』後集巻四〇、『古今合璧事類備要』別集巻八四、『韻府群玉』巻一一、『山堂肆考』巻二二二、『天中記』巻五四、『風俗通義』、『魏略』などである（古体小説叢刊『新輯捜神記』中華書局　二〇〇七）。類書や辞書のたぐいがほとんどであり、短い記事が多いが、『法苑珠林』が最も長文である。『捜神記』二十巻には一色時棟校元禄十二年井上忠兵衛八冊（東京大学総合図書館本）の和刻本がある。和刻本漢籍随筆集第十三集所収（長沢規矩也解説　汲古書院　一九七四）。

馬琴が『五代史』に言及したのは、『八犬伝』刊行開始の前年、文化十年に掘正修校・村瀬栲亭補刻の三都本が出たことも理由の一つであろう（和刻本正史『五代史』長沢規矩也解説　汲古書院　一九七四）。

（7）大塚英志『人身御供論―供犠と通過儀礼の物語―』（新曜社　一九九四）。

（8）中沢新一『森のバロック』（せりか書房　一九九二）。

（9）エドマンド・リーチ「処女懐胎説」『神話としての創世記』（紀伊国屋書店　一九八〇　ちくま学芸文庫　二〇〇二）を始めとして、田辺繁治編『人類学的認識の冒険』同文舘　一九九八）、エヴァンズ・プリチャード『ヌアー族の親族と結婚』（岩波書店　一九八五）、和田正平『性と結婚の民族学』（同朋舎出版　一九八八）、清水昭俊「出自論の前線」（『社会人類学年報』一一　一九八五）など、この分野の研究は多い。

小稿は平成二〇年度科学研究費補助金・基盤研究(C)「批注の体例―近世中期上方における明清漢籍受容の展開―」の成果の一部である。

八犬伝、親兵衛論序説

井上啓治

序、親兵衛の成長を論ずるために

明治の文人・知識人は、八犬伝を優に朗誦したという。それほどに馴染まれた八犬伝ではあったが、かつて第三部はつまらないとも言われた時期があった。たしかに、「特権的存在」（川村二郎氏）の親兵衛が出てくると、ちょっとつまらない。しかし、第三部には【対管領大戦】がある。その魅力については、既に述べた。[1] 管領大戦には、親兵衛はほとんど参加せず、大戦の終局間際、帰国間に合って参戦する。〈神薬の場、親兵衛の仁の場〉も用意されるが、管領大戦全体としては僅かであり、他の七犬各々に与えられた活躍の場に比すれば、親兵衛のそれは格段に少ない。つまり、親兵衛が目立たぬ、ゆえに管領大戦は面白いということになろうか。

では、何故親兵衛はつまらないか。言われる如く「特権的」だからであり、超人的だからである。大概、完璧にこなし、勝つ。ほとんど、苦戦しない。葛藤もほとんどない。この「ほとんど」とは、いくつかの例外を除いて、ということである。そのいくつかの例外こそ親兵衛の成長の場であると考えている。その親兵衛の成長を論ずるためには、犬士としての初出から二度にわたる素藤・妙椿との闘いを中心とする〈第一親兵衛伝〉、結城法要・八犬具足・里見招会から京師へ向かう途次成長するまでの〈第二親兵衛伝〉、京師における活躍の〈第三親兵衛伝〉と帰国後の像、少なくともこういった三期乃至四期に分けることができると思われる親兵衛の成長の過程を追わねばなるまい。その像と犬士間における位置付けを、像と位置付けに関わる親兵衛の行為と馬琴による言表を考察せねばならぬ。そして、ここでも筆者の視点の始まりは、一読者としての目線であることを断っておかねばならぬ。では、親兵衛の行為と、馬琴による言表の主要なものを、紙幅の許す限り論じてみよう。

Ⅰ、親兵衛像への違和感

少年親兵衛の再出、犬士親兵衛の初出は第九輯上套の総末尾、第百三回の最末尾である。馬琴は「上套総目録」の第九十七回章回題前に「房総話説在本巻」と記した。七犬会同成った第九十五回を経て九十七回に始まる「房総の話説」は、二度にわたる〈素藤・妙椿譚〉、二度にわたる親兵衛と素藤・妙椿との闘いを指すだろう。だが、その間に武蔵における〈準犬士河鯉孝嗣〈政木大全〉物語〉や民間の〈四義侠・親兵衛出会譚〉があった。そして安房に帰って妙椿退治・玉梓余怨解脱・素藤梟首を行い、ただちに結城法要へ出発する。この第九十七回から百二十二回までを、〈房総・親兵衛物語〉と言うこともできよう。だが、本稿では親兵衛の現れる百三回最末尾以前の〈素藤・妙椿譚〉を除いたもの、即ち第百四回から百二十二回までを【第一親兵衛伝】とする。続く【結城法要、八犬具足・里見招会、小団円】を経て京師へ向かう船旅の途次成長を果すまでを〈第二親兵衛伝〉とし、二人の従者の活躍も添える親兵衛の超人的物語【京師の話説】が、もちろん〈第三親兵衛伝〉である。

さて第百三回、里見二代義成は素藤に御曹司里見三代義通を人質にされ、里見初代義実老侯の示した「寛」の一字を守り、遠巻きにして静かに便宜を待つ折、老侯は伏姫神霊に参らんと富山に上り、水の初めて涸れた河を渡り、姫の岩窟に近づく。その時、箭を放ちつつ現れる曲者四、五人、老侯に襲いかかって第九輯が終了せんとするその最末尾、ついに最後の犬士が登場する。その場面、難漢字等を直して引く。(2)

天地に響く声をふり立て、「やおれ曲者ら、無礼をすな。里見殿に宿因ある、八犬士の随一《ずいいち》《ソノイチニン》と、その名は予て知られたる、犬江親兵衛仁《まさし》ここにあり。住《とど》まれやッ」、と喚ばわりて、走り出で来る大童子《わらわ》、是れ甚《いか》なる打扮《いでたち》ぞ。但だ見る身の長《たけ》三尺四五寸、面の色は薄紅にて、桃の花を連ねし似く、肌膚《はだえ》は白く、肉《しし》肥《むら》えて、骨逞しき勇士の相貌……振り乱したる額髪は、年才《とし》より長ある神童《くしわらべ》の、威風に駭く曲者らは、舌を吐き目を注《くわ》して、左右《そう》なく進み難ねたりける。

このまま、馬琴の次巻に続くとの一言あって、第九輯上套は終わる。江戸の読者は、かくして常に一年以上待つ。それにしても、読者は驚いただろうか。将たまた、予ての期待通りと喜んだろうか。筆者は、このあたり、親兵衛の初出世全体に関し、胸の奥底に違和感を残した。この後も、明確で大きな成長を果す時点まで、ずっと違和感を抱き続けることになる。

とりあえず右引の部分だけでも、違和を感じた理由を探ってみよう。「随一」のせいか。「ソノイチニン」との左訓は目には入った。この後も、全ての犬士が同様のルビあって「随一」と言うゆえ、次第にこちらも慣れてゆくのだが。「その名は予《かね》て知られたる」のせいか。「三尺四五寸」の「威風」のせいか。大げさな、ものものしいとでも思ったか、予想・期待に反していたのか、犬士として初めて世に出る武者の、しかも九歳の少年の昂りとは考えたものの違和は残った。また、素直に子供の稚気とは読めなかったようである。

そしてより重要なことは、ここでは一々具体的に引かないが、この違和感がこの後も、親兵衛の登場する回が増え、あるいは親兵衛の独壇場が長々と用意され、随分と親兵衛に慣れてゆくにもかかわらず、一向に消えないどころか強くなってゆくということである。その原因を一言でいえば、〈驕り高ぶり〉だと思われる。おそらく筆者は現代の一読者として、ただに〈仁の少年〉、つまり驕り高ぶりなど微塵も見せぬ、強さと謙虚さを共に備えた妙なる〈理想の少年〉として登場し、そのように振舞ってゆくことを期していたのであり、その像と違っていたゆえと思われる。こう思うのは、筆者だけであろうか。

例えば、右引に続く初出世場面、一年後刊行された第九輯中套第百四回、冒頭、足柄山の酒田金時（金太郎）・桃太郎に比され、曲者らをあっという間に叩き伏せ、残る一人の槍を「ものものしや」と受け、撃てば逃げ、「往方も知らずなりしかば、冷笑いつつ」追い捨てる。この「あざわらう」も、犬士たち皆に用いられるゆえ、次第にこちらも慣れてゆくのだが、いつまでも違和は消えぬ。さて親兵衛、老侯の前に跪き稟す。

烏許《おこ》がましうは候えども、我が姓名は、予てより、聞こし召したることもあるべし、

大人びた挙止に稚気と神童性を見ればいいだけの話だが、ここも先ほどと同様の、若干の違和は残った。板坂耀子氏は、

すでに充分に構築された物語の中では、より高い次元の成長と発展を遂げる新たな「主役」の活躍が可能になった。また信乃自身は成長して陶冶された人格の持ち主となり、その分活躍させにくい。こうして、より大

規模な世界や課題に対処するための「主役」として親兵衛が登場する。

と論じ、親兵衛の位置付けと像形成に関して大局観を示され、「馬琴はこの少年にあくまで健康で無垢な男児としての性格を強調している」と指摘された[3]。肯けよう。結城での八犬会同を想い起こせばよい。八年間富山の洞窟で、伏姫女神・祖母妙真らに毎日教えられていた己が存在の宿因宿命と同因分身の兄弟たち、血の繋がった伯父をはじめとする歳の随分離れた義兄七人に、ついに出会えた時の淡く、しかし素直な感情の表出は、まさしく健康で無垢の男児そのものであったといえよう。それでも、違和は残ったのである。

Ⅱ、親兵衛初出時、伏姫神女による〈仁論〉

さて、ここまで、現代の一読者としての違和感を述べてきた。これを念頭に置きつつ、親兵衛の位置付けと像に関わる行為及び馬琴の言表の内、主要なものを取り上げ論じてみよう。まずは、この回の里見老侯との対話である。里見は余りの不思議さに、様々の問いを投げれば、親兵衛は富山の洞窟におけるこの五年間の生活ぶりを話す。更に、今度びの神女の宣示を語る。八犬同因同宿にして皆女神の子たるゆえ、誰一人疎かには思わず、常に犬士の影に陽に沿い救わぬことはないこと。親兵衛が仁の玉を得た理由などを語る。問題は、その後の儒教原理を語るところである。これまで論じられたことがないと思われるが、親兵衛論を語るに最も注目すべきことの一つと考えている。

夫《そ》れ仁義八行は、人皆天より稟《う》けたる所、貴き賤しき、誰もかも、五常八行の心なからんや。然りけれども、世の庸人《つねひと》は、通《なべ》て人慾の私に、迷うて遂に八行を、執り喪わざるものは稀なり。恁《かか》れば世の億万人に、捷《すぐ》れて五常八行を、倣《な》し得んことは易からねど、A就中仁をのみ、孔子も輒《たやす》く許さざりしは、素と是れ天とその徳を、等しくしがたき故也けり。自然なるを天と叫び倣し、人に在りては仁という。B伱《そなた》は親の義侠により て、仁の一字を得たりしかば、その名を仁《まさし》と喚ばるれども、我おそらく、その徳を、天と等しく倣し得んや。C縦《たと》い至仁に至らずとも、婦人の仁に倣らうことなく、今より勉めて、殺生を、好まで忠恕惻隠を、心とせば事足りてん。D世に武夫《もののふ》の業はしも、大刀《たち》を帯び、弓箭《ゆみや》を拿《と》りて、君父の与《ため》に仇を防ぎ、身をしも護るものにしあれど、只当前の敵を撃ちて、降るを殺さず、走るを捨てて、人を征するに徳をもてせば、則ち忠恕の義に称《かな》うて、仁という名に羞じざるべし。……

などと淀みなく答えれば、語り手も、

弁論、義あり、亦た忠あり。現《げ》に憑《たの》もしき勇士の嫩生《わかばえ》、是れ八犬士の随一《ずいいち》《ソノヒトリ》と、いわでもしるき相貌才学、自然と備わる豪傑の、心術言語《ことば》に顕れて、

と称揚する。この後、命を落した里見の側近二士を姫神の神薬で再生させる。そして、姫神に対する称揚あって、刺客四人の紹介と彼らの慙愧後悔で百四回を終える。続く第百五回、逃げた残りの刺客南弥六《なみろく》を捕らえて与四郎・音音《おとね》夫婦、犬士を助けて義に死んだ彼らの二人の息の嫁曳手《ひくて》・単節《ひとよ》姉妹とその子供ら登場し、忠臣節婦の忠孝義譚・奇跡譚の場となる。更に第百六回、彼ら親子夫婦の忠魂義胆・孝順・忠信節義が称揚され、里見による、

招かずして親兵衛仁《まさし》を、越《ここ》に得たるは時なるかな。夫れ仁義八行は、虧《か》くべからざるものなれども、就中《なかんづく》仁を根柢とす。那《か》の竹の節あるごとく、則ち仁を根《もと》として、余の七行は、各節也。然れば孝悌忠信も、又義も礼智も仁なければ、その徳聖《ひじり》に至りがたかり。この故に八士の一人、曼讃信《まさし》の一仁先ず出世して、忠孝義信、礼智も悌も、皆這《こ》の仁に由《よ》らんのみ。

との〈一仁先行〉が明言される重要な場が用意されるのであった。この右引第百六回の親兵衛による一仁先行説とその原理的根拠は、既に遍くと言ってよいほどに周知のことであろう。また、第百四回親兵衛の語る神女の宣示の

内、父房八が侠民樸平の後にして、「身を殺して仁を做」した義侠によって、息の親兵衛が仁の霊玉を得たことも読者ともに周知のことであり、その儒教原理的なるについては、かつて詳しく論じた。(4) ここでは、上引、宣示の続きの傍線部ＡＢＣＤ、神女の語る原理について論じねばなるまい。

Ⅲ、〈仁論〉の原理的本質性の考察

ただ、ここの解釈は大変難しい。最初のところは、次のようでいいだろう。〈抑も仁義八行の徳は、人が皆天から授かったもので、身分の貴賤に関係なく、誰であっても人倫五常仁義八行の心を持ってないものがあろうか。しかし、世間の普通の人は、皆私的欲望に迷って、ついにはそれらの徳を失ってしまうもので、そうでない者は稀である。そうであるから、この世の全ての人に優って五常八行の徳目を実践することは簡単ではない〉と。

だが、その次の傍線部は極めて難解であろう。まずは、私に読解してみたいが、二様ないし三様に読めよう。Ａ①〈中でもとりわけ「仁」だけは、孔子も人が容易にたどり着けるものではないと、簡単に認め許してはくれなかった。それは、元来、(仁にあたるものは、自然界においても人界においても最高位の存在・在るべき道・徳・在りようのことで、自然界のそれを「天」といい、人界のそれを「仁」というのであって) 人界の「仁」は、自然界の最高位の存在・道・徳である「天」とは、(たとえ人間世界の最高位の存在・道・徳であっても、) 同列にはできないからである。(天は人と比べることのできぬ高い存在であって、天と人は同列にできぬゆえ)。仁にあたるものは、自然界にあるのを「天」と呼び、人間世界にあっては「仁」と言うのである〉と。しかし、この読みでは若干通りが悪い。そこで、更に詳しく次のようにも読んでみよう。

Ａ②〈仁だけは孔子も簡単に許してくれなかったのは、(「仁」は「天」が人に授けてくれたものではあるが) もともと人界の「仁」と自然界の（仁にあたる）「天」とは、その本質と働き（性と用、即ち存在・在るべき道・徳と在りよう）を等しくすることはできない、同列に考えることはできないからである。自然の「天」はその本質をおのずから働かせ実践することができるが、人の「仁」はその本質・働きをおのずから働かせ実践することはできない、ゆえに孔子は「仁」だけは簡単に到達と実践はできないとしたのである〉と。

あるいはまた、A③〈もともと人は、自然界の最高位の「天」と、自分の持てる最高位の徳の「仁」とを、本質や働き・振舞い方において同列に考えたり行ったりすることはできない。「天」は自分の本質を容易に実践・振舞うことができるが、人間は私欲に迷うゆえに自分の持てる最高位の徳「仁」を容易に実践・振舞うことができない。人は自然・天とは違うのである。ゆえに孔子は、人が簡単には「仁」を実践・ふるまうことはできぬ、「仁」の本質に到達できぬとしたのである〉と。ここでは、仮にこの三者のように解釈してみたい。ところで、これらは全体として仁の性、即ち本質・哲学を述べていよう。

ここは、原理のように思われるゆえ、先秦の孔子から孟子あたりまでの原理書をみてみよう。A前半の、仁だけは孔子も容易に許さなかったというのは、『論語』を繙く者何れもが思うところであろう。定義の断定さえ許さず、なかなか仁とは何かに近づけぬ、というようなことをかつて述べた。(5)馬琴の「輒く許さざりし」との評は穿っていよう。『論語』から目に付くところをいくらか示してみる。書下す。(6)

孟武伯問う、子路は仁なるかと。子曰く、知らざるなりと。又問う。子曰く、由や千乗の国、其の賦を治めしむべきなり。其の仁を知らざるなりと。求や如何と。子曰く、求や千室の邑、百乗の家、之が宰たらしむべきなり。其の仁を知らざるなりと。赤や如何と。子曰く、赤や束帯して朝に立ち、賓客と言わしむべきなり。其の仁を知らざるなりと。

子路は兵車千乗（四頭立て戦車一台に兵ら百人で一乗）を有する大国（大諸侯）の政治を任せることができるが、仁者なるかどうかは知らない。冉求は百乗有する大夫階級の家宰を勤めることができる人物だが、仁者か否か知らない。公西赤は衣冠束帯で朝廷に立ち外国の賓客に応接させることができるが、仁者かどうかは知らない、と。種々信頼できる三人だが、その仁を簡単に認めることはできぬとする。これは、論語の中でも、仁を容易に許さぬ言表の典型だと思われる。

同じ「公冶長第五」篇に、楚・斉の高徳の宰相子文・大夫陳文子の高潔さを仁かと問うに、孔子はいずれも〈さあどうか知らぬが、それだけでは仁とは言えまい〉と答える章が載る。「憲問第十四」篇には、原憲の問い「克・伐・怨・欲行われず、以て仁となすべしと。」に対し、孔子は「以て難しとなすべし。仁は則ち吾知らざるなり」と答える章がある。これらの章は、この程度では仁と認めぬという態度を直接的に示しているといえよう。『論語』全体としては、仁とはaであり、bであり、cではなく、dではなく、……云々という表現で、仁に至るの難きを示していると思われる。

ところで、八犬伝はその世界観設定を第一部前半建国神話において画定し、世界構造は第一部後半伏姫・八房犬伝奇において画定したと考えている。それは、かつて第一部里見初代の像を考察した際、(7)〈仁〉・〈智〉・〈文武二道〉・〈中国古代聖王聖賢に比す〉、この四点の特徴を馬琴は里見に貼り付けたと指摘したことに関わる。即ち、〈里見は聖賢〉〈里見の仁〉〈里見の仁智一対〉であり、〈智仁勇三徳兼備〉(8)である。そして、これらは八犬伝第一部のみならず第二部・第三部に至るまで貫かれ、更には第二部後半・第三部へと回が進むに連れ、尚一層のこと強調されてゆくとも論じた。(9)

〈聖賢〉ゆえに、流離する貴種英雄里見の一国奪取は、『封神演義』を背景とした商周易姓革命に擬され、天命として正当化されたと述べた。〈仁と智〉は、殊に第二部後半・第三部、小説的ストーリイの中、核心的原理となって八犬ら登場人物たちの行為を彩り、輝きを放ち、ストーリイの進行を支えていた。即ち、馬琴は第一部前半において八犬伝の世界観を設定したのだと思われるのである。その聖賢里見が聖賢ゆえに「口の過ち」によって玉梓の「怨言」を生み、また八房犬に口過を成すべく追い込まれてゆくことも論じた。つまり、第一部前半における世界観を含む世界設定の画定が、玉梓の怨霊と予告、伏姫・八房犬伝奇、八犬誕生の「宿因」という第一部後半における世界構造の画定を生み出したのだと思われる。泊に偉大な構想であった。

従って、犬士親兵衛初出時、〈仁〉に関する「輒く許さざりし」との評は、神女の宣示を借りた馬琴の、八犬伝における核心的原理に関する重要な認識、親兵衛像と世界観設定における根元的認識を示したものといえよう。

もしそうとすればこの認識は、即ち八犬伝の主要な構想を抑制し、縛る条件でもあったろう。それは、これまで論じてきた大小の結論的指摘・考察に深く関わるだろう。これまで、例えば以下の如く考察してきた。[10] 関東大戦【管領大戦】はなんといっても「大殺」大戦であり、毛野・大角・道節・現八が「鏖《みなごろし》」を口にすること、これらは否定できぬ事実であった。即ち、〈里見の仁〉・八犬伝の仁そのものが根底から問われたともいえよう。その関東大戦は聖賢里見によるものであった。大殺批判は、聖賢里見批判・仁君里見批判となろう。ゆえに大戦の主導者は、十五の〈毛野第一物語惨殺譚〉において鏖殺しを厭わず、直後の七犬会同時、信乃に「軍師の才」を称揚された毛野でなければならなかった、そのように予め決定されたと思われるのである。また、十九の〈毛野第三物語〉から【管領大戦】にかけて成長を重ね、大戦後聖賢里見と神聖ゝ大によって、原理的に智の最高位たる「生智」「上智」とされた毛野を軍師にすることによってのみ、真に【管領大戦】を正当化することができたのではないか。更に、神仏化神聖化したゝ大のみが、聖賢里見批判につながる大戦批判をすることができたと考えられるのである。

八犬伝の原理・犬士の〈仁と智〉・毛野の成長等を論ずることで、これらのことを考察・指摘してきた。だが今ここで、親兵衛初出世の段階で示された馬琴の〈仁論〉が、これらの考察・指摘を肯ってくれるように思われる。

仁の犬士親兵衛を登場させるにあたって神女に語らせた仁に関する上述の性（本質・哲学）と、次のⅣ節に述べる用（実践・働き）こそ、里見の不完全性や毛野の成長、そして親兵衛の成長を必然要する核心的原理、且つは馬琴の事情、つまり理念と構想であったろうか。

再説。だが、「輒く許さざりし」に続く馬琴の言は難解である。〈自然―人間、天―仁〉、あるいは〈自然―天、人間―仁〉説であるが、四書や孝経・春秋等に捜し出すことはできなかったゆえ、ご教示いただければ幸いです。これらに関する現今の注釈諸本の語釈・補説・余説等では、のちの日・中の近世における宋学や古学・古文辞学派、正学等の注釈を繁用されているが、やはりどこにもこの説を見い出すことができなかった。ただ、『孟子』に仁と天の両者が出てくるところがあった。著名な「惻隠の心は、仁の端なり」なる、〈四端四徳説〉の核心的言説の後ろにある。書下してみよう[11]。

孔子曰く、仁に里《お》るを美と為す。択びて仁に処《お》らずんば、焉んぞ智たるを得ん、と。夫れ仁は、天の尊爵なり。人の安宅なり。之を禦むるなくして不仁なるは、是れ不智なり。不仁・不智・無礼・無義は、人の役なり。

云々と。冒頭の『論語』「里仁為美。択不処仁、焉得智」については、前述八犬伝第一部前半建国神話における祖神里見の、〈仁智一対の聖賢〉性を論じた際に考察した。さて「夫仁、」である。〈抑も（仁者のことは強制されずとも誰しもおのずから尊敬するゆえ）仁というものは天から授かった自然の爵位である。人爵ではなく、天爵である。また、（仁者に対し誰も危害を加える者はいないゆえ）仁は人が安らかに居られる場所、安住の家である。仁の安宅に居り仁者になることを誰も防ぎ制止する者などいないのに、わざわざ不仁に居るというのは、まことに不智である。仁・義・礼・智の四徳に反する者は、人に使役される者たるべきである〉。

また、孟子は「告子章句　上」では、「仁義忠信、善を楽しみて倦まざるは、是れ天爵なり」と、つまり、仁義忠信の四徳を楽しんで飽きぬを天爵だと言っている。ところで、前者では、〈四端四徳説〉の展開であって、四徳は仁義礼智であったが、後者では仁義忠信である。おそらく、この両者から仁義礼智信の「五常」に発展したと想像されるのだが。

再説、馬琴は八犬伝、殊に第三部で孟子に度々言及する。日本は王朝交替無き不変の皇統無窮の国とすることと、〈湯武放伐〉の革命論を好しとする孟子を好むことは矛盾しないだろう。上引、孟子の〈仁・五常は天爵〉なる説によれば、人界における「仁」は、「天」が与えてくれたものということになろう。先に、神女の言葉を借りた馬琴の言表を、〈仁は他の徳同様天が人に授けてくれたものであるが、仁にあたるものは、自然界においても人界においても、最高位の存在・在るべき道・徳と在りようのことで、自然界のそれを「天」といい、人界のそれを「仁」というのであって、「天」と「仁」とは本質と働きを同列にはできぬ〉と私に釈した。

もしそうとすれば、この馬琴の言表と、孟子の〈仁は天爵〉なる思想は、完全に一致はしないものの、矛盾はしない。馬琴が〈新たに〉〈自然—天、人間—仁〉を論じたのであって、それは馬琴の自身の思想による発展的認識であると、今ここでは考えておきたい。従って、この傍線部A全体は、まずは儒教原理的であると言ってよいと思われるのである。そこで、Aは凡そ前述三者の如き意味としたい。もしそうとすれば、その次の部分は解釈しやすくなる。

B〈你は親房八の義侠によって仁の字を得たので、名を仁と呼ばれるけれども、お前はおそらく人間世界にあって仁の徳を、自然界において天が自らの徳を振る舞い示すのと同じように振る舞い示すことがどうしてできようか、できないだろう〉。ここまでは難解であったが、この後は普通の儒教原理が続く。

Ⅳ、〈仁論〉の原理的実践性の考察

C〈たとえ至仁に達することなくとも、婦人の狭小な仁に陥ることなく、今より努力して殺生を好まず常に忠恕惻隠を心がけていれば、万事足りるだろう〉。これは、仁の用（働き・実践）と思われる。そして、上述、『孟子』の〈四端四徳〉説の核心的言説と思われる「惻隠之心、仁之端也」であろう。また、『論語』では「一言にして以て終身之を行うべきもの有りや」との子貢の問いに、孔子が「其れ恕か。己の欲せざる所は、人に施すこと勿かれ」と答えるところがある（「衛霊公第十五」篇）。これは『論語』の別の二箇所の傍線部と併せると「仁」になると考えられる。

子曰く、参や、吾が道は一以て之を貫くと。曾子曰く、唯と。子出づ。門人問いて曰く、何の謂ぞやと。曾子曰く、夫子の道は、忠恕のみと。

曾子の解釈という形だが、それでも古来、「夫子一貫の章」として著名なところである（「里仁第四」篇）。ただ、「一」は儒教の根本であるゆえ、本来的には「誠」という言葉が相応しかったと思われるのだが、孔子の教育方法は応病与薬で、特に仁に関しては常にといってよいほど相手毎に答えを変えており、ここも左引の仲弓も含め三者三様である。もう一箇所も、書下してみる（「顔淵第十二」篇）。

仲弓、仁を問う。子曰く、門を出でては大賓を見るが如くし、民を使うには大祭を承けるが如くす。己の欲せざる所は、人に施すこと勿かれ。

この『論語』の三章を併せれば〈仁は恕・忠恕〉になると思われる。もちろん、仁は徳の集大成、即ち儒の教えの根本の総名であって、恕が仁の全てであるわけではない。それでも、Cのほとんどが原理であるは明らかであろう。Cで残るは、「殺生を好まず」であるが、これも『論語』の基本だろう。「顔淵第十二」篇にある。魯の大夫に政治について問われた時の答えである。書下す。

子、政を為すに、焉んぞ殺を用いん。子、善を欲すれば民善なり。君子の徳は風なり。小人の徳は草なり。草、之に風を尚《くわ》うれば、必ず偃《ふ》す。

〈政治を為すのに、どうして民を殺す必要があろうか。あなたが自ら善を欲し善道を追求すれば、民も自然と善道に赴くでしょう〉。即ち、〈不用殺〉である。抑も上に立つ「君子の徳は風」のようなものであり、下にいる民の「徳は草」のようなもので、草に風を、為政者の徳風を加えれば、民は必ず靡き伏すものであると。また、「子路第十三」篇では、

善人、邦を為むること百年なれば、亦た以て残に勝ち、殺を去るべしと。誠なるかな是の言や。

とする。傍線部に注目したいが、この「善人」とは、「述而第七」篇によれば、聖人、君子に次ぐ存在である。善の追求も善人も為政者の理想像であり、これらは政治論・為政論であって、為政論は人の踏むべき目指すべき道・徳の論とともに、『論語』の主題であろう。馬琴にとっても八犬伝にとっても、里見や八犬士らの人徳の理想像とともに、極めて重要な主題であったと考えられる。その上引、善人国を治めればに続く傍線部こそ、里見と八犬の原理的用（実践）であった。テキストに何度か繰り返されると思われる。下総行徳口の戦いで捕虜を戒める小文吾の言、第九輯下の下の上、第百六十二回。

我が里見殿は仁義の君也。残に克ち殺を去り給う、御本意に違いまつりて、汝等を皆憎しとて、首を刎ねて何にせん。

また、小文吾・荘介が村正《おさ》らに敵味方の戦没士卒の亡骸を寺院に埋葬するよう伝えた後、大勝したものの敵と味方の死者の少なきを語り手が称える場面、第百六十四回。

是も亦た里見の君の、残に克ち殺を去らまく欲りし給う、俊徳の致す所なるべし、と心ある人はいいけり。
ところで、里見の仁は【管領大戦】初発の第百五十一回と第百五十七回に、里見の軍令として象徴的に示される。前者は、治に居て乱を忘れぬために民に水陸の闘いを教えよと、水練水馬と山野の猟に託けて調練する際の里見二代の台詞である。〈獲物を貪って無益の殺生すべからず。向かい襲い来るを射て斃すとも、逃ぐるを追うて殺すべからず。ただ生け捕らば第一たるべし。傷つくるとも殺さざるを其の次とせん〉というものであった。これは禽獣に対するものであったが、人間相手の後者の「軍令」においてもほとんど全く同様であった（ただ、その前に「夫れ事に臨みて怕れ、謀を好みて成す者は、唐山聖人の用意也」なる原理と、最後にこの軍令を「犯す者は法に処せん」との言が付されていた。この原理は『論語』「述而第七」篇にあった）。戦争は政治であり、政治的態度は戦争においてもっともよく現れよう。この軍令は、政治における里見の仁をそのまま示しているといえるだろう。

このように、八犬伝において、原理たる『論語』の前引〈不用殺〉と「去殺」により、里見・八犬の人徳と政治行為両者の〈仁〉の統合が行われたと思われるのである。聖賢里見とそれに亜ぐ八犬の「仁義八行」と「仁政」は、原理たる〈不用殺〉と「去殺」によって〈寛仁大度・不殺の里見の仁〉に統合されたのである。次のDは、その八犬の不殺の仁について語っていよう。

D〈まさに武士の仕事というものは、大刀を帯び、弓矢を取り、君父を敵から防ぎ身命を護ることであるが、ただ目の前の攻撃してくる敵を撃つだけで、降伏する者は殺さず、逃げる者は追わず、人を征するのに武ではなく徳をもってすれば、則ち忠恕即仁の原理に適って、仁という名に恥じないであろう〉。更に伏姫神女は、素藤を降し、里見の義通を救え、「既に這の世の縁尽きたれば、今より永く別れなん」、努々《ゆめゆめ》怠るな、勉めよと諭し、皆に別れを告げ、降雲に「神簶《かみがく》れして、掻き滅《け》す似く亡《う》せ給」うたのである。これまで与四郎たちには見えず、親兵衛にのみ見えていたのだが、ついに親兵衛の視界からも消えたのであった。

これらＡＢＣＤは〈仁論〉であろう。その内Ｄは、第三部【管領大戦】で示される〈里見の仁〉と一致した。この両者に注目したい。

Ⅴ、初出時、〈仁論〉を語ることの意味

まずは〈仁論〉である。単に、仁の犬士登場ゆえの仁論ではなかったろう。親兵衛が犬士として世に出ずる〈第一親兵衛伝〉初発の場で、神女をしてかくの如く〈仁論〉を語らせたことの意味は大きいと思われる。かつて、〈毛野第三物語〉において、毛野をして〈智論〉〈人性論〉〈学問教育論〉を内部世界に語らせたことの意味と、その三論の内容自体を考察した。内容自体は、『論語』を主要出拠とする、まさしく儒教原理そのものであったとした。[12] また、毛野の内部世界に語らせたことの意味は、それこそ〈毛野の第一の成長〉を言表化するものであるとした。[13]

そして今、ここに〈第一親兵衛伝〉冒頭、〈仁論〉を語らせたのであった。内容自体は、凡そ毛野の場合同様、『論語』『孟子』を出拠とする、やはり儒教原理であると思われた。ただし、毛野の場合と異なり、親兵衛自身にではなく神女をして語らせたのであった。即ち、毛野の場合と異なり、ここは親兵衛の成長を言表化するものではなかった。のちに親兵衛が成長するにあたっての前提と目標、仁の性（本質）と用（実践）、即ち、Ａ人間が仁に到達することの難さ・Ｂ親兵衛が完全ではなく「天」のように「仁」に振舞うことはできぬこと・ＣＤ今後の親兵衛の不殺博愛の仁の実践、この三者の言表化・予告であったろう。毛野の場合は〈第三物語〉であって、ここは〈第一親兵衛伝〉冒頭であるゆえの差でもあった、そう思われるのである。

そしてもう一点、第二部列伝部最後の犬士として初登場したこの〈第一親兵衛伝〉冒頭と、第三部【管領大戦】

の〈里見の仁〉の一致である。京師より帰国叶って大戦終局間際に途中より参戦した時と一致していると思われる。既に紙幅が尽きたゆえ、この点の論証とそれが意味すること、及び、ここまで述べてきた犬士親兵衛初出時とその後の姿から如何に成長することになるのか等については、後考に俟ちたい。

注

（1）拙稿「八犬士論のための序論、毛野の成長――八犬伝第三部、仁と智による犬士像完成へ」（『就実表現文化』3、通巻29、平20・12）。
（2）底本は新潮日本古典集成『南総里見八犬伝』全12巻（濱田啓介氏校訂、平15・16）を用い、引用に際してはルビや送り仮名を改めるなど、読みやすいように適宜直した。
（3）「八犬士の描きわけ」（『復興する八犬伝』、諏訪春雄・高田衛氏編著、勉誠出版、平20）。
（4）拙稿「八犬伝と孝経・論語と史記――第一部里見の聖賢像と『封神演義』太公望像をめぐって」（『復興する八犬伝』、諏訪春雄・高田衛氏編著、勉誠出版、平20）。
（5）拙稿「八犬伝第一部、刺客・軍師・聖賢」（『就実表現文化』1、通巻27、平18・12）。
（6）「公冶長第五」篇。引用原文は明治書院の新釈漢文大系『論語』（吉田賢抗氏、昭50改訂）に拠る。以下、儒教原理について書下しと解釈等はその他種々の漢籍叢書（集英社の全釈漢文大系等）を参照した。
（7）（4）・（5）論文参照。
（8）拙稿「八犬伝の根底世界」（『就実論叢』36、平19・2）に、「智仁勇の三徳」について『中庸』を出拠とすることや、里見の理想性、親兵衛の父房八らに関する義侠論に絡めて論じた。
（9）拙稿「八犬伝、毛野・房八の智と〈私情〉」（『就実論叢』37、平20・2）及び注1論文等参照。

（10）拙稿「八犬伝第三部、毛野の成長と完成」（『就実論叢』38、平21・2）及び注1論文参照。
（11）「公孫丑章句上」篇。原文は新釈漢文大系『孟子』（内野熊一郎、昭37）に拠る。
（12）拙稿「八犬伝、毛野の〈智〉と人性観・教育観」（『就実表現文化』2、通巻28、平19・12）及び注9論文参照。
（13）（1）論文参照。

『南総里見八犬伝』の文体について

播本眞一

はじめに

本稿は『南総里見八犬伝』の文体について、若干の考察を加えるものである。筆者はこの問題を、拙論「『南総里見八犬伝』第十二回を読む[1]」、「『南総里見八犬伝』の風景[2]」（以下「風景」と略記）で考えたことがある。前者では、馬琴は典拠を用いることによって、一つの文章に多義性を持たせていること、具体的に述べると、『平家物語』や『万葉集』を下敷きにして、第十二回の伏姫を、建礼門院・大伴家持の妻・菟原処女という三人の女性と重ね合わせて描いていることなどを論じた。後者では、『八犬伝』の風景が作中人物の心のありさまと呼応するように描かれていること、風景描写の中には作中人物の視点と語り手の視点とが交錯するように仕組まれている例があることを述べた。本稿では、まず、「風景」では議論の俎上にあげることが出来なかった諸例を引いて『八犬伝』の風景描写にあらためて言及し、つぎに、『八犬伝』の文体の特徴を、尽くし・七五調を切り口にして考察する。行論の都合上、引用が多くなることをお断りしておきたい。

一　風景描写

前記拙稿「風景」においては、第九十八回最終部の「この回始より多く強人の行蔵をしるすをもて但見情景の必写すべき処あるを略したり」という発言をもとに、中国白話小説に由来する「但見（ただみる）」という言葉に着目し、馬琴が欠くべからざるものとみなしていた風景描写について考えた。『八犬伝』における「但見」は「人物の容貌・装束の描写、主として鎧・兜など戦装を表記するさい、その文頭に用いられ」「風景描写とともに表記されることはな」かったと結論したのだが、前記拙稿で見落としていた「但見」を惹句とする文章があった。この点については後述することとし、以下に風景描写の諸例を回数順に掲げ、考察を加えたい（岩波文庫本による。番号・傍線・波線は筆者。左訓を省略するなど改変したところがある。以下同）。

1　第一回、三浦の矢取の入江。安房へ渡ろうとする義実主従。

主従は…轍《わだち》の鮒の息吻《いきつき》あへず、見わたす方は目も迥《はる》に、入江に続く青海原、波しづかにして白鷗眠る。…挽遺《ひきのこ》したる鋸《のこぎり》山、彼《あれ》かとばかり指せば、こゝにも鑿《のみ》もて穿《うがち》なし、刀《かたな》して削るがごとき、青壁《せいへき》峙《そばだち》て見るめ危《あやう》き、長汀曲浦《ちやうていきよくほ》の旅の路、心を砕くならひなるに、雨を含る漁村の柳、夕《ゆふべ》を送る遠寺《ゑんじ》の鐘、いとゞ哀れを催すものから

2　第十四回、富山。伏姫が切腹した後の場面。

この時既に日は暮て…月は半輪の雲もなく、山には万樹の影あり。蓼々《たう〳〵》たる水の音《おと》、颯々《さつ〳〵》たる松の声、腸《はらわた》を断媒《たつなかだち》なるに、鹿は峰上《をのへ》に鳴て、白露《はくろ》の霜となるを悲しみ、猴《さる》は幽谷《みたに》に叫て、孤客《こかく》の夜衾《やきん》を寒《さむから》しむ。罕《まれ》に来て訪《と》ふも寂しき深山路《みやまぢ》に

3　第十五回、吉蘇夜長嶽《きそよながたけ》の麓。父匠作・春王・安王の首を敵の手から奪い逃走する大塚番作。

この処は里遠き、山ふところにして雲近く、峰は翠《みどり》に水皓《しろ》かり。向上《みあぐ》れば青壁、刀して削れるごとく、直下《みおろ》せば碧潭《へきたん》、鑿《のみ》もて穿《うがて》るに似たり。目に視る佳景なきにあらねど、物思ふ身は心もとまらず。颯々たる松風は、追来る敵の声かと疑ひ、喃々《なん〱》たる鳥語《とりのね》は、憂《うき》を慰《なぐさ》む友としならず。

4　第三十一回、行徳の入江。釣りをする古那屋文五兵衛。

夏を忘るゝ浦風に、蘆葉《あしのは》戦《そよ》ぎて、夕陽《せきやう》の影を紊《みだ》し、水や天《そら》なる走帆《はしりほ》に、沙鳥《いそとり》飛て、江山《かうざん》の雲に入る。江《え》に臨み石に坐するとき、万事只無心なり、竿を揚綸《いと》を垂《た》るゝとき、三公にも換がたし、と古人のいひけん宣なるかな。一波《いつぱ》動きて、万波《ばんぱ》皆従ひ、細鱗《さいりん》踊て、巨魚《こぎよ》あるを知る、楽《たのしみ》いまだ央《なかば》ならず、と見れば、あやしき放舟《はなれぶね》

5　第四十四回、雷電山。庚申塚で額蔵を救い敵の手から逃れる四犬士。

信乃はつく〴〵と瞻仰《あほぎみ》て…こゝは…雷電山に疑ひなし。…といふに有理《げにも》と額蔵等、三士《みたり》も斉一《ひとしく》瞻仰《あほぎみ》つ、且感じ且尊《たふと》みて…おの〳〵社壇に額《ぬか》つきて、倶に祈念を凝しけり。…四犬士は樹下《このもと》に退きて、又彼此《あちこち》と見わたすに、神社《やしろ》の背《うしろ》に棗《なつめ》樹多かり。茱萸《ぐみ》・楊梅《やまもゝ》も少からぬに…採て飢《うへ》に充《みつ》るに、甘きこと凡常《よのつね》に過ぎたり。忽地《たちまち》に疲労《つかれ》を忘れて、心地清々《すが〱》しくならぬはなし。…鳥は緑樹《りよくじゆ》に隠れて、声いよ〳〵高く、雲は青巒《せいらん》に起りて、逭《ゆくへ》いまだ定らず。

6　第五十二回、浅草寺に近い高屋・阿佐谷あたり。旅をする小文吾。

小文吾は、笠を斜に推挙《おしあげ》て、ひとり四下《あたり》を眺るに、新堀《につほり》、湯嶋、神田の衆山《やま〱》、高く西北《いぬゐ》に連りて…宮戸、隅《すん》田《た》、千住の長流《かは〱》、南北に横はりて、網引《あびき》の声は聞えねども、旦暮の業《いとなみ》、近村寂《さび》たり。向上《みあぐ》れば、幾群《いくむれ》の秋鳥《どり》、雲に入て還らず、直下《みおろ》せば、千頃《ちしろ》の稲田、花を含て戦《そよ》ぐのみ。…皆是旅泊断腸《りよはくだんじやう》の、媒《なかだち》ならずといふものなし。

7 第五十四回、石浜。馬加常武の客房に幽閉される小文吾。

小文吾は…幹浄房《はなれざしき》にゆきて見るに…あなたの庭より筧《かけひ》して、曲演《せんすい》・水盤《てうづばち》などへ水を沃《まか》するは、夏を宗とすればにや、四目笆《よつめがき》に咲く芳宜《はぎ》の、時しり顔なる、神影石《みかげいは》に倚《よ》る小松の、挿頭顔《かざしがほ》なる、夕日を抱く寒蟬《ひぐらしのせみ》は、いづれの杪《こずゑ》ぞ。…惆悵《ちうちやう》たる心の憂は、亦遣《や》るかたもなかりけり。

8 第七十三回、小千谷。闘牛場を訪れる小文吾。

桃桜《ももさくら》の花さへに、又只一時《いちじ》に綻《ほころ》びて、彼此《をちこち》にいと匂やかなる、翠《みどり》を含む楊柳《やなぎ》の糸に、遊糸《いとゆふ》もゆる春景色…鹿児斑《かのこまだら》に消残る、白雪《しらゆき》も亦愛たし。この日は雨後の晴天にて、一朶の雲なく、猛風《ときかぜ》発らず、連山《やまやま》の波濤《なみ》に似たる、青葱《せいそう》として蒼きあり、白きもありて尖《するど》からぬ、晴巒《せいらん》既に霞を籠《こ》め、磵道《かんどうや》稍《や》春深し。人聚りて岡いよ〳〵高く、鳥啼て谷の深きを知る。寛歩《くわんぽ》して到る処、興《きやう》あらずといふ事なし。

9 第八十六回、麻生の葵岡。鵞鸊坊を退治する、大。

、大は…且這沼《まづこのぬま》の光景《ありさま》を観るに、思ふに倍《まし》たる大沼《おほぬま》にて…水際《みぎわ》には菰草《こも》・菖蒲《あやめ》の枯《かれ》たるあり…時気《ころ》は正月《むつき》の望《もち》の宵《よ》なれば、月明《つきあきらか》に星稀にて、風いと寒く霜深かり。氷を摧《くだ》く水鳥の、立かた遠く向上《みあぐ》れば、西は赤阪・青山に、降置《ふりお》く霜の真白なる、目黒に落る鴈が音《ね》も、黄ばみ朽たる稿塚《わらづか》を、鬱悒《いぶせ》くや思ふ夜視《よめ》ながら、五色《ごしき》もよしや四方天《よもつそら》、南は麻生《あさぶ》・高畷《たかなはて》、芝浦近く寄る波も、東へ続く入江潟《いりえがた》、北は芝崎《しばさき》・神田の岱《だい》、漁邨樵径《ぎよそんせうけい》相雑《まじら》ひて、目《め》に見《み》ゆるあり見えぬあり。征客《せいかく》常に腸《はらわた》を、断べかりける眺望《ながめ》也。

10 第百三回、富山。伏姫の墓に参る義実主従。

恁而《かくて》義実、主従三名《みたり》…伏姫の、墳墓《おきつき》を投《さし》て登り給へば、三月《やよひ》に隣《とな》る峯上《をのへ》の桜、這里《ここ》も那里《かしこ》も開初《さきそめ》て、花香《はなのか》寄する春の風…谷の柴鶻鴿《うぐひす》、珍らしき、人来《ひとく》と鳴くや、我も亦、経こそ読め墓参り…山又山を向上《みあぐ》れば、奇岩突立《きがんとつりう》して、造物《ぞうぶつ》天然の妙工《みやうこう》を見《あら》はし、嶮辺《そばのべ》迥《はるか》に直下《みおろ》せば、白雲《はくうん》聳起《そびえおこ》りて、谷神窅然《こくしんようねん》と玄牝《げんひん》の門を開けり。…現《げに》

眼《まなこ》に観《み》耳に听《き》くもの、皆 悉《ことごとく》 浮世の塵を、洗流せる霊場佳景《かきやう》

11 第百六回、富山。伏姫の回向をする義実主従。

照文・貝六は、跪坐《ついゐ》て後方《あとべ》を見かへれば、山は慶雲《けいうん》を吐て、奇峯を累ね、風は松濤《せうとう》を起して、弾琴《ことのね》に似たり。霊芝石上《いはのうへ》に黏《つき》て、五彩眼《ごしきまなこ》に美《うるは》しく、異禽幽谷《ゐきんゆうこく》より出て、友を求る声あり。…実に是 塵外《うきよのほか》の一天地《いつてんち》、東海《とうかい》無双《ぶさう》の仙境《せんきやう》なりき、と意中《こゝろ》に賞賛《せうさん》したりけり。

12 第百六回、富山。峯上にある観音堂を訪ねる義実主従。

那這《あちこち》となく見亘《みわた》すに、安房・上総の海はさらなり、武蔵・伊豆・相模の海浜《はまべ》まで、煙霞《かすみ》の間《ひま》に見《あらは》れて、走船《はしりふね》の白帆《しらほ》幽《かすか》に、一葉《ひとは》の波濤《なみ》に漂《たゞよ》ふに異ならず。…然《され》ば補陀落山《ふだらくさん》の秋の月も、夜夜《よな〱》兹《こゝ》に隈なかるべく、祇陀《ぎだ》竹林の春の鳥も、朝々《あさな〱》暢《かよ》ひ来《き》ぬらん、と思ふ可《ばかり》の霊場佳景《かけい》、嵯峨《さが》たる奇岩《きがん》は、刀して、削做《けづりな》すとも及べからず、屈曲たる早蕨《さわらび》は、画《ゑがけ》る波の磯打か、と疑はる。

13 第百十七回、両国河原。上総へ向かおうとして舟を探す親兵衛・孝嗣。

漁村の柳風《やなぎかぜ》に靡《なび》きて、蓑衣《みのほ》乾す門の夕日影《ゆふひかげ》、苫屋《とまや》の煙天《けぶりそら》に滅《きえ》て、友呼ぶ鷗浪《なみ》に浴《ゆあみ》す。或《ある》は蒹葭《よしあし》の戦《そよ》ぐ処、魚を踏む白鷺見《あらは》れ、一葉繋《いちえうつな》ぐ械《かい》の頭《うら》には、羽《は》を曝《さら》す鵜鴣《うのとり》在り。…仰《あほ》ぎて西南《ひつぢさる》を眺れば、夏の富士いまだ 装《よそほひ》を更《あらた》めず。遥《はるか》に東北《うしとら》を 省《かへりみ》れば、翠《みどり》の筑波、尚霞を残せり。

14 第百二十七回、左右川橋のあたり。廃寺を訪れる八犬士。

寂寞《じやくまく》たる廃毀院《やぶれでら》、昔の余波《なごり》は礎《いしずゑ》のみ、茫々《ばう〱》たる夏草の裡《うち》より、驚き立つ告天子《ひばり》は雲《くも》に入り、青葱《せいそう》たる新樹《しんじゆ》の蔭には、郭公鳥《かんこどり》の声高く聞えたり。然ば苔生《むし》たる石の水盤《てふづばち》は、虚《むな》しく施主の連名《れんみやう》を残し、笠を喪《うしな》ひし露《ぬれ》仏像《ほとけ》は、膝に茨《いばら》の花開《さき》て、鍼《はり》の筵《むしろ》に趺坐《ふざ》し給へり。是《こゝ》をもて、鼯鼠《むさゝび》の栖《すみか》に做《な》れる、埋井《うもれゐ》に隣《とな》る狐の穴あり。衆鳥《もろとり》の糞《まり》白き石上《いしのうへ》に、兎の足跡多かり。

15　第百四十六回、白河談合谷。虎退治をする親兵衛。

既に丑時分《うしのころ》に至りては、月は山峡《やまのは》を離れて、霜の厚きを覚え、影は谿谷《みたに》に隈《くま》ありて、夜《よ》の深きを知る。向上《みあぐ》れば、青壁《あをききりきし》の千仞《ちひろ》なる、白雲横《しらくもよこたは》りて、野婆《やまうば》の帽子かと疑れ、直下《みおろ》せば、深谷幽《ふかきたにかすか》静にて、葛藤《かづら》の長《とこしなへ》なる、久目路《くめぢ》の桟《はし》かと怪まる。山又山《やままたやま》を巡り来にける、親兵衛一霎時《しばし》馬を駐《とゞ》めて、四下《あたり》を熟《つらく》見かへれば、地図《ちづ》に拠りて逆《かね》て知《し》る、こゝは是、在昔法勝寺《むかしほうせうじ》の執行《しゆぎやう》俊寛僧都が、山荘《さんしよう》ありし処なり。

以上、1～15までの引用文についてみると、前稿「風景」で論じたように、多くの場合、作中人物の視点に読者を誘う言葉とともに風景が語られているのが分かる。順番に述べると、1「見わたす」、3「向上れば」「直下せば」、4「と見れば」、5「瞻仰て」「瞻仰つ」「見わたすに」、6「眺るに」「向上れば」「直下せば」、7「見るに」、9「観るに」「向上れば」、10「向上れば」「直下せば」、11「見かへれば」、12「見亘すに」、13「仰ぎて西南を眺れば」「遥に東北を省れば」、15「向上れば」「直下せば」「見かへれば」という言葉が用いられている。7の文章が、「風景」で論じたような、読者と作中人物との距離を近づけたり遠ざけたりしながら情感を表現しようとする仕組みとなっているが、すべての例が登場人物の視点と語り手の視点を交錯させているわけではない。しかしながら、5・6・15のように、一箇所に視線の行く先を三度指示する例があるから、馬琴が読者の視点を作中人物の視点に同化させるべく風景を描こうとしていたのは確かである。

付記すると、10に「眼に観耳に听く」とあるように、1～15の風景描写は、視覚にくわえて、聴覚にかかわる表現が多出するという特徴がある。1「遠寺の鐘」、2「水の音」「松の風」「鹿…鳴て」「猴…叫て」、3「松風」「鳥語」、5「鳥…声」、6「網引の声」、7「寒蝉」、8「鳥啼て」、9「鴈が音」、10「柴鶺鴒…鳴く」、11「風…弾琴」「異禽…声」、14「郭公鳥の声」等々。

また右の1～15から、風景と作中人物の心のありさまとが連動している例が多いこともみてとれる。1「哀れを催す」、2「寂しき」、3「物思ふ」、4「楽」、6「断腸」、7「心の憂」、8「興」、9「腸を、断」といった諸例につけば、4と8以外の風景は、喜怒哀楽の「哀」に相当する情感が語られていることになる。4の文五兵衛や8の小文吾を除いて、作中人物が眺める風景は寂しさ、物思いとつながっている。『八犬伝』前半部の風景は、おおむね、心の憂いを語るための表現としてあったとみてよいのだろう。述べるまでもないことだろうが、後半部にそうした表現がみあたらないのは、回数が進むたびに、犬士と犬士とがお互いの身の上を知り合い連帯する展開と呼応しているものと思われる。

また、全体を俯瞰して分かるのは、百八十回からなる『八犬伝』後半部にいたると、風景描写があらわれる頻度が下がることである。前稿「風景」における議論によれば、「主として鎧・兜など戦装を表記するさい」に使われる「但見」を冒頭に置く文章は、第二十八回、第四十五回、第九十三回、第百回、第百十二回、第百十五回、第百三十四回、第百五十八回にあったから、後半部は、風景とともに「必写すべき」「但見」に比重が置かれるようになったと考えてよいだろう。

二　尽くし・七五調

前節では、風景が、心のありさま、とりわけ「哀」と結びつく場合が多いことをみてきた。それでは『八犬伝』において、喜・怒・楽はどのように語られているのだろうか。「喜」「楽」については次のような表現がみあたる。

16　第六十五回、返璧。現八に射られた目の傷をなおすために雛衣の胎児をほしがった化け猫の一角と船虫らは、和睦を持ちかけるべく返璧の庵に酒を持参し、角太郎（大角）・雛衣と歓の杯ごとをする。

角太郎は膝行頓首の、礼儀《いや》も正しく受戴きて、飲了《のみをはり》て又返す、親子の献酬三たびにして…取かはしたる盃の、数も巡りて僉歓びの、一席《ひとむしろ》に二夫婦、三組偏提《みつくみさゝゑ》とり納め、紐引結ぶ四手覆《よつでおひ》、五人寄《いつたりより》てむつましき、笑坪《ゑつぼ》の会ぞ楽しげなる。

17　第百二十三回、市川。犬江屋で依介・水澪にもてなされる姥雪与四郎。
中酒《ちうしゆ》の盃、餚《さかな》さへ、竹筴魚《あぢ》の塩炙《しほやき》、竹筍《たかんな》は、歯に称《あ》ふ与《ため》にと杪《ほ》を摘《つみ》し、饗応《あるじまうけ》の叮寧《ねんごろ》に、手の届きたる手長《てなが》鰕《ゑび》、然《さ》しも魚米《ぎよべい》に富たる郷の、貝の柱に初胡瓜《はつきうり》、那這《あちこち》採て、装分《もりわく》る、傘《かさ》と葛西《かさい》の新茄子《にひなすび》、根芋《ないも》はいまだ子のあらぬ、夫婦右より左より、屡羞《しばくすゝ》めて已《やま》ざりける、人の好意《なさけ》に与四郎は、今さら推辞《いな》むことを得ず、是より話説《はなし》も長うなりて

18　第百三十一回、滝田。素藤・妙椿らを再征して凱旋した親兵衛らを饗応する妙真たち。
手の舞足の踏ところを、知ざる迨《まで》の歓びは、独《ひとり》妙真のみならず、音音・曳手・単節們《ら》も、稍等得《やゝまちえ》たるこの日の歓会《くわんくわい》…迭《かたみ》にこの日の歓びを…老女心《おうなごゝろ》の親切に、饗応《あるじまうけ》の手伝ひしつゝ…肥満宍《ふとりじゝ》なる炊妾《みづしめ》に、幇助《たすけ》多かる火焼鳥《ひたきどり》、搨《す》る擂盆《すりばち》のみそさゝゐ、現《げに》鶯は刷匙《せつかひ》の、異名《ゐみやう》篩《ふるひ》の目細鳥《めぼそとり》、目白圧瓜《めじろおしうり》、早漬《はやづけ》の、茄子《なすび》の小瑠理《こるり》、青鵐《あをぢ》の醆口《ちよく》に、掻《か》くや辛《からし》のきく戴《いたゞき》は、籠に買れし鶏頭海苔《とさかのり》、萌生《もやし》の豆鳥《まめどり》、筍《たかんな》の、皮をむく鳥、鰭津物《はたつもの》、魚《ぎよ》類《るい》、介藻浜笊《かいさうはまざる》の、目面《めつら》を抓むいそしさに

右の16・17・18の三例は、いずれも饗応の場面、七五調の韻律を基調にしつつ、言葉の遊びが複合された文章となっている。16は「数も巡りて」という言葉の縁によって一から五までの数字を順番に配した文飾、数字を集めた数尽くしの表現。17は魚貝や青物尽くしの文飾。18は取り分け凝った文章といえるだろう。掛詞を用いた鳥尽くし、かつ、青物尽くしとなっている。例示すれば、火焼鳥＝火をたくことを仕事にする人＋鳥の鶲ヒタキ、みそさゝゐ＝味噌＋鳥の鷦鷯ミソサザイ、鶯は刷匙の異名＝擂鉢の内側などについたものをかき落とすのに用いる道具の刷匙＋鳥の鶯、目細鳥＝篩の目が細いこと＋ウグイス亜科の小鳥の目細虫食、目白圧瓜＝鳥の目白が集団で行動

するさま＋瓜の漬物、茄子の小瑠璃＝茄子の瑠璃色＋鳥の小瑠璃、青鵐＝青磁の陶器＋ホオジロ科の鳥の青鵐アオジ、辛子のきく戴＝辛子が効く＋ヒタキ科の小鳥の菊戴キクイタダキ、鶏頭海苔＝鶏の鶏冠＋海藻の鶏冠海苔トサカノリ、萌生の豆鳥＝日光を遮って栽培した豆＋鳥の斑鳩イカルの異名、筍の皮をむく鳥＝皮を剥く＋鳥の椋鳥、等々。

馬琴は上記のような同類の物を並べる尽くしという趣向を、文化十年の随筆『おかめ八目』では、山東京伝の読本『双蝶記』（文化十年）を取りあげ、以下のように批判することがあった（『曲亭遺稿』明治四十四年）。馬琴は、「くどくうつたふし」と述べている。

青貝づくしの楼上、化石谷石一色の趣向

又青貝づくしとあるうへに、石づくしなど、すべて飽までに巧まれたる所、却てくどくうつたふしとおもふ所あり。

念のために示すと、京伝の石づくし、同書巻之六の文章はつぎのとおり（『山東京伝全集』第十七巻）。

さて四辺をかへりみるに…峙《そばだち》たる岩石なども都《すべ》て目馴ざる物なり。孔雀石、緑青石、紺青石、石英、琅玕、石牡丹、石木賊のたぐひも見ゆ。山中に海石のまじれるも一奇事なり。蟹石蛤石のたぐひの貝石おほく路のかたはらにあり。沙は金色なるもあり五色なるもあり。方解石は鑿々《さくさく》として餅《もちひ》を刻たるがごとく、舎利石は皓々として露の滋《しげき》に似たり…好景えもいはれず、人間を出て仙境に入しかと疑れぬ。

『八犬伝』の尽くしと『双蝶記』のそれとの相違は、引用を省略した青貝づくしを含めて、韻律をともなっているか否かという点にあるのであろう。

右のような違いがあるとはいうものの、『双蝶記』を批判する一方で、馬琴は戯作に尽くしを多用していた。馬琴の黄表紙・読本・合巻を刊年順にそれぞれ一つ掲げてみる。

寛政九年の黄表紙『无筆節用似字尽』二丁ウラ・三丁オモテの青物尽くし。

八百や万《よろず》の神かけて、晩に青菜といわしやんしても、親のめにつく唐《とう》の芋、中を割菜に芹たてられて、ほんに荒布《あらめ》もないものを、惚れた女子《おなご》の生姜《しょうが》には慈姑《くわい》というてくださんせ。（『江戸の戯作絵本』四）

文化四年の読本『盆石皿山記』後編跋文の焼物尽くし。

皿山の記…文は錦手をつらねて通俗を宗とし、事は楽焼にたぐひして自然の巧あり。且南京の清きを挙ては、姉手なる欠皿がうへを尽し、丹波焼に終りを示しては、瀬戸の紅皿が砕を明す。いにしへ今利を考ては、中津唐津の遠きを引く。…浮屠の方便を行基焼に説あれば、仙家の法術を粟田焼に述るあり。（国会本）

文化八年の合巻『梅渋吉兵衛発心記』十八丁オモテの頭巾尽くし。

此吉兵衛にふさ〳〵しく、づきんをぬげとはみのうへしらず。むなぐらとられてのとぶゑを、くゝりづきんにこりはせで、くだけてのちはもとのつち、ほうろくづきんのほうろくやらうめ。…まめざうづきんのくちばかり、よわいねだしてにげるなよ。（国会本）

ほかにも、以下のような例がある。寛政十年の黄表紙『増補獮猴蟹合戦』七丁ウラ・八丁オモテの猿尽くし、同八丁ウラの蟹尽くし。享和二年の黄表紙『養得筎名鳥図絵』一丁オモテ序文の、和漢の鳥に関する故事を並記する鳥尽くし。文化六年の合巻『釣鐘弥左衛門　奉加助太刀』二丁ウラ・三丁オモテ、十三丁オモテの鳥尽くし、四丁ウラの紋様尽くし。文化六年の合巻『敵討賽八丈』二十七丁ウラの棒尽くし。文化七年の合巻『撃也敵野寺鼓草』四丁ウラ・五丁オモテの茶尽くし。文化十四年の合巻『伊与簀垂女純友』後編十九丁ウラの数尽くし、などである。17と同じ魚尽くしは、十返舎一九の洒落本『恵比良濃梅』（享和元年）にもみえている。馬琴黄表紙『安倍清兵衛一代八卦』（寛政九年）の、願人坊主が持参した判物を見て童子が発する台詞、「又青物尽くしか、久しいものだ」（加賀本、二丁ウラ）が端的に示すように、当時の戯作において、尽くしは古典的な趣向であった。

話を『八犬伝』にもどすと、尽くしという形式による文章は16・17・18のほかにもある。

19　第百三十一回、滝田。18に連続する箇所。亡くなった沼藺・房八らを思い嘆く妙真の言葉のつぎに置かれた文章である。

心汲知《くみし》る信乃・現八、自余《じよ》の四犬士共侶《もろとも》に、今は世になき家尊家母《かぞいろは》、又亡妻の事さへに、懐《おも》ふ犬塚・犬村里の、旧巣《ふるす》遥けく八百日《やほか》ゆく、越路にあらぬ浜ちどり、迹は都に疎かりし、鄙の雛衣、名を紀《かたみ》なる、心々《こころごころ》の衷情《ものおもひ》、人異《こと》にして憾《うらみ》は似たる、憂《うき》には何か勝間田の、池の鴛鴦《をしどり》、夜の鶴、子を先だて、老を鳴く、雌雄《めを》の中なる孀婦鳥《やもめどり》、翅《つばさ》しほれて立まく惜き、音音と曳手・単節們《ら》は…短き人の命ぞ、と胸の憂也憮也繰復《うやむやくりかへ》す、千行《ちすぢ》の涙一筋《ひとすぢ》に、泣じと倶に声を呑む…席上各蕭然《しめやか》なり。

七五調、掛詞、縁語、鳥尽くしによって、「衷情」「憂」といった「哀」に相当する情感を表現している例である。そのほか、第百三十一回富山で、八犬士らが犬馬塚、力二・尺八の墓表に花を手向けるしめやかな場面に花尽くしが用いられることもあった。筆者は、先に引用した黄表紙や合巻などの諸例から、馬琴がもの尽くしという表現を用いるさい、読者に呈示しようとしていたのはレトリックそのものの面白さであって、尽くしと適合する感情は「喜」や「楽」であると考えていたのだが、19の例から『八犬伝』では「哀」を表現する尽くしがあることが分かった。哀感を表現しようとする文章に、馬琴は理知を働かせる要素をあえて混入させたといってよいのであろう。

尽くしの用例についてさらに述べると、以下のような数尽くしの文章もある。

20　第五十一回最終部、荒芽山の麓。曳手・単節を襲う野武士を小文吾が懲らす場面。

小文吾が、畳蒐《たゝみかけ》つゝ、撃大刀《うつたち》風に、一葉の露の玉櫛笥、ふたりが身とて四となる。いつしか積る兇悪の、むくひ来にけん天の網。七重やま風吹からに、こゝに天引く遠煙、百千《もゝち》の国も万《よろづ》みな、火宅なりきと悟りたる、おくこそ知らね無量劫、数尽《よみつく》されぬ煩悩の、俺《われ》にも狂ふ意馬心猿に…心の誠比《たぐひ》なき…磨あげたる玉にしあれば、いづれ疎鹵《おろか》はなかりけり。

二重傍線は、版本（国会図書館馬琴旧蔵本）では縦長の□。文字の横に添えて、数尽しのレトリックを明示している。20は第五十一回の末尾の文章、場面転換の箇所に頻出する七五調の韻律にのせて、文章の技工そのものを読者に楽しませようとしているのであろう。右のほかにも数尽くしはある。第二十七回、円塚山、道節が火定するさい群衆に喜捨を説き勧める口上。第六十九回、甲斐の猿石、泡雪奈四郎宅を訪ねるべく四六城木工作が出立する箇所。第七十七回、小千谷、船虫と媼内が酒顛二の隠れ家から逃れる箇所。第百十三回、安房郡の長須賀、南弥六が上総に向かう箇所、などである。円塚山のほかは場面の転換を示す文章であるが、いずれも情感の表現を企図しておらず、20と同様に文飾そのものを読ませようとするものといえるだろう。

尽くしについで、感情表現の基調となっていた七五調の特徴について考えてみたい。筆者が指摘しておきたいのは、坪内逍遙『小説神髄』がいう「仁義八行の化け物」である八犬士が七五調で語って感情や情緒を示す例があることである。作中人物が七五調で会話する著名な箇所は、第二十五回の浜路口説き、第六十一回の雛衣の怨言であろう。信乃の寝所へ忍んで許我へ同行することを願い拒絶された浜路は、「今より弱る玉の緒の、たえなばこれを、この世のわかれ、憑むはまだ見ぬ冥土のみ。二世の契りは必よ。御こゝろ変らせ給ふな」と語り、促されてその場を去る。返璧の庵で無言の行を続ける角太郎に、離縁され離れて暮らす雛衣は、「いふて返らぬ事ながら、逢ねば済ぬ胸の火の、昼さへ滅《きえ》ぬ物思ひ、辞敵《ことばがたき》も媒妁《なかうど》の、宿にかゝりて何日《いつ》までか、歎きくらして、死んより、切《せめ》ておん身の捨言葉、受て覚期を究めんと、いぬる比よりかよふても…応だにせず、戸も開ず、心つよきもほどこそあらめ。…生て宿所へ還らじ、と思ひ訣めて侍るかし」と語りかける。いずれも、女性が死をかけて、その許嫁や夫の心を動かそうとする場面である。願いを聞き入れられない悲しみや嘆き、拒絶されることに対する怨が韻律をともなう会話で表現される。女性がその感情を語るのにふさわしい文形式が七五調の会話文であったとすれば、犬士が七五で語るのは特殊な例といえるだろう。ふりかえって思えば、人の死にぎわを描く愁嘆場、例えば、第三十六回から第三十八回の山林房八「手負人の長物語」（天保十四年「稗説虎之巻」『曲亭遺稿』）においても、七五調が使われるのは、房八が介錯される間際の母親妙真の嘆きを表す文章だけであった。いうまでもないことだが、浜路や雛衣の呼びかけに対する信乃や角太郎の口調が様式化されることはない。念のために補記すると、第三十六回の小文吾と房八、第四十七回の荘助と道節、第七十三回の信乃と道節、第八十四回の現八と信乃と道節など、犬士同士が歌舞伎仕立の七五調の渡り台詞を交換することはあるけれども、それらは会話のテンポに力点を置くもので情感とは結びつかない。また、第七十九回の鎌倉塞児と相模小猴子（毛野）との会話も渡り台詞と同種の例とみなしうる。

犬士が七五調で語る三例をあげてみる。

21　第二十一回、大塚。亀篠・蟇六に語りかける額蔵（荘助）。

些《すこし》頭痛《づつう》はしつれども、うち臥《ふす》までには候はず。…今やうやくに目が覚ても、起甲斐なさに引被《ひきかつ》ぐ、衣《きぬ》のうら見の夏虱、猟竭《つく》したる虚《いつはり》の病の床は日ごろより、母屋《おもや》恋しき気鬱《きうつ》の症。寔《まこと》に九死《きうし》一生涯の、智恵を出して呼かへされ、甦生《よみぢがへ》りて候なり。…霎時《しばし》なりとも犬塚どのに、隷《つけ》らるゝことばかり、免《ゆる》させ給へ、と掌《て》を揉《もみ》て、真《まこと》しやかに賠話《わび》にけり。

信乃と心を通じていた額蔵が、亀篠・蟇六に、信乃との不仲を信じさせようとしている場面。このときの額蔵は奴僕という身分であるから犬士としての発言ではないが、気鬱という情緒が七五調で表現されている。

22　第六十二回最終部、返璧。現八を見送り、雛衣に語りかける角太郎。

霎時《しばし》目送《みおく》る角太郎、雛衣も只交遊の、義信に感じて忙然と、折戸口にぞ立つくす。籬笆《かき》に自生《じせう》の玉蜀《たうきび》も、懐《ふところ》

> 狭き庭ながら、払子《ほつす》に似たる紫髯《あかひげ》と、共に身《み》の入る子もち達《どち》、端緒《はなを》緩《ゆる》びし駒下駄を、踏な覆《かへ》しそ、あぶなや、と夫《をとこ》に心つけられて、母屋へかへり新参の、妻は勝手にまだ狎《なれ》ぬ、初々しさと楽しさの、貌《ほ》にあらはれてあはれなり。

ここは第六十二回の末尾、七五調を用いて情感を語るのは場面転換を道行文などで表現する浄瑠璃の常套を踏まえているとも考えられる。読本浄瑠璃の範疇に属する馬琴作『化競丑満鐘』（寛政十二年）から一例をあげてみる。中の巻「箱根の先化住居の段」は以下のような文章で終わる。

> きえてはかなき妻の身は、このよからなる雪ぼとけ…おや子がよつて野辺おくり、火宅にのこるかたわれも、煮らるゝおもひたぬき汁、なげきはともにしるのみか、南無あみじやくし貝じやくし、すくひたまへと手をあわす、おや子主従四人づめ、南一片の唱名も、とゞく真如の月の出に、みちをもとめて、たどり行。（国会本）

『化競丑満鐘』は、浄瑠璃の形式を借り、化け物を主人公にするという趣向によって滑稽を尽くそうとする読み物。作中、亡くなる妻が雪女、その亭主が狸という設定なので、きえてはかなき、たぬき汁などという文飾が用いられる。妻を失った悲しみを七五調によって表現するという浄瑠璃の定型を模擬してみせているわけである。『八犬伝』の場面転換の文章を、20を論じた段落で取りあげた諸例にくわえて、試みに第二十一回から数例を抽出してみる。「（糠助）独囫圇《ひとりのみこみ》、早合点、麁忽ながらの信ある、辞の端居《はしゐ》落ち着ず、そがまゝ立て外面へ、忙しげに出にけり。さればまた蟇六…」、「（亀篠）冠《かむり》はふらぬ苗芋の、親に劣らぬ侄の宿、背戸の畠の畦《くろ》伝ひ、捷径《ちかみち》よりぞ進みける。かくて亀篠は…」、「背介は縁に手を突て、信乃に別を黄楊樹《つげのき》の、刈込伸し庭を出る、主《しゆう》の老女《おうな》に引そふたり。且《しばらく》して額蔵は…」等々。右のように場面転換が七五の韻律によって示される例が多いのは確かである。しかしながら、心情の表現と結びつく文が頻出するとはいえず、懐胎しているらしき雛衣を心配する角太郎の情愛、別れ住んでいた夫に声をかけられて喜ぶ雛衣のようすを描く22の文章は、『八犬伝』の通例の表現とは異なるものといえるだろう。

23　第百十回、滝田。妙椿の幻術によって義成に疑われた親兵衛が諸国遍歴を命ぜられ祖母妙真に別れを告げにきた場面、18と対になる箇所。

やよ大母様《ばばさま》。爾《しか》思召すおん歎きは、理《ことわり》にこそ候なれ。我身二親を喪《うしな》ひしは、僅《わづか》に四歳《よつ》の比かとよ。名をのみ知れど、面影を、照すよしなき水鏡、深き懐《おもひ》を汲てこそ、父とも母とも大父《おほぢ》とも、見奉るはおん身のみ。益《やく》なき悲泣《なげき》に心を屈《く》して、病《やみ》な煩《わづら》ひ給ひそ、といへば妙真頭《かうべ》を擡《もた》げて

前引18第百三十一回の再会の喜びの場面と対照すると、23の別れの嘆きは深く大きいものして描かれていなければならないのであろう。親兵衛を七五調で語らせた所以と思われる。

まとめ

以上、第一節・第二節に述べた事柄をまとめると、『八犬伝』の表現は、ある一定の傾向を示しながらも、決して一律なものとはなっていないと結論してよいだろう。風景描写についていえば、風景は「哀」という心情とかかわることが多いが、全体を通覧すると、4の「楽」、8の「興」を表現することがあり、此世にありながら此世ならぬ10「霊場佳景」、11「仙境」、12「霊場佳景」を示すこともある。また、情景を精細に説明する14のような例もある。文章の形式について確かめても、2・8・14のように視点を指示する表記を含まないものもあった。

尽くし・七五調について述べると、七五の韻律を基調にする尽くしという文形式は、「喜」や「楽」の表現に用いられるだけなく「哀」の情感とも結びつく場合があって、なおかつ、レトリックそのものを読ませようとする例

も多くみられた。七五の韻律と尽くしとを混在させて感情を表現しようとしている点は看過できない。文化七年頃成立「駢鞭」（『曲亭遺稿』）で馬琴は「縦ひ口調は五七五にわたるとも、義太夫本のさとび言を脱れて書るもあ」ると語っていたが、七五の韻律を用いるさいにも、レトリックそのものに目が向く尽くしの要素を混入させ、情緒に流れすぎない文章を作ったところに、馬琴の自負の一端があったと思われる。八犬士を七五調で語らせるのは、女性の語り口としてふさわしい形式をあえて犬士にあてはめるという趣向であろう。また、周知のことではあろうが、第二十五回の浜路や第六十一回の雛衣が七五調で語り続けているわけではなく、七五の韻律についてみても、正確に七音・五音を繰りかえすところもあれば、六音や八音をまじえている箇所もある。人情の語り方は一様ではないといえる。

最後に、第一節冒頭で述べた「但見」をふくむ風景描写を取りあげてみる。第八十三回、穂北。現八・大角の目に映った氷垣残三夏行の居宅である。

恁而《かくて》現八・大角は、穂北の荘に来て問へば…則是氷垣残三夏行の居宅《ゐたく》也。但見《とみ》れば松柏《まつかや》の老《ふり》たるが、幾株《いくもと》か繁粒《しげりたち》たる、南向《みなみおもて》に苛《いか》めしく、黒く貫高《ぬきたか》なる衡門《かぶきもん》を、扉広《とびらびろ》に押建たる、左右《まて》には枸橘《からたち》の樹墻《いけがき》を折遶《をりめぐら》して、裏面《うち》には玄関とおぼしき処、書院めきたる茅檐《かやのき》の、樹粒《こだち》の間《ひま》に見ゆるのみ。其頭《そこら》は安定《さだか》ならねども、門辺よりして十間《けん》あまり、這方《こなた》に流るゝ細小川《いさゝをがは》を、構塹《かまへほり》に取做《とりな》して、席薦《むしろ》二枚《ふたひら》許《ばかり》なる、古石碑《ふるせきひ》の長やかなるを、そが儘《まゝ》橋にしたりしかば、渡るに中は絶ざりし、竜田の秋にあらねども、水上《みなかみ》遠く吹風に、丹楓《もみぢ》流れて濃淡《こきうす》き、波濤《なみ》のよるべの綾錦《あやにしき》、たゝまくしつゝなほ求食《あさ》る、鳥は一隻《いちは》か鶺鴒《にはなぶり》、尚乃者《まだこのごろ》や渡りけん、雲井迥《はるか》に落《おと》し来て、榎実《えのみ》群食《もりは》む椋鳥《むくどり》に、鶫《つぐみ》鵯《ひえとり》うち雑《まじ》り、噪《さわ》ぐ下枝《しづえ》に掛藁《かけわら》の、出来秋《できあき》見えて豊饒《ゆたか》なる、三飧《さんそん》毎《つね》に余りあれば、飽て匍匐《はらば》ふ門の狗、夕辰《ゆふどり》作る鶏《にはとり》と、共に雌《め》を喚ぶ鴿《いへばと》も、富《とみ》に集る本邑《このむら》の、長者《ちやうしや》なりきと猜《すい》したる。現八と大角は、前門《おもてもん》より找《す》み入りしを…

この例を風景描写と考えてよいのかどうか。前半部は、氷垣の家のありさまがどのようであったのかを説明する文章、後半部は、七五調や縁語を用いた鳥尽くしとなっている。筆者が重要だと思うのは、韻律をともなわない地の文と修辞に意を注いだ七五調の文章とが切れ目なくつながり、一つの情景を描き出していることである。また、情景描写が現八と大角の心中思惟といつのまにか連続しているところにも注目すべきである。現八と大角が「猜した」のは文中のどこからであるのか、筆者には不明である。地の文と心中思惟とのシームレスな連続は第六十一回の雛衣の描写などにもみられる文形式、内田魯庵「八犬伝談余」(岩波文庫『南総里見八犬伝十』所収)がいう「話上手な熟練」が十二分に発揮された文例と考えてよいのだろう。『八犬伝』が、「くど」さを避けるべく、多様な語り口を混在させていることを繰りかえし述べ、この小稿を終わりたい。

注

(1)『近世文学研究の新展開――俳諧と小説――』(堀切実編、ぺりかん社、二〇〇四年)所収。

(2)「江戸文学」37、ぺりかん社、二〇〇七年十月。

『南総里見八犬伝』稿本に見る挿絵画工

板坂則子

曲亭馬琴の代表作『南総里見八犬伝』（以下、『八犬伝』）の稿本は現在、四九冊の存在が知られている。具体的には、

四集　巻一、三、四　※巻一は故松浦氏蔵本（複刻日本古典文学館）。巻二、四は都立中央図書館加賀文庫蔵
八輯上帙　巻一～四下　※早稲田大学附属図書館蔵
八輯下帙　巻五　※早稲田大学附属図書館蔵
九輯上帙　巻一～六　※国立国会図書館蔵
九輯中帙　巻七、十、十二上、十二下　※早稲田大学附属図書館蔵
九輯下帙上　巻十三ノ十四、十八　※早稲田大学附属図書館蔵
九輯下帙中　巻十九、二一　※早稲田大学附属図書館蔵
九輯下帙下編甲　巻二六～二八　※早稲田大学附属図書館蔵

九輯下帙下編乙上　巻二九、三十、三一下、三二　※早稲田大学附属図書館蔵
九輯下帙下編乙中　巻三三〜三五下　※早稲田大学附属図書館蔵
九輯下帙下編上　巻三六、三九、四十　※天理大学附属図書館蔵
九輯下帙下編中　巻四一〜四三ノ四四　※早稲田大学附属図書館蔵
九輯下帙下編下　巻四六〜四八　※早稲田大学附属図書館蔵
九輯下帙下編下結局　巻五十、五一、五三上　※早稲田大学附属図書館蔵

となるが、全九八巻百六冊のほぼ半数が残っているのであるから、稀有のこととせねばなるまい。

稿本であるので、そこに見られる筆跡は戯作者馬琴のもののみである筈だが、実際には馬琴の執筆途中の失明により、滝沢家の嫁路女の手になる口述筆記が加わる。九輯下帙下編下と下帙下編下結局がそれで、九輯巻四六は、三十丁表から路女の口述筆記に変わる有名な稿本である。そして同時に、この巻四六以降、実は馬琴と路女以外の筆も見られるようになる。それは挿絵部分で、それまでの稿本挿絵部分に入っていた馬琴のにじり書きの朱筆も、それに代わった路女によるやや細かい指示も消え、この巻四六の挿絵から二人の筆跡はなくなり、代わりに挿絵部分には下絵風の挿図が貼り込まれた形になって、現存が確認される最尾の稿本の巻五三上まで続いている。達者な筆で描かれたそれらは、はじめ板本の写しかと思ったが、よく見るとそうではなく、構図がすべて微妙に刊行された板本とは異なっている。たとえば、巻五十第二図は稿本では犬田小文吾が頭上に大石を高々と持ち上げているが（図1）、板本では中央部で小文吾が大石をねじ返している場面（図2）となっており、巻五一第三図では、背景の金光寺が稿本（図3）では建物を連ねて描いているのに対して、板本（図4）では寺の位置も人物配置も変化しているという具合である。

これらの稿本に貼付された挿絵図は、誰によって、またどのような理由で入れられたのであろうか。

その答を求める前に、見ておきたい挿絵がある。実はもう一箇所、『八犬伝』稿本には、他者の筆になる挿絵が貼り込まれているのである。しかもそれは馬琴が視力を失う以前、馬琴六六歳、妻百が六九歳、そして息子宗伯（興継）は三五歳、その妻路が二七歳、その第一子の太郎が五歳、第二子つぎが三歳という、滝沢家盛りの時である天保三年に刊行された『八犬伝』八輯上帙の中に見られる。八輯巻一の挿絵第三図（板本絵師は初代柳川重信、図5）がそれである。九輯巻四六以降の稿本に貼り込まれた画図よりやや粗い筆使いながら、やはり下絵風の、板本とは細部のやや異なる構図で描かれた画図が、稿本の該当部分に貼り込まれているのである（図6）。通常の馬琴著作の稿本では、挿絵部分が失われていても、その場にこのような絵師の手になる下絵らしきものが貼り込まれていることはない。たとえば『占夢南柯後記』稿本の巻三挿絵第三図は、馬琴の朱筆注意書きの入る通常の下絵とは異なる粗い筆致で、板本挿絵に構図が多少異なるものの大雑把な略画が描かれている。これはまったく馬琴から画工への注文が見られないところからも後から書き込まれたと思われるが、それとても馬琴の筆で描かれており、他にこのような絵師による下絵の入る稿本を、馬琴読本では管見の限り、『八犬伝』以外に知らない。なぜ八輯のこの箇所に、馬琴筆の画稿ではなく、画師の描いた下絵が貼り込まれているのであろうか。

ところで、その『八犬伝』八輯上帙（四巻五冊）であるが、さいわい、この稿本の執筆は天保二年、三年の日記が現存していることから、細かく作成の過程を辿ることができる。すなわち、稿本等から見ると八輯巻一執筆が天保二年の十一月十四日から十一月二四日まで、巻二が十二月二四日に稿了、巻三は翌天保三年正月二八日に稿了、巻四は二月八日に書き終えているのであるが、以下、八輯上帙の執筆を巻一とその挿絵部分の扱いを中心に日記[1]から追うことで、戯作者馬琴の読本執筆の過程を見てみたい。

まず天保二年十一月十四日の条に、

一予、今日ゟ、八犬伝八輯稿之はじむ。朝之内、しらべ物いたし書抜キ、夫ゟ稿本ニ取かゝり、わづかに初丁

壱丁、稿之。（以下略）

とあり、この日から八集は起稿された。当然のことながら、執筆は特別な事情がない限りは戯作者馬琴の毎日の仕事であり、巻一もたとえば十七日には本文七丁半までが書き記され、ここで二丁目からそのままになっていた付け仮名が振られている。翌十八日には本文部分に入る挿絵一面が、画図の構想は未稿ながら付け仮名のみが入れられ、本文部分の執筆が更に続いていく。天保二年十一月二十日に、

一八犬伝八輯壱の巻さし画稿三丁。今朝ゟ取かゝり、今夕四時稿畢。（以下略）

とあり、この日に巻一の三図の挿絵部分が馬琴の手によって稿本に注文書きと共に書き込まれていることが分かる。しかしこの作業はこれだけでは終わらなかったようで、二二日にも、

一八犬伝八輯、壱の巻の内、本文二丁、稿之。尤、書おろしのミ也。夜ニ入、同書一の巻追画一丁、稿之。

（以下略）

とある。翌二三日には本文二十二丁が残らず出来上がり、二四日に「壱の巻、本文廿二丁、今夕四時稿畢。つけがな皆出来」と巻一が仕上がり、翌二五日には壱の巻の本文の読み返しが行われて巻一本文部分の作成は終わる。そして二六日に、

一薄暮比、丁字や平兵衛来ル。（中略）八犬伝壱の巻稿本・同さし画稿四丁渡し遣ス。

この日、馬琴は巻二の執筆に、少しではあるが、取り掛かっている。巻一の稿本は丁字屋の手で早速、翌二七日に筆工の仲川金兵衛の元に送られた。

このように『八犬伝』八輯巻一の執筆は順調に進んでいるのであるが、さし画稿を板元丁字屋に渡してから三日後の二九日に、画工の重信が滝沢家を訪れているのである。

一画工柳川重信来ル。八犬伝八輯さし画の事ニ付、過日呼ニ遣し候趣、予、他行中ニ付、近日又可参よし申

置、帰去といふ。

重信が滝沢家を再訪したのは、翌月の十二月二日のことだった。

一昼前、画工柳川重信来ル。予、対面。八犬伝八輯一の巻さし画二丁出来、持参。則、請取おく。同書さし画の三注文申聞、右示談畢て、帰去。

四日の記事には、

一昼前、清右衛門来ル。仲川金兵衛方へ八犬伝八輯壱の巻さし画二丁并ニ手簡さし添、遣之。（以下略）

一薄暮、仲川金兵衛来ル。此間ゟ眼病にて、八犬伝筆工いまだ取かゝらず、追々快方ニ付、近々とりかゝり可申旨、申之。過刻のさし画二丁かき入いたし、持参。右さし画は、追て筆工出来の節、はり入、さし越候様、おミちを以、わたし遣ス。右画稿二丁は此方へとりおく。

そして七日に又、画工重信が滝沢家を訪れている。

一昼後、画工柳川重信来ル。予、体面。八犬伝八輯壱・弐の巻の内、さし画弐丁出来、見せらる。丁字や江持参のよしニ付、稿本差置、見本はわたし遣ス。（以下略）

この巻一は暮れも押し迫った十二月二九日に、仲川金兵衛が残りの後半十二丁の筆工を仕上げ、挿絵も二丁つけて馬琴の元に持参している。この時に馬琴は前半十丁の校合を渡しているらしく、翌日の大晦日に金兵衛は直しを入れて持参し、馬琴は昨日渡された十二丁を校訂し、巻一全二十二丁を一綴じにして金兵衛に渡して板元の丁字屋に持たせている。天保二年はこうして終わった。

翌天保三年の『八犬伝』八輯刊行までを、巻一の画稿を中心に追うと、正月十六日に、

一昼後、画工柳川来ル。予、対面。とし玉二種持参。八犬伝八輯、二の巻さし画遣り二丁出来、見せらる。板元丁字や江罷越候よしニ付、今朝、仲川氏持参の写本も一処ニわたし遣し、板元ゟ筆工へ遣し、はり入出来候

ハヾ、今一度見せ候様、板元へ伝言たのミ遣ス。
一暮六時過、丁字や平兵衛ゟ、先刻の八犬伝八輯二の巻写本さし画、書入出来、筆工はり入候ニ付、見せらる。即刻一覧之上、右写本使へわたし遣ス。（以下略）

八集四巻五冊の執筆は快調に進み、巻四下の本文作成に次いで二月八日には「おく目録見わたし壱丁」に取り掛かり、翌十日には巻一の「口絵三丁并像賛詩歌」を稿し、翌日に再考の上で板元に渡している。この日、丁字屋平兵衛からの使は三の巻挿絵に筆工が入れた書き入れを確認の為に持参しており、馬琴は一覧している。ところでこの時に、

但、柳川画三の巻さし画の弐、すはの湖辺馬上旅人きせるを持居候きせるハ、今めかしく不宜ニ付、其段申遣し、直させ可申候処、とり紛レ不及、追て申遣し、直させ可申候事。

と、挿絵の不備を直させる必要があったのを伝え忘れた旨が記されている。この伝達は翌日に丁字屋への手紙で、「きせる」を「扇」に変えるように伝えられている。ちなみに稿本当該部分では馬琴の挿絵画稿は馬上の人物に何も持たせておらず、板本では僅かに扇を持っている。けれども本来は煙管を持っていた手にそのままの形で扇を持たせているので、やや間が抜けた図柄であることは否めないようである。

『八犬伝』八輯上帙の執筆は更に進み、二月十四日から十六日にかけて「自序」を稿して十七日には上帙稿本のすべてが丁字屋に亘った。同日、重信も滝沢家を訪れている。

一右已前、四時過、画工柳川重信来ル。八犬伝八輯四の下さし画の壱、一枚出来、見せらる。是ゟ、板元丁字や江罷越候よしニ付、右さし画直ニわたし遣ス。（以下略）

二月二三、二四日には八輯上帙の「表紙画稿」と「袋画稿」を書き、翌二五日からは下帙の執筆が始まっている。下帙の執筆と並行して上帙の校合作業が行われ、特に自序は何度も手が入れられた。上帙の校合は三月九日に

巻一から三までが、息子宗伯の検改も通って終わり、十一日には画工重信が巻四下の残りの挿絵と袋画を持って来ており、馬琴は一覧後、そのまま丁字屋に持たせ、筆工に廻させている。上帙の作業がすべて終わり、書林行事の改めを受けるために稿本五冊が袋に入れて丁字屋の使いに渡されたのは三月十五日のことであった。この八輯上帙の彫刻が出来、校合刷りが四月六日に馬琴に見せられ、板本の校合が始まる。三番校合まで終わり、丁字屋に巻二、三の刷り込み許可が出たのが五月七日、巻一や巻四上は四番校合まで行っている。上帙五冊の校合が完了したのは五月十日のことである。そして五月二十日、『八犬伝』八輯上帙が販売された。

このように、馬琴の読本執筆は、本文部分の執筆が、間に挿絵の画考も含みながら進むものの、挿絵の画稿は苦手のようで、ともすれば本文よりも遅れ勝ちである。それでも巻を越えて仕事が残ることはなく、それぞれの巻が順当に仕上がり、それに連れて一巻毎に稿本が板元に渡されていく。売出のすべての巻の本文作成が終了した後で、首巻に残されていた奥目録や口絵、序文が考案され、さらに表紙や袋画稿が考えられ、それに看板原稿も時に作り、それらが出来上がり次第に順次、板元に渡されている。つまり、一度書き上げた稿本はすべての巻が書き終わるまで手元に置かれることはなく、本文作成が終わり次第に板元の手に渡されており、その後で更に再考を加えて手直しを入れることは極力、避けられているのである。その後、時を置かずに文章部分は筆工の手で書き込まれて、即刻、馬琴の校閲を受ける。挿絵部分を見ると、馬琴による下絵と注文書きの入る画稿が、板元から画工に亘り、その指示に従って画工が仕上げた挿絵は馬琴に見せられるが、それも時をほとんど置かず多くは一覧の上で筆工の手に渡って文字部分が書き込まれ、さらに馬琴に戻されて筆工の手になる文章部分と共に綴じられて板元に収められ、彫りが始まる。なおこれらの作業の時、既に馬琴は新たな著作の執筆に掛かっていることが多く、常にすばやい対応がなされている。[2] つまり、画工は馬琴の稿本に見られる画稿の構図や注文書きから直接、挿絵を仕上げているのであり、通常は馬琴の目を通しはするもののその挿絵は即刻、筆工の元に送られており、下絵が描かれた形跡は見られない。また画工自身ができあがった挿絵を持参することも少なく、馬琴の元に足繁く通うのは板元の使いや筆工であり、挿絵も彼らが持参することが多い。とはいうものの柳川重信は馬琴と親しかったようで、他の絵師よりもはるかに頻繁に滝沢家の敷居を跨いではいる。けれども、通常、絵師は自ら挿絵を持参する必要はない…。諏訪の馬上人物の扇のように部分訂正の必要箇所すらも、版元を通じて伝えられることが多いようである。日記を見ていると、どうやら絵師自身が挿絵や口絵製作のために馬琴の元に足を運んでいるのは、それなりの理由、つまりは馬琴からの挿絵全体に関わる特別な注文や注意を受けての時が多いように思われるのである。

たとえば八集巻一の挿絵執筆時の重信の来訪はなぜだったのかを探ると、巻一に収まる板本挿絵は計三面ある。しかし稿本では、挿絵は四丁分が考案されているのである。そして画工重信が馬琴の呼び出しによって滝沢家を訪なっているのであるが、挿絵三の注文を聞いて帰っている。その時に重信は三番目の挿絵は持参せずに二丁の挿絵を持参しており、後日、一、二の巻の挿絵二丁を持参している。おそらく、馬琴の口頭の注文時に、巻一の四丁分の挿絵が三丁に変わったのであろう。となると、稿本に貼り込まれた下図は、馬琴の新しい注文を受けて重信から示された案であったことも推測されよう。おそらく滝沢家訪問時に、重信は下絵を描いて馬琴の案に応えたのではないだろうか。『八犬伝』執筆の中で画師の描く下絵という特異なものが貼り込まれたのは、このような事情を反映していたと思われる。裏返せば、何か特別な事情がない限り、画師による下絵は描かれないものと見て良いのではないだろうか。

ところで、はじめに書いたように、『八犬伝』九輯巻四六以降の稿本には、絵師の手になると見られる達意の下絵風の挿絵が貼り込まれている。これは誰の手によって何のために描かれたのだろう…。九輯下下下（巻四六～四九）と結局（巻五十～五三下）までの出像画工は、板本には柳川重信（二代）と溪斎英泉の名前が並記されている。しかし、この巻四六以降の現存稿本七冊には、すべて「画工　柳川重信」とあるだけで、英泉の名は入れられていない。この前後の馬琴の書翰から関連記事を捜すと、天保十二年十月一日付けの書翰に、「さし絵ハ柳川重信家内病難ニ付、出来兼候間、英泉に絵かせ、末壱丁小子肖像有所ハ国貞ニ画かせ、右さし絵板下は昨今不残出来、追〱彫立候事ニ御座候」（小津桂窓宛　路女代筆　馬琴書翰）(3)、と、重信の家内病気のために英泉に描かせた旨が述べられている。板本を見ると、巻五十から五三下までの挿絵中、八図に「溪斎」または「英泉」の署名が入っている。それらの挿絵は巻五十第三図に始まり、巻五一の全三図、巻五二の第二図、巻五三上の全二図、巻五三下の第二図と固まって位置しているのだが、その中にあって英泉以外の手になるものも三図ある。巻五二第一図「義成延命寺の書院に牡丹を観る」と巻五三下第一図「里見十世十将綉像」は、前者が八犬士と義成と丶大、後者が里見家の十代を描いており、柳川重信の手になると思われる。共に物語中の重要人物を描く図としてあらかじめ描かれていたのであろう。また残る巻五三下の第三図は翰中にある国貞描く馬琴像の載る「頭陀二たび著作堂に来訪す」である。ところで稿本には残念ながらこの国貞描く馬琴像の収まる巻五三下はいまだ発見されていないが、残された稿本の挿絵部分に見える下絵風画図は、この英泉担当画と重信担当画では微妙に筆致が異なっている。描線から絵師を特定する技量は稿者にはないが、おそらく稿本に貼り込まれた下絵風の挿絵は、二代重信と英泉、それぞれの画工自身の手になるものであろう。

なぜ、このような絵師による下絵風の挿絵がこれらの箇所で稿本に貼り込まれたのであろうか。馬琴の書翰を探ることで、手がかりを求めてみよう。絵師柳川重信の挿絵について、馬琴は次のように書いている。「さし画は自筆に出来兼候間、其方針を画き分を委しく印させ、画工江渡候所、柳川重信は、画は上手に候得共、画才なく、気のきかぬ男に候間、心得違致、本文にたかい候口絵・さし画抔多有之由に御座候。小子には、写本・摺本ともさらに見へあかず候得共、家内之者に見せ候て、其趣を聞候得は、口絵の次磨、四十四の巻毛野の立姿など、如何心得候て画き候哉、実にわらふべきゑがきさまに御座候。右の御心得にて可成御覧候。此外、作者の意にあわぬ事枚挙に違あらす候。」（天保十二年一月二十八日付　殿村篠斎宛、路女代筆　前文馬琴自筆書翰[4]）、「扨、此五冊は旧冬十月迄ニ自筆ニて綴終候所、画稿は何分出来かね候間、唯其かた斗ヲ印、訳書キ委鋪致し、画工ニしめし候て画か丶せ候処、柳川重信は画は上手ニ候得共、露斗も画才無、気ノきかぬ人に候間、口絵ゟ中ノさし画まで作者の注文ニ違、本文ト齟齬致候事多有之候由、小子には見へわかす候得共、家内之者ニ見せ候て聞候得バ其絵ニて本文を失候事多く御座候。口絵の次磨、四十四ノ巻の毛野が立姿抔ハ埒も無事の由、女わらべ之見候ても笑候事に御座候」（天保十二年一月二十八日付　小津桂窓宛、路女代筆　馬琴書翰[5]）、と、長く引いたが、二人の盟友宛の書翰に巻四一の次磨、巻四三之四四の毛野を例に挙げて重信への不満が述べられている。

次磨図の載る巻四一は、板本では口絵が六丁裏・七丁表裏・八丁表裏・八ノ下丁表と計六図が載り、次磨図はその最終第六図に当たる。そして八ノ下丁裏には「里見八犬伝。一百八十一回。以多歳苦楽将尽稿。因而自賛曰。知吾者。其唯八犬伝歟。不知吾者。其唯八犬伝歟。伝伝可知可知。伝可痴可知。（上伝以下十一言読以音）敗鼓亦蔵革以儆良医。　辛丑孟春　七十五翁蓑笠又戯識」という著名な馬琴の物語終結宣言に向けての「自賛」が載る。稿本では目録の後に「此所口絵」とのみ路女の手で書かれた半丁（見開きでは右頁）が入り、その後の半丁（見開きでは同左頁）に画稿と筆工へのやはり路女による「口状」が墨書されているが、画稿へは作者馬琴が老眼の為に画ができないので、わけ書きを委しく書いておくのでそれを読んで注文の如く書いて欲しい旨が記されており、続いて口絵五面の画稿が上部に委しい注文書付きで入っている。けれども次磨の入る口絵最終第六図と次の「自賛」部分は稿本には見られない。ところで板本巻四一の最終丁は柱刻の丁部分を「卅四ノ五」としているのだが、この措置が、次磨口絵と「自賛」の「八ノ下」丁が入ることから、全体の丁数を一丁増やす必要のために行われたことは自明である。となると、稿本でこの次磨口絵の丁が抜けているのは、保存時の不注意で失われたものではなく、作成当初から無かったと推測されよう。また稿本の巻四一表紙には「稿本六行七拾八丁／版下写本三拾五丁」とあることから、この次麿口絵と「自賛」部分が稿本作成終了時には既に構想に入れられていたであろうことも推し量られる。おそらくは巻四一本文執筆終了時に、「自賛」を入れるが為にこの口絵第六図が後から思い付かれたのであろう。板本に見る次麿像は稚児姿で描かれ、馬琴の書翰が伝えるとおりに、愚君とはいえ里見家四世の国主のりりしさを欠いている。けれども、次麿の姿が笑うべきものであるのは、他の口絵のように馬琴の入念なわけ書きが付けられなかった故と思えるのであり、二世重信の所為とばかりは言い切れまい。そして馬琴は、自ら明確な指示を与えることのなかった挿絵は、このようなていたらくを見せる…ということを、身に染みて知ったのではないだろうか。

もう一箇所の巻四三之四四の挿絵第三図に見る毛野は、稿本では「けのよろひひたゝれ軍扇をもつ」と路の朱筆が入れられ、板本ではこの注文は守られているものの、舳先に立ち上がる姿が小さく、犬士としての迫力に欠けており、馬琴の歎き尤もなのである。馬琴が下下下編を書く前に二代重信に失望していたのは間違いない。

このような事情の下、視力を失った馬琴は、挿絵についての自らの指示を伝えた後で、まず画工に下絵を描かせ、その下絵を元に更に細かいだめ出しをして、その上で最終的な挿絵を作成させるという方法を考えたのではないだろうか。もちろん、画師の描いた下絵を前に座した戯作者馬琴に、その橋渡しをして画面を委しく口頭で伝えたのは路女であろう。彼女の説明を聞き、我が意の通らぬ所は訂正を求め、板本の挿絵は仕上げられたのだと想像しておく。大作『八犬伝』の終結部の作業は、画工にとっても、さぞかし気の詰まる仕事だったのではないだろうか。

注

（1）以下、日記は『馬琴日記　第二巻、第三巻』（中央公論社、一九七三年刊）による

（2）なお、これらの執筆手順は、『八犬伝』八輯のみのものではなく、広く馬琴読本執筆に共通して見られるものである。

（3）『天理図書館善本叢書　馬琴書簡集　翻刻篇』（八木書店、一九八〇年刊）、五六〇頁。

（4）小林花子校「曲亭馬琴書翰」（『国立国会図書館支部　上野図書館紀要　第四冊』一九六〇年三月）、五七頁。

（5）同注3、五四一頁。

付記

稿者はかつて「『南総里見八犬伝』稿本挿絵雑感」（『早稲田大学蔵　資料影印叢書　月報18』早稲田大学出版部、一九八八・九）で、稿本巻四六以下の挿絵を英泉の協力によるものではないかとした。本稿を以て訂正としたい。

図版掲載をご許可いただきました早稲田大学付属図書館、および向井純一氏に深く感謝申し上げます。

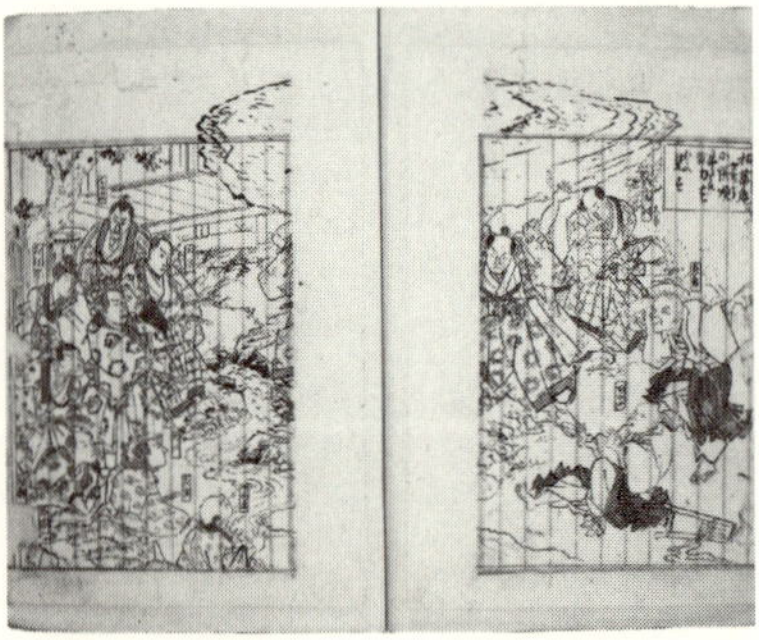

図１　九輯巻五十、挿絵第二図（稿本）

図２　九輯巻五十、挿絵第二図（板本）

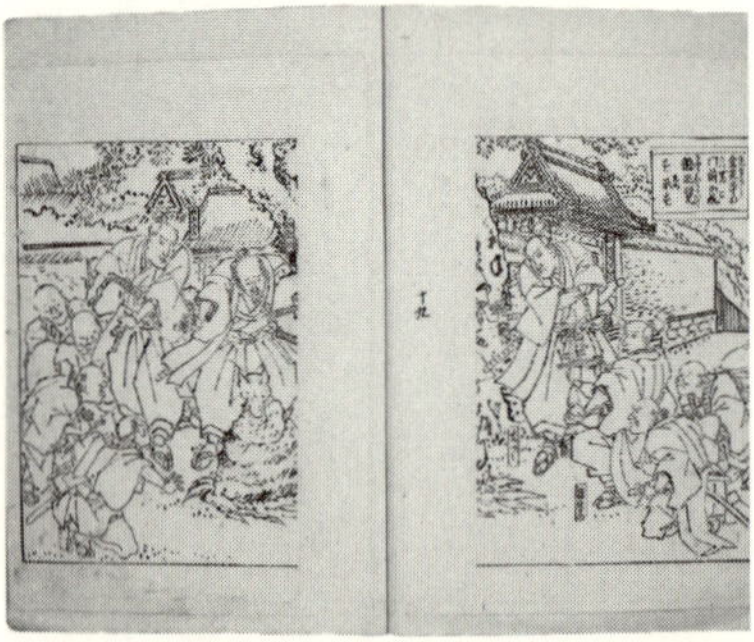

図３　九輯巻五一、挿絵第三図（稿本）

図４　九輯巻五一、挿絵第三図（板本）

図５　八輯巻一、挿絵第三図（板本）

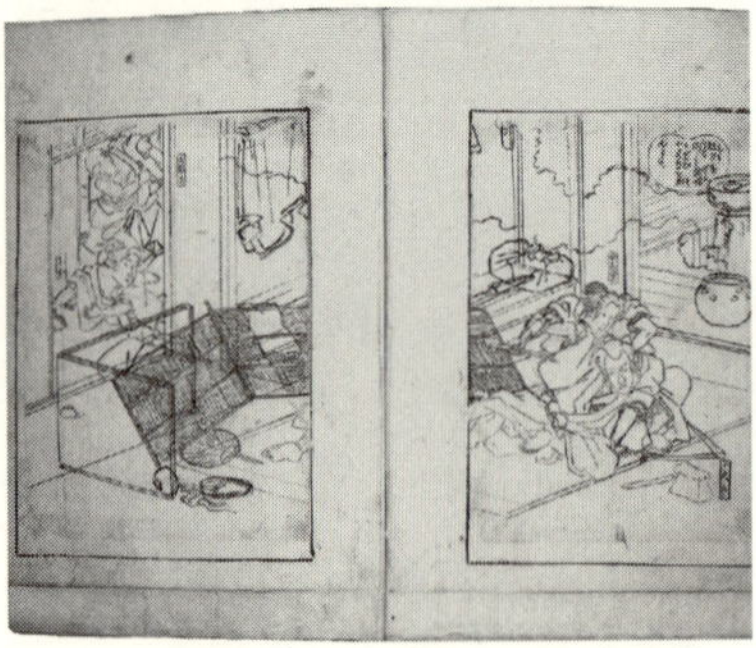

図６　八輯巻一、挿絵第三図（稿本）

※稿本はすべて早稲田大学付属図書館所蔵
※板本はすべて向井純一氏蔵本

八犬伝の後裔

髙木　元

八犬伝は江戸読本を代表するテキストであると同時に、その豊穣な伝奇世界の魅力ゆえ少なからざる研究史が形成されてきた。しかし、その大半は基本的に本文執筆時に遡る典拠論や構想論が主流であった。板本の書誌調査研究や挿絵の解読、当時の流行を裏付ける歌舞伎化や錦絵、さらには抄録本に就いての紹介もなされてきたが、それらも近世期止まりで、明治期以降にまで目配りをした研究は甚だ少ない。管見の及んだものでは、青木稔弥「『八犬伝』と近代」（『讀本研究』第七輯上套）、同「馬琴の読まれる時」（『江戸文学』九）や、柴田光彦「桜井鴎村の八犬伝校略」（『讀本研究』第七輯上套）が備わっているくらいである。

斯様に八犬伝の受容史に関する研究が乏しい中にあって、とりわけ印象深かったのは内田保廣「いまどきの八犬士」（『讀本研究』第六輯上套）である。コミケと呼ばれる同人（個人）漫画誌交換販売会で流通している〈八犬伝もの〉マンガを紹介しつつ、これらの作者たちが〈原話〉の現代語訳やコミックなどを通じた二次三次受容をしていること、映画やアニメなど映像とテキストが同様に扱われていること、玉梓と伏姫の対立構造が用いられたものが多いことなどを分析し、ポストモダンの呪縛から解放された双方向メディアとしての同人マンガ誌について論じ、逍遙が「仁義八行の化け物」とした犬士の形象なども、彼等は〈立ったキャラ〉として自在に把握していることなどを指摘している。

そこで、本稿では内田氏の提起した受容論の驥尾について、現代に至るまでの八犬伝の受容史を展望してみたい。

八犬伝の受容史を検討するにあたって不可欠な基礎作業として、〈八犬伝もの〉の定義と分類を試みなければならない。まず、『南総里見八犬伝』の早印板本を〈原本《オリジナル》〉とする。江戸読本の持つ顕著な特徴であるが、八犬伝の場合も板本自体に装飾的な美しい意匠が凝らされている。口絵挿絵のみならず見返や飾枠の意匠に就いても、馬琴自身が稿本で下書きを示して指定しているが、その指定が反映されるのは早印の段階だけである。さらに、未だ証拠は見出せていないが、製本過程を異にする表紙の意匠に関しても、初板早印に限っては馬琴が関与していたものと想像できる。

一方、二十八年間もの長きに渉った八犬伝の完結までに、何度も後印本が摺られていた。のみならず完結後も明治三十年過ぎまでは確実に後印本が出されていたのである。結果的に後印本には幾つかの異なる摺本《エディション》が存在する。後印本には、その改訂が馬琴自身の手に拠ってなされたものと、後年になって馬琴の与り知らないところで板元に拠っなされた改竄とがあり、この点は明確に区別する必要がある(1)。

ところで、明治期の八犬伝板本について、小池藤五郎「解説」(旧版岩波文庫『南総里見八犬伝』第三巻、一九三七年)には次のように記されている。

『八犬傳』の版本は明治になつて和泉屋吉兵衞・兎屋等の手に移り、遂に博文舘の所有となつて現存する。版木の所有者がその時々に刷出したので、名山閣版・稗史出版社版・博文舘版その他の後刷本が遺されてある。これらの後刷本の多くは、冊數を變じ、口繪を缺き、原本の體裁は見る由もない。原版木使用の最後は、明治三十年に刷出した博文舘版の三十七冊本である。

東京名山閣（和泉屋吉兵衞）版は一部分のみ確認しているが、刊行年代や冊数などの全体像は未詳。また、稗史出版社版は板本ではなく活字翻刻本である。一方、明治三十年博文舘版とは、全九輯五十三巻　半紙本三十七冊、表紙は小豆色地絹目に唐草模様、外題「南總里見八犬傳　一（〜三十七）」、見返「曲亭馬琴著作／南總里見八犬傳／東京　博文舘藏版」（赤色地墨摺）、刊記「明治三十年七月二十八日翻刻印刷／明治三十年七月三十一日發行／發行兼／印刷者　日本橋區本町三丁目八番地　大橋新太郎／發兌書林　東京市日本橋區本町三丁目　博文舘」という刊記を持つもので、木箱（高さ四十七糎×幅十八糎×奥行二十六糎）に収められている。なお「博文舘出版圖書目録」（創業二十週年記念發兌「太陽增刊」、明治四十年六月十五日、博文舘）に、「曲亭馬琴翁著（本箱入）全五十冊（大判三〇五一枚）／［和裝並製］南總里見八犬傳　正價九円五拾錢／小包料六拾四錢」と見えているのは、冊数は異なるが同様の板本であろうか。実物は未見であるが、もし明治四十年に出ていたとすれば、原板木を用いて摺られた最も新しい板本ということになろう。

このような板本諸本の流布相を踏まえた上で、オリジナルの早印板本テキストに対して如何なる変容が施されているかという観点から、以下のように分類をしてみた。

A　翻刻《リプリント》……整版以外のメディア（主として活版）として作成された全文テキスト。

B　抄録《ダイジェスト》……梗概を記したテキスト。
C　改作《リメイク》……八犬伝を踏まえて新たに創出されたテキスト。
D　外伝化《スピンオフ》……八犬伝の登場人物を別の世界（物語）に嵌込んだテキスト。
E　戯曲化……歌舞伎・浄瑠璃・映画・ドラマなど芸能化されたテキスト。
F　図像化《ビジュアル》……文字テキストを主としない視覚化された画像テキスト。
G　蘊蓄《トリビア》……八犬伝に纏わる蘊蓄を記述したテキスト。
H　翻訳……八犬伝を異言語化して記述されたテキスト。
I　研究……八犬伝を研究批評の対象として論じたテキスト。

例えば、〈B　抄録〉は、草双紙・切附本・絵本・活版本・児童書・マンガなど種々のジャンルに渉って存在しているので、整理する上ではジャンル分けも不可欠である。

そこで、本稿では手許の資料を中心として、原本以降に作成された〈八犬伝もの〉を整理分類して、その広範な受容の様相を俯瞰してみたい。[2]

A　翻刻《リプリント》

八犬伝の翻刻本は明治十五年頃から活版和装本で出版され始めるが、東京稗史出版社版（明治十五年十一月～十八年三月）は半紙本仕立（和紙袋綴）の全編にわたる翻刻である。各輯巻頭の口絵だけを薄墨板まで覆刻するも原板木を使用したものではない。第九輯三十二巻の巻末広告に「畫圖原本飜刻」とあるが、原本を摸して新たに作成された版を用いたもので、別の画工に拠って描き直された挿絵ではないという意味のようだ。黄土色表紙の半紙本で全四十二冊、挿絵の大部分は省かれている。第三輯までが明治十五年十一月、第七輯までが明治十六年三月、第九輯巻十八までが明治十六年十一月、同巻三十二までが明治十七年四月、同巻五十三までが明治十八年三月に出されている。[3]

その後も明治二十年以前に四種ほどの和装活字本が出版されていたことが確認できる。ところが、明治二十年を過ぎると洋装の活字本が出てきた。とりわけ明治二十六年に博文館が出した帝國文庫『南総里見八犬傳』を見るに、手許の本の刊記は「（上巻）明治二十六年六月十三日印刷／明治二十六年六月十六日發行～明治四十五年六月十五日卅二版發行　定價金七拾五錢、（中巻）明治二十六年六月廿七日印刷／明治二十六年六月三十日發行～明治四十四年十一月廿六日廿六版發行　定價金七拾五錢、（下巻）明治二十六年七月十五日印刷／明治二十六年七月十八日發行～明治四十四年十一月十四日廿三版發行　定價金七拾五錢」とあり、明治四十年過ぎに至るまで多くの摺りを重ねていることが確認できる。これ以外にも、袖珍文庫をはじめとした叢書や全集類にも八犬伝は必ずといって良いほど入れられているのである。

今ここで全ての翻刻本を網羅的に論う余裕はないが、『国立国会図書館所蔵明治期刊行図書目録』第四巻「語学・文学の部」（一九七三年）や青木稔弥「曲亭馬琴テキスト目録―明治編」（『読本研究文献目録』、溪水社、一九九三年）に就けば、より具体的な様相が明らかになる。

分類には悩ましいが、原文を抜粋した『馬琴妙文集』（四六判、文學同志會、明治三十一年四月）や、桑田春風編『曲亭馬琴文粋』（南總里見八犬傳の巻、新書判、岡村書店、明治四十五年二月。内題「南總里見八犬傳鈔」）など、所謂〈妙文名文集〉の類が少なからず出ており、[4]此等にも八犬伝の一部分が翻刻されている。

さて、翻刻本の最新刊は新潮社版『南総里見八犬伝』（新潮日本古典集成別巻、全十二巻、二〇〇三～四年）である。これと岩波書店版『南総里見八犬伝』（全十巻、一九八四～五年）とを比較するに、単に大きな活字を用いてゆったりと組んだだけではなく、まま誤植が目に付く岩波版に比して新潮版は格段に精確な本文を提供してくれている。その上、岩波版の難点であった口絵挿絵の図版も鮮明に印刷されており、岩波版では省かれていた刊記や広告もほぼ翻刻してあり、現時点での最善の活字テキストではあるが、残念なことに表紙や見返などの図版を欠いており、文字通り画龍点睛を欠くこととなってしまった。なお、目下八犬伝の完璧な翻刻と全注釈とが共同作業として進行中である。

B　抄録《ダイジェスト》

おそらく八犬伝の後裔としては抄録本が一番多いと思われる。近世期に於いても、草双紙化された『仮名読八犬伝』や『犬の双紙』をはじめとして、原文を切り貼りした鈍亭魯文『英名八犬士』(5)（全八冊、袋入本〈切附本〉、安政三～五年）などが存する。

とりわけ十九世紀末に流行した講談化されたテキストが目に付く。例えば、西尾魯山口演・井上士青速記のシリーズ「講談里見八犬傳の一（～十）」（菊判、岡本偉業舘、明治三十六年一月～三十七年一月）は、発端と結末以外は八犬士の銘々伝として再構成された所謂速記本で、各冊巻頭に一図の色刷折込口絵を備え、十五席ほどに区切られている。各冊のタイトルは、一『里見伏姫』、二『犬塚信乃』（未見）、三『犬川荘助』、四『犬飼現八』、五『犬田小文吾』、六『犬坂毛野』、七『犬山道節』（未見）、八『犬村大角』、九『犬江親兵衛』、十『八犬士勢揃』。板元の岡本偉業館は大阪の本屋で同種の速記本を多く出している。なお架蔵本には「相州三浦郡南下浦　渡邊」という貸本屋印が捺されており、この手の講談速記本が貸本屋を通じて広く流布していたことが分かる。

講談本に関しては、吉沢英明氏の労作である『講談明治期速記本集覧』（眠牛舎、一九五五年）以下、『同　第二輯』（眠牛舎、二〇〇〇年）、『續講談明治期速記本集覧』（眠牛舎、二〇〇四年）などから『講談作品事典』全三冊

（眠牛舎、二〇〇八年）に至る一連の基礎研究の成果に就けば、単行本のみならず新聞連載や新聞附録などにも夥しい〈八犬伝もの〉を見出すことができる。

手許には戦後に出された、宝井馬琴演『里見八犬伝』（長編講談、B6判、冨士屋書店、一九四八年）や、少年痛快講談編集部『里見八犬傳』（少年痛快講談全集9、B6判、太陽少年社、一九五四年）、『里見八犬伝』（少年講談全集10、B6判、大日本雄弁会講談社、一九五七年）などがあるが、どうやらテレビが普及する一九六〇年代になると講談本の出版数が激減するようである。

八犬伝の主人公が少年であることと相俟って、所謂〈児童書〉として現代語訳ダイジェストの出版が目に付く。古くは、藤川淡水『お伽八犬傳』（四六判、大正堂書店、一九一一年〈一九一二年の以文館版存〉）や、上田杏村訳『八犬傳物語』（日本兒童文庫、四六判、アルス、一九三〇年、非売品）、山本徳行『少年八犬傳』（春陽堂少年文庫39、春陽堂書店、一九三二年）、三島霜川『少年里見八犬伝』（四六判、金の星社、一九三五年）などがある。

児童書は戦後になってからも出版が続き、北村謙太郎『八犬伝ものがたり』（児童名作全集、A5判、偕成社、一九五七年）、円城寺健『里見八犬伝』（少年少女世界名作集40、B6判、鶴書房、刊年未詳）、尾崎士郎『八犬伝』（少年少女世界名作全集31、四六判函入、講談社。一九六二年）、高藤武馬『里見八犬伝』（私たちの日本古典文学選、A5判、岩崎書店、一九六五年）、村松定孝著・坂本玄画『里見八犬伝』（小学生の日本文学全集10、A5判函入、學燈社、一九七〇年代）、福田清人編著・中込漢画『南総里見八犬伝』（ジュニア版・日本の古典文学、四六判、偕成社、一九七三年）、加藤武雄『里見八犬伝』（少年少女世界の名作28、B6判、偕成社、一九七三年改訂版）、『南総里見八犬伝・伊能忠敬・東海道膝栗毛・他』（少年少女世界の名作47日本編3、B5判、小学館、一九七四年）は村上元三訳。福田清人訳・百鬼丸絵『八犬伝』（青い鳥文庫、新書判、講談社、一九九〇年）は、『同』（ジュニア版・日本の古典文学、偕成社、一九七三年）をリライトしたもの。しかたしん『里見八犬伝』（日本の名作、新書判、ポプラ社、一九九二〜四年）の挿絵は村井香葉、かなり自由なダイジェスト。栗本薫編訳・佐伯俊男絵『里見八犬伝』（少年少女古典文学館22、A5判、講談社、一九九三年）は古那屋までのダイジェストで、その後は粗筋。高田衛「解説」、高木元「頭注」を付す。この他にも多数が出版されてきている。

マンガ化されたダイジェスト版も児童書の範疇に入れて良いのかもしれない。石山透『新八犬伝』全九巻（ひかりのくに古典名作マンガ、ひかりのくに、一九七三〜四年）は、五巻以下未見であるが比較的早いものか。辻真先構成・居村真二画『南総里見八犬伝』（コミグラフィック日本の古典17、変形B5判、暁教育図書、一九八八年）は一部カラーで原本の挿絵をまじえた解説付きダイジェスト。徳田武監修・宮添育男画『マンガ南総里見八犬伝』全三巻（マンガ日本の古典、B6判、河出書房新社、一九九一〜二年）も、古典文学に関する啓蒙を意図した企画である。

一方、碧也ぴんく『八犬伝』全十五巻（ニュータイプ100％コミックス、B5変形判、角川書店、一九九一〜二〇〇二年、初出は〈「月刊ニュータイプ」一九九〇年四月増刊 GENNKI 春号〉〜「月刊ミステリーDX」〈二〇〇二年七月〉）は、[6]コミケなどの八犬伝もの流行と軌を一にしたものである。後に文庫本化し、『八犬伝』全八巻（ホーム社漫画文庫、ホーム社、二〇〇四〜五年）となるが、八巻目に文庫版描き下ろし「番外編 親兵衛京ものがたり」（四〇頁）と「八犬伝文庫あとがき」（二頁）とを新たに収録。

特に児童書と銘打ってないものもある。岩波文庫の新版が出るまで板本の口絵挿絵を見るために、そして変体仮名が読めるようになるために重宝されていた全巻の縮写影印本として『南總里見八犬傳』（日本名著全集江戸文藝の部16〜18、B6判、日本名著全集刊行會、一九二七年）がある。この各冊冒頭に載せられた内田魯庵「八犬傳物語」は三二六頁に及ぶ全編の梗概で、併載されていた物語年表と共に要領を得たものであった。

戦後、一番版を重ねていると思われるのは、白井喬二『南総里見八犬伝』（日本国民文学全集15 16、菊判、河出書房、一九五六年）で、回毎のダイジェスト。『同』（国民の文学16、四六判、河出書房新社、一九六四年）の語句注は池田弥三郎、年譜は麻生磯次、解説は花田清輝。『同』（カラー版現代語訳日本の古典23、菊判、河出書房新社、一九七一年）は、多田道太郎「解説」と柴田光彦編「馬琴関係年譜」と同氏解題・訳「回外剰筆」『犬夷評判記』が付されている。『同』（日本古典文庫19、河出書房新社、一九七六年）は、一九七一年版の文庫本化。柴田光彦氏の担当部分を削除している。さらに近年『現代語訳　南総里見八犬伝』（河出文庫、二〇〇四年）として出されている。

山手樹一郎『八犬伝物語』（世界名作全集50、四六判、講談社、一九六〇年）は庚申山までの自由なダイジェストで、那須辰造「解説」と玉井徳太郎の近代的な挿絵を備える。鈴木重三『弓張月・里見八犬伝』（さ・え・ら書房、一九六二年）。図版を多用した杉浦明平『南総里見八犬伝』（グラフィック版日本の古典16、世界文化社、一九八〇年）には、武藤元昭「馬琴の稿料生活」、徳田武「解説・南総里見八犬伝」他を付す。これに基づき、原本の挿絵や錦絵の写真を止めて再構成し、解説や論文は削除され新たな資料を付したのが『南総里見八犬伝』（ビジュアル版日本の古典に親しむ13、B5変形判、世界文化社、二〇〇七年）。このほか、寺尾善雄『八犬伝物語』（B6判、光風社出版、一九八三年）は、巻頭に地図と主要登場人物紹介を載せ、巻末に「『八犬伝』余話」として二十八頁余の解説を付す。藤江峰夫『南総里見八犬伝』（長編ダイジェスト5、B6判、有精堂、一九九四年）は、原本と対照できるようにエピソードに即して回数を示す、鈴木邑『南総里見八犬伝』（現代語で読む歴史文学、B6判、勉誠出版、二〇〇四年）、湯浅佳子『南総里見八犬伝 名場面集』（B6判、三弥井書店、二〇〇七年）は、巻頭に「解説」を置き、原文に通釈を付して各場面の間を粗筋で補っている。石川博『南総里見八犬伝』（ビギナーズ・クラシックス、文庫判、角川学芸出版、二〇〇七年）は、手軽な文庫本一冊に原文に訳文と原本図版を付し、理解を助けるためにコラムと解説とを載せる。

以上、主として手許の本だけを挙げてみたが、国会図書館のサイトからNDL-OPARCを使うと、まだかなり多数のダイジェスト本を拾うことができる。予想以上の点数が継続的に出版され続けているわけで、つまり、それだけの需要が継続的にあったものと考えることができる。

C 改作《リメイク》

ここで挙げる改作本とは、〈八犬伝の世界〉の枠組みを利用しながらも、原話とは別のストーリーに仕立て直されたテキストである。近世期にも既に出されていて、八犬士を八賢女に仕立て直した為永春水『貞操婦女八賢誌《ていそうおんなはっけんし》』（六輯九編、天保五～嘉永元年頃）や、八犬伝の筋を活かしつつ艶本化した慕々山人（鈍亭魯文）『佐勢美八開仕《させみはっかいし》』（三巻三冊、安政四年）、八犬士の次世代を描く後日譚である為永春水『八犬傳後日譚』（七編十四巻、嘉永六～安政四年）などが好例である。

まずは、小説ジャンルから見て行こう。山手樹一郎『新編八犬伝』（現代長篇名作全集9、四六判、大日本雄弁会講談社、一九五三年）は、『同』（新書判、講談社、一九五八年）、『同』（山手樹一郎長編時代小説全集12、文庫判、春陽堂、一九九七年?）と、何度も出されている。岡荘太郎『艶筆 里見八犬傳』（艶筆文庫2、新書判、文芸評論社、一九五六年）は、巻頭の「艶筆文庫刊行に当たつて」に、エロ本とは一線を劃し古典の大衆化をめざした愛情における道徳の文学としてのエロスを意図したシリーズだ、とある。島田一男『競艶八犬伝』（東京文芸社、一九五八年）も時代小説。後に『同』（忍法小説全集七、新書判、東都書房、一九六四年）、文庫本化時に改題され『月姫八賢伝』（徳間文庫、一九八八年）となる。山田風太郎『忍法八犬伝』（平和新書、新書一冊、徳間書店、一九六四年）は、一九六七年～一九九九年に至るまで実に七回に及ぶ版を重ねている。(7) 佐江衆一『神州魔風伝』（B6判、講談社、一九九四年。初出「デーリー東北」〈一九九二年七月二十九日～一九九三年四月二日〉は長編時代小説。後に、『神州魔風伝』（講談社文庫、一九九七年一月）と文庫化された。これらの時代小説には剣豪の愛欲を主題化するという独特の書式があって、謂わば大人の向け官能小説という風情でもある。

一方、石山透『新八犬伝』全三冊（B6判、日本放送出版会、一九七四～五年）は、NHK連続テレビドラマのノベライズ版で、挿絵は人形を制作した辻村ジュサブローが描いている。これは従来の時代小説とは一線を劃すリメイク。二〇〇七年にブッキングから復刊された。

荒川法勝『真説 南総里見八犬伝』（傑作時代小説叢書、B6判、青樹社、一九八〇年代。初出『新・南総里見八犬伝』〈「千葉日報」一九八〇年十一月三十日～一九八一年十月二十一日〉）は、連載に加筆し改題したもので、巻末に石井富士弥「解説《あんない》」を付す。鎌田敏夫『新・里見八犬伝』（カドカワノベルズ、新書判、一九八二年）は、角川映画の原作なのであるが、時代小説風読物である。ちなみに、映画のシナリオは別に出版されている。

以下、九十年代に入ると所謂ライトノベルが一世を風靡し、八犬伝改作ものが多く出されるようになる。橋本治『ハイスクール八犬伝』全八冊（トクマ・ノベルズ・ミオ、新書判、一九八七～一九九一。初出「SFアドベンチャー」〈一九八七年六月～一九九一年十月〉）は未完。大野木寛『八剣伝』全四冊（ネオファンタジー文庫、大陸書房、一九九〇～二年）はファンタジー・ライトノベル。作者は題名のもじりと八人の剣士の登場程度の関係という。[8] 久美沙織『獣蟲記』（講談社ノベルズ、新書判、一九九四～五年）二巻の題名は『双頭の蛇 獣蟲記 二』、未完。鳥海永行『聖・八犬伝』（電撃文庫、メディアワークス、一九九五～七年）には西村博之のイラスト。辻真先『迷犬ルパンと里見八犬伝』（光文社文庫、一九九六年）は、「迷犬ルパン」シリーズの一作、「文庫書下ろし／長編ユーモア・ミステリー」と標題に書き添えてある。よしむらなつき原作・伊田あやか著『小説 里見☆八犬伝』（コミックノベルズ、新書判、エニックス、二〇〇〇年）は、コミックのノベライズ版。鳴海丈『乱華八犬伝』二冊（TOKUMA NOVELS 新伝奇、新書判、二〇〇四年。初出「問題小説」〈二〇〇一年一月〜二〇〇四年十一月〉）は、初出に加筆修正を加えた上で最終章「兇女復活」を書き下ろしたもの。挿絵は八月薫。徳間文庫『同』（二〇〇七年）はトクマノベルス版を一冊にまとめた上、一部加筆修正、八月薫の挿絵は削除されている。植松三十里『里見八犬伝』（小学館文庫、二〇〇六年）は大森美香脚本によるTBSドラマ『里見八犬伝』を原案とする小説。小野裕康『少年八犬伝』（B6判、理論社、二〇〇六年）、「一九八八年版の復刊に際して大幅に加筆改稿した」とある。弘也英明『厭犬伝』（四六判、新潮社、二〇〇七年十一月）。米村圭吾『紅無威おとめ組　南総里見白珠伝』（大江戸チャーリーズエンジェル第二弾、幻冬舎　二〇〇八年五月）は時代小説、馬琴も登場する。

以下はマンガとして描かれた改作ものを見て行きたい。遠崎史朗原作、中島徳博画『アストロ球団』全二〇巻（ジャンプ・コミックス、集英社漫画文庫、初出「少年ジャンプ」〈一九七二年39〜一九七六年26〉）、『同』全五巻（B6判、太田出版、一九九九年三月〜九月）は、体のどこかにボール型のアザを持つ昭和二十九年九月九日午後九時九分九秒生まれの九人の超人たちが、打倒巨人、打倒米大リーグを掲げ、世界最強の野球チームを結成するもの。本宮ひろ志『群竜伝』全四巻（コミック判、講談社、一九七九年、初出「週刊少年マガジン」〈一九七二〜三年〉）も野球漫画。後に「本宮ひろ志傑作集」（第八〜十巻）所収、文庫版全三巻も存、さらにe-book化もされていてオンライン購読できる。灘麻太郎作・北野英明画『麻雀八犬伝』全三巻（コミック判、グリーンアロー出版社、一九八四年）は文字通り麻雀マンガであるが謎解きにもなっている。『ドラゴンボール』全四十二巻（コミック判、集英社、初出「週刊少年ジャンプ」〈一九八四年51〜一九九五年25〉）、『ドラゴンボール完全版』全三十四巻（A4判、集英社、二〇〇二〜四年）は番外編『TRUNKS THE STORY ――たった一人の戦士――』を収録する。吾妻ひでお『贋作ひでお八犬伝』（PLAY COMIC SERIES、コミック判、秋田書店、一九八五年、初出「月刊プレイコミック」〈一九七九年八月〜八〇年五月〉）。犬木加奈子『八犬伝説 妖怪里見中学』一巻（SPコミックス、コミック判、リイド社、一九九九年）未完。渡瀬悠宇『ふしぎ遊戯』全十八巻（フラワーコミックス、コミック判、小学館、初出「少女コミック」〈一九九二～六年〉）は朱雀七星士を集める旅に出る朱雀の巫女の話、文庫本は『同』全十巻（小学館、二〇〇三年）。碧也ぴんく『ニューエイジ八犬伝 BLIND GAME ブラインドゲーム』全十巻（ASUKAコミックスDX、角川書店、一九九六～二〇〇一年、B6、初出「月刊ミステリーDX」〈一九九五年一〇月～二〇〇一年二月〉）は、近未来に設定された八犬伝のリメイク版で、原話からの伏線が多く張られている。『同』全五巻（あすかコミックスDX、角川書店、一九九六～二〇〇一年）は文庫化されたもので、AnotherSTAGE「何処にもない場所」（初出「幻想ファンタジー翡翠抄」〈二〇〇六年一〇月、ホーム社〉）と「文庫版あとがき」とを収録。よしむらなつき『里見★八犬伝』全六巻（ガンガンコミックス、コミック判、エニックス、一九九八～二〇〇二年、初出「少年ガンガン」〈一九九七～二〇〇一年一一月〉、「外伝」「番外編」などは「増刊ガンガンWING」〈臨時増刊号〉）。石川賢『魔空八犬伝』全三巻（講談社漫画文庫、一九九九年、初出「ベアーズクラブ」、〈集英社、一九八八～九〇年〉）。水野十子『遙《はる》かなる時空《とき》の中《なか》で』一～十六巻（花とゆめコミックス、コミック判、白泉社、二〇〇〇年七月～二〇〇九年七月。初出「ララ」〈二〇〇〇年二月～〉など）は未完。ゲーム等との所謂メディアミックス。巳蔦汐生、太田顕喜原作『風ノ華～魔龍八剣伝～』一～三巻（DENGEKI COMICS、メディアワークス、二〇〇五年七月）には「第一部」とある。中島かずき『ジェノサイド』二巻（双葉社アクションコミックス、コミック判、双葉社、二〇〇五年、初出「週刊漫画アクション」〈二〇〇四年八月二十日号～十二月二日号〉）は、小林拓己画、サブタイトル「真田十勇士vs里見八犬士」。藤田まぐろ『シズカ八犬伝』（りぼんマスコットコミックス、新書判、集英社、二〇〇六年）。あべ美幸『八犬伝 ～東方八犬異聞～』一～十巻（いち・ラキ・コミックス、B6判、冬水社、二〇〇五年十月～二〇〇八年十二月）。石田敦子『新逆八犬伝・アウトカラーズ』一～二巻（少年画報社、二〇〇八年十一月・二〇〇九年四月、初出「ヤングキングアワーズ」〈二〇〇八年五月～〉）は未完、犬猫対立の枠組みに主人公・伏彦を守るのが八少女となっている。これらのマンガに関しては、まだ多くが洩れていると思われるが、取り敢えず管見に入っただけ挙げてみた。

パロディも同様であるが、改作本の作者が粉本とするテキストは、広く人口に膾炙したものである必要がある。その意味では、刊行途中で既に歌舞伎化されて上演されたり、草双紙化されたりして人気のあった八犬伝は典拠として使うのに申し分がなかった。しかし、現代においては既に原本で読んでいる読者はほとんど居ない。前述のダイジェストや映画、ドラマを通じて「筋」を知っているに過ぎない。にも関わらず、斯様に多くの改作が作られ続けるのは、〈珠と痣《スティグマ》とを持つ八人（ほど）の少年（時に少女）達が奇しき運命のもと邂逅離散して悪と闘う〉という枠組み、すなわち〈世界〉としての八犬伝が機能しているからであろう。

D　外伝化《スピンオフ》

外伝に分類できる要件は、八犬伝の登場人物たちが固有名詞を持ったまま別の世界に入り込むという点である。たとえば、平岩弓枝『へんこつ』[9]二冊（A5判、文藝春秋、一九七五年）は、馬琴本人が登場し八犬伝の登場人物を擬した人物達と大捕物をする。また、虚（八犬伝）と実（馬琴）の世界を往還する山田風太郎『八犬傳』[10]二冊（四六判、朝日新聞社、一九八三年）も外伝といえよう。津島佑子『逢魔物語』[11]（B6判、講談社、一九八四年）に所収された「伏姫」も同様。野中美弥『「里見八犬伝」外伝　万木城炎上』（B6判、文芸社、二〇〇二年）もある。コミックとしては、湯浅みき『唐獅子牡丹』（八犬伝序の幕外伝、幻冬舎、二〇〇七年、初出「月刊コミックバーズ」〈二〇〇七年四～八月〉）があり、冒頭部では特に大輔を大きく扱う。

この分類は、当該テキストに何処まで八犬伝の世界を読み取るかという恣意的な要素も含まれるが、基本的には

〈八犬伝とは別のプロットに八犬伝の世界を背景化した登場人物が固有名詞を伴って登場するもの〉という定義が可能かも知れない。

E　戯曲化

ここには、演劇・映画・ドラマ・アニメなど活字媒体以外のものを分類する。古くは西沢一鳳作『花魁莟八総』(天保七年初演)、『里見八犬伝』(嘉永五～六年、市村座初演)以来、現代に至るまで何度も歌舞伎浄瑠璃が上演されてきた。最近では二〇〇六年八月に国立劇場で上演されたが、公演毎に出される『国立劇場上演資料集』には、上演記録などが載せられている。市川猿之助のスーパー歌舞伎『八犬伝』(一九九三年四月十日～五月二十三日、新橋演舞場初演)は、横内謙介に拠って改作された脚本に拠り、地方を含めて幾度となく上演された。遠藤宣彦演出『八人の犬士たち』(第一回国際児童フェスティヴァル、一九九三年八月、日生劇場)や、宝塚歌劇団宙組によるバウ・ロマン『里見八犬伝』(二〇〇三年八月十六日～二十二日、日本青年館ホール初演)。第三エロチカの座付き作者川村毅脚本『新宿八犬伝』(B6判、未来社、一九八五年)、「川村毅第二戯曲集」(第一巻の初出は「新劇」八五年四月号、第二巻は書下ろし)は未完。伊藤万里子企画脚本演出、川本喜八郎の創作人形による『南総里見八犬伝』(二〇〇五年十一月二十日、千葉県文化会館小ホール)や、板坂則子ゼミ台本・仙道作三作曲『オペラ八犬伝』(二〇〇六年一月二十八日・二十九日、北とぴあ さくらホール)、関美能留構成・演出、夏の野外劇Vol.4三条会の『八犬伝』(二〇〇九年七月二十四～二十九日、亥鼻公園)などが上演されている。

映画も網羅はできていないと思われるが、五十年代に多く創られたようである。河野寿一監督、東千代之介主演『里見八犬伝』(一九五四年、東映)は「妖刀村雨丸」「芳流閣の龍虎」「怪猫乱舞」「血盟八剣士」「暁の勝鬨」の五部作、渡辺邦男監督、若山富三郎主演『妖雲里見快挙伝』(一九五六年、新東宝)は前後二編、内出好吉監督、里見

浩太朗主演『里見八犬傳』(一九五九年、東映)は「里見八犬傳」「里見八犬傳 妖怪の乱舞」「里見八犬傳 八剣士の凱歌」の三部作。

ドラマとしては、連続テレビ人形劇『新八犬伝』(一九七三年～一九七五年、日本放送協会)が記憶に新しい。前述の通り石山透に拠るノベライズ版が出ている。一回・二十回・最終回のみビデオが残っていて、VHSやDVDで入手可能。また、劇場版『新八犬伝』第一部 芳流閣の決斗(一九七五年三月十五日公開、東宝)もDVDで見ることができる。役所広司主演『合い言葉は勇気』(二〇〇〇年、フジテレビ系)では八犬士の名前が登場人物名に使われていた。鈴木あみ主演『深く潜れ～八犬伝二〇〇一～』(二〇〇〇年、日本放送協会)は輪廻がモチーフ。大森美香脚本・滝沢秀明主演『里見八犬伝』(TBSテレビ放送五〇周年ドラマ特別企画、二〇〇六年一月二～三日、東京放送系)には、ドラマを基にした植松三十里作の伝奇ノベライズ『里見八犬伝』(小学館文庫、二〇〇五年)がある。アニメは、『THE 八犬伝』(OVA全六話、一九九〇年、AIC)、『THE八犬伝～新章～』(OVA全七話、一九九三年、AIC/GENEON ENTERTAIMENT INC.)、『神八剣伝』全二十六話(一九九九年四月三日～九月二十五日、テレビ東京系)、『ヤッターマン』第八〇話「サトミ三犬伝だコロン」(タイムボカンシリーズ、一九七八年)[12]などがある。

地方公演などの情報を細大漏らさず集めるのは困難であるが、ドラマのノベライズなど、演劇化されたものと文字媒体とが相互にメディアを代えて出されることが多く、現象として面白いと同時に記録として参照できる点はありがたい。また、国立劇場では映像資料の蓄積をしており、過去の上演が閲覧できることや、CS放送で公演が流されることもあり、上演という厳密な意味での一回性を追究しなければ、戯曲化されたテキストを参照することは以前に比べて容易になりつつあると思われる。

ただし、現時点での調査が行き届いていない「八犬伝ものゲーム」等が少なからず存する。セガから一九九六年に出された「サクラ大戦」というドラマチックアドベンチャーゲームは、その後ミュージカル・アニメ(OVA、テレビ、劇場映画）・ラジオドラマ・ドラマCD・小説・漫画・パチンコ・パチスロといったメディアミックス作品としてシリーズ化し発展することになる。とりわけ、「サクラ大戦帝国歌劇団スーパー歌謡ショウ」と銘打たれたシリーズで、声優が舞台上でミュージカル仕立ての公演をする企画として広井王子作・演出『新編八犬伝』（青山劇場、二〇〇二年八月十五〜二十五日）がある。このようなメディアミックスの作品群を分節化するのに「戯曲化」という概念では不十分かも知れない。

F　図像化《ビジュアル》

文字テキストを主としない視覚化されたテキストであるが、明治初期に銅版による夥しい量の絵本が出版される。国会図書館の資料に架蔵本を加えて列挙すれば、『八犬伝』（和装小本一冊、島村吉松、明治十六年十月）、牧金之助『八犬伝』（和装小本一冊、深川屋豊、明治十八年四月）、『八犬伝』（和装極小本一冊、澤久次郎、明治二十年七月）、『里見八犬伝』（和装小本一冊、森本順三郎、明治二十一年九月）、『絵本実録里見八犬伝』（和装小本一冊、金壽堂・牧金之助、明治二十三年八月）、『里見八犬傳』（和装小本一冊、井上市松、明治二十二年六月）、『里見八犬傳』（和装小本一冊、綱島亀吉、明治二十三年）は見返「銅刻實説双紙」、『繪本里見八犬傳』（和装小本一冊、堤吉兵衛、明治十八年）は外題「梅堂國政画・加賀屋板」、見返「郷見八犬傳／津々美梓」、『繪本八犬伝』（和装小本一冊、金壽堂・牧金之助、明治二十年八月）、甲斐山久三郎『繪本里見八犬傳』（和装小本一冊、中村淺吉、明治二十一年七月）、『絵本里見八犬伝』（和装小本一冊、尾関トヨ、明治十九年二月）、『繪本里見八犬傳』（和装小本一冊、中村淺吉、明治二十年六月）、『絵本里見八犬伝』（和装小本一冊、末吉菊松、明治二十一年六月）、長谷川小信画『絵本里見八犬傳』（和装小本一冊、文成堂・長尾佐太郎、明治二十七年六月）、『繪本八犬伝』（和装小本一冊、金栄堂・町田滝司、明治十七年九月）、山本常次郎『繪本八犬傳』（和装小本一冊、隆湊堂、明治二十二年三月）、『里見八犬伝』（和装小本一冊、井上吉次郎、明治十八年五月）、

『繪本八犬伝』（洋装小本一冊、金壽堂・牧金之助、明治二十四年五月）。という按配である。

艶本化された八犬伝も少なくなく、林美一『秘板 八犬伝』（秘板三部作〈花の巻〉、緑園書房、一九六五年）は、八犬伝諸板書誌研究や挿絵研究の先駆的業績であり、基礎研究として艶本秘画と錦絵の目録を提示している。また、『恋のやつふじ』が艶本として有名であり、嘗て林氏が『夜の国芳』として複製を出されていた。本文も備えて読む部分もあるのでパロディの一種として〈C改作〉に分類すべきかもしれないが、色刷りのバレ絵がふんだんに用いられているので、「見る」方に重きがあると判断した。〈定本●浮世絵春画名品集成6〉『國貞【恋のやつふぢ】』（林美一、リチャード・レイン共同監修、河出書房新社、一九九六年）は、ほぼ原寸大のカラー複製をしており最善のテキストである。また、林美一「戌歳にちなむ錦絵と『艶色八犬伝』」（『季刊浮世絵』89、画文堂、一九八二年）も有用。

出版事項未詳の『第六巻 南総里見八犬傳』（三十糎×二十一糎、折本一冊、帙入り）は、巻頭に福田和彦「絵巻「南総里見八犬傳」について」、巻末に「作品解説」を附した絵巻を折本仕立にした複製本。解説に拠ると「この画巻の著者、製作年代は一切不明であるが、その筆致を見るに、江戸末期の歌川派の絵師の彩管によるものではなかったか。製作年代は明治期であろう。彩色褪せぬ美しさを保っている。紙本着色、タテ二十五センチ、ヨコ一景約四十センチ。無落款。」とある。主として前半部の代表的な場面を抜き出して春画化した全十二景。

錦絵については多くの出版物にも収められているが、『八犬伝の世界』（展覧会図録、A4変形判、千葉市立美術館・愛媛県美術館、二〇〇八年）が、図録としても劃期的であるが、巻末に労作の八犬伝もの錦絵の一欄表を掲載していて参考になる。また、偶然にも同じタイトルであるが、『八犬伝の世界』A4縦判、館山市立博物館、二〇〇九年）も、同館で一月三十一日〜三月八日に開催された特別展の図録として編まれたもの。全てが早印本ではないものの、板本の表紙と見返が大きなカラーで登載されており参考になる。また、この展覧会のポスターには国周画『八犬傳出世雙六』が大きく複製され、図録の末尾には「極新板切組燈篭・八犬伝芳流閣の段」が二枚折り込まれていて、いずれも切り抜いて遊べるよう配慮されている。これら地本問屋が扱った八犬伝ものの玩具類も調査の要があろう。

風変わりなものに『宮田雅之の切り絵　八犬伝』（別冊太陽「宮田雅之追悼号　曲亭馬琴没後一五〇年」、A4変形判、平凡社、一九九八年）がある。

所謂キャラクター商品に類するものも少なくないと思われ、この分野の網羅的な調査が一番厄介かも知れない。

G　蘊蓄《トリビア》

マニアックな解説書も散見する。『爆笑八犬伝』（歴史人物笑史、B6判、光栄、一九九六年）は、主として登場人物ごとに様々な情報と蘊蓄とがまとめられており、名場面の解説も詳しい。また、犬藤九郎佐宏『図解里見八犬伝』（F-FilesNo.016、四六判、新紀元社、二〇〇八年）が最近出たが、ともにゲーム攻略本風の趣きながら、大長編小説を読むための道標として有用であろう。吉丸雄哉『武器で読む八犬伝』（新典社新書、二〇〇八年）は、八犬伝に出てくる武器を網羅的に調べ尽くした偏執的かつ立派な注釈作業である。

一方、この原稿を書く際に参照した多くのウエッブサイトの中でも、特に「白龍亭」（http://www.mars.dti.ne.jp/~opaku/）と「伏姫屋敷」（http://homepage2.nifty.com/fusehime/）とは凄い。この両サイトに蓄積された驚くべき情報量もさることながら、八犬伝に傾けられている情熱には感動すら覚える。斯様な情報こそ「蘊蓄」と呼ぶべきで、リポジトリなどに拠って永く保存する必要があろう。

H　翻訳

全編にわたる現代語訳はここに入れる。【現代語】平島進『新訳南総里見八犬伝』（A5判、昭和図書出版、一九八一年）は意訳、山田野理夫『八犬伝』全八巻（四六判、太平出版社、一九八五〜七年）、羽深律『完訳・現代語版 南総里見八犬伝』一〜六巻（四六判、宝島社・JICC出版局、一九八五〜九二年）は未完で終わっている。丸屋おけ八『全訳・改訂版 南総里見八犬傳』全二巻（菊判、言海書房、二〇〇七年十一月）。【英文】ドナルド・キーン（Donald Keen）*Anthology of Japanese Literature from the Earliest Era to the Mid-Nineteenth Century* (UNESCO Collection of Representative Works: European), Grove Pr 1960/03 に〈浜路くどき〉の部分が英訳されている。[13]【漢文】菊池三渓遺稿『訓點譯準綺語』（尚士堂、一九一一年七月）は、古典の一部分を漢文訳したもので、八犬伝からは「富山仙堂」「圓塚山火定」「芳流閣格闘」「庚申山怪異」「對牛樓報仇」の五箇所が取り上げられている。【中国語】李樹果『南総里見八犬伝』全四冊（日本古典文学名著、A5判、南開大学出版社、一九九二年）は、全編の逐語的な中国語訳。簡装版とハードカバーとの二種類がある。

I　研究

此処で網羅するのは不可能なので、今は割愛する。国文学研究資料館のデータベースなど参照こと。

以上、やや冗長ながら原本以降に出た『八犬伝』の後裔を追ってみたが、実に多岐に渉って多くのテキストが生産され享受されてきたことが知られる。日本の古典文学で、斯様までに裾野広く影響作が流布しているテキストが『八犬伝』以外に存在するであろうか。古典文学の代表である『源氏物語』に比較しても、裾野の広さと多様性とでは圧倒的に『八犬伝』が凌駕している。その上、居酒屋「八剣伝」や、観光キャンペーン「房総発見伝」などという語呂合わせが頻繁に用いられている。これらの現象を踏まえたポスト十九世紀文学史の構築は、既存の近代文学史を相対化するに充分な可能性を持つと思う。

ただし、今ここに挙げた以外にも「八犬伝ものゲーム」等も少なからず存するのであるが、八犬伝受容の様相を整理するための材料は提出できたと思われる。ただ、もう少しすっきりした形を模索することと、情報自体を網羅的に蒐集することも不可欠であるが、今後の課題としたい。

注

(1) 服部仁「『南総里見八犬伝』第四輯初印本と後印本の挿絵」(『文学』隔月刊第九巻四号、岩波書店、二〇〇八年七月)

(2) もとより網羅を志してはいるが、さらなる調査を待たなければ完璧を期することなど不可能であることは当然で、取り敢えずの見取図として提出したい。

(3) この稗史出版社版には、近年の出版に掛かるものだと思しき覆刻本が存する。朱色表紙で西洋紙両面にオフセット印刷された厚冊、角布を用いた和装本七冊。赤色紙の見返も原本左側の「東京稗史出版社藏版」を削除しただけで飾枠まででそのまま複製されている。しかしながら、出版事項の記載は一切なく、何時誰がどんな意図で作成出版したものか不明である。

(4) 拙稿「近世後期小説受容史試論 ――明治期の序文集妙文集をめぐって――」、国文学研究資料館編『明治の出版文化』(臨川書店、二〇〇二年三月)所収。

(5) 「曲亭馬琴作」とする改竄後印本があるが、これ以外に『里見八犬伝』(和装中本八冊、山本常次郎、明治十九年二月）も「佐々木廉助」と改竄されたものである。

（6）台湾で、ネームを中国語訳した版が出されている。碧也ぴんく『八犬伝』全十五巻、B5変形判、（Tohan Fantasy Comics、台灣東販、譯者：蔡承旭、中華民國八五年〈一九九六年〉）

（7）上田修一「山田風太郎書誌」（http://www.geocities.co.jp/Bookend-Kenji/3592/）参照。

（8）大野木寛『八剣伝』四冊（スーパークエスト文庫、小学館、一九九五〜七年）は、大陸書房版の再版と継続らしいが未見。

（9）文庫本化は『同』二冊（文春文庫、一九八六年）

（10）こちらは出版を重ねていて『同』二冊（朝日文庫、一九八六年）、『同』二冊（角川文庫、一九八九年）、『同』二冊（特選時代小説 山田風太郎傑作大全20 21、文庫判、廣済堂出版、一九九八年）と三度出されている。

（11）文庫本化は『同』二冊（文春文庫、一九八六年）。

（12）ウィキペディア http://ja.wikipedia.org/wiki/ ヤッターマン に拠る。

（13）「白龍亭」に拠れば、http://members.tripod.com/~muromachi1333/translations.html で読める。

附記 ウェブサイトのURLは二〇〇九年七月二十四日現在のものである。

読本の〈近代〉

山本和明

はじめに

なにも読本研究に限ったことではないが、とかく研究はその原初形態たる初印本に眼差しが向けられてはいないだろうか。吾々が目にする翻刻書を含め、今日決して近世期さながらの版本は流通していない。コンピュータ製版の技術発展にともない、画像化された版影と活字（この言い方も古めかしいが）とが混在化した書冊を手にする今日の読者層は、画像に示された連綿体には見向きもせずに、判読可能な活字にのみ眼差しを向けている。くずし字を読もうとするのは、研究者などごく限られた人々でしかなく、挿絵もくずし字も、あたかも画のごときものに映っていることだろう。だとすれば、活版が主流となった明治初頭以来このかた、多くの一般読者は、実は江戸版本そのものよりは、むしろことなる様態の書冊によって「読本」なるものを読み継いできたことになる。

明治から昭和にかけても、読本は文字通り読むものとして幾度となく刊行されている。本来の口絵や挿絵が省略されたそれらは、研究対象として存した訳ではなかった。そして、そうした書物の存在なしに今日の読者・研究者を獲得することもなかっただろう。

大学生の頃、日本名著全集や近代日本文学大系、帝国文庫といった書物に手を伸ばし、江戸時代の文学作品を読みふけったことがある。身近な図書館では和本などを読む環境にはなく、そうした活字本に示された旧漢字に手こずりながら楽しんだものである。端からは変な人とみえていたに違いない。それが和本を読むことに繋がり、今日に至っている。では、明治以来の翻刻本は、いかなる存在として存していたのか。既に、明治期の読本の享受に関しては、高木元氏や青木稔弥氏に詳細な研究が備わる。(1)論者もその驥尾に付して少し検討したことがある。読本享受を巡って、具体的な例を挙げながら、その一側面を確認してみたいと思う。

活版盛況・そのあり方

明治十五年から十六年にかけて「江戸戯作復活の機運」を迎えたと前田愛は評したが(『近代読者の成立』)、そこを起点としよう。たとえば、明治十五年四月十二日付読売新聞紙面に、東京稗史出版社「〇曲亭馬琴著書出版広告」が掲載された。東京稗史出版社といえば、石井研堂の指摘するように、予約出版方法を用いて活字翻刻本を出版した嚆矢の一つである。広告は、南総里見八犬伝・椿説弓張月・胡蝶物語の各編について予約出版を募るもので、「南総里見八犬伝　旧本全部百六巻新版合本廿一冊新版合本正価金四円五拾銭（旧本沽価凡金拾二円）」という具合に記される。清朝活字を用いた半紙本型活版印刷本は、小池藤五郎によって「原本以上に鮮明で豪華」(『増訂新版日本文学史』至文堂)と称されるように、今みても美しいものだが、何よりも注目したいのは、冊数と値段によって、旧本たる版本との違いを宣伝している点である。(2)そして、このことは当時、東京稗史出版社に限ったことではなかった。

東京同益出版社は、明治十五年六月八日付読売新聞に、「〇同益出版社広告」として絵本太閤記・絵本通俗三国志・絵本太平記・俊寛嶋物語の出版を掲載。稗史出版社と同じく、半紙本型活版印刷本の体裁である。そこでも「俊寛島物語　旧本合十冊新版合七冊　新版金七十五銭（旧本沽価凡金一円五十銭）」と宣伝する。冊数と価格を旧本と比している点は同様であった。

また、東京金玉出版社でも絵本西遊全伝・松浦佐用媛石魂録・絵本曾我物語・小栗外伝・風来六々集などの予約出版広告（読売新聞明治十六年三月一日）を掲載。松浦佐用媛石魂録を例にとれば、「旧本全十五冊新合本八冊　代価凡金二円　予約代金一円」とする。

書籍の冊数が強調されているのは、いうまでもなく書物を所蔵するご時世が到来したからだ。夙に知られた一文であるが、龍泉居士による「〇蔵書家多くして読書家少し」（明治十七年十月十二日付読売新聞「読売雑談」）から引用しておきたい。

下りて小説稗史の類の蔵書家殖ゑたるは殊に驚く可し八犬伝と云ひ絵入水滸伝と云ひ膝栗毛と云ひ田舎源氏といひ皆な世に求むる人多くなりて在来の数にては足らぬより敏き人々が其機を外さず翻刻又は再板するならんか（略）即ち一万人の八犬伝の蔵書家を世に増したるなり誠に盛んなりと申す可し

そうしたご時世で、問題となってくるのはやはり保管場所であろう。蔵などを有する家とて、無尽蔵に所有出来るわけではない。貸本の場合と蔵書する場合とでは明らかに違うのである。

複雑な漢字や振り仮名を添えても、なお行間を密にし、半丁あたりの情報量を格段に飛躍することのできる活版ならではの利点とは、丁数の軽減、すなわち印刷量の軽減であった。冊数という形で、活版化の利点を強調するとき、とりわけ大部な作品の多い読本は喧伝にうってつけだったのである。結果として、多くの読本がこののち活版化されていく。

もう一つ、価格面を対比し挙げている点にも注目したい。明治期においてなお多くの読本が摺り増しされていた状況を想うとき、あえて活字を組むことから始める書冊の方が廉価であるというのだ。その要因はひとえに冊数の違い、印刷の手間数に連動するのだろう。このとき「旧本」は商売上、対抗しうる存在として掲げられている。これも、ある程度活版本が普及するにつれ、対抗馬から退場していくのである。ちなみにこの「旧本」価格について、参考となる一文が存する。読売新聞明治十年六月四日朝刊一面に掲載された六月一日付「官令」を参照したい。

当書籍館ニ於テ毎年書籍買入ノ都合モ有之候ニ付府内書肆持合ノ売本慶応四年巳然ノ著訳出版ニ係ル和漢ノ書籍冊数代価共別紙表式ノ通リ取調年々六月十二月十日限リ差出候様書肆一同へ達シ方被取計度候事但シ購入ノ分翌月十日迄ニ可申入勿論右日中タリトモ売買差留ノ儀ニハ無之候間此段モ及通知候事

明治十年六月一日　　東京府庶務課書籍館掛

すなわち、明治十年段階で慶応四年以前刊行の書籍冊数代価について、新本同様に、書肆は明確にしておかねばならなかった。店頭での調査も踏まえてだろうが、この「旧本」価格は、実態価格を反映している可能性が高い。

※　　※

翻刻本が様々なところからわき起こってくる段階で、各々の版元が工夫を凝らし、他との差別化を果たそうとしていく。この差別化にこそ書肆の工夫の跡を認めてよいだろう。元の本の「格」は解体され、多くの読本が半紙本から中本へ、半紙本であっても二段組へと変わっていく潮流が確認できる。

その一つの例が雑誌分載であった。高木元氏によって紹介された「手当芳題／護宝奴記」のように、雑誌での翻刻も一時期ことのほか盛んだった(3)。

「手当芳題／護宝奴記」は、一冊定価八銭五厘で毎月三回、鶴声社より刊行。昔話稲妻表紙・東海道中膝栗毛・慶安太平記・三七全伝南柯夢・風来六部集を、当初分載刊行している。その広告によれば「世に有名なる物と面白きとを集め一つの話し大尾に至れば分て一部の冊子となし又その明へ他の物語を入ゆき知らず〳〵数百巻の書を蔵するを得らるゝ趣向」（明治十五年五月十一日付読売新聞）とのこと。予約出版とは異なり、毎回僅かな金銭で数冊相当が読め、完結後は各々一冊の冊子となる趣向である。序文や挿絵・口絵は、本文完結後（後にこの方針は変更されたが）に、銅版摺にて一括掲載された。またこうした分冊を踏まえ、全備ののちに各々一冊の単行本に仕立てられ発兌されてもいる。(4) 雑誌形態で一旦翻刻をなし、手間をかけることなくそののち単行本として再編輯するという工夫をみせるのである。毎回廉価に幾篇もの作品を読み進める事が出来、合本の際には各々が一冊の単著となり、その製本も「紙代価にて」（艸風集誌広告）行うことを謳いあげる雑誌が多く刊行されていた。予約出版のように前金をもらわぬこうした分冊形式は、ある程度すれば、必要な摺り部数も定着し、時には鶴声社のように余分に刷り上げ単行本として売り出すことをも可能としたのだろう。

雑誌形式から単行本へ――そうした出版元の中で注目したいのが「絵入人情／豊年温故誌」を刊行していた温故社と、その社内に出来た著作館である。温故社の雑誌「絵入人情／豊年温故誌」は、一冊四銭。「絵入人情」と銘打ち、彩霞園柳香の「復讐谷響杣」や仮名垣魯文の「猿馬鹿西遊記／滑稽物見車」（第拾一号より）に交じって「南総里見八犬伝」が分載されていく。その成果を利用する形で、著作館から「八犬伝」（十一冊まで確認済）が刊行された。

　故曲亭馬琴著第一集十月廿五日発売　南総里見八犬伝　定価一円卅五銭府外郵便税十銭
　右は旧本百八巻を更に廿巻に縮め毎月一回或二回を発兌す四方諸君御購読を乞　挿絵等は旧本の儘（略）
　　京橋弓町　温故社内　著作館
（明治十五年十月二十四日読売新聞広告）

「今回同志相謀り本館を創立し専ら温故知新の諸書を出板発行の業に従事し四方諸君の賛成を得廉価を以て出板の諸書を賛成員に頒ん」（「○著作館賛成員募集広告」明治十五年十月三十一日付読売新聞）と、賛成員に向けて「廉価」

に頒布されたその翻刻本は、半紙本の体裁。半丁五十二字十六行総振仮名で密に組まれ、口絵は一応斎国松が描く。要するに、決して「挿絵等は旧本の儘」ではないが、「旧本の儘」と宣伝文句を並べていたのである。

鶴声社にせよ著作館にせよ、分冊形式から単行本へという経過の有り様をみるとき、それまで版本しかなかった書物を活版化していくことが、実に相応の時間を要したとの想像に難くない。当時、「馬琴京伝などの稗史の飜刻物を校訂したり、他人の代作を引受けたりすれば之が相当の臨時収入となつて、月俸を併せて一ケ月四五十円の実入り」があったとする野崎左文（「明治初期に於ける戯作者」）のように、明治期の戯作者の内職に翻刻校訂があったことを思えば、和本はだれでも判読出来るものではなく、手間も時間もかかったのであろう。

種々の広告を眺めるにつけ、「挿絵等は旧本の儘」であること、元の絵のままであることを謳う広告はことのほか多い。滑稽堂・丸屋鉄次郎両書肆による『皿皿郷談』広告（明治十六年一月十日読売新聞）も、挿絵に関して「画は北斎の原画を縮写したる美冊なり」と言及する。多くの八犬伝が刊行されるなかで、芝西堂版「八犬伝」の広告（読売新聞明治十六年十二月八日）を挙げておこう。

八犬伝　馬琴翁著作旧本百六巻新半紙判洋紙摺上等洋装三冊（一冊凡八百頁厚一寸七分幅五寸長六寸四分定価九円予約先金五円）（最初に二円払込跡金は書籍落掌の上二度に払込の事送本料は遠近共当方持）序文口絵は旧本の通挿画は悉皆縮写繳刻校合綿密印刷鮮明表装美麗右書近来二三の翻刻本有之候共弊堂は更に之を洋装三冊に仕立春昼秋夜の披繙は勿論温泉行海外旅行抔には極て携提温便利之様出来候（略）　芝西堂

「序文口絵は旧本の通挿画は悉皆縮写繳刻」され、携帯にも至便とは旨い宣伝文句ではないか。ほかにも兎屋の「八犬伝」広告では、「一枚の画を刻するに凡そ十五日間を費したる者なれば是亦原本に一歩を仮さゞる者なり」（読売新聞明治十七年五月十三日広告）と宣伝する。

活版化により冊数の軽減を果たしながらも、挿絵や口絵に関しては原本に近い縮写、あるいはそのままの挿絵を呈示する書肆の動向は、おそらくそのまま当時の読者の要求だったのだろう。言い換えてみれば、版本・活版本の違いである連綿体と活字との相違は受け入れながら、やはり口絵・挿絵等は原本そのままであることを標榜する当時の読者の希求の度合いが想像できようか。

こうした活版本乱立のなか、やはり様々に問題も浮上していた。[5] 可愛楼晴雪「翻刻者に告ぐ」（「東京絵入新聞」明治十五年七月十六日）より一例紹介したい。

利欲に走るの一点より、仮名が違ハふが字に誤りがあらふが我に於てハ恥ならず（ト亦為りもしまいが）、杜撰極るものを出版したらんにハ、独後人を誤るのみならず、翁（注―馬琴）をして千歳の後よく其栄誉を保存せしむること能はざるべし。然るが如くんバ、実に著述家の謀反人にして、後学者の罪人と謂べし。頃日世に馬琴翁種彦先生その他有名大家の著書を頻りに翻刻するものあり。而して是を旧本に比較れバ、其体裁の劣るも決して優るものをみず。

こうした記事が掲載される程に、多くの質の劣った戯作本が大量に刊行されたのである。

実を云えば、こうした状況から次に派生する二つの流れがみえてくる。一つは精緻な翻刻を標榜するもの、もう一つは天狗書林兎屋に代表される安売り合戦である。どうやらそれは、明治十七年前後から生じているようだ。

明治十七年という分岐点

諸本乱立のなかで後塵を拝するように創設されたのが、柳亭種彦こと高畠藍泉を客員社員とした稗史出版共隆社であった。その設立は明治十七年八月のことである。[6] 書冊巻末の「稗史出版書目」には、馬琴の三国一夜物語や京伝の桜姫曙草紙などの読本が連なっている。後発の稗史出版専門書肆として誕生した共隆社は、特徴を持たねば既存の書肆との差別化は果たせない。その書目に連なる稗史本は、相応の質をともなって刊行されていた。色摺精緻な表紙絵とともに、おおらかに組まれた活版本文、木版による序や色摺の口絵をもった和装活版本がそれである。和装活版本は、和本から、四六判ボール表紙の洋装活版戯作本、いわゆるボール表紙本へと到る過渡期での書冊ではあるが[7]、色版は勿論、時には雲母刷が施されているものまで登場している。

『新累解脱物語』口絵

　そもそも江戸期以来の版木を利用した和本（後摺本）は、初印本にあった艶墨や薄墨版などを多く省き、版木の摩耗もそのままに摺られ、明治期にも流通していた。幕末期、魯文などに見受けられる中本型袋入本などを別として、江戸期の読本は原則薄墨などの重ね刷しか口絵などに許容されなかった（文化元年五月十七日付、江戸町触等参照）。そうした規制のはずれた明治期において、元の版本以上に彩色を施された表紙絵や口絵を備えた書冊に生まれ変わっているのである。先にあげた東京稗史出版社などの半紙本型活版本は、「原本以上に鮮明で豪華」ではあったが、それは江戸期以来の本の「格」を踏まえ、活版を用いて版本同様につくろうとする試みに他ならなかった。こちらは中本型に縮小され、彩色を施した表紙絵や口絵と、元々の版本にない取り組みをしているのである。

　明治十七年前後に恐らく美麗な活版和綴本への需要は一時期高まっているのだろう。そうした和装活版本を版行した書肆は、鶴声社・共隆社など、「東京地本同盟組合」に名を連ねる処が多いことも指摘しておきたい。「手当芳題／護宝奴記」で分冊掲載したものが、全備ののち単行本で売り出されたことは先に述べたが、その馬琴作『南柯夢』も、版元の鶴声社が明治十七年十二月に版を改め、彩色表紙・木版彩色口絵を添えて定価五十銭で売り出していく。明治十七年前後における美麗な本への希求の動向をいみじくも物語ってくれているのである。

いちはやく彩色口絵の存する『墨田川梅柳新書』（明治十六年九月）を刊行した鶴声社をはじめ、柳亭種彦が客員社員である共隆社などの書冊、贅をつくした和装活版本の一群はもっと注目すべきである。管見に及んだなかで際だって美麗であった一点を紹介しておこう。明治十七年八月廿五日御届、九月出版と刊記にある曲亭馬琴著『新累解脱物語』二冊。定価四十五銭、翻刻出版人「誾華堂野村銀治郎」、発兌元「鶴声社」とある。尾形月耕の描く彩色摺の表紙もさることながら、特に口絵に施された雲母刷がことのほか美麗な書冊である。【図版参照】

※　　　　　　　　※

もう一方の潮流は、兎屋や正札屋に代表される安売り競争であった。天狗書林兎屋誠は「明治十六年弊店卒先して書籍の直下げを試み候」（読売新聞明治二十一年七月十一日四面広告）と、「祝ひ売」と称して新聞一面にも渉る広告で一世を風靡した書肆である。[8] 正札屋早瀬清平も同様の書肆で、明治十八年六月に開業した（読売新聞六月九日付広告）。同年六月十一日付読売新聞での兎屋広告には、正札屋を意識した文辞が連なり、さらには六月十七日読売新聞「絵双紙店広告」において、「地本問屋彫画営業組合」が兎屋や正札屋の販売を意識した広告を掲載する。互いに競いながら廉価本を売り捌くのである。今、兎屋の文面を紹介する。

智慧と云ふものは天の賜物（教育にも関すれど）にして金銭にて買はる可きものにあらず故に一人の智者一件発明すれば万人の物真似者羨みて直に之を受売す是れ小人の免るべからざる事にして気毒千万に存ずるなり（現に今弊店の祝ひ売をまねて居る者ありと風の便りに聞けり）

ところで、美麗なものとして摺られた共隆社版『曙草紙』が、兎屋などの安売り攻勢に晒される時、どのような値段で売られているのだろうか。共隆社より『桜姫曙草紙』（上下二冊、定価五十五銭）が刊行されたのは明治十八年六月。読売新聞広告にも同年六月十日に掲載された。六月十一日、兎屋広告で早速掲載。「〇桜姫曙草紙　定価五十五銭　売値廿七銭五厘」とある。明治十九年三月九日「書籍安売日延広告」には十五銭八厘まで安くなり、三月二十三日「相も替らぬ天狗の口上」では十九銭、明治二〇年一月十二日「例の新年祝ひ売」十六銭、五月二十一日・十一銭、六月二十六日「廃業に付ての見切売」十銭という具合であった。長く安定した価格を維持することなく、流行小説のように見切り売り扱いされている。

安売り合戦は言わば消耗戦に等しい。明治十七年から起こった共隆社などの美麗な書冊の存在と、その一方での安売り競争がもたらしたのは、云うまでもなく安きに流れるという風潮であろう。本の内容や装幀などにほとんど触れることなく、価格という一点に集約されて購買意欲をかき立てる。無論、当時定価はあってなきがごときものだったが、兎屋・正直屋などによる安売り競争に見合うように、当初工夫を施された和綴活版本にせよ、ボール表紙本にせよ、徐々に装幀の安っぽい、口絵の色摺りも省かれ粗悪な用紙で摺られていく。

それにしても安売りをする兎屋も好んで安売りをしている訳ではなかった。南総里見八犬伝の原版木《もとはん》を入手し、全部百六冊を「上等判紙和綴美本」（明治十八年十二月八日読売新聞広告）として、定価金三十円で売り出しているが、意外なほど一連の安売り対象としていない。また、明治二十一年三月二十七日付読売新聞広告に活版「里見八犬伝」を広告した際、言葉尻だけにせよ、以下のような発言も遺している。

今世にある所の安値八犬伝は其価値最も廉なるものなれど誤字脱字の多きのみならず活字は大体摩滅し印刷は所謂メチヤ摺製本は最も手をぬき候ものなれば見ぬ前に破損せざるは稀れなるほどなり稗史中巨擘と称す可き一大奇書の斯く不完全なるものを売捌くは素志にあらねど世間一般に扱ふ品なれば心苦しくも取扱居りしが今度更に弊店に於て完全無欠の上等品を製出し（略）

その兎屋も「経費嵩み仕払不能」（『明治初年より二十年間／図書と雑誌』昭和十二年五月）となって閉店したとは何とも皮肉な話である。

叢書化という再生産

薄利多売の安売り競争の果てに何が残ったか。その一つの答えが、明治二〇年代に増えていく翻刻の焼き直し・再生産と、これまで安売りされてきた作品をとりまとめた叢書化ではないか。一冊に様々な作品を入れ、叢書と銘打つ。時には見せかけだけ全集のごとき命名で売り捌く事まで生じている。(9)

読本を多く蒐録したものとして、やはり触れておかねばならない叢書に礫川出版会社『古今小説名著集』がある。明治二十四年に刊行。その収載作品については高木元氏論考に詳しく割愛するが、「古今小説名著集発行の旨意」なる文章に「蓋し稗史小説古今の著作にして未だ以て世に出ず空しく筐底の客たるもの豈群少にあらざらんや真に痛惜に堪ざるなり本書古今名著集は其久しく世に出さるもの或は幾歳月を労せし諸家の偉作を徒らに杜撰の版本に終らしめんを憂ひ古書保存今書聚芳の大旨を貫ん為」と表明する。「古書保存」と言うものの、その収録作品を検討してみるとき、その多くが既に活版化済みの作品群であった。新規に版本から起こして活版化するよりも、活版になっている作品の再生産が続き、果てには叢書の中に収録される。叢書化にあたって、そのすべてを逐一翻刻していては手間と経費が嵩む。もちろんすべて既に翻刻済みのものならば、それはそれで興味をひかない。

一例をあげよう。『古今小説名著集』第三巻に「山東京伝著／吾妻余五郎双蝶記　全」「柳亭種彦著／浅間ケ嶽面影草紙　全」が収められる。明治廿四年三月十日印刷、明治廿四年三月廿日出版。「双蝶記」は、管見に及ぶ限りですでに文福堂から翻刻出版済みであった。活版四六版ボール表紙本『吾妻余五郎　双蝶記』全一冊。刊記によれば、「明治十九年八月四日出版御届、同年八月刻成」とある。

その画を周茂が描いている点に注目したい。『古今小説名著集』所載「双蝶記」は、文章の版を組みなおし、その画は無記名ながら文福堂版の周茂画と同一である。それも同じ版木（紙型）を用いているわけではなく、線の省筆具合からみて、ボール表紙本の挿絵などを透き写しなどして用いたものであろう。例えば「発行の旨意」に「因に記す大方の諸彦本書出版の挙を賛し御所蔵の珍書佳籍を投籍を投寄せらるゝことあらば本社は相当代価或は名著集を送致仕り候間幸ひに貴蔵の投与あらんを希ふ」といった一文が掲載されていた。そうした様々な「御所蔵の珍書佳籍」の中に、活版翻刻本も入っていたのである。

礫川出版会社社主の足立庚吉は、縦長の『古今小説名著集』の紙面上下を裁断し、ボール表紙本『山東京伝著／吾妻余五郎　双蝶記』一冊をもさらに刊行する商魂をみせている。『古今小説名著集』の紙型そのままに（釘跡により確認可能）、石版表紙を風湖なる人物に描かせたその書冊は、発売所に大川錠吉・覚張栄三郎・内藤加我が名を連ねており、廉価に大量に消費されたと思しい。

逆の例もある。安売りの書肆正札屋が刊行した活版四六版ボール表紙本『本朝酔菩提』（山東京伝著、尾形月耕画）一冊は、明治十九年四月七日翻刻出版御届、同年四月の出版。その本文巻頭に「今古雑録　本朝酔菩提」とある。摺付表紙の『今古雑録』は、栄泉社より企画されたシリーズもので、今古雑録『本朝酔菩提』三冊は明治十八年十月に刊行されていた。その活版本文から拝借し、正札屋版が出来ているのである。

再利用といってしまえばそれまでだが、一旦翻刻された書冊は、ときにはその版を流用し、ときには版を組み替え、加工されていく。再生産、再々生産されるなかで、翻刻本の挿絵は透き写しされ、絵の点数は省かれ、元の本の風情が失われていく。本そのものの造形美は画一化された叢書のフォーマットに即したものとなっていく。江戸期以来の合巻や滑稽本、人情本など、各々に属する文章と挿絵の案配・造型は無視され、ひたすら読むための書物を目指していくのである。そうした書冊の蓄積が、こののち、明治二十六年にはじまった博文館『帝国文庫』などの叢書に連なっていくのである。この段階では先章で述べたような、挿絵に原本らしさを求める風潮は全くといって良いほど影を潜めている。

ただ『古今小説名著集』にあった「古書保存」という観点だけでは、こうした本が売れ続けた理由は何とも説明がつかないだろう。以下、少し時代が下るが、『帝国文庫』と同じ博文館から大正年間に刊行された『絵本稗史小説』を例に採りあげ考えておきたい。

『絵本稗史小説』全十五集は、大正六年六月から大正十一年九月に渉って博文館より刊行された。架蔵本によれば、第一集廿五版、第二集廿一版、第十集六版と版を重ね、好評を博したようである。その収録作品には再生産の作品も見受けられるし、新たに翻刻されたものも多く含まれており、読本の占める割合の高い点に特徴がある。[10]

巻末掲載広告に拠れば、『絵本稗史小説』は「四六判和装瀟洒美本、紙数毎集四百五十頁、本文十ポイント新活字、極彩口絵二乃至十葉、挿画百個乃至百廿個」（第二集広告）という構成であった。合巻・読本・滑稽本など様々な作品を収めるものの、「極彩口絵二乃至十葉挿画百個乃至百廿個」という枠組みは概ね遵守されている。読本といえど、確かに口絵に彩色が施され、巻頭に収められている。

本書巻末広告の謳い文句は「容易に手に入れ難い珍書奇著が僅かのお金で読まれる！」であった。「然して現今読書界の趨勢は、漸く新しきものに倦きて、徳川時代の古きを逐はんとするの傾向あり（略）浅膚なる現代小説にあき足らぬ人々に薦む」とも表明する。僅かなお金で「現代小説にあき足らぬ人々」への読み物として、執筆料も派生せず、文章も平易な近世後期の作品群はそれなりの地位を占めていたのであろう。厳密な本文校訂というにはほど遠いものの、挿絵も程よく配された「読み物」に十分に仕立て直されている。

読本のもつ個性溢れる造形美は、近代に至り様々な試行錯誤を経ていくが、叢書化が主流となった明治二〇年代以降、均一化された叢書という「型」のなかに喪失していく。むしろ叢書全体での統一感こそが重要となったのである。

装飾本として

さらに時代は下る。昭和版帝国文庫（博文館）といえば、東京美術学校藤島武二による創案で表紙・見返し図案及び配色がなされ、堅牢な装幀の書冊は今日でも時折古書店の店頭を飾っているが、「美術装飾本」が「羊皮製金模様入天金」で「一冊一円五拾銭」、「特製耐久普及版」が「背皮・本クロース金模様」で「一冊一円」と、二種類存することはあまり気にも留められていない。その普及版に関する「全国御同業各位」宛の販売促進チラシ（「純金箔〈模様・装幀〉で僅に金一円」昭和三年五月四日）の発言を、最後に注目しておきたい。その文章には「背文字及模様は悉く純金箔を用ひ永久絶対不変色に候間各家庭に於ける装飾本として最も価値あるものに御座候此点特に御宣伝被下大々的御販売相成度候」（傍点山本）とあった。円本隆盛の時代ゆえか、叢書の氾濫するなかで、書物の価値は「内容」などにはなく、「装飾」としての意味が前面に出され、書店に向けて宣伝されていく。一冊一冊の本の造形美は叢書という形で収束され、書籍一つ一つの個性は無視されていく。その果てには、叢書全体が「装飾」物として家庭の書架を飾っていくのである。そのことを強ち否定的にのみ考えてはなるまい。冒頭にも述べたように、結果的に叢書化されたことで、一作一作では埋もれてしまった作品は継承され、ことの是非はともかく、次の世代が読み継ぐことを可能とした。その一面は否定しえないのだから。

注

（1）高木元『江戸読本の研究　十九世紀小説様式攷』（ぺりかん社・一九九五年十月刊）掲載の諸論考や、青木稔弥「『八犬伝』と近代」（読本研究7上・一九九三年九月）などをあげておきたい。

（2）明治十五年十月三十一日付広告では三点に南柯夢・侠客伝も加わり、明治十六年二月二十八日付広告では「稗史予約出版募集広告」と題し、旬殿実実記・昔語質屋庫・胡蝶物語・南柯夢・里見八犬伝・椿説弓張月と、読本点数の幅を広げている。

（3）広告から、幾つか紹介しておく。「真久楽双誌　毎月三回発兌定価一冊五銭十冊前金四十五銭府外郵税を乞ふ／右は絵本太閤記〇源平盛衰記〇太平記〇曾我物語〇日蓮記の五書を毎号一章づゝ記載し殊に一層挿画を多く加へ紙数を十葉とし且御読溜の後合本に都合よき様仕候間陸続御高覧を希ふ」（明治十五年六月八日読売新聞広告）、「艸風集誌　里見八犬伝金瓶梅夢想兵衛を掲載す毎月三回発兌定価八銭五厘右全部出来は十二ヶ月と定む出来の上は部分画を付し紙代価にて製本す諸君望みあらば本月中に御申越あれ」（明治十五年七月十四日読売新聞）

（4）その広告文に「鶴声社出版書目　三七全伝南柯夢　全部合本　金三十三銭・昔語稲妻表紙　全部合本　金三十三銭（略）右之品々出来相成候ニ付御注文ヲ乞」とある。高木氏論文に既に指摘。

（5）別の例として、兎屋が八犬伝を刊行した際の広告文より抜粋しておく。「今や活版印行の業盛に行はるゝに随て偶々此書を復版する者あるも年々一二篇に過ず斯くては幾年を経ざれば竟に成就せざるべし加之のみならず中途にして斃るゝ者或はなしとせず且つ其印刷は粗悪其校正は粗漏にして製本甚だ美ならず故に人をして見るに飽き読むに苦しましむ（略）弊店常に之を憂ふること久し故に今回全部を一時に出版し且つ綺語麗詞を以て本文に活動を与へたるの批評を下し尚又当時丹青の芸を以て名を天下に博したる葛飾北斎翁に一歩を譲らざる精巧美妙の画を挿入し且つ一枚の画を刻するに凡そ十五日間を費したる者なれば是亦原本に一歩を仮さゞる者なり」（読売新聞明治十七年五月十三日）。もちろん兎屋の宣伝に過ぎないのだけれど、どうやらこうした粗悪な書籍が実際多く出回っていたようである。
(6)読売新聞明治十七年八月二十一日広告は次の通り。「稗史発兌所広告　弊社儀今般東京京橋区銀座二丁目六番地へ仮発兌所を設け爾来続々古今の稗史類を発兌仕候間何卒各書肆及絵双紙店に於て御愛顧御購求の程偏に奉冀上候　共隆社」
(7)過渡期の書冊とはいえ、ボール表紙本の登場する明治十七年前後には、混在して広告されることが多い。
(8)天狗書林兎屋は、いち早く「曲亭馬琴翁の著書三百余種を網羅して遺す事」なく、「焼板は捜索してこれを収め又遺書の上木せざる者をも載すなし」(以上、読売新聞明治十六年一月十一日付広告)という『馬琴翁叢書』の刊行にもたずさわっている。「兎屋書店望月誠は機を見るに敏にして大いに活躍した」(浅野文三郎『明治初年より二十年間／図書と雑誌』昭和十二年五月廿日発行)と評されたのである。
(9)例えば日吉堂蔵版『曲亭馬琴叢書』(明治二十三年十二月出版・五十四頁)は、叢書と銘打ちながら「姫万両長者廼鉢木」のみの掲載である。こうしたことが可能なのは、新聞広告のみで購入する人が多くなったためとも考えられる。
(10)『絵本稗史小説』の細目を参考までに掲げておく。読本に関しては「国書総目録」記載に従い※印を付しておいた。
◇第一集　大正六年六月廿八日刊　四三四頁　内容：絵本三国妖婦伝※(高井蘭山)・松浦佐用媛石魂録※(曲亭馬琴)
◇第二集　大正六年十一月廿九日刊　四一六頁　内容：道成寺鐘魔記※(小枝繁)・久米平内剛力物語(山東京山)・高尾丸剣之稲妻(山東京山)・敵討双児山(竹塚東子)・駅路鈴与作春駒(曲亭馬琴)・於六櫛木曾仇討(山東京伝)・着替浴衣団七縞(欣堂間人)・女船頭矢口之渡(恋川春町二世)・誂染劇模様(山東京山)
◇第参集　大正七年三月十五日刊　四三〇頁　内容：松風村雨物語※(文東陳人)・信夫摺在原草紙※(中川昌房作・感和亭鬼武校)・浄瑠璃姫物語※(狂蝶子文麿)
◇第四集　大正七年四月十日刊　四三〇頁　内容：石言遺響※(曲亭馬琴)・女自来也(東里山人)・関東小六昔舞台(柳亭種彦)・入船倭取揖(柳水亭種清)・蟒蛇於長嫐草紙(式亭三馬)・重扇五十三駅※(梅菊翁)・鷺娘之来由(十返舎一九)・皿屋敷物語(山東京伝)・柳糸花組交(柳亭種彦)

◇第五集　大正七年六月十五日刊　四二六頁　内容：総猨僣語※（瀬川如臯二世ほか）・優曇華物語※（山東京伝）
◇第六集　大正七年八月廿三日刊　四二〇頁　内容：花暦八笑人（滝亭鯉丈ほか）・身体山吹色（都扇舎千代見）・売色安本丹（十返舎一九）・滑稽即席邯鄲枕（亀水軒浮木）・栄花の夢（同）・嘘の川（粋川子）・腹佳話鸚鵡八芸（山東京山）
◇第七集・第八集　大正七年十月廿七日刊・大正七年十二月廿六日刊　四四四頁・四四八頁　内容：修紫田舎源氏（柳亭種彦）
◇第九集　大正八年三月廿六日刊　四一八頁　内容：飛弾匠物語※（石川雅望）・閑情末摘花（松亭金水）・月氷奇縁※（曲亭馬琴）
◇第拾集　大正九年一月五日刊〔貼紙〕　四六二頁　内容：笠松峠鬼神敵討※（松風亭琴調）・小幡怪異雨古沼（河竹新七案・柳水亭種清）・明烏後の正夢（南仙笑楚満人・滝亭鯉丈）
◇第拾一集　大正九年九月廿五日刊　四五二頁　内容：糸桜春蝶奇縁※（曲亭馬琴）・阿波之鳴門※（柳亭種彦）・花暦封じ文（山々亭有人）
◇第十二集　大正九年十月十八日刊　四〇四頁　内容：大経師宗像暦※（ちぬ平魚）・隅田川梅若縁起（恋川春町二世）・奴の小万※（柳亭種彦）・歳男金豆蒔（山東京山）・敵討雨夜傘※（嘯月堂重孝）
◇第十三集　大正十年二月十日刊　四四〇頁　内容：絵本金石譚※（山田案山子、但し本書では文東陳人とする）・百物語長者万燈（曲亭馬琴）・絵本亀山話※（速水春暁斎）
◇第十四集　大正十年十月二十八日刊　四三四頁　内容：柳の絲※（小枝繁）・霜夜星※（柳亭種彦）・唐人髷今国性爺（柳亭種彦）・長柄長者黄鳥墳※（栗杖亭鬼卯）・敵討裏見葛葉※（曲亭馬琴）
◇第十五集　大正十一年九月八日刊　四〇四頁　内容：和合人（滝亭鯉丈ほか）・天王寺まいり（登天館生銅作・十返舎一九閲）・道外物語（式亭三馬）・滑稽素人芝居（桜川慈悲成）・箱根草（滝亭鯉丈ほか）
◇第十六集　（未刊・第十四集広告記載、第十五集広告無）　内容：雲妙間雨夜月※（曲亭馬琴）・蜑人少女玉取草紙※（河東漁）・小夜衞真砂物語※（山月庵主人）

肖像画入咄本『連中《れんちう》似《に》顔《がほ》噺《はなし》廼《の》当《あて》婦《ぶ》利《り》』

服部　仁

四半世紀ほど前のこと、延広真治氏に、噺家の肖像画というものはそうそうあるものではなく、この『連中似顔噺廼当婦利』くらいだ、ということをご教示いただいた。その時、高松松平家の家老木村黙老が私的に編纂した『聞まゝの記』に『連中似顔噺廼当婦利』が載っていることもご存じであり、拙宅へ、天理図書館蔵の『聞まゝの記』の写真をご覧になりにいらっしゃった。私は三十年ほど前に、天理図書館蔵の『聞まゝの記』全巻の写真を撮らせていただいていたからである。ただ残念なことに、天理図書館所蔵の『聞まゝの記』は、伊勢松坂の豪商小津桂窓が、曲亭馬琴を介しての知己である木村黙老から順次借りて筆写したもので、オリジナルではなかった。またこの時点では、『聞まゝの記』の調査もさほどされておらず、平成元年に刊行された『古今東西落語家事典』では、天理図書館所蔵の『聞まゝの記』に描かれている『連中似顔噺廼当婦利』が使われた。

その後私は、平成二年九月に神宮文庫に所蔵されている『聞まゝの記』を調査するために伊勢へ赴いた。

さらに平成八年八月には、佐々木亨氏が案内してくださって播本眞一氏と共に、高松の松平公益会披雲閣文庫や多和文庫へ、黙老旧蔵の『聞ま丶の記』などを拝見にうかがった。この披雲閣文庫所蔵の『続聞ま丶の記』子集亭の巻の「落話家」の項（遊紙一丁、墨付の第二十九丁表～第三十一丁表）こそが、『連中似顔噺廼当婦利』の原本が直に貼り付けてある本であった。

この度、現在は香川県立ミュージアムに保管されている披雲閣文庫所蔵の『続聞ま丶の記』子集亭の巻の『連中似顔噺廼当婦利』の原本が直に貼り付けてある「落話家」の項を影印翻刻することを許可（20県立ミ第5232-130号）していただいたので、紹介する。なお翻刻に際しては、天理図書館所蔵本を参照した。

まず、披雲閣文庫所蔵の『続聞ま丶の記』子集の書誌事項を記す。

内　題：「続聞ま丶の記子集元（～貞）」。

所　蔵：松平公益会披雲閣文庫、現在香川県立ミュージアムに委託されている。

請求番号：945

体　裁：大本（縦二六・九×横一九・二糎）、元亨利貞の四冊。

表　紙：浅葱鼠色。雷文繋ぎに桐唐草模様。

題　簽：・白地の原題簽（子持ちの飾り枠）外題が書いてあるが、擦れて判読計測不能。

・後補の白紙が表紙中央に貼付してあり、「続聞ま丶の記子集　印　印　元（～貞）の巻」としてある。そしてこの右、表紙右肩に、これまた後補の赤紙の整理票が貼付してあり、「珍蔵／第弐拾七号／共四冊」と書いてある。

蔵書印：「多和文庫」等の朱印あり。

項目名が「落語家」ではなく「落話家」となっていることから、おそらく「オトシバナシカ」と読んだのであろう。「ラクワカ」と読んだことから、現在の「落語家（ラクゴカ）」という読みへ移行したという可能性は否定できないものの、「ラクワカ」という読み自体にいささかの無理があるように思う。

黙老は、『笑府』などの中国の咄本から説き起こし、続き咄のこととか、怪談が流行っていること、上方よりも江戸の方が盛んであることにも言及している。「尤肖像は、」までが、黙老の文章である。

なお編者木村黙老については、木畑貞清氏の『木村黙老と滝沢馬琴』（昭和十年刊）に詳しい。文武の達人と言われ、家老としても有能であり、人情に厚く、なかなか多趣味な人物である。

『連中似顔噺栖当婦利』の書誌事項について記す。

貼付してある『連中似顔噺栖当婦利』の表紙と刊記・広告は原寸（縦一〇・七×横八・四糎）で、その他の本文半身似顔画は、匡郭で裁ってあるようである。ただ、「むらく」「円生」「可上」「正蔵」「扇橋」の左端（次半丁の右端）を見るに、図様が繋がらないので、貼付してある順番は原本の順番とは異なるのであろう。原本は、豆折本であったらしい。参考までに、『連中似顔噺栖当婦利』と同じく国丸画で、『連中似顔噺栖当婦利』と同趣向の役者絵本『絵本花のこてふ』（豆折本、改印「極」、岩戸屋喜三郎刊）が存在することを申し添えておく。

『連中似顔噺栖当婦利』の表紙に「ながくあたるうしのしんはん」とあることと、刊記の改印が「極」であることに拠り、本書の出板は文化十四年（一八一七）である。三笑亭可楽作、歌川国丸画。江戸馬喰町二丁目山口屋藤兵衛刊。

落話家

おとし噺ハ唐山にもありて、『笑府』『笑林広記』など丶いふ書も出たり。我国にもふるくよりありて、鹿埜武左衛門などいふ名人も多かりしといふ。近き比はます〱新奇を尽して、二日続《キ》三日続《キ》などの長《キ》落しはなし有。又、怪談などもありて、江戸に専ら流行す。上《ミ》方にもあるといへども、江戸の十か一なり。今其名高《キ》者の肖像を絵に出せしを、爰に粘して、後のかたり艸とす。尤肖像は、

連中《れんちう》似《に》顔噺《がほはなし》廼《の》当《あて》婦《ぶ》利《り》

三笑亭可楽戯作
歌川国丸画

ながくあたるうしのしんはん
おい〱出来つかまつり候

むらく

かたいはなしハでんぼうがひやうし、どろぼうのはなしにハあごのかけがねをはづし、だんご長へのはなしをきけハごろつきでやいがころげてよろこび、芝居ばなしをきひてハ忠の字がりきむ。どふりこそゆふれいのはなしを見たをすやつハ、「おあしがない。

東里 倅 亀二郎 浮世画師

いん居「鶴遊亭《くハくゆふてい》東里とハ、つるあそぶひがしのさとか《ト》く。これハずんどめでたい名じや。

東「つるあそぶハめでたいが、せがれの亀あそぶにハこまります。

いん居「ハ、アそれもひがしのさとかな

東「イ、ヱこれハ「北の里でム《り》升

円生

おいらん「女房やくそくをしたきやく人のところへかねを五十両かしておくんなんし《ト》いふむしん文の中へ、しんこざいくのゆびをいれてやると、さつそく金をぢさんしけるゆへ、おありがたうざんす《ト》ひらいて見れバミなあて小判。ばからしい《コリヤア》　なんでおざり《イスト》　いへバ　客「ハテたがひに〇二世の約束だ。

文吾

五十三次のりやうりで、めしをくふ《ト》いふから、のぞいて見たら奴どうふ《ト》すこしにほひのする鯛《ト》しやうがのみそづけでくつてゐるから、なんで五十三次だときいたら、文吾「まづこないにはこからふりだす所かすなハち二本箸そこで米がかうわたして六ごううなぎのそうだんハ小田ハらとうふがおかべ是でばん迄ぬまづくハづではら、よしハらこれミやしやれ、大つやのせうがにくさつても鯛そこで則今日《けふ》あがる。

可上 百まなこの元祖

かごや「だんなハい丶御きりやうだ。どふいたしても十八九メムりませう。可上「いまハどふかしらんが此はるけだものだなの万長ではかつて見たときハ十二三メであつた。かごや「どふいたして一ねんのうちにそふハかわりません。ぼうくミ「これ〳〵ぼうぐミ、此だんなハ一《ト》ばんのうちにも、「目がいろ〳〵にかハらつしやる。

金馬

万こう、むかふのさじきを見さつし。ひとりハ坊さまで、ひとりハいせのかんぬし《ヨ》。○おしに○堂守ハどうた。「ハ丶ア丶どふりでさじきもつんぼうだ。

馬生 大酒をのミてケンをうつ

酒にちよつくらちよと《トモウ》 よつて拳をちよつくらちよ、十《トウ》うつて休の席ハ度《ド》〳〵ごんす。こいつハわるひムトわるひ。おそいと席をのばすぞへ《ト》しやれているところへ、下女がはこいりのくわしを持さんするゆへ、さんや〳〵此おりづめハ《ト》聞たら「ハイよそから「十《トウ》らい。馬生「あけて見て　コリヤア「五《ガウ》せいだ。

可楽

かね持のいん居、なにがなせうばいを思ひつかんとおもふおりから、モシ御いんきよさまへお蔵のはちまきをしつかりなされまし。かねが子をうむそふでいつそうなりますよ。いん居「ハ丶ァ金が子をうむならちか〴〵に質《しち》やになりませう。

正藏

はやしやハ、くハいだんのはじめほどあつて、店うけがゆうれいばしで、もんていがみなひとつあなのきつね、女ぼうがいき女で、ていしゆが大かめ、きものがのこらずばけ物で、そのうへに当時住居が「三《つ》目でムる。

馬之助 馬士三郎 二人立の噺

さて〳〵これハおもしろい。一人《り》の男ハやたいの印にきおん守り《ト》いびしをつけてくだりをあきなひ、毎日四くハんぐらいとり、いま一人ハになひの印に三《ツ》大にみの《ト》いふ字をつけて三国一のあまざけ一ぱいが、坂東ハありがたい○まづのんで見ませう。《イヤ》うまいぞ〳〵とんと○三津のようじや。

小勝 三升亭ト号ス

いんきよ「さんしよハ小つぶでもからい《ト》いふが、かつこうきさまハちいさくても鯉のたき登をつけるが、こんどのりうもんハ七尺五寸でもやハり鯉の滝のぼりじや《ト》いへバ、かつ「ナニ七尺五寸○《エヘン》わたしらから見れバ、四半ぶんだ。なぜといつてごらうじろ。わたしや《ア》亭号斗りも「三じやうだ。

默老稿

上人讃州高松府下超世山浄願
寺主僧也至好玉石藏弄數十櫃
其第一奇品有玉瑛金珊瑚以故
為其堂號

落語家

おとし噺ハ唐山にもあまたく笑府笑林廣記なといふ書とおこり
我國にも始るよりありて鹿埜武左衛門などいふ名人も多かりしと
いふ近来此道もすたれ新奇とあらして二日續き三日續きなどの長話し

29オ

さ形し為文怪談などもありて江戸ふ当て流行せし上方ふもあるよし
ども江戸の十二なり今も名高き老の肖像を絵ふかゝせしを家ふ粧
きし後のこの童草子とす其肖像ハ

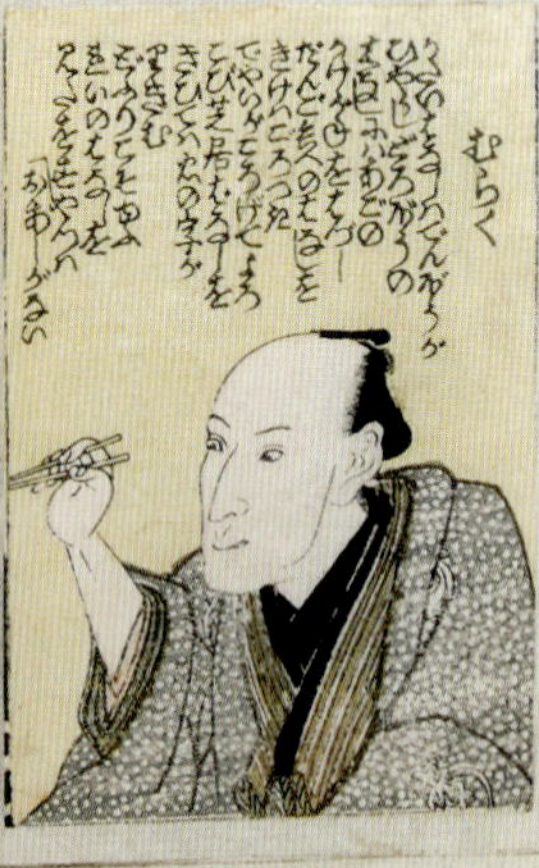

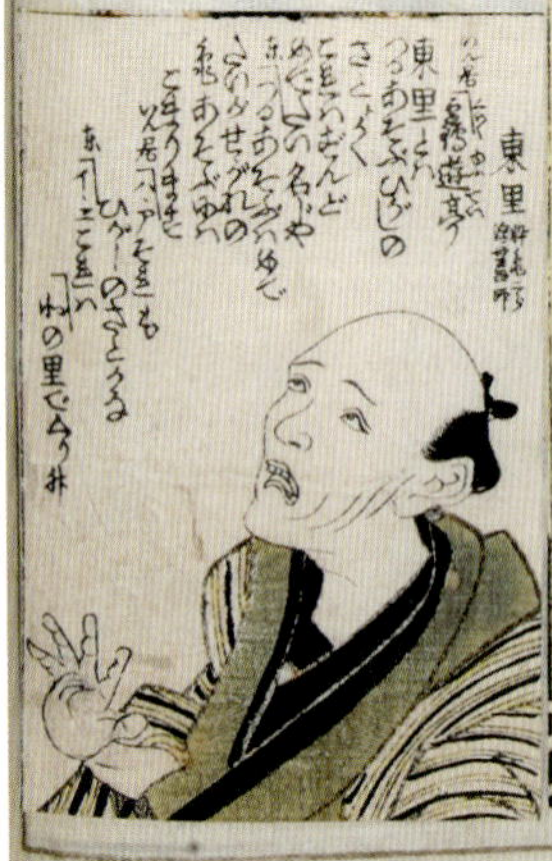

29ウ

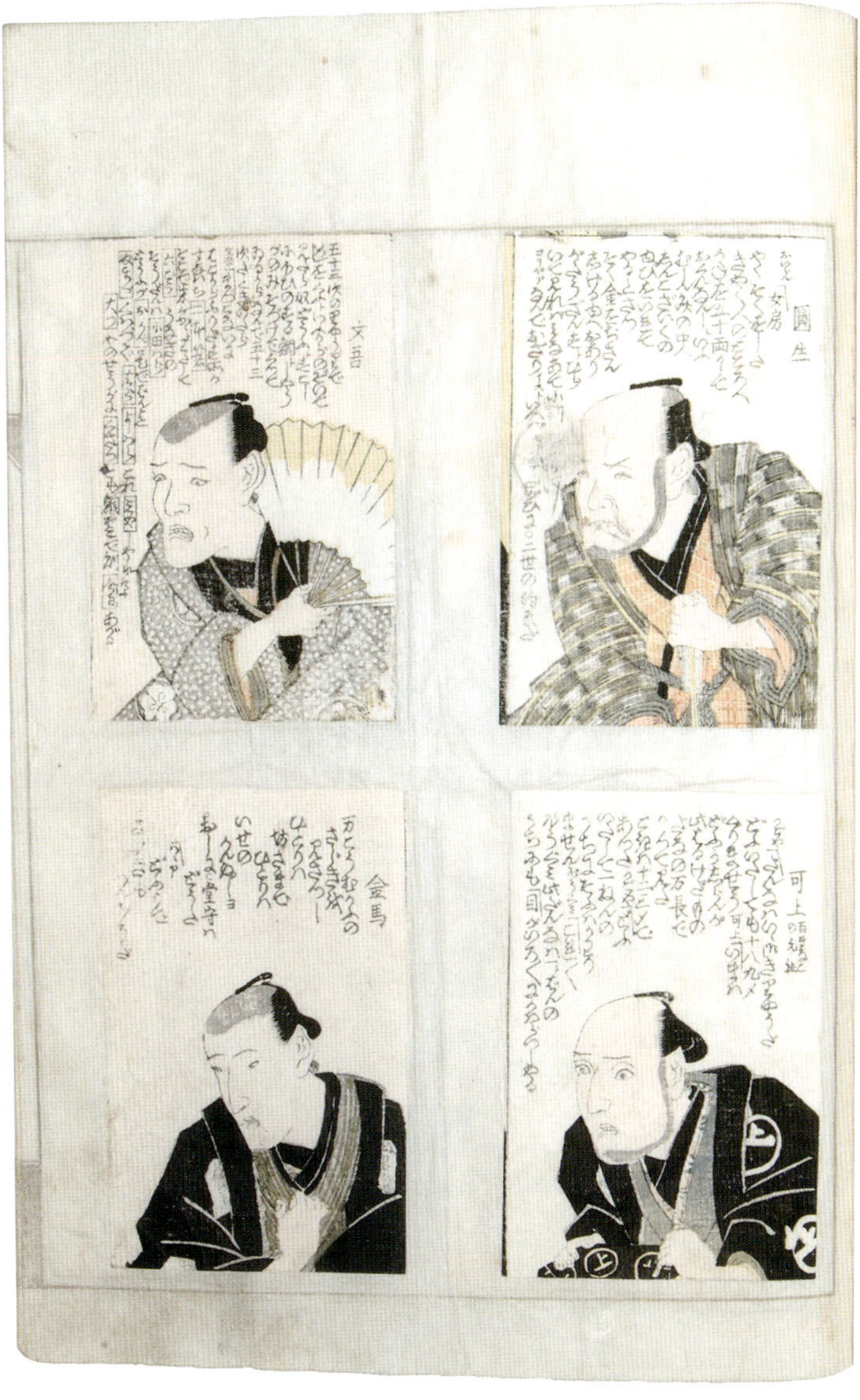

30オ

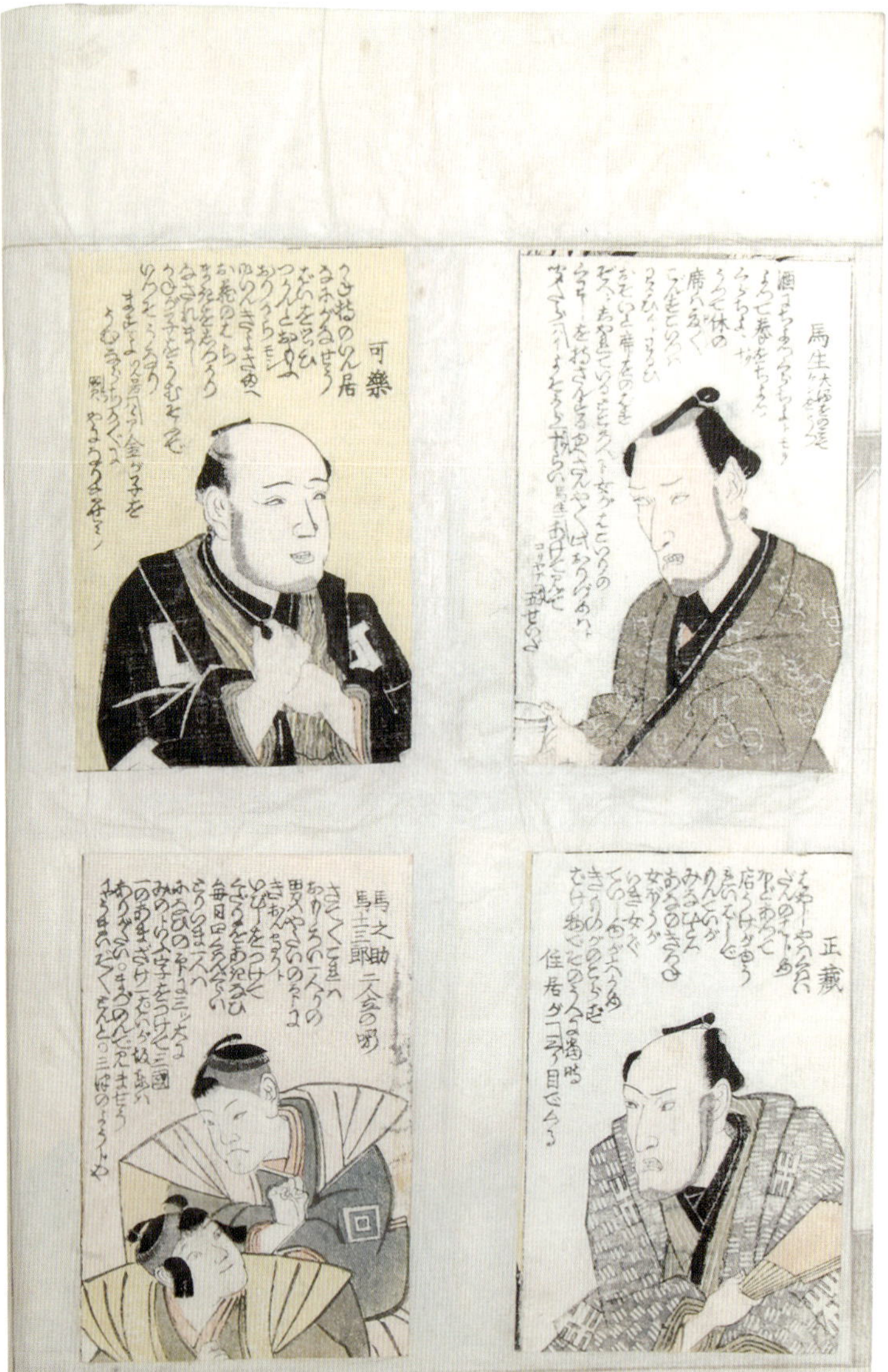

30ウ

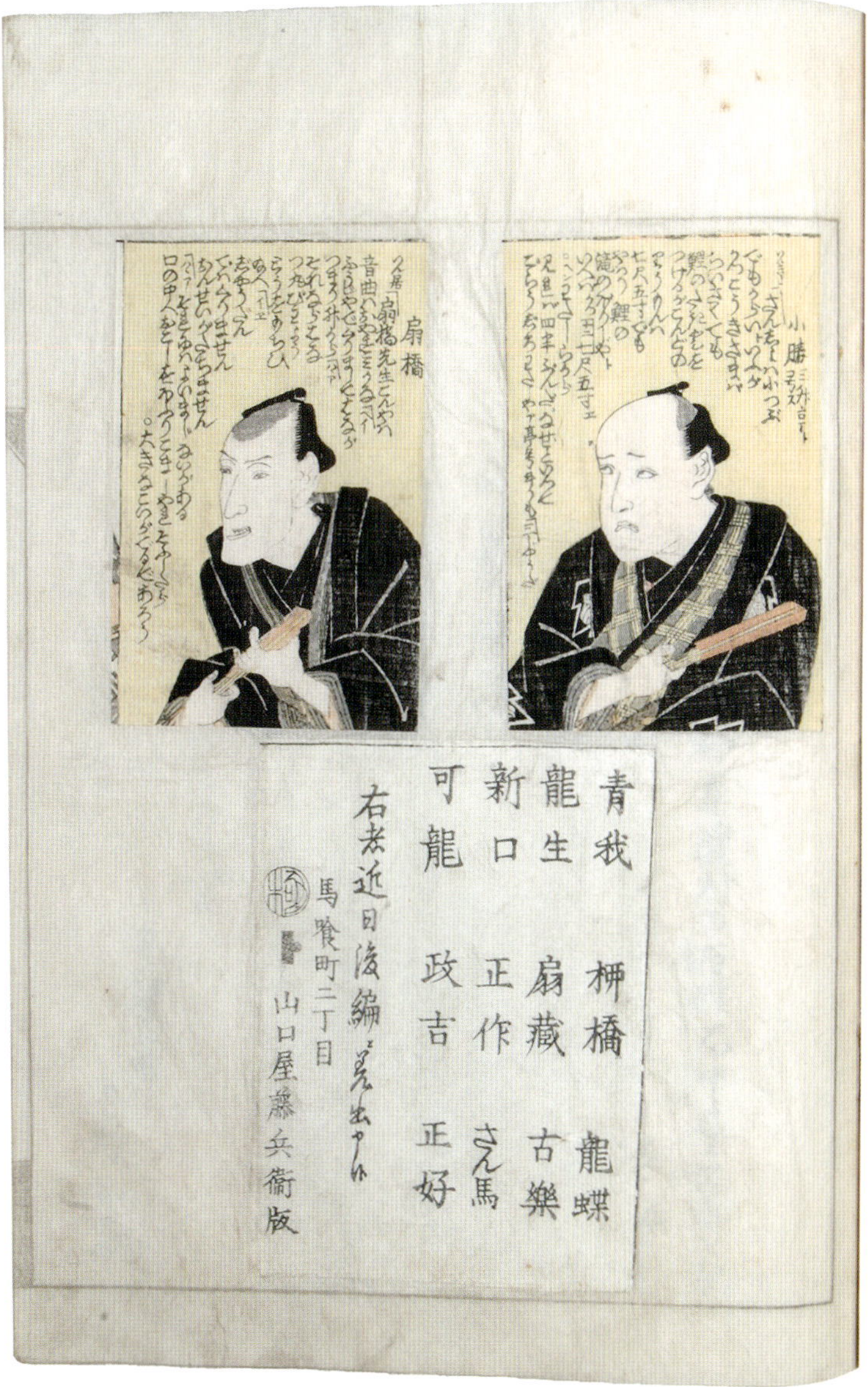
扇橋

小勝

青我　柳橋　龍蝶
龍生　扇蔵　古樂
新口　正作　さん馬
可龍　政吉　正好

右者近日後編差出申候
馬喰町二丁目
山口屋藤兵衛版

31オ

扇橋

いん居「扇橋先生こんやハ音曲ハおやすミかな。「ヘィふうじやでムりましてはながつまり升から「ハヽァそれならはなつ丸びわようとうをもちひ給へ「イェじやうだんでハムりません。おんせいがたちません。「ハヽァそれにハよいまじないがある。口の内へおこしをほふりこましやれ、そふしたら○大きなこいがでるであろう。

青我　柳橋　龍蝶
龍生　扇蔵　古楽
新口　正作　さん馬
可龍　政吉　正好

右者近日後編ニ差出申候
馬喰町二丁目
(極) 山口屋藤兵衛版

『昔笠博多小女郎手』
――翻刻と影印――

佐藤　悟

架蔵本『昔笠博多小女郎手』は柳亭種彦の自筆草稿本で、中本型読本として刊行される予定のものであったらしい。しかし執筆途中で放棄され、草稿本の形で今日に伝わっている。

表紙には「柳亭種彦作」と自筆で墨書されているが、その次の行には「画」とあるのみで、画工も決まっていなかったらしい。また「昔織博多小女郎上巻」という外題の脇に「墨附」とあるのは、完成草稿ならば「墨附□十□丁」という風に記されるべきところで、要するに未完成であることを示している。

表紙に押された「柳亭」印は京都大学図書館蔵『勢田橋竜女本地』（文化八年刊）の刊記部分に押捺された印と同一のものである（鈴木重三氏のご教示による）。京都大学本は現在知られる唯一の同書の完全な初摺本である。同書は『外題作者画工書肆名目集』により文化七年（一八一〇）十一月十四日に売り出されたことが判明するので、この草稿の執筆時期をとりあえず文化七年頃と推定することができよう。

内題は元々「昔織博多小女郎上の巻」とあったが「織」の上に「笠」と貼紙をし、「上の巻」の上に「手上の巻」と貼紙をして、題名を替えている。最初の書名は「博多織」と「博多小女郎」を掛けたものであったが、「小女郎手」という元禄期の笠の名前を掛けることとし、それによって「昔織」を「昔笠」に変更したのであろう。内題脇には「編者　柳柳亭編」とあるが、これは貼紙が剥がれたもので、剥落痕を認めることができる。最初は「柳亭編」とだけあったのであろう。書名を変更した理由は、同書名の山東京伝の合巻『昔織博多小女郎』が文化八年に刊行されたことによろう。当然のことながら世界や趣向が重複し、執筆に齟齬を来した筈であるが、それでも書名を替えることによって新たな構想を立て直そうとしたのであろう。これも前述した本書の執筆時期の推定を補完するものとなっている。

本書の書名の一部となった「小女郎手」については種彦自らが文化十年刊『綟手摺昔木偶』の序文の中で次のように記している。

小女郎手もおなじ書にあり「小女郎手の編笠を向びくにかぶり」とあれば今藤屋伊左衛門が狂言に用るは是ならん（口八ウ）

「おなじ書」とは井原西鶴作『男色大鑑』のことであり、同書巻七・五「素人絵に悪や釘付け」には「もし見付けられてはと。小女郎手の編笠先さがりにかづき」とある。この笠の名称は当時流行した考証随筆においても関心の対象であり、やや後の例であるが、山東京伝『骨董集』上編（文化十一年十二月刊）の中之巻「〇女の編笠塗笠七」には次のようにある。

元禄の比の女の編笠の形は寛文延宝の比とはいたく変れるを見るべし当時此あみ笠をかふりたるはおほくはふり袖の少女也菱川の絵にあまた見えたりゆゑにこれを小女郎手といひて男子もかふれり（13オ）

さらに文政十二年（一八二九）刊の合巻ではあるが、墨川亭雪麿に『小女郎手昔編笠』という書名の作品があることからも、種彦の発想がこの笠の名称に起因していることが窺える。

『綟手摺昔木偶』の各章は元禄頃の編笠の名称から成り、目次には「小女郎手」、巻之二には「四こじよろで」▼1という風に用いている。『綟手摺昔木偶』は『外題作者画工書肆名目集』によれば文化九年八月には草稿本が名主改に廻っていて、刊本は九月十七日に売り出されている。「文化九年月夕」の自序があるので七月には草稿が完成していたものと思われる。すくなくともこの段階では完全に『昔笠博多小女郎手』の構想は放棄されていたものと思われる。

それではなぜ本書の構想が放棄されたのであろうか。当然のことながら、京伝作『昔織博多小女郎』が刊行されたことが最大の原因であろう。それ以外にも本書の趣向そのものにも原因はあった。本書の趣向は女子の捨子を拾い、養育できないので自分の娘を捨てるというものである。種彦は文化八年に合巻の処女作『鱸包丁青砥切味』を刊行するが、この作品には捨子が使われている。『柳亭日記』によればその執筆が開始されたのは文化七年一月二十三日、脱稿したのは三月十九日あった。また文化九年刊行された『梅桜振袖日記』には、金持ちが捨子を拾うかどうか迷って占者に尋ねたところ、占者が自分の娘を金持ちの娘とするために捨子と取替子するという趣向が見られ、本書の構想と極めて近いものがある。国立国会図書館に所蔵される同書草稿本によれば、文化八年七月十一日に名主改が済んでいる。

種彦はその日記（『柳亭日記』）に執筆に関わることを記している。この頃の日記は文化六年は五月二十九日から七月八日、及び十二月十日から十二月二十六日、文化七年は一月一日から四月二十八日までの記事が残存し、残りは散逸している。残存部分の中には『昔笠博多小女郎手』についての記述はない。『鱸包丁青砥切味』との趣向の重複を考えれば、文化六年ごろに本書が執筆された可能性もあるが、『梅桜振袖日記』との関連や「柳亭」印の存在を考え合わせれば、文化七年五月から一年ぐらいの間の期間に執筆された可能性が一番高いように思われる。もしそうだとすれば、本書は種彦が読本作者から合巻作者へと変わっていく時期の草稿ということになる。中本型読本として構想していた作品の趣向を合巻に転用したのである。前述した考証随筆への関心や、合巻作者への転身などと併せて、その執筆態度の変化を検証する際には、大きな意味を持つ資料と思われ、未完の作品ではあるが、敢えて紹介することにした。

補注

▼1「こじよろで」という文字は入木である。漢字を平仮名に変更したものと思われるが、理由は不明。

書誌

大きさ　中本型一冊　縦二〇・一糎×横一三・二糎
仮表紙　茶色無地。右肩に草稿と墨書、左肩に題簽を貼り「昔笠博多小女郎」と墨書。
表紙　本文共紙
外題　昔織博多小女郎上巻
内題　昔笠博多小女郎手《むかしがさこじよろうで》上の巻
丁数　十丁（表紙を含む）。
備考　表紙に「柳亭」印を押す。
　貼紙による訂正があり、貼紙が剥落して失われている部分も多いものと思われる。二丁裏四行目の「館を立退給ふ」とある部分の「立退」が剥落しているので、影印では示した。
　四丁裏には朱筆で「四迄」とあり、五丁裏にも朱筆で「五丁コレ迄」とある。九丁表には朱筆で「十迄」とあり、間に挿絵を挿入することを考えていたのではないかと思われるところがある。

蔵書印　「幸堂」（幸堂得知）、「洒竹文庫」（大野洒竹）。また裏表紙には「文淵四十一年二千八百」というゴム印が押され、下に「七十」と墨書、符丁らしきものが墨書されているので、浅草にあった浅倉屋久兵衛が取り扱ったことが知られる。

凡例

1．原本と対照するため丁付を記した。
2．句読点は原本には朱点を記されている。
3．原本には多く校正の跡が見られるが、それは影印で確認できるので、総て本文に入れ、註記しなかった。

【翻刻】

柳亭種彦作
画

昔織博多小女郎上巻

墨附

（表紙）

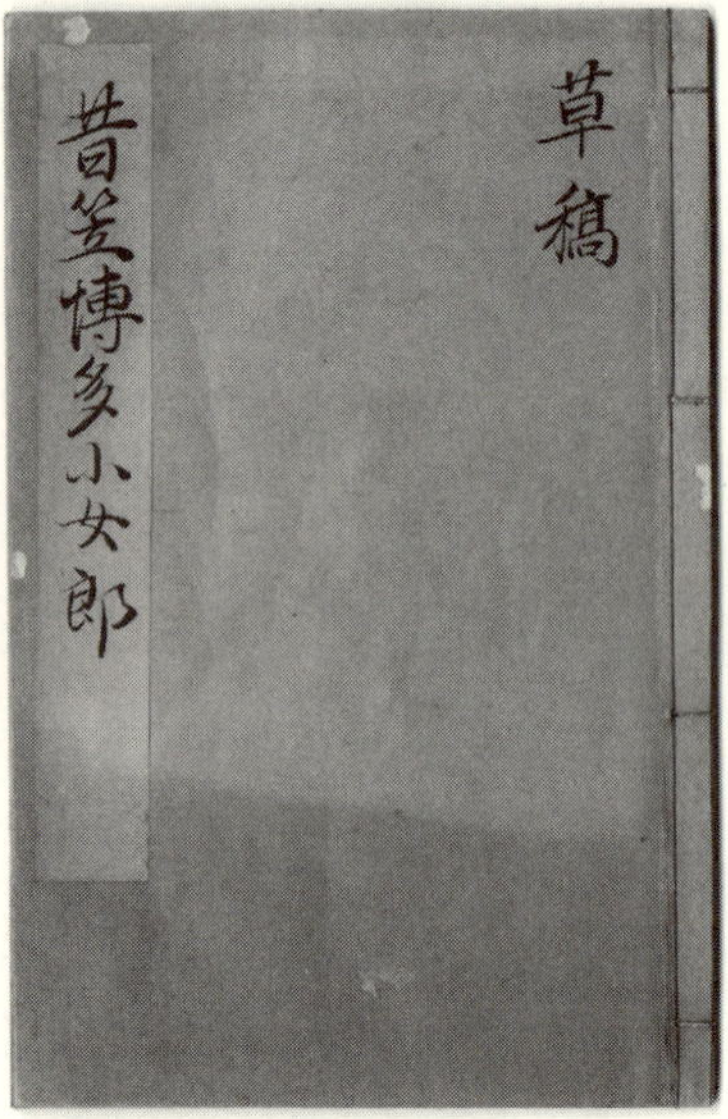

仮表紙

昔笠《むかしがさ》博多《はかた》小女郎《こじよろ》手《で》上の巻

編者　柳柳亭編

○詞源《しげん》

話説《わせつ》す人皇《にんわう》八十七代後嵯峨院《ごさがのいん》の御宇《ぎよう》、将軍頼嗣公《しようぐんよりつぐこう》の家《か》臣《しん》に、紀伊《きいの》七郎重経《しげつね》といふ者《もの》あり、故将軍頼経公《こしようぐんよりつねこう》のをん覚《おぼへ》めでたく、丹波《たんば》の国宮津《くにみやづ》を領《りよう》し、己《おのれ》は相州鎌倉《さうしうかまくら》花ケ谷《はながやつ》に館《やかた》をかまえ、家《いへ》ゆたかに富栄《とみさかえ》ける。重経《しげつね》が妻《つま》は往年死去《さきのとしみまかり》、金若《かなわか》と名づけし今年五才の男子《なんし》一人をぞもてり、しかるに春風藤太《はるかぜとうだ》といへる郎党《らうどう》、一日米町《あるひこめまち》の辺《へん》に諸用《しよよう》ありて趣《おもむ》きしが、日暮《ひくれ》ても帰《かへ》り（1オ）きたらず、頃日篤実《ひごろとくじつ》なる生質《せいしつ》なれば亡命《ぼうめい》ともおもはれず、故《ゆへ》こそあらめと思《おも》ひ居《をる》に、執権北条時頼公《しつけんほうじようときよりこう》の御館《みたち》より俄《にはか》に人を走《はせ》て、重経《しげつね》を招《まね》き給ひぬ、重経いそぎ北条《ほうじよう》の館《やかた》にいたり、多時《たじ》ならずたちもどりけるが、一室《ひとま》の裡《うち》に引籠《ひきこもり》愁《しう》傷面《しようおもて》に顕《あらは》れければ、金若《かなわか》の冊《かしづき》蒲沼《かばぬま》太郎心やすからずおもひ、重経が面前《めんぜん》にすゝみいで、其仔細《そのしさい》をたづねけるに、重経《しげつね》吻《ふ》と吐息《といき》していひけるは、我所領《わがしよりよう》宮津《みやづ》より、運送《うんそう》を司《つかさ》どる鬼兵吾《きへうご》といふ者《もの》、いぬる仁治《にんぢ》三年荷《に》物財産《もつざいさん》を掠《かすめ》とり、亡命《かけをち》なせしことあり、最前《さいぜん》春風藤太

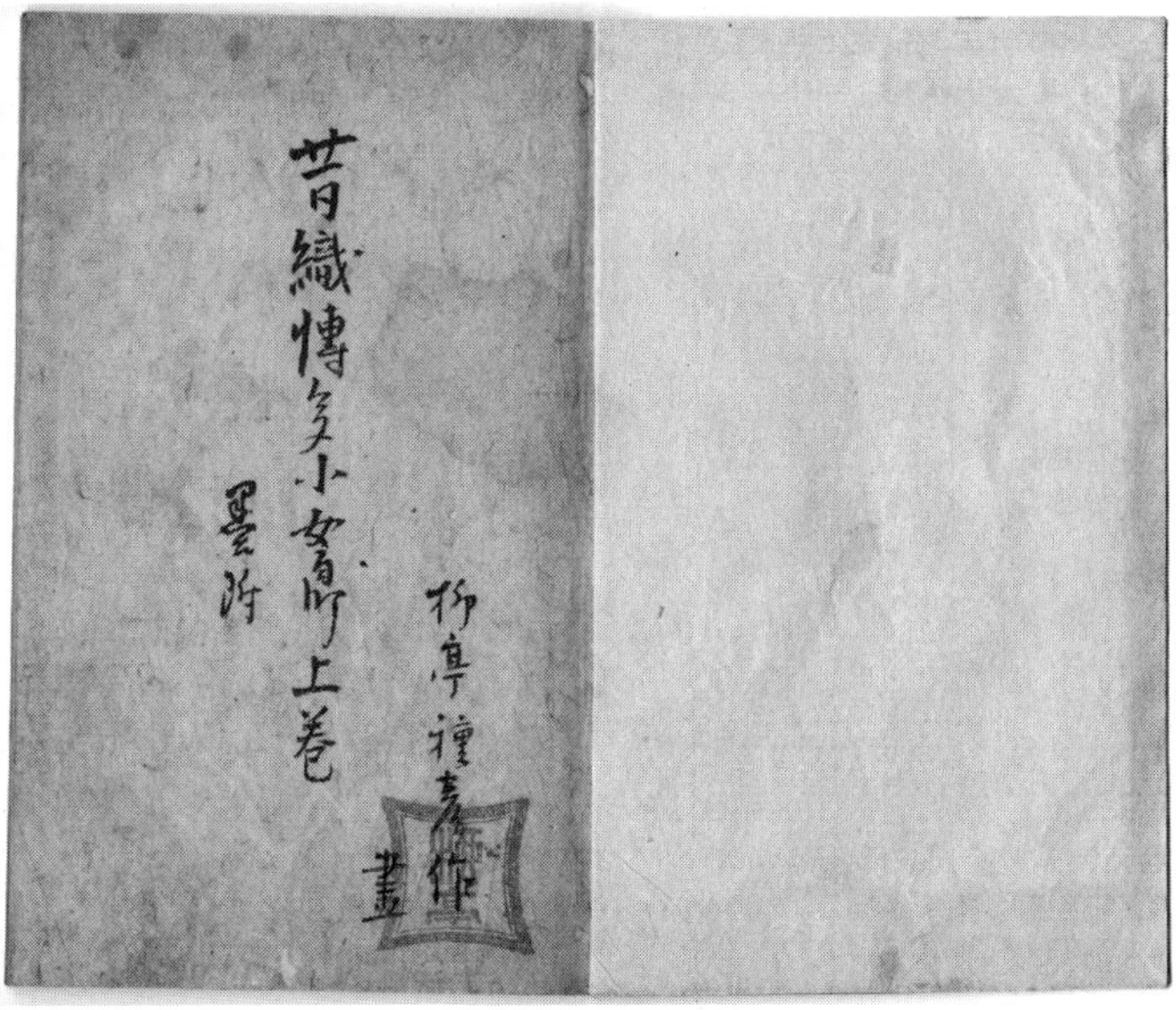

表紙　　仮表紙見返し

1オ

昔語懐小女郎　るの上の巻

　　　　　編者
　　　　　　柳々亭種員

○詞源

諺説元金八十七代後嵯峨院の御宇時車頼嗣公の家臣に
紀伊右衛門重經とふ者あり故勝車頼經公のをもひびと
丹波の局密事を戴しを桐州陰暴琵琶か鑓かゝれつゝ
家田とふ富栄たく重經をたのみ近年北去金装をこる
今年丑の男子二人をもふけそれか若かたる若見參をとらる
朝箋一日米町の逸ふ諸用ベくり起き－とて上月の頃

1ウ

〔右頁本文〕

2オ

〔左頁本文〕

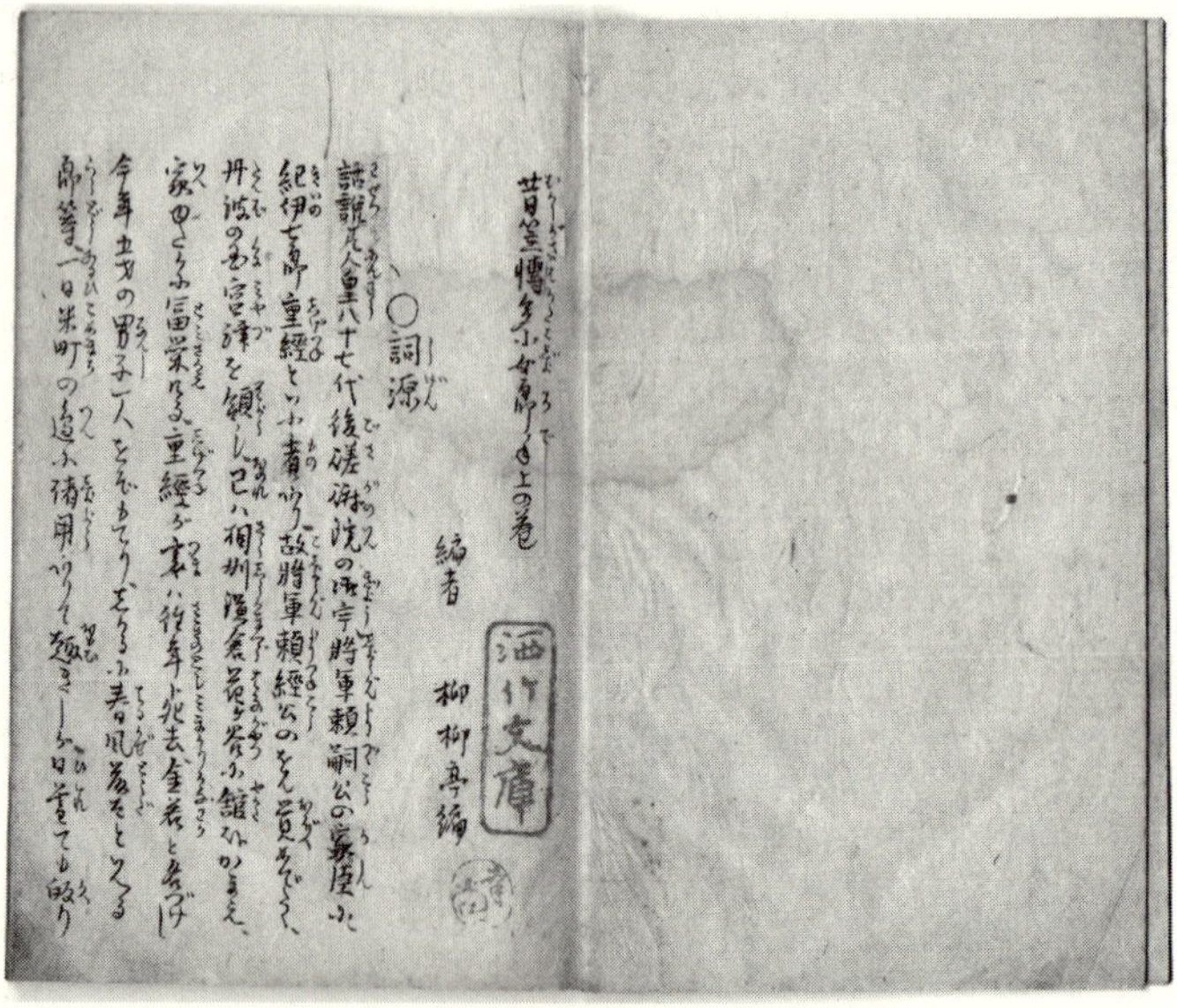

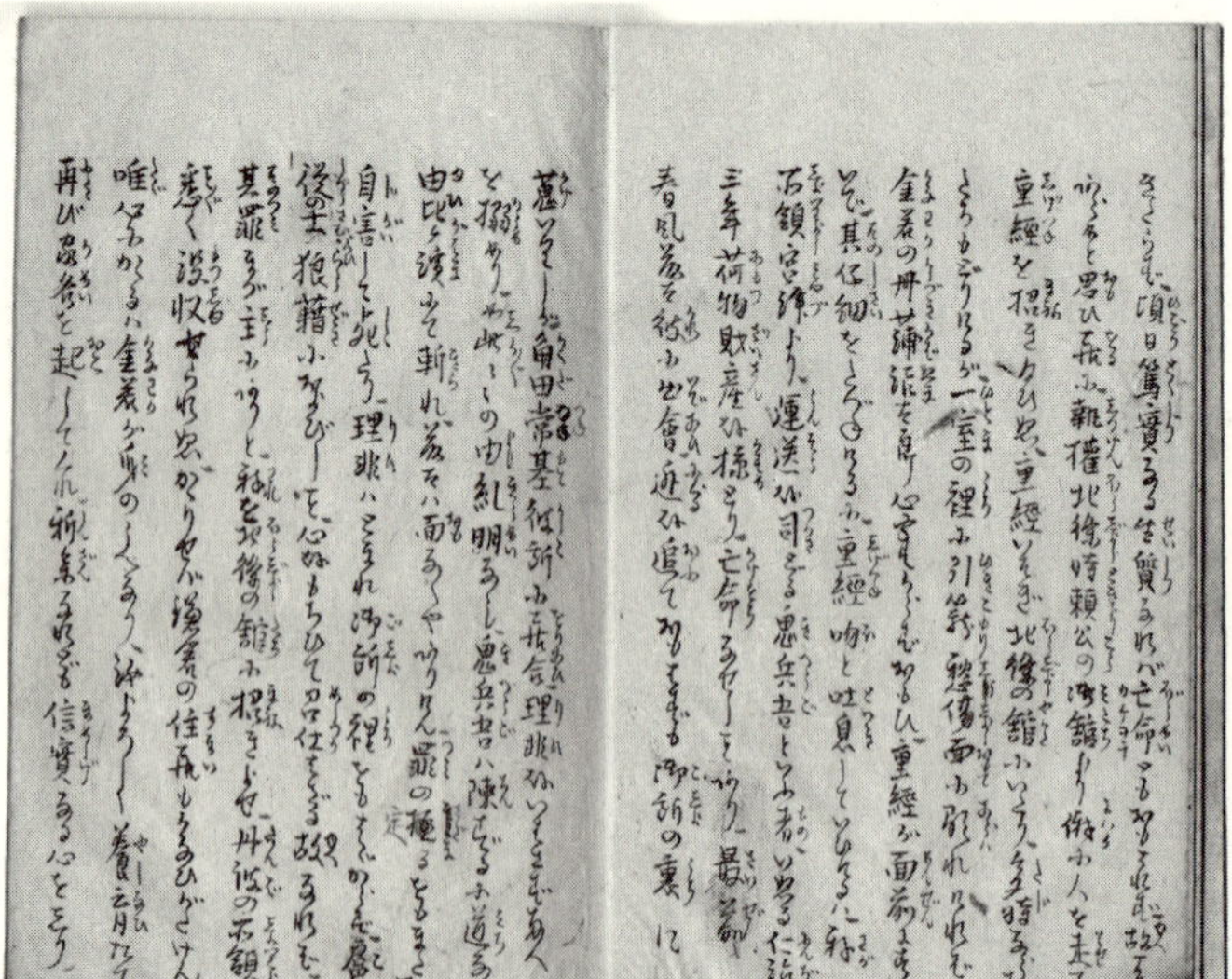

彼《かれ》に出会《いであひ》、逃《にぐる》を追《おふ》ておもはずも御所《ごしよ》の裏《うち》に（1ウ）蒐《かけ》いりしが、角田常基《かくだつねもと》彼所《かしこ》に居合《をりあひ》、理非《りひ》をいはさず両人を搦《からめ》り、如《し》此《か》々《ぐ》の由糾明《よしきうめい》なし、鬼兵吾《きへうご》は陳《ちん》ずるに道《みち》なく由比ケ浜《ゆひがはま》にて斬《きら》れ、藤太は面《おも》なくやありけん、罪の定《さだま》るをもまたで自害《じがい》して死《しゝ》たり、理非《りひ》はとまれ御所《ごしよ》の裡《うち》をもはゞからず、扈従《こしやう》の士《さむらひ》、狼藉《らうぜき》におよびしこと、心をもちひて召仕《めしつか》はざる故《ゆへ》なれば、其罪《そのつみ》まづ主《しう》にありと、我《われ》を北条《ほうじよう》の館《たち》に招《まね》きよせ、丹波《たんば》の所領《しよりよう》悉《ことぐ》く没収《もつしゆ》せられぬ、かゝりせば鎌倉の住居《すまい》もかなひがたけん、唯《たゞ》心にかゝるは金若《かなわか》が身《み》のうへなり、汝よろしく養育《やしなひ》たて、再《ふた》び家名《かめい》を起《おこ》してくれ、新参《しんざん》なれども信実《なめげ》なる心をしり、（2オ）此《この》ことたのみきこゆるなり、と仰《おゝ》すれば、蒲《かば》沼《ぬま》大ニおどろき、おもひがける今宵《こよひ》の変事、これ悉角田《みなかくだ》常基《つねもと》が讒言《ざんげん》とおぼゆるなれ、君に聊《いさゝか》罪なきことを、何《なに》とて申折《もふしわけ》はし給はざる、よも、それも臣《しん》として、君を嘲《さみ》するとおぼしとり、館《やかた》を立退《たちのき》給ふとならば詮《せん》すべなし、何地《いつち》までも御供《をんとも》せん、といふに重経頭《しげつねかうべ》をふり、今《け》日《ふ》より一所不住《いつしよふじう》の身《み》、従者《じうしや》をつれてなにかはせん、覚悟《かくご》のほどをこれみよと、烏帽子手《ゑぼして》ばやく捜《かなぐり》すつれば、元

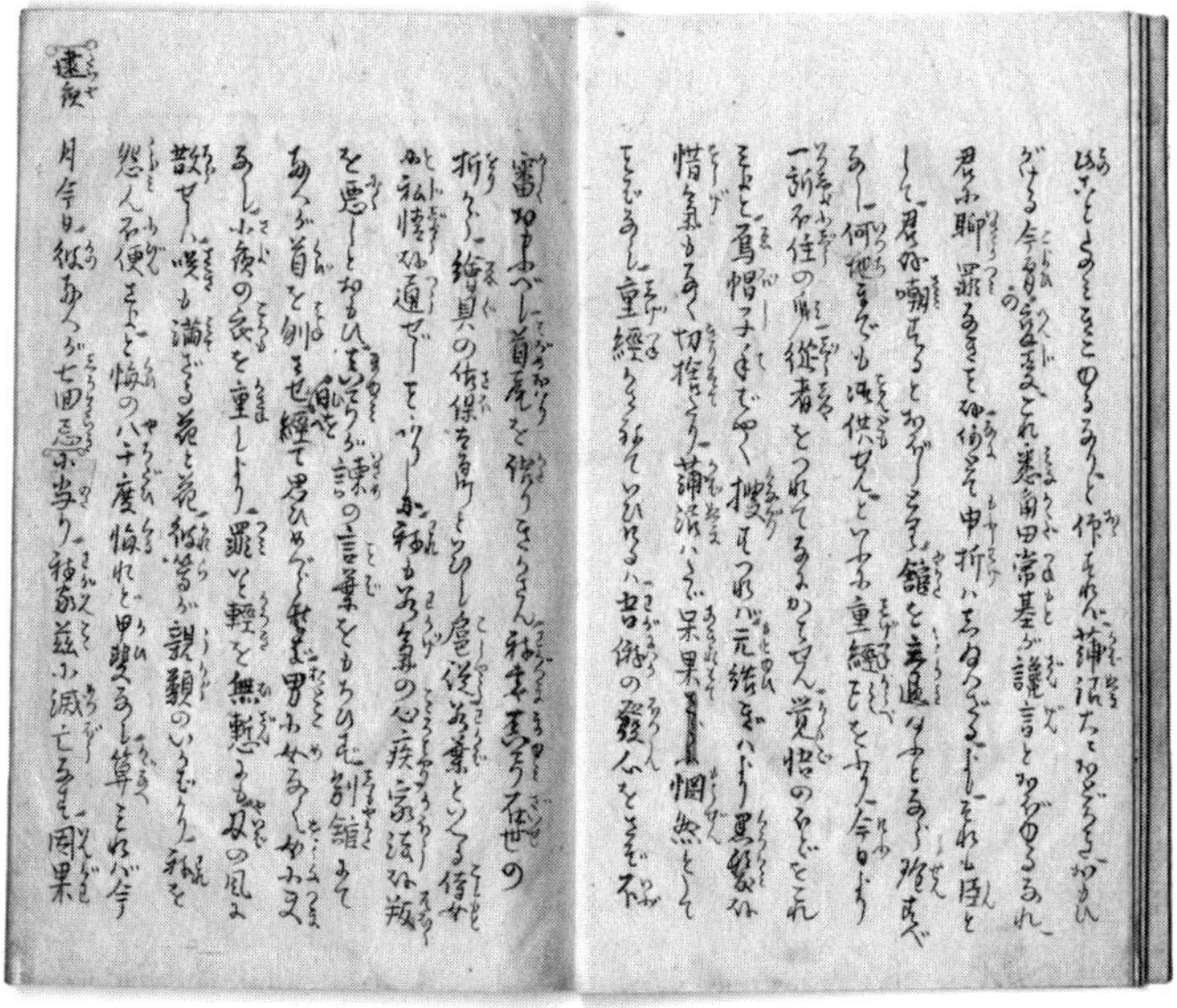

3オ　　　2ウ

結《ゆひ》ぎはより黒髪《くろかみ》を惜気《をしげ》もなく切捨《きりすて》たり、蒲沼《かばぬま》はたゞ呆《あきれ》果惘然《はてもうぜん》としてことばなし、重経《しげつね》かさねていひけるは、吾《わが》俄《にはか》の発心《ほっしん》をさぞ不（2ウ）審《いぶかしく》おもふべし、首尾《はぢめおはり》を語《かた》りきかさん、我妻《わがつま》真弓《まゆみ》在世《ざいせ》の折《をり》から、絵具《ゑぐ》の佐保《さほ》太郎といひし扈従《こしやう》、若葉《わかば》といへる侍女《こしもと》と私情《じじやう》を通《つう》ぜしことありしに、我《われ》も若気《わかげ》の心疾《こゝろはやり》、家法《かほう》を叛《そむく》を悪《にく》しとおもひ、真弓《まゆみ》が諫《いさめ》の言葉《ことば》をもちひず、別館《しもやかた》にて両人が首《くび》を刎《はね》させ、日《ひ》を経《へ》て思ひめぐらせば、男《おとこ》に女《め》なく、女《をうな》に夫《つま》なし、小夜《さよ》の衣《ころも》を重《かさね》しより、罪《つみ》いと軽《かろき》を無慙《むざん》にも、刃《やいば》の風に散《ちら》せしは、咲《さき》も満《みて》ざる花と花、彼等《かれら》が親類《うから》のいかばかり、我《われ》を怨《うらみ》ん不便《ふびん》さよ、と悔《くひ》の八千度《やちだび》悔《くる》れど甲斐《かひ》なし、算《かゞなへ》みれば今月今日、彼《かの》両人が七回《しちくわい》忌逮夜《きたいや》に当《あた》り、我家《わがいへ》茲《こゝ》に滅亡《めつぼう》なす、因果《いんぐわ》（3オ）覿面《てきめん》の理《ことはり》に感《かん》じ、八苦《はっく》充満《じうまん》の娑婆《しやば》を厭《いとひ》、出離《しゆつり》の念《ねん》は起《おこ》せしなり、高野山《かうやさん》の蓮華房《れんげぼう》に、聊《いさゝか》知音《しるべ》もあんなれば、是より彼所《かしこ》に趣《おもむ》きて、剃髪《ていはつ》染衣《ぜんえ》の身とならん、おもへば若葉《わかば》佐保《さほ》太郎は、吾為《わがため》の知識《ちしき》にこそと、ゝ発心《ほっしん》にかこちつゝ、讒者《ざんしや》のためにさえられし、我身《わがみ》のうへはいひもいでず、蒲沼《かばぬま》太郎も涙《なんだ》にかきくれ、譜代《ふだい》恩顧《をんこ》の老臣《をとな》をさしおき、もの

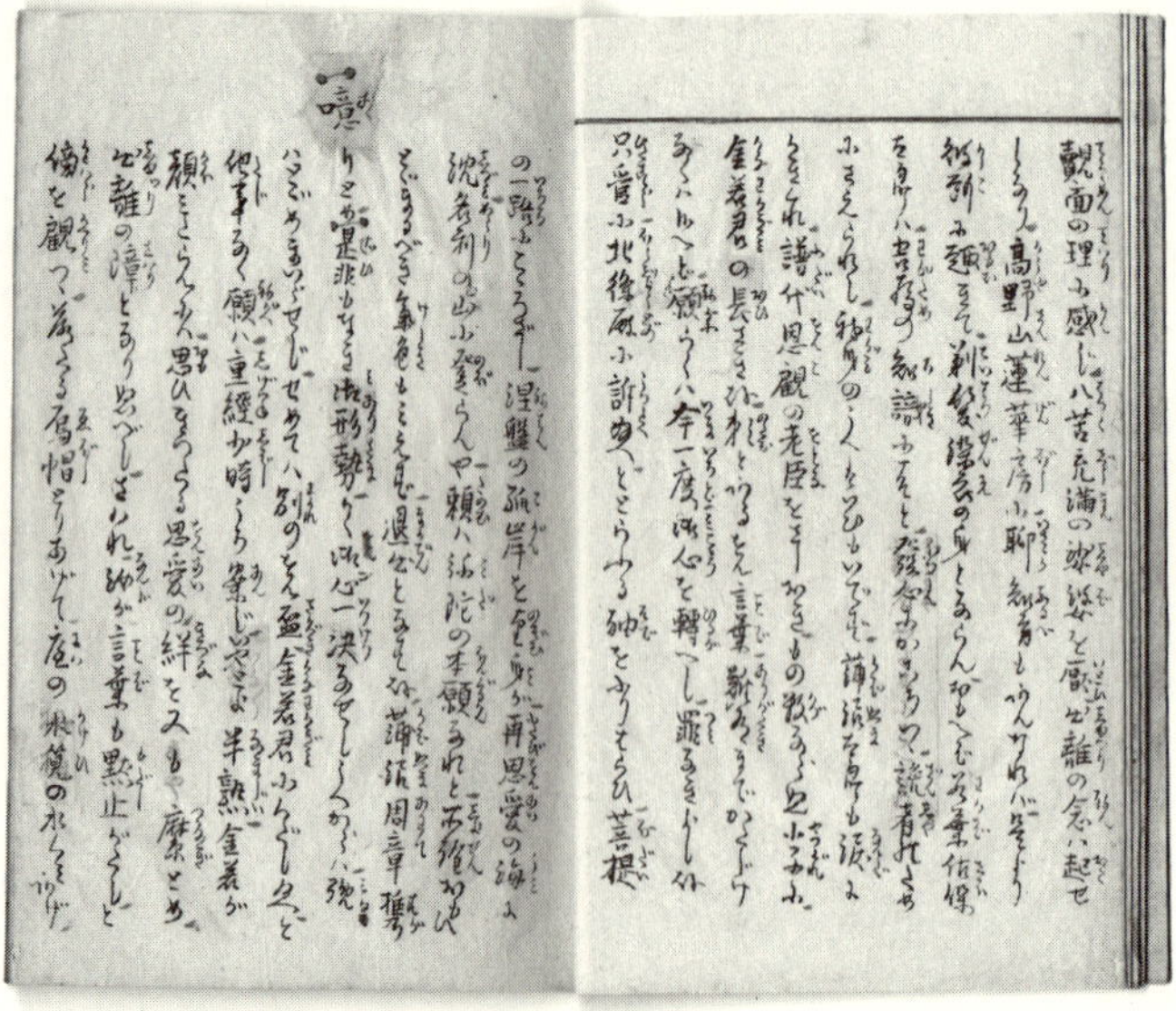

4オ　　3ウ

数《かづ》ならぬ小子《やつがれ》に、金若君《かなわかぎみ》の長《おひ》さきを、頼《たのむ》とあるをん言《こと》葉《ば》、難有《ありがたき》までかたじけなくは候へど、願《ねがふ》らくは今一《いまいち》度《ど》、御《み》心《こゝろ》を転《ひるが》へし、罪《つみ》なきよしを只管《ひたすら》に、北条殿《ほうじようどの》に訴《うつたへ》給へ、ととらふる袖《そで》をふりはらひ、菩提《ぼだい》（3ウ）の一《いち》路《ろ》にこゝろざし、涅槃《ねはん》の孤岸《こがん》を望身《のぞむみ》が、再《ふたゝび》恩愛《をんあい》の海《うみ》に沈《しづみ》、名利《めうり》の山に登《のぼ》らんや、頼《たのむ》は弥陀《みだ》の本願《ほんぐわん》なれと、所詮《しよせん》おもひとゞまるべき気色《けしき》もみえず、退出《まかでん》となすを、蒲沼《かばぬま》周章《あわて》携《すが》りとめ、噫《あゝ》是非《ぜひ》もなき御形勢《みありさま》、かく御《ン》心一決《いっけつ》なせしうへからは、強《みな》はとゞめまいらせじ、せめては別《わかれ》のをん盃《さかづき》、金若君《かなわかぎみ》にくだし給へ、と他事《たじ》なく願《ねがへ》は、重経《しげつね》少時《しばし》うち案《あん》じ、いやとよ半熟《なまじい》、金若が顔《かほ》みたらんには、思《おも》ひきつたる恩愛《をんあい》の、絆《きづな》を又も縻《つなぎ》とめ、出離《しゆつり》の障《さはり》となりぬべし、さはれ、汝《なんじ》が言葉《ことば》も黙《もだ》止《し》がたし、と傍《かたわら》を顧《かへりみ》つゝ、落たる烏帽《ゑぼし》とりあげて、庭《には》の水筧《かけひ》の水くみあげ、（4オ）一《ト》口喫《のん》で蒲沼《かばぬま》が手にわたし、金若《かなわか》が目覚《めさめ》なば、ありしことども語《かた》りきかせ、親子《をやこ》離別《りべつ》の盃《さかづき》なりと、此烏帽《ゑぼし》与《あた》へよかし、兎《と》かくなす間《ま》に夜明《よあけ》なば、館《やかた》をうけとる兵士《へいし》をやさしむけられん、疾《とく》々《〱》せよといそがしたて、おもひきつてもしるすがに、年《とし》

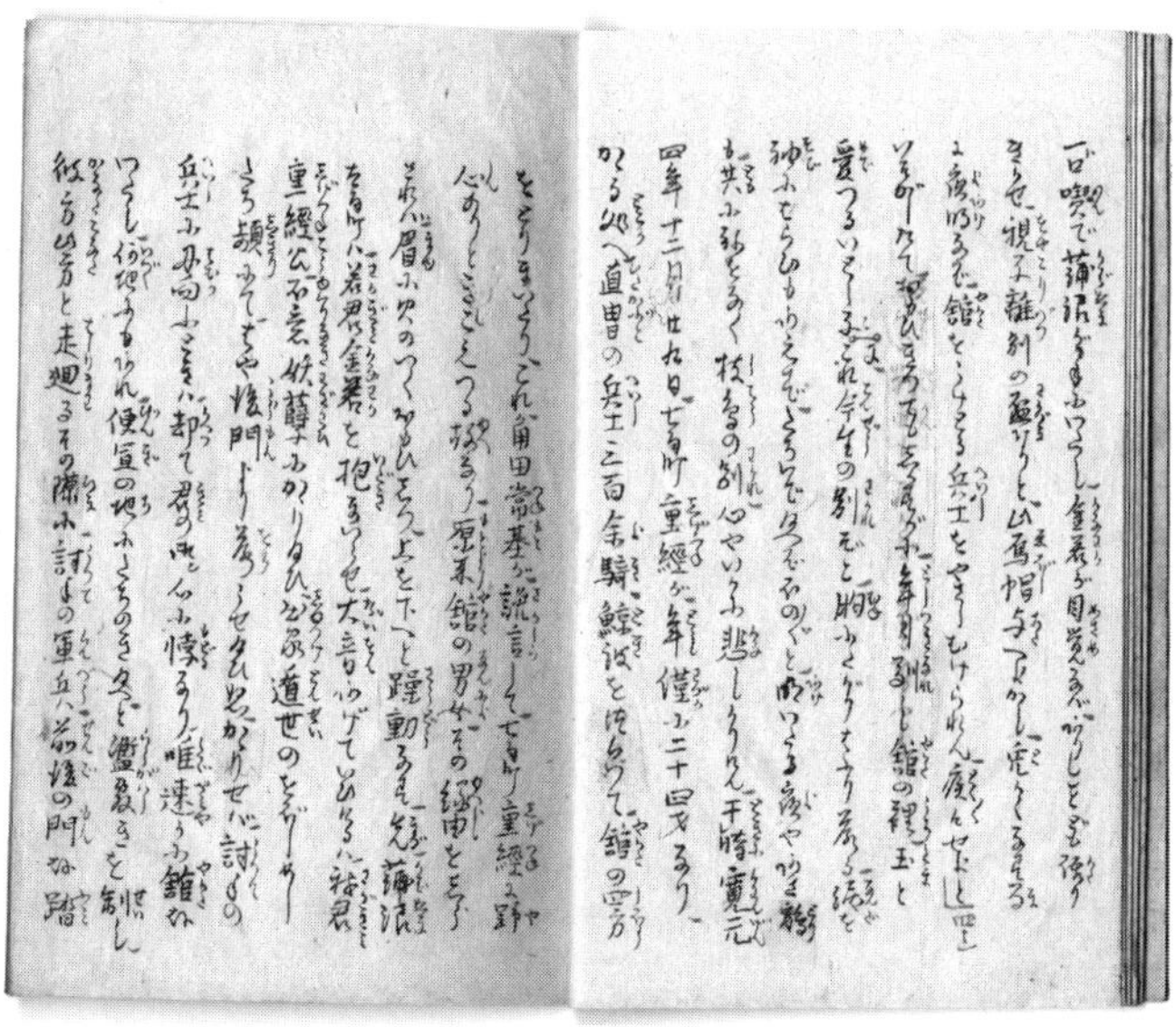

5オ　　4ウ

月馴《つきなれ》し館《やかた》の裡《うち》、玉《たま》と愛《めで》つるいとし子《こ》に、これ今生《こんぜう》の別《わかれ》ぞと、胸《むね》ふたがりはふり落る、涙《なんだ》を袖《そで》にはらひもあえず、たちいで給へばほのぐと、明《あけ》わたる夜《よ》やあさ鶏《とり》も、共《とも》にねをなく枝鳥《してう》の別《わかれ》、心やいかに悲《かな》しかりけん、于レ時《ときに》寛元《くわんげん》四年十二月廿九日、七郎重経《しげつね》が、年僅《としわづか》に二十四才なり、か丶る処《ところ》へ、直冑《ひたかぶと》の兵士《へいし》三百余騎《よき》、鯨波《とき》をつくつて、館《やかた》の四方《しほう》(4ウ)をとりまいたり、これ角田常基《つねもと》が、讒言《さかしら》して、七郎重経《しげつね》に野心《やしん》ありときこえつる故《ゆへ》なり、原来館《もとよりやかた》の男女《なんによ》、その縁由《ゆへよし》をしらされば、眉《まゆ》に火のつくおもひしつ、上を下へと躁動《さうどう》なす、先《まづ》、蒲沼《かばぬま》太郎は、若君金若《わかぎみかなわか》を抱《いだき》まいらせ、大音《だいおん》あげていひけるは、我君重経公《わがきみしげつねこう》、不意妖孽《ゆくりなきわざわい》にか丶り給ひ、出家遁世《しゆつけとんせい》のをぼしめしたち頻《しきり》にて、はや後門《うらもん》より落《をち》うせ給ひぬ、か丶りせば、討手《うつて》の兵士《へいし》に刃向《はむか》ふときは、却《かへつ》て君《きみ》の御ン心に悖《もどる》なり、唯速《たゞすみや》かに館《やかた》をわたし、何地《いづく》にもあれ、便宜《びんぎ》の地《ち》にたちのき給へ、と濫敷《らうがはし》きを制《せい》し、彼方《かなた》此方《こなた》と走廻《はしりまわ》るその隙《ひま》に、討手《うつて》の軍兵《くんべう》、前後《せんご》の門《もん》を踏《ふみ》(5オ)越《こえ》て、はやくも館《やかた》に乱入《らんにう》なす、蒲沼《かばぬま》いまはこれまでぞと、広庭《ひろには》にをりたちけるが、此館《このやかた》の盆池《せんすい》は滑川《なめりがは》の川

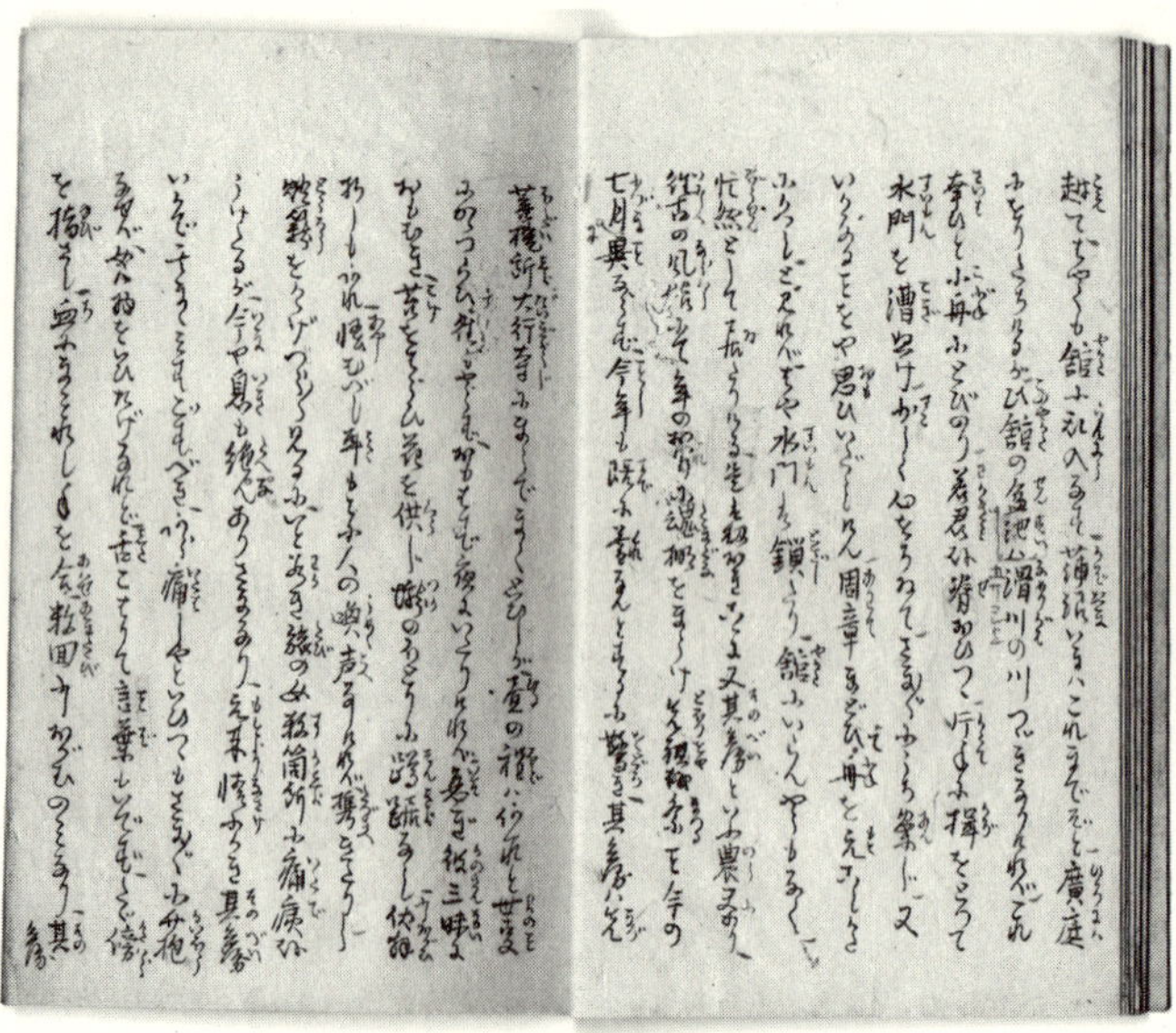

6オ　　5ウ

つゞきなりければ、これ幸《さいはひ》と小舟《こぶね》にとびのり、若君《わかぎみ》を背《せ》おひつゝ、片手《かたて》に楫《かぢ》をとつて水門《すいもん》を漕《こぎ》ぬけ、少《すこ》しく心をちゐて、さま〴〵にうち案《あん》じ、又いかなることをや思《おも》ひいだしけん、周章《あわて》まどひて、舟《ふね》を元《もと》こしかたにかへし、と、見れば、はや水門《すいもん》を鎖《とざし》たり、館《やかた》にいらんやうもなく、茫然《ばうぜん》として居《ゐ》たりける、是は扨おきこゝに又其《その》兵衛《べい》といふ農夫《のうふ》あり、往古《いにしへ》の風俗《ならはし》にて年のおはりに魂棚《たまだな》をまうけ、先祖《とほつをや》を祭《まつる》こと今の七月《ふづき》に異《こと》ならず、今年《ことし》も既《すで》に暮《くれ》なんとするに驚《をどろ》き、其兵衛は先《まづ》(5ウ)菩提所《ぼだいしよ》大《だい》行寺《ぎようじ》にまうでまく思ひしが、昼《ひる》の程《ほど》は何くれと世事《よのこと》にかゝつらひ、往《いき》もやらず、おもはず夜にいたりければ、急《いそ》ぎ彼三昧《かのさんまい》におもむき、苔《こけ》をはらひ花を供《くう》じ壠《つか》のほとりに蹲踞《そんきよ》なし、伏拝《ふしおがむ》折しもあれ、怪《あやし》むべし耳《みゝ》もとに人の喚声《うめくこへ》なしければ、携《たづさへ》きたりし燈籠《とうろう》をかゝげつら〴〵見るに、いと若《わか》き旅《たび》の女数箇所《すかしよ》に痛痍《いたで》をうけたるが、今《いま》や息《いき》も絶《たへ》なんありさまなり、元来情《もとよりなさけ》ふかき其兵《そのべ》衛《い》いかで其まゝみすごすべき、あら痛《いたは》しやといひつゝもさま〴〵に介抱《かいほう》なせば、女は物をいひたげなれど、舌《した》こはりて言葉《ことば》もいでず、ただ傍《かたはら》を指《ゆび》さし、血《ち》にまみれ

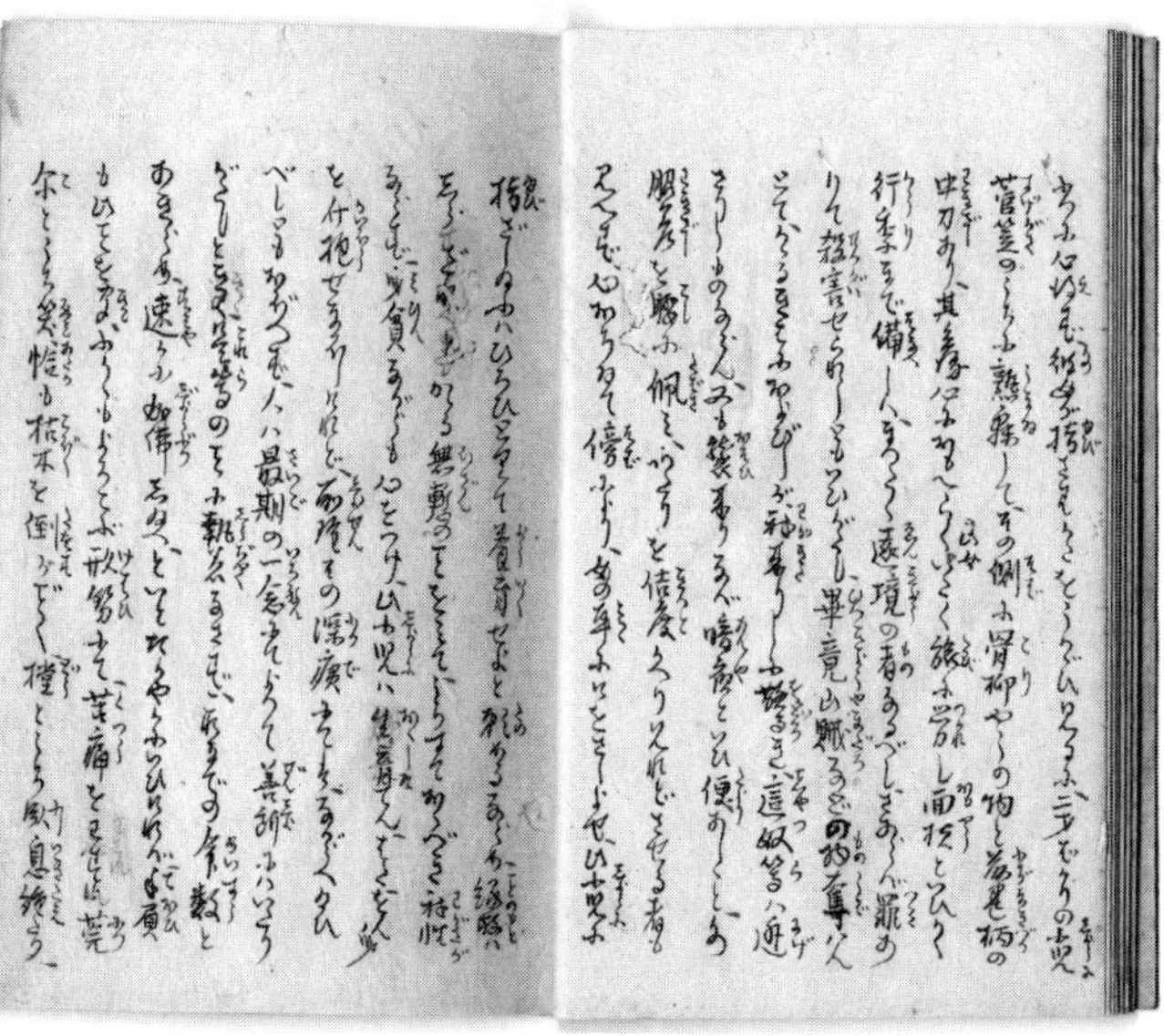

7オ　　6ウ

し手を合《あはせ》、数回《あまたゝび》ふしおがむのみなり、其《その》兵衛（6オ）ふつに心得《え》ず、彼女《かの》が指《ゆび》さすかたをうかゞひ見るに、二才ばかりの小児《しやうに》菅笠《すげがさ》のうちに熟寝《うまゐ》して、その側《そば》に骨柳《こり》やうの物と藤巻柄《ふぢまきづか》の中刀《わきざし》あり、其兵衛心におもへらく此女いたく旅《たび》に労《つかれ》し面様《おもやう》といひかく行李《かうり》まで備《そなへ》しは、まつたく遠境《ゑんきやう》の者《もの》なるべし、さあらば罪《つみ》ありて殺害《せつがい》せられしともいひがたし、畢竟《ひつきやう》山賊《やまだち》などの物奪《ものうば》はんとて、かゝるきはにおよびしが、我来《わがきた》りしに驚《をどろ》き、這奴等《しやつら》は逃《にげ》さりしものならん、又も襲《おそひ》来りなば暗夜《あんや》といひ便《たより》あしゝと、かの脇差《わきざし》を腰《こし》に佩《たばさ》み、あたりを佶度《きつと》かへり見れどさせる者も見へず、心おちゐて傍《そば》により、女の耳《みゝ》に口をさしよせ、此小児《しように》（6ウ）指《ゆび》ざし給ふはひろひとりて養育《よういく》せよと頼《たの》めるならめ、縁故《ことのもと》はしらざれどもかゝる無慙《むざん》のことをみて、うちすておくべき我性《わがさが》ならず、身《み》貧《ひん》ながらも心をつけ、此小児《しように》は生育《おゝした》てん、はた、をん身を介抱《かいほう》せまほしけれど、所詮《しよせん》その深痍《ふかで》にては、ながらへ給ひべしともおぼへず、人は最期《さいご》の一念《いちねん》にてよつて善《ぜん》所《しよ》にはいたりがたしときく、是等《これら》のことに執着《しうぢやく》なさず、これまでの命数《めいすう》とあきらめ、速《すみや》かに成仏《じやうぶつ》し給へ、

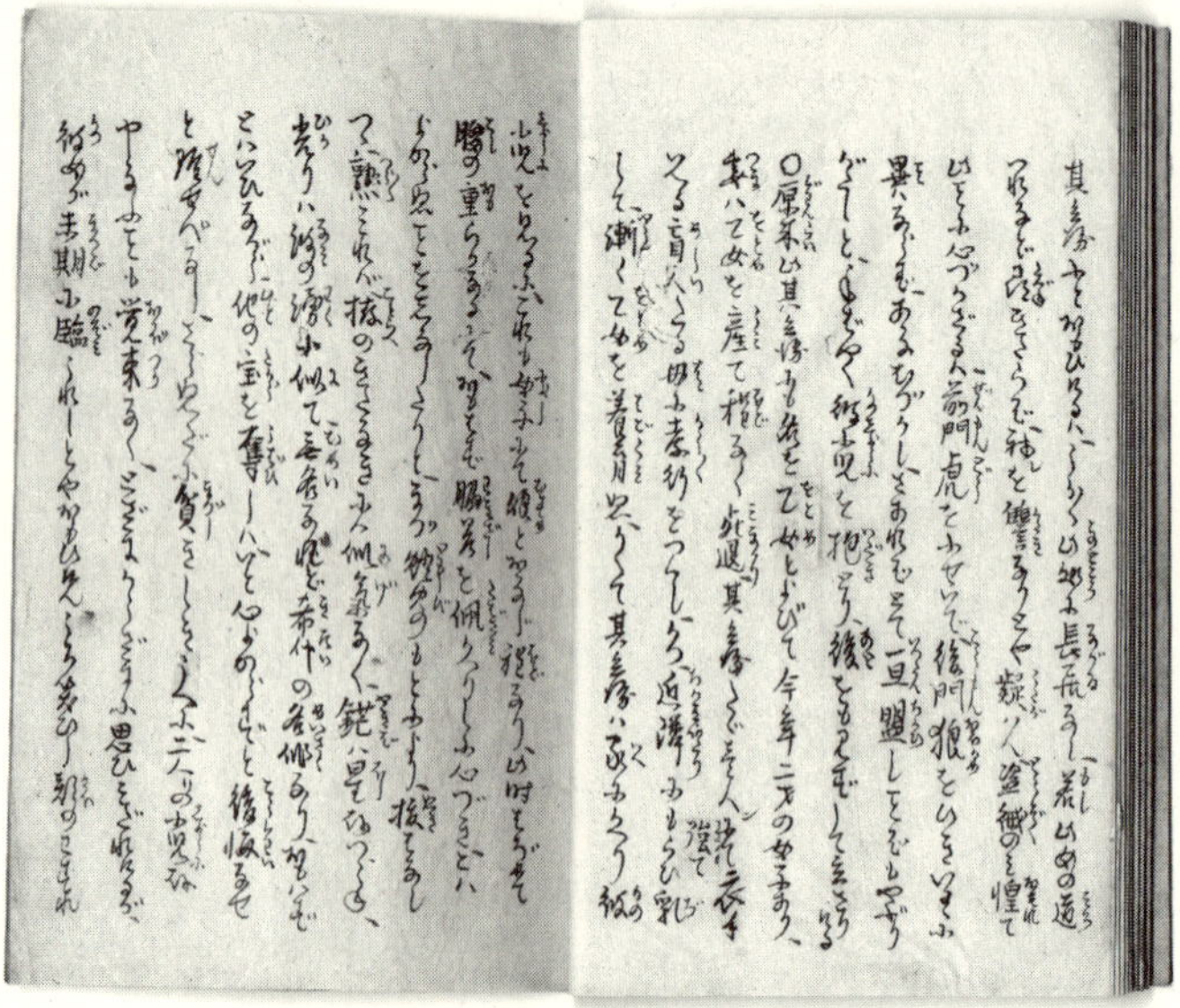

8オ　　7ウ

といとたかやかにいひければ、手負《ておひ》も此ことを聞《きゝ》、ふかくもよろこぶ形勢《けはひ》にて、苦痛《くつう》をわすれ莞爾《につこ》とうち笑《ゑみ》、恰《あたか》も枯木《こぼく》を倒《たをす》がごとく、撞《どう》とうち臥息絶《ふしいきたえ》たり、(7オ)其兵衛ふとおもひけるは、うかく\此所《このところ》に長居《ながゐ》なし、若《もし》此女の道《みち》つれなど尋《たづね》きたらば、我ㇾを讐《かたき》なりとや疑《うたが》はん、盗賊《とうぞく》のみ惶《おそれ》て此ことに心づかざるは、前門虎《ぜんもんどら》をふせいで、後門狼《こうもんおほかめ》をひきいるゝに異《こと》ならず、あなむづかし、さあればとて一旦盟《いつたんちかひ》しことばもやぶりがたしと、手ばやく彼小児《かのしように》を抱《いだき》とり、後《あと》をも見ずして立さりける

○原来《ぐわんらい》此其兵衛にも名を乙女《をとめ》とよびて今年二才の女子あり、妻《つま》は乙女《をとめ》を産《うみ》て程なく死退《みまかり》、其兵衛たゞ壱人ンにて※1衣手いへる盲人《めしい》たる母《はゝ》に孝行《かうく》をつくし、かつ、近《ちかき》隣《あたり》にもらひ乳《ぢ》して、漸《やうや》く乙女《をとめ》を養育《はごくみ》ぬ、かくて其兵衛は家《いへ》にかへり彼《かの》(7ウ)小児《しように》を見るに、これも女子《によし》にて娘《むすめ》とおなじ程《ほど》なり、此時はぢめて腰《こし》の重《おも》らかなるにて、おもはず脇差《わきざし》を佩《たばさみ》かへりしに心づき、こはよからぬことをしなしたりと、まづ燈火《ともしび》のもとにより、抜《ぬき》はなしつゝ、熟《つらく》みれば、拵《こしらへ》のきたなきには似気《にげ》なく、

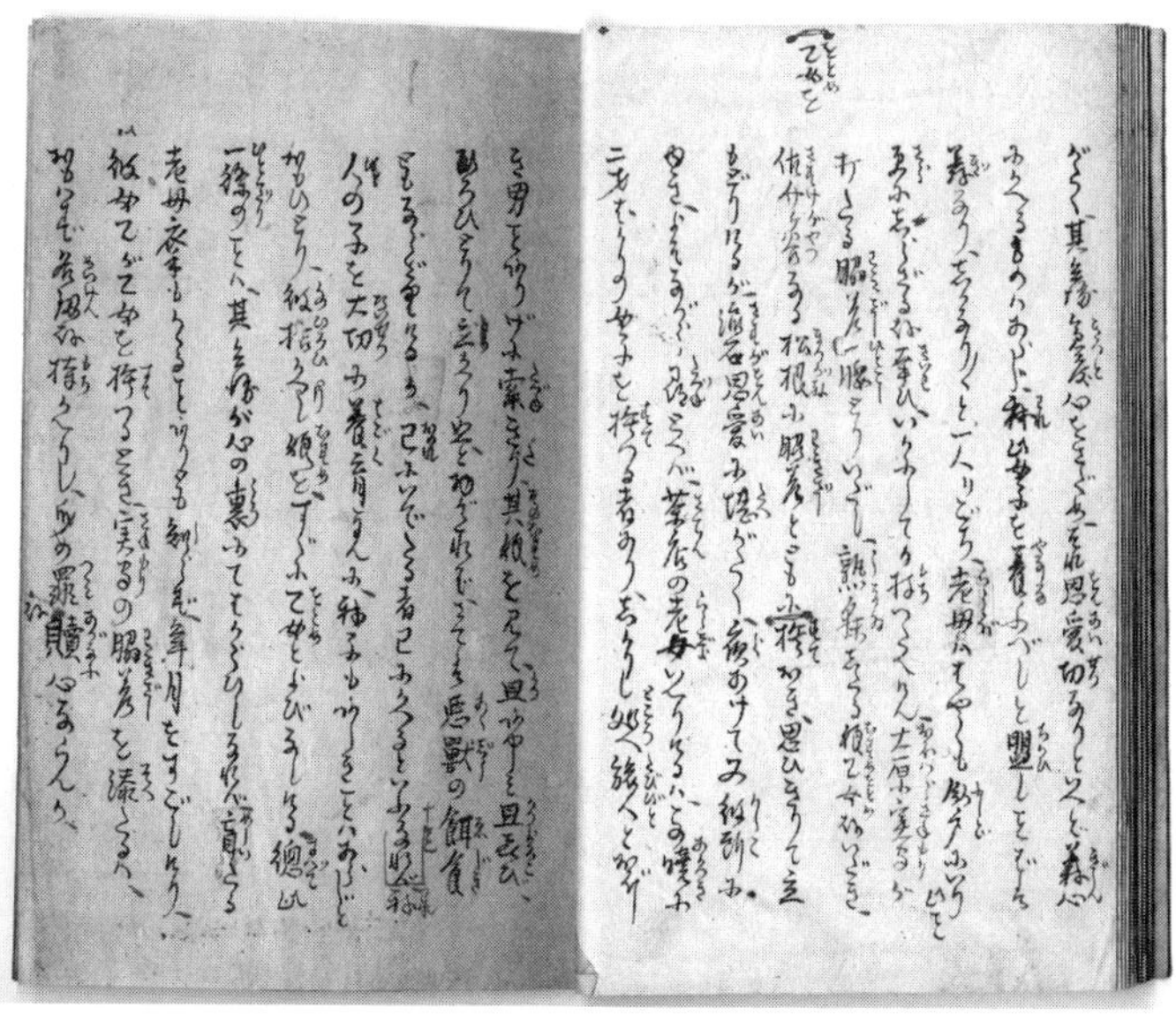

9オ　　8ウ

鋩《やきば》は星《ほし》をつらね、光《ひか》りは波《なみ》の湧《わく》に似《に》て、無名《むめい》なれど希《き》代《たい》の名作《めいさく》なり、おもはずとはいひながら、他《ひと》の宝《たから》を奪《うばひ》しは、いと心よからずと後悔《こうくわい》なせと詮《せん》すべなし、さらぬだに貧《まづし》きしきうへに、二人《り》の小《しよう》児《に》をやしなふことも覚束《おぼつか》なく、とざまかうざまに思ひみだれけるが、彼女《かの》が末期《まつご》に臨《のぞみ》うれしとやおもひけん、うち笑ひし顔《かほ》のわすれ（8オ）がたく、其兵衛急度《きつと》心をさだめ、それ恩愛切《をんあいせつ》なりといへど義心《ぎしん》にかへるものはあらじ、我《われ》此女子を養《やなしな》ふべしと盟《ちかひ》しことばは義《ぎ》なり、しかなり〳〵と一人《り》ごち、老母《らうぼ》ははやくも臥戸《ふしど》にいり此こと更《さら》にしらざるを幸《さいわ》ひ、いかにしてか持《もち》つたへけん、大原実守《おほはらさねもり》が打たる脇差一腰《わきざしひとこし》とりいだし、熟寝《うまゐ》したる娘乙女《むすめをとめ》をいだき、佐介ケ谷《さすけがやつ》なる松根《まつがね》に脇差《わきざし》とともに乙女《をとめ》を捨《すて》おき、思ひきりて立もどりけるが、流石恩愛《さすがをんあい》に堪《たへ》がたく、夜《よ》あけて又彼所《かしこ》にゆき、よそながら尋《たづね》とへば、茶店《さてん》の老女《らうぢよ》いへりけるは、この暁《あかつき》に二才ばかりの女子を捨《すて》つる者あり、しかりし処《ところ》へ旅人《たびびと》とおぼし（8ウ）き男ことありげに索《たづね》きたり、其娘《そのむすめ》を見て、且《かつ》あやしみ且喜《かつよろこ》び、ひろひとりて立かへりぬ、と物がたれば、さては悪獣《あくじう》の餌食《ゑじき》と

仮裏表紙見返し　　　裏表紙

もならざりけるか、己《おのれ》にいでたる者己《おのれ》にかへるといふなれば我人《われ》の子を大切《たいせつ》に養育《はぐく》まんに、我子もあしきことはあらじとおもひとり、彼拾《かのひろひ》かへりし娘《むすめ》を、すぐに乙《をと》女《め》とよびなしける、総《すべて》此一条《ひとくだり》のことは、其兵衛が心の裏《うち》にてはからひしなれば、盲《めしい》たる老母衣手もかゝることありとも知《し》らず、年月をすごしけり、彼の女※2乙が乙女を捨《すて》つるとき、実守《さねもり》の脇差《わきざし》を添《そへ》たるは、おもはず名《めい》釼《けん》を持《もち》かへりし、身の罪《つみ》を贖《あがなふ》心ならんか、（9オ）

（裏表紙）

仮裏表紙

※1 「強て」と貼紙する。剥落したものを後で貼ったものと思われる。

※2 以下は貼紙による訂正部分が剥落したか。

二丁裏四行目より剥落

松江藩士妻敵討事件の小説化について

田中則雄

一

享保二年七月十七日、大坂の高麗橋で松江藩士による妻敵討事件があった。近松門左衛門がこの話をもとに『鑓の権三重帷子』を書き、翌八月の二十二日には上演に至ったということはよく知られている。記録等から窺い知れる限り、実際の話は、松江藩茶道役の正井宗味の妻が、同藩中の池田文治と密通して出奔し、宗味がこの両人を討ち取ったというものである。近松はこれに様々脚色を加えつつ作品化した。実話の正井宗味に該当する人物として、浅香市之進を設定した。同じ家中の表小姓笹野権三（鑓の権三と呼ばれる武芸の達人）は、市之進の茶道門弟であったが、若殿の婚儀祝賀に当たり真の台子の茶事を、江戸在勤中の師匠に代わって執り行う役をめぐり、同僚の川側《かわづら》伴之丞と争っていた。一方、市之進の妻おさゐは、権三を娘の婿にと切望していた。しかし権三はすでに別の女性（お雪）と結婚の話を進めていた。これを知ったおさゐは焦り、権三に対して、不在の夫に代わって真の台子秘伝の巻子を見せるので、必ず娘と結婚するようにと迫る。こうして二人はそれぞれ切迫した思いを抱きながら深夜の茶室へ入るが、その様子を窺っていた川側伴之丞に、不義を見届けたと言い立てられる。おさゐは、この状況では最早釈明不可能と判断し、権三に、夫の名誉のため、あえて自分と共に妻敵として討たれてもらいたいと告げる。二人は後に、潔く市之進に討たれる。

近松は、実話の正井宗味が松江藩茶道役という身分であった点に殊に着目し、そこから伝統的技芸の継承をめぐる事柄を作の中心に据えることに思い至ったものと解される。茶道家としての地位の獲得にこだわる青年権三、また優秀な人物を婿にすることが即ち家を守り、娘にも幸福をもたらすことになると信じたおさゐ、各々の切実の情を描き出すこととなった。

ところでこの事件は、近松によって戯曲化される一方で、何人かの作者によって小説化が行われており、そこには近松とは異なる捉え方が見出される。以下まずこの事件を描いた実録『敵討雲陽実記』について報告し、さらに同じ事件に取材した他の小説にも検討を及ぼしたい。実際の事件に基づく話の大枠は守りながら、その具体的経緯の部分をいかに書くかというところに、各作者独自の事件に対する捉え方と、それを表すための記述体の特徴を見て取ることができると考える。

二

『敵討雲陽実記』という実録がある。所見の伝本は以下の二種のみ。一は、鳥取県立博物館蔵本（鳥取県岩美町・中島家旧蔵。三巻一冊）。序題は「敵討雲陽実記」、外題・目録題は「敵討摂陽高麗橋実記」。序の最後に「天明五年乙巳十一月」とあるのは本作品の成立年時を示すものかとも考えられるが、天明五年は事件のあった享保二年から六十八年後であり、何らかの原初的な段階の作が先に存在して、年を経るうちに増補改変が行われて本作が成った可能性も考え得る。奥書に「天明七年未三月八日　中島正之写之」とあるのは、この本の書写に関するものである。一は、島根県立図書館蔵本（八巻八冊）。こちらは序の最後に年時の記はなく、代わりに「撰者　白栄軒」と記す（序の文章の内容自体は鳥取県立博物館本と同じ）。以下鳥取県立博物館本によって掲げる。

本作は「敵討雲陽実記」もしくは「敵討摂陽高麗橋実記」と題し、松江藩士による高麗橋での妻敵討事件の実録であることを標榜するが、実際にこの事件に直接関わって話が動き出すのは、後半に至ってからである。要するに全体の約半分は、事件にとっての背景、さらにその背景というべき話が占めている。

まず巻頭第一、第二の章段は、当該の事件より約百年も遡り、松江藩松平家の初代・出羽守直政が、十四歳にして大坂夏の陣で真田幸村を相手に武勇を発揮した話から説き起こす。かくて第三の章段で、四代藩主吉透《よしとお》の時代の事柄へと繋ぎ、以下のような話を記す。吉透が、鹿狩の折に得た老狐を密かに側に置き、江戸藩邸へも連れ行き、これに藩士たちの自宅内での振る舞いを窺わせ、後日これをつぶさに言い当てて驚愕させる。家老の一人が、忍びの者を使って慰みをなさるはけしからずと諫めると、今度はこれに一泡吹かせようと、老狐に密書を持たせ、本国松江の鱸を四五日のうちに取り寄せることを試みる。ところが老狐は途中播州明石で狩人の罠に掛かって殺され、これが松江藩主自筆の書を身に付けていたことで取り沙汰となる。吉透は真実を明かそうとしなかったが、狐が藩主の飛脚をしたと騒ぎになってしまい、密かに近習の池田文右衛門に相談する。文右衛門は、自分に任されよと引き受け、「この度殿の密書を国元へ届けるべく、自分の家来を遣わしたところ、この者が途中で野狐に誑かされて大切の書を失い逐電した。明石で罠に掛かったのはその野狐である。責任は全て人選を誤った自分にある」との書き置きを残して切腹する。吉透は文右衛門の志を憐れみ、残された息子文治を御側小姓として召し、殊の外寵愛した。これが、密通事件の中心人物池田文治である。

ここで文治の人格が次のように書かれる。

文治は父母に放れ近類とてもなければ、おのづから我儘に育、御気に入しをかふにきて、役人中へも無礼がちなれば、若輩者也とゆるし置ける故、いよ〳〵身持宜しからず。武芸にうとく遊芸のみ心掛ける。元来奇麗成生付なるゆへ、御側勤なれば、着類等をみがき立たるゆへ、雲州一の美男と沙汰しける。

老狐事件は、文治の生い立ちの背景という意味付けで記された。生い立ちは彼の人格に影響し、この人格は後の彼の行動を暗示する。このように各々の話は相互の連関を意識しつつ配置されたと解される。

さて同藩士に沢田幸右衛門という弓馬の達人がおり、文治はこの人に入門した。沢田の娘きよは、「父母の実体なるに引替徒なる心ふかく」「幼少より好色もの」であった。彼女は文治の美色に惹かれ、心を明かした。文治は最初、師匠の娘であることを憚り、わざとすげなく返事をしていた。その後もきよが度々文を送ってくるので、「折あらば」と答えたものの、結局そのままになっていた。やがて文治は江戸勤めとなったため、彼女の思いは果たされずに終わった。

この後きよに、同藩の茶道頭正井宗味との縁談が起こり、「気に叶わねどもぜひなく」嫁した。母の教訓の甲斐もあってひとまず夫婦仲良く、一男一女を儲けた。

さて後に正井宗味は江戸勤めを仰せ付けられ、ここで文治が宗味の茶道門弟となったことから、両者昵懇となる。やがて文治が帰国することとなった時、江戸に残る宗味は、松江の妻子への書状を彼に預ける。文治は正井家を訪ね、そこできよと再会した。

互に是はと手を打ながら、能々見れば、二人の子共を持、古への娘の風もなく、今は三十過しかと見へながら、たしなみ深き伊達好。文治は前髪取ての男ぶり、昔に勝れし美男と思ひ込、顔を詠る計にて、暫し詞もなかりしが、……

かくして、きよの心中に再び恋情が湧き起こる。

「君を見初てより外は男は持まじと存詰しところ、ほどなう親の詞ぜひなく、宝永五年の春の比、此家へ縁付られ、二人迄子供をもうけ候へ共、あなたさまの御事は心にわすれ候はず。」と訴え、帰ろうとする文治の袖をひかえ、「夫宗味在江戸なれば、女の身にて心に頼なく候へば、此上は何角の事御心付られ下されかしと偏に願上候」と訴える。さらに文を送って夜分呼び寄せ、酒事の上で遂に不義に及ぶ。一度切りと誓うが抑え得ずやがて懐妊、宗味が帰国するとの知らせを聞いて、両人は出奔する。

作者はこの経緯について、

宗味女房きよ、生得いたづらなる者にて、今二人の子持となりしか共、文治が美男に迷ひ、……

と述べている。

以上の部分には次のような組み立てが見て取れる。まず両人の人となりに関して、文治は放埒にして色を磨く者であったこと、きよは幼少よりの徒者好色者であったことを提示する。その上で、きよの恋が中途半端な状態で頓挫したことを書く。江戸で宗味が文治と出会い妻子への書状を託すという、いかにもあり得る状況を設定し、きよと文治との突然の再会へと繋ぐ。ここできよの恋情について、一度停止していたものが再び動き出したなどという単純な書き方をしていない。結婚して子供を持ち収まっていたはずの感情が再燃してしまったのは、突然の再会と、この時の文治の美色に改めて心を動かされたからであった。生得の要因に、特定の事態という要因を重ねて行くことで、その感情が本人にとっては避け難いものであったことを示す。実録としての本作の記述体の一つがここに見て取れる。

さて文治ときよは一旦大坂へ出、やがて京都へと向かう。その舟中で文治は憂さ晴らしにと謡をうたう。乗り合わせた大坂の町人和泉屋源兵衛がこれを絶賛し、盃を交わす。京都へ着き、文治はきよに芝居を見せようと四条河原へ行く。文治は、女性に横道をする者を、男伊達の連中が撃退する様を見物しているうちに、巾着切りに紙入れを取られる。しかし世を忍ぶ身である故自分では対処し難く、かの男伊達に頼み、取り返してもらう。文治の亡父文右衛門の家来であった甚平が、今は京都で出雲屋兵右衛門と名乗り商人となっているのに出会い、匿われる。しかしかの巾着切りの仲間が大勢で報復しに来るため、これ以上兵右衛門に難儀を掛けられずと、思案の末再び大坂へ移ることにする。

文治も気を痛め、色々思慮しける内に、乗合船にて出合し和泉屋源兵衛が事を思ひ出し、……

和泉屋源兵衛は以前舟中で謡を褒めた人物である。両人が最終的に大坂高麗橋で討ち取られるということは動かせないとすれば、彼等が大坂に定着したことをどこかに書かなければならない。舟中での出会いを一旦提示しておき、京都での避け難い状況を描いて、「だから大坂和泉屋の所へ向かったのだ」という形で必然性を示す。

かくして両人は和泉屋の裏借家へ移ったが、住人の一人が金子を盗まれたと訴えたことから、近隣一同が詮議に召し出される。この時丁度、松江藩の留守居役泉田多膳が役所に出仕していて、御門の溜まりで文治を見る。泉田は、この時大坂に出て両人を探索していた宗味にこのことを知らせる。両人は、大坂へ移って二月余りを過ごし、「身を忘れて芝居見物を催し」、道頓堀へ行く。芝居から出、高麗橋を渡ろうとした時、宗味は名乗り掛けて遂に討ち取る。

以下、他の小説と対比するに際して特に、

〈①最初の恋慕とその頓挫〉〈②再会による恋情の再燃〉〈③出奔後の態度〉

の三箇所に着目する。この点から実録『敵討雲陽実記』について次のように纏められよう。①に関しては極めて簡略で、きよの徒者好色者という生得の性質を挙げ、きよからの一方的な働きかけで終わったと書いている。②については、まずきよの生得の性質が下地にあったとした上で、突然の再会、その時の文治の一層優った男ぶりを見ることによって、彼女にすれば避けられずして心が動いたものであったことを表す。③については、一旦逃亡を決めるや開き直ったかのごとく、京大坂を動き回っている。その中で巾着切りの一件や近隣での窃盗事件、また庇護者との出会いなどの事柄が、単に彼等の体験として列挙されるのではなく、相互に影響関係を持ちながら次の状況へと連なるように書かれる。特に②③において、複数の要因が連関を持つことで、避けられずして特定の状況へと向かって行くように記述する点に、本作の特色が窺える。

三

『雲州松江の鱸』は、作者は不明、三巻三冊、享保二年刊。翻刻を収める徳川文芸類聚第一巻では、これを事実小説と称するとしているが、国書総目録では浮世草子に分類する。なお本作では、正井宗味の妻の名を清、密通相手の名を池上文蔵とする。

以下、前節に掲げた①②③に該当する箇所を中心に検討する。まず〈①最初の恋慕とその頓挫〉に関して。ここで生得の好色の性質を言うことはなく、一方で次のような状況を描く。清の父親中林幸介は隣に住む傍輩の池上文左衛門と親しかった。池上の息子文蔵は、器量世にすぐれ、若殿の小姓を務めていた。池上宅へ中林一家が招かれていた日のこと、文蔵が下城して帰宅、その姿の麗しさに、清は忽ち恋慕する。清は文蔵に恋文を送り、文蔵も返すが、文蔵は勤めが忙しく、会うことが叶わない。こうしているうちに、清は、茶道頭の正井宗味との結婚を、親によって一方的に決められる。清は無念を文に認めて文蔵に送る。文蔵も「本意なくすてがたく思へども」、あえて「これまでの縁と思しめし、ふつ〳〵思ひきりて、彼かたへの縁付しかるべく候」と返す。しかし文蔵には思いが残っており、この後も密かに文を送る。やがて文蔵は江戸勤めを命ぜられて松江を離れる。月日を経て清は三人の子を産み、宗味とも馴染む。

続く〈②再会による恋情の再燃〉については以下の通り。今度は宗味が江戸勤めを命ぜられ、一方文蔵は帰国する。文蔵が正井家へ挨拶に出向くと、清が応対する。

折ふしお清出合あひさつせられける時、両方たがひにかほを見合てより、思はずはつと云ばかり、心ときめきけれども、何となくもてなして、文蔵は内にかへりぬ。

文蔵は、今となっては致し方なしと抑えようとするが、しかしまた、「もしやかはらぬ心ざしも有ば、せめて文の通ひなりともしてたのしまんもの」と思い直して、文を送る。これを受け取った清は躊躇する。

（清は）つく〴〵としあんしたれども、「一大事の所なり。十一をかしらにして、三人までの子の親なれば、もししそんじては親兄弟一家のつらよごしなり。嗚呼なにとか」と、（文を）まいつひらいつ立つ居つ、思案も更におちつかざりけり。

遂に彼女は昔の思いを再燃させてしまい、不義に及ぶ。

とかくと思案するほど、むかしのこといやましに思ひつゞくるまよひのたね、ことに元服して文蔵もなを男ぶりしあげたれば、男ざかり色ざかり、今とし四七の夏ごろも、ほつそりとした風俗は家中にもまれな生れ付、若衆のときより一入に色に実の有やさおとこ、……

①で、清は文蔵の美色に惹かれて恋情を発したとされていた。ここでまた同じ心の動かし方、しかもより強い動かし方をしたと書いて、①との対応を作っている。

〈③出奔後の態度〉に関しては、両人京大坂の市中を歩き回るなどのことはあるが、前掲実録のような開き直った振る舞いというものではない。むしろ油断による隙の多さを露呈している。当日も、芝居を見てから茶屋で料理を注文して休息し、堺筋を通って提灯踊りを見物し、「手に手をとりてうか〳〵と」高麗橋へと来たところを討ち取られる。

本作では、まず①の恋慕の頓挫に際して、文蔵はあえて冷静に対応したが、実はその分思いが残ったことを描き、それ故に②の再会の折、それが抑え得ずして出てきてしまったという、その心情の道筋を表す所に作者の力点があったと思われる。

四

『女敵高麗茶碗』は、作者、刊年不明。伝本所在不明にて、徳川文芸類聚第一巻所収の本文による。『雲州松江の鱸』と同様、徳川文芸類聚では事実小説と称し、国書総目録では浮世草子に分類する。

大橋正叔「『好色橋弁慶』について――浄瑠璃本の出版（その三）」（『山辺道』第二十八号、一九八四年三月）において、この『女敵高麗茶碗』の序の年時が「享保弐つのとし七月廿一日」（即ち事件から四日後）と記されているが、信じ難いものであること、同じ序文中に「好色橋弁慶とは、近松門左が思ひつき」として挙げる『好色橋弁慶』とは、『鑓の権三重帷子』の正本に基づき同じ本文を持ちながら、匡郭・挿絵を加えて草子風に仕立てた書であることが明らかにされている。かくて作者（序者と同一と考えられる）が『好色橋弁慶』を読んでいることの結果として、『鑓の権三重帷子』との間に多くの類似点が生じていることが指摘される。

このことを踏まえた上で、なおこの作には小説風と言うべき話の組み立ての方法が認められると考える。以下その点に関して私見を述べる。

まず、松江藩士増井宗茂は、内儀松ゑと、夫婦仲良く三人の子があり、宗茂は同家中の生田源次を長女の婿に定めた、ということから話は始まる。即ち本作では、前掲の〈①最初の恋慕とその頓挫〉〈②再会による恋慕の再燃〉に該当する運びはない。また不義はなかったのであるから、〈③出奔後の態度〉に関して、開き直って遊山や芝居に出掛けるなどのこともない。

宗茂が江戸出府中のこと、増井家の中居のさよが、源次に懸想し、自分の部屋へ忍んで来るように誘う文を認めるが取り落とし、これを内儀が拾う。文からは相手の男の名はわからなかったが、内儀は、家中の私通は戒めるべしと考え、様々思案をめぐらした末、自分が彼女と入れ替わって相手を待つ。源次が来て、そこにいるのはさよと思い込み、戯れる。内儀は、声により相手が源次であったと知るが、名乗って異見をすることもできず、辛うじて抜け出る。

（内儀は）「南無三宝。おれと知つてならば、さぞや気の毒がらるべし」と、異見の事は各別になつて、羞かしいやら笑止なやら、ものも得いわず……

以上のような、当人からすれば最良の策と考えてしたことが、全く予想外の結果を生み、それが次の行動の方向を規定してしまうという形は、この後も続けて用いられる。

さて後に源次も事実を知ることとなり、両者互いに気まずくなる。

源次も大きにきもつぶし、「道理で其朝おれが見廻たに、常なきかほつき合点ゆかずと思ひしが、そんな事であつた物」と、気を付るほど底心気味わるく、行度に敷居たかふ覚へ、内儀も、「よしなき詮索仕掛り、おれに不義がましき事はなけれ共、おつとの留守に男たるものゝそばへ立より、ふところへまで手をいれられて」と思ふほど、是も何とやら気味わるく、それよりは毎日見廻にいても、かほ見合すれば互におもはゆく、いなものに成て、……

やがて主人宗茂が帰国するとの知らせが届く。源次は最早この抑鬱には堪え得ないと、意を決して内儀に打ち明け、沙汰なしにしてほしいと懇願する。

源次分別を堅め、……両手をつき涙をながして、「さて只今までは心に包み罷有ましたが、追付宗茂殿お帰り成されても、此まゝに申さず打捨おきましては、何とも私の心ほどけませぬ。去によつて一通りの懺悔を仕ります。……（今後さよは勿論、誰に対しても）色がましき言葉も出しますまいと申誓紙を仕り参りました。これに只今爰にて血判仕り指上ませふ。是をお腹いせに御了簡願上ます」と、泪を流して申訳すれば、……内儀はこれを聞き届けて誓紙を受け取り、彼女からも、この件一切口外しないという誓紙を書いて渡す。源次にすれば、長く悩んだ末に辿り着いた結論であり、内儀もこうするのが最良の収め方であると決断してのことであった。ところがこれが思わぬ事態を引き起こした。二人が誓紙を交換しつつ囁く様をさよが窺っていて、自分の恋慕している源次を内儀に奪われたと思い込んでしまう。

襖に耳付様子を聞ば、何かは知らず内儀の声にて、「かまへて〳〵此誓紙のごとく、外の女に色がましき事さつしやるなや」といはるれば、源次涙声にて、「扨々忝き御心底。何がさてさよが事は勿論、いか程の女にても、かたう色がましき事申ますまい。くれ〴〵御誓紙の通り、宗茂どのお帰りなされたとままよ、色にもお出しなされて下されな」と、二人の挨拶、聞程の事不義と見へすき、……

ここで、妻と定めたこの家の長女以外に心を動かすべきでないことを述べているのであるが、さよにはその意味に取れなかった。彼女は帰宅した宗茂に、二人が不義を行い互いの誓紙を肌に付けていると告げる。

この後も行き違いや誤解が事態を悪い方へと導くという書き方がなされる。宗茂は冷静に事実を探ろうと考え、源次の入浴中にその守り袋から一封を取り出すが、丁度その時、殿のお召しとの知らせが来て急遽登城する。源次は湯から上がり、内儀からの誓紙が無くなっていることに驚く。これが宗茂の手に渡り、しかも直ちに登城したらしいと聞き、これは自分への詮議の開始に相違ないと思い込む。彼は惑乱に陥り、内儀宛てに書き置きを残して立ち退く。内儀は驚き、早まった了簡なので誰か人を遣って止めなければと思ったが、「いや〳〵外のもの遣はしても、此訳とくと合点させずば帰らるまじ」、自分が直接説得しなければ連れ戻すのは不可能であろうと考え、自ら跡を追う。

宗茂が城から帰り、家の者から様子を聞いているうちに、事は最悪の方向へと進む。

「やれ源次が宗茂女房と不義をして連れて奔つたわ」と、爰かしこにばつといひ立、間もなく御前のお耳へたてば、……

宗茂は覚悟を極め、妻敵討御願を出さざるを得なくなる。

源次は、内儀の説得を聞き入れて屋敷へ帰ろうとするが、その途中で、既に自分たちに追っ手が掛かっていると知る。そこで一旦静まるまで待とうと判断したことが、かえって事態を悪化させた。

「そうした騒ぎの中へうかと帰つたらば、なんの詮議もなく両人共殺さるゝは極まつた事。何とぞ暫らく屋敷のなりを静め、人づてをもつて此申訳いたすべし」と、其夜はうろ〳〵野宿にあかし、一夜明るといよ〳〵帰られぬ首尾。

この上は一旦上方の伝手を頼って相談しようと出て行くが、結局大坂高麗橋で討たれる。

以上掲げたように、当人からすればこれが最良の策と考えてしたことが、行き違いや誤解が関与して全く予想外の事態を生み、それが次の行動の方向を規定してしまうという形を連ねることによって、全体が組み立てられている。本作はこの方法に拠ることで、次々に抜き差しならぬ状況へと陥る人間の様を描き出すこととなっている。

五

『乱脛三本鑓』は西沢一風作の浮世草子で、享保三年刊。妻敵討の話三種を収録し、その第一が本事件の話に該当する。以下西沢一風全集第三巻によって掲げる。

まず〈①最初の恋慕とその頓挫〉に関しては以下のように書かれる。松江の太守御前で能が催された時のこと、小森幸右衛門の娘おかんは、小姓の池田軍次郎が素面で演じる姿を見て恋情を発する。これより文を度々送るが、「折もあらば」との返事のみで叶わなかった。おかんは、「何とやらんうか〳〵と、角てはいのちのほどもおぼつかなし」という状態になり、せめて大社へ参詣して利生を祈ろうと出る。茶屋に休息したところ、図らずもその隣部屋に軍次郎がいた。

（おかんは）心の内ははやがねのつく〳〵しあんのめぐらし、……（下人たちを下がらせ）残るはおかん只ひとり、どをしてかうして何とせんかたつきつめた女心のやるせなき、ふすまをそろりとおしあけ、……「……かねてのふみはなんとよみ、折もあらばのお返事。かうした折がまたあろふか。出雲の神の御引合せ手みぢかふいふ時は、日比のおもひ只いまはらしてくださるか。いやかおゝかのお返事しだい。わしやかくがふ」といふを……

軍次郎は辞するが、おかんは引き下がらない。「浮名がたゝばそれからそれまで。いのちはつゆともおもはぬ」との言葉に、遂に彼は心を動かし、「たつた一度じや、今日ぎり。おもひきつてくだされうか」と受け入れて契った。そして彼の言葉の通り、逢瀬は一度切りで終わる。作者はおかんについて、「きりやう風俗、ひろい家中にゆびをるほどのぬれものしなもの」「色をこのみ男ゑらみのせゝりばし」、一旦歴々の町人へ嫁したが戻ったとしている。ただし単純に淫奔の者として書いているのではない。掲げたように、恋情は軍次郎一人に注がれ、心中切迫していた様が描かれている。

〈②再会による恋情の再燃〉に関しては殊に詳しい。その後おかんは、父の強い意向によって茶道役の玉井宗義へ嫁し、三人の子を産む。宗義は江戸勤めに際し、息子鉄太郎の兵法稽古を軍次郎に託す。軍次郎が玉井家を訪れた時のこと、未だ年少の鉄太郎が立派に茶の点前をして軍次郎に出す。また竹刀を持って家来の武助と立ち合い、見事に破る。武助の感涙に、おかん、軍次郎も貰い泣きをする。おかんは、「かほどめでたい事のあらんか。鉄太郎がしなへ討の見はじめ。そち（武助）をうつたも軍次さまのお影。それ御酒あげましや」と、喜びの酒を振舞った。

やがて鉄太郎と武助は下がり、おかんと軍次郎二人となる。ここから二人の感情は縺れ合いながら次第に高揚し切迫するというように描かれる。

女房、軍次さしむかい、おかんもさけまはりけるにや、又してもまゐほがらかにはぎの白きをちらりほらりと見ゆるにぞ、軍次も今はこらゐかね、……

彼は、「社《やしろ》もふでのしゆび、今にわすれぬおもかげ」と、かつての契りのことを言い、「いまでは宗義殿といふ大せつな男のあるはがつてんじや。そこをぞんじながら不義を申かくるはよくよくとおぼしめせ」と訴える。おかんは、あの時一度切りと言われたので、自分は思い切りこの家へ嫁したのだと返す。軍次郎は、「それ（一度切りとの誓い）をひるがへしかやうのことを申は、よく〳〵愛念ふかき中ぞかし。侍の大事をいひいだし、かなはねばとてむげには帰られぬ」と迫るが、おかんはこれを固く拒む。すると軍次郎は、「もし此事風ぶんあらば犬じにするより外なし。かさねてしなん命、鉄太郎をさしころし、こなたも打てそれがしはら切までの事」と、子供の間へ駆け行こうとする。おかんは縋り付き、「それほどおもふてくださるか。その御心ていむげにはせまじ。しかし二度とは成ませぬ。一度でおもひきつてくだされうならともかくも」と言う。ところが軍次郎はこれを聞くや、「まづ以かたじけない。しからばあふたも同前。此座切おもひきりました」と引き下がろうとする。今度はこれをおかんが止め、「ぬし有女をおとし、いまさらおもひきつたとは、わしが名を立んはかりごとか。たゞしは宗義殿にたのまれ所存をさぐり見るためか。詞でおちたもはだをふれしもおなじこと。あはねば心がすまぬぞ」と、放す気配を見せない。かくて二人は遂に不義を行う。

おかんは後に、夫を思い子を思い、後悔慚愧の念に苛まれる。従って〈③出奔後の態度〉に関しても、開き直った振る舞いが書かれることはない。

本作は決して両人を淫奔の者と単純に決め付けるものではない。①のおかんの恋慕は切実であり、また②の酒宴も不義を行う意図で設けたものではなかった。特に軍次郎において、①の一度限りの契りのことが、②の特別な状況の中で図らざる思いを引き起こし、それがおかんの心にも影響を与えてしまうという書き方は、作者が特に留意したものであったと思われる。会話を中心に置きながら、人物の感情の高揚と切迫を書いて行くという方法は、殊にこの部分において活かされたということができよう。

以上掲げてきたように、松江藩士による大坂高麗橋での妻敵討という同一の事件に取材しながら、その捉え方は作品によって大いに異なっている。だた何れにおいても、事が起こる必然性をいかに合理的に説明するかという点に留意がなされている。そして、そのためにいかなる話を用意し、それをいかなる連関のもとに組み立てるかというところに、各作品独自の記述体の特徴が現れているもののようである。

〔付記〕

後期読本『鎗権《やりのごん》三《ざ》累襂《かさねかたびら》』（五実軒奈々美津作、浜松歌国補。文化十三年刊）は、専ら近松作に拠りながら読本の様式への作り替えを行ったものである。この作については別稿に論じた（「浄瑠璃の読本化に見る江戸風・上方風」、『江戸文学』第四〇号、二〇〇九年五月）。

『敵討雲陽実記』（鳥取県立博物館蔵本）の調査に関して、大嶋陽一氏、原豊二氏よりご高配を賜った。記して深謝申し上げる。

秩序への回帰
――許嫁婚姻譚を中心として――

浜田啓介

一

本稿は読本文学様式論の一端である。封建秩序への回帰を志向することは、読本様式の重要な一条であるとの認識に立ち、その具体的な脚色として、許嫁婚姻譚を主として述べてみたものである。

『本朝水滸伝』第三十五条、ボンデントビカラは手を合せて、「衣服を改めて申上げたい事がございます」と言い、衣冠の正装となり、不破女皇と押勝の御前にて言うことには、[1]「やつがれもとよりのえみしにさむらはず。みちのく山に金を掘出して候高麗の安多倍が次の子にて、もとつ名は高麗の白主と申にて候。（親、兄ともに金鑛山の支配を承っていた）おのれもさて有べき所を、いさゝかの咎を仕り、御山の掟に背て候に、はるけくおひ遣られ、立所にさまよひて千島に渡り、親のえみしサムイデンと申にとりいり、則軍聟となりて候に、道なきえみしの島には候へども、我神道を教へ、いさゝかの物のことわりを示して侍ふにより、かくて侍るうからやからも、なみ〳〵のえみしにはさむらはず」と。カムイボンデントビカラはえみしではなかった。皇民であった。それに彼の輩下のえみしたちは、我が国の神道倫理に従う者たちなのだと言う。作者は入念に注意深くこのように作らねばならなかった。同書第五十条、遣唐使藤原清河に伴われて日本へ亡命し、漸く日本語に熟れた楊貴妃は言う。「我母の常にのたまはく、御身をはらめる事たゞならず。夢のうちにひとりのをとめ、此唐国にはめなれぬさまにて、枕に立てのたまはく、『我は是、倭の国の者也。名をば宮酢姫といふ。しばしがほど、汝が腹をかりてやどらん。またうまれて時来らば、かならずもとつ国にかへるべし。住所は尾はりの国熱田といふ所也』とのたまはすとおもふに、夢さめて、終に身のふくらかなるに」生れたのは御身楊貴妃であったと。楊貴妃もまた、倭の宮酢姫の生れ替りであった。熱田明神と楊貴妃一体の伝説は周知のもので、だからこそ楊貴妃を作中に用いたという手順であるが、ともあれ作中の楊貴妃は、その本来の血筋は日本人であったと作るのである。[2]

本作は高田衛氏によって、亡命者・化外民の反乱蜂起のモチーフが指摘され[3]（『江戸文学の虚構と形象』P.123以下。初出は一九八四）、本作に対するめざましい論として注目されている。本論はそれを否定するものではない。本作の文学的感動はこの読みに従う所にあろう。にもかかわらず、その外側には、もう一つ大きな様式的思考があった。反乱は秩序の無化、新建ではなくて、大局的には、本来の秩序への回帰へ向う文学であったのである。出自が（本来の秩序界における）氏素性の定かなる者であったと知って安んじるのは、封建時代通有の人びとの意識であろうか。

ところでトビカラが実は皇民であったという所へ向う進行に、トビカラが不破内親王にお見合の段取りがあった。結局内親王との事を辞退し奉り、侍女玉衣を妻とすることになるのだが、その玉衣は実は、トビカラの元の妻であったと作られている。トビカラは早くそれを認め、玉衣もそれらしいと思っていた。結婚して程もなくトビカラは家を出たのであった。[4]「そは過にし昔の事也。今あらたに御侍女《おもとめ》をたまひ……御家人達の御娘として我にたばへ」と申に、「しからば、真太刀が娘として、日をあらためてめあひさせん」という事になった。これからは、トビカラとは表記せず、元の名白主が用いられる。以上は、もとあった定めへの回帰というべきである。トビカラと玉衣とが旧婚の間柄だとして、ロマンスがあったのではない。定まった縁があり、阻まれていた後に、その縁に回復帰着したのである。

二

頂上に朝廷なり将軍家があり、以下に国の大守、郡主、領主があり、その家老執権があり、その家臣がある事、家は嫡子によって家督相続される事、これが封建世界の秩序である。家臣級の家は、時に不幸に見舞われ断絶の危機にさらされる事もあるが、義嗣が選ばれて家名が相続される。各の家では、次代への相続と地位の安定連帯のためにも、然るべき家格相互に於てなされる婚約と婚姻は、極めて重き事がらである。この婚約婚姻譚は、封建秩序維持の要件ながら、男女の恋心及び貞操とに関わる部分として、小説主題でもあった。説話的に作品構成をするならば、物語の巻首部分に両家の子女婚約があり、両家の平安に関わる、すなわちその結婚への阻害に関わる進行があって、やがてはその阻害要件が取除かれ、言号男女が希求の通りに結婚を果し、ロマンスの結末はそのまま秩序への回帰でもあって、相ともに団円するのである。

『嵐峡花月奇譚』（瀬川恒成作・天保五年刊）で、巻一・一で、備前国密石城主宇羅上則宗の家臣大西則春と秋月清英は、主君の禁闕守護に侍して在京、大西の女子桜子と秋月の子息桂太郎との縁辺談合が行なわれ、急ぎ婚姻の儀を執り行なおうとするその折から、故障が生じた。好佞の悪家老蛇塚典膳父子は陰謀を企み、秋月大西は偽って悪人側に入り、両家は表向き不和の形を現わした。清英は桂太郎が桜子に親しんだのを口実に勘当した。宇羅上家の重宝竜丸の名刀などに関してストーリーが展開し、典膳は則宗公の愛妾古乃花に恋慕して艶文数多、つられて忍び入り、古乃花に首を討たれた。蛇塚の子鹿之進が執権となる。鹿之進は大西の後家操《みさほ》と秋月清英を召し、古乃花を匿まわぬという潔白の証しとして、操は桜子を我に得させよ、清英は桂太郎を探し出して我の家隷《けらい》にせよと命じた。大堰川を挟んで山の段の形。操は桜子に、鹿之進の妻になる事を承知せねば桂太郎が殺される事を説得する。操母子、吐月橋を渡って桂太郎の草庵へ暇乞いに向うことあり、正義派の人々相計り、鹿之進桜児祝言の時、忠義の武士たちを樽肴長持らの担ぎ手にこしらえ、合図で人々切込まんと示し合す。かくて巻十・十一、祝言の場の大結末、鹿之進が討れて終る。最後の段落で、宇羅上則宗の指示の詞で、古乃花は則宗の正妻となり、桂之助と桜子は晴れて結婚、大西の家は、操が宇羅上家随一の忠臣鎌田利兵衛の子三吉を養子として相続という事ですべてが了る。

『今昔庚申譚』（栗杖亭鬼卵作・文化九年刊）では、巻之一に遠州浜松城主朝比奈氏の臣山脇島田両家の事を記し、「（島田）平右衛門三次郎が容儀発明を称し、人をもて妹千代を末〻は三次郎に娶《めあは》せたき旨三左衛門へ言入れける。山脇も日頃懇意の中なれば悦び、結納など遣し契約をなしける」とあって物語は始る。本作はその後三次郎の（忠義故の）殺人と行方不明、三左衛門の殺害、平右衛門の浪人、仇・千鳥香炉の探究など幾多の事態があり、その中で、お千代は父の指示で、第二・第三・更には第四の男と結婚させられる事があって、なお貞操を守る。物語の終局には、最初の言号者山脇三次郎とよき家庭を持ち、「子供数多産て幾萬代と栄えける」と作られる。

右は、婚約段階に於て成婚が妨げられていて、成婚へと向う作品であるが、既に結婚をすませた夫妻という秩序がゆさぶられ、離別状態になった上で、本来の秩序へ回帰させるのも、小説的脚色である。両家が納采結髪した夫婦という存在が、本来の秩序なのである。

『寒燈夜話小栗外伝』（小枝繁作・文化十〜十一年刊）は、新田義興の再生である小栗助重が、旧臣十一人の再生者を拾い集める家臣捃集の物語であり、悪人の讒構に対する復讐譚でもある。と同時に、両家許嫁の約束が結ばれ、ヒーロー助重と照手姫とはその言号者の二人であり、やがて結婚を果し夫婦となって、相愛の二人である事を以て、作品構造の柱としている。二人の離合は極めて劇的であるから、相愛のロマンス譚であるとして可である。ともあれ、ヒーローにとっては迷惑千萬な、助重にのしかかる強制入婿の一件は、恋慕者花児の憤死という結末で排除される。かくて、一時の蝕は果て、本来の正しい秩序へと回帰する。本作前部の許嫁結婚譚は、本来の秩序の構立であった。それに対応して述べられる団円の辞は、「将軍家にも御感あつて、丹後国峰山を賜りければ、助重深く鴻恩を謝し、夫婦もろ共に郎黨を倶し、新恩の地に下り、十人の郎黨に篤く恩を分ち与へ、夫婦君臣道を楽しみ、……其後小栗、照天の間に、男女の子ども数多出来、いと目出度榮えけり」である。

先の『今昔庚申譚』巻之二に、今は大坂の八百屋半兵衛となっている三次郎と、川崎屋源兵衛の妻であるお千代とに出会いがある。「千代は半兵衛が貌をつくぐくと打詠め、御身の詞付正く大坂の産《うまれ》とは見えまうさず。何國の御出生に候哉と尋ねけるに……私は遠州浜松の産にて、只今は八百屋伊右衛門方の養子となり申候……然らば元の御名は山脇三次郎様と申さずや……」という会話があって、互にその昔の言号者である事を確認するのである。

三

思い合せるのは、『里見八犬伝』（第十六回）、大塚番作は、金蓮寺で春王安王の首級を奪った後、夜長嶽山麓の一庵に辿り着く。庵王は不在で留主をする女があって、持仏堂での一泊を許してくれる。夜、庵王の悪僧が帰って来る。悪僧は山賊で自分を殺そうとするらしい。番作は機先を制してこの悪僧を倒し、彼の女を賊僧の妻と見做して菜刀を振り上げる。彼女は「これを見て疑いを晴らし給え」と一通を突きつける。彼女の言うところ、彼女の父は木曽御坂の住人、足利持氏恩顧の武士井丹三直秀で、彼女は手束と言う。直秀は結城籠城の勢に加わったが結城落城の結果討死したのであった。これはその遺書であると。私はこの道場へ墓參に来て留守を頼まれたのだと言う。さては御身は私の父と相知る人の息女であったのか。私は「鎌倉譜第の近臣、大塚匠作三成が子に、番作一成とはわが事なり」と自らを明す。それにつき、「籠城の日に直秀ぬし、わが父に約束して『孺君《わかぎみ》武運ひらかせ給ひて、東国無異に属《しょく》しなば、われに一個《ひとり》の女児《むすめ》あり、子息の婦《よめ》に進《まゐら》せん』、『それこそ公私の幸なれ。必よ賜らん』、と契りし親はもろともに、ほゐを得遂ず討死」したのだと。二人は婚約者同士であったのだ。手束は「けふよりして存亡《いきしに》を、おん身と共にせまほしき、外に情願《のぞみ》は」ないと言い、番作は「約束かたき妹と伕《せ》に環会《めぐりあはせ》給ひぬる、これ将《はた》親のなき魂の、儐《みちび》き給ふに疑ひなし。かゝればおん身を携て、深く浮世を潜ぶべし」という進行になる。定められたところに帰るのである。

馬琴は、この、環り会った男女が既に婚約者として定まっていた二人だったという方法を再三用いた。

『標注そののゆき』（文化四年刊）で、薄雪姫は、普門品を書写して、清水寺へ奉納すべく観音堂に上ったところ、一巻の経がころがり落ち、下を歩行く一風流士の、桜を括りつけた笥篭の中に転り入った。その後のある日、彼女は遠祖ゆかりの小野に行こうとして道に迷い、悪風土煙を蒙って気絶した。かかる処へ年の頃二十三四の若人が来かかり、服紗包を披いて薬をふくませ、彼女は蘇生した。薄雪は再生の恩を深く感謝したが、ふと見ると開かれた服紗包の中に、彼女があの日とり落した経巻が見える。彼の言うところ、それは去る弥生十五日清水參詣より帰宅してみると笥篭の底に入っていたもので、御仏の下され物と思い懐中しているのだと。彼女は事情を告て返却を乞う。「まづ父御の名をも告給《のり》へ。しからばわが名をも聞えて、いよゝ返すべき筋ならば仰にしたがひ候べし」と言うので、「わらはは小野少将秋光が女児《むすめ》に、薄雪と呼るるもの也。」と名告り、身の上を語る。彼は聞て、「掌を丁と鳴らし、奇なるかな奇なるかも。われは御身が父秋光朝臣と、采地《れうぶん》その封彊《さかひ》をまじへたる、丹波国氷上の領主、園部兵衛尉が一子に、右衛門佐頼胤といふもの也」と名のり、父は嘗て見参した秋光朝臣の女子の美しさかしこさを愛でて、「小野秋光の女児をもて、嫁とすべう思ひたるが、そのことを聞えざる間《はし》に、秋光朝臣遁世し、今又その妻子の所在をしらず。しかれども、一旦わが心に聴《ゆる》したる事なるに、その人零落したればとて、たゞに止べきにあらず。しかのみならず、秋光朝臣とは、年来の交ふかし。いかにもして彼人〳〵に環会《めぐりあひ》、わが誠心をもしらせ、汝が為に婚姻のことを相語《かたらは》ばやとおもふ」ばかりで病躯年を経てしまった。お前は都に上りその所在《ありか》を探れと私に示された。私はそれで御身母子の所在を探していたのだと言う。かくて二人は、馬柄杓に清水を汲んで夫婦の盟をし、天地を礼拝して清水を飲んだ。本作巻三、「深草の前契」の章に、小野小町の霊が現れ、薄雪に前生の因縁を明かす。薄雪姫は小野小町の後身、園部頼胤は深草少将の後身であった。この後千辛萬苦して罪障を滅する後、幸せが至るであろうと。本作は未完で、その時に及んでいないが、それを目ざして団円が予定されていた作品である。

『墨田川梅柳新書』（文化四年）で、平行盛は、長門赤間関の戦況を見て今はかうと思い、従っていた卜部惟通に私語《さゝや》き、「私の親しんでいた二人の女房があった。小桜は男子を産み、初花も臨月に近かった。足下《ごへん》は一方を切《きり》脱《ぬけ》て都に帰り上り、彼らの力になつてくれ」と言って、紀念《かたみ》として、備前家次の短刀と、梅松の鏡を与えた。行盛は討死し、平家は亡び、歳月が経過した。惟通は神鏡保全の功によって荘園一箇処を賜って余生を送り、その一子は元服して吉田惟房と名告り、後鳥羽帝の蔵人になされたのを見て惟通は他界した。惟房は出世して陸奥の国司に任ぜられた。惟房は任国へ下向の途中、美濃国野上の長の家に宿し、その女児白拍子花子と一夜の夢を結ぶ。それより三年の後、任満ちて都へ上る時、又野上の長の家に迎えられた。花子は三才ばかりの嬰児をもうけていた。これを惟房の子としていいのだろうか。花子は一面の鏡を少将のほとりにさし出した。惟房が見るに、それは惟房が父から相伝した松梅の鏡と露違わなかった。「今は何か匿《つゝみ》侍らん。この花子は長が女児にあらず。左典厩行盛朝臣の遺腹子《わすれがたみ》にて、初花といへる女房の産給へるなれば、さてぞ花子と名づけ侍る。今は卅餘年のむかし、行盛洛を落給ひしとき、初花をば倶せられず、嵯峨野にふかく潜《しのば》せ給ひつる頃しも、懐胎《みごもり》ておはせしかば、いく程もなくその月に臨みて、この姫をなん産給ふ。長は行盛恩顧の老黨山田太郎政綱といひしもの、女児にて、春雨と呼れ侍り」と言う。惟房は「赤縄一トたび足に繋《つなげ》ば、終に婦夫《いもせ》をなすといふ。こはみなけふの事なりし」と感じ、宣うに「亡父命終らんとし給ふとき、惟房を見かへりて、わが死後只心にかゝれるは、行盛の女児の事也。もし環會ば養とりて、汝に妻あはすべう思ひしに、その事成らで死ぬるこそ恨なれ。汝父が志を継て、普くその行方をたづねよ。われ貧しかりしむかしより、義に干《おい》て違《たが》ふことなし。只この一條のみ黄泉《よみぢ》の障ともなりてんと宣ひつる、遺言いとことわりなれば、今に妻を娶らず。陸奥にありける程も、彼につきこれに語らひて、ふかくも索《たづね》つるに、おもひきやその人は花子にて、しらず契を締《むすば》んとは。待稚《まつわか》はわが児也。花子は今よりわが妻也。」と。『標註そのゆき』における頼胤の父兵衛尉の言語と、『墨田川梅柳新書』における惟房の父惟通の遺言とは、実に相似同型であった。

『三七全伝南柯夢』（文化五年刊）は、苦肉の策がかえって本来の定められた結婚を促したという脚色に於て、次の『松染情史秋七草』に照し合せることになろう。結論的に、「南柯夢」は、当初婚約されていたおさんと半七が、それが阻まれる展開を経て、結局夫妻となって団円する脚色である。すなわち、本来の約束の秩序へ回帰する構造である。

半七は放蕩の若君吉稚丸を守るために、我身に三勝との密通の汚名を引受け、三勝を奪い取って立去るということをした。半七は三勝を扛き抱き白河山麓にて下し、苦渋の次第を語り、潔く討れてくれ。貴方一人を死なさない。私も腹を切って死ぬつもりなのだと言って刀を引抜く。三勝は身をかわし、「やよ侍給え」、死は覚悟した。しかし「思ふのみにてえもあはぬ、人に一言遺したし。なからん後にその人に、伝へてたべ」と言って身の上を語る。半七は聞くごとに思い当ることのみであり、「もしそなたの乳名《をさなゝ》を、おさんとはいはざるや」と問う。かくて「雲の間《ひま》に顕れ出る月影にて、はじめて面をあはしつゝ、と見かう見れば稚顔《をさながほ》と、衣服に染たる大柏の、紋は互《かたみ》におぼえあり。こはわが夫にておはしけり。げにおさんにてありけるよ」（巻四・夜半の月魄）という邂逅になったのである。二人はそれから夫婦として、近江国多賀に住する。

半七の十才から十一才、おさんの八才から九才にかけての約一年間、二人の少年少女はその間、許嫁の仲であることを承知して共に暮していた。二人の婚約が破れたのは、半七の父半六が出世主義となり、信義を捨てて、蟻松家の園花を半七にめあわせたからである。半七三勝が白河にて互を再認し合ったのはその同じ年の秋である。その間半七は園花と枕席を共にせず、不審した園花に、もとの許嫁者おさんの存亡の定かでない事を述べ、園花は半七の思いを了解して、二人は形ばかりの夫婦を守ったと作られている。

『松染情史秋七草』（文化六年刊）で、楠氏一族和田和泉介正武の息女秋野は、楠河内介正元の一子操丸に、襁褓の中より婚約されていた。天下の成行きを観望した正元は、老黨津積《つゞみ》窪六に命じて、操丸（四才）を護り諸国遍歴の旅に赴かせる。これよりしてこの主従二人の行方は分らなくなる。正武は死に、正元は秋野姫を引取った。それより十二年、将軍義満の力により南帝は神器を北帝に渡すことあり、正元は、京に上り義満を討つ事を決意する。その時の遺言に、「迭に面を認らずとも、操丸が護身嚢には、野崎の観世音を擬《うつ》した尊像あり。今また秋野姫には、志紀の毘沙門の小像を得さすべし。……夫婦再会の割符には、これにますものやはある」（第四）と。さて正元の討死があり、秋野は和田家を落行き、乳母豊浦とその夫油商丹五兵衛に保護され、浪花の油屋山迹屋の娘お染という事になっていた。窪六は久作と改名し、久松と改名した操丸と共に、河内の野崎村に住したが、事が生じ、経緯があって結局、久松は山迹屋の小者となった。ところで、丹五兵衛の弱点を握って、お染を与えよと脅迫する者があり、丹五兵衛と豊浦はそれを脱れる苦肉の計として、お染と久松が密通していると虚構して、二人を蔵の中に閉込めるという手段を用いる。蔵中で久松が守袋の野崎観音に祈念した事から、「お染はこれを聞もあへず、原来《さては》おん身が実の父母の、像見《かたみ》は河内の野崎なる、観世音に在《ましま》す欤。しからばその嚢の裂《きれ》は、山吹流しの金襴ならずや」（第十）と尋ねる。久松は、どうしてそれを知って居られるのかと疑う。「などてしるとは情なし。その観世音の小像を、秘蔵し給へば紛ふかたなき、わらはが為には結髪《ゆひなづけ》の郎、楠河内介正元ぬしの嫡男、操丸にて坐するなれ。」私は実は和田正武の女児秋野です。「わが身も護神《まもり》は膚を放さず、舅君の像見《かたみ》にとて、とらし給ひし志紀の毘沙門。この神仏の利益にて、はからず今宵名告あふ、妹夫の縁」という展開になる。小説の中で、これより二人は、「妹脊」と表示され、めでたく団円に至る。

四

その昔に、許嫁者同志が相識っている場合も、親同志が定めた縁として、許嫁当人は相手を識らないで過した場合も、いずれにせよ、作品は、その所へ帰着させることになる。許嫁は定まりであった。それは実に封建時代的な定まりであり、秩序的であった。

『綟手摺昔木偶』（柳亭種彦作・文化十年刊）『再開高臺梅』（栗枝亭鬼卵作・文化十四年刊）は、それと知らずに恋し合い、或は関係した男女が、実は兼ての許婚の二人だったと知れる脚色で、馬琴の上記作品群に類している。『綟手摺昔人形』では、治承の頃、渡辺競は、女子千鳥を忠臣黒丸に托し、同族渡辺授の男子染丸との婚姻を依頼して討死し、渡辺家は滅亡した。進行があって、時移り、染丸は町人吉三となって、鎌倉の富商富渡屋の養子となり、やがて家督を譲られる身の上となっていた。吉三は手代佐吾七の妹菖蒲とふと会って恋仲となった。富渡屋の両親は吉三と菖蒲とを婚姻させようとしたが、吉三は「母うへのおんこゝろざし、忝くは侍へど、菖蒲と祝言とりむすび候ことは、聊由縁ありて承引がたしと、思ひの外なる應《いらへ》」（巻之二・四）をした。それは後段に「吉三曰……故ある武士の嫡男にて、幼少より結號《ゆひなづけ》の女あり。世の躁擾《さわかしき》に乱離《みだれちり》、今は何地に在ともしらず。されど彼方に其香筥の隻《かたし》あればそれを證《しるし》に、めぐりあふせもあらんかと、今日まで妻をむかへざるも、彼女に義理をおもひ、かつは父の遺言をまもりてなり」（巻之五・十）とあるのに対応する。かくてまた幾多の進行があり、全解の終局で、佐吾七、実は千鳥の保護者黒丸が「「これ鸂《みそな》はせ」と懐より、香筥の蓋とり出し、膝のほとりにさしおけば。手に取あげてうちみるに、是も蝴蝶の蒔繪あり。さてはとおもひ吉三も又、嚮の香筥とり出し、合せば合て毫釐も違《たが》はず」（同上）という経過によって、菖蒲実は染丸（吉三）の許嫁千鳥であった事が判明し、吉三と菖蒲は夫婦の盃を交すのである。本作の初めに定めたところ、それは結末の予定なのである。そのところへ回帰実現することが、めでたき団円なのであって、人々の支持し期待する終り方なのである。

『再開高臺梅』で、摂州高津の名士香津新左衛門は泉州堺の名門菊池右近と親交あり、両人語り合って、右近の一子清之助と新左衛門の女子（拾い子）お縁《えん》とをいいなずけした。貝合せの片々をお縁清之助の身につけさせ、結婚の時に合せようと定めた。天文九年の大浪に菊池家は流出し跡無くなり、清之助は行方不知となった（時にお縁十六才）。その後新左衛門の殺害（敵は隣家の浪人沼田郡蔵）、お縁の敵討決意と武芸鍛練、新左衛門の後家（お縁の養母）おときの病死、お縁の実母との邂逅などの事あり、更に小説的進行があって、お縁は奈良木辻の遊女外山となった。刀工清七が馴染となった。彼の誠意に感じ、外山は清七に身の上を明して仇の事を洩らした。清七と廓を脱出の相談が洩れ、外山は急に伊勢古市へ仕替えられた。仕替先は密々で清七が知る由もなかった。清七は外山の仕替先を探す旅に出、路銀尽きて富士川川留に遭った時、遇然の事があり、刀工の技が縁となって、北条氏政に仕える身となった。清七は、その際自分の氏を知りたいと思い、今まで開けたことのなかった錦の守袋を開いた。封じを開けると、書付と臍の緒、泉州堺菊池の嫡流菊池右近悴清之助とあり、又一つの包に蛤貝の片々があり、其包に「香津新左衛門娘おえん許嫁の印なり。此貝を合して婚姻すべし」とあった。清七は大いに驚き、「扨は木辻にて身を打し外山は我いひなづけの女なりしか。彼が復讐のことを語るにて姓名をしりたるに、扨々つきぬ縁」（巻之五）と、感慨にふける。さてお縁は、古市の遊女おくらになっていた。高津での隣人で新左衛門に恩を受け、今は駕昇になっている善八に遇う。善八も又郡蔵を仇と狙う身であった（善八の年季奉公の主、今川家臣岡村伝八が郡蔵に討たれたという筋がある）。善八の相棒から、郡蔵が北条氏の家老興国寺城主天野氏に仕えているという情報が入る。お縁は古市の廓を脱け、善八の子専助を伴い、非人の姿となって東海道を興国寺へ向う。興国寺の両替商清水屋が盗賊集団に襲われる。夜毎その軒下に寝る非人お縁が疑われる。お縁専助は検使の訊問を受けることになった。上座に就いた検使とは、菊池主水（清七改め）と沼田軍蔵であった。お縁は郡蔵を認め床へ飛上って斬付けた。お縁専助が名告る。菊池は立騒ぐ人びとを押鎮め、「やよ外山、我を見忘れしか。刀鍛冶の清七なるは。計らずも此所にあって後見するぞ」と声をかけた。首尾よく敵討ちが果され、さまざまの脚色は団円を迎える。終末の辞句は「主水夫婦其後子供数多出来、しかも長寿にて、後には主水おえんも隠居して高津へ来り栄けるこそめでたけれ」である。幾多の脚色を持つ作品であるが、題名が表わしているように、高津の起本に回帰することを目ざす作品であった。

『忠考二見浦』（楠里亭其楽作・文政十四年刊）は福岡貢譚である。やはり同型の進行があった。渡会の御師三次《みつぎ》福太夫の養子斉次郎は、古市の遊女右近と馴染んだ。寝物語に素性を問われて右近は明かす。自分は阿州三好家の家臣牧松《ひらまつ》右門の娘であったが、父母に死別の後、苦界に売渡された。「或日守袋を開き見侍しに、母の手跡にて細〻と書し書《ふみ》あり。読て見れば国元にて、福岡斉次郎といふ人と結髪《いひなづけ》せし処、故有て斉次郎殿父子《をやこ》、浪人して国を立退《たちのき》、勢州辺に住給ふよし聞及ぶ、成長《ひとゝなら》ば尋ね行て名乗合、彼人に身を寄よかし」との事で、四国から古市へ仕替を望んで来たのだと言う。斉次郎は驚き、「我こそ其斉次郎なれ」とて、系図に書添えた、牧松氏の娘と言号けした旨を記す父の書を見せたのであった。それと知らずに関わった男女が、実は許婚者同志であったという脚色として、上記諸作に並べることができる。しかし彼女の役務はそれではなかった。

三次《みつぎ》（斉次郎）は安村屋へ忍び入った。右近と徳島伊和次の声を聞く。身請けの相談である。逆上した三次は右近を斬り徳島を斬り、これより斬りまくる。右近は末期に書置を差付た。彼女はもとより自害の覚悟であった。右近が徳島に身を許して言質を取ったところは、徳島が福岡内記を殺した事、即ち三次の仇であるという一事である。右近の役務・死は、八文字屋本『夕霧有馬松』（自笑其笑作・宝暦二年刊）の夕霧の自害と同型である。福岡の旧家隷喜助が三次の代りに殺人の罪を身に負い自害し、三次斉次郎は下逆《しもさか》の剣献上の功を以て三好公に賞せられ、先知に加禄を賜った。斉次郎と右近の婚姻に於てではないが、その結果に於ては本来の秩序へ回帰した。それだけではなかった。作者は斉次郎に、もう一人の許嫁者を用意して置いた。本作巻之壹、福岡内記が窮迫に倦み、子息斉次郎への負担を苦にして自害しようとした時に入来り、その死を停めたのは神宮御師三次福太夫であった。福太夫は斉次郎の聡明さに感じ、「若令息《ごしそく》を我に賜らば伴ひ帰りて養子とし、成長を待て女児《むすめ》を娶《めあは》し、若男子を生しなば御辺が家名を発《おこ》さすべし」と申入れた。内記は「本国阿波に是と結髪《いひなづけ》の女児も候へど、我家没落の後は音信もなく、定めて他人《あだびと》と縁辺を結びかへなん、其余には心にかゝる隈もなし」と言って応じた。死を停めた恩義という重さによってと、福岡の家名再興の約諾によって、それでよしと作られたのであり、後編巻之五大尾の、斉次郎と福太夫の女児榊葉との婚姻は、親の定めた所であると作ったのである。榊葉の出産した三男一女のうち、長男が福岡の世嗣とされたのは言うまでもない。

五

婚約への回帰譚は、往々若殿放蕩譚と結合している。若殿放蕩譚は、讒構譚とならんで、本来の秩序を、一時的に揺がし脅かす所以である。上記の『三七全伝南柯夢』も『今昔庚申譚』も『忠孝二見浦』も主家の若殿放蕩譚が結合している。ここではその若殿自身が婚約者・主人公である作品に就こう。『忠孝潮来府志』（談洲楼焉馬作・文化六年刊）で、千葉の介胤直と常陸の信田左衛門とは隣国の因みとして、千葉の息女粧《よそほい》姫と信田の小太郎との婚約をした。「信田の家の宝劔と双方頼の印、とりかはせ申すべき約束なり」（巻一・二）とある。本作には、小太郎が在鎌倉の時、佞臣に唆かされて大磯の廓に通い、遊女登美川になじんで駈落ちに至る脚色がある。登美川は作中の重要人物であるが、小太郎の許嫁粧姫は作品中に登場する事が全くない。しかるにその団円部は、「互に宝を結納の取かはせ相すみ、契約の通、千葉と信田との婚姻、あるべきやとい丶ければ、両人はこと葉を揃へ、何がさて先君の、契約ありし御縁組、我々が違変まうさんや」という事で、遊君登美川は腰元になされ、悪人は亡び、忠臣は本地に安堵し、「千葉と信田との婚礼調ひ、忠孝もある潮来府志、めでたく〳〵が数かさなれば、庭に鶴亀御代の松と、寿　諷《ことぶきかたり》ぞ目出度計留」で作品は閉じられる。本作は、鸚鵡一軸と三日月丸の宝剣が奪われ、探査してそれらを回復入手する事によって、つまりは予定されたところへ無事帰着する事を目指すものである。婚約という事が秩序の枠組みそのものであった。

『繡像羽衣物語』（雲冲子作、文化十三年刊）は、肥後の国山鹿城主陶永長門守武則と筑後の国竹野の大守大内民部大夫朝忠は、武則の一子右衛門太郎と朝忠の息女邂逅《わくらは》姫とを婚約し、納聘《たのみ》の式も済ませた（巻之一）。ところでこの両人、面を合す事も無かったらしい（巻之五の対話）。右衛門太郎は佞臣に左右されて、酒色にふけり、次々に情人を作る。大内家へ鎌倉殿の使者来り、邂逅姫を側室に差上げよという（実は偽使者で、悪人方の陶永大内離間の計）。邂逅姫は断髪して館を出る。叛軍に攻められて山鹿城陥り、右衛門太郎は逃れ出で、山中の一庵に至り身を明す。「尼公驚き扨は太郎君にてましますか。あら懐愛《なつかし》やと鎧にとりつき給ひければ」太郎君はいぶかり、「そも御身はいかなる人ぞ」と問われ、「自らは大内が女《むすめ》邂逅にて候なり。御目にか丶るは今夜始なれど、親らの免《ゆるし》玉ひし我良人《つま》なり。自らを嫌はせ給ひ迎の遲きを待詫て旦夕《あさなゆふな》に恨み悲しみ思ふ所に、計ざりき鎌くら殿よりみづからを召る、と聞より、所詮身を捨るより外なしと、ひそかに城をしのびて、斯る容と身を替」（巻之五）たのも君への貞操のためであると。この作品、強力な悪人群を退治し、ヒーロー側の勝を得させたのは、すべて婚約者の父君大内氏の援軍出兵による。起本の婚約取極めが、本作にあっては最強の枠組であり、よき秩序そのものであった。

八文字屋本『勧進能舞台桜』（実作者多田南嶺・延享三年刊）は、『忠孝潮来府志』とよく似ている。播州の太守赤松家の若殿友仲は[5]「御身持ち取じめなく忍びての京がよひ」（一・一）、傾城吉野を請出して自領桜屋敷に囲った。しかし友仲には、足利家の高家住吉左京太夫の娘和哥の前という婚約者があった。家中には友仲の家督を防げお家を狙う叔父一派があって、友仲の不身持がその言い分である。緊迫した情況があり、結局は叔父方が破滅して、団円部は[6]「はりまの浦風、しづかにおさまりて悪人退治友仲ふたゝび国主となり、住吉殿の息女を本妻と祝言相済」み、吉野は妾として置かれた。本妻となる和哥の前は、作中一度も登場することがない。あるべき秩序構成の上での不可欠の役割を受持っているのである。作品はそこへ帰着する。

六

婚約のある秩序は、讒構によって搖がされる。『薄衣草紙』（津川亭作・文化八年刊）で橘氏の分流桂山宰相政則は、橘氏正嫡諸実を讒奏し勅勘參内停止とした。政則は諸実の居館を焼討することも行った。しかし橘氏の棟梁になるためには、玉枝の橘と紫金の甲を入手しなければならない。忠臣菊池白人は、紫金甲に橘を入れて、姫君に被らせて落ち行かせた。これより姫はその甲を脱ごうとしても動かすことができなくなった。政則に通じる悪僧青熊というのが登場し、姫の甲に手をかけたところ、五体すくみ狂乱し、姫君の橘を政則公へ持參すれば褒美のあることなどを人前で口走った。かくて政則の悪謀現れ、姫と許婚の美名若丸は結婚、姫の甲脱げ、中に込めた玉枝の橘開き異香薫じた。

若殿放蕩譚と讒構譚とはまたよく結合する。若殿の放蕩は多くの佞臣の勧めを受けての結果である。秩序の動揺は、若君の不徳の問題ではなく、野心のある同族・権臣・佞臣・悪しき後室などの、お家に関わる問題である。若君や忠臣を陥入れる讒構の脚色が結合されるのである。

讒言は人を陥れる仕方である。史上周知の被害者は菅原道真と源義経で、彼等は史実として、生前に讒構恢復の機会を持たず、不幸のまま終った。讒は、正しくない、作偽であることを、我国語の意味用例上に含む。その結果として、勅勘とか不忠者という認定とかの誤った権力行使が行なわれ、つまり秩序が混乱するのである。近世文学では、讒による混乱が本来の正しい秩序へ回帰するように作られた。讒言による秩序の混乱は一時のものに止まる。必ずやそれは回復し、蝕は晴れ陽光は再び現われなければならない。「はらた」「小篠」など、金平本以前の古浄瑠璃の讒構譚には悲惨さ酷さがあった。それはまともであって楽観的な進行ではなかった。それに対して金平本は、楽観的知略的である。讒構を晴す過程は、渡辺竹綱の知略通りに進行し、悪人を追詰める過程を楽しませる作風である。その行手には、既に約束された秩序への回帰が待つ。

若殿放蕩譚も讒構譚も、秩序への回帰を志向する文学の重要な箇条であり、なお一層、歌舞伎浄瑠璃にも言及せずにはすまない。それぞれがそれぞれの問題として、稿を改めて論じられなければならない。本稿はここに止める。

注

（1）高田衛・田中善信・木越治校注『新日本古典文学大系』79、岩波書店、一九九二年、二三四頁。
（2）（1）と同じ。三〇〇頁。
（3）高田衛「亡命、そして蜂起へ向う物語――『本朝水滸伝』を読む――」『文学』五二（四）、昭和五九年四月。
（4）（1）と同じ。二三五頁。
（5）八文字屋本研究会編『八文字屋本全集』第十八巻、汲古書院、一九九八年、一六三頁。
（6）（5）と同じ、二一八頁。

第二部　近世文学以外の分野

「あかうそ」と「まっかなうそ」と
——近世のことばに見る「うそ」の強調形——

山内洋一郎

一　「あかうそ」の存在

現代でも「まっかなうそをいう」と表現することがある。「うそ」を「真っ赤」で示すという不思議な表現である。共感覚表現の一種の如くであるが、その感覚をどう説明したら良いのか。「赤毛」「赤紙」はもとより、「赤裸」も赤い色と関係づけて説くことができよう。しかし「まっかなうそ」には困惑してしまう。小林賢次博士は、この慣用表現の成り立ちについての疑念から、「「真っ赤な嘘」考」(1)を発表された。その副題「——マッカナ・マッカイナ・マッカイサマナ——」の諸語形から生成を考える論で、数多い用例を示し、誠に説得力のある論調である。但し、意外なことに、この諸形以前に「あかうそ」という語が存したことを、少しも採り上げていない。『日本国語大辞典』のこの項を見落されたのであろう。

「赤」と意味上関係のない「カイサマ（逆）」が「うそ」の語史に強く割り込んで、マッカイサマから、マッカイナ・マッカナへと続くという通時的解釈が展開され、その結果「マッカナウソ」が成立したという論旨である。これにより、色彩「赤」を除いても「マッカナ嘘」が成り立つことになり、なぜ嘘が赤いかという疑念が無用となった。異見を述べる余地のない論であるが、全篇「マッ赤《カ》」という強調形を俎上に乗せての論であること、これで良いのであろうか。それは「マッ逆《カイ》サマ」に着眼した必然であったが、「あか」と「うそ」の結合そのものにも心を向けてはいかがであったか。

近世初期に、桑折宗臣編の『大海集』[(2)] という俳書があった。寛文十二年（一六七二）刊、全七巻、五〇一七句を収めている（巻末、大海集作者并句集による）。句の作者は三十九箇国に及び、地域による多寡はあるけれども、表現上の地域性は見られない。これを用いて筆者は「雅俗に遊ぶことばの世界――近世初期俳諧『大海集』の語彙――」と題する小論[(3)]を発表した。発表に当たって、全五〇一七句の五十音順一覧を作った。この中に「赤うそ」に始まる二句があり、それに気づいていたし、小林氏の論文も既に受領していたが、「赤うそ」を詳細に検討する余裕がなかった。

『大海集』の「赤うそ」二句は、左の通りである。句の下に、氏名・俳号・居住地が記されており、括弧内に句の載る巻数を記した。

赤うそよ紅葉も夏は青楓　　武井重矩　　執端軒出泥子　〈住地ナシ〉　（三巻）

赤うそは言葉の林の紅葉哉　　江崎氏末延　如矢氏　　尾州熱田住　　（六巻）

武井氏の句は、『詞林金玉集』[(4)] 巻七、二七四頁上段に「宇和島武井氏」との註記付きで載っていて、伊豫人である。この書も桑折宗臣編の俳書で、全十九巻、延宝七年（一六七九）成。

松江重頼編『毛吹草』にも一句あり、『日本国語大辞典』の「あかうそ」の項に載る。この辞書には、他に二資料（後に引用）と方言（奈良県・島根県・広島県・香川県）の報告がある。

赤うそといはん木葉の時雨哉　　由氏　　　毛吹草　（六巻）[(5)]

由氏は、『毛吹草』句数の事の「京之住…由氏　二」とある人であろう。『詞林金玉集』巻十二・五七六下にも、句頭に「小町」と小書きして、「由氏京」と記す。野々口立圃編『小町躍』[6]三（寛文五年、一六六五）の句である。

この三名は、伊豫・尾張・京という異なる地域の俳人であって、「赤うそ」は広く用いられていたのであろう。とはいえ、『毛吹草』では「句数合二千句」、『小町躍』では「三百四十七句」の中の唯一例である。『近世文学資料類従』古俳諧篇（影印）の『犬子集』『雀子集』等の句を通覧しても、ここに記した以外の「赤うそ」は見当らない。

右より下る頃の例としては、『日本国語大辞典』所引の例を知るのみである。

親の敵をねらふとは、跡かたもないあかうそ。（近松　嫗山姥、第二）

赤うその雪白々と芭蕉かな（横井也有、蘿葉集、三・賛物）

『嫗山姥』は一七一二年頃の作という。『蘿葉集』は明和四年（一七六七）刊。近世中期までは「赤うそ」が使われていた。「嘘」を扱うのであるから、狂歌や後の川柳などにあっても良いと思うけれども、筆者の見慣れない資料である、未だ気付いていない。その強調形「まっかなうそ」が現われる時期となって、交替したのであろうか。修飾語では、使用を重ねるにつれて、その印象が弱くなり、平凡になってゆく。他の表現へと移り行くのは自然である。

二　「まっかいな」の出現と一般化

「赤うそ」に代って「まっ赤なうそ」が出現したかのように右に記したけれども、実際はそう単純ではない。「まっかなうそ」の出現と成長について、小林賢次氏の詳細な考証がある。本稿の最初に紹介した論文である。著書『狂言台本を主資料とする中世語彙語法の研究』[7]（二〇〇〇）のⅢ第十二章に収められたので、これを用いる。この書の終章に、小林氏の要約がある。

「真っ赤な嘘」の類の表現に関しては、この成句は本来のものではなく、古くは「マッカイナ嘘」で用いられていたこと、語源的には、正反対の意味を表す「マッカイサマ（真返様）」が異分析によって「マッカイ」と理解されたもので、そこから色彩の赤をいう「マッカナ」「マッカイナ」と意味の混淆をおこして成立したものであることを論証した。狂言台本においても「真っかいな」の形が多く認められ、この論においても、狂言台本は重要な用例を提供するものとして位置づけられる。（第二節）

右は、精密な思考と的確な用例の使用により導かれた結論で、従うべきものである。「真っ赤な嘘」の類の表現に関して、マッカイサマ→マッカイナ→マッカナと推移した形が、赤の強調形「マッカナ・マッカイナ」と混同したことを注意している。

ここで、この問題の理解のために、色彩の「マッカ」から「マッカイナ」まで、変化の道筋を、用例を挙げて、考えてみよう。

「マッカナ」は室町時代の抄物から見られる。

「サテ其色ハマツカデ、鶴頭ノ丹ガ如ナゾ」（四河入海八ノ一、52オ）

「初生タ時カラ眉毛ナンドハアルゾ。色ガマツカナホドニ云ゾ」（漢書抄一、43ウ）

節用集にも、「尢赤色《マッカイロ》」（易林節用）、「真人《マット》…赤《カ》」（広本節用）がある。

「赤イ」の例は挙げるまでもないが、形容詞形「マッカイ」はなく、形容動詞形「マッカイナ」で成立した。

「マッカイナ」は左例が初期であろう。

① おび九郎がべにぞめ、まつかいにひつかいにでたつて　大蔵家傳之書　古本能狂言　三、萬集類　打たる舞

②　彩鳳舞二丹霄一マツカイナソラニ、又マツカイナ鳳凰ガ舞ハ、ワケガミヘヌナリ。
明暦二年（一六五六）版　句双紙抄

①は、萬集類巻末に、大蔵虎明の寛永十九年（一六四二）の文があり、正保二年（一六四五）の虎清の文も付く。
②は吉田澄夫『天草版金句集の研究』付録五に収めている。
右に近い写本に左の二例がある。③は小林氏による。一六七一年成。④は一六七六年成。

③　むかしハまつかう猿かつらまつかいな。（私可多咄・三『噺本体系』）

④　まつかいな花は辰砂か石の竹　栄長　京・伊藤氏（詞林金玉集　九・三七七下）

「マッカナ」から「マッカイナ」へ変化したことについて、小林氏は、「マッカナ」と「アカイ」の混淆《コンタミネーション》と説く。色彩を形容するばあいのことである。

では、「うそ」を「まっかいな」で修飾する表現はあるのか。小林氏は「前期上方語においては、「マッカナ～」ではなく、「マッカイナ～」の形で、種々の例が見られるのである。近松作品など歌舞伎や浄瑠璃から例を示そう。」として、挙例がある。初例のみ転載する。

……此ゑ（絵）が、何のめう（妙）有てぬけ出ふぞ。すみにさいしく（彩色）ろくせう（緑青）や、たん（丹）のまつかいなうそでござる。（今源氏六十帖・上。…）（一六八八年初演）

近松の頃になると、赤の強調形と、「返《カヘ》さま」の強調形と、同じ形で使われていた。この同音衝突を避けるために、「マッカナ嘘」へ回帰した。これは小林氏の解釈である。

三「マッカナ嘘」とは

正反対を意味する「カヘサマ」の強調形「マッカヘサマ」は、抄物研究に従事した者には、さほど珍しい語ではない。しかし、その転成する先が「マッカ」だとするには、近世の莫大な資料に分け入らねばならない。用例を通時的に並べるだけで解決できる世界でもない。その世界での小林賢次氏の努力に深く敬意を致すところである。

「マッ赤ナ嘘」の成立に、鮮やかな道を作り、一般の予想しない「マッカイサマ」からの転成という道を見出された。証明の努力と思考の深化が成し遂げたと思われる。筆者の提出した「あかうそ」という語は、近世初期の俳書などにあり、近松にも見出される。しかし、その時期に下ると、「まっかいな」より転じた「まっかなうそ」の方が、より多く用いられていた。この転成の過程は小林氏の詳論で解明されている。「あかうそ」より「まっかなうそ」の方が、より刺激的で、表現には有効である。それが「あかうそ」を衰退させ、「まっかいさま」の「さま」を脱落させ、正反対の意味を強調した「まっかいな」が頻用されるようになる。それは同音同形の「マッ赤《カ》イナ」を吸収しており、「ウソ」との結びつきで、「真赤《まっか》なうそ」となった。小林賢次氏の精密な解析と表現の真意を誤るおそれが惧れがあるので、関心ある方は是非とも本書を読んでいただきたい。このような論述部分に、筆者としても異論はない。

小林氏の論は、「うそ」と赤との結合を、色彩以外から照射して、解明することに重点があった。その意味では成立した論である。ただ筆者としては、「あかうそ」がそれら用例の前段階に存したことは指摘せざるを得なかったのである。

ここで、「あかうそ」という語が存在する理由を説明できなければ、拙論は拙ない論で終わる。その解析に有効な実例があるわけではない。うそをつくとき、当人に忸怩たるものがあれば、真実と異なる表現を敢えてするその心の痛みが、顔色の充血となって現われる。顔色でそれと判かる。本人はことばでは、うそを吐《つ》き通すこともあろう。しらを切ることもある。でも普通は、顔色で判るのではないか。「あか」はこの状態を示したのであろう。

注

（1）「真っ赤な嘘」考――マッカナ・マッカイナ・マッカイサマナ――」（『人文学報』第二八二号、一九九八）
（2）愛媛大学古典叢刊『大海集』、昭和五十七年十月刊。
（3）山内洋一郎「雅俗に遊ぶことばの世界」（『国語語彙史の研究　二十四』、和泉書院、平成十七年三月刊）
（4）宮内庁書陵部編『圖書寮叢刊　詞林金玉集上巻』（昭和四十七年十月、明治書院）
（5）松江重頼編『毛吹草』、岩波文庫による。
（6）近世文学資料類従　古俳諧編（2）（勉誠社、昭和四十七年五月刊）
（7）『中世語彙語法の研究』（平成十二年七月、勉誠社）

「舌内入声音」

柳田征司

一、問題の所在

日本語の音韻体系の中に存しない外国語音がそのままの形で受け入れられることは原則としてないと筆者は考える。中国語の撥音韻尾 -m・-n は、日本語の中に撥音 m・n が生まれてから受け入れられることとなった。それより前は、中国語学習の場における外国語としての発音を除けば、開音節化して受け入れていた(1)。他方、促音便によって促音が生まれるが、この場合には入声音の受け入れが単純でない。唇内入声音と喉内入声音とは原則として開音節化して受け入れ、後続音が、唇内入声音では清音である場合に、喉内入声音ではカ行音である例の多くの場合に、促音として受け入れている。問題は舌内入声音で、はじめ開音節化して受け入れていたが、促音の成立とともに、後続音が清音の場合には促音で受け入れ、その他の場合には舌内入声音の形のままで受け入れるようになったと捉えられている。ところが、江戸時代以降になると、その舌内入声音がすべて開音節化される。ここに明らかにされなくてはならない問題が二つある。

問題1　日本語に存しなかった外国語音である舌内入声音がそのままの形で受け入れられ得たのはなぜなの

か。

問題2　受け入れられていた舌内入声音が江戸時代以降行われなくなるのはなぜなのか。

この問題については早く浜田敦（一九五五）が問題1について語末の舌内入声音を促音と解した。しかし、語中の例については論じることなく、問題2については保留した。他にも「有声音の直前や語末における促音」「この時期促音便とその音声的差異を失っていたと推定される舌内入声音」と記す論文[2]もあるが、それ以上の説明はない。以下この二つの問題について考えてみたい。それに先だって、促音と舌内入声音とを定義しておく。

促音　発声器官のどこかを閉鎖し、または狭めて、一拍分休む音。音声としては後続音の違いによって〔p〕〔t〕〔s〕〔k〕〔ʔ〕などに実現するが、音韻としては一つの音である。和語にも漢語にも存する。

舌内入声音　漢字音の子音韻尾のうち内破音t。漢語に存する。

なお、舌内入声音から出た音を舌内入声音出自音と呼ぶことにする。

二、問題1　舌内入声音の受け入れ

（一）促音確立以前

促音便は上代に生じており、『万葉集』について見ると、字余りから推定される例を含めて次の例が認められる。

モテ（母弖、一五・三七三三）アラシ（安良之、一五・三六〇九）ノタブ（乃多婆久、二〇・四四〇七）クヤシカモ

（久夜斯可母、五・七九七）ユユシカシコキ（由々志恐伎、一九・四二四五）カテ（常者曽、七・一〇六九）タテラシ（雲居立有志、七・一〇八七）カハツベク（見毛可波之都倍久、八・一五二五）ワタツ（渡津海乃、一・一五）キカデ（比者不聞而、三・二三六）スガ（鉾楹之本尓、三・二五九）マジ（不可顕、七・一三八五）ヤスミシシ（安見知之、一・三六）タブル（多夫礼、一七・四〇一一）

動詞の活用語尾に規則的に起きるようになる狭義の音便の例は〈モチテ→モテ〉だけで、その例「何物モテか」も助詞に近く、広義の音便の性格が強い。促音が一音節として確立するのは狭義の音便の確立によってであって、[3]広義の音便の場合変化の過程に促音が生じても、音韻としては確立してはいず、脱落形で安定したと推定される。促音が確立していなかったこの時代には舌内入声音は開音節化して受け入れていた。『万葉集』には「ぶつつくる」（仏造　一六・三八四一）「いちにのめ」（一二之目　一六・三八二七）が認められる。仮名の用法としても、舌内入声字は、末尾の t を捨てるか、開音節化して、「鬱瞻乃」（うつせみの、四・七二九）「越乞尓」（をちこちに、六・九二〇）のように用いている。

（二）促音確立以後

1、キリシタン資料から

『天草版伊曽保物語』（以下『伊曽保』）における促音と舌内入声音の現れ方を確認しておく。子音重ね表記（cq を含む）で促音であることが明らかな例は、音便によって生じたもの（motte など一二七語句五三八例）、強調のために挿入されたもの（appare など一四語二三例）、入声音から生じたもの（四三語八二例）が存する。入声音からの内訳は次の通りである。

舌内入声音＋清音　34語66例　iccŏ（一向）など　　唇内入声音＋清音　4語9例　caxxen（合戦）など

喉内入声音＋k　5語7例　accô（悪口）など

次に、舌内入声音出自音を後続音の違いごとにまとめると表のようになる。

（表）『天草版伊曽保物語』に見える舌内入声音出自音（開音節形は例示を省略）

位置		後続音	例	子音重ね表記	t表記	開音節形
語中		清音	iccǒ（一向）	33語66例		4語6例
		ラ行音	xutrai（出来）		1語1例	
		ヤワ行音				3語5例
		濁音・ナマ行	votdo（越度）betnin（別人）		25語8例	14語48例
語末	文節中	清音	sonxitto（損失となり）		8句10例	1句2例
		アヤワ行音	gofunbetaru（御分別ある）funbetua（分別は）		13句24例	4句9例
		濁音・ナマ行	nimotga（荷物が）betni（別に）tomotmo（唐物も）		25句42例	10句10例
	文節末	（無し）	qenjit（兼日）		8語12例	2語3例

以下、後続音の違いごとに舌内入声音出自音がどのように受け入れられているかについて考察する。

（1）清音が後続する場合

語中の例は、iccǒ（一向）をはじめ yttan（一旦）yssai（一切）qexxi（決し）などと子音重ね表記されており、t が後続音に同化されていて、促音であったことは疑いない。『日葡辞書』には t 表記された例があり、「節々」は

Xexxet と Xetxet の両形で掲出されている。これは同音の繰り返しであるために t 表記もされているのであろう。また、「Qenbutxa」（見物者）「Guenbutxa」（験仏者）「Iinbutxa」（人物者）などは、二字漢語の部分だけでも独立して用いられるために、その時の t 表記で促音が表記されているのであろう。語末で文節中の例、例えば「sonsittonari」（損失となり）の t 表記も促音で実現していた可能性が高い。ただ、Funbet suru（分別する）などの二字漢語サ変動詞の場合には、一続きの促音にも、また、「し」「する」との間に切れ目を置いた語末の促音（後に扱う）にも実現していた可能性がある。

（2）ラ行音が後続する場合

xutrai（出来）は、同化〈t―r→rr〉が起き、促音となっているものと見られる。ただ、rr の音は閉鎖が十分でないために、安定した tt に変じやすく、「シュッタイ」の形が実現するのであろう。これは、マッハダカ（真裸）がマッパダカ（『史記抄』『日葡辞書』）に、マッオナジ（真同）がマッポナジ（『日葡辞書』）に転じるのと同じ変化である。

（3）アヤワ行音が後続する場合

『伊曽保』には語中の例としては開音節形しか見えないが、『日葡辞書』には t 表記の例も見える。

ア行音＝Buti（仏意）Bataku（罰悪）ほか、ヤ行音＝Betyô（別用）Matyô（末葉）ほか、ワ行音＝Butuon（仏恩）Ietvon（舌音）

この場合には、促音の実現が不安定であるために「仏意（ブッチ）」「今日は（コンニッタ）」のように連声を起こすことがあった。ロドリゲス『日本大文典』（土井忠生博士訳本六三七頁）が記すように両形が行われており、Connitua・Connitta と表記している。原形の場合子音重ね表記ができないために t 表記を行っている。なお、『音曲玉淵集』（一七二七年刊）に見える「ツメ字を呑てあいうゑをへ移るハ半はねの心なり」とする「実悪（ジッヌワク）」「念仏を（ネンブツヌヲ）」を後述の鼻的破裂音の証とする説もあるが、撥音の連声に類推したものと見るべきであろう。

（4）濁音が後続する場合

この場合、『伊曽保』では表に見るようにt表記がなされている。『伊曽保』の促音と舌内入声音出字音の表記法を見ると、先の表にも見るように次のような方式となっている。

和語（促音）	清音が後続する場合	子音重ね表記
漢語（舌内入声音出字音）	清音が後続する場合	子音重ね表記
	濁音が後続する場合	t表記
	その他	t表記

そして、この表記方式はキリシタン資料一般が原則として行うところであって、主としてこの表記方式から我々は濁音が後続する場合のt表記、更にはt表記一般を舌内入声音を表すものと解して来たのであった。しかしながら、劣勢ながら濁音が後続する舌内入声音出字音を子音重ね表記した例があり、両表記を並記した例もある。

Bazzui（抜髄）、**Fiddai,l.fitdai**（筆台）（『日葡辞書』）

そして、逆に清音が後続する舌内入声音出字音をt表記した例も、これも劣勢ながら散見し、両形を並記した例も、既に**Xexxet**・**Xetxet**などに見たように存する。(4)

Metqiacu.l,potius.Mecqiacu.（滅却）、**Baxxi,suru,ita,l,batsuru.**（罰する）（以上『日葡辞書』）、**ytsacujit**（一昨日）（『天草版平家物語』、『日葡辞書』は**Issacujit**）

『邦訳日葡辞書』は「滅却」の項を「または、Mecqiacu（滅却）とも言い、むしろその方がまさる。」（傍点柳田）と訳し、舌内入声音形と促音形との二つの語形が存したと解するけれども、促音を表す二つの表記法を示すものと解すべきではないか。「l」で繋がれた二形が表記法の違いを表す例は、「Qeô.l,qiô」（興）「Soreacu.l,soriacu」（疎略）など少なくない。Fiddai.l,fitdai（筆台）もともに促音を表しているのではないか。このことは、唇内入声音・喉内入声音出自の促音や和語の促音についても子音重ね表記とt表記との両用が散見し、t表記が舌内入声音への誤認例と解せないことからも支持されるように思われる。

catchŭ（甲冑）（サントスの御作業の和らげ、『日葡辞書』はcacchŭ）、Atqet（悪血、Acqetを見るよう指示）、Atqi（悪鬼、Acqiを見るよう指示）、Matsuguni（真直）（ロドリゲス『日本大文典』、『日葡辞書』はmassuguna）、

現代日本語においては、外来語を除いて、濁音の前に促音が立たない。それは、室町時代まで濁音の前の母音が鼻母音であったために濁音と促音とが両立し得なかったことに起因する、と考えられて来た。しかし、濁音の前に促音は立っていたのではないか[5]。促音は、発声器官のどこかを閉鎖し、又は狭めて、一拍休む音であるから、「筆台」の場合、次に発音するdの構えで一拍休むのであるから、それは声を伴ってなく、tである。tの前の母音は鼻母音である必要はなかった。metbo:（滅亡）は後続音に同化してmepbo:と実現し、pの前の母音は鼻母音である必要はなかった。

ただ、そう解するためには、なぜ促音の表記に二つの表記法を用い、それらを先のように使い分けなくてはならなかったのかが説明されなくてはならない。キリシタンは、促音を表記する方法として、子音重ね表記によって表音表記を行う一方で、子音重ね表記ができないところの、後続音が無い場合と、アヤワ・ナマ行音が後続する場合とに、日本人の仮名表記法にならって、「つ」に当たるt（ロドリゲス『日本大文典』土井忠生博士訳本二三一頁）で表記した。問題は、清音が後続する場合と濁音が後続する場合とには二つの表記法のいずれもが可能であり、一方が劣勢ではあるものの、現に両表記が行われているにもかかわらず、先のような方式を行っていることである。t表記を行う場合があるのは、その方が有効な表記である場合があるからである。それは漢語を表記する場合で、

「別」を例に取って言えば、子音重ね表記をすると、Beppucu（別腹）Bettaku（別宅）Beccaqu（別格）のように様々な形となる。それに対して、t表記を行えば、Betdan（別段）Betji（別事）Betri（別離）のように同一語であることを表示できる。キリシタンはここでも撥音〔m〕と〔n〕とを漢語についてはnで表記した[6]のと同じ選択をしているのである。それならば、後続音が清音である場合にもt表記で統一した方がよいように思われけれども、t表記すると、喉内入声音の場合にこれと開音節形とが同一性を失うという不都合があった。

t表記＝Atqet（悪血）Atqi（悪鬼）、子音重ね表記＝Acqet（悪血）Acqi（悪鬼）…、開音節形＝Acufit（悪筆）Acufo（悪法）…

また、後続音が清音であることが一般である和語の場合に子音重ね表記を行うから、これに統一したのであろう。和語の場合にも「ヒッ〜」「マッ〜」などの場合に後続音の違いによって同一語の促音表記が変わって来る。

Fippari（引っ張り）Ficcacari（引っ掛かり）Fixxime（引っ締め）…、Mappadaca（真っ裸）Massuguna（真っ直ぐ）Maccurona（真っ黒）…

しかし、これらは接頭語または接頭語的な例で、強調に主眼があり、同一語であることを表示する必要性が弱かった。

以上の考察によって、漢語は濁音の前に促音が立つ例が少なくなかったことになる。それならば、和語にも濁音の前に促音が立つ例が普通に存してよいと考えられるが、キリシタン資料に「Tetdai」（手伝）「Zozo.l,Zozzoto（中略）Zozzoto samŭgozaru.」の二例しか見えないのはなぜなのであろうか。森田武（一九九三）は、『日葡辞書』に見える「テツダイ」（手伝）が転じたTetdaiのtを促音か入声音かと論じ、入声音とした。和語におけるtetudaiからtetdaiへの変化は、広義の音便が起きているのであって、そこに生じた音も促音と見られる。しかし、母音の並びは音便を起こすそれであるけれども、tetūdaiと濁音の前の母音が鼻母音であるから、後続音が清音の場合の音便とは事情が異なる。この場合、母音が脱落した後の形にも鼻音性が残ろうとするから、その鼻母音が促音を拒絶した可能性が考えられる。Tetdai は、語構造が漢語に似るためにそれに牽かれて起きた特殊な例である可能性が高い。この語が舌内入声音の開音節化した形をした「テチダイ」という形を持つことからもそう考えられる。ただし、このような音の並びをした語自体が和語に少ないために例が少ない可能性も残り、今後の検討を必要とする。一方、Zozzoto は、非言語音との境界にある擬声擬態語の例であり、しかも表情音の有無であるから、これも特殊な例と言わなくてはならない。濁音の前に入る表情音は撥音であるが、Pappato、Sossoto などの形に牽かれて生まれたものであろう。濁音の前に促音が立つことはできたけれども、それをわざわざ生み出すということは一般的ではなかったものと見られる。このように考えてよいとするならば、舌内入声音の促音形は、後続音が清音である場合とラ行音である場合とについては、開音節形を経由して生じた場合もある可能性があり得るけれども、後続音が濁音の場合については、舌内入声音の形から生じたものと解さなくてはならない。

（5）ナマ行音が後続する場合

直前の母音に鼻母音を求める点で濁音と同じ事情にあるナマ行音が後続する語、Betnin（別人）や Butmo（仏母）（『日葡辞書』）なども右と同様に促音と見られる。betnin・bupmo が実現していたと見られ、子音重ね表記はできなかった。ただし、語末で文節中の nimotga（荷物が）tǒmotmo（唐物も）などは後述の語末の促音として実現していたかも知れない。

（6）後続音が無い場合

このように見てくると、後続音が無い、文節末の舌内入声音出自音も促音であったと見るのがよいと考えられる。後続音が無い文節末の例は副詞や助詞を伴わない名詞の例である。

qenjit（兼日）申し合はせうずる証として（『伊曽保』456・8）、funbet（分別）なければ（同463・5）

先に見たように、例えばFunbetxa（分別者）はt表記しているけれども、一語であるから一続きに発音され、tは促音に実現していたと見られる。ここからfunbetが語末の促音として捉えられることは自然なことであったと見られる。その上に、浜田敦（一九五五）が指摘したように語末の撥音も語末の促音の成立と安定とに力があったと見られる。

Ban（晩）Canji（感じ）Finnin（貧人）Taixen（大船）Mandai（万代）…

Bat（罰）Caxxi（渇し）Fitmet（必滅）Taixet（大切）Matdai（末代）…

ここでもう一つ注目されることは、漢語の影響を受けたものではあるけれども、和語にも「シモト」（笞）の転化形「シモツ」からSimot（『日葡辞書』）が生まれていることである。これは語末の促音であり、漢語の語末のtも促音であったことを物語っている。語末の促音の音価は明らかでないが、感動詞「アッ」（『日葡辞書』）がひどく驚いた時に［ʔ］で実現したほかは［t］で、時に閉鎖が不完全な場合もあったかと見られる[7]。そうであるならば、舌内入声音tと音価が同じであることになるが、日本語の音韻体系から考えれば、促音と捉えるのがよい。そして、この場合促音は子音重ね表記はできず、t表記がなされた。

2、『教行信証』から

ここでは、右述の解釈が、国内側の資料についても認められるかどうかを、鎌倉時代語資料である東本願寺蔵『教行信証』[8]を取り上げて、検討する。漢文訓読の場では、舌内入声音が外国語音としてそのままの形で読まれていた可能性もあるから、日本人が日本人の読者のために書いた資料としてこの資料を選んだ。この資料には近時角筆点が発見されており[9]、その調査が望まれるが、今は墨筆・朱筆を対象とする。この資料の墨筆・朱筆における促音と舌内入声音出自音の現れ方を小林芳規（一九六五）をも参勘して整理すると、以下のようになっている。先ず、和語の促音は、「持《モテ》」「為《ナテ》」のように原則として零表記である。稀に例外があって、副詞に挿入された強調の促音に「専《モムハラ》」「精《モンハラ》」、接続詞に「仍《ヨンテ》」とム・ン表記が若干見え、「欲《ホツスル》」と広義の音便の促音にツ表記が一例見える。次に、舌内入声音出字音（梵語に宛てた例を含む）の表記を後続音の違いごとに見ると、いずれの場合もチまたはツで表記されている。チ表記とツ表記は、既に指摘されているように主母音の違いによって分用するという原則によりながら、若干の混用が認められるというものである。従って、チもツも同じ音を表すものと見られ、以下にはチ・ツ表記と呼ぶ。そうすると、『教行信証』における促音と舌内入声音出自音との表記は、次のように捉えることができる。(10)

和語（促音）		零表記	持《モテ》・為《ナテ》・遇《アテ》・謹《ツシテ》
漢語（舌内入声音出自音）	後続音清音	チ・ツ表記	絶《セチ》対・乞《コチ》加・窟《クツ》宅・述《シュツスル》
	後続音濁音	チ・ツ表記	遏《アチ》絶
	後続音その他	チ・ツ表記	悦楽《エチラク》・疾疫《シチヤク》・奪《タチ》命・壇越《タンオチ》

この表記法からは、漢語の舌内入声音出字音が後続音の如何にかかわらずすべて入声音であったと解するのが自然のように見える。しかし、そう解した時には、後続音が清音の場合においてキリシタン資料が促音であることとの違いがなぜ生じたのかを説明しなくてはならない。一方、漢語の舌内入声音出字音が後続音の如何にかかわらずすべて促音であったと解すると、和語の促音との表記法の違いがなぜ生じたのかを説明しなくてはならない。先ず、前者の可能性から考えると、後続音が清音である場合の舌内入声音出字音がはじめ入声音のままで受け入れられ、『教行信証』はそれを反映しており、キリシタンの頃には促音化していたと考えれば、説明はつく。撥音の場合を見ると、はじめ、mとnとの別が存したが、やがて後続音に同化されて、区別が失われる。

sannan（三男）→ sannan　　kuanmon（関門）→ kuammon

これと対比すると、舌内入声音もはじめtで受け入れられた可能性を考えてみなくてはならない。

ketkou（結構）→kekkou　kapsen（合戦）→kassen

しかしながら、撥音と入声音とは事情が異なる。mとnとは和語において二つの音が生まれていた。また撥音は入声音に比べて一音節としての独立性が強いから、mnのような連続が可能であった。これに対して、入声音の場合は、和語において促音tとpとが音韻としては区別されず、また、一音節としての独立性が弱いから、tkのような連続は許されなかった。日本語としてはkkのような形で受け入れられた。奈良時代に起きていた音便のはしりの例を見ると、促音便は脱落する母音を挟む前後の子音が同一の場合に起きており、jatuko（家つ子）のようにt—kと異なる場合には同化の方（jatako）が起きていた。後者の場合にも音便の方が起きるようになるのは平安時代に入ってからのことである。入声音における、外国語音tkがkkで受け入れられるようになるのも平安時代に入ってからとも考えられるし、母音脱落を起こす音便の場合とは事情が異なるから、それよりも早くkkで受け入れていた可能性も考えられる。

以上要するに舌内入声音は促音で受け入れられていたと考えられる。そう解してよいならば、同じチ・ツ表記のその他の場合も促音であったと見るのがよい。そう解した時に問題となるのは和語と漢語との表記の違いであるが、これは促音表記が段階を追って確立したことから来ていると説明できる。新しく生じた促音は、はじめ零表記で、やがてム・ンを流用するが、いずれも望ましいものではなかった。他方中国語学習の場で舌内入声音の表記法が生まれ、次のような段階を経て、促音の表記法として確立して行った[11]。

中国語の舌内入声音を表記する段階…寄生母音を意識して、主母音の違いによって、チとツとを分用

舌内入声音を促音として受け入れ、これを表記する段階…右の表記法を流用

狭義の音便を中心とする和語の促音を表記する段階…漢語の促音表記がツ専用となって、これを採用

『教行信証』の促音表記は第二段階にあって、第三段階に踏み出した姿と捉えることができる。

三、問題２　濁音・ナマ行音、アヤワ行音が後続する促音と語末の促音との衰退

右述のように促音として受け入れていた舌内入声音のうち、濁音・ナマ行音、アヤワ行音が後続する促音と、語末の促音とが、開音節形に取って代わられるのはなぜなのか。問題1を右のように説明したことによって、問題2はこのような問題として捉えられることになる。「ヒッダイ」（筆台）を例にとって考えると、音便の一般化によって等時音節時代に入ると[12]、促音が一音節として独立したから、これらの語は四音節 ɸi・t・da・i であった。従って、促音tの前の母音は口母音であった。ところが、等時音節時代になったとはいうものの、促音の独立性には弱い面があり、ɸit・da・iになりやすく、Cojiqi（乞食、『日葡辞書』）のように促音が脱落することも生じていた。そのため濁音dの前に母音が位置しているかのように意識され、濁音の前の母音が鼻母音に実現した。舌内入声音の発音を謡曲の発音によって、「鼻的破裂音」（橋本進吉（一九六一）二六二頁）「一種の鼻的破裂音ともいうべきもの」（岩淵悦太郎（一九七七）二三九頁）「[t̃]という鼻的破裂音の一種」（同二四二頁）と捉えて来たのは[13]、右のような事情によって生じた鼻母音であった。浜田敦（一九四九）が「当時濁音の前の母音が一般に鼻音化した現象に並行する」（上一〇六頁）と捉えたのが当たっている。舌内入声音について論じる早い論文が、それがなぜ「鼻的」であるのかを明確に捉えていなかったところに問題があった。これは、『音曲玉淵集』が濁音・ナマ行音が後続する場合のt入声音出自音に限って「呑む」と言っているのに対して、現代に伝わる謡曲の伝承音が、ラ行音が後続する場合の一部や語末で文節末の場合にまで広げて、「呑む」発音をするために[14]曖昧な把握とならざるを得なかった。謡曲の伝承音が、「-iu」を「割る」発音と伝承している間に、「夕」など「ユウ」で「割る」はずもない

音にまで広げてしまっているのと同じ状態になっているのである。[15]「鼻的破裂音」と説明されて来た音はφitdaiであった。この発音は発音労力のかかるもので、これを解消するために行われていたのが開音節形であったと見られる。先の表に見るように濁音・ナマ行音が後続する場合に開音節形が比較的多かった。このことは促音形が開音節形に取って代わられる原因がこの部分にあったことを裏付ける。原因をこのように解してよいならば、その時期は、促音が一般化し、鼻母音が盛んに実現していた時期ということになる。ロドリゲス『日本大文典』によれば、室町時代末期には鼻母音の衰退が進行していたと見られるから、それよりも早い時期ということになる。従来は概説書などでも室町末期に開音節化のきざしを認め、その進行を示す資料として『捷解新語』に注目して来たが、[16]キリシタンの頃には開音節形の使用が拡大していたと見なくてはならない。

なお、開音節形使用の方向とは別に、kupbuku（屈服）→kuppukuのように濁音を清音に変える方向の変化によって、問題を解消しようとする動きもあった。目を方言に広げると、テッダイ（手伝）をテッタイという方言、「エライコッチャ。」（えらいことぢゃ）「ソーユーコッテス。」（そういうことです）という方言も少なくない。上村孝二（一九八三）は「テットー」（鉄道）「コッコ」（国語）「アッカ」（秋が）「イッキレ」（息切）を報告する。長谷川千秋（一九九四）は、「アスッデ」（遊）のように撥音便が促音に実現し、濁音と共存している方言に注目している。これらの方言がどのように分布し、それがどのような史的位置にあるのかについて、今筆者は論じる用意がない。

アヤワ行音の前の促音ならびに連声形が開音節形に取って代わられるのは、促音形が不安定な形であり、連声形が語形の損傷を来しているからであろう。例えば、「仏意」は、「ブッイ」では発音しにくく、「ブッチ」では意味を喚起しにくかったと見られる。そのため、濁音・ナマ行音が後続する場合の促音が開音節形に代わって行くと、この場合においても開音節形に代わって行ったのであろう。語末で文節中の促音にも語中の場合と同じことが起きたと考えられる。舌内入声音に出る語末で文節末の促音が開音節形に取って代わられるのは、促音の一音節としての独立性が弱いことによると考えられる。筆者は等時音節方言である愛媛県松山市方言の話し手であるが、「アッと驚く」の「アッ」は二音節であるが、単独の「アッ」は一音節と意識される。語末の撥音にも支えられて存立していた語末の促音であったけれども、濁音・ナマ行音が後続する場合に促音形が開音節形に取って代わられるようになると、ここにも同じ交代が進行したのであろう。表では、語末（文節中）と語末（文節末）の場合には開音節形が多くはなかったが、『日葡辞書』掲出語を見ると、表示することを割愛するが、開音節形がかなり多い。室町末期にはそれらの場合でも開音節形が多くなっていたのであろう。

四、結論

促音が確立する以前においては舌内入声音は他の入声音と同じく開音節化して受け入れていた。促音便が一般化して促音が確立すると、後続音の如何にかかわらず舌内入声音を促音として受け入れるようになった。濁音・ナマ行音が後続する場合も、促音は発声器官のどこかを閉じるか狭めて一拍分休む音で、濁音・ナマ行音と前の母音が直接接することはなく、促音として受け入れていた。アヤワ行音が後続する場合も促音として受け入れていたが、後続音が破裂音でないために連声を起こすことがあった。また語末の促音も語末の撥音にも支えられて用いられていた。従って、外国語音である舌内入声音がそのままの形で日本語の中に受け入れられるということはなかった。

しかし、促音は一音節としての独立性が弱いために、濁音・ナマ行音が後続する場合、濁音の前の母音が鼻母音に実現するようになった。その発音は発音労力のかかるものであったため、開音節形に取って代わられることとなった。従って、その時期は、促音が一般化し、鼻母音が盛んであった時期であって、室町末期よりは古い時代と見られる。キリシタン資料が示す状態は開音節形への移行が相当進んでいる状態と見られる。アヤワ行音が後続する場合の促音は不安定であり、語末の促音も独立性が弱いために、濁音・ナマ行音が後続する場合に開音節形への交代が進むと、これらの場合にも開音節形への交代が進んだ。

注

（1）拗音の受け入れについては柳田征司（二〇〇四）参照。
（2）前者、奥村三雄（一九七二）八一頁、後者、遠藤邦基（一九九八）単行本（二〇〇二）二七五頁。
（3）柳田征司（一九九六）参照。
（4）森田武（一九九三）二〇七頁を参勘した。
（5）促音確立以前に、濁音の前の促音を経由したらしい、キカズテ（聞かずて）→キカデ、マシジ（助動詞）→マジ、スギガ（杉が）→スガの例が存するのは、濁音の前の母音がまだすべては鼻母音化していなかったためであろう。柳田征司（二〇〇二）参照。
（6）橋本進吉（一九六一）二六五頁。
（7）なお、現代鹿児島方言等に認められる語末の促音は〔t〕である。上野善道（二〇〇三）八一頁。
（8）星野元豊他『原典日本仏教の思想6親鸞　教行信証』（岩波書店　一九九〇）を用い、複製本、赤松俊秀他編『親鸞聖人真蹟集成』第一・二巻（法蔵館　一九七三・七四、増補版）を参勘した。朱筆や後筆の違いは、考察に大きくはかかわらないので、示さない。
（9）毎日新聞二〇〇八・二・九による。二〇〇八年一一月二二日京都国立博物館における展示で角筆点の一部を実見した。「説」字に朱筆「エチ」のほかに角筆「エチ」が見えた。

(10) 唇内入声音に清音が後続する例は「捷《セチ》真《ナリ》」「捷径《セチケイ》」「狭《ケチ》少」とチ表記がされている。喉内入声音にカ行音が後続する例は、「独覚」「穆后」に「急」の声点が付されており、開音節形でないが、仮名表記は「線《シヤク》訶《カ》」「独《トク》覚無上」「穆后《ホクコウ》」とク表記である。

(11) 柳田征司（一九九三）参照。

(12) 柳田征司（二〇〇七）二三七頁参照。

(13) 服部四郎（一九七六）一二五頁はtʼを正しくないとし、tnとする。上野善道（一九八九）四九頁は鼻的破裂音を〔tⁿ〕ととらえている。

(14) 岩淵悦太郎（一九七七）、近藤清兄（二〇〇三）。

(15) 長谷川千秋（一九九四）遠藤邦基（一九九八）が扱った促音の「ンツ」表記もここにかかわる可能性があるが、濁音とは無縁に用いられていて、その素姓は明らかでない。城生伯太郎（一九九三）が論じるところがかかわって来るかも知れないが、未詳。

(16) 土井忠生・森田武（一九七五）一〇一・一五八頁。

岩淵悦太郎（一九七七）『国語史論集』（筑摩書房）。もと、「謡曲の謡ひ方に於ける入声「ツ」に就いて」（『国語と国文学』一九三四・五）、「国語に於ける入声tの歴史と外来音の問題」（『諸学振興委員会研究報告』12 一九四二・一）

上野善道（一九八九）『日本方言音韻総覧』（小学館）

上野善道（二〇〇三）「〔書評〕木部暢子『西南部九州二型アクセントの研究』」（『国語学』212 二〇〇三・一）

遠藤邦基（一九九八）「促音・入声音の「ンツ（ンチ）」表記」（『読み癖注記の国語史的研究』（清文堂 二〇〇二）に収

める）
奥村三雄（一九七二）「古代の音韻」（『講座国語史2音韻史・文字史』大修館）
上村孝二（一九八三）「九州方言の概説」（『講座方言学9――九州地方の方言――』国書刊行会）
小林芳規（一九六五）「鎌倉時代語史料としての草稿本教行信証古点」（『東洋大学大学院紀要』2　一九六五・九）
近藤清兄（二〇〇三）「喜多流謡本の「含」」（『東北大学言語学論集』12　二〇〇三・五）
城生佰太郎（一九九三）「鼻音の同化力」（『小松英雄博士退官記念日本語学論集』三省堂）
土井忠生・森田武（一九七五）『新訂国語史要説』（修文館）
橋本進吉（一九六一）『キリシタン教義の研究』（岩波書店、もと『文禄元年天草版吉利支丹教義の研究』（東洋文庫　一九二八）
長谷川千秋（一九九四）「撥音・促音の混用表記に関する一考察」（『叙説』21　一九九四・一二）
服部四郎（一九七六）『音声学』（岩波全書）
浜田　敦（一九四九）「促音と撥音（上）（下）」（『人文研究』1（1・2）一九四九・一一、一二、『国語史の諸問題』）に収める。）
浜田　敦（一九五五）「語末の促音」（『国語国文』一九五五・一、『続朝鮮資料による日本語研究』（臨川書店）に収める。）
森田　武（一九九三）『日葡辞書提要』（清文堂）
柳田征司（一九九三）『室町時代語を通して見た日本語音韻史』（武蔵野書院）三七二頁。
柳田征司（一九九六）「日本語音韻史とその課題」（『文学・語学』150　一九九六・三）
柳田征司（二〇〇二）「濁音の前の鼻母音――その成立・衰退と音便――」（『国語と国文学』二〇〇二・一一）
柳田征司（二〇〇四）「拗音」（『国語語彙史の研究』二三　二〇〇四・三）
柳田征司（二〇〇七）「上代日本語の母音連続」（『国学院雑誌』二〇〇七・一一）

感動詞の日中対照研究に向けて

友定賢治

一　はじめに

音声コミュニケーションの研究が注目され始めている。発話状況を重視する研究であり、文の骨格部分の文法研究ではなく、文の伝達・表出部分を重要視する研究である。具体的な分析対象として、たとえば終助詞、感動詞、フィラー、さらには言いよどみ、りきみ、声ひそめ、声の裏返りなど、パラ言語、非言語コミュニケーションを含めて考えることになる。本稿は、感動詞に焦点をしぼる。

感動詞については、ようやく本格的な研究が始まったという状況であり、定義そのものがまだあいまいである。文字通りに感動の意味をもつ、

〇わー、すごい雪。

の「わー」のようなものから、

〇それは、まー、その時のことということで。

といった、いわゆるフィラー。さらに、

○おめでとうございます。

のあいさつまでを、他の要素との係り受けがないことから同一品詞として扱っている。本稿でも、掛け声や分析的でなく定型化した発話も含む。感動詞研究の現状についての全般的な説明は省略するが、文中の独立成分ということ以上には、なかなか考察が深まらなかったのも、このような事情を考えれば当然かもしれない。比喩的にいえば、従来の文法研究において、述部から終助詞にかけて、文の「うしろの部分」の研究はすすんだが、「まえの部分」に関しては進んでいないと思われる。

ようやく、山根（二〇〇二）のフィラー研究、冨樫（二〇〇五）の記述的研究、串田（二〇〇五）の会話分析からの研究、小林（二〇〇五）の地理的分布に関する研究などが本格的にすすんでいる。さらに定延（二〇〇五）は感動詞・フィラーなどを含め、音声コミュニケーションの研究を精力的にすすめている。おそらく、今後、これら感動詞関連の研究は、文法研究・コミュニケーション研究の重要な一分野となるであろう。

さて、コミュニケーションにおいて、感動詞（広く認定したもの）のはたしている役割はおおきい。あいさつ・応答詞を考えただけでもそうである。「ネサヨ運動」といったこともあった。日中のコミュニケーションにおいても、感動詞に着目することは重要である。よく知られている例であるが、相手の声が聞きとれず聞き返す時、日本語にきわめて堪能な中国人の若い女性からも「あーっ?」というのを聞く。日本語で、このように聞き返すのは、大変に横柄なもの言いであり、あまり使われることはないであろう。また、ある中国人女性は、日本に留学中、夜、不審者と遭遇した時、日本語でたとえば「きゃー」といった叫び声にならず、中国語で声をあげてしまったので、自分はまだまだ日本語の習得ができていないと感じたと話した。

また、中国語を十分に習得している日本人が、中国語で話すとき、日本語でのあいづちと同じように頻繁にうつので耳障りだと感じる中国人もいる。

感動詞は、丁寧さの程度や話者の心情等の全体的な表現（表出）であり、「情」に訴えるものであるため、感情的な面でのしこりを生じさせることがありうる。日中の円滑なコミュニケーションのための基礎的な整理としても、両言語における感動詞の対照研究に向けた作業をすすめていきたい。

二　感動詞の日中対照研究に向けて

このテーマに関しては、参考文献にあげたような先行文献がみられ、文学作品やアニメ作品の会話部分の翻訳を対照する方法がみられる。日常会話では資料を整えるのが難しく、質問調査では使用語形が得られにくいという困難がある。

次に、わずかであるが、現在までの日中両言語の感動詞調査で、下記のような対応パターンが見出されていることを述べる。調査は次のとおりである。

①インフォーマント

　日本語　大学院生（女性四名）友定内省

　中国語　二〇代～五〇代　男女合計　七名

②調査法

　日本語　場面を説明して回答する質問法

　中国語　場面とそれに該当する日本語の感動詞を書いたものをみてもらい、中国語を記入してもらう。

③調査項目　現在　七二項目

④調査期間　二〇〇六年～二〇〇七年

分析対象とする資料は、あくまで上記の調査によったものの範囲内である。大量の日常会話のデータではなく、位相的なバリエーションも含んでいない。対照研究に向けての予備的考察という性格の整理である。

（1）一対一で対応するもの

上記の調査で、日本語、中国語ともに、回答語形が一種類であったものを、「一対一対応するもの」とした。次表のとおりである。

写真を撮るとき	チーズ	茄子！(1)
電話にでる	もしもし	喂！
日中のあいさつ	こんにちは	你好！
応援するとき	がんばれー(2)	加油！
静かにするように注意する	しーっ	嘘！
皆で重いものを持ち上げる	せーのっ	一、二、三！
落ち着くようなだめる	まーまー	好了！

（1）中国人の教示者のひとりから、「茄子！」は大勢を撮る場合に使われ、一人を撮る場合は、「一、二、三！」が普通だとの説明があった。

（2）感動詞とは考えにくいかもしれないが、中国語の「加油」に一対一で対応していると思われる定型化した表現なので、とりあげておく。

(2) 感動詞の用法の幅に違いがあるもの

日本語では、それぞれの場面に特定の感動詞が回答されたが、中国語では、特定の感動詞が複数の場面で使われると回答のあったものである。つまり、日本語では場面ごとに別々の語がより細かく分かれているものである。

日中のあいさつ	こんにちは	你好！
夕方のあいさつ	こんばんは	
子どもが悪さをしているのを見て	こらっ	喂！
電話にでたとき	もしもし	
遠くの人を呼ぶとき	おーい	
山に登って、遠くの山に向かって	やっほー	
マイクの確認	あーあーあ	

(3) 中国語には、対応する特定の感動詞の見られないもの

日本語では、その場面で使用する特定の感動詞があるものの、中国語では特定の感動詞が存在しないと考えられるもので、教示者からは、何というか分からないとの回答があった。今回の中国人の教示者は、一人を除き日本語は堪能であるが、次表の「いーだ」がどんな場面で使用されるかわからない人が多かった。

「いーだ」	いーだ	？

なお、「やっほー」も「中国語にはない」と回答した教示者もいるが、回答が分かれたため、この表には含めていない。

（4）中国語では、感動詞で表現しないもの

日本語では特定の感動詞がみられるが、中国語の回答は、感動詞とは認定しにくいものである。

うまくいったとき	しめた。	太好了！
出かけるとき	いってきます	我走了。
外出から帰ったとき	ただいま	我回来了。

（5）中国語で複数の語があがるもの

中国語で回答語形が多く、日本語では少なかったもの。下記の場面で、日本語では「えーっ」という語が多く、わずかに「うそっ」「まじっ」があった。回答者の位相に左右された結果かもしれない。

気に入らないとき	えーっ うそっ（少） まじっ（少）	什么？　怎么？　什么呀！ 啊？　唉？　哎？　嗯？ 哎呀！　嘁

（6）同音形で意味が異なるもの

これが問題になる場合であるが、相手の言うことが良く聞き取れず聞き返す場面で、日本語では、「えっ」「ふん」「うん」「あー」などが用いられる。それぞれ意味用法が異なるが、「あー」は、大変に横柄なもの言いで、普段あまり用いられないであろう。それが中国語の「啊」と、音形が酷似している。中国語ではごく普段に用いられるものであり、日本人と日本語で話している時にも、おもわず「啊」と使ってしまうと聞く。

ごくわずかな調査であるが、日本語に比べ、中国語の感動詞は種類が少ないのではという感じをもっている。また、特定の語を多くの場面で使うのではないとの印象をもっている。

三　日本語教育への提言

最後に、感動詞研究の立場から、日本語教育への提言を記しておきたい。中国国内で開催される日本語教育関係のシンポジウムで、「生きた日本語の重要性」「コミュニケーション」とかのことばを聞く機会が増えた。二〇〇七年には、中国海洋大学で「中日非言語コミュニケーション」をテーマにしたシンポジウムが開催され、時代の変化を強く感じた。その論文集も出版された（李 二〇〇八）。いわゆる文法研究が中心であることに変化はないが、新しい動きが生じていることは間違いなく感じられる。

「日本語を（とくに文法的に）正しく話せるようになる」ための日本語教育は、エリート留学生に対象が限定されていた時代は疑いのないテーゼであったが、現在、日本語教育の対象者の幅は広がり、日本語学習の目的も多様になった。極端には、仕事上で必要な何語かを覚えればいいという人もいる。「日本語が正しく話せる」から「日本人らしいしゃべり方ができる」への質的な変化と考えることができる。そのとき、伝達や表出部分に注目することが必要になると思われるのである。

四　おわりに

わずかな調査でのまとめであるが、日本語教育の質的変化に対応する意味も含めて、従来、注目されることの少なかった感動詞について、日中の対照的な考察を試みた。今後は、双方の自然談話を資料として、研究をすすめていきたい。

〔付記〕
本稿は、日本学術振興会科学研究費補助金　基盤研究（B）「現代日本語感動詞の実証的・理論的基盤構築のための調査研究」（課題番号一九三二〇〇六七　代表者　友定賢治）による研究の一部である。

〔参考文献〕
特集「感動詞――未開拓の研究領域へ」『月刊　言語』三四―十一　大修館書店　二〇〇五
王敏東、莊斐琪（二〇〇二）「感動詞の中国語訳について――アニメを中心に――」『日本学刊』第六期、香港日本語教育研究会、
蘇徳昌（一九九七）根据中国古典小说对感叹词〝ねえ〟剖析　日语学习与研究
蘇徳昌（一九九五）从《红楼梦》及其译文看应答感叹词　日语学习与研究

曹　大峰他（一九九九）感動詞に関する日中対照研究『中国日語教学研究文集八』大連理工大学出版社
李　慶祥編（二〇〇八）『中日非言語交際研究』外語教学与研究出版社
森山卓郎・張敬茹（二〇〇二）「動作発動の感動詞「さあ」「それ」をめぐって——日中対照的観点も含めて——」『日本語文法』二—二
冨樫純一　感動詞・応答詞研究文献目録（仮）
http://www.daito.ac.jp/~jtogashi/interj.html
冨樫純一（二〇〇五）「へえ」「ほう」「ふーん」の意味論『月刊言語』三四—十一
串田秀也（二〇〇五）「いや」のコミュニケーション学——会話分析の立場から——『月刊言語』三四—十一
定延利之（二〇〇五）『ささやく恋人、りきむリポーター』岩波書店
澤村美幸・小林隆（二〇〇五）「しまった！」に地域差はあるか『月刊言語』三四—十一

「高山寺明恵上人行状（仮名行状）」の編纂事情
――敬語表現の若干例から――

古田雅憲

はじめに

明恵上人とその周辺の事跡や物語を辿ろうとするとき、紀州施無畏寺蔵本「高山寺明恵上人行状」は、いわゆる「仮名行状」の古伝本[1]として重要な資料の一つである。というのも、その記述内容が高弟義林房喜海の記したという「原・仮名行状」に拠っているらしく、明恵伝として最も古い姿を伝えると考えられるからである[2]。が、「原・仮名行状」は今に伝わらない。「漢文行状[3]」や「最後御所労以後事[4]」の奥書に言う「和字之記録」や「林師御形状」がそれかと見立てられはするが、いずれにしてもその本文は未詳である。従って、施無畏寺蔵本がどれほど古い姿を保ったものか、直接的には測りがたい[5]。施無畏寺蔵本じたい書写を異にする上・下巻の取り合わせ本であり、また中巻を欠く。その資料性はよくよく検証しなければならない。

◇　　　◇

その試みの一つとして、論者もいくつかの語や表記等を取り上げて調査を行った。結果、上巻と下巻とで有意の差異があり、さらにまた両巻とも、その前半と後半とでやはり有意の差異があると知られた。すなわち、上巻・下巻の資料性は同一でなく、さらにまた両巻とも全体均質のものではないとの感触が得られた。[6]

この点、まず施無畏寺蔵本の書写事情（上・下巻別筆の取り合わせ本であるという点）に起因する面もあろう。ただし両巻内部にも差異が見出されるからには、「仮名行状」の編纂事情に関わる面もあるはずで、たとえばその編纂に複数の人物が分業的に携わった等の可能性なども考えられてよい。また「仮名行状」の拠った「原・仮名行状」が必ずしも全体均質の一書ではなかったと考える必要もあるだろう。

それらの解釈のうち、論者はその最後の可能性を念頭に置いてきた。というのも、上・下巻それぞれの巻内部における前後半の境目に、ある種の蓋然性が感じ取られるからである。すなわち上・下巻それぞれにおいて、言葉の観察から見取ることのできる境目と、明恵や教団の史実や物語の節目となる出来事の記述箇所とがほぼ合致しているのである。

◇　　　　◇

まず施無畏寺蔵本・上巻の言葉は五一・五二丁を境として前後半を区別することができるが、ちょうどそこに明恵教団にとって節目となる出来事が記されているのである。すなわち「而ニ同九年八月廿五日始テ探玄記第一巻五六人ノ衆ト共ニ此ヲ談ス」という記事（五一丁裏）である。その建久九年頃とは、義林房喜海ら数人の同行が明恵に親しく従うようになって「初期明恵教団」とでもいうべきものが形成された時期である。

仮に義林房の「原・仮名行状」が明恵行状の「日録」のようなものであったとしよう。それは施無畏寺蔵本・五一丁前後の記事内容に該当する部分から綴り始められたはずである。それ以前に「日録」はあり得まい。建久九年頃より前の明恵行状の記事については、明恵自らが折々に語ったところの「聞書」を、時間に沿ってまとめたようなものだったはずである。

「仮名行状」が依拠した「原・仮名行状」が実際に「日録」・「聞書」であったかどうかはともかく、史実の上からは、建久九年頃を境として「原・仮名行状」に文体的な差異が生じても不思議はないということである。そして実際、そこを境として施無畏寺蔵本・上巻の言葉は前後半に区別できるということである。

また下巻の言葉も四六丁を境として前・後半を区別することができるが、やはりそこに明恵教団にとって節目となる出来事が記されているのである。すなわち「同三年辛卯十月一日ヨリ年来ノ痔所労更発シ、又不食ノ気ニ煩フ、同十日ノ夜、殊大事ナリ」という記事（四六丁裏）である。その寛喜三年十月とは、まさに明恵が危篤状態に陥った時期である。それは、ここから巻末までの四十丁を費やして描き続けられる祖師入滅の物語の始まりである。

仮に義林房の「原・仮名行状」が「日録」であったとしても、この施無畏寺蔵本・四六丁裏以降の記事内容に該当する部分は、それ以前とは比べるべくもない「一大事」として特に意識的に綴られた「ひとまとまり」であったと想像される。というのも、「最後御所労以後事」の一書の存在を思いあわせるからである。

正応元年（一二八八年）、高山寺門弟玄密房仁真は、義林房の「原・仮名行状」と思しき「林師御形状」を一見した折、特に示寂の顛末について抄写して「最後御所労以後事」をなしたのである。玄密房にとっても、寛喜三年十月条以降の祖師入滅の物語は、別して書き留め置くべき「一大事」だったのである。その心性は他の教団の面々にも、また義林房にも通底していたに違いない。この寛喜三年十月を境として「原・仮名行状」に文体的な差異が生じても不思議はないということである。そして実際、そこを境として施無畏寺蔵本・下巻の言葉は前後半に区別できるということである。

施無畏寺蔵本の言葉を観察することを通じて、「仮名行状」の編纂事情がある程度はっきりするのではないか。論者が今のところ思い描いているところを少し踏み込んで言うならば、およそ次のようなところである。

すなわち「和字之記録」あるいは「林師御形状」とは、義林房の筆になるものだったとしても、記された時期や場や意図目的等を異にして、その結果いろいろの不揃いをそれぞれに内包しているような、未だまとまらない「いくつかの原・仮名行状」の総称ではなかったか。そう思えばこそ、義林房が校訂・漢訳の必要を感じて「漢文行状」の編集を申し置いた心性もよく察せられるだろう。また「仮名行状」とは、「いくつかの原・仮名行状」をおよそ時間的に整序したにすぎないものではなかったか。今日伝わる施無畏寺蔵本から見通される「明恵行状」の編集事情はそのようなところである。

◇　　　　◇

施無畏寺蔵本の敬語

そのような「仮名行状」の編纂事情をさらに検証するために、小稿では施無畏寺蔵本に用いられている、いわゆる敬語の類について取り上げてみた。最初に結論めいたことを言えば、上述の推論を補足するような一、二の事象が得られた。

その一はいわゆる謙譲語の「奉る」である。上巻に二九例、下巻に三七例が見出され、すべて補助動詞として用いられている。意味的には、語り部あるいは明恵が、釈尊や諸仏菩薩またその図像等に向けて敬意を表すもので、その点でも両巻に大差ない。

が、その用例の分布に部分的な傾きが見出された。一覧すれば下記の通り。

上巻前半の用例分布	上巻後半の用例分布
8オ・8オ・8オ・9オ・9オ・9オ・9ウ・10ウ・20ウ・23オ・23オ・23オ・30オ・31ウ・33オ・36オ・36オ・36オ・37ウ・38ウ・41ウ・43オ・45オ・46オ・46オ・51オ・51オ	52ウ・77オ

下巻前半の用例分布	下巻後半の用例分布
3ウ・6オ・9オ・13オ・14オ・16ウ・16ウ・18ウ・20ウ・22ウ・31ウ・31ウ・37ウ・39ウ・43ウ・43ウ・43ウ・43ウ・44ウ・45オ・46オ・46オ	52ウ・52ウ・56オ・56オ・56ウ・60オ・69オ・69オ・73オ・73オ・74オ・74ウ・74ウ・74ウ・78ウ

すなわち上巻前半、下巻前半、同後半では、全体に広く散らばって二七例、二二例、一五例を数えることができる。上巻後半の二例という数は明らかに異質である。むろん、上巻後半にも「奉る」を用いてしかるべき文脈は多々ある。また「奉る」に代えて特定の表現が多用されるということもない。単に「奉る」による謙譲表現は用いないというばかりのことである。それ以外の謙譲語、またいわゆる尊敬語や丁寧語の用い方について、巻・部分毎の差異は見出されないから、これはほとんど「偶然」の事柄にすぎない。そして、そのようなことが生じるほどに、「仮名行状」の編纂に際しては、一定の意図や視点や構想等の「枠組み」は設けられなかったということである。およそ「原・仮名行状」をそのまま取り込んだということであったろう。

◇　　　　　◇

次に語り部（義林房か）から明恵に向けて用いられた敬語について一言したい。具体的には次のような例である。

●日中ニ遺教経ヲ講ズ、上人自コレヲ講シ給キ、講畢テ遺教経一巻コレヲ読ム（下巻10オ）
●其期近キタリト覚ユ、カキヲコスヘカラスト云テ、右脇ニシテ臥シ給フ（下巻82ウ）
●上人時々事ノ次ヲモテ示シ語ラル、事アリキ（上巻28オ）
●是ニ依テ上人世間ノ書札ニナソラヘテ嶋ノ許ヘツカハス消息トテ書レタル事有キ（上巻64オ）

このような用例の分布にも部分的な傾きが見出された。すなわち上巻前半〜下巻後半の順に、一例、五例、一七例、一〇例を数えることができた。一覧すれば下記の通り。

上巻前半の用例分布	上巻後半の用例分布
る／らる（28オ）	る／らる（64オ・64オ・72ウ・73オ）、奉る（77オ）

下巻前半の用例分布	下巻後半の用例分布
給ふ（10オ・17オ）、つかはす（19オ）、る／らる（12オ・13オ・14オ・30オ・30ウ・34オ・38ウ）、参向す（14オ）、奉る（13オ・14オ・18ウ）、申す（19オ・19オ）、御気色（13オ）	給ふ（72オ・77ウ・82ウ・83オ）、る／らる（77ウ・77ウ）、参ず（71オ・76オ）、申す（75ウ・83オ）

まず上巻前半の一例という数は敬語全体の数（上巻前半～下巻後半の順に、九九例・四八例・六二例・六七例）からすれば、やはり特異である。この少なさは、語り部が祖師に対する自らの畏敬を明言する文脈がなかったことを意味しよう。この点、先に「原・仮名行状」の姿を想像して、上巻前半に相当するそれは「日録」というよりも「祖師若年時の思い出語りを聞き書きしたもの」かと述べたが、それと無関係ではないかもしれない。

また「る／らる」を用いたものが上巻後半と下巻前半にまとまって見出される。この点、先に「原・仮名行状」の姿を想像して、下巻後半に相当するそれは「日録」であったにしても「祖師入滅の一大事」として特別につづられたものかと述べたが、それと無関係ではないかもしれない。

すなわち「る／らる」を用いながら祖師行状に畏敬の思いを添えるという表現は、まさしく義林房の「日録」に特徴的な表現だったのかもしれない。そう考えると、上巻後半より下巻前半にそれが数多く見出されることについて、教団の発展と共に、語り部が祖師に向けて直接的な敬意を表明することが増えたということを表すのかもしれない。

まとめ

以上、施無畏寺蔵本の敬語を取り上げて、「仮名行状」の資料性を考察しようとした。行き届かないことも多いが、ともあれここまでに想像される事柄は次の通りである。

(1)「仮名行状」の拠った「原・仮名行状」とは、首尾一貫した一書ではなく、記された時期や場・意図目的などを異にする複数書であっただろう。
(2)「仮名行状」とは、未だまとまらない「原・仮名行状」をおよそ時間的に整序したようなもので、その編集過程で「漢文行状」に行われたような校訂等はあまりなされなかっただろう。

「仮名行状」の編集は高山寺仏教圏の合意に基づいてなされたものだったのだろうか。およそ施無畏寺蔵本を前にしては、その向こうに失われた「仮名行状・完本」を想像しがちだが、果たしてそれはほんとうに存在したのかどうか。あるいは施無畏寺蔵本とは、「原・仮名行状」を閲覧した複数の某が「漢文行状」に倣って上巻・下巻をそれぞれ別個に成してしまったようなものであって、そもそも「仮名行状・中巻」は最初から存在しなかったと見ることもできるのではないか。むろん、あれこれの想像の前に、慎重で厳密な調査がなお必要であることはいうまでもない。

注

(1) 施無畏寺蔵本は、暦応四年(一三四一)教誉書写の奥付をもつ上巻と、鎌倉時代中期の書写という下巻の取り合わせ本である。中巻部分は伝わらない。同寺にはまた別に上下二帖(中巻欠)一筆の室町時代初期書写という伝本があり、区別して前者を甲本、後者を乙本という。乙本上は甲本上からの写本と確認できるが、乙本下は甲本下との直接的な関係をもたないという。この件、高山寺典籍文書綜合調査団編(一九七一)『高山寺資料叢書第一冊 明恵上人資料第一』(東京大学出版会)の解説に詳しい。なお、小稿に「施無畏寺蔵本」という場合は甲本を指す。

（2）この点、田中久夫氏（一九六一）『明恵』（吉川弘文館）や奥田勲氏（一九七八）『明恵　遍歴と夢』（東京大学出版会）が示唆に富む。

（3）施無畏寺蔵本ときわめて近似した内容をもつ上山勘太郎氏蔵本「高山寺明恵上人行状」いわゆる「漢文行状」は、その奥付によれば「義林房喜海和字之記録」を漢訳校訂したものという。上山氏蔵本は鎌倉後期の書写という上中下三巻。「漢文行状」にはこのほかに高山寺報恩院蔵本、内閣文庫本、仁和寺蔵本二種などが知られる。この件、前掲『明恵上人資料第一』解説や奥田勲氏の論考に詳しい。

（4）お茶の水図書館蔵本「最後御所労以後事」は施無畏寺蔵本ときわめて近似した内容と表記とをもつ。奥付に、高山寺門弟玄密房仁真が、義林房喜海（林師）の撰集した「御形状」を一見した折りに明恵示寂の顛末について抄写したものという。同本は仁真自筆本（正応元年・一二八八年写）らしく信頼性も高い。なお他に高山寺蔵本が存する。

（5）この点、特に野村卓美氏（二〇〇二）『明恵上人の研究』に示される詳細な対照研究が知見をいっそう深化させた。すなわち「最後御所労以後事」・施無畏寺蔵本・上山氏蔵本を精密に対照したところ、三本の関係は「三者三様」という面があるという。お茶の水図書館蔵本も「原・仮名行状／林師御形状」そのままとは見なしがたいということらしい。また仮にそれが「原・仮名行状」にきわめて近かったにしても、「最後御所労以後事」は明恵伝としては末尾部分（施無畏寺蔵本でいえば下巻46丁裏～巻末84丁表まで）に限られるから、やはり施無畏寺蔵本の全体的な資料性を検証する手だてにはなりにくい。

（6）拙稿（一九九九）「明恵上人行状（仮名行状）の表記等にみる高山寺仏教圏の成立前後」、文教国文学41号、1～13頁
　同　（二〇〇五）「『高山寺明恵上人行状（仮名行状）』の副詞等」、群馬大学教育学部紀要54号、13～32頁
　同　（二〇〇六）「『高山寺明恵上人行状（仮名行状）』の仮名書き語彙」、群馬大学教育学部紀要55号、1～20頁

中国文学の菅原道真の「喜雨」詩作への影響
——主に詩意、詩趣、技巧と措辞の諸点より考察——

張　士　傑

はじめに

『菅家文草』（以下は『文草』と）所収、「喜雨」を題にしたものは二首あり、それぞれ巻第一25の「喜雨詩」と巻第四295「喜雨」である。[1] 巻第一25の「喜雨詩」は、道真少壮官僚時代[2]の詠作であり、詩は次のようである。

博号霑千里、宣恩出九重。雨寛何霑澤、雲黯幾奇峯。
暗記年豊瑞、先知井邑雍。令辰成徳政、旁午育耕農。
歩武甘膏満、含弘渙汗濃。延年秋可待、廣漢霽猶慵。
欲遂聴銅雀、誰尊醮土龍。田翁帰去處、佇立盛時扈。

五言十六句のかなり長編的なものである。もう一首は「喜雨」と題した七言の四句であり、詩は、

田父何因賀使君、陰霖六月未曾聞。
満衙僚吏雖多俸、不如東風一片雲。

である。

巻第一25の「喜雨」は句ごとに中国漢代の良吏が詠みこまれ、道真が儒者詩臣としての志を述べる篇什である。詩は、はじめに天の恩沢により慈雨が降って、その雨が豊作の予兆と見なされ、それに応じて地上の君主が徳政を行ったが故に甘雨が招かれ、それから豊穣の見込みをし、最後に、良政盛時を称賛するのを以って詩を収束した。天の恩沢、君主の徳政、慈雨の招来、豊作の兆しと君主への称美といった要素から見れば、詩臣道真が君主に対する「称徳」の作と看做すのはたぶん大過はなかろう。

巻第四295の「喜雨詩」は、其時讃岐国守を務めていた道真が八八九年（中国唐昭宗龍紀元年、日本寛平元年）に秋霖を喜んで詠じた詩である。この前の八八八年（中国唐僖宗文徳元年、日本仁和四年）は天候不順で、讃岐地方は大いに旱であった。[3] 草木、穀物が枯れてしまい、豊作が到底望めないこととなる。国守としての道真は「南郡旱災無所與」（『菅家文草』巻第四「憶諸詩友、兼奉寄前濃州田別駕」）とのように、旱魃に施す術もなく、焦っていた。それに比して、目の前に爽快に降っている長雨は、農家はもちろん、国守の道真にとっても本当に喜ばしい雨であった。それに因み、道真は上掲の詩を吟じた。四句二十八文字の短編ではあるが、州民とともに雨を喜ぶ地方官吏の像が紙上に躍如と映されている。

二首は同じく「喜雨」と題にして、雨を喜ぶものであるが、作者の述懐にはなんらか一致していないところが読み取られるように思われる。前者には称徳の意思が全詩に溢れているが、後者には天とか君主とかに対する称徳の意がもはや薄くなり、かわりに人力と自然の功を登場させた。それは道真の経歴と官位の変化につながっているが、中国文学とのかかわりも見逃さないことであろう。

周知のように、道真漢詩文に於ける中国文学の受容、および白氏受容は巨大なものである。ところが、その「喜雨」詩の中国文学とのかかわりについて、筆者の調べでは、詳細な論はまだない。大系本の『文草』に、川口久雄氏が詳細な注釈を施し、[4] 詩の解読に貴重な資料を提供してくれ、又巻第四「喜雨」注釈の「文集の開巻の賀雨詩参照[5]」とのごとく、白居易「賀雨」詩との関連が暗示されている。ところが、白居易「賀雨[6]」の詩を読んでみると、称徳の言葉が紙面の殆どを占め、それに「敢賀有其始、亦願有其終」との如き温和な諫言とか希望とかいう言葉で諫臣の本分を尽くして詩を収束し、「称徳」の作と言ってよかろう。「称徳」という点においては、「賀雨」詩の影響が確かにあるように思われる。けれども、詩趣を一変した『文草』巻第四295の「喜雨」（田父何因賀使君）とは、さほど顕著な関係が見えなかろう。つまり、道真二首の「喜雨」の詩趣の変遷、ならびに人間力と自然の功を登場させた原因など、不明なところはやはり多く残されている。そうした諸点を明らかにするには、中国文学に視線を投じ、六朝の喜雨詩、とくに白居易の喜雨詩とのかかわりを考察せねばならぬ。

ここに、道真二首「喜雨」詩に詠み込まれた「称徳」の意、詩趣、技法と措辞等の諸方面において、比較研究的角度から一考察を試み、その中国文学、特に白居易文学の影響の真相を解明してみようと思う。

一　「喜雨」に含まれる「称徳」の真意

道真が漢詩の題目にした「喜雨」とは、日本原産のものでなく、もともと、中国先秦の典籍に出、後に文人官僚によって詩に詠み込まれた言葉なのである。それがために、道真「喜雨」詩を解読しようとしたら、その言葉の淵源と真意をはっきりさせ、そのうえ、中国の「喜雨」を題にした詩歌とのかかわりについて考察をしておけばよかろう。

「喜雨」という言葉が、最初にその姿を古典に現すのは、『穀梁伝』である。その原文を掲げると、次の如く、

〔経〕春、王正月、不雨。

〔傳〕不雨者、勤雨也。

〔経〕夏四月、不雨。
〔傳〕一時言不雨者。閔雨也。閔雨者。有志乎民者也。
〔経〕六月、雨。
〔傳〕雨云者、喜雨也。喜雨者、有志乎民者也。

（『十三経注疏・春秋穀梁伝』「僖公三年」より）

である。楊士勛疏に次のような注釈があって、

傳「雨云」至「民者也」。釈曰：春秋上下、時雨不書、非常乃録。今輒書六月雨者、欲明僖公待雨、則心喜故也、是於民情深故特録。

（『十三経注疏・春秋穀梁伝』「僖公三年」より）

という。ここに「喜雨」という言葉は単に「雨を喜ぶ」という意味に止まらず、その深層に本質的なものが潜んでいると思われる。旱に雨が降り、民が喜ぶ、官が喜ぶ、君も喜ぶということである。

農業技術はそれほど進んでいなかった古代では、生存を求める人々の生計は天候次第である。天候順調ならば、衣食足りた暮しが望めるが、旱魃、洪水など不順ならば飢饉を免れない。天候により左右された農業生産が国の根本的ものであるから、賢明なる君主は、農業、天候に関心を寄せねばならぬ。従って、中国の春秋時代では降雨に関心を持つのは、一国の君主が「民に志有り」、即ち有徳であることを判断する基準の一つとなったのである。つまり、雨を喜ぶのは賢徳のある君主であり、賢徳のある君主は雨を喜ぶ。「喜雨」という言葉に「称徳」の意が与えられた。

二　道真「喜雨」詩における「称徳」の詩意

前にも触れたが、道真の喜雨詩に「称徳」の意が詠み込まれている。『文草』巻第二25「喜雨詩」には、称揚の言葉が紙面に満ちている。五言八十文字のこの「喜雨詩」に「称徳」の意をいくつかのところに露出されている。初めの二句の、

博号霑千里、宣恩出九重。

との如く、雨が降ってきたように、天からの恩徳が世間に広く流布していることを謳った。七句目より以下の四句が、

令辰成徳政、旁午育耕農。歩武甘膏満、含弘渙汗濃。

である。このめでたい時節に、仁徳のある政治を行っている。それに呼応して降った甘雨が農家など百姓の生活を育成し、万物を滋養する。その広大な徳を熱賛した。また、末の二句、

田翁帰去処、佇立盛時扈。

に、今の世が太平の世だと歌って詩を結んだ。中国「喜雨」詩の伝統的詩意を得て、「称徳」の作といえよう。

『文草』巻第四所収295「喜雨」は、秋霖に昨年の旱魃を想起して、田夫とともに雨を喜ぶ詩である。詩の内容に天への称徳の言葉が見当たらないが、「喜雨」という題目に暗示されていると思う。また、この詩の前の一首は次の如くである。

明王欲変旧風塵、詔出龍楼到海壖。為向樵夫漁父祝、寛平両字幾千年。

（『菅家文草』巻第四「読開元詔書、絶句」）

道真が天皇改元によって天下一新となることに意を寄せることはこの詩によみとられる。それは天皇への「称徳」である。『文草』巻第二、四所収の詩作は道真が東宮時代の醍醐天皇に献じた「讃州客中詩」に相当するものであるから(7)、その詩の配置順序に工夫したところがあるであろう。この詩の次に「喜雨」を配置したのは、何らかの考慮があるのではなかろうか。「寛平両字幾千年」とは、泰平の盛世への祈願である。そういう治世が実現できる前提とか特徴とかいえば、まずは豊穣のことである。豊穣をもたらすには、時に応じて降る膏雨が望ましいものである。こうして、喜ばしい雨と泰平の盛世、「喜雨」と「寛平両字幾千年」との間の内なる関係ははっきりと示されているであろう。つまり、295の「喜雨」の題目に「称徳」の意が暗示されているのではないかと思われる。

文人官僚としての道真が詩を以って天皇に対して称徳したのは、ごく自然的であるが、中国喜雨詩文学の投影も見逃さないのであろう。

中国では、文人が詠んだ「喜雨」詩の嚆矢となるものは魏・曹植の「喜雨詩」である。詩は次のごとく、

天覆何彌廣、苞育此群生。棄之必憔悴、恵之則滋栄。
慶雲従北来、鬱述東南征。時雨中夜降、長雷周我庭。
嘉種盈膏壌、登秋必有成。

(『全漢三国両晋南北朝詩』全魏詩・曹植「喜雨詩」)

であり、『北堂書抄』所引の「喜雨詩」に「太和二年大旱、三麦不収、百姓分於飢餓(8)」という序がつけられ、旱が長く続いて漸く雨に逢うのを背景にすることは明示されている。

曹植詩の後半には、雨前・雨中の様子及び雨後に豊作への展望を描き、豊作を齎す雨を喜ぶ気持ちを歌う。けれども、豊穣への展望は百姓の為ではなく、また「百姓分於飢餓」のような憐憫に充ちた言葉も君王の「仁徳」を誇示するにほかならない。詩の真意は、その雨を賜る「天」の恩徳への頌美、それに、その「天」の意志を禀承して

いる君王への称徳にあると思う。つまり、詩の真意は「称徳」にある。

六朝時代に詠ぜられた「喜雨」詩は矢嶋美都子氏の統計によると、計九首ある。(9) 作者名と題名を掲げると、次の如くである。

魏・曹植　喜雨
宋・謝荘　喜雨
宋・謝恵連　喜雨
宋・鮑照　喜雨　奉勅作
斎・謝朓　賽敬亭山廟喜雨
梁・庾肩吾　従駕喜雨
北斎・魏収　喜雨
北周・庾信　奉和趙王喜雨
北周・庾信　和李司録喜雨

矢嶋氏の考察では、これらの詩は宮体詩で「称徳」の意がある。(10) 尚、庾信詩の題目から見ると、趙王、李司録にそれぞれ「喜雨」の詩があったと推定できるが、今は見られなくて、散逸した可能性が高い。

「喜雨」に「称徳」の意があることを念頭に入れて、先に掲げた「喜雨」の詩を再検討してみようとすると、「天」若しくは「天子」たる君主への「頌徳」が明白に詩中に表明されるものと、表面においてそうされないが、詩題によって暗示されるものとに大きく分けられる。

まずは明白に表示するものを読んでみよう。曹植の

天覆何弥広、苞育此群生。棄之必憔悴、恵之則滋栄。

（『全漢三国両晋南北朝詩』全魏詩・曹植「喜雨詩」より）

という詩句は、天が「群生」を主宰することを歌う。また、謝恵連に、

上天愍憔悴、商羊自吟謡。

（同全宋詩・謝恵連「喜雨」より）

というのがあり、この句では「上天」が群生の主宰であり、「憔悴」という詩語から、曹植の詩を踏まえたことが分る。謝朓に、

福被延民沢、楽極思故郷。

（同全斎詩・謝朓「賽敬亭山廟喜雨」より）

とあり、この詩句は、君主の福徳の恵みが庶民にまで及んだことを謳う。庾肩吾「従駕喜雨」は、

復此随車雨、民天知可安。

（同全梁詩・庾肩吾「従駕喜雨」より）

という詩句に、君主の徳に応じて降った雨が天下の安定を齎すとの意がよみとれる。また、鮑照は、

無謝尭為君、何用知柏黄。

（同全宋詩・鮑照「喜雨奉勅作」より）

との二句を以って、今の世が上古聖王尭の時にも勝る聖代であると讃えている。

一方、明白に表示されないものには、作者名と題名を挙げておくと、次の四首がある。

謝荘　喜雨

魏収　喜雨

庾信　奉和趙王喜雨

庾信　和李司録喜雨

六朝時代の一連の「喜雨」詩には、その「称徳」の伝統的真意が形成されている。また、「称徳」の意思を表すには、それを明示するものと、暗示するものという二つのパターンがある。

隋唐時代に至り、「喜雨」の詩又は文は、大体その「称徳」の真意で詠み続けられた。けれども、その伝統より

少しずれた詩作も登場した。白居易の「喜雨」がそれである。白居易に「喜雨」と題した詩が二首ある。その一つは、

圃旱憂葵菫、農旱憂禾菽。人各有所私、我旱憂松竹。
松乾竹焦死、眷眷在心目。灑葉溉其根、汲水労童僕。
油雲忽東起、涼雨凄相続。似面洗垢塵、如頭得膏沐。
千柯習習潤、万葉欣欣緑。十日澆灌功、不如一霢霂。
方知宰生霊、何異活草木。所以聖与賢、同心調玉燭。

（『白居易集』巻第二十一「喜雨」）

といい、旱に雨が降るのを喜ぶ詩である。「宰生霊」「聖與賢」「調玉燭」の語彙から、その「称徳」の意がはっきりと窺がえ、六朝の伝統を受け継いだものと言えよう。ところが、「十日澆灌功、不如一霢霂」とのごとく、人力と自然の功を讃え、六朝喜雨詩の「称徳」伝統と趣を異にした点は注意されたい。その二は清の汪立名が編纂した「補遺」に見え、

西北油然雲勢濃、須臾滂霈雨飄空。
頓疏万物焦枯意、定看秋郊稼穡豊。

（『白居易集』外集巻上「喜雨」）

であり、天への称徳は詩の内容に見当たらないが、「喜雨」という題目に暗示されると思われる。

中国楽天以前の「喜雨」詩の大体の様相は以上述べたとおりである。楽天以後もあるけれども、時間的な面から見れば、道真の詩文へ影響を及ぼす可能性が殆ど無いがゆえに、本稿考察の対象にしないと思う。

一方、道真以前の日本詩壇において、「喜雨」を題した詩歌は一首有り、弘法大師空海の雑言の「喜雨歌」であ

る。かなり長いものなので、適当に若干の句を引いてみよう。

…我皇垂願。…老僧讀誦。微雲起。禅客持観。雨足優。…農夫也莫愁。…妙矣。法威不可説。…

（『遍照発揮性霊集』巻第一「喜雨歌」より）

と『遍照発揮性霊集』巻第一に収められている。大系本の注釈に次のように、

『古鈔』に、「嵯峨帝の朝に大旱す。諸寺に勅して祈雨せしむ。時に忽ち霈然たり。政に喜雨の歌を製して之を献ず」

（同前）

といい、嵯峨天皇の勅命を受け、仏寺祈雨に答えて降雨したことを歌うもので、「称徳」がその真意である。けれども、詩人が僧侶の立場にあったので、その「称徳」の対象は天皇というより、むしろ「法威」、すなわち仏法の威力だと思われる。

空海は八〇四年（中国唐徳宗貞元二〇年、日本桓武天皇延暦二三年）年に、学問僧として唐土に渡来し、長安滞在中、仏者のみならず文人とも交遊をした。そのうち、中国「喜雨」詩を読み、それに触発され、後に「喜雨歌」を作ったことは容易に想像できよう。また、空海は中国「喜雨」の真意、それにその詩群の伝統的な詩意たる「称徳」の意を深く了解していたと思われる。

空海の時代に少し立ち遅れた菅原道真は、中国典籍と詩文を熟読した一代の鴻儒であり、「喜雨」という言葉の奥義、それに、中国喜雨詩の伝統的詩意に対して浅からぬ理解を持っていると思われる。『文草』巻第一25の「喜雨詩」の言葉遣い、詩意などからみても、それがわかるのであろう。

中国六朝時代「喜雨」詩の真意は「称徳」にあり、それが詩に明白に表されるものもあれば、題目に暗示されるものもある。白居易二首の喜雨詩は、その二つのパターンをそれぞれ受け継いだ。

道真は、その二つのパターンに倣って「喜雨」の詩を詠じた。『文草』巻第一「喜雨詩」は、「称徳」の言葉が紙

面に溢れているのに対して、巻第四295の「喜雨」は、その題目に「称徳」の意思が暗示されている。中国六朝の「喜雨」詩ならびに白居易の喜雨詩とは、たいへん類似している性格は否認できなかろう。

中国典籍を熟読した道真が、『穀梁伝』の「喜雨」という言葉の真意を念頭にし、曹植らの六朝詩人、それに白居易の喜雨詩を参考して「喜雨」を題にして詩を作ったのであろう。詩の真意も中国「喜雨」の伝統に則り、即ち「喜雨」をもって君主・官吏が民生に関心を寄せ、詩を吟じて「称徳」するのであろう。

三　菅原道真の「喜雨」詩における詩趣

『文草』巻第一の「喜雨」詩は、その内容が中国六朝時代の「喜雨」詩の伝統的趣きに則ったものであるが、『文草』巻四の「喜雨」詩には、それと異なった趣きが紙面に漂っているように思われる。詩の末二句、

満衙僚吏雖多俸、不如東風一片雲。

（『菅家文草』巻第四「喜雨」より）

との如く、道真を始めとする役人たちがたくさんの給料をもらいながら、旱魃に対応する手立ては無い。それと反対に、東より風が起り、一片の雲が流れてきて雨が降った、その雨で枯槁した草木、作物が蘇って、農民らを喜ばせた。

「満衙」の一句に、詩人の慙愧が読み取られよう。八八八年、讃岐国は大旱魃に苦しめられて、草木、穀物が枯れてしまい、豊作が到底望めないこととなる。国守としての道真は役人全体、すなわち「満衙」の「僚吏」を動員して旱害を緩和しようと努力した。「満衙」「多俸」という言葉から、その投入が相当大きかったようである。けれども、その努力は殆ど効果らしきものを齎さなかった。「雖多俸」という表現に、国から俸禄を受けるのに旱害に対応できなくて、国守として天皇の憂いを分担できず、庶民を苦境から解き放てないという道真の慙愧の心境が窺

えよう。

「東風一片雲」（『文草』巻第四「喜雨」）と、極軽い筆致で自然を登場させたが、その万物を潤す効力はいうまでも無く莫大なものであった。最後の二句を合わせてみると、人間力との対比を通じて、自然を賛美するのである。「称徳」の意が含まれた「喜雨」と題にして詩を詠んだが、君主への称美はぜんぜん見られなく、むしろ、詩の最後の二句に人間力を登場させ、自然の功を賛美するのである。その人間の姿と自然の力は最も注目されるべきであろう。この最後の二句によみとられた詩人の慙愧と、自然への賛美は、中国六朝の「喜雨」詩にもない、空海の「喜雨歌」にもない、道真自ら前に吟じた「喜雨詩」にもないのである。ただし、この異彩を放った表現は白居易の「十日澆灌功、不如一霢霂」（『白居易集』巻二十一「喜雨」）を想起させるであろう。それは人間の無力さを詠嘆すると同時に、自然力の偉大さを認めるものである。道真の慙愧及び自然賛美は、その手法と趣きが白詩とまるで同じなのであろう。異曲同工の妙を得ていると言えようが、道真が白氏受容の様相も紙面に躍然と浮かび上がってくる。

ところが、白居易「喜雨」には、末四句の「方知宰生霊、何異活草木。所以聖与賢、同心調玉燭」をもって、偉大なる自然力が「聖賢」の仁徳という台木に接木された。一方、道真は自然の力を讃えて詩を結んだ。ほんの小さなところであるが、道真が白氏受容における自覚意識が窺がえよう。すなわち、叙情の必要に応じて白氏の要素を自主的に取捨するのである。

四　菅原道真の「喜雨」詩における技巧と措辞

技法面において、『文草』巻第四295の「喜雨」に見える一大特徴は、末一聯に用いられた対比の手法である。「満衙僚吏雖多俸、不若東風一片雲」とのように、人間力と自然力との対比によって、詩人は自然造化に対する賛嘆、及び喜悦の情を十分に述べている。が、それは白居易の「十日澆灌功、不如一霢霂」(『白居易集』巻第二十一「喜雨」)と類似した性格は見逃せなかろう。その類似した性格を、次の如く検討してみたいとおもう。

(1)人間力投入の大きいことと自然の施与の軽微さとの対比

白詩において、「十日」で「澆灌」を修飾し、「一」で「霢霂」に性格づけ、それぞれ人間力投入の大きいことと自然施与の軽微さを比較して言っている。一方、道真詩では、「満衙僚吏」「多俸」といった言葉がその努力の大きいことを語るに対し、「東風一片雲」が自然の施与が如何に軽くて微かなものかを明らかにしている。

(2)人間の無力さと自然の効用との対比

白詩には、「十日澆灌」はほとんど効果がないのに対し、自然の雨露が「千茎万葉」を潤し、旱害を解いた。一方、道真詩には、「満衙僚吏」の努力はむだに流されてしまうが、「東風一片雲」のもたらした長雨は農夫・国守を喜ばせた。

(3)慙愧と賛美との対比

人間の無力さと自然の効用との対比を通じて、詩人の慙愧が読み取られると同時に、自然への賛美も目の前に瞭然とされた。楽天も道真も、そうした対比を以ってほぼ同じ情緒を述べたのである。

(4)「不如」と「不若」

人間力と自然力とを比較するには、両詩にはそれぞれ「不如」と「不若」が用いられる。が、その意味はまったく同じである。何れも平淡な言葉でありながら、対比の効果を強くさせ、読者に吟味させる余韻が響いている。

なお、道真「満衙僚吏雖多俸」一句に、一抹の慙愧がかすかに浮かんできた。「俸」は、「俸禄」の略で、官吏の職務に対して支給された給料のことである。自分を始めとする「満衙僚吏」が「多俸」を食みながら、旱魃に何の対策も出せないことを愧じたのであろう。それが一種の忠君報恩思想である。その慙愧の気持ちと忠君の思想は、「俸」という律令語に焦点が絞られている。

道真詩に律令語が使用されたことは楽天からの影響に繋がっていると後藤昭雄、藤原克己両氏は既に指摘した[11]。「俸」という言葉の使用も白氏からの影響ではないかという疑問を抱えて文集に目を通してみたら、道真のそれと趣きの類似したものがある。「酔後走筆酬劉五主簿長句之贈」につぎのような一聯があって、

月慚諫紙二百張、歳愧俸銭三十万。（『白居易文集』巻十二「酔後走筆酬劉五主簿長句之贈」より）

といい、白居易が左拾遺在任中の作である。「諫紙」は、皇帝に奉る諫疏用の事務用品のことで、「俸銭」は、「俸禄」として領収する給料のことである。詩人がその官位に身を置きながらそれほど役立たないのを恥じる意であるが、忠君報恩思想の表れでもある。詩人が「諫紙」「俸銭」とのような律令語を詩に用いて、その慙愧の気持ちと忠君報恩の意思を述べている。

両者がみな「俸」という言葉を用いて、官吏としての慙愧と忠君報恩の意思を表明したというわけである。道真「喜雨」の「俸」という言葉の使用及びその役割も白氏からの啓発であることは、明らかであろう。

おわりに

以上、筆者は「喜雨」の真意、中国「喜雨」詩の沿革軌跡とその「称徳」の詩意について考察を加え、それに、比較的研究の方法をもって詩意、詩趣、技法と措辞等の諸点より道真「喜雨」詩について分析をし、その中国古代文学、特に白居易文学からの影響の様相を検討してみた。

菅原道真に「喜雨」を題にした詩が二首詠み残されている。『文草』巻第一25の「喜雨詩」は五言の長詩で、天

徳及び君徳を情熱を込めて称揚したものであり、巻第四295の「喜雨」は、七言四句の短詠で、詩の題目に「称徳」の意が暗示されたと思われるが、天及び君主に対する称美の言葉は一切見られない。そのかわりに、人間の力を登場させ、自然の功を賛美するのである。道真二首の喜雨詩を解読、そして、二首が趣を異にした所以をはっきりさせるには、比較的角度から、その中国文学との関係を考察せざるを得ない。

「喜雨」という言葉が中国先秦の典籍に見え、君主が有徳であるかどうかを判断する基準のひとつにされていた。曹植らの六朝時代の文人官僚によって、「喜雨」が詩に詠み込まれ、天または君主の恩沢を称えた意思がつけられた。そうした「称徳」の詩意は、後世に詠み継がれてきた。にもとどまらず、海の彼方の道真もそれを受け容れて、「喜雨」を題にして詩を詠み、天及び君主に対して「称徳」したのであろう。

六朝喜雨詩は、その「称徳」の意を表す形を言えば、はっきりと詩に詠みこまれるものと、詩の題目に暗示されるものという二つのパターンがある。道真に二首の喜雨詩があり、その一つは明白に天徳及び君徳を賛美したもので、もう一つはその「称徳」の意を詩の題目に暗示されたものである。六朝喜雨詩の二つのパターンにのっとって詠じたものではなかろうか。

日本漢詩文学に多大な影響を及ぼした白居易文学にも、二首の喜雨詩がある。「喜雨」の伝統的詩意を詠み継いだと同時に、六朝時代喜雨詩の二パターンをも利用したのである。けれども、その一首には人間力を登場させ、またそれとの対比を通して自然の功を賛美した意思が示されている。六朝からの伝統と意趣を異にした変奏といえよう。中日文学の比較研究という視点から考えてみれば、その変奏は道真二首の喜雨詩が異なった趣きを生じさせた要素になるのではなかろうか。

ところが、白居易は「喜雨」詩の末尾に、自然の功を「聖賢」に接木し、皇帝への希望とか勧善とかいう意思も表した一方、『文草』295の喜雨にそういうのがぜんぜん見えなく、道真は自然賛美で詩を収束し、単純な自然力を歌ったのである。
道真は、先秦典籍にある「喜雨」の言葉を詩の題目にし、その「称徳」の意も同時に受け容れた。六朝時代喜雨詩の二パターンに則って詩を吟じたが、白居易喜雨詩に呈された変奏も摂取した。が、それは単なる模倣ではなく、道真は中国の「喜雨」という言葉の真意、それに、中国喜雨詩の変遷した軌跡に目を寄せ、自分の情緒を述べるのに自主的且つ適切に取捨し、活用したのである。

注

（1）本文所掲『菅家文草』所収詩の番号は川口久雄校注『菅家文草・菅家後集』（東京：岩波書店・「日本古典文学大系72」・1966年）に従う。
（2）菅原道真創作の時代区分はいくつかの分類法があり、川口久雄氏が大系本にて⑴少年時代、⑵修業時代、⑶新進官僚、⑷文章博士、⑸讃州時代、⑹宰相時代、⑺丞相時代、⑻太宰謫居と区分した。（『菅家文草・菅家後集』・東京：岩波書店・「日本古典文学大系72」・1966年・27頁参照）ここに、便宜上川口氏の分類法に従う。
（3）『日本災異志』（小鹿島果編纂・地人書館・1967）旱災部参照。
（4）『菅家文草・菅家後集』（川口久雄校注・東京：岩波書店・「日本古典文学大系72」・1966年）124〜125頁、341〜342頁参照。
（5）『菅家文草・菅家後集』（川口久雄校注・東京：岩波書店・1966）342頁参照。
（6）「賀雨」の全詩は次のごとく、「皇帝嗣寶曆，元和三年冬。自冬及春暮，不雨旱爞爞。上心念下民，懼歳成災凶。遂下罪己詔，殷勤告萬邦。帝曰予一人，繼天承祖宗。憂勤不遑寧，夙夜心忡忡。元年誅劉闢，一舉靖巴邛。二年戮李錡，不戰安江東。顧惟眇眇德，遽有巍巍功。或者天降沴，無乃儆予躬？上思答天戒，下思致時邕。莫如率其身，慈和與儉恭。

乃命罷進獻，乃命賑饑窮。宥死降五刑，已責寬三農。宮女出宣徽，廏馬減飛龍。庶政靡不舉，皆出自宸衷。奔騰道路人，傴僂田野翁。歡呼相告報，感泣涕沾胸。順人人心悅，先天天意從。詔下才七日，和氣生沖融。凝為悠悠雲，散作習習風。晝夜三日雨，淒淒複濛濛。萬心春熙熙，百穀青芃芃。人變愁為喜，歲易儉為豐。乃知王者心，憂樂與眾同。皇天與后土，所感無不通。冠佩何鏘鏘，將相及王公。蹈舞呼萬歲，列賀明庭中。小臣誠愚陋，職忝金鑾宮。稽首再三拜，一言獻天聰：君以明為聖，臣以直為忠；敢賀有其始，亦願有其終」である。（『白居易集』・顧学頡校点・北京：中華書局・1979年10月第一刷、1996年2月第五刷・一～二頁参照。）

（7）『菅家文草・菅家後集』（川口久雄校注・東京：岩波書店・1966）解説44頁参照。

（8）『曹子建詩注』（黄節注・人民文学出版社・1957）。

（9）「豊作を言祝ぐ詩――『喜雨』詩から『喜雪』へ――」（矢嶋美都子・日本中国学会報第四十九号所収・1997）。

（10）（9）と同じ。

（11）「菅原道真の詩と律令語」（後藤昭雄・『中古文学』27所収・1981）、又『菅原道真――詩人の運命――』（藤原克己・ウェッジ選書・2002）参照。

〔参照文献〕（原文引用は次の諸本に拠った。）

1 『菅家文草　菅家後集』〈日本古典文学大系〉（川口久雄校注・東京：岩波書店・1966）。

2 『白居易集』（顧学頡校点・北京：中華書局・1979年10月第一刷、1996年2月第五刷。宋紹興本を底本にし、宋明清各本を参照して校勘した比較的完全の白氏文集読本。）

3 『易経』〈新釈日本漢文大系〉（今井宇三郎・東京：明治書院・1987）。

4 『十三経注疏』（台北：藍燈文化事業公司・1986）。

5 『全漢三国両晋南北朝詩』（楊家駱主編・台北：世界書局・1978）。

徳富蘆花『自然と人生』の風景
――日本的漢語・漢文学世界の一視角――

槇林滉二

序

現在、一種の漢字ブームの中にある。IT時代になぜなのか、奇異に感じたりする。がしかし、これはかつて、我国にあった漢語、漢文学文化圏のそれとは少し異にするものがある。

我国の文化は、一時、漢語や漢文学にひどく依りかかった時代があった。それはただに漢語のもつ表意性や韻律への依存だけでなく、思想や文化あるいは発想や思考の淵源や手法としての依拠でもあった。

私はかつて、徳富蘆花「思出の記」（明33・3～34・3）の中にある、漢学、漢文学の世界とその意味について考えたことがある。(注) 蘆花やその兄蘇峰をモデルとした主人公菊池慎太郎のビルドウンクスロマン、一種の教養小説の形をもつこの作の中に、漢文文化がいかに深々と封じ込められていたかを垣間見たのである。それは明治維新直後、奔流のようにおしよせた西洋文化、西洋思想の流入に対して、それらを迎えるに、漢文化、漢文学の果した役割とその意味にかかわることでもあった。志や精神的な自立の後背に、述志の方法に、それらの果した役割は大きい。「思出の記」にはその具体がとりわけ見事に形象されていたところがある。

そして今一つ蘆花の文学が果した大きな役割に、日本的自然観の改変があることも周知のことである。日本的な水墨画や侘び寂びを主流とした世界に、新たな感覚と感性とを現前化した。印象画風の極彩色な世界、感性的な唯美、耽美の構図を持ち込んだのである。以降の日本人の感性を大きく変更させたとも言われるので、そのことはもはや今更言及する必要もないことであろう。

しかし、考えるべきは、それらの新しさが西洋の新しい皮袋ではなく、古き漢語や漢文学の世界によって支えられていたことである。維新後、開明化していく新しい感覚や思想の世界を、蘆花は漢語や漢文学の文体や文脈でひとしきり支えようとしたところがある。蘆花の『自然と人生』（明33・8）の世界とそれが果した役割の一つはそこにある。

しかし、この『自然と人生』の世界が、当代において特異な突発的な表象かというと、必ずしもそうとは決めがたい。この時代、このような一種の美文ブームがあったようで、叙事文や叙景文に様々な形で世に行われた気配がある。

それらはどうであるか、『自然と人生』との関係はどのようであったか、『自然と人生』を一つの覗き窓としてそれらの様相と意味について少し追ってみたい。

一、『自然と人生』の叙景

(1)『自然と人生』の開示

ために、まずは『自然と人生』の特質について荒々触れておく。すでに早く『国民之友』や『国民新聞』などに発表していたものを纏めたこの書は、短編小説「灰燼」、三つの叙景文群「自然に対する五分時」、「写生帖」「湘南雑筆」、小評伝「風景画家コロオ」の四部よりなるが、ここには、「思出の記」にあったような漢学、漢文学の直露は乏しい。「思出の記」には、論語、史記、漢詩など多岐にわたる言及や具体的提示が行われていた。文化や思想の後背としてあるいは教養源としてそれら漢学、漢詩文は明示され、それらに依拠した世界が作りあげられていた。対して『自然と人生』の中にはそういった直接の依りかかりは少ない。しかし、代ってここにあるのは、漢語や漢語句そのもののもつ表意性、多彩性そして口誦的な韻律性に多く依っているところがある。それらの一端を記すならば次のようである。

まずは、わずかに見られる漢学や、漢詩文の直接言及の一斑を記す。

「子在川上曰、逝者如斯夫、不舎昼夜。

川に対する人間の感情は、実に此両句に道破し尽されて居る。詩人の千百言、終に夫子の此口頭語に及ばぬである。

海は実に大、静なる時は慈母の胸の如く、一たび怒れば殆んど上帝の怒を想はしむる。併し『大江日夜流』の気勢と意味とは、また之を海に見る能はざるのである。

試みに或大河の滸《ほとり》に立つて、泱々《わうく》たる河水の、音も立てず、静かに、息《やす》まずに、流れ流れ流れて限りなく流るゝを見たまへ。『逝者如斯夫』実に億万万年の昔より億万万年の後に到るまで、無限のスペースを流れ流れて限りなく流れ行く時《タイム》の流を想ふのである。」（「大河」）

「つくくはうしの声に、世は何時か秋に入りて、茶山花吹き、三《ママ》尺ばかりの楓も紅に燃へ出で、唯一株前《もと》の家主《あるじ》の植へ残したる黄菊も咲き出づ。名苑の花美しと云ふとも、秋のあはれ閑寂の趣は却つて吾庭の一枝にある可し。蜆厳の翁なりせば、『独憐細菊近荊扉』とや吟ぜむ。耻らくは『海内文章落布衣』と唱す可きにあらざるを。」（「吾家の富」）

こういった漢詩句の直接援用や言及は「思出の記」には瀕出していた。しかし、ここには乏しい。代ってここには、漢語や漢文脈の力そのものに依ったものが多用されている。とりわけ、叙景文にそれらは多い、というより、この文体の特色は多くそれに依るところがある。当代、名文と呼称されたものを引く。

「富士は薄紅《うすくれなゐ》に醒めぬ。請ふ眼を下に移せ。紅霞《こうか》は已に最も北なる大山《おほやま》の頭《かしら》にかゝりぬ。早や足柄に及びぬ。箱根に移りぬ。見よ。闇を追ひ行く曙の足の迅さを。紅《こう》追ひ藍奔《はし》りて、伊豆の連山、已に桃色に染まりぬ。紅《くれなゐ》なる曙の足、伊豆山脉の南端天城山を越ゆる時は、請ふ眼を回へして富士の下を望め。紫匂ふ江の島あたりに、忽然として二三の金帆《はん》の閃くを見む。

海已に醒めたるなり。

諸君若し倦《う》まずして猶彳《たゝず》まば、頓《やが》て江の島に対《むか》ふ腰越の岬赫《かく》として醒むるを見む。次で小坪の岬に及ぶを見む。更に立ちて、諸君が影の長く前に落つる頃に到らば、相模灘の水蒸気漸く収まりて海光一碧、鏡の如くなるを見む。此時、眼を挙げて見よ。群山紅褪《あ》せて、空は卵黄より上りて極めて薄き普魯士亜藍《ぷるしあゝゐ》色となり、白雪の富士高く晴空に倚るを見む。」(「此頃の富士の曙」)

「初め日の西に傾くや、富士を初め相豆の連山、煙《けぶり》の如く薄し。日は所謂白日、白光爛々として眩しきに、山も眼も細ふせるにや。

日更に傾くや、富士を初め相豆の連山次第に紫になるなり。

日更に傾くや、富士を初め相豆の連山紫の肌に金煙を帯ぶ。

此時浜に立つて望めば、落日海に流れて、吾足下に到り、海上の舟は皆金光を放ち、逗子の浜一帯、山と云はず、砂と云はず、家と云はず、松と云はず、人と云はず、転《まろ》がりたる生簀の籠も、落ち散りたる藁屑も、赫焉として燃へざるはなし。

斯る凪の夕に、落日を見るの身は、恰も大聖の臨終に侍するの感あり。荘厳の極、平和の至《いたり》、凡夫も霊光に包まれて、肉融け、霊独り端然として永遠《イタルニテー》の浜に彳《たたず》むを覚ふ。」（「相摸《ママ》灘の落日」）

「余は斯雑木林を愛す。

木は楢、櫟《くぬぎ》、榛《はん》、栗、櫨《はぜ》など、猶多かる可し。大木稀にして、多くは切株より簇生せる若木なり。下ばへは大抵奇麗に払ひあり、稀に赤松黒松の挺然林より秀で、翠蓋を碧空に翳《かざ》すあり。

霜落ちて、大根《だいこ》ひく頃は、一林《いちりん》の黄葉錦してまた楓林を羨まず。

其葉落ち尽して、寒林の千万枝簇々として寒空を刺すも可《よし》。日落ちて煙地に満ち、林梢《りんしょう》の空薄紫になりたるに、大月《たいげつ》盆の如く出でたる、尤も可《よし》。

春来りて、淡褐、淡緑、淡紅、淡紫、嫩黄《どんくわう》など和らかなる色の限りを尽せる新芽をつくる時は、何ぞ、独り桜花に狂せむや。

青葉の頃其林中に入りて見よ。葉々《えふく》日を帯びて、緑玉、碧玉、頭上に蓋《がい》を綴れば、吾面《おもて》も青く、若し仮睡《うたゝね》せば夢亦緑ならむ。」（「雑木林」）

右に見るように、ここに描かれた自然の美は、前に記したようにこれまで行われていた水墨山水の世界に対して、全く新しい極彩色の景色を開示しているのである。しかも、見たようにそれらの多くは、漢語や漢文脈に依っている。自然を諷詠し世の無常を嘆じた世界とは異質の色彩と動騒の世界がある。常緑樹に対して落葉樹の世界があるのである。今少し引く。

「暫らく座す程に、烏帽子が嶽の空欝然《うつぜん》として、洋墨《いんき》を発せる雲むら〳〵と立ち渡りつ。何処《いづく》ともなく襲《おそひ》か丶る風雨の攻鼓《せめつゞみ》とも云はむ雷《いかづち》の殷々《ごろぐ》と鳴り出で、空気は俄《にわ》かに打ちしめりて、満目の景憂ふる様に暗むよと思へば、一陣の冷風颯《さつ》と面《おもて》を掃ひ、湖水の音か、雨の音か、将《はた》万山の樹木枝を震ふの音か、蕭然たる音山谷《さんこく》に起り、天地に瀰《わた》り、風雨と戦ふ山嶽の矢叫《やさけび》とも聞へて、凄まじきこと云ふ可くもあらず。眼を上ぐれば、烏帽子が嶽以西の山々は、濛《もう》々たる印度藍色の雲に蔽はれて、風丸雨弾の戦まさに酣《たけなわ》なれど、国境の連山は、雪色《せつしょく》猶鮮やかに、天に倚り地を踏まへ、金輪際動かじと、一陣二陣中軍後隊備《そなへ》を固めて二十里が程に立列《なら》び、惨として風雨の来襲を待つ状《さま》、ウオトルルーの英陣も斯くと思はれて、沈欝悲壮、跌宕《てつたう》なる自然の威力の森然として身に浸むを覚ふ。」（「自然の声」）

「已《すで》にして日全く落ち、神武寺の鐘声杳《えう》々として夕を告ぐれば、残照の色と光とソロモンの栄華よりも疾く凋《しぼ》み、黄昏《たそがれ》は夕煙《ゆふけぶり》斜めなる山本の村より湧きて、半時にして地は茫々たり。缺月《けつげつ》空にあり。御最期川一條《ひとすじ》夕闇を縫ふて白し。」（「四ツ手網」）

時の流れ、聴声とその律動、事は西欧文化、文明に及ぶ。そしてそれを写すに、徹底して漢語、漢文脈の表意と韻律に依る。日本的な漢文脈の美しい結晶がここにあり、日本的な叙景、美文の一つの頂点がここいらにあるとも言えるところがある。

(2)『自然と人生』前後

前後するが、蘆花に、この『自然と人生』の周辺に、同形の随想的小品紀行文集があることも加えておきたい。『青山白雲』（明31・3　民友社）、『青蘆集』（明35・8　民友社）の世界である。『自然と人生』の前駆として、あるいはその後援として、これらの世界も少し付加、摘出しておく。

「余はしばしば茂れる竹木《ちくぼく》を押分けて白川に下り、半《なかば》は渚に倚り半水に入る大磐石の上に踞して、足下を駛《はし》り流るゝ白川の流を注視せり。

此あたり川幅僅に十数間《すけん》、躍りても超へつ可し。然も水勢は箭《や》よりも急なり。前面には鬱々たる密樹の山、屏風の如く突き立つて、絶頂空《そら》にあり、崖根《がいこん》深く水底に入る。白川の水此陰《かげ》を流れて、深き暗緑色の水、岩に割《さ》かれて二つにウネリ、石に触れて白き皺を作《な》し泡を沸《わか》し、妖婦の靨《えくぼ》の如き恐る可き渦紋を画く。知らずや此冷やかに笑へる水の底に何物をか蔵する。坐久ふして一種凄冷の気肌《はだへ》を襲ふ。

黒川の白川に落つる所、水は一大臼の如く旋回逆転し、波湧き瀾立ちて、崖を削り、底を刳《ゑぐ》り、暗洞深淵其底を知るべからず。」（「夏の山」『青山白雲』）

「今や我等は阿蘇の絶頂に立てり。何の見る所ぞ。唯見る、一望白濛々、茫々として上に天あるを見ず、下に地あるを見ず、山もなく、川もなく、草木もなく、鳥獣もなく、纔《わず》かに立脚の小圏《せうけん》を残して、身は雲霧の重囲に陥りぬ。眼を上ぐれば白。俯し見れば白。天地は須臾に虚無界となりぬ。

唯聞く、蓬々たる天風此混沌の中《うち》を吹き通つて空に吼ふるを。唯聞く、此白濛々の中、雷霆の忽ち響き忽ち止むが如く、絶大なる蒸汽機械の忽ち囂々《がうく》として高く響き忽ち静まりて微かに響くが如く、巨人の手あつて絶大なる石臼を挽き廻らすが如く、殷々轟々《がうく》足下に轟くものあるを。」（前同）

漢語、漢文脈の形は、見事にでき上っていて、対句的律動の鮮かさがある。『自然と人生』以降も次のようである。漢詩句直露もある。

「船を摩せむとせし左右の岸はまた次第に船より退き、已にして汪洋海の如き瀾水に出でぬ。風雨いよ〳〵盛なり。窓うつ横雨淋漓として玻璃に滴り、濁浪瀕りに船を撼《うご》かす。午後二時過ぐる頃船は大船津に果てぬ。（中略）雨中の田舎町蕭條として欝陶敷こと甚し。人は無愛想にしてもてなし極めて冷やかなるに、傘さし下駄はきて外の小屋に立てられし風呂に入らむとすれば、体も煮えむばかりに熱し。『万里誰迫為此行、逆境未可説不平、閑啓行筐抽書読、推薪撑檐尺五明』など、山陽翁旅中不平の詩句を思ひ出でゝ、腹立たしくもまた流石に可笑しき節なきにあらず。吾も風呂敷包解きて、蕪村集読みつゝ、眠りぬ。此あたり松露多く出る由にて、椀も皿も松露ならぬはなし。」(「雨の水国」『青蘆集』)

少し長くなるが、次記のように、常凡の自然美の再見、再考、新しき美の発見がある。

「遊蹤狭き小生の事とて、紅葉《もみぢ》と云へはたかゞ京都三尾の秋を見たばかりの眼は、今一驚を喫し候。何かなしに吾が立つ岨を中心として、碓氷《うすひ》の東面は盡く錦に候。左方の山谷を見れば唯是れ一面の錦、右の山谷を見れば又是れ唯一面の錦、満山の錦、満山の焔、五色の焔、峯と云はず谷とも云はず、唯燃えに燃え立つ美観殆ど壮観、小生も覚えず嗚呼と叫び申候。其の黄色、淡黄色、褐色、黄褐色、其他思ふ可くして言ふ可からず、見る可くして思ふ可からざる、ありとあらゆるジミなる錦の地に、遙か彼方の巌の上に朱の如き黄紅の楓一樹、此方《こなた》の谷の底に鮮血の如き浅紅の枝一枝、彼処の松の隣りに夕陽《ゆふやけ》の色よりも濃き深紅の両三本、宛《さなが》ら一山を照らす炬火の如く、万段《ばんたん》の錦の色を一時に呼び覚し来るを見たる時には、小生は唯詩才のなきを憾み候。

(中略)

此峯に山人の棲み詑ぶる家一つ二つ有之、小生其家の前を過ぎ候ときは、主人は何か野稲の収納の様なる事致し居候。『紅葉が好いね』と云へば、『は、紅葉かね』と申候。彼等は紅葉に包れて生活するなれば、何の珍しげもなく、詩一首歌一句作ることもなく、恐らく唯一度の歎美の辞《ことば》を与ふることもなく、白氏の風流を知らで紅葉をたきて茶を沸かし、朝夕の山の上り下りにも可惜《あたら》錦を踏みにぢり、斯くて年々紅葉を迎へ紅葉を送るにぞあらんずらむ。」(「両毛の秋」『青蘆集』)

二、当代叙景の世界

さりとて、これら蘆花の描き出した叙景の世界は必ずしも、蘆花特立の世界ではない。前記のように、明治三十年代、こういった漢語を使った叙景、叙事、そしてそれらを支える日本的美文流行の時代があったように思われるのである。蘆花の世界であるとともにそれは、一種の流行の世界の一端でもあった。表層の文学が、紅露の時代、浪漫の時代、自然主義文学の時代へと移行していくそれらの背後に、一つの社会的現象として、漢語や漢文脈を使った美文追求の世界があったのである。以下、その概要について、一つの見取りもかねて大略辿ってみたい。

すると大きく、二つの事象が浮かびあがってくる。一つは、蘆花『自然と人生』を論ずる時、つねに併記される国木田独歩「武蔵野」（明31、1～2）の世界である。明らかに日本的自然観は、これら二人の描出あたりから大きく変質した。自然と人事とがともにあった時代から、自然の特立あるいは人事の特立である。

今一つは、当代流行した、様々なる美文形象の動きである。私はそこに三つの形相を見出す。一つは、叙景、叙事紀行文群の発刊である。そこには、時に啓発啓蒙のものもある。それらは『自然と人生』や「武蔵野」等と併流した、あるいは、当代では主流であったかもしれない。それらは博文館出梓のものが主力を占める。二つは、美文選集、美文アンソロジー群の瀕出である。それらは美文創作の軌範や啓蒙的な役割をもつものでもあった。文を志す若者への指標提示の形をもつ。第三は、美文創作のための文章素材、文芸手引き、類語類句集群の存在である。すでに早く漢詩文の世界にあった「文章軌範」に類するものである。それらの概略を少し辿る。

(一)「武蔵野」の開示

国木田独歩の「武蔵野」は『自然と人生』などとも比肩され、日本近代の中、日本人の自然観や美意識を変えたと言われている。「武蔵野」がかつての、松、竹を中心にした常緑樹の世界に対して落葉樹の美しさを描き出したことについては、今更言及する必要はないであろう。これは、作中にも引かれているように、ツルゲーネフ作二葉亭四迷訳の「あひゞき」（明21・7～8）直続の世界でもあった。道を求めて彷徨った芭蕉の「野ざらし紀行」以下の紀行文に対して、自然そのものを観照し、その中を散策する楽しさを描いて、これも日本人の自然観を大きく変質させたものである。それらも少し触れておく。

「楢の類だから黄葉する。黄葉するから落葉する。時雨が私語《さゝや》く。凩が叫ぶ。一陣の風小高い丘を襲へば、幾千万の木の葉高く大空に舞ふて、小鳥の群かの如く遠く飛び去る。木の葉落ち尽せば、数十里の方域に亘る林が一時に裸体《はだか》になつて、蒼ずんだ冬の空が高く此上に垂れ、武蔵野一面が一種の沈静に入る。空気が一段澄みわたる。遠い物音が鮮かに聞へる。自分は十月二十六日の記に、林の奥に座して四顧し、傾聴し、睇視し、黙想すと書た。『あひびき』にも、自分は座して、四顧して、そして耳を傾けたとある。此耳を傾けて聞くといふことがどんなに秋の末から冬へかけての、今の武蔵野の心に適つてゐるだらう。秋ならば林のうちより起る音、冬ならば林の彼方遠く響く音。」

「（前略）此茶屋の婆さんが自分に向て、『今時分、何にしに来たゞア』と問ふた事があつた。

自分は友と顔見合せて笑て、『散歩に来たのよ、たゞ遊びに来たのだ』と答へると、婆さんも笑て、それも馬鹿にした様な笑ひかたで、『桜は春咲くこと知《しら》ねえだね』と言つた。其処で自分は夏の郊外の散歩のどんなに面白いかを婆さんの耳にも解るやうに話して見たが無駄であつた。東京の人は呑気だといふ一語で消されて仕了《しま》つた。自分等は汗をふき〳〵、婆さんが剥て呉れる甜瓜《まくはうり》を喰ひ、茶屋の横を流れる幅一尺計りの小さな溝で顔を洗ひなどして、其処を立出でた。此溝の水は多分、小金井の水道から引たものらしく、能く澄で居て、青草の間を、さも心地よささうに流れて、をり〳〵こぼ〳〵と鳴ては小鳥が来て翼をひたし、喉《のど》を湿《うるほ》すのを待て居るらしい。しかし婆さんは何とも思はないで此水で朝夕、鍋釜を洗ふやうであつた。

茶屋を出て、自分等は、そろ〳〵小金井の堤を、水上の方へとのぼり初めた。あゝ其日の散歩がどんなに楽しかつたらう。」

落葉樹林の美しさ、散歩の楽しさ、先に引いた蘆花の「紅葉」の世界と通ずる世界がある。自然の新しい美、楽しさの発見である。

「空は蒸暑い雲が湧きいでゝ、雲の奥に雲が隠れ、雲と雲との間の底に蒼空が現はれ、雲の蒼空に接する処は白銀の色とも雪の色とも譬《たと》へ難き純白な透明な、それで何となく穏かな淡々しい色を帯びて居る、其処で蒼空が一段と奥深く青々と見える。たゞ此ぎりなら夏らしくもないが、さて一種の濁《にごつ》た色の霞のやうなものが、雲と雲との間をかき乱して、凡べての空の模様を動揺、参差《しんし》、任放、錯雑の有様と為し、雲を劈《つんざ》く光線と雲より放つ陰翳とが彼方此方に交叉して、不羈奔逸の気が何処ともなく空中に微動して居る。林といふ林、梢といふ梢、草葉の末に至るまでが、光と熱とに溶けて、まどろんで、怠けて、うつらうつらとして酔て居る。林の一角、直線に断たれて其間から広い野が見える、野良一面、糸遊上騰して永くは見つめて居られない。

自分等は汗をふき乍ら、大空を仰いだり、林の奥をのぞいたり、天際の空、林に接するあたりを眺めたりして堤の上を喘ぎ〳〵辿てゆく。苦しいか？　どうして！　身うちには健康がみちあふれて居る。」

やはりここにも漢語句使用の乱舞がある。落葉樹林の美しさは、戦中や戦後の松、杉の植林により多く日本の森林の樹相が変っていったが、ここに描き出された自然は今更ながら心をそそるものがある。

(二)当代美文の様相

(1)美文の流れ

いわゆる日本近代文学史の前面には現われてこないが、博文館を中心に展開された叙景文群は、日本人の常凡なる美観や自然観を啓発し、特化していったと思われる。大略、そこには漢文脈と和文脈のものがありそうであるが、ここでは前者を中心に辿る。

今は表層のみを垣間見るが、前者の表象としては、塩井雨江、武島羽衣、大町桂月合作『美文韻文花紅葉』（明29・12 博文館）、大町芳衛『美文韻文黄菊白菊』（明31・11 博文館）のようなものがある。これらは、当代、「武蔵野」や『自然と人生』などに匹敵する、あるいはそれらをこえた存在として流行したものである。内容を少し摘出してみる。『美文韻文花紅葉』は三人の文章の合作であるが、「序」の中で、その一人大町桂月は次のように記す。「美文を花になずらふるも可なり、韻文を紅葉とみはやすも亦妨げず、花や、紅葉や、これ天の文、美文や、韻文やひとしくこれ詩なり。而して、その字句に拘束あるものを韻文といひ、拘束なきものを美文といふ。」その中、「羽衣は韻文を多くし、雨江は二者幾んど相半し、われは美文をむねとせるもの、」。その中心はやはり、漢語や漢文脈に依るところがある。

「あはれは同じき墳塋累々として、香烟絶えてはまたつゞき、西に沈みたる夕陽、一帯の暮雲に残照をとゞめて卒都婆の文字なほ明らかに、刀稜に似たる冷風肌にしみて、人を招く尾花の下に、餌をあさる狐の声のいと冷かなるに、年まだ若き女の、丸髷に結ひたる髪もみだれ、袖に千行の涙を湛へて新しき墓標の下に跪くは、もろこしのいくさに夫を失ひたる寡婦にやあらむ、」（大町桂月「墓畔の秋夕」）

「この夜、湯本温泉にやどりて床に就きけるが、明日はとく立ちいでゝ白根山の巓にのぼらむと思へば、心自から勇みて眠られず、夜深くして陰雨しめやかに、奇寒肌に浸みて、夏としも思はれず。四山、寂として、近く樹杪に啼く猿の声いと憐れなり。

一脉奇寒逼客房。残燈明滅夜凄凉。孤猿咽盡四山両。聴到三声欲断腸。」（大町桂月「日光山の奥」）

叙景に、漢詩をも加えるのである。『美文韻文黄菊白菊』の桂月の文章は、より漢文脈が嵩じ、同種の美文として一つの頂をなすものかもしれない。

「しばらくして、東天の微紅は、益大く、また益濃く、空にうかべる雲にうつりて、雲はみな錦繍となりぬ。四面なほ夜色のうちにねむりて、東天ひとり活動を見る。一刻は一刻よりも異に、雲また形と共にその色を変じて、ほとんど端倪すべからず。紫味やうやく黄味にうつりて、曙光今は東方の半天を領し、燈台も全く焔をうしなひ、月魂丘樹の上にあをざめて、さながら病婦の顔のごとし。かくて曙光の区域、益広くなるにつれて、色はますます薄くなりて夜は全く明けはなれむとす。濃碧の海、淡黄の空、上下相交はる処、忽ち殷赤、朱の如き一線をいだすかと見れば、やがて櫛形の紅片となり、半球となり、終に一大紅暾、全く海をはなれたり、やゝ上りて、波もきらめき初め、光線迸射して、また仰ぎ見ることを得ず。」（「仏浜の月夜」）

日の出の景であるが、「自然と人生」に彩色の様、類する。次例の前者は文体、内容ともに漢脈に通ずる。後者は漢語表現の極の一つか。

「青丹よし、奈良の都は荒れはてゝ、伽藍、徒に古の名残を留め星月夜鎌倉の府は廃れつくして、陰鬼、空しく雨に哭す。英雄の骨も、朽ちてはまた土塊と擇はず、美人の髑髏、時に鋤犁に觸《ママ》れて出づるも、誰か当年の俤を認めむ、東流の水、一たび逝いて復た返らず、人間の富貴、果して能く幾時ぞ、塞翁の馬上、歳月徒に過ぎて、邯鄲の枕頭、芳夢早く覚めぬ。げにや祇園精舎の鐘、諸行無常の声にひゞき、沙羅双樹の花、盛者必衰の色に出づ。万里の長城、未だ全く成らずして、山東既に乱れ、坑灰なほ温かにして、咸陽の宮殿、三月紅なり。あはれ、万世無窮と期せし始皇が遺図も、忽ち二世にして尽きぬ。盛なる者豈に竟に久しからんや。」

（「国家の盛衰」）

「人狂ひ、人走り、人叫び、人喘ぎ、人争ひ、人酔ふ熱閙糞壌の巷に天つをとめの息するがごとく颸飀として、倏篁のほかに涼味をもらしそめし微風やがて地を捲く疾風となり、雪とび天撼くかと見れば、紫電空を劈き、万雷地におちて、俗物のすだける金殿玉楼ことごとく砕けて烏有に帰し、沛然たる大雨、盆をかたむけて、三千世界の塵垢と俗気とをあらひ去りたるあと、空さりげなくすみわたりて、月は梧桐の枝にたかし。」（「雨奇録」）

夕立の一走りというところだろうが、このように描き出されると、それはそれで一つの圧倒される力感をもつ。見方によれば、誇大空疎ともなるものでもある。美文韻文とあるように、これらの叙景は、漢詩句、時には和歌と交叉しつつ、自己の心情や情調の吐出に使われていく。伊勢物語や大和物語が和歌で情調をくくるように、一種の歌物語的な形で形相を使用して、紀行文的な情感を表白、読者と共同の感覚に訴えるのである。大町桂月『一蓑一笠』（明34・2　博文館）より、少し引く。俗謡や和歌との混淆した情調もある。

「二度と行くまい丹後の宮津、しまの財布がからになるとの俗謡は、とくより承知せる所なれど、この夜、旅の徒然に、がらに似合はず、酒前に歌妓をよびぬ、大妓は京都の産、小妓は大坂の産、この地、歌妓五六十人あれど、みな京大坂のものにて、宮津のものは一人もなしとぞ。酒間久しぶりに、唐人の寐言を学んで呻って曰く、

相対何須嘆轗軻、人間無処不風波、寄卿一盞勿辞酔、奈此清風朗月何。」（「丹後の宮津」）

「行くこと二三町にして矢口の渡に出づ、此処は其昔南朝の忠臣新田義興朝臣が回天の壮図を懐て、はかなき水泡と消えし古跡なりと、ことごとしく注せずとも、神霊矢口渡は、そんじよそこらの寄席通も御存知なるべし。

桂月詩あり、歌あり、曰く、

いにしへの恨やいかにふかゝりし
　矢口の渡り水寒くして

柳暗花明春一川、波頭斜日帯蒼烟、遺墟空見東流水、寂莫雄図五百年、

屠龍の慨は桂月が吟に尽きたり、我は只風蕭々易水寒と微吟して暫し渡頭に佇みつ。古は此流滔々として岸をや嚙みし、今や泯々たる春水清く浅くして寧ろ梅花に好なり、懐古の感はやがて風騒の情と化しぬ。」（「梅の二日」）

地の文は佐々醒雪、情動に漢詩が直結している。

「千住、松戸を経て、我孫子まで徒歩し、そこより汽車に乗る。大利根を過ぐれば、筑波山近く孱顔を現はし、秀色掬すべし。一絶を作る。

又拭涙痕辞帝城。江湖重訂白鷗盟。天公未使吾儕死。到処青山含笑迎。

土浦にて汽車を下る。一帯の人家、霞が浦に接す。白帆斜陽を帯びて。霞にくれゆく春の夕暮いとあはれなり。笹本といふ旅館に一泊す。」（「春の筑波山」）

漢脈の美文を今少し追うなら、大橋乙羽の『若菜籠』（明31・12　博文館）や『風月集』（明32・9　博文館）などにも類同を見る。後者から少し引く。

「離宮のある処は、小高き丘にして、嵐気檐《のき》に横《よこた》はり、水色窓に映ず、仰げば芙蓉青巒《せいらん》の上に跨り、俯すれば扇面湖に落て、影揺《うご》かんとす。扁舟の葉々乎《えうくこ》たる、筏師の棹を揚ぐるなど、その景色《けいしょく》のよきこと言語に尽し難く、権現は湖水の砌にあり、社《やしろ》古く神寂《かみさ》びてよく、箱根駅は荒れたれども、湖畔の小村《こむら》、詩人の眼《まなこ》には何と見るならむ、月清き夜、風静なる朝《あした》、神《しん》澄み心爽《さはやか》なる時、翠草《すいさう》の上に偃臥して徐《しづか》に古文を誦せば、神来りて、吟《ぎん》魂を掠め去るべし、古人絶景に遇ふ毎に必ず筆を擲つ、知らず今の詩人は如何。この月中頃、海に浴し、山に嘯《うそぶ》いて、東都に帰る、今日よりまたも吐呑《ととん》する所の大気、これ熱、これ血、想ふに口頭呵するもの悉《ことご》く火か。嗚呼世因累あり、都門の人をして、永く身を青山白水の間に於かしめず、遺恨千秋。」（「麦藁帽子」）

箱根「葦の湖」の叙景である。次のような漢学、漢詩文への言及もある。

「西窓に映る芭蕉葉の外には、語らふ友も無き、六畳の一間は我住む本城にして、青史黄籍四辺《あたり》に散りて、さながら戦国割據の世に似たるも、主人元来懶惰《ぶしやう》なれば、洒掃《しやそう》の責を尽さず、首を塵埃の裏《うち》に埋めて、想《おもひ》を千古の遠きに馳せ、静座書を読む、時に蝶あり、栩々として机辺に飛来れば、身は早くも荘子の夢と化して、暫らく我あるを知らず、」（「神田覗機関」）

「我は画手《ぐわしゆ》にあらず、此景描くべからず、我はた詩家にあらず、風光を謳歌するの技無きを悲しむのみ、去て涼榻《れうとう》に詩趣を味ふ久しく、下に掲ぐるもの、乃ちその数首のみ。

信濃漫遊汽車中。読㆓伊藤侯爵所㆑携頼山陽日本政紀㆒。

鳥啼花落九春空。鉄路彎環究又通。一部麟経看未㆑尽。火輪飛度万山中。

過㆓雨宮開墾地㆒

春山杳々雪斑々。落葉松間路似㆑湾。部判以来不毛地。深林満目水潺湲。」（「涼榻詩味」）

和文脈による名文の流行、例えば、大和田建樹『散文韻文雪月花』（明30・9　博文館）などがあり、前記の歌物語的な読者との共同情感に訴えるものもあるが、これらについては今は指摘にとどめる。

(2) 美文選集

前記のように、当代、こういった美文のアンソロジー発刊があった。それらについて瞥見する。ここに、二つのステップがあったようである。まずは、一種の「文章軌範」的な意をもってのものであろうか、中国や日本古代から近世幕末あたりまでの、代表的な名文群の編集がある。漆山又四郎『傑作文粋断巌絶壁』（明32・5　文学同志会）。中川愛氷編『日本の美文』（明33・5　明昇堂）などがある。前者は、中国の屈原、潘安仁、文天祥、日本の藤原光広、紀貫之、藤原俊成などに始まり、芭蕉、森川許六あたりまで全六二編の文章を抜粋、「はしかき」に「この編和漢文粋と名つけし事は、古今集の序文のことき織綺雅麗のやまとふみあれば、雄渾曠達の過秦論の如き漢文をもてみだされたればなり」とある。何より特色は、漢文をすべて「書きながし」すなわち書き下し文で記しているとで、「小学生徒」のためとも記している。文天祥「正気歌」の一部を記せば、「天地正気有り、雑然として流形を賦す、下は則ち河嶽と為り、上は則ち日星と為る、人に於ては浩然と曰ひ、沛乎として蒼溟に塞かる、皇路清夷に当り、和を含んで明庭に吐く、」などのようで、これはもはや一個の日本的美文となっている。後者はまさに日本古典の名文を編もうとしたもので、「日本の美文は、日本古来の愛嬌ある、口調よき文章を撰びたるものにして、篇中美人としての小野小町の如きもの多く、我は此美文に於ける深草少将を待つもの也、」と編者の中川愛氷は「緒言」に記している。

次いで、当代の名文アンソロジーが編まれる。その早い総括的なものは、博文館編集局編になる『明治秀才千人文集 附明治百名家文集』（明27・5 博文館）であろうか。「漢文」、山県含雪（有朋）、副島蒼海（種臣）以下「四十家」、「和文」、高崎正風、税所敦子以下「二十四家」、更に「仮名交り文一に時文」として、伊藤春畝（博文）、榎本梁川（武揚）以下「三十六家」の文章を載せ、更に、「広く天下秀才の文章を募集して、其の優等者一千人の文」を編纂したものである。評選に当った一人柳井絅斎は、百家の文について、「百家は就中傑出したるもの、晨夕之れを諷誦せは大に文気を養ひ才藻を長ずべし、将来日本の国文を作らんとするもの、また必らず是等諸家の文章を熟読玩味せさるべからず」と「緒言」に記している。また、この時代に流行したものから一表徴となるものをあげれば、大学館が刊行した「名家文庫」シリーズ（明32・7〜12）などであろうか。「美文散文」と角書きされたそれは、やはり一種の当代文章軌範になるものであったろう。試みに第一編『美文散文白砂青松』（明32・7）の目次に見るなら、幸田露伴「雲のいろ〳〵」、正岡子規「十年前の夏」、久保青琴「富士行者」、東海散士「豆南遊記序」、島崎藤村「村居漫筆」などなど三十八人の作家、詩人、評論の文章が載っている。短作品、随想、随筆、紀行文などなど、読みものとして読まれたのか、文章軌範としてのシリーズか、興をそそるものが多々ある。例えば、この第一編『美文散文白砂青松』の緒言には「鎖夏の侶伴として凉絶快絶一読人を寒殺す底の詞歌妙文を蒐め名けて白砂青松と云ふ庶幾くは一服の清涼剤となすに足らん乎」とあり、第四編『美文散文水村山郭』の「はしがき」には、「本書は紀行、随筆、小説、新体詩、漢詩、俳句等、多趣多様の好文字を撰びたるものなれば文章学上研攅の一助ともならん乎」とある。シリーズの誌名を記すなら、いずれも「美文散文」という角書きがあるが、それを省いて記すと、『白砂青松』(第一編)、『清風明月』(第二編)、『巌下滴泉』(第三編)、『水村山郭』(第四編)、『紅葉青山』(第五編)、『江山烟雲』(第六編)、『閑雲野鶴』(第七編)であり、その誌名にも、このシリーズの意図のありかが知れるところがある。ちなみに、独歩の「今の武蔵野」(原名)は、第六編に収載されている。

これらに類するものとして、進藤信義編『先覚詞藻』(明34・10 鐘美堂)、久保天随編『明治百家文選』(明39・9 隆文館)、高野弦月編『代表的傑作名家名文』(大2・10 小川尚栄堂)などのようなものがある。

(3)断片、類語、用例集

第三は、美文を書くための用語、用例、類語、類句集などの瀕出であろう。当代、美文作成を志した多くの若者達は、言葉や表現を求めてこれらに依ったであろう。彼らの必携の書でもあり、俳句における歳時記的なものであったかもしれない。これも瞥見する。

早くに、田中謙『故事熟語出所文範文之資料』(明26・9 梅原書房)、関貢米編『和漢文学美文断片』(明31・5 増子屋書店)、拈華散人『現代乃美文山紫水明』(明39・5 武田交盛館)、藤原楚水編『作文自在美辞宝鑑』(明40・12 実業之日本社)、中村巷編『美文之資料』〈正統合本〉(明44・2架蔵のものは五一版 矢嶋誠進堂)、山下寂水編『作法作例新しき叙事文』(明45・

7　尚文館）など、少し下るが大正時代にも続く。拈華散人『美文叢書星とすみれ』（大元・10　武田交盛館）、井原青外『学生宝鑑美文良材』（大2・7　澄江堂書店）、小宮水心『思想交換美文的書翰文』（大7・10　立川文明堂）、翠園生『作文資料美的記事文』（大9・7　此村叙栄堂）、小宮水心『美文初歩花鳥風月』（大8・7　此村叙英堂）などのようなものがある。試みに、最後の『美文初歩花鳥風月』の目次を記すなら、「美文の話」、「旭日余影（新年）」、「鶯歌蝶舞（春季）」、「帆影波光（夏季）」、「白雲紅樹（秋季）」、「寒燈疎霰（冬季）」、「玉石同架（雑部）」の七章よりなり、各章参考文と類句、類語が詳細に記されている。多く漢語や漢語句使用の用語、用例集群で、このような形で、美文敷衍の地表があったのである。

三、『自然と人生』再考

いかにも足早であるが、『自然と人生』という覗き窓から、日本叙事叙量文、日本美文とそこにおける漢語、漢文化、漢文脈使用の様相を垣間見た。もとよりそれらは、ほんの覗き見にすぎないが、しかし、これらを辿っても、明治中、後期に流行した日本美文作成にいかに漢語や漢文学、漢文化が重用されていたかが知れる。

蘆花の『自然と人生』に見られたような叙景、叙事文が必ずしも突発的な特異なものではなく、こういった後背があったのである。しかし、それが一時代を画したのは、蘆花の文章がまた、当代の類型化した漢文体とは相を異にするものがあったからでもあった。その一因は、「美文」を最終目的とするか、あるいは、手段や手法の一つにするかの差異にかかわるものと言ってもよいかもしれない。内的感動や感受したものを漢語の重量や律動にどのように托するか、托したかということである。

ただ、見てきたように、美文系の中で、それを有効に使っていたのは、大町桂月であり大橋乙羽などであった。

それらは必ずしも内景のための漢語や漢文脈でないところがある。だがそこに使われた漢文脈には、高揚した気分や情調を表現するに秀抜な力を発揮していたところもある。時には、直接、漢詩や漢語句を使ったりしたそれは、一種の魅力ある情調を伝えてもいたように思われる。しかし、言文一致、平易な口語による近代散文が成熟していく中で、これらの漢語句直接使用はゆっくりと姿を消していく。新しき思想や文化、新しき心情や情緒を盛るには、それらは少しずつずれていくのである。そして、蘆花的な美文体の運命も同類であったとひとまずは言える。だが、そう早く結語してよいか。漢学や漢文化の内質、表意や韻律の多彩などを考えた時、ただに簡と易とを重んじ、早々とそれらを捨象していく、いったところに、どこか異を感じるところがある。韓国も漢語の再考の動きがあるとも伝えられる。

現代の漢語ブームは、もとよりこういった思想や心情表出の手段や手法の問題とは相を異にするものである。しかし、いつかそれらが内景を伴ってくれればと思念するところも多々ある。

蘆花『自然と人生』を覗き窓にして見た、日本的叙景、叙事文の流れの寸景である。

注　拙稿「明治と漢学――洋学との対比・『思出の記』を中心に――」（平13・11『日本文化論叢』大連理工大学出版社）参照。

木村荘八手簡一束

――〈繁昌記もの〉の楽屋うら――

塩崎文雄

はしがき

木村荘八は明治・大正・昭和を通じて、洋画家・挿絵画家・美術史家として活躍した。その木村荘八に〈風俗帖もの〉とでも〈繁昌記もの〉とでも呼ぶべき一連の著述がある。『随筆風俗帖』（双雅房、昭和一七・一一）を皮切りに、『東京の風俗』（毎日新聞社、二四・二）から『東京繁昌記』（演劇出版社、三三・一一）にいたる随筆集である。そのうち、『現代風俗帖』（二七・二）『続現代風俗帖』（二八・三）『東京今昔帖』（二八・一二）の連作に、編著『柳橋界隈』（二八・六）『銀座界隈』（二九・六）を加えた五冊は、いずれも東峰書房から刊行されている。

ところで、手もとに一束の文反故がある。東峰書房社主三ツ木幹人あての荘八手簡である。〈繁昌記もの〉が編まれたちょうどその時期に発信されている。日付のもっとも古いものは昭和二六年四月一一日付。あたらしいものは二九年八月二一日付。封書二四通、ハガキ三通。他に荘八から三ツ木あての紹介名刺、荘八あての第三者の礼状やら書評、新聞の切り抜き、肖像写真、数点の版下絵などの断簡零墨が含まれている。荘八の手簡も、巻紙に毛筆のものから通常の書簡箋、原稿箋に記したペン書きのもの、画家らしく画ペンを用いた挿絵入りのもの、ありあわせの用紙に当時ようやく出まわりはじめたマジックペンで走り書きしたものまで、きわめて多彩である。内容も事務連絡から、酔余のざれ書きとしか受けとれないものまである。あて名も「東峰大人」「三ツ木圖書頭」「三ツ木幹人帖」など、ヴァラエティに富む。躍動する好奇心をみずからも愉しみながら筆を運んでいる文反故のトーンからみて、両者ともどもに胸襟をひらいて善虐する交際ぶりがうかがわれる。この時期、ふたりの関係には濃やかなものがあったのだろう。

三ツ木幹人は本名三ツ木金藏。昭和戦前期には非合法共産党の武闘分子として、中国銀行襲撃事件や美人局事件に連座して入獄した経歴の持ち主である。ことは『近代日本社会運動史人物大事典』や立花隆の『日本共産党の研究』にくわしい。しかし、昭和一八年度版『現代出版文化人総覧』に三ツ木幹人の名がみえるから、このころから出版事業に手を染めていたものと思われる。

木村荘八の名を高からしめたのは、「朝日新聞」に連載された永井荷風の『濹東綺譚』(昭和一二・四・一六〜六・一五)に添えられた挿絵である。この仕事を通じて、荘八は風俗観察とその記録に取り組むことのおもしろさと重要性を悟ったようである。そして戦後のこの時期、三ツ木との交際と誘掖に育まれ、手簡に登場する知友たちとの往き来を糧として、荘八のまなざしは都市〈東京〉の細部に分け入り、その成果はのちの大著でもあり遺著でもある『東京繁昌記』に結実していったものとおぼしい。

そこで、本稿では三ツ木あての荘八の未発表手簡のいくつかを紹介し、若干の補注を施すことで、木村荘八の〈風俗帖もの〉〈繁昌記もの〉が醸成されていった過程をたどってみたい。なお、サブタイトルを〈風俗帖もの〉とせずに〈繁昌記もの〉としたのは、近来、フーゾクの語に付着した固有のニュアンスを避けたかったためである。それにもまして、〈繁昌記もの〉と呼び代えることによって、木村荘八の仕事を江戸このかたの生活文化とそれらを表象する文学伝統の掉尾の華として位置づけ直すことの妥当性を思うからである。しかし、本稿ではそこまで展望するゆとりがない。

なお翻刻にあたっては、用字・送りがなの混乱については『現代風俗帖』の「あとがき」にあるように、荘八自身がそれ自体を「現代風俗」のあらわれとみなしているので、可能なかぎり原文のままとした。原文の（　）書きはそのまま、欄外などに記された書き込みには〔　〕を施した。また、封入されていた零墨類については▽を施して、各手簡の末尾に掲げた。

①昭和二六・四・一一〔封書〕千代田区神田猿楽町二の三　東峰書房　三ツ木幹人様
　　杉並和田本町　木村荘八〔毛筆〕

三ツ木様　木村生
小生農繁期漸く終らんとしつゝあり　大兄御承知にて時間御許し下されつゝあること深く拝礼　開会ノ上ハ農閑期至る　即座にナイル河治水にかゝります　ブー猫恢復　ポック出産せしに　乍遺憾弱童全滅　いづれマックが生むと思ひます　万々御拝眉

ここにいう「農繁期」とは第28回春陽会展（東京都美術館、二六・四・一六〜五・四）の下準備をさす。「ナイル河治水」とは、結果的には春秋社から刊行されることになった『ナイル河の草』（少年文庫Ⅰ、二六・一一）の進捗状況を報告したものである。「ブー猫」の消息については『現代風俗帖』の「猫の死」に「ブーはこの時一たんイノチをとりとめました」とあり、この手簡の発信時期を裏書きしてくれる。

木村荘八が岸田劉生、高村光太郎、萬鉄五郎らに伍して、フューザン会から出発した洋画家だということはだれでも知っている。そして、戦後も春陽会の中心メンバーとしての役割を果たしつづける。「農繁期」の語のあるゆえんである。それとともに、かれには挿絵をはじめとする幅広い活動領域もあって、美術史家としての一端が啓蒙書『ナイル河の草』再版のこころみとして、ここには露頭をあらわしている。さらに、私生活ではたいへんな愛猫家であった。荘八の多面的なひととなりが三ツ木あてのこの手簡からはうかがわれる。

ちなみにこの年、三ツ木は数えの四八歳、荘八は五九歳。荘八の方が一一歳ちがいの兄であった。

②昭和二七・六・一二〔封書〕　文京区春日町三ノ四　東峰書房　三ツ木幹人様

杉並和田本町八三二　木村荘八〔ペン書〕

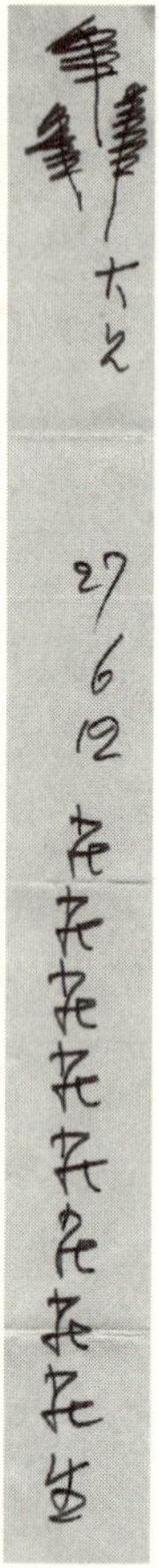

先夜失礼しました

リプトン中将湯は　初校ソートー〔相当〕苦心の結果さがせしつもりのところ　本日小生等都心へ外出　その道にて新宿裏口〔甲州街道口〕へ出たるに〔図——駅舎と陸橋〕こゝのところに進駐屋出でおり　その商品の中に中将湯がありました　燈台元暗し

大兄にも急ぎ報じます　いつもこゝは有るらしい

次に妙な用事突発は靴のこと、間ちがへた靴が判明したと電話があつたのです　恐らく近々元通りとなるでせう　それで御存知寄りの御話しの靴店に改めてこんな風の〔図——色指定〕〔ツルリとした〕灰茶色の革靴はありませんか〔價格はその靴次第に拝承するとして〕

大きさは大兄と同じだからおわかりの如く　改めてそれを御願申し度思ふのです　或ひはさういふコンビでも

よいのです〔靴の図、切り替えの二本線に――これはあってもなくてもよい〕
もしも二三品見せて頂けるとすれバ大幸
小生のコンビは実は余りよくないのです　旦古《ママ》いので、三四年たつのに〔はくといやがって〕まだキウ〳〵泣く
▽〔同封〕新聞切り抜き（掲載紙未詳――コンビの靴をはいた外人の写真）

『現代風俗帖』は「皇居前広場」からはじまる。このごろでは井上章一の『愛の空間』でも覗かなければわかるまいが、戦後の夜の「皇居前広場」はアベックの天国だったのである。二六年八月一八日に、三ツ木（まだこのときは「M君」と記されている）に伴われ、荘八は後楽園の競輪、新宿のストリップ劇場、皇居前広場、日比谷公園と、尖端的な現代風俗の巡察をこころみる。「中将湯」の絵看板にも関心を寄せ、ふたりで探しまわったことがあったのだろう。「進駐屋」は進駐軍の放出物資などをあつかった、「光は新宿から」のキャッチ・コピーで名高い新宿の闇市のことである。

靴のエピソードも、物不足の戦後状況を端的に物語っている。しかしそれ以上に、しゃれた靴の調達まで依頼する荘八の口ぶりに、仕事上の付き合いをこえた、両者の交誼の厚さがうかがわれる。そのことは冒頭の三本の木（「三ツ木」の意）と、八つの「荘」の字（「荘八」と読ませる）の戯れ書きにもうかがわれる。

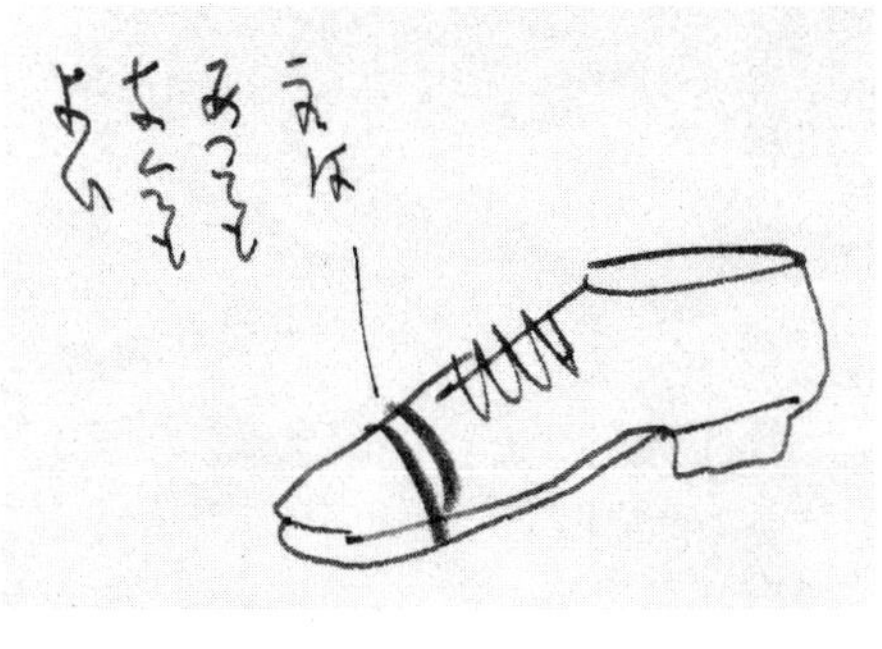

③昭和二八・三・三一〔封書、速達〕千代田区九段四ノ一一　東峰書房　三ツ木幹人様
東京都杉並区和田本町八三二　木村荘八〔ペン書〕

品川區北品川二ノ一五四　都立一時寮　「常盤寮」

こゝに暫時荘十二はゐます　訪ねて見られること如何　速記をとる等のことにして記事を作ることは出来ると思ひます　自分でかゝせるには時間がないでせう

東峰がかう云つてるといふことは話しておきました〔中央公論へも文を求められてゐる由　もし之等も口授筆記でも何でもしてやれば「文」は成立つと思ふ　自分にかゝせると時間をとると思ふ〕もし本のこと話が進むとせば　改めて仲介的に御面語《ママ》とします

非常に「中共」化してるがこれはムリのない處でせう　しかし(本)とすればバ〔思ふ通り全部かく事は〕考慮が要るだらう〔われ〳〵七百人に対し費用いくら〳〵に対して、一人の皇太子渡欧一億円とはどういふものか、等々〕　当人は暫時日本を見たいと云ってゐる

出迎ひは朝六時自働《ママ》車にて大船迄行き　それから「産経記者」となって汽車にのりすつかり疲れました

仔細面談

二十八日の産経に座談会記事がある

▽〔同封〕荘八名刺〔氏名・住所・電話番号のみ〕に添え書き

木村荘十二君　先日話した東峰書房三ツ木君御紹介　意見御交へ下さい　㊍

▽〔同封〕菅原通済ハガキ　昭和二八・二・二六付〔二七消印〕

木村先生　御高著厚く御礼上げます　ひとばんでよんでしまいました　菅原

実弟木村荘十二《そとじ》は新興キネマ、ＰＣＬ（のちの東宝）を経たのち、一六年に大杉事件の甘粕正彦が理事長を勤める満映に入り、戦後は東北電影公司などで文化工作に従事していた。この年三月に引揚船興安丸で帰国した。三月

二〇日付「朝日新聞」夕刊にも、二〇〇〇〇余名の乗船者名簿のなかにその名を確認することができる。手簡中にあるように、荘八の斡旋が功を奏したものか、東峰書房から『新中国』（二八・一〇）を刊行する。「中央公論」六月号にも「中国では楽しかった」を寄稿している。「中共」化のくだりについて補足しておけば、六月に挙行されたエリザベス二世戴冠式出席のために、皇太子明仁を乗せたプレジデント・ウイルソン号が横浜を解纜したのは三月三〇日のことであった。

なお、「売春・麻薬・性病」の三悪追放キャンペーンで知られる菅原通済のハガキは、「御高著」すなわち『続現代風俗帖』を献呈したことへの礼状であろう。荘八・三ツ木両人の交際範囲の広さを知ることができる。

④昭和二八・五・八〔封書〕　千代田区九段四ノ十一　東峰書房　三ツ木様
　春陽会封筒　㊍　〔毛筆〕

日本国セーフ〔政府〕の愚なる如斯して　ジカン〔時間〕損害せり　或ひは予の愚なりや　賢裁乞ふ
随筆終りたれバ直ちに柳橋に着手せり　良本とすべし　後世を思ふ　なんぞ一月や二月おくれたつて千年に代へられんやだヨ
英は宮崎が待かねると云ひ、宮崎ハ英が待かねると云ふ
〽露は尾花とねたといふ　尾花は露とねぬといふ　アレ　ねたといふ　ねぬといふ　尾花が穂に出て　アラワレタ
バカヤロー　㊙

▽〔同封〕端書〔料金不足の付箋付き〕　世田ヶ谷区赤堤町二ノ四〇九　三ツ木幹人様
杉並和田本町　木村荘八〔毛筆、朱筆による傍線も〕

先夜おそく迄失礼しました　奥様に御詫申します　随筆帖画出来ました　これにて一先づ(完)とします　猶先夜の道具屋にて見たる〔図――食器〕こんな風の洋食用セトモノ　ニシキヱ〔錦絵〕と共に御求めおき下されバ幸です

ことがらの順序からいえば、「先夜」への礼状ハガキがまず投函された。ところが、郵便料金不足のために返送されてきたので、「日本国セーフの愚なる如斯して　ジカン損害せり」というわけである。

「英」は英《はなぶさ》十三《じゆうざ》（⑤に詳述する）、「宮崎」は宮崎新三郎。ともに互笑会のメンバーである。両人はどうやら『柳橋界隈』（二八・六）の刊行が延びのびになっていることにいらだっているもようである。現に、同書のあとがきともいえる荘八の「挿絵について」に、「僕がタッチした為めに「出来上り」が大層延引して申訳無かつたと思つてゐる。たゞ後に残つて読書子の嗤ひを受けない一本に仕立てたいと思ひ、少々手数がかゝつた」との弁疏がみえる。その一方で、「土地一体《ママ》のありやう」を図解するために「貧蔵を傾けた」と、自信のほどもみせている。その辺の苦心を察しない両人は「バカヤロー」なのである。

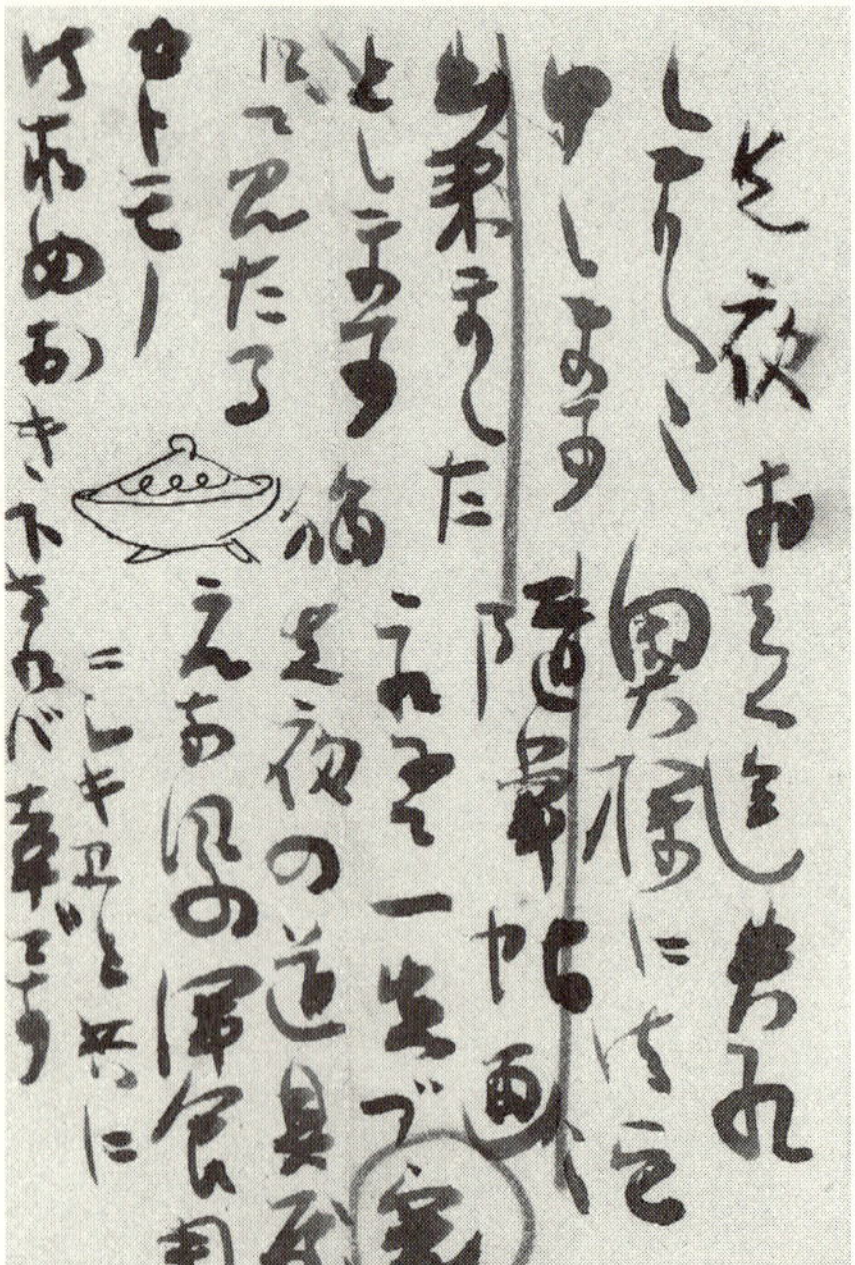

⑤昭和二八・六・二八〔封書〕千代田区九段四ノ十一　東峰書房　三ツ木様
杉並和田本町　㊍〔ペン書、赤・青色鉛筆も〕

昨日はおそくわざ〳〵ありがたう存じます　遂に宿業成り御同慶　何しろスバラしい本と思ひます
それハ何としてもやむを得ないが　小生もワルいし　又そちらもワルイ　五分の誤りが少々あります　挿絵についてだけよんだのですが　別紙ノ如く　しかしカキン《〔瑕瑾〕》です　校正の時不完全な絵のハリコミや〔不鮮明や〕サカサマで見たので　矢張りそれがしくじりだつた　やはり「不完全」〔状態でやること〕はいけないわけですね

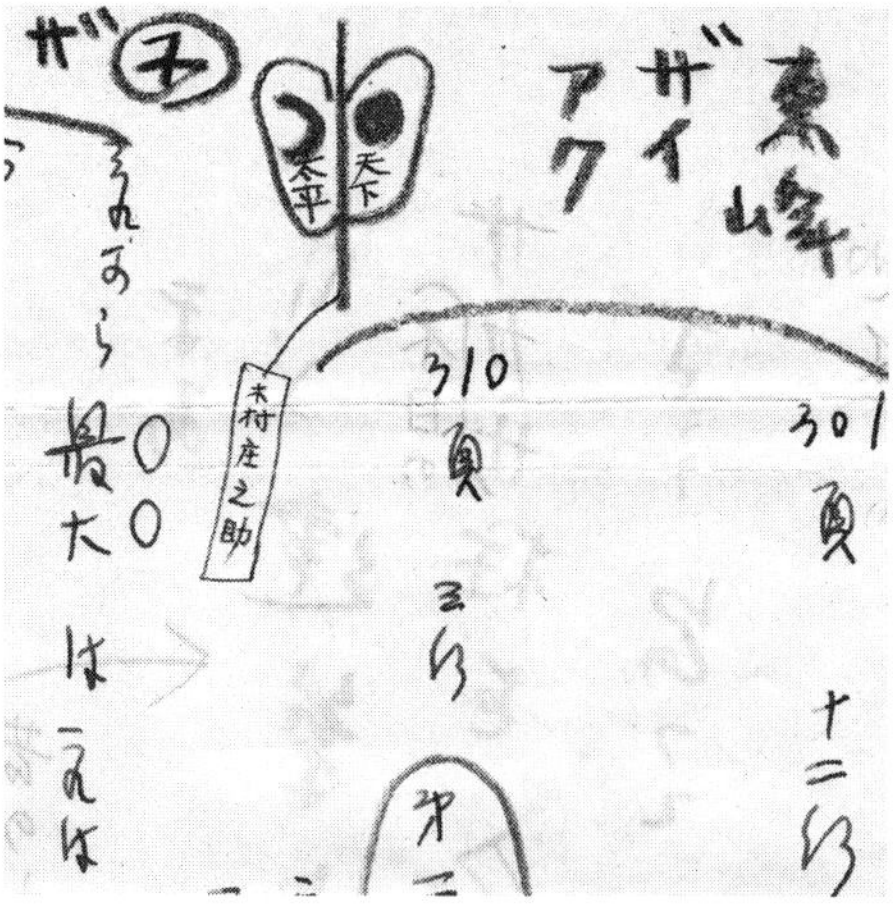

原稿本そちらに残るもの　東京名所浅草區などもそちらと思ふが
　218のヱなど　如何なつてゐましたか　之等のこと　こんど決着しませう
槌田君にも一本渡さなければならなかつた　之等必要数ハ了解求めるべきですね　万々拝眉〔別紙〕
残念ながら
東峰　301頁　十二行　第二六三頁　トル
ザイ　　このヱは左衛門橋と画中に明記あり
アク　310頁　三行　第二〇頁　トル
　　この絵は二神ではない　もう一組のヘボ
　　の方です
〔図――木村庄之助の軍配団扇〕

㊍　それから最大は　これは小生がわるかつたが225の絵は柳橋ではない、浅草橋である　ついこれを混同しザイ　て了つて柳橋であるかの如く文中にかき大失態　これはかき方も少し直さなければならぬし　少々クサアク　リました

　これ〔←印〕が無いと　その家でハラキリがあると云はれて　昔の武家は非常に忌んだといふ
まあ　いゝ建築にはわざと一本　サカサ〔木目の〕柱を入れるさうだ　さう思つてアキラメルのですね

他はまだよまないが　散見するところ大丈夫らしい
通信序でにもう少々かきます　ケイコ本は（九ポにて哥九百と云ふ）英本とは　別だから競走《ママ》せぬこと　宮川に涼《ママ》解得たが　これは矢張りヤツケでなく良いものにしませう　(新)ものは先日　田村小伊都田村千恵両大師匠と三人で目を通して現行を生かして廃哥はすてた　三舛深水作なども現行されるモノは入れ　久保田、鏡花、英……と虽も廃哥は×にした
それを僕が一通りよんで字句を正して原稿に廻す段どり　次に目下槌田が(古)ものを写してゐる　これをよみ、遺漏を見、その後の発見・復活を加へて原稿とす。例へバ六月二十三日ＫＲ山口唄にて復活せしめし鈴木主水清元の哥の中の曲節山口にのこれる哥なんか　如何に名哥だらう〔ウラ〕

　〽よそで解く帯とは知らで　くけてゐる　糸より細きわがこころ　つい切れやすくほころびて
これがホントの小唄だよ　〔それは大分古い〕〔佐藤春夫　芥川などゝ似てるね〕　トンコ〳〵なんてもんじやないヨ
三十日放送スル僕司会の山口こうと下谷福子でＫＲに相当今まで復活があるのです、それは皆採録する。両大家共、六十五ぐらひ

前半は刷り上がったばかりの『柳橋界隈』をわざわざ届けてくれたことへの礼と、さっそく目についた誤植へのコメントである。

後段は、二八年一一月二五日付の手簡（本稿では未収録。封入に関して錯誤があるか？）に封入されていた宮川曼魚あての「過日手紙にて一寸申上げた小唄本のこと〔図——相合い傘〕大兄小生にて東峰書房早速発行したしとのこと　不取敢三ツ木君御紹介申上候　右は何卒御承引ヒ〔被〕下度　ついては仔細ハ日を定め　一会の上　貴見に就きたく候」のくだりが傍証となろう。『柳橋界隈』の折り込みに、ふたりの共編になる『定本小唄集』の広告をみることもできる。ただし、千紫会編『釈註小唄控』（三三・三）の荘八の「跋」によれば、「これも世に出ませんでした」とある。ちなみに『釈註小唄控』は荘八の「跋」が巻頭に掲げられているという代物である。

「英本」とあるのは英十三編の『邦楽名曲選　第六巻・小唄』（創元社、二八・一〇）をさす。傍注に「九ポにて哥九百と云ふ」とあるように、新旧、玉石とりまぜて九〇〇弱の小唄が収録された浩瀚なアンソロジーである。装幀は荘八の手になる。なお、英十三（本名田中治之助）は吉田草紙庵などとならんで、昭和戦前期の代表的な小唄作者である。また、「トンコ〱」のくだりは二六年に再発売されて爆発的に流行した「あなたにもらった　帯どめの　だるまの模様がチョイと気にかかる」の歌い出しで知られる「トンコ節」（西条八十詞・古賀政男曲）をさしている。

『東京今昔帖』所収の「和田堀楽《ママ》校の記」や「私の放送」にみられるように、このころ荘八は小唄に傾倒し、ラジオやテレビにしばしば出演していた。現にこの書簡にも、「KR（東京放送）」出演の記載がみえる。ことは荘八のみにはとどまらない。政治家・実業家・学者・文化人がこぞって、ラジオや、放映が開始されたばかりのテレビに出演し、小唄ブームが到来していた。琴棋書画の故事を引き合いに出すまでもなく、漱石における謡の稽古を参照すれば早わかりするように、この時期、小唄は紳士の嗜みだったのである。

⑥昭和二八・一一・二四〔封書〕千代田区九段四ノ十一　東峰書房　三ツ木様
　東京都杉並区和田本町八三二　木村荘八〔印刷〕〔巻紙、毛筆。ゴシック部分は
　竹筆か?・〕

拝啓　以書中愚意申入れ候が　東峰先生にはいまだ迂生巻紙文字御覧なしと存候が　天下の能書にして空海以上也　御驚閲ヒ〔被〕下度候　昔は迂生常に和服　字は常にまきがみに候ひき　轉じて今洋風となる　謂って現代風俗帖とす
どうだ　ウメヱだらう　おくさんにも見せてくれ
次に　高意のごとく　かの奇筆以つて誌すに如斯　槌田満文飛書至る　早く曼文見たる如し　予も一覧せり
やはり筆の方かきよく奇筆ハまきがみを手に持ってかくにはだめなり　されば昔日ハいつも巻紙ばかりなりし故　幽〔ママ――郵〕税大々にして困りける
次一齣切断□□□□□　遺筆として壁間に掲げること如何
東峰大人几下　㊍
先刻電話したるが　さしたる用にも非ず　今月残用片付けれバ時間よしと思ひしなりき　今昔帖相片付候　銀座本早々相果すべく年暮切迫時少なく困却句有り
　時雨るゝや　しつけの白き　小がいまき
この上五は変へてよろしく　この節寒気かいまき羽織りて座し候　御笑閲ヒ〔被〕下度候　草々　二八年十一月二四日
といふわけにて　小生の句をかきたるふみ　あとにもさきにもこれ一つ也　以つて貴辺に托し天下に残し　地下に蕉蕪先生をして泣かしめんとす　森木松陰〔花押〕

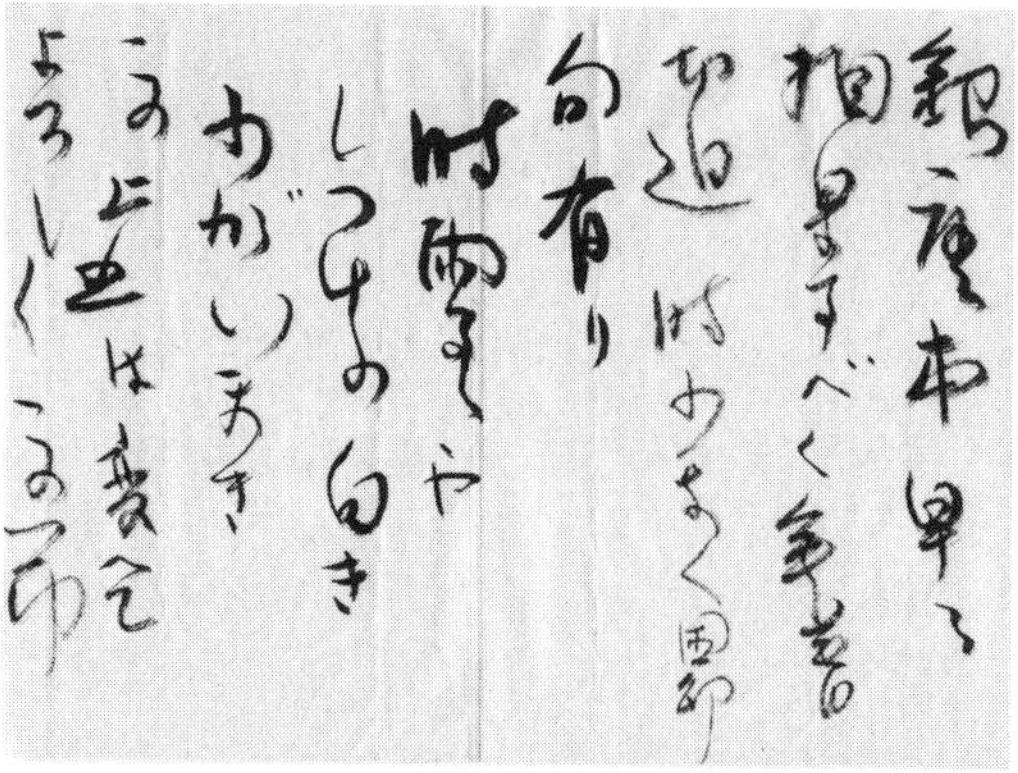

三ツ木幹人帖□

某人曰　こんなものをかく間に　早く原稿をかくといいなア

▽〔同封〕木村荘八写真〔紙背〕

昭和十一年十二月写影とあり　この頃専ら和装和筆和画和曲時代にて　そろ〳〵それがしの終り頃かと思ふ㊍　三ツ木兄

▽〔同封〕槌田満文のハガキの表書きの上に黒のサインペン書き。

新聞は到着せり　マンブン同感とす　コヤツ常に斯くは牽制し来る

国家忠臣にして　愚極まりなきもの也　㊍

〔槌田満文ハガキ　昭和二八・一一・二二消印〕

冠省　昨夜の「日本経済新聞」紙上に吉井勇さんが「柳橋界隈」を天下の奇書と評して居られましたが御覧になりましたか。「柳橋」が天下の奇書なら「銀座界隈」は一体何になるか、端倪すべからざるものがあるやうです。宮川先生の「カフェー繁昌記」ができて先夜三ツ木さんのところで拝見しました。達者な筆で感心しました。詠嘆にはなつて居りませんでした。先生の御原稿はいかゞ御進捗ですか。不一

▽〔同封〕荘八名刺に添え書き

東峰書房三ツ木幹人君御紹介　迂生知己　大兄亦然らん　高健子大人　艸壮

〔ウラ〕三ツ木君と「大正風俗志」の話進めつゝあり　そろ〳〵高考おき乞ふ　その第一柱としやう

仔細面語《ママ》

『銀座界隈』（二九・六）成立の裏事情である。荘八先生、どうやらいっぱい聞こし召していらっしゃるもよう。署名の「森木松陰」は昭和初年に本郷森川町に住んだことにちなんだ別号。「幹人帖」は三ツ木幹人の名をふまえた「勧進帳」のもじりである。巻紙の書状であること、『銀座界隈』の原稿がいまだ白紙状態であることへの連想からきたものか。途中ゴシックで表記した部分は、毛筆から竹筆（もしくは木筆）に持ちかえたらしく、そのさまを「奇筆」と表現している。毛糸の編み棒を削って使うなど、全集第三巻の三井永一の「解説」にみえるように、荘八は画家らしく画材・筆記用具にも凝ったのである。

「槌田満文飛書至る　早く曼文見たる如し」のくだりについては槌田満文のハガキが恰好の補注の役割を果たしてくれる。『東京文学地名辞典』の槌田満文、『江戸売笑記』の宮川曼魚はともに『銀座界隈』に寄稿している。また、「高健子」は「読売新聞」の高木健夫で、『東京の顔』などの著書がある。荘八はおのれの文業をかえりみて、明治・昭和期に比して大正期の観察の手薄なのを悟り、あらためて「大正風俗志」を編もうと企てたのである。なお、遺著の『東京繁昌記』は高木のなかだちで「読売新聞」（三〇・六・二一～一二・三一）に連載され、単行本化されたものである。

⑦昭和二九・六・一〇〔封書〕　千代田区九段四ノ十一　東峰書房内三ツ木幸足様
東京都杉並区和田本町八三二　春陽会〔印刷〕㊍　〔ペン書〕

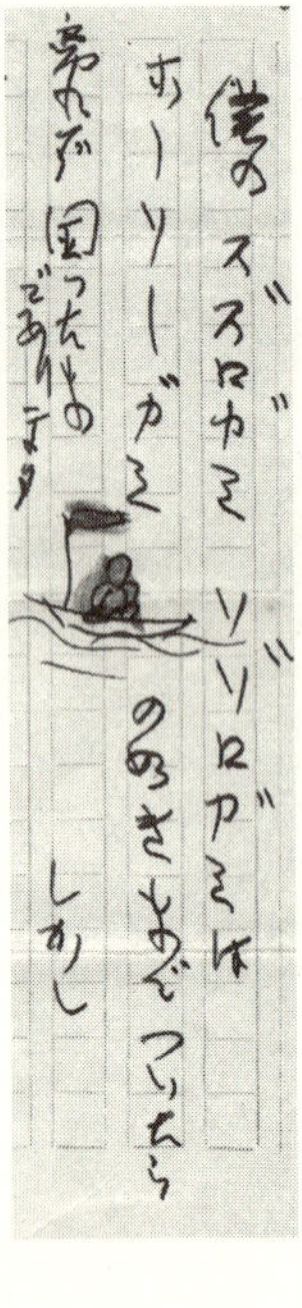

鮒□幸平先生　キ　29・6・9

僕のスズロガミ　ソゾロガミは　ホーソーガミ〔図――舟に乗った疱瘡神〕の如きもので　ついたら離れず困ったものであります　しかしすでにして完結　御同慶に存ます〔本日にて朝日さしゑ了　中休止して　来月毎日へ里見さんのウザエモン　つまり「今」身辺暴風一□止んだわけ　実ハそちらハこれから大変であらうが山は見えたといふもの　よろしく御願申します

他ノ評判《（客観）》とりざたはどうあらうとも、仕事した手ごたへ《（主観）》として、えどの本はチームワーク良くピタリと行つてるから　かういふ時はよいものが出来るものです　近く出版の節は大ひに〔図――椀の中に「シルコ」の文字〕杯をあげませう

スズロ紙の最后はかねぐ〵ちらかして　あつては目録付けぬカミクズのリストであつたから　一度はかいておいてよかつたものでせう　一夜にしてあれをやつつけた神はシンシン《〔心身〕》コンパイした　あれに猶サシヱ二枚あるのです　それにつけても、壺屋ノ出現は又又プラクシテレスであるが　もう少し早く出てくれゝばよいにウインケルマンやペーターもルネサンス論が出来てからヘルメスが出たのだつたから　これもサイサキよかつたのでせう　もう少し早く出ればあの神はあたら幸平に手がらを立てさせるところでした　正に少年時の〔図――撞球台〕はあの二階だったらうと思ひます

次の三行、スズロ紙のリストへかき入れておいて下さい――あれはあのまゝ　あんなもの、おぼへとして　風俗帖に使へます

東京名所案内　永島春（日＋堯）《なんとよむか?》編　明治廿三年

東京名所画帖　活字書入れなし

雑誌「流行」〔アンブレラ等〕明治三四年。雑誌「三越」大正四年

本が出来たならバ　川崎房五郎　清水組　時計の人　之等の人には送呈しませう

『銀座界隈』の残務整理である。各種の絵画・文献資料のとりまとめや保管を依頼している。その間の事情は『東京今昔帖』「はしがき」に「私の書きものは、その新聞や雑誌に記し寄せたものを、却つて自分の手許に置くより三ツ木君に保管や整理を托しておく方が後日のとりまとめに便宜なので」とある記述と照応している。なお、⑨にもみえる「幸平先生」の呼称の由来については未詳。

「壺屋ノ出現」とは、『銀座界隈』中の「銀座煉瓦」に述べられているように、撞球場「壺屋」に出入りし、開化風俗を地で行った兄荘蔵（のち牛肉店いろはの二代目荘平。かれは家督相続後いくばくもなく店を潰してしまった「一代の遊び人」だった）にこと寄せた、荘八と「本格の銀座」との出会いの無意識的想起を言ったものである。荘八は根が画家だから、プラクシテレスの「ヘルメス」像出現を引き合いに出しているのだが、筆者ならさしづめ『失われし時をもとめて』のマドレーヌ菓子をあげるところだろう。ちなみに、荘八のまぶたに焼き付いた兄は、オリーブ色の幅広のリボンのかかったトルペドー（水雷形）と呼ぶ夏帽子をかぶり、雨も降らないのに裏の青い洋傘をつき、靴にスパッツをかけていた、といったいでたちであった。

また、この時期腐心した大佛次郎『その人』（「朝日」二八・一二・九〜二九・六・一二）、里見弴の『羽左衛門伝説』（「毎日」二九・六・三〇〜一〇・二八）の挿絵活動の消息も記されている。

⑧昭和二九・七・一七〔封書〕千代田区九段四ノ十一　東峰書房　三ツ木様
杉並和田本町　㊍〔里見弴「羽左伝説　二六」校正刷紙背および余白に毛筆〕

羽左エ門　大ひに反響あり　里見さんも張つてゐます

大佛さん銀座大満悦　すぐ飛付く讀者なること御承知だらうとかいて来た
二十二日は朝日　大佛氏と小生のイローカイ《〔慰労会〕》です　ヱラガタが出て来るから　一冊だけ持つて行きませう
平野君とはそちらで打合せの上　当方へ連絡して下すってもよし〔今平野君から電話があった〕
里見さん行ノ本は毎日社ノ使者に持たせれば便宜があるのです
安藤君とはざつと話しておいたが　安藤君須貝君槌田君とは向後どういふ調子になつても再び〔平らなのんきづき合ひ以外は立入つた〕協同のことは〔今回ノ経験を契機としてもう〕無いと思ふので　これにて打切り　されば貴君もキレイにこゝを終止符として　あとは好意ある寒暑挨拶然るべく思ひます　僕も学問的協同はもうしません　打込とも打切りが却つて上策でせう　来者不拒　去者不追

里見弴『羽左衛門伝説』校正刷の紙背および余白を便箋代わりに用いている。前便に引きつづき、『銀座界隈』の評判、挿絵を担当した里見弴・大佛次郎の近況を報じたもの。「イローカイ」は⑦に述べた大佛『その人』の完成慰労会である。

「平野君」については次項で述べる。『銀座界隈』の寄稿者のあいだで若干のトラブルがあったもようである。その一方で、『巷談本牧亭』で有名な安藤鶴夫とはその後も宜かったようで、手もとにも三二年に小唄の家元「田村」のお家騒動の内幕を報じた荘八書簡が二通ある。

⑨昭和二九・八・二一〔封書〕千代田区九段四ノ十一　東峰書房三ツ木様

　　　東京都杉並区和田本町八三二　春陽会〔印刷〕㊍　〔ペン書〕

幸平先生　㊍

25日招待状着、皆々へも届いたこと、思ふ

本日新聞広告を見ました　手配万全のこと、思ひます

昨日時計ノ平野光雄君来宅　平野君の本は「時計」社にて発行ノ予定なりし處　都合で延期になつたについて原稿料印税などは不問として　東峰で出して貰へまいかとのこと、これはかねて貴君とも考へてゐたことなので　とにかく一度逢つて見てハどうかと云ひました　二十五日の一山を過ぎたならバ逢つて見られては如何逢ふとすれバ改めて小生から平野君へ紹介名刺をかきます

別封は時計最近号にて、48頁銀座の絵などは本に欲しいものでした　横に見えるカンバンが勿驚で　この時「三十万円」だつた由

何しろ短時間話しても平野君のハクガク〔博学〕勿驚です　もう少々先きに知って　本にかいて貰へればよかつた　商品博覧絵はやはり二冊あるとのことです　今迄に一、度、この二冊を見た、こんど久々に二、度目に　今この本を見ると云つてゐた　そしてあの本の中の時計屋についても一々詳しい詳しい

銀座本校正を見て　先方は先方で又勿驚でした　オランダ万才の造本にも感服してゐた　柳橋も見せてこれも勿驚　三時間しやべつてゐた

昔ノ八角時計が今東京の交番でどことどことにあるから　新品ととりかへたい……など、云ふ

⑨が一連の文反故のなかで、年月日の判明している最後の手簡である。平野とのあいだで話題にのぼっている

「勿驚」は、ひとも知る「国益の親玉」岩谷松平の天狗煙草のキャッチ・コピーである。「税金タッタの〇万円」の金額がうなぎ上りに競りあげられてゆく。銀座街頭のこの誇大広告は煉瓦地を行くひとの目を驚かせ、ながく人びとの記憶にとどまったのである。そして、同好の士ふたりが額を集めてのぞき込む図版には「三十万円」の文字が躍っていたというわけである。

「目の寄るところに玉」というか、「類は友をよぶ」というか、『明治・東京時計塔記』で知られる時計オタクの平野光雄と肝胆相照らし、〈銀座界隈〉についてたがいに知識を交換し、蘊蓄を傾けあって、至福の「三時間」をすごしたありさまが目に浮かぶ。こうしたさりげない、その実貴重な、風俗の細部に宿る陰翳を復原する多くの機会を経験することによって、遺著『東京繁昌記』への関心はますます深められていったのである。

「悟浄歎異」における真・善・美

孫　樹林

中島敦が計画した『わが西遊記』は、彼が早世したため完成されなかった。中島敦の構想した『わが西遊記』の全貌およびその主旨は不明であるが、未完成の『わが西遊記』は「悟浄出世」と「悟浄歎異」の二部作より構成されている。この二作を考察すれば、中島敦の従来求めていた主題がより一層明確化され、観念の殼から抜け出し行動へと飛躍したことが明らかである。

「悟浄出世」と「悟浄歎異」は姉妹篇であり、「悟浄出世」は「悟浄歎異」の因、「悟浄歎異」は「悟浄出世」の果と言ってよいであろう。換言すれば「悟浄歎異」は「悟浄出世」という伏線を持たなければ不自然となり、「悟浄出世」は「悟浄歎異」という新しい次元への昇華が完成されなければ、悟浄の遍歴する意味を失うのである。中島敦は、「狼疾記」、「かめれおん日記」あたりから「おのれ」の存在の問題をずっと求め続けていたが、『わが西遊記』になると、問題の突破点がようやく見つかったのである。

「悟浄出世」において、悟浄はさまざまな思想家、仙人、妖怪への歴訪を通して徐々に目に見えぬ変化が彼の上に起ってきた。その変化とは、道を求める途上における「卑しい功利的なもの」を棄てて、「躊躇する前に試みよう。結果の成否は考へずに、唯、試みるために全力を擧げて試みよう。」とするように「昇華」し、いわばこの悟浄は中島敦の昔の「おのれ」の呪縛から脱出してきたものである。こういった過程を経て悟浄は、さらに一歩踏み出して新天地に入って行った。その新天地とは「悟浄歎異」である。そして、求道者悟浄の前に現れたのは、行動するに必須不可欠とされる真・善・美の世界である。

一

流沙河底での歴訪を経て悟浄はある程度昇華した。また「爾は観想によつて救はれるべくもないが故に、之より後は、一切の思念を棄てて、たゞ〳〵身を動かすことに自らを救はうと心掛けるがよい。」と観音菩薩に教示された。この外部からの教示は、悟浄の内部で行われた「昇華」に相乗効果を与え、二者が一体化されることによって悟浄は、「である」から「する」へと変化した。それゆえ、「悟浄歎異」における主人公の任務は、「おのれは？」という古い題目を放棄し、ただいかに行動するかという一点に集中するのである。しかし、「まだすつかりは昔の病の脱け切つてゐない」悟浄にとって、自分が「行動」を始める前にまず、他人が如何に「行動」しているのかを習わなければならない。

観音菩薩は、悟浄に悟空を習う手本にするように薦めた。悟空は「無知無識にして、唯、信じて疑はざるものぢや。爾は特に此の者について學ぶ所が多からうぞ。」と。思想家の悟浄からすれば、その対極にある行動家の悟空が、確実に魅力的な存在であり、正しく自分の学ぶべき第一の存在である。それゆえ、悟浄は悟空の些細な言行を一々眼に収め、またそれらを分析しつつ勉強するのである。

『西遊記』の孫悟空と同じように、「悟浄歎異」の悟空もユニークな性格の持ち主である。「悟浄歎異」の悟空は、性格上において原作とさほど変わらないが、ただ原作より神話的色彩を減らしより現実味を加えている。

悟空はさまざまな美点を持っているが、「悟浄歎異」において一番先に挙げられたのは、その純粋な気持である。これは、悟空が八戒に変身の術を指導する場面に現れる。龍に変身させようとするが、八戒はなかなか巧くいかず、青大将とか大蜥蜴のようなものしか変身できなかった。そこで、悟空は変身する要を説明した。それによると「龍になり度いと本當に思ふんだ」、「此の上無しの、突きつめた氣持で」、「雑念はみんな棄て」、「とことんの・本氣に」、「氣持が凝る」、「氣持の統一」ということである。八戒も自分が「これ程一生懸命に、龍になり度いと思ひ詰めてゐるんだ」というつもりである。しかし、結果を見て原因を指摘され、八戒はいかにも不服である。同じ「龍になり度いと本當に思ふんだ」のに、なぜ結果が違うのか、八戒には理解できない。その原因は、悟空と八戒の全貌を通観すれば一目瞭然である。八戒がこの世のものへの執着心が強いのに対し、悟空はすべて淡白で世の中のことに一切囚われない。それによって、二人の「気持が凝る」純度に差異が生じており、八戒の「雑念」過多に対し、悟空は「純粋」そのものである。

中島敦の言う変化術における「純粋」とは何か。これは、中島敦が愛読していた[1]道家の思想に由来したらしい。変化術に関する論述は『太平広記』など道教の典籍に多く見られるが、その思想の源流はいずれも老荘に求められる。しかし、老荘（特に老子）は、変化術などを直接に論じるものより、道を如何に身につけるかという方法論のほうが圧倒的に多い。つまり、真髄の理論があってはじめて、変化術が実践し得るのである。

機械を持てば、機械による仕事が必ず出てくるし、機械を用いる仕事が出てくると、機械にとらわれる心が必ず起きる。機械にとらわれる心が胸中にわだかまると、純白の度が薄くなり、純白の度が薄くなると、精神

が定まらない。精神の定まらぬところには、道は宿らないのだ。（『荘子』〈天地篇〉）

この『荘子』にある話は、畑を作っていた老人が子貢に説いた道である。道が宿るか否か、すなわち道に合うか否かは心の純白度に関わっているということなのである。だから、心の純白度を保つためには、できるかぎり余計なことやものにとらわれないようにしなければならない。悟空の説いたことは、表現上『荘子』の論と違ってはいるが、論理が同じであることは言うまでもない。

『列子』〈皇帝篇〉にも、機能を巧みに発揮する要訣は「志を用いて分けずにすれば精神が集中できる。」と記している。これらはいずれも悟空の説を髣髴させるものである。このように見てみれば、悟空の言う「純粋」には、道が入っており、そして中島敦は悟空の説法を通じて実践と理論の両面からこの「純粋」を考察・解釈したのである。

悟浄の眼から見ると、悟空は天才であり、壮烈な活動力を有する行動家である。この点は、悟浄にとって最も羨ましく且つ最も勉強すべきところである。そして、悟空の優れた行動力を成就したのは、彼の「無邪気」によるものである。「悟浄歎異」において、彼の行動力を描出する際、その「無邪気」もともに記されている。普通なら、「無邪気」と超能力、あるいは「天才」とは、因果関係なしと思われるが、しかし中島敦の悟空には、この両者が有機的に一体化され、相乗的な存在となっている。それでは、無邪気と超能力との因果関係、こういった思想の源流ははたしてどこにあるのか。

『列子』〈黄帝篇〉には次のように記す。

列子が関尹に訪ねた。「至人」すなわち道を体得したものは水中に潜っても息がつまらず、火中に飛び込んでもやけどせず、万物を見下ろすはるかなる高みに身を置いても恐れおののくことがないというが、いったいどのようにして、このような境地に到達できたのか。関尹は答えた。「それは『純気』すなわち人間本来的に備わる純粋な精神を乱すことなく保ちつづけているからであって、単なる智慧才覚や手練手管、勇気や果敢さと言った類のもので到達しえたのではない。」（『列子』〈黄帝篇〉）

関尹[2]の言ったところによれば、至人の超能力を持っているのは「人間本来に備わる純粋な精神を乱すことなく保ちつづけているから」である。ここでいう「純気」は、後天に形成した「智巧果敢」的なものに対する先天的に具備するもの、つまり老子のいう「復帰於朴」の「朴」[3]の範疇に属するものである。言い換えれば、単純であればあるほど能力が大きいし、その発揮も自由自在に行えるわけである。天才の悟空は子供のような純真を具備しているゆえ、「朴」の状態に維持することができるし、またこの純真を土台にして行動すると逞しい能力が自ずと現れてくるわけである。

悟空は過去を語らない。しかも、釈迦如来に知遇され五行山に押詰められた教訓をはっきり覚えているほかは、過去のことは一切忘れてしまったらしい。これも悟空の今ひとつの美徳とされている。悟空にとっては、覚えるのは教訓、忘れるのは自我。これは言うまでもなく、道的な忘我境地なのである。

こういった道家の尺度を持って悟空のありさまを測れば、悟空は異議なく道に法っている。逆に言えば、悟空が道に則っているからこそ、そのような超能力を体得し、純粋、単純、無邪気、無学の知、無我的な自由自在という境地に至ったものであると、傍観者で求道家でもある悟浄の得た行動する機微なのであろう。

二

思想家であり道を求めている悟浄にとって、三蔵法師も心底より感服せざるをえない大きな存在である。悟浄の眼から見た三蔵法師は、次のとおりである。「三蔵法師は不思議な方である。實に弱い。驚くほど弱い。變化の術も固より知らぬ。途で妖怪に襲われれば、直ぐに掴まつて了ふ。弱いといふよりも、まるで自己防衛の本能が無いのだ。此の意氣地の無い三蔵法師に、我々三人が齊しく惹かれてゐるといふのは、一體どういふ譯だらう？」

このように、三蔵法師は悟浄にとっては弱そうに見えつつも、実に魅力的な存在である。悟浄はまた、自分たちの惹かれる原因を追求して述べる。「我々は師父のあの弱さの中に見られる或る悲劇的なものに惹かれるのではないか。之こそ、我々・妖怪からの成上り者には絶對に無い所のものだから。三蔵法師は、大きなものの中に於ける自分の（或ひは人間の、或ひは生物の）位置を――その哀れさと尊さとをハッキリ悟つてをられる。しかも、其の悲劇性に堪へて尚、正しく美しくものを勇敢に求めて行かれる。確かに之だ。」

悟浄は、三蔵法師を自分たちと比較しつつ考えていた。悟浄の考察からすれば、悟浄たちと三蔵法師の特性は次のようにまとめられる。

師父＝実に弱い、変化の術がない、自己防衛の本能がない……↑↓大きなものの中における自分の位置を―その哀れさと尊さとをはっきり悟っているとともに美しいものを勇敢に求めていかれる。

我々＝強い、変化の術を心得ている、腕力がある……↑↓自分の位置の悲劇性を悟ったが最後、すべて終わりとなるのである。

この対比的考察から分かるように、師父自身、我々自身、また師父と我々との間に、相互対立的な二重構造がある。具体的に、一つ目の構造——師父の表面の弱さの背後に強靭な精神が包まれている。対して、我々の強そうな表の裏に弱さが隠されている。これは、各自の構造内における相対する二つの要素である。二つ目の構造——師父の弱さに包まれる貴い強さが我々を吸引する。我々の強そうな表に隠される弱さが、師父の弱さに包容され、いわば師父と悟浄たちとの間に、一種の内なる引力が存在しているのである。そして、正にこういった引力が存在しているからこそ求心力ができ、凝縮した一丸となって天竺へ法を求める旅が可能となるのである。この求心力と凝集力をなしたもの、すなわちこの二重構造の中に各要素を一体化させている根本的なものは、いったい何であろうか。これは対立する二種類の物質、いわば陰と陽である。

悟浄らの三人の弟子と師父との関係は、まさしく老子の言う「萬物は陰を負って陽を抱き、沖氣、もって和をなす。」[4]（『老子』）という状態である。彼ら各々は両面性を有し、自分の内部における調和をなすと同時に対立する他のものと「和」を求めるのである。すなわち、そのもの自身は欠如するものを対立する他のものから吸い取ろうとすることである。これはものの本能であり、老子の言う「返っていくのが道の動き方だ」（『老子』）の所以であり、「弱々しいものが道の働きかただ」（『老子』）の作用した結果なのである。

「悟浄歎異」の全篇において、悟浄の三蔵法師への考察は、自分たちと対比しつつその特徴を把握しようとするが、三蔵法師の他の特徴に、また次のようなものがある。

三蔵法師は、実務的には鈍物、外面的な困難にぶつかったとき、彼はそれを切り抜ける道を外に求めずいつも内に求める、つまり自分の心をそれに堪え得るように構えるのである。いつどこで死んでも尚幸福でありうる心を、三蔵法師はすでに作り上げているから、外に求める必要がないのだと、悟浄は解釈する。肉体上の無防御も彼の精神に影響しない、打開しえないことはこの世には存在しない、あるいはその必要も無い、常に妖怪の害を受けつつも愉しげに生を肯う、自分の悟空に対する優越を知らなくて、妖怪の手から救い出されるたび毎にいつも涙を流し悟空に感謝する、などなどである。

こういった点は、いずれも悟浄、悟空、八戒に欠如するものなので、彼らを吸引する「内なる貴さ」の諸々である。ゆえに、師弟四人の間では相互吸引によって完璧な陰陽太極図のような構成ができたわけである。

三

悟空の純粋、純真と三蔵法師の貴さとは、いったい何であろうか。より深く考察すれば、悟空の状況は純真、純粋というより、〈真〉の一字で抽象した方がより妥当である。

〈真〉という概念は、『老子』の中に二回使われている。「その中に精があり、その精がはなはだ真である。」（『老子』〔第二十一章〕）、「これを身に修めれば、その徳は即ち真である。」（『老子』〔第五十四章〕）

ここで使われている〈真〉の意味は、混沌たるものであり一般に使われる意味とは違うようである。それゆえ、これに対する解釈もまちまちである。『荘子』になると、この〈真〉は具体化されてくる。「真とは、精誠の至れりである。精でなく誠でなければ、人を動かすことができない。（中略）真に悲しければ声がなくても悲しみ、真に怒ればいまだ発していなくても威厳がある。真に親しければ笑わなくても和する。真が内にあるが、神が外に動く。これが真を貴いとする所以である」（『荘子』〔漁父篇〕）

荘子の〈真〉に対する解釈は、一語でいえば「精誠之至」である。悟空の言動はまさしくこの「精誠之至」の状況を髣髴させている。彼の表に現れる純真無垢な言行は、彼の中に潜んでいる〈真〉に支配されており、つまり彼の行動はすべて〈真〉という道に合うものなのである。彼の精神がきわめて「誠」であるため、彼の技能も「精」の極まりに至ったのである。それゆえ、彼の身に現れる言行の一切は悟浄や三蔵法師を感動させ、いわゆる「人を動す」ことができたわけである。

道教では、〈真〉を体得した者を「真人」という。『荘子』では「真人」を次のように記している。「真人がいてこそ、真知がある。何を真人というのか。昔の真人は、失敗に逆らいもせず、成功を鼻にもかけず、世俗の名誉に執着しない。（中略）高いところに登っても平気だし、水に入っても濡れず、火に入っても火傷をしない。知が道に到達した様子は、こういったものだ。（中略）昔の真人は、生を喜ぶことも知らず、死を憎むことも知らなかった。（中略）自然に任せて行き、自然に任せて来るだけのことだ。始めとなる生を避けず、終わりとなる死を求めない。」（『荘子』〔大宗師篇〕）

悟空の諸言行を考察してみれば分かるように、前記の『荘子』〔大宗師篇〕の「真人」といわれる状況と差がないようである。すなわち、悟空はすでに道家の〈真〉を体得し、道に合う「真知」を持つ「真人」なのである。要するに、悟空は道家の〈真〉を悟った「真人」の典型として「悟浄歎異」で活躍させ、その道を求め修行中の悟浄には「歎異」せざるを得ない存在なのである。

前述のように、三蔵法師も表と裏の両面から構成され、目に見える表面は非常に弱々しいが、しかし繊弱そうな表の背後に測り知れないほどの膨大な貴い精神が潜んでいる。もちろん、この三蔵法師は、道を求める一僧侶に過ぎず、修煉途上における一凡人でもある。しかし、この「内強外弱」的な人格は、道家の真人と重なり映っているようにも見える。

老子の関係の論を見てみよう。「柔を守りつつける者を強者という。」（『老子』〔第五十二章〕）「堅強なものは下におり、柔弱なものが上におる。」（『老子』〔第七十六章〕）「天下に柔弱なものは数多くあるが、水より柔弱な者はない。だが、堅く強いものを攻めるに、水より優れたものを知らない。弱いものが強いものに勝ち、柔らかいものが硬いものに勝つものだ。」(『老子』〔第七十八章〕)「最上の善は、譬えてみると、水のようなものである。水は万物に利益を与えていながら争わない。衆人の嫌がる低い地位に身を置く、だから、水こそ道に近い存在と言える。」(『老子』〔第八章〕)

諸子百家の中に、老子ほど柔弱を主張するものはない。こういった「守柔曰強」、「強大処下、柔弱処上」の思想は、他の思想家から峻別されるもっとも顕著な特徴といえよう。一般的に、強が高大や強靭など壮麗なる美を備えているのに対し、弱は微小や悲哀など静寂なる美を有する。しかし、老子の言う弱は、通常で言う審美観というより、弁証法的な思弁に基づいた宇宙論なのである。強より弱のほうが、長持ちで将来性があり、また強へ転化する勢いも潜んでいる。こういった弁証法は、老子の弱を重んじる原因であり、老子の美学の中核でもあると思われる。[5]

三蔵法師の女性らしい体質、態度、容貌、性向等々は、いずれも「陰柔」性を持っており、いわば「水」同様である。これらの描出は、『老子』の「水徳」を形象化させるものと言えそうである。四人で形成された集団(社会もしくは小宇宙)において、もっとも「柔」、「弱」的な立場におかれる三蔵法師は、実際はこの集団の精神的な中核であり、他を支配する「剛」、「強」の立場に立ってもいるのである。これは『老子』の主張する「守柔曰強」の理ではなかろうか。そして、いちばん弱い立場にたたされても嫌わず、「所与を必然と考へ、必然を完全と」する三蔵法師の信条は、正しく『老子』の「上善若水、水善利万物而不争」の翻案を髣髴させるものである。老子からすれば、この三蔵法師の柔弱は言うまでもなく、「水徳」をもっており「道」に合っているものなのである。

『老子』は、こういった「水」の美徳を「善」と言う。しかも「上善」とする。この「善」も『老子』の哲学上において非常に重要な概念の一つである。[6]ある意味では「善」=「徳」=「道」である。すなわち「善」は「道」

の一つの形態であり、「水」はそれの形象化したものである。老子流に言うなら、三蔵法師は「水」のような「柔」「弱」の性質より、彼の「善」が自ずと反映されるのである。したがって、もし悟空が〈真〉の一字で概括すれば、三蔵法師は〈善〉の一字で総括したほうがもっとも適切であろう。

道家の著作『淮南子』は、中国哲学、美学上において非常に重要なものである。『淮南子』は、思想史において初めて「真」、「善」、「美」を一括して美学的な視点から論じた。それ以降、この「真善美」は中国の文芸、芸術、建築などさまざまな分野に影響を与え、中国の伝統美学の一高峰として高く聳え続けている。『淮南子』の美学思想は、『老子』の道に由来するという。(7) これまで、老子の「真」、「善」を考察してきたが、次はこの「美」についても少し考察してみよう。

「道は万物の奥に隠れていて目立たない存在であるが、善人はこれを宝としており、不善の人はそれによって守られるのである。美しい言葉は世に出すことができ、美しい行為はそれを人に及ぼして益を与えることができる。」(『老子』(第六十二章)) 老子がここで言及する「美」は、「美」そのものを論ずるのではなく「言」、「行」を修飾するものとして使われている。それにもかかわらず、美の概念や意味を文脈を通して読みとれないことはないであろうし、しかもこの一節では「美」だけではなく、「道」、「善」と共起されている。すなわち、この一節は、直接に「真」、「善」、「美」を論じるのではないにもかかわらず、この三つの概念が一括して取り上げられているのである。道の存在の普遍性、善の作用、美の効用等々は老子の説明しようとしたものであろう。

「悟浄歎異」において、悟浄は次のように悟空および三蔵法師を描くところがある。「今では、時に此の猿の容貌を美しい(とは言へぬ迄も少なくとも立派だ)とさへ感じる位だ。」「其の悲劇性に湛へて尚、正しく美しいものを勇敢に求めて行かれる。」「実は、悟空の師に對する氣持の中に、生き物の凡てが有つ・優者に對する本能的な畏敬、美と貴さへの憧憬が多分に加はつてゐることを、彼は自ら知らぬのである。」(傍線、孫)

悟浄の謳歌する孫悟空の「美しい」とは、むろん容貌というより、その内実、すなわち純真や無邪気という真＝道に合っている立派さのことである。また、三蔵法師の「美しいものを勇敢に求め」るのは、美しい行為であると同時に、その行為をする人間も「美しいもの」となるのである。そして、師父の「美」への悟空の憧憬は、実は道に合って「善」を持つ高尚なる人格への憧憬に他ならないのである。

このように、悟浄の眼からすれば、「真」を備える悟空と「善」を具備する三蔵法師は、ともども「美」の象徴である。しかも、悟空の「真」の底に「善」も潜在し、三蔵法師の「善」の背後に「真」が具備しており、これらは二人の「美」により一層花を添える観を呈するのである。

四

中島敦の創作全貌を通覧すれば、「悟浄歎異」における悟浄というキャラクターの誕生は歴史的な必然といってよい。周知のように、中島敦の小説における主人公の多くは、作者と内なる関連性をもっており、それらは作者の精神が直接に投影されたものと思われる。昭和二年（十九歳）に書いた習作「下田の女」「病気になったときのこと」が中島敦創作の濫觴であるが、この「病気になったときのこと」と翌年に書いた「ある生活」の中には、すでに病身にもたらされた生命と生存への不安という因子が胚胎している。それは、「斗南先生」を経て「狼疾記」と「かめれおん日記」になると誕生してきた。その表現としては、「虫疾」と「狼疾」という「二つの病弊」[8]である。主人公はこういった「二つの病弊」を患っていると共に、また形而上学的な思弁によって苦境脱出の突破口を探そうとする。主人公の、形而上学的に思索する多くは、人間が死ぬかどうか、俺が俺自身であるかどうか、こういった苦境を抜け出すにはどうすればよいのか、という難題である。「かめれおん日記」と「狼疾記」を経た主人公は、それ以降、より明確に苦境脱出の出口の模索を試みた。「悟浄出世」になると、主人公悟浄の脱出探索願望が形而上学的な思考に留まらなくなり、それらの難題を解決するために天下の思想家、哲人、真人を歴訪すると決心し、行動したのである。残念なことに、悟浄は「悟浄出世」において、とうとう問題を解決することができなかった。それにもかかわらず、「悟浄出世」の結びで、それらを遍歴してきた彼に、新しい可能性が眼の前に展開する。観音菩薩が現れ、悟浄に「たゞ〳〵身を動かす」という処方を渡したと共に、また今後三蔵法師と孫悟空についいて天竺で経を取る旅に従うこと、また悟空たちに学ぶように言い渡された。観音菩薩の出した処方と按排は、他でもなく修業の途に導かせたのである。「かめれおん日記」、「狼疾記」あたりから潜在していた不安の傍らに、「神」への憧憬もずっと伴っていた。したがって、観音菩薩の処方は、まさに悟浄の表に見える不安と潜在する「神」への憧憬という持病にもっとも適合するものであり、問題解決の最善案といえよう。これは、「悟浄出世」の夢から目覚めた悟浄の心身とも一変した描出や「悟浄歎異」における落ち着き、またその主人公に嘗てなかった「微笑」などによっても反証されるであろう。

「悟浄歎異」の結びのところを考察してみよう。夜空には、青白い大きな星の傍に紅い小さな星がある、そのずっと下に少々黄色みを帯びた暖かそうな星がある。この四つの星は、あたかも師弟の四人を象徴しているようである。悟浄は、三蔵法師の澄んだ寂しげな目を思い出した。常に遠くを見つめているような、何ものにも対する哀れみをいつも湛えているような眼が映ってくるのである。すると、悟浄はひょいと、師父の弱い体の奥に潜んでいる偉大なるものを理解することができた。師父の顔を眺めている悟浄は、心の奥に何かがポッと点火されたようなほの温かさを感じてきた……

こういった描写は、いまの悟浄の心情を克明に再現している。すなわち、苦労に苦労を重ねてきた求道者がとうとうその道が求められたときに感じられた興奮、歓喜、または感謝、そのものであろう。点火されたということは、三蔵法師の内なる偉大なものを理解することができたこと、また、悟浄の内的に昇華したことを物語っているのである。求道者でなければ、また精神的に三蔵法師と共通なる場を共有することができなければ、こういった特有なる感銘がされないのであろうし、また、こういった内なる変遷と昇華はともども「真」「善」「美」より開眼され、また「真」「善」「美」に還元されたのである。

注

（1）中島敦年譜によると、昭和十年二十七歳の中島敦は、列子、荘子などを愛読しており、特に荘子は数年後の「悟浄」両編にかなり影響したものと思われる。

（2）関尹の姓は尹、名は熹、字は公度。周の平王の時、函谷関の令となったので関尹という。関尹は『史記』をはじめ『列子』『荘子』などにも記されていることから判断すれば、彼は実在の人物であると同時に、また道を体得した者のようである。

（3）朴の意味について解釈は様々だが、本文は「先天的な道に合う本性」と理解したい。

（4）福永光司編著『老子』（昭和五十三年十月、朝日新聞社）によると、「沖気」とは、「陰陽の合和したもの」「沖とは渾然と一つに溶け合ったさま」を言う。

（5）（7）曹利華著『中華伝統美学体系探源』（一九九九年一月、北京図書館出版社）。

（6）『老子』において、「善」という字は三十七回使われている。そこから老子は如何にこの「善」を重要視し、またその内包を如何に厖大なものにしようとしたかが伺える。

（8）槇林滉二氏「中島敦の世界」（昭和四十五年八月、『近代文学試論』第八号。のち、『日本近現代文学の展開――志向と倫理――』（『槇林滉二著作集・第三巻』）（平成十四年八月、和泉書院）所収。

松本清張『無宿人別帳』
――社会派ミステリーと連続する時代小説――

綾目広治

一

一九五七（昭和三二）年九月から一年にわたって「オール読物」に連載された『無宿人別帳』は、初出では十二編の短編連作小説であったが、一九五八（昭和三三）年に新潮社より単行本として出版されたときには、「流人騒ぎ」と「抜け舟」が一つに纏められて「流人騒ぎ」に、また「なかま」と「雨と川の音」も一つの短編小説として纏められて「雨と川の音」となり、単行本『無宿人別帳』は全部で十篇の短編小説で構成されている。一九五八年と言えば、『点と線』が刊行されて、松本清張が社会派ミステリー作家として脚光を浴びた年であるが、松本清張が作家として出発したのは、時代小説または歴史小説の書き手としてであった。一般には推理小説家としての声名が高い松本清張であるが、時代小説家あるいは歴史小説家としても並々ならぬ実力を持つ作家である。そのことは『無宿人別帳』からも窺われるだろう。また『無宿人別帳』には、後の小説にも繰り返し表われる、社会に対する松本清張の姿勢や、さらには彼の基本的性向というもの、あるいは、後の小説にはあまり見られない要素も見ることができて、興味深い小説集となっている。まず第一話である「町の島帰り」から見ていこう。

遠島の流人たちが大赦で島から帰って来るところから物語は始まる。その島帰りの中には、お時の亭主で野州無宿の千助がいた。茶屋で女中をしていた、「色が白く、切れ長の眼の睫毛《まつげ》が濃い」、「小股《こまた》の切れ上がった」（引用文中のルビ・原文、以下同）お時に、横恋慕した目明しの仁蔵《にぞう》が、お時を自分のものにするために、千助を質屋強盗の下手人に仕立てて遠島にしたのであった。仁蔵は、千助が島にいる間もお時にしつこく言い寄っていたが、お時の貞操は堅かった。仁蔵は、真っ当な暮らしをしようとして働く千助の勤め先に行っては、千助が島帰りであることを告げ口して、千助を働けなくする。そして、仁蔵は千助の働き口を世話するとお時に持ちかけて、交換条件にお時と出合茶屋で逢引する約束を取り付けるが、他方、千助は自棄になって賭場で暴れて捕まり、そのことを知ったお時は、仁蔵との約束の場所に行かず、自害する。後一歩のところでお時を逃した仁蔵は悔しがるが、その直後、今まで商家を強請ってきた悪事が露見して仁蔵は捕まり、伝馬町の牢に入れられる。牢にいたのは、仁蔵に「非道《ひど》い目」にあわされた男たちであった。仁蔵は牢内で彼らから報復される――。

この仁蔵は悪辣な目明しであるが、彼のような目明しは決して特異ではなかった。目明しは後に岡っ引とも言われるようになるが、当時の目明しや岡っ引は、たとえば野村胡堂の『銭形平次捕物控』の平次親分のような正義のヒーローではなく、その反対であった。彼らの多くはその特殊な地位を悪用して、騙りや強請り、強迫などの悪事を働いて庶民に迷惑をかける存在であって、そのため幕府も、同心たちが目明しや岡っ引を使うことに対して禁止令を出しているほどである（『江戸学事典』西山松之助他編、弘文堂、一九八四・三）。目明しに関しては、「町の島帰り」は歴史の実態に即した叙述になっていると言えるが、しかしそれにしても、島帰りの千助に付き纏う仁蔵は異常に執拗だと言える。この仁蔵の描写には松本清張の実体験が反映されていると思われる。

松本清張は一九二九（昭和四）年の四・一六事件の関連で検挙され、大した容疑事実も無かったので十数日間の拘留で釈放されたのだが、その後も刑事がたびたび自宅にやってきたようで、松本清張は『半生の記』（一九六三・八〜一九六五・一）で、「刑事のしつこさを、このとき知ったのだが、これは、のちに小説で『無宿人別帳』の中にそのかたちを書いている」、と述べている。すでに日高昭二なども指摘していることであるが（「『無宿人別帳』――呪詛の声・希望の歌――」〈「国文学　解釈と鑑賞」至文堂、一九九五・二〉）、おそらく「町の島帰り」に出て来る目明しの仁蔵の執拗さが「そのかたち」に当たるであろう。ただ、たしかに島帰りの千助に付き纏う執拗さに関してはそうであろうが、しかし仁蔵の人物像の全体については「刑事のしつこさ」云々という問題には収まらない、清張小説によく見られる独特の人間像も見ることができる。それは女性に対しての欲望である。

仁蔵は茶屋で初めてお時に会ったときから一目惚れをし、二度目に会ったときには、「愛嬌」のある笑みを浮かべる美しいお時を、「前見たときよりも余計に好きにな」る。お時にはすでに亭主がいることがわかってからも、「いよいよお時が欲しくなった」と思うのである。これはほとんど一途な想いとも言えるのだが、もちろん、それは純一な愛情というものとは違っている。言うならば、純一な欲情と言うべき性格のものである。と言って、単なる肉欲でもない。そこにはたしかに「好き」という感情があって、いわばロマンティックな想いもあることはあるのである。しかしながら、突き詰めて見るならば、やはりそれは性的な欲情であるとしか言いようがないという性質のものである。実は清張の他の多くの小説に登場する男たちの、女性に対する欲望は、ほとんどすべてこの種のものである。

先に見たように仁蔵は、お時に自害されてしまい、後一歩のところでお時を手に入れることに失敗するが、しかし、二年以上も執心していた女が死んだことを聞いたときに、仁蔵は、「後悔の心は少しも無かった」、「指の間から幸運がすり抜けて遁げたような口惜しさであった」というふうに思う。「好き」になった女が自害したわけであるから、そこに衝撃と悲しみがあって当然であると思われるが、そういうものは仁蔵には一切無いのである。これは仁蔵が、庶民からも嫌われていた目明しという存在であったから、そのような薄情で低劣な人物像に造形したのである、というふうにも考えられなくもないが、しかし、現代物も含めて他の清張小説に出てくる男たちも、仁蔵と似たり寄ったりであることを考えると、松本清張の、とくに女性に対するときの男性像というものは、性欲に還元される、言わば欲情径行型の存在と言えそうである。彼らは径行的で且つ執着も強いから、ある意味で純情でもある。あるいは欲望に対して極めて素直であるとも言えようか。また、仁蔵はそのように欲情径行的で執着が強いために、嫉妬心も強い。たとえば、お時と千助との仲の良さそうな様子を見ると、「仁蔵は嫉妬《しっと》で眼が昏《くら》みそうだった」と語られている。この嫉妬心の強さも、他の清張小説に登場する男たちにも見られるものである。

ところで、このように、ロマンティックなところもなくはないものの、その中心は性欲の匂いの強い欲情に支配されていて、且つ嫉妬心も強く、それら欲情や嫉妬心が前面に出てくるようなタイプの人間像ということで思い起こされるのは、有名な小説の登場人物で言うなら、たとえば田山花袋の『蒲団』の主人公が挙げられようか。その点における類似や、自分の心理や言動に対しての自己反省や、あるいは懐疑心というものがほとんど無く、まさに欲情径行的なところなどを思い合わせると、松本清張の小説に登場する人物は、意外に自然主義的な人間像に近いところがあると言えそうである。自己反省が無いということは、内面での葛藤が無いということでもあるが、他の清張小説の中の登場人物の多くにも、ほとんど心理的葛藤らしきものは無いのである。欲情、欲望に対して実に素直なのである。そのことは名誉欲や金銭欲、出世欲に関しても言えることである。そのあたりが、極めてスケールが大きくて面白く、且つ社会的な問題性のある多くの小説を書いた松本清張ではあったが、小説中の人物像に関してはある種の平板さが如何ともしがたくあるという物足りなさと関わってくると考えられる。おそらく、人間とりわけ現代人はもう少し複雑ではないだろうか。心理的な葛藤があるからこそ、現代人に心の病が急増しているとも考えられる。

それはともかく、そのような問題も含めて、直接に庶民を苦しめるのは、権力機構の末端部分に位置する下役人であることなども、「町の島帰り」には描かれていて、この小説は松本清張の小説世界の特徴をよく表わすものとなっている。さらにそれだけではない。他の清張小説にはあまり無い珍しい結末にもなっている。それは、牢内で小悪人の仁蔵がかつて自分が捕縛した男たちに報復されていて、言わば悪がそれなりに成敗されていることである。もっとも、千助やお時の悲劇的な末路のことを考えると、この結末はカタルシスを齎すものとまでは行かないが、しかし、読者にとっては一つの救いではあると言えよう。『無宿人別帳』はこれ以外にも、他の清張小説にはあまり見ることのできない救いや、あるいは一条の光のような希望さえある小説もあるのである。

二

目明し、もしくは岡っ引が報復を受ける話としては第六話の「夜の足音」がある。

無宿人の龍助は岡っ引の粂吉《くめきち》から、さる大店の娘が亭主と別れてその亭主恋しさ（あるいは男の体欲しさ）に気も狂わんばかりになっているので、亭主を装って夜毎にその娘を慰めに行ってやれば金にもなる、という話を持ちかけられる。龍助は二度ほど娘のところに忍んで行ったが、たしかに娘の燃え上がり方は尋常ではなかった。龍助は二度目のとき、廊下を忍びやかに歩く足音を聞きつける。実は、粂吉の話は嘘で、女は大店の娘などではなく「白首」であって、本当は元南町奉行の老人に、回春のために妾といっしょに龍助たちの痴態を覗き見させることが目的だったのだ。回春の「道具」（傍点・原文）にされていたことを知った龍助は、自分を騙した岡っ引の粂吉とその妾を殺すのである――。

加納重文が『香椎からプロヴァンスへ――松本清張の文学――』（新典社、二〇〇六・三）で「この龍助の報復は正当であろうか」と述べているような問題もあろうが、それとともに無宿人の龍助が、「自分が二晩の道具になったことを知った」ときに、「寒い風が吹いているのに、彼の全身は汗が噴いていた」というふうに反応することにも、やや首を傾げざるを得ないだろう。そもそも龍助はそんなにプライドがある人物だったのだろうか、という疑問である。大店の娘を慰める仕事自体、実は男性の売春の一種と言えるものであって、したがってそれを引き受けた龍助がそれほど誇り高い人間とは思えないのであるが、それにもかかわらず、自分が回春の「道具」にされたと知ったときに龍助は逆上するのである。ここのところは、やはり説得力の無い叙述となっていると言えよう。

しかしながら、無宿人は、男であっても売春まがいの行為をしたり、回春の「道具」とされるような、人格を無視される存在であったことを語った小説であるというふうに考えれば、この小説を通して読者は、無宿人が江戸社会の最下層に位置する、いかに不安定な存在であったかを知ることができるとも言える。「夜の足音」は小説として必ずしも成功しているとは言いがたいが、おそらく松本清張の狙いは、『無宿人別帳』の中では数少ないエロティックな描写を盛り込むということとともに、無宿人のその最下層のあり方を龍助が「道具」にされたことに込めて語ることにあったと言えるだろうか。

ここで、無宿人について簡単に見ておきたい。無宿人とは江戸時代の戸籍とも言える人別帳から除かれた者のことであって、したがって「無宿人別帳」というのは本来ならばあり得ない名称である。もちろん、松本清張は敢えてそういう矛盾するような名称を小説集に付けたわけである。「町の島帰り」で松本清張は、江戸で住むには五人組などの保証が必要であったことを述べた後、次のように語っている。すなわち、「人別書き（戸籍）を持たないで故郷を出奔した無籍者は、このような制度のために、いかなる職業に就くことも困難であった。非人になるのさえ非人頭が居て拒絶した。喰い詰めた彼らから犯罪者が多く出たのは当然である。無宿者は江戸制度の谷間であった」、と。この無宿人の中から、国定忠治のように徒党を組んで一家を構える博徒集団、悪党集団も出てくる一方、奉公先から追い出されて戻る家も無い薄幸の出稼ぎ人も数多くいたようである。
阿部昭の『江戸のアウトロー　無宿と博徒』（講談社選書メチエ、一九九九・三）によれば、幕府は、一方で無宿や浮浪への治安対策を強化しなければならず、他方で奉公人不足という労働力対策も講じなければならないというディレンマを抱えていて、そのため無宿人の更生施設とも言うべき人足寄場を作り、その寄場で無宿人たちに手に職を付けさせようとしたのであるが、しかしこの措置は実効性の薄いものであったようだ。阿部昭は、人足寄場から逃亡するものもかなり多数あって、結局、「人足寄場自体も多くの流人を送り出す一つの供給源となっていったことは否めない」、と述べている。人足寄場に囲い込まれた無宿人から佐渡の鉱山へ流されていく者も出たのである。もちろん佐渡へ流されれば、生きて帰ることさえ覚束ないわけで、無宿人たちもそのことはよく知っていて、佐渡へ流されることを恐れていた。その恐怖を、松本清張は第二話の「海嘯《つなみ》」で、「佐渡送りと聞いて新太の顔色は無くなった」というふうに描いている。

　松本清張は、このように生活のレベルでは最下層に属する者が多く、しかも社会からはみ出て、その社会的位置も不安定な無宿人の姿を、同情を持ちつつも、その悲劇を感傷を交えず描いているのであるが、無宿人の多くは好んで無宿となったわけではない。阿部昭が述べているように、何らかの理由で主家を召し放たれたために、生活に窮して無宿化していったり、「つい道を踏みはずし無宿化していく例」などが数多く見られたようである。無宿とはそういう存在であったからこそ、無宿人の多くが犯罪と繋がっていかざるを得なかったわけである。したがって、その犯罪の、直接の下手人ではなく、真の意味での犯人は誰かと言えば、無宿人を犯罪行為へと追いやった社会こそ真犯人であると言うことができるであろう。そして、社会派ミステリー作家としての松本清張の本領が、その真犯人である社会を指弾することにあったことを考えれば、社会派ミステリーの嚆矢とも言うべき『点と線』とほぼ同時期に『無宿人別帳』が刊行されたのも、ある意味で納得ができるかもしれない。ある意味というのは、犯罪の背景でもあり、且つ真の意味での犯人とも言える社会を指弾する姿勢を、松本清張は時代小説の領域においても無宿ものを書きながら整えつつあった、ということである。

と言っても当然のことであるが、松本清張は『無宿人別帳』で江戸幕藩体制という社会を告発、指弾しているわけではない。彼らの多くが悲劇の底に沈んだと言える無宿人たちの様々な境涯の、その悲劇の諸相に目を向けようとしているのである。たとえば、宿命的とも言える悲劇や、多くの無宿人たちが犯罪を犯さざるを得なかったにしろ、無宿人の中には真の悪とでも言うべき人間もいたことにも、松本清張は目を向けている。次にそれら諸相について見ていこう。

第三話の「おのれの顔」は、宿命的な不幸の話であると一応言える。

牢内で二番役をしている濃州無宿の喜蔵は、自分の顔の不味さからこれまでの人生でも不幸な目に会ってきたと思っていた。牢に入って来た新入りの中に銀次という男がいて、銀次は喜蔵の不味い顔をさらに拡大したような顔をしていたため、自分の顔を見せつけられるように思った喜蔵から憎まれ、牢内がいっぱいになって「サクを作る」（何人かを殺して少しでも場所の余裕を作る）ときに、喜蔵によって銀次も殺される者たちの中に入れられる。出牢後、喜蔵は押し込み強盗に入ろうとして、それは未遂に終わったのだが、逃げる途中に若者たちに捕まり、その顔は「悪党面だ」と言われ、強盗の犯人にされる――。

喜蔵が主人公であるため、顔の不味さから来る不幸も、喜蔵に焦点が当てられて読まれることが多いと思われるが、銀次という男もその不味い顔が喜蔵に似ていたために憎まれて殺されるリストに入れられたのであるから、銀次も喜蔵と同じ不幸を背負っているのである。容貌の不味さから来る悲劇的な人生というテーマを、松本清張は「面貌」（一九五五・五）でも扱っているが、これは徳川家康の子どもである辰千代、すなわち後の松平忠輝の物語である。この話と関連するのが、晩年の松平忠輝のことに思いを致す現代人の話である「湖畔の人」（一九五四・二）である。ただ、松平忠輝の場合は、父親の家康からも嫌われるという悲劇があったにせよ、無宿人たちとは比べものにならないほど恵まれているわけだが、無宿人の場合は、その容貌の不味さは命にも関わる問題となってくるのである。おそらく、無宿人たちの人生では、そういう不条理なこともあったであろう。

不条理ということで言えば、第五話の「俺は知らない」も、不条理あるいは不運の連鎖とも言うべき悲劇を扱っている。誣告によって入牢させられた主人公は、無実の罪で入牢していることを不服に思っていて（当然であるが）、牢から出たいために仲間の脱獄の計画を密告するのだが、そのため後になって無宿人たちから復讐されるのである。松本清張は、無宿であるために、ちょっとした不運も、彼ら無宿人の人生にとっては取り返しのつかない破滅となる不条理を語っているのである。

梗概は省略するが、第八話の「赤猫」は、悪の世界にはさらなる悪人がいて、その悪人に主人公が翻弄されてしまい、結局、一旦は浮上しかけた主人公の人生も結局は転落する話である。また第十話の「雨と川の音」も、主人公が悪人の仲間に翻弄される人生を歩む話なのだが、「雨と川の音」ではその悪人も言わば悪が祟って破滅することになっている。この悪の中のさらなる悪人という存在は、松本清張の現代もののミステリーにもよく登場していて、読者はその恐ろしさと不気味さから来る、後味の悪い読後感を覚えると思われる。正常の社会組織からはみ出た無宿人たちの間においても、仲間を利用してでも浮き上がろうとする人間がやはり居るのだということが、『無宿人別帳』では語られているわけで、松本清張らしい不気味で怖い世界が語られている。このことを考えると、松本清張においては、現代もののミステリーやサスペンスと時代小説とは、連続した、あるいは同質の性格を持つ世界であったと言うことができるであろう。様々な無宿人の人間像とその人生を語りながら、松本清張は現代社会に生きる私たちに自らと周囲の人生を省みさせていると言えるかもしれない。

しかしながら、『無宿人別帳』にはそれだけでなく、清張小説には珍しいと言える、ある種の希望があったり、痛快ささえあると言える人物も登場したりして、それなりにカタルシスを覚えなくはないという物語が語られている話もある。次にそれらを見ていこう。

三

第九話「左の腕」は、元大泥棒が悪徳の目明しに対して啖呵を切る痛快な小説である。

十七歳の娘おあきといっしょに料理屋に勤めることになった卯助は六十近い男であったが、いつも左の腕に布の帯を巻いていた。帯は火傷の痕を隠すためにものであると卯助は言っていたが、実はその帯の下には前科者の印である「四角い桝形の入墨」が彫られていた。娘のおあきは勤めるようになってから「見違えるようにきれいになった」が、御用風を吹かせて、人の弱みにつけこんで小遣い銭を巻き上げている目明しの「稲荷の麻吉」もおあきに目をつけていた。目明しの麻吉はあるとき卯助の左腕の帯を強引に取らせ、腕の入墨を見て、卯助に対して一層高圧的な態度を取る。それから三日後の夜、料理屋に強盗集団が入り、使用人たち店の者やそこに居た麻吉なども縛って盗みを働こうとしていたときに、卯助が駆けつけ、昔取った杵柄で強盗たちをやっつけるのである。強盗の中に卯助の以前の仲間がいて、卯助のことに気づき、強盗たちに手を引くように言う。卯助は隅で震えていた麻吉に向かって、「なまじ人さまにかくそうとしたから狐のようなおめえに脅かされたのだ。もう大びらだぜ、稲荷の」と啖呵を切る——。

これまで見てきた短編小説でも、悪辣な目明しや岡っ引たちは何らかの報いを受けているが、「左の腕」ではそれまで前科者であることのために下手に出ざるを得なかった当人が、最後で鬱憤を晴らすかのように目明しの前で啖呵を切るのである。このように「左の腕」は、『無宿人別帳』の中でも例外的な痛快時代小説となっている。おそらく第九話に至って松本清張は、悲劇的で辛い境涯の中にいる無宿人たちに、せめて一矢を報いさせたいと思ったのかもしれない。他にも『無宿人別帳』には、明るくなくはないという結末になっている話が「左の腕」以外にもある。たとえば、次の第二話「海嘯《つなみ》」である。

能州《のうしゅう》無宿の新太は夜鷹のおえんと所帯を持とうとしていたときに無宿ということで、石川島の人足寄場にやられる。やがて石川島に海嘯が来るのであるが、元漁師の新太はそのことをいち早く知り、みんなに告げるが誰も相手にしなかった。そのために多くの人間が海嘯に浚われるが、新太は助かってある家に逃げ込み、そこにいた美しい女に、身体を交換条件に助けることを約束する。しかし、肝心のときに新太は不能になってしまう。その女が、それまで新太が知っていたどの女よりも美しかったためである。結局、行為は不首尾に終わるのだが、その後に女の情夫がやってきて、女は新太が助けてくれたので礼をしてくれと言う——。

無宿であるために人足寄場にやられ、しかも海嘯にも襲われる新太は不運な男であるが、だが最後で事態が好転するのは、新太が不能になったためでもあると言え、皮肉な運命の廻り合わせの中で人生を翻弄される無宿人の境涯が語られているのである。松本清張は新太を決して不幸の真っ只中に見捨てることはせず、仄かではあるが明るい光の下に連れ出しているとも言えよう。希望があると言える話としては、第四話の「逃亡」もそうである。

佐渡金山で働かされている無宿人の新平は与八に逃亡の計画を語る。まず、四人の同志を見つけ、新平と与八とを合わせて六人で、役人二人を金山からの帰路で崖から突き落として殺し、大勢（帰路には水替人足の一行には二三人いた）では目に付くという口実で、新平は他の水替人足たちを含めて四組に分かれて行動することを提案する。そして七人いる自分たちの組には舟が漕げるという常陸無宿の吉助を加えた。また、新平は他の組にはみすみす追っ手に捕まる道を教えるのであった。これは小さな舟に乗る人数を減らすためであった。新平たちの組は一漁村に辿り着いたが、そこには三人乗りの小さな船しかなく、吉助が村から調達した飯を食べながらも、互いに監視しつつ日を送るうちに、新平は火をつけて米を奪うことを与八たち四人に指示し、与八たちはあっけなく村人たちに捕まる。新平は略奪を唆したのだが、実は、舟に乗る人数を減らそうとする、悪知恵の働く新平の思惑通りの結果となったわけであった。それで安心した新平は、吉助が村から調達したという酒に酔って寝入ってしまうが、吉助は「そんな野郎はここで眠らせておけ。どうせ人を罠《わな》にかけてきた男だ。自業自得よ」と語る。吉助が舟を漕げるというのは嘘で、新平のような男が吉助を手放さないようにするために、吉助は嘘をついたのである。船を漕げるのは、吉助が村で飯を盗んでいるときに知り合った女であり、吉助は女と一緒に暮らす約束もしていたのである――。

やや詳しく梗概を述べたのは、「逃亡」があり得ないような脱走劇でありながら、意外に史実に基づいていると思われる話であり、また無宿人の中にもいる、悪知恵の働く本当の悪人も登場したり、さらにその悪人を上回る知恵者がいて本当の悪人が最後に打っちゃりを食わせられること、そして逃亡後の希望も語られているということなど、言わば起伏に富んで且つ明るく面白い物語となっているからである。

史実に基づいているのではないかと思われるのは、今川徳三が『江戸時代　無宿人の生活』（雄山閣出版、一九七三・二）で述べているような事柄が「逃亡」でも語られているからである。今川徳三によれば、佐渡鉱山からの逃亡はかなりあったらしく、また江戸無宿だけではなく長崎無宿も居たときには、長崎無宿と江戸無宿とは逃げるときには一緒であったが、途中、船の漕げる「長崎無宿らは、江戸無宿をすっぽかし、計画通り船で逃げて終い、江戸無宿は逃げ迷っているうちに、追手の者に次々と捕えられて終った」のである。「逃亡」だけを読めば、少し奇想じみた空想の産物のように思われるかもしれないが、実は「逃亡」のような話は実際にあったわけである。松本清張は史料を丹念に読みこんで物語を作っていると考えられる。新平はいかにも悪知恵が働き、人を「罠《わな》にかけ」ることも平気な、本当の悪人であるが、その新平を上回る知恵者の吉助がいて、悪辣な新平に吉助が打っちゃりを食わしているところも、また吉助の未来には明るいものが予感されるところで終わっていることも、「逃亡」が後味の悪くない小説となっている理由であろう。

それにしても、この吉助は松本清張の小説の中では珍しく好感が持て、また痛快さもある人物であるが、第七話の「流人騒ぎ」でこの吉助に相当する人物が僧の覚明である。

忠五郎は賭場で人を傷つけて島送りになるが、微罪でもあり、また将軍家の仏事に伴う大赦もあったりして、数年以内で帰られるはずであったが、赦免者名簿を作成していた役人のいい加減な仕事のために赦免のリストから漏れていた。どうしても帰りたい忠五郎は島抜けの計画を持ちかけた軍蔵の話に乗る。島抜けの希望を持つ者が二十人近く集まったが、事前に事が露見し、捕まったり自害する者もあった。その中で軍蔵と忠五郎、そして女犯僧の覚明だけが脱出するが、覚明は喉が猛烈に渇く酒を軍蔵に飲ませて軍蔵を苦しめる。軍蔵を指差しながら覚明は忠五郎に言う、「この男だ。仲間を売って訴人したのは」――。

「町の島帰り」で松本清張の実体験が反映していることを述べたが、「流人騒ぎ」でもそれを見ることができる。それは、赦免リストを作成する役人のいい加減な仕事に関してである。『半生の記』で松本清張は、戦争中に招集されたのは清張が教練に不熱心であったために市役所の兵事係りが懲罰的に清張をリストに入れたらしいということを語っていて、「人間の生命など、案外こんな一役人の小手先で自由になるものだと知った」、「――のちに私は、このことをテーマに流人の赦免に話をかえて書いたことがある」と述べている。「流人騒ぎ」がその「話」であると考えられ、また、このテーマは後の現代推理小説「遠い接近」（一九七一・八～一九七二・四）においても生かされている。このことを見ると、時代小説と現代ものの推理小説とは、やはり松本清張にとってはテーマ性において通底するものがあったことがわかるが、しかし、「流人騒ぎ」で魅力的なのは覚明の存在であろう。

覚明は島の女を伴侶にして島での暮らしにそれなりに自足している人物である。島抜けの話を持ちかけられたときも、「わしはこのままでもよいと思っていた」と語り、「だが、みんなの助けなら、わしも合力しよう。この耳で聴いた上は仕方がない」と、不承不承であるが、計画に参加するのである。松本清張の小説では、このような冷めた人物は珍しいだろう。それとは逆に、自己の欲望や願いに熱いまでに執着するタイプの人間が多く登場するのが、松本清張の小説である。覚明のように言わば〈足るを知る〉人間で、且つ自分の欲求を抑えてでも仲間のために義理を果たそうとする人物は、清張小説では極めて例外的であると言えるのではないだろうか。因みに、覚明のように、恬淡としていて欲望の渦からは一歩退いているタイプの人物は、長編時代小説で言えば、『天保図録』上・中・下（朝日新聞社、一九六四・六〜一九六五・七）の主水正であろうか。主水正も欲求、欲望に対する積極性から遠いところにいる人物である。と言って、主水正にはそういう俗気を軽蔑するような生悟りの臭みも無いのである。

おそらく松本清張自身は、恬淡としたタイプではなく、熱く且つ執着の強いところがあった人物だったと想像されるのだが、しかし、だからこそ松本清張は、自分には無いあり方をする覚明のような人物に、一つの理想像を見るようなところもあったのではないかと考えられる。そして、その覚明はどうやら島抜けに成功しそうであって、彼の前途には明るいものがありそうなのである。

さて、人足寄場の話や島流しの話のように、本来ならば無宿人の中でも最も辛く悲劇的な境遇にある人たちの人生にも、一条の光があるかのように描かれているのは、たとえフィクションの中の話であったにしても、無宿人たちを最底辺のどん底に沈めたままにしておくのは、忍び難い思いが松本清張にはあったためであろう。

彼ら無宿人の中には犯罪へと走る者が多かったのだが、しかし、それは境遇が彼らをそうさせたと言えるのである。もっとも、「俺は知らない」について、高橋敏夫が「消えた「なかま」のゆくえ——松本清張『無宿人別帳』

をめぐって――」（「松本清張研究　第七号」北九州松本清張記念館、二〇〇六・三）で述べているように、仲間を裏切った主人公がその裏切られた仲間に仕返しをされるという「裏切りの連鎖と仕返しの連鎖」の問題もあるだろう。先に述べた、悪の中のさらなる悪人たちは、この「裏切りの連鎖」と関わってくる存在である。しかしながら、彼らのような真の悪人たちも、どん底から這い上がるために必死なのであったということを考えると、その性格の悪さはともかくとしても、彼らも無宿や流人とならざるを得なかった不幸な境遇の犠牲者であったと言うことができよう。

もちろん松本清張は、小説の中で彼らに決していい結末を与えているわけではないが、しかし、彼らに同情の念が全く無かったも思えないのである。むしろ、犯罪の奥に潜み、犯罪の真の誘因となっているのは、実は社会組織、権力機構の問題なのであるということを、松本清張は時代小説においても語ろうとしたと言えよう。さらに言えば、悪辣な目明しや岡っ引の存在に示されているように、直接に庶民（無宿人たちも庶民である）に迷惑をかける存在は、権力の上層部ではなく下役人であるということも、『無宿人別帳』には書き込まれている。もちろん、だからと言って、権力の上層部が免罪されるわけではないだろう。その権力の上層部の問題は、時代小説では後に『かげろう絵図』（東京新聞、一九五八・五～一九五九・一〇）や『天保図録』で描かれることになるが、こうして見てくると、『無宿人別帳』は、やがて社会派ミステリー作家としての松本清張が、犯罪の真の犯人は社会であるということを語り出す、その準備のための小説集であったと言えそうである。それとともに『無宿人別帳』は、最底辺に生き、そのため犯罪と関わらざるを得なかった人々の姿を描いた時代小説の、その嚆矢であったと言うことができるだろう。

宮沢賢治と中国

押野武志

はじめに——賢治讃美と批判の間

宮沢賢治は、日本で最も高く評価されている近代の作家の一人である。森鷗外・夏目漱石の作品が二〇〇二年度の国語の教科書から姿を消したことが話題になり、国語教育における教材としての文学の重要性が低下している中にあっても、賢治の作品だけは国語教材の定番になっている。また、一九九六年には、宮沢賢治の生誕百年を機に「賢治ブーム」がわきおこり、自然保護、エコロジー、不登校、いじめといったさまざまな問題解決の特効薬として、賢治が祭り上げられた。

しかし、賢治の負の側面を見ずして、賢治を評価するのは危険である。賢治の生きたファシズムの時代背景を抜きにして、賢治を評価してはいけないのではないだろうか。賢治の晩年は、日本のファシズムが着々とアジアへの侵略を推し進めていった時期であった。関東軍は、一九三一年九月一八日に満州事変を、一九三二年一月二八日には上海事変を起こし、その年の三月一日に満州国の建国宣言が発表された。

また、戦前のナショナリズムの問題を考える時、日蓮仏教の果たした役割を考えることは重要な示唆を与えてくれる。そして近代の日蓮主義は、賢治が多大な影響を受けた田中智学を抜きにしては語れない。田中智学は、一八六一年江戸に生まれ、一八七〇年南葛飾の妙覚寺で剃髪得度するも、一九歳のときに還俗し、在野の日蓮主義者として歩みはじめる。一八八五年には立正安国会（後の国柱会）を結成し、明治政府の富国強兵策に同調した活動を推し進め、その精神の拠り所を「法華経」と日蓮に求めた。

日本人が世界統一の天業をもつ優秀民族であるという田中智学の教義は、「八紘一宇」という言葉に集約されている。世界中の民族を吸収してひとつのイエに包摂しようとすることの意で、智学が『日本書紀』の言葉から作り出したものである。第二次大戦中、大東亜共栄圏の建設を意味し、日本の海外侵略を正当化するスローガンとして用いられた。

関東軍による一九三一年の柳条湖の鉄道爆破事件が満州事変の発端となったが、このシナリオを裏で書いたのが陸軍大尉石原莞爾で、一九二〇年に国柱会に入会して、智学の指導のもとで熱心な活動をするようになる。賢治も同じ年に入信している。

翌三二年二月、血盟団事件が起こる。前大蔵大臣の井上準之助が襲われた。続いて三月、団琢磨がピストルで撃たれた。やがてこれらのテロの背後に「一人一殺」を宣誓する血盟団なる秘密組織があることが浮上した。首謀者は井上日召である。激烈な日蓮主義者だった。日召はこれらのテロによって破壊が建設を生むと確信し、団員たちは法華経を唱えてテロに向かった。

二・二六事件の首謀者として処刑された北一輝は独自の革命論を展開し、当時の日本を変革させなければならないと考えていた。その彼の思想を支えた一つの大きな柱が法華経からのインスピレーションであった。

もちろん賢治の日蓮主義は、石原莞爾、北一輝、井上日召のようなナショナリズムと単純には結び付けられないのだが、賢治がファシズムの時代を生き、そのような制約の中で書いたということは忘れてはならない。賢治童話のある種の限界を賢治の中国人像に求め、さらに賢治の死後、賢治が中国の文化的植民地政策にどのように利用されて行ったのかを以下において検討してみたい。

まずは、同時代の中国人のイメージとはどのようなものであったかをみていこう。

一、『赤い鳥』の中の「支那人」像

『赤い鳥』は、一九一八年七月に創刊された、子供のための童話雑誌である。一時休刊したが、一九三六年八月まで一九六冊を刊行した。主宰者は夏目漱石門下の鈴木三重吉で、『赤い鳥』は大正期の児童文化運動におけるもっとも重要な雑誌であり、大きな役割を果たした。ちなみに、賢治は鈴木三重吉の意に添う童話を書くことができずに、一編の童話も『赤い鳥』に掲載されることはなかった。

安藤恭子『宮沢賢治〈力〉の構造』(一九九六年、朝文社)は、『赤い鳥』の中の中国人のイメージとして、〈A　仙人・手品師など超常者としての支那人〉、〈B　人さらいとしての支那人〉、〈C　敵対する/蔑視すべき支那人〉という三つの典型例を挙げている。この安藤氏の分類を参照しつつ、いくつかの具体例を紹介する。

久米正雄『支那船《サンパン》』(『赤い鳥』一九二二年一月)は、主人公の海軍大尉を乗せた軍艦が香港の港に寄港して、「支那船」を雇って上陸し、香港の友人に会いに行く話である。その友人から「支那人」が金目当ての殺人をやるので、夜更けに「支那船」に乗って帰るのは危険だから友人の家に泊るようにと勧めたのだが、大尉は酔ってもいたので、面白い冒険譚としか響かなかった。ところが、「支那船」で居眠りをしている時に襲われそうになるのだが、一人を海に突き落とし、もう一人を軍艦に引き連れていじめる。「支那人《チャンコロ》」というルビ表記にも明らかなように、これは典型的なCの例である。

木内高音「支那人の子」（『赤い鳥』一九二八年一二月）の主人公、一郎は、学校から帰ると、街頭で行なわれていた「支那人」の見世物（人形芝居・手品）を見に行く。舞台を楽しんでいたのだが、七歳ぐらいの「支那人」の子供がしょんぼり壁にもたれているのを見て、気になりだす。その子供が最後に親方と芸当をやり始める。いろんな芸をやるのだが、観衆はあまりお金を投げない。子供が苦しそうに逆立ちしたまま、親方は「もう二十銭、もう二十銭」と声をかけても誰も投げる人がいなく、誰かが二十銭を投げるまでその子供が芸当をやり続けると思うと一郎はたまらなくなって、家にお金を取りに帰る。

戻ってみると、すべての舞台が終わっているところで、一郎は今さらお金をやることもためらわれて、親方のあとについて足を引きずりながら歩く子供の後ろ姿を消えるまで見送るという話である。「支那人」への同情が示されている点において、これは安藤氏の分類からはやや逸脱する例といえる。

新美南吉「張紅倫」（『赤い鳥』一九三一年一一月）は、安藤氏が触れていない童話だが、戦前の「支那人」像を考える上で恰好のサンプルとなる童話である。「支那人」の内面を乗っ取る、かなり巧妙な差別表現になっている。

この童話は、日本人の少佐と中国人の少年という異国間の交流を描いている。奉天大戦争（日露戦争）の数日前、大隊長青木少佐は誤って古井戸に転落してしまう。誰も気づいてくれずに少佐は死を予感するが、貧しい「支那人」の農民の張親子に助けられる。村の人々が少佐をロシア兵に売ろうとしていることを知った父親は、少佐を逃がし、お礼に彼は大きな懐中時計を息子の紅倫に贈る。

戦争も終わって「内地」へ帰った少佐は、その十年後会社に万年筆を売りに来た「支那人」が見覚えのある懐中時計を持っていたので張紅倫ではないかと尋ねるが、「支那人」はそれを否定する。翌日少佐に宛てた無名の手紙が届き、その内容は、実は自分は張紅倫であったのだが、少佐が「支那人」に古井戸から救出されたと分かると少佐の名誉にかかわるので嘘をついた。明日にも「支那」へ帰る予定である、というものであった。

ここでの少佐と「支那人」との関係は、対等な関係ではないし、この童話の中で何よりも抑圧されているのは「支那語」である。少佐は「支那語を少しは知つてゐ」るという程度である。にもかかわらず、張親子とのコミュニケーションには全く支障がない。そして当然ながら両者の会話は日本語に翻訳されている。異言語間の葛藤が全く欠落している。

その一方で、張親子の言語能力には制限を課している。帰国後、張親子に少佐は何度も手紙を書くが、「先方ではそれが読めなかつたのか、一度も返事をくれ」ない。最後の紅倫の少佐への手紙も「読みにくい支那語」で書かれ、張父子が文盲に近い存在であることが示唆されている。

また、万年筆を売りに来た張紅倫の日本語は、「わたし、張紅倫、ない。」「わたし、紅倫ない。あなたのやうなえらい人、穴におちることない。」という助詞が欠けたたどたどしい表現で示されているように、母語でない不慣れな言葉を強要されている。両者の交流は日本語を自明とする優位の側にいる植民者と、母語を剥奪された被征服民という固定的なヒエラルキーの関係としてとらえ返すことができるのである。

鈴木三重吉は、子供から「綴方」を募集し、「通信欄」で選評し、子供の綴方運動を推進した。見たこと聞いたことを、ありのまま書くことをすすめた指導は、子供にまで浸透した差別の視線までも、ありのままに表現する結果ともなった。

後藤よし子「支那人」(『赤い鳥』一九三一年一二月)は、そうした「綴方」に応募し、佳作となった小学校一年生の投稿作文である。仕立屋の少女の家に「支那人」が仕立てを頼みに来る。少女は、「あの支那人の目、へんで、意地わるいようだなァ」と言うと、「とんでもない。あんなにお人よしの顔してるぢゃないの。」と母親は弁護する。しかし、その「支那人」が仕立てを頼んでおきながら、いまだにお金を払おうとしない。彼女の母と祖母は「支那から来てかはいさうだから。」と言って同情する。「支那人」に同情的な大人とは対称的な少女の差別の視線が書き込まれている。

坪田譲治「支那手品」（『赤い鳥』一九三二年一一月）は、A、B、Cにまたがる例である。夏休みももう終わりかけたある日の午後、「支那手品」のチャルメラの音が聞こえてきて、善太はそわそわする。母から支那手品の中には子取りがいるから行っては駄目だと言われたが、それを振り切って見物に出かける。中々お金を投げない観衆にやきもきした親方の「支那人」は、子供の口の中に刀を入れるという危険な芸をしながら、なんとかお金を集めたりしている。最後に蛇を鼻の穴に入れて、口から出す芸をやっておしまいになり、一行は次の村に向かう。善太をはじめ、子供たちはもの足りなく彼らについていく。「叱られるぞッ。あれは子とりだぞ。」と善太は言うものの、善太たちは二、三の村を彼らについて回り、彼等と仲良くなり、善太はチャルメラを吹かせてもらう。

ところが、突然チャルメラが鳴らなくなり、「支那人」が怒ってお金を要求し、善太はしくしく泣き出す。お金を持っていないと分かった彼等は、善太を置き去りにして行ってしまう。善太は暗くなりかけた路をまっしぐらに家路を急ぎ、父に飛びついて泣き出し、いつの間にか寝入ってしまう。

このような同時代の中国人像と賢治の描く中国人はどのように交錯しているのだろうか。次ぎに賢治童話の中の「支那人」像を検討してみよう。

二、賢治童話の中の「支那人」像

「山男の四月」（童話集『注文の多い料理店』一九二四年）は、町に出た山男があやしい「支那人」に六神丸という薬にさせられてしまう夢を見るという物語である。

「山男はどうもその支那人のぐちゃぐちゃした赤い眼が、とかげのようでへんに怖くてしかたありませんでした。」と「大きな荷物をしょった、汚ない浅黄服の支那人」に対して恐怖と警戒心を抱くのであるが、結局騙されて薬になる。（やられた、畜生、とうとうやられた、さっきからあんまり爪が尖ってあやしいとおもっていた。畜生、すっかりうまくだまされた。）と山男は口惜しがるように、「支那人」に対しては否定的である。

だが、山男の罵倒に対して「支那人」は黙ってしまう。

支那人は、外でしんとしてしまいました。じつにしばらくの間、しいんとしていました。山男はこれは支那人が、両手を胸で重ねて泣いているのかなともおもいました。そうしてみると、いままで峠や林のなかで、荷物をおろしてなにかひどく考え込んでいたような支那人は、みんなこんなことを誰かに云われたのだなと考えました。山男はもうすっかりかわいそうになって、いまのはうそだよと云おうとしていましたら、外の支那人があわれなしわがれた声で言いました。「それ、あまり同情ない。わたし商売たたない。わたしおまんまたべない。わたし往生する、それ、あまり同情ない。」山男はもう支那人が、あんまり気の毒になってしまって、おれのからだなどは、支那人が六十銭もうけて宿屋に行って、鰯の頭や菜っ葉汁をたべるかわりにくれてやろうと思いながら答えました。「支那人さん、もういいよ。そんなに泣かなくてもいいよ。おれは町にはいったら、あまり声を出さないようにしよう。安心しな。」すると外の支那人は、やっと胸をなでおろしたらしく、ほおという息の声も、ぽんぽんと足を叩いている音も聞こえました。

このように、山男は「支那人」がこれまで差別的な言葉を投げつけられながら生きて来たことを理解し、「支那人」のために自分の体を投げ出してもいいと思うまでに同情する。「支那人」に対する軽蔑と同情の両義的なスタンスが読み取れる。

この童話の中で描かれる行商する「支那人」は、当時はめずらしくなかった。この童話が刊行された同じ年の九月二五日の『岩手日報』には、「いかゞわしい／支那行商人が／盛岡に殖へた」という記事が載っている（中野由貴「イーハトーヴ料理館⑭【新】校本宮澤賢治全集校異をたべる　その７」『ワルトラワラ』第一六号、二〇〇二年六月号参照）。ニセモノの六神丸などを売って歩く「支那の行商人」が最近増えているので、気をつけるようにというものので、「山男の四月」のモデルになったような記事なのだが、この童話の着想は、一九二二年には既に得ているので、童話の方が先行している。

「電車」（生前未発表）は若い古物商と学生とのユーモラスな喧嘩問答である。若い古物商は最初、学生客に慇懃に対応していたが、あまりの横柄ぶりに腹を立て両者ドイツ語で罵倒し合う。学生が古物商に対して横柄なのは、相手を「支那人」と思って見下していたからだった。（きさまの眼玉は黄いろできょろきょろまるで支那の犬のやうだ。）（支那人と思ったらドイツとのあひの子かい。）と罵倒する。しかし、古物商も学生のドイツ語による悪口の文法的間違いを指摘して反撃し、負けてはいない。

「花椰菜」（生前未発表）の「私」は、自分の役目がよく分からないままに入植地にいるという夢物語風の短篇である。「カムチャッカの横の方の」「ロシア人やだったん人」「支那人」が混在する植民地に渡り、白崎特務曹長の下で畑の調査をしているらしい。

「粗末な白木の小屋」には「日本から渡った百姓のおかみさん」と老婆が住んでおり、「騒動のときのかくれ場所」にもなっている。

そして、植民と被植民との関係は愛憎矛盾する関係として認識されている。

右手の方にきれいな藤いろの寛衣をつけた若い男が立ってだまって私をさぐるやうに見てゐた。私と瞳が合ふや俄に顔色をゆるがし眉をきっとあげた。そして腰につけてゐた刀の模型のやうなものを今にも抜くやうなそぶりをして見せた。私はつまらないと思った。それからチラッと愛を感じた。すべて敵に遭って却ってそれをなつかしむ、これがおれのこの頃の病気だと私はひとりでつぶやいた。

それから「私」は、花椰菜の中で裸になり、みんなと一緒に「ホッホッホッ」と叫んで飛び跳ねるという奇想天外な展開を見せるのであるが、この夢物語には賢治の他者認識が刻まれている。「藤いろの寛衣をつけた若い男」とはおそらく「支那人」であろう。その若者が「腰につけてゐた刀の模型のやうなものを今にも抜くやうなそぶりをして」敵意を「私」に示す。しかしその刀は「模型」であって、「私」は本当に危険というわけではない。被植民者の暴動を恐れる心性と、しかし、入植者としての優位な立場が、「愛」へと転移する様が描かれる。

このように賢治童話の中で描かれる中国人像は、中国人に対する同情が描かれてはいるが、全体としては、当時の一般的否定的な中国人のイメージとそうかけ離れたものではなかった。

三、中国における戦前までの賢治受容

生前無名だった宮沢賢治は、死後すぐに再評価がはじまる。『宮沢賢治全集』（一九三四年、文圃堂）、松田甚次郎編『宮沢賢治名作選』（一九三九年、羽田書店）、『宮沢賢治全集』（一九三九年、十字屋書店）等が相次いで刊行され、賢治の作品が活字化され、流通するようになる。一九四〇年には、「風の又三郎」が島耕二監督によって映画化され、作品も一九四二年には、「風大哥」（李春明訳、藝文書房）と題して中国語に訳される。当時の満州の首都

であった新京で刊行された。おそらく、日本の植民地政策の文化的一環として訳されたのであろう。

また、あるべき大陸開拓の文学を提唱した菅野正男『土と戦ふ』（一九四一年、満州移住協会）や、福田清人『大陸開拓と文学』（一九四二年、満州移住協会）らは、宮沢賢治の芸術と思想をその見本として、満州の地で実現しようとした。

福田清人は、次ぎのように述べている。

以上に述べるやうに、開拓地における文学、主として義勇隊のなかから、鮮やかな新芽を示しつつ、あらはれてゐる。

それは内にはそこに生きる人々の、理想生活を表現することによつて、あるひは慰めとなるといつた面のみならず、正しい思索表現は、その理想達成への指針ともなる。

そこに築かれる健康な新文化の道につながる。外には満州文学の一地盤たるのみならず、日満をふくめた興亜文学の芽生えでもある。

かつて『土と戦ふ』の著者は私に書き送つた手紙のなかに、次ぎのやうなことを述べてゐる。

「私達は独立の村を建設したならば、先づ内地農村で衰退してしまつた郷土芸術の再興に努力するでせう。宮沢賢治の考へてゐたことを、私達は満州の大平野の中で実現しやうとしてゐるのです。農村人の娯しみは農村人でつくり上げたものが一番よいと思ひます。それは決して文化から遠ざかつた山猿の生活をすると云ふ事ではありません。私達の理想はあまりに大きく美し過ぎるかも知れません。或るひはその理想は半分しか遂げられないかも知れません。その時は、私達の子や孫がそれをつくり上げるでせう。私達はその土台を築くのです。」

東北、花巻の農学者であり詩人であつた宮沢賢治――彼は自己の地質、肥料その他の農業の智識を農民たちに与へると共に、すぐれた詩や童話や、演劇をもつて、農村自体の文化の一面である文学をも示した。そしてその農村文化の思想は、今日、東北地方の文化運動に、強い指導的影響をのこしてゐる。

菅野君の夢も亦さうであつた。彼は仆れても、その骨は同志の拓く村に埋まり霊はその理想への達成を見まもつてゐるであらう。

（引用は、川村湊『異郷の昭和文学史』岩波新書に拠った。）

多くの日蓮主義の特徴は、近代天皇制国家を前提とした日本国体論と不可分の関係にあり、天皇と日蓮仏教の政教両面の統一を目指し、そうしたあるべき日本と現実の日本との溝を認識して、その溝を埋めるべく実践が求められた。活発な社会的実践活動がその信仰の重要な柱となっていたのである。小集団での信仰生活共同体は、一般社会ではとうてい求めることのできない、互いの慈愛に満ちた人々の交わりを理想とするようなユートピア的コミューンにつながるものである。国柱会の場合も「本時郷団＝法華村」運動を構想していた。

宮沢賢治が創設した羅須地人協会も、この国柱会の運動に倣っていたものと思われる。ただ、その実態は肺疾の身を家族から隔離するために設けられた家に、かつての農学校時代の教え子たちを集めて、夢想的な農村改良を議論しただけのことである。

賢治が夢想した理想社会では全ての人々は耕作にいそしんでいるから、階級対立などという矛盾は全く存在しない。このような現実社会の分析と洞察を欠いた夢想主義は、当然ことごとく失敗してしまうのであるが、石原莞爾は、満州で階級矛盾を超越した農本主義的理想社会の実現を目指した。

このとき賢治を聖化して、「雨ニモマケズ」が、寄生地主制度に苦しめられていた貧農の二、三男たちを欺瞞し、満蒙開拓団に組織していくことに盛んに利用された。「雨ニモマケズ」が、戦前に広く一般に知られるようになるのは、先に挙げた松田甚次郎編『宮沢賢治名作選』の刊行による。さらに、一九四二年発行の大政翼賛会文化部編『詩歌翼賛・第二集』にも収められた。

また、「雨ニモマケズ」の手帳には、「11.3」という日付が記されていた。戦前「雨ニモマケズ」をいち早く評価した哲学者、谷川徹三は、この作品が天長節に書かれた意義を説いた。

「雨ニモマケズ」の最初の中国語訳は、銭稲孫訳「北國農謡」(北京近代科学図書館編『日本詩歌選』一九四一年、文求堂)である。名訳として今日でも評価が高い。

ところで、森荘已池は、盛岡中学の賢治の後輩で、中学在学中に賢治の詩集『春と修羅』を読んで感動し、賢治の元を訪れ、以後交流を持つことになる。十字屋版『宮沢賢治全集』の編集に従事したり、多くの賢治に関する文章を発表したりしている。賢治研究者であると同時にまた、実作者として一九四三年に「蛾と笹舟」「山畠」で第一八回の直木賞を受賞している。

その森は、「『雨ニモマケズ』の漢訳」(『宮沢賢治の肖像』一九七四年、津軽書房)の中で、中国語訳の「雨ニモマケズ」が満州で米の供出に一役買ったこと、そして、銭稲孫の訳は原作よりもすばらしかったと述べている。

「雨ニモマケズ」を漢訳して糧穀の供出に、たいへんな成績をあげたという話を、私は新京で聞いた。その漢訳を見て、ヘタな訳だなとそのとき思った。満州国奉天在の県の協和会の事務所が、県全体の農家に「雨ニモマケズ」漢訳のチラシをくばった。「隣人日本は、いま食料不足で、飢えに泣く。たくさん供出して日本に送ろう」と書いてあったのである。

その県の供出量と、それが何パーセント増したかは、全く忘れてしまったが、恐ろしく奇跡的な数字だった。その地方の農村の人たちは、宮沢賢治という名は、三字名ではなく四字名だが、いずれ古い時代の中国の老子か孔子さまのお弟子サンみたいな人なのだろうと思ったのではないかと私は想像した。

昭和十六年に東京の文求堂という書店から出た「日本詩歌選」（北京大学教授銭稲孫訳）の「雨ニモマケズ」の漢訳のりっぱなことを知っていたから、事務局訳のまずさに驚き、その印刷物をもらわないでしまったのだ。（何という手ぬかりか）

銭稲孫という学者は「雨ニモマケズ」は「北国農謡」と訳してある。この題に先ず舌をまく。そして訳詩をじっと見ていると、どうやら賢治の原作よりも、訳詩の方が、りっぱに見えてくるから、ふしぎである。（世界はひろい。えらい人もいるものだと思う）

ちなみに戦後の「雨ニモマケズ」の受容史の一端を述べれば、戦後の国定教科書第一号（文部省編『中等国語二』一九四七年）に「雨にも負けず」とカタカナをひらがなに換えて掲載される。その際に、進駐軍からのクレームで、「一日ニ玄米四合ト／味噌ト少シノ野菜ヲタベ」の「四合」が「三合」に変えられたというエピソードは有名である。当時の米の配給が一日二・五合であったことに対する配慮であったのである。井伏鱒二『黒い雨』（一九六六年）にはこの「修道的な美しさの光っている絶唱」が時局の都合のいいように改ざんされた事実を語り伝えている。

おわりに——ポストコロニアリズムの彼方へ

賢治が戦中・戦後を生き、どのような作品を残していただろうかと問うことは、確かにナンセンスだろうが、少なくとも、日露戦争、第一次世界大戦、シベリア出兵と、賢治は、いくつもの〈戦争〉時代、帝国主義の時代を生きてきた。国威を昂揚する戦争詩ぐらい残したかもしれない。そもそも、賢治の文学は、帝国主義の美学化に加担しかねない側面があった。賢治のいろんな意味での国際性も、植民地主義の時代を抜きにしては意味をなさない。賢治の作品を歴史的な文脈で読み直すこと。そうすることで、賢治の可能性として称揚されてきた、たとえば多言語性や対話性は、むしろ抑圧的な支配を覆い隠すものとしてみえてくるであろう。指摘するに留めるが、賢治の童話の中にはそのようなもっと巧妙な政治性が潜んでいる。

確かに、賢治は時代の制約の中で思考し、そして限界もあった。それにもかかわらず、そうした限界の中で、賢治はやはりすぐれた作品を残したということ、そうしたことを含めて賢治をまるごと肯定したい。今回は、賢治のすぐれた作品の分析には向かわず、賢治の文学とその受容の植民地主義的な側面のみを強調したのは、この大連というかつての植民地で、こうしたシンポジウムを行うことの意味を私なりに考えた結果である。

ポストコロニアリズムの彼方などとうてい示唆すらできなかったが、賢治研究においては、たえずこうした同時代の文脈を意識しておかなければならないだろう。

〔附記〕

本稿は、大連外国語学院で開催された、中日国交回復三十周年記念「中日日本文化・日本語教育研究国際フォーラム」（二〇〇二年九月一四日〜一六日）でのシンポジウム「近代文学における中国と日本」の発表原稿を修訂したものである。

堀辰雄の人生観の完璧像
――運命の肯定・淡白・従順への試論――

朱　琳

はじめに

『曠野』は堀辰雄の『かげろうの日記』、『姨捨』に続き、王朝文学に取材した氏の晩年を飾る小説である。『風立ちぬ』や『菜穂子』などの作品ほどよく知られるものではないが、どの作品よりも強く心を打たれたので、いつか私なりの『曠野』論をまとめてみようと思っていた。

しかし『曠野』に関する論考は極めて少ないと言っても過言ではないように思える。ほとんど、「常にわれわれの生はわれわれの運命より以上のものである事[1]」という『風立ちぬ』以来堀氏に課せられている主題の発展について論じる際、作品名に触れただけか、「自分を与えれば与えるほどいよいよはかない境涯に堕ちてゆかなければならなかった一人の女の、世にもさみしい身の上話[2]」という堀氏自身の言葉を引用してその内容に触れただけの程度である。ただそんな中に

「常にわれわれの生はわれわれの運命より以上のものである」というリルケ的主題はこの「曠野」においてはじめて完全な形で形象化されたと言えよう。[3]

と深く共感を覚えた論述もある。言ってみれば本稿も、題の表述した通り、『曠野』で作られた女性像こそ堀氏の人生観の完璧像という結論を導き出すのが狙いであるわけだから、同じようなものを書く意味があるかと思われるだろうが、その点について先に説明しておきたい。[4]

上に引用した論考と結論にこそ異論はないが、結論に至るまでの考察にも完全に賛成するわけではないし、考察を加えようとする注目点も違う。またほかに、いままでほとんど問題にされていないが、非常に大事なところ——女の不思議な死について論じてみたいので、以上の事情で敢えて小論をまとめ続けたいと思う次第である。

「われわれの生はわれわれの運命より以上のものである事」というのは堀氏晩年の作品の主題でありながら、彼の人生の主題でもあると思われる。その主題を形象化された作品は『曠野』だけではない。『風立ちぬ』をはじめ、『かげろうの日記』、『ほととぎす』、『姨捨』などみなこの主題の延長線にある作品であると言える。参照物なしでは「完璧」やらどうやらというのは無理なところがあるから、そこで本稿では同じ主題しかも同じ王朝物に属する『かげろうの日記』と『姨捨』[5]と比較しながら『曠野』の女の「生」、「運命」と「死」について考察していきたい。

一　苦しみによって「生」を持続する女

『かげろうの日記』は「愛せられることは出来ても自ら愛することを知らない男に執拗なほど愛を求めつづけ、その求むべからざるを身にしみて知るに及んでは、せめて自分がそのためにこれほど苦しめられたという事だけでも男に分からせようとし、それにも遂に絶望して自らの苦しみそのものの中に一種の慰藉を求めるに至る、不幸の女の」[6]話である。堀辰雄はこの作品において筋を大体原典の『蜻蛉日記』そのままにしたが、「自らの苦しみそのものの中に一種の慰藉を求めるに至る」心理描写を加えることによって、彼女を堀的主人公の内に納めたのだと言えよう。

女主人公は結婚して一年ばかりの頃、夫が浮気していたことに気付き、不安を感じたり、怒りを覚えたり、夜を明けるまで嘆き苦しんだりした末に、

　大へんわたしは不為合せでございました。昔から苦しみばかりの多い身でございましたが、この頃は本当にもう生きている空もないほどでございます。どうぞ思い切って死なせて、菩提をかなえさせてくださいませ[7]

と死まで考え出すようになった。が、息子のことを可哀そうに思って我慢して生きていくしかなかった。夫の浮気で傷づいて絶望した女主人公は確かに不幸ではあるが、当時の「一夫多妻」の婚姻形態が、特に貴族階層ではさらに普通なものだという事情を考慮に入れれば、格別に不幸を背負わされたわけでもない。夫に対して適当にあきらめれば救われただろうに、どこまでもあきらめきれず、いつまでも嘆き苦しみつづける性質の彼女はどうやってこの嘆き苦しみ続ける運命を生き抜くことができるだろうか。このような彼女のために堀の用意した救いは何かというと、先に言ってしまうとその苦しみそのものである。女主人公はそうやって同じような苦しみを繰り返しているうちに、いつか「我慢をしている事だけが自分のもう唯一の生き甲斐ででもあるかのように」感じはじめた。そしてさらに

　そのような苦しい思いも、みんなあの方が私にお与え下さるものとおもえばかえっていとしくて、或る時などは自分から好んでそれを求めたほどでございました。そんな苦しみがなければないで、かえって一層はかなく、ほとんど我が身があるかないかになってしまいはせぬかと思われるほど（中略）、只それほどまで私にとっては命の糧にも等しいほどな、その苦しみのお値打ちにも、それを私くにお与え下さっている御当人は少しもお気づきになって入らっしゃいませんようなのですもの。私はそれをば此頃、あの方のために何だかお気

の毒に思っております位。

と思えるようになった。

ただでさえ豊かな「生」を持つことのできない女主人公であるから、不幸に執着する性質で、彼女の「生」に苦しみしか残されなかったわけである。運命はに苦しみを武器に女主人公の「生」を潰そうとするが、この主人公の場合、苦しみに負けずに、苦しみがないと我が身もないぐらい、苦しみそのものを生を持続する糧にして運命への超克を完成した。与えられた苦しい思いを体と心全体で体験し、その苦しみは自身と一体になったじゃないかと実感したりするまで深く味わてはじめて、その辛い過程を完成したのだろう。『かげろうの日記』を通して堀辰雄が見せてくれたのは、苦しみによって自己の生を持続しようとする、どこまでも諦めきれずの多少でも強情さを帯びる生の姿である。

二　思い出によって「生」を持続する女

少女のころから『源氏物語』などに親しんきた夢みがちな女主人公が、「世の中が自分の思ったようなものではない事」を知った後も、なお夢を心の中に純粋に保って生の単純さを生き抜く女性像に書き上げたのが『姨捨』である。

「夕顔、浮舟――そういった自分の境界にちかい、美しい女達の不しあわせな運命の中に、好んで自分を見出していた」少女は大人びるに従って、仲の良い姉の死や自宅の火事、父の地方への赴任など「自分の力だけではどうしようもない」ことを経て、一層こういう少女らしい夢を頼りにし、物語ばかり見ており、人の目から見ると、いかにも無為な日々を送っていた。この『姨捨』において、堀辰雄は『かげろうの日記』のどこまでも諦めきれずの女主人公とむしろ正反対的な、はじめから諦めの姿勢で人生を受け入れる女性像を作った。諦めの姿勢で人生を受け入れるというのは、運命に与えられたもの――不如意なことが多いが――を抵抗せずにそのまま受け入れるという素直な生き方を意味する。ただしここで指摘したいのは、それは消極的な諦めではなく、むしろ「生」の味を最大限に味わえるにはしなければならない諦めと言えるのではないかと思う。この点には女主人公自身が気づいていないようにもかかわらず、そのような生き方をしているのである。それから幾年か経ってそのまま静かに老いる覚悟をしていた彼女にご褒美でも与えられたように、彼女は偶然に才名の高いう右大弁の殿に会った。二、三こと言葉を交わしただけだが、右大弁の殿は彼女の物語めいた雰囲気に引き付けられて「もう一度でも好いから、あの女と二人ぎりでしめやかな物語がして見たい」という気持ちだった。一方で、女主人公にとってもその出会いを一生の思い出として心に留めた。それからしばらくして女は二十年も年上の「気立てのやさしい男」と結婚してそして夫に従い信濃に行くことになった。「私の生涯はそれでもけっして空しくはなかった――」と目をかがやかせながら、ときどき京の方を振り向いていた女の姿で小説が結んだ。

そのような純粋な夢を見て素直な生き方をする古い日本の女の姿に堀辰雄は少年の日から心の奥深くで「人知れぬ思慕を寄せていた[8]」。それは堀辰雄も本質的に同じような人生観を持っているからだろうと思われる[9]。夢見がちな女に現実の残酷さと生活の単純さをわかりすぎるぐらいわからせた運命対して「否」と言わなく、すなおに受け取り、その思い出一つで「生」を輝かせて生き抜く女の姿――「生」の姿――に一種の高貴さを感じないではいられない。運命が威張るほど、最後までつつましく生きる姿が気高く見えるわけである。

ここまで、『かげろうの日記』と『姨捨』についてそれぞれ分析してきたが、二作品ともそれなりに堀氏の「われわれの命はわれわれの運命以上のものである」という主題を完成したが、まったく異質な二人の女性像が作られたことに注意したい。どこまでも諦めきれずにいるような女より、すなおで、思いで一つでも「生」の単純さを生き抜ける姿が堀氏に近いから、『姨捨』のほうが堀辰雄の人生観にもっと近い点にあると言えよう。実は、『姨捨』の女主人公の姿は氏の「われわれの生はわれわれの運命より以上のものである」という人生観のみごとの注釈だと十分言える。が、完璧な注釈と評価できるのは次の『曠野』だけである。

三　生かされる「生」を持続する女

これから自分の「生」を持続していた一切の支えを一つ一つ奪われてそれでもなお「生」を持続し、完成しようとする『曠野』の女主人公について考察を加えたいと思う。

女主人公は世の中から忘れられてしまうほどの中務大輔の娘である。父母を失った後暮らし向きが悪くなる一方で、夫に手厚いもてなしをすることもできなくなった。それを苦にした女主人公はとうとう夫に「私のことは構いませぬから、どうぞあなた様のお為になるようになすってくださいませ」と別れ話を出した。男は彼女の献身的な愛情がいじらしく思ったが、それに苦しめられてもいた。そこで別れ話をされてからしばらくして女の家に姿を見せなくなった。女にとっては、夫との別れを自ら進んで求めたとはいえ、それからというものたまらなく不安の中で男を待ち続ける日々が始まった。そして何物も紛らせることのできない待つことの苦しみの中に、「一種の満足」を見出した。「あの方さえお為合わせになってくだされば、わたくしはこのまま朽ちてもいい」。女主人公はじっと待っていた中で、「愛を自分の中に持ち続けて愛する人との対話を自分一人で繰り返し[10]」ているうちに、夫に対する愛を深めていった。それだからこそ、彼女は、自分自身の経験している苦しみが夫の幸せとつながるものなら、それはそれでいいという「満足」を見出しえたのだろう。世間的には、不幸な境涯——男に別れをされた後、召使いにも散り散り立ち去れて、女の生活が日々のことにもことを欠くような状態になった——に落ちたわけだが、夫を愛することと待つことを生きる価値として保留されていたのだから、作者の言っている通り、女主人公は必ずしもまだ不幸せではなかった。

それから一年か二年たって、男はとうとう女恋しさにいてもたってもいられなく女を訪れてきた。が、女は自分の「見るかげもなく痩せさらばえて、あさましいような」姿を男に見られるのことが急に怖くなってその呼びかけに返事をせずに「ただもう息を詰めていることしかできなかった」。女主人公にとっては、夫を待つことだけがこの破れかかった家を離れずにいつづける意味であった。しかし、待ち続けていた人が妻戸ごしの距離にいながら息を詰めることしかできないのが彼女の運命だとは。夫が離れた後、彼女はいつまでも泣き伏していた。それは、夫を待った日々のためか、もう二度と夫に会えない運命のためか、どちらでもあるだろうが、このようにして運命が彼女の「生」から待つことの意味を奪わったことは確かだ。

堀辰雄は彼女の生を確かめようとするかのように、さらに不幸な運命の荒波に彼女を流した。それから半年後、夫を待つことを断念し、詮方尽きた女主人公は、近江の郡司の息子に彼女のもとに通わせはじめた。そして、「自分の余りにもつたなかった来し方に抗うような、そして何か自分の運命を試してみるようなこころもちにもなりながら」女はその郡司の息子について近江に下ることになった。ところが、郡司の息子には妻があったので女は表向き婢として暮らすしかできなかった始末だ。ここまでに至ってすべての運命が打ち挫かれた。このときの彼女の心境について作者はつぎのように表現している。「野分のあとの、うら枯れた、見どころのない、曠野のよう」なものだった。が、一月二月たちしているうちに、いままでの不為合せな来し方が自分にさえ忘れ去られてしまっているように、いっそこうして「誰にもしれずに一生を終えたい」女はそうも考えるようになった。

前文のところで女主人公は夫を愛することと待つことを生き甲斐としていると言ったが、夫と会えようもないとわかった後、待つことを諦めた彼女は、生き甲斐の一つを失ったわけだが、「曠野」のような心境の下で彼女愛を続けているのだろうか。それついては、佐々木基一はつぎのような指摘がある。

彼女が次々に背負わされた宿命がその「愛」を彼女の奥深くへ沈めてしまったのだ。いや、はげしい運命にさらされることによってその「愛」は彼女の「生命」そのものとなってしまったのだ。誰にも気づかれずに埋もれて生きようとする彼女の「生」への意志は彼女の『愛』の確証にほかならなかったのである。(11)

身の程を知らないかもしれないが、ここで佐々木基一先生と異なる自分の考えを述べたいと思う。確かに女主人公は自分を犠牲してまで夫の幸せを成就させたいほど夫に対する愛が深かった。しかし、その愛は、すでに男が女に会えずに帰った時点である程度過去形になり、半年後、女も「そうだ、わたしくはもうあの方には逢われないのだ」と実感を込めて気づいた時点でほとんど過去形になったのではないかと思う。つまり、男に対する愛は消えることではないが、少なくともこれ以上増えることもないものになった。郡司の息子を自分のもとに通わせ始めたことがその証拠である。さらに、郡司の息子について近江に下った後の女は、「京よりはげしかった」木枯らしで目覚められて、「山一つ隔てただけ」の京のことや夫のことを思い出しても遥かな過去の夢のようなものでしかないと思える。はげしい運命にさらされるに従って彼女の「生命」に「待つこと」もなくなり、「愛」もなくなった。まだ存在しているとしてももうくみ上げられないほど彼女の奥深くに沈められていた。彼女の「生命」に「生命」そのものしかなかった。すべての生き甲斐を奪われてもなお生きているゆえはただ生きている事実を素直に受け入れるだけのことではないかと思う。

どころが小説はそのままで終わったのではない。運命のいたずらか恩恵か、女主人公は別れた夫と再会した。男が女だと気づいたとたんに気でも狂ったように女を抱きすくめた。しかし女はただ力の限り逃れようとしただけだ。突然、女は「苦しそうに男に抱かれたまま、一度だけ目を大きくみひらいて男の顔をいぶかしそうに見つめたぎり、だんだん死に顔に変わりだしていた。」女は死んだ。その不思議な死でもってすべての運命を終わりにした。しかもその死は自らの手で手元に引き寄せたのではなく、ある時点に突然にやってきて、神様からの不意の贈り物のようだ。実はこの『曠野』の「死」は女主人公だけではなく、堀辰雄自身にとっても、非常に意味あることだと思わずにはいられない。堀氏の作品世界にも、彼の実生活にもいつも「死」の影が差すものだが、氏は自分を「生者」側に立たせて、その作品も「生者」の文学とされている。もっと正確にいえば、死から抜け出そうとする「生者」の文学である。そのような堀辰雄だが、『曠野』において主動的に「死」を取り入れて、しかもそれを全篇の華々しいクライマックスにした。それは何を意味するのか、その死をどう捉えればいいだろうか。

多恵子夫人の書いた『晩年の辰雄』には次のような話がある。

辰雄は「人間の苦しみには、限界があって、その極限が死なのだ」という文句を読み、たぶんそれはリルケの言葉だったようにおもいますが、「死」が来るまでは苦しみには耐えられるというわけだな」などと、急に気持ちが軽くなったように明るく言うのでした。

その多恵子夫人の追憶から見ると、さまざまな死亡体験と自分の病苦と「魂の孤独」に耐えてきて、「生」の高揚を求め続けてきたさすがの堀辰雄も、ようやく「死」を身体と魂の安らぎをもたらしてくれるものとして受け止めるようになったと推測できる。「死」は「生」の正反対側にいるが、生の最終の帰結点でもある。そういう意味で、『曠野』をいつも「死」から抜け出そうとする堀辰雄と死との和解だと見なしていいだろうと思う。従って、『曠野』における女主人公の死は生かされるだけ生きた生に対して運命の捧げた最終の解脱と最高の敬意とでも言えるのではなかろうか。

以上『曠野』について論じてきたが、まとめてみると、堀辰雄は『曠野』を通して、生かされるだけ生きたという生のあるべき姿を見せてくれたと言えよう。

四　結　び

ここまで分析してきた通り、諦めきれずに、どこか強情さを持っている生の姿より、すなおな、些細な思い出一つで輝ける「生」の姿の方が堀氏に近いが、どうなっても生かされるだけ生きなければならない「生」の姿こそ「われわれの生はわれわれの運命より以上のものである」という氏の人生観の完璧像であり、究極像でもあるのではないだろうか。

注

（1）『七つの手紙』による。昭和13年8月。
（2）『七つの手紙』による。
（3）『堀辰雄：その生涯と文学』（佐々木基一、谷田昌平著・花曜社・1983）
（4）「われわれの生はわれわれの運命より以上のものである」という主題がそのまま堀辰雄の人生観を表せるものである。
（5）『ほととぎす』も同じ王朝物に属するが、『かげろうの日記』の続編のゆえで、たいした主題の発展が見られないので、ここで取り扱わないことにする。
（6）『七つの手紙』による。
（7）本稿の原文引用は全部新潮日本文学の『堀辰雄集』（昭和四十四年）によるものである
（8）『更級日記』による。昭和11年5月

（9）『堀辰雄：その生涯と文学』による。（佐々木基一、谷田昌平著・花曜社・1983）
（10）『更級日記』による。昭和11年5月
（11）『堀辰雄：その生涯と文学』（佐々木基一、谷田昌平著・花曜社・1983）

魯迅と芥川龍之介との関連をめぐって

張　蕾

一

魯迅と夏目漱石との比較研究はわりと早い時期から始まり、先行論文も多い。実は魯迅と芥川龍之介との比較研究は同じように行うこともできる。先行研究では劉柏青氏は『魯迅と日本文学』(1)の中で芥川の「蜜柑」と魯迅の「小さな出来事」を取り上げ、社会主義的な立場から両作品の異同について述べていた。青柳達雄氏は、「芥川龍之介と近代中国序説」(2)のなかで、芥川の北京滞在という事実に着目し、魯迅と芥川とのすれ違い説を立てて考察した。成瀬哲生氏は「芥川龍之介の「蜜柑」と魯迅の「一件小事」(3)」において、両作品を比較して、二人の関係についても触れていた。本論はこれらの先行研究の見解を視野に入れ、魯迅と芥川との関わりや、魯迅の芥川からの受容ぶりをより明白に整理し検証してみたい。

二人の生涯を調べてみると、意外に多くの接点と共通点を見出すことができる。作家として活動していた時期が重なっていたということや小説の形式として短篇の多いこと、作風や作品の内容においても類似点があること、また魯迅が芥川文学を翻訳していたこと、一九二一年夏に二人がともに北京にいたという諸点から見ると、両者の比較文学的な研究が可能なばかりでなく、そこにかなり重要な視点があるのではないかと思われる。

二

魯迅と芥川は、作家としての出発がほぼ同じ時期である。一九一五年に芥川は「羅生門」を発表し、新進作家として認められている。魯迅は少し遅れて、一九一八年に「狂人日記」を発表し、作家活動を開始した。魯迅より十歳ほど年下の芥川が、作家として活動した十二年間（一九一五～一九二七）は、魯迅にとっても、やはり創作活動上の重要な時期であった。このように文学活動が重なり合ったこともあって、〈魯迅と同じ時代の嵐を膚で感じたのは漱石でなく芥川だといわなければならない〉(4)という青柳達雄氏の指摘が最も的確だと思われる。

二人の文学上の特徴についていえば、私小説的な告白を好まない点や表現形式が多様である点、技巧に富んでいる点、二人は酷似している。また二人とも長編小説を書かず、主に短篇小説を書いていたのである。二人とも特に雑感文や随筆・アフォリズムなど、短い文学形式(5)に長じている。さらに二人は作品のなかでつねに人間の死というものに強い関心を持ち、その小説の結末の多くは何らかの形で死というものにかかわっているのである。また竹内好はかつて〈魯迅もまた美の使徒である。そして芥川がしたとおなじように、美をただ美としてでなしに、美と真とのせめぎあいの本源の場所でとらえようとした点で両者は一致していた(6)〉と述べている。確かに魯迅の『野草』や『朝花夕拾』に収録されている数々の作品は、淡々とした感傷のムードが漂って、感受性の豊かな美しい散文詩である。魯迅の詩人としての資質が窺える。〈詩的精神〉を重く見ている芥川の美意識に通じ合う部分がかなり多いと思われる。

その生涯や性格の面において、竹内好は、〈魯迅と芥川龍之介とは、歩んだ道はまるきり異っているが、しみいるような孤独感を抱いていた点は、共通である。そしてその孤独感が、没落する中産階級の知識人という環境の中から生れたことを自覚していた点も、共通である。またその孤独感が、比類のない人間的誠実さに支えられていた点も、共通である〉(7)と指摘している。以上のことだけでなく、両者の比較文学上の検討に値する作品もかなりある。すでに「蜜柑」と「小さな出来事」、「湖南の扇」と「薬」、「往生絵巻」と『野草』の「過客」、「将軍」と「『吶喊』自序」、「わが散文詩」の「秋夜」・「椎の木」と『野草』の「秋夜」(8)などの比較に関する論文も存在する。魯迅と日本文学者との関係を論じるとき、夏目漱石がよく比較対象として取り上げられている。しかし、以上の面から見て、漱石よりむしろ芥川のほうが、その相手としてもっとふさわしいのではないかと感じている。

三

続いて魯迅と芥川との文学上の直接的な繋がりを具体的に見てみよう。一九〇二年から一九〇九年までの魯迅の日本留学時代と、一九一九年以降の日本文学翻訳時代、そのなかに一九二一年の芥川の中国旅行をも含めた二つの時期を中心に考察してみたい。

魯迅の七年間におよぶ留学生活は、仙台医学専門学校での一年半を除き、そのほとんどが東京で過ごした。医学校をやめて、文学を選び取った魯迅の当時の文学への興味のあり方について、本人は〈当時、もっとも愛読した作家は、ロシアのゴーゴリとポーランドのシェケヴイッチだったと思う。日本では夏目漱石と森鷗外だった〉(『南腔北調集』)と語っている。同時期に日本に留学していた弟の周作人は、さらに〈日本の文学に対しては当時少しも注意せず、森鷗外、上田敏、長谷川二葉亭等、ほとんどその批評や訳文のみを重んじた。ただ夏目漱石は俳諧小説『吾輩は猫である』を書いて有名だったので、魯迅はそれが活字になるごとにすぐに続けて買って読み、又『朝日新聞』に連載されていた『虞美人草』を毎日熱心に読んでいた〉[9]と証言している。

魯迅が漱石に夢中だった事実についていえば、魯迅と芥川の間に漱石を介在させることによって、その三人の因縁はより明白で深いものになる。芥川と漱石との関係について、まず思い出すのは芥川が、友人に連れられて初めて漱石を訪問し、以降弟子として木曜会に参加するようになり、その三ヵ月後、「鼻」を読んだ漱石から激賞の手紙をもらって、文壇デビューを果したということであろう。魯迅と漱石との因縁は、一体どんなものであるか。魯迅が学んだ最初の日本の学校は弘文学院である。そこの創設者は嘉納治五郎であった。嘉納治五郎が、東京高等師範学校の校長を務めた時代、漱石を見つけ教員に招いて、一時（一八九三年）一緒に仕事をしていたのである。もう一つは漱石が九ヶ月余り（一九〇六・十二～一九〇七・九）住んでいた本郷区西片町の家を去った半年後（一九〇八・四）、魯迅とその友人がこの家の住人となったことなど、まったく奇縁としかいいようがない。芥川の師である漱石は、その部屋で『虞美人草』を書いていた。漱石の愛読者である魯迅は、まったく同じ部屋で、ロシアや東欧文学の翻訳をしたりして、本格的に文学活動を始めたのである。

二人の繫がりに関する第二の時期は、北京教育部時代（一九一二～一九二六）の魯迅の日本文学の翻訳から始まる。一九二二年五月に魯迅と周作人は、八ヶ国十八作家の小説三〇篇を収めた『現代小説訳叢』と、一九二三年六月に、日本の十五作家の小説三〇篇を収めた『現代日本小説集』を、ともに上海商務印書館から出版している。そのなかで、魯迅の訳したのは、夏目漱石「懸物」「クレイグ先生」、森鷗外「あそび」「沈黙の塔」、有島武郎「小さき者へ」「お末の死」、江口渙「峡谷の夜」、菊池寛「三浦右衛門の最期」「ある敵討の話」、芥川龍之介「鼻」「羅生門」の六人の作家の十一篇である。なお「附録」として「作者に関する説明」というのも収録されている。

魯迅は何故とりわけこの十数人の作家の作品を翻訳し、紹介したのだろうか。周作人は『現代日本小説集』序文の中で〈これらの小説を選択した標準は、日本の現代小説を紹介するという点にあるけれども、十五人の作家を選んだのは、大半個人的趣味によった〉と述べているが、文学を人々の頭脳を呼び覚ます武器とする魯迅の場合は、単なる個人的好みだけではないだろう。これらの作家の作品の選定には、中国の国民性を改造するために極めて有益なものだと信じて、それだけを入れるという魯迅の考えがあったと思われる。ここで特に魯迅が芥川に注目する理由を考えてみたい。

魯迅はかなり早い時期から芥川に強い興味を示している。その関心は一時的なものではなかった。魯迅の日記によれば、一九一八年頃、日本の書店を通して芥川の『煙草と悪魔』などを、一九二六年『支那游記』を、一九三三年『澄江堂遺珠』を、一九三五年『芥川龍之介全集』（岩波版、一〇冊）を購入している。このように持続的に芥川の著書を大量に購入していることは、彼の芥川への注目と愛好が一貫して衰えていないことを物語っていよう。竹内好は、〈魯迅がやはり芥川を気にしていた〉、〈それから、実現はしなかったが、晩年の芥川を高くみて、紹介の意図があったということである[10]〉と証言している。魯迅は芥川の「羅生門」と「鼻」二篇を翻訳したほかに、もともとそのほかの作品も紹介する意向があったが、文壇内外との論戦が多くなり、結局実現できなかった。

魯迅の翻訳した芥川の「羅生門」と「鼻」は、いずれも歴史物である。魯迅がこの二篇をよい作品として肯定し、なおその創作方法が自分だけでなく中国のその他の作家にもたいへん参考になると考えたと思われる。魯迅が芥川について直接に述べている資料は、『晨報副刊』に掲載された「鼻」「羅生門」にそれぞれ附いている「訳者附記」と、『現代日本小説集』の附録「作者に関する説明」ぐらいである。この「作者に関する説明」における魯迅の芥川への紹介は、他の作家を紹介する文章の書きぶりと微妙に違う。たとえば「夏目漱石」「森鷗外」などについての項では、魯迅のこれらの作家への評価をほとんど書いていないのに対して、「芥川龍之介」の項では、魯迅が芥川自身の文章、また田中純の論文を引用しながら、自分の意見も披露している。これは芥川により強い関心を寄せていることを物語っている。以下に、その文章の抜粋を見てみよう。

①　芥川氏に不満なのはおよそ次の二つの理由からである。一つは旧い材料を多用し、ときには物語の翻訳に近いこと。一つは手慣れた感じがあまりにもありすぎて、読者がなかなかおもしろいと思わないことである。この意味でも本篇は格好の見本といえよう。内道場供奉禅智和尚の長い鼻の話は、日本の古い伝説で、作者はそれに新しい装いを施してみせたにすぎない。作中の滑稽味は才気が溢れすぎているところはあるが、中国のいわゆる滑稽小説とくらべてみて、実に上品である。（一九二一・五、『晨報副刊』・「鼻」訳者附記）

②　この歴史的小説（決して歴史小説ではない）も、彼の傑作といえ、昔の事実を取り、新たな生命を注ぎこんでいるから、現代人と関係が生れるのである。（一九二一・六、『晨報副刊』・「羅生門」訳者附記）

③　彼はまた旧い材料を多用し、ときには物語の翻訳に近くなっている。だが、昔のことをくり返すのは単なる好奇心だけからではなく、より深い根拠に基づいてのことである。彼はその材料に含まれている昔の人々の生活から、自分の心情にぴったりし、それに触れ得る何ものかを見出そうとする。だから、昔の物語は彼によって書き改められると、新たな生命が注ぎこまれ、現代人と関係が生じてくる。（一九二三・六、『現代日本小説集』「作者に関する説明　芥川龍之介」）

魯迅が大いに関心を寄せているのは、芥川の歴史小説の創作方法である。まず魯迅は、②の文章で、わざわざ〈歴史的小説〉と〈歴史小説〉を区別して、森鷗外の史実を曲げぬ歴史の自然を尊重する〈歴史其儘〉＝〈歴史小説〉と、芥川の史実に束縛されず想像力を駆使する〈歴史離れ〉＝〈歴史的小説〉との区別を明白に認識し、森鷗外の歴史小説にはあまり興味を示さなかったが、芥川が古典の題材のなかに現代的なテーマを盛るという〈歴史的小説〉の方法には高い関心を示した。上記の三つの文章を並べて読むと、一年前と一年後の魯迅の芥川の創作方法に対する認識が、明らかに変化しているということに気付く。①のなかで〈旧い材料を多用〉〈物語の翻訳に近い〉とは、芥川の創作方法に対する一つの〈不満〉として取り上げている魯迅であった。しかし、その一年後の③

になると、例の〈不満〉はかえって、芥川が小説の題材としての〈旧い材料〉から新たな解釈を引きだし、その古い材料に新しい意味を加えたと肯定的に解釈されるようになっている。この見方の転換は、芥川の作品や創作論に接したことを通して確立されたものではないかと思われる。

もう一つは、芥川のこの歴史的小説に対する捉え方の変化の背後に、彼の最初の歴史的小説「不周山」（一九二二年）の執筆があった。この「不周山」をはじめとして、のちに十三年かかって七篇を書き継ぎ、一冊の作品集『故事新編』を作り上げた。収録された八篇は、すべて中国の神話や伝説、古代史に取材した歴史的小説であり、魯迅の作品中、風変りな作品ばかりでなく、他の中国の作家にも類のない異色な作品集であった。その題名は、文字通り旧い物語を題材にして、新しい解釈を加え、新しい見解を表わすという意味であろう。序言で魯迅は、〈自分の古人に対する態度は、現代人に対するほどの敬虔さはないから、どうしてもフザケ半分になりがちである〉と述べている。それは、〈僕は昔の事を小説に書いても、その昔なるものに大して憧憬は持つてゐない〉（「昔」）と述べている芥川の間にさしたる差がないことは明らかであろう。『故事新編』における古典からの取材の仕方や、そこに現代的なテーマを盛りつけるという方法は、芥川が自らの歴史小説について〈どんな意味に於ても昔の再現を目的にしてゐない〉（「昔」）、〈古人の心に、今人の心と共通する、云はばヒユマンな閃きを捉へた、手つ取り早い作品〉（「澄江堂雑記」）と述べていることにも通じているように思われる。確かに〈おそらく魯迅が芥川から学ぼうとしたもの一つは、この歴史小説の方法、すなわち数十年後『故事新編』に結実したところのものであった〉[11]という青柳達雄氏の指摘通りだ。文学活動に入ったばかりで、絶えずに自前の文学の方向を模索している段階の魯迅は、芥川の作品を理解し翻訳するだけではなく、積極的に自分の役に立つと思われる創作技法を吸収し、さらに改造しながら自らの文学形式を構築しようとしたのであろう。つまり、魯迅にとって芥川文学からの啓発と影響は極めて大きなものであったといえよう。

四

次は芥川の中国旅行を通して、更に二人の接点を探ってみよう。芥川は大阪毎日新聞社の海外特派員として一九二一年三月から七月にかけて中国各地を旅行した。最後の目的地北京に着いたのは六月十三、四日である。約一ヶ月滞在した芥川は日本人の経営する扶桑舘に泊まっていた。日本人関係の新聞は連日、芥川の来京を報道した。例えば、六月十四日の『順天時報』には、芥川の写真と記事が載っていた。同じ日の『日刊新支那』にも関連記事があった。芥川の来京が、北京の日本人関係者の間にかなり話題になっていた。

当時、教育部に勤めている魯迅は、果して芥川の来京を知っていたのだろうか。魯迅の訳した「鼻」は、一九二一年五月十一日から十三日まで、「羅生門」は六月十四日から十七日まで、『晨報副刊』に掲載された。魯迅日記の原注によれば、訳稿が出来上がると、直ちに寄稿して掲載されたのである。彼のその行為はただの偶然であったのか、それとも芥川の来京に合わせて、歓迎の気持を示して計算的に行なったのか。

この問題について「魯迅全集訳注」には〈魯迅が四月から六月にかけて「鼻」「羅生門」を訳出したのは、その来訪を知ってのことであったと思われる。とくに「羅生門」が『晨報副刊』に掲載されたのは、芥川が北京に到着してまもない時であった。芥川は魯迅の訳した「羅生門」を読んで、〈これには自分の心地がはつきりと現れてゐると云つて喜び驚いてゐた〉といわれる（一九二三年九月、『北京週報』第八一号、丸山昏迷『現代日本小説集』評による。しかし、芥川は魯迅には会っていない。なお、のちに芥川は「日本小説支那訳」（『新潮』一九二五年三月号）という小文でも、その翻訳に言及している）〉という説明がある。また、飯倉照平氏は〈魯迅はもっとも彼らしいやりかたで芥川を歓迎していた[12]〉と述べている。その〈彼らしい〉歓迎の方法とは、つまり芥川がまだ江南地方に滞在した時、魯迅がその来訪を知ってわざわざ「鼻」を翻訳し、さらに北京到着の日に合わせて「羅生門」を翻訳し、新聞に載せて歓迎の気持を表わしたというのである。しかし、旅行中の芥川は中国国内の動乱や自身の健康状態の不良、交通上の不便などの原因で、しばしば旅行計画や日程への変更を余儀なくされ、なかなか予定通りに目的地に着かない場合が多かった。特に情報手段の発達していない当時、たとえ歓迎の気持ちがあっても、到着する日にぴったり合わせて掲載すること自体、極めて困難であろう。魯迅が芥川の中国訪問を知っていたという確かな記録はないが、北京の日本語新聞などを通して、それまで強い関心を寄せていた作家の訪中を知っていたということは十分に考えられる。しかし、魯迅のこの翻訳行為は、芥川の訪京を歓迎するものではなく、ただある程度意識したものだと見たほうが、適当ではなかろうか。

では、中国滞在中の芥川は『晨報副刊』に載っていた魯迅の翻訳を知っていたのか。前の「魯迅全集訳注」に出てきた丸山昏迷の文章[13]を詳しく引用すると、〈魯迅氏の訳筆の優れてゐることもまた人々が知つてゐるが、一昨年芥川龍之介氏が来遊してゐた当時、同氏の羅生門の訳文が晨報に掲載されてゐたが、氏はそれを読んで、曾つて上海の誰かが一度訳したことがあつたが、その訳文には自分の心持ちが殆んど現はれてゐなかつたが、これには自分の心持ちがはつきりと現はれてゐると云つて喜び驚いてゐたことなどがある〉(「『現代日本小説集』書評」一九二三年九月二十三日『北京週報』)。青柳達雄氏が指摘しているところだが、丸山は北京の芥川と魯迅の関係を知りうる一人だと考えられるが、特派員としての芥川は、大阪毎日新聞社の中国方面の記者をつねに同伴して行動していたので、丸山が芥川に接近するチャンスはそれほど多くなかったという。したがって、彼の記事は資料としての信憑性が高いものとは言い難い。飯倉照平氏は〈魯迅はその「鼻」と「羅生門」の翻訳を新聞にのせて歓迎の意をあらわし、それを手にした芥川はここに知己在りと感じ、のちに魯迅と周作人の翻訳を集めた『現代日本小説集』の紹介文を書いたのである〉[14]と断定している。芥川の北京での行動は、本来「北京日記抄」に詳しく書かれるはずであったが、「北京日記抄」は極めて簡単なもので終わってしまったので、結局、彼の北京での行動についてははっきりしないし、断定できないことがたくさん残っている。

もし丸山や飯倉氏が述べたように、芥川が確実に魯迅の翻訳を知っているとすれば、また一つ不思議なことが出てくる。自分の作品が外国で翻訳され、掲載されていることは、どこの作家にとっても誇るべきことである。特に芥川の場合、わざわざ遠くの日本にいる家族に、自分のことや写真が出た新聞の切り抜きを送ったりしていた。例えば〈留守中は何時なん時紀行が新聞に出るか知れぬ故始終新聞に注意し切抜かれ置かれたし（中略）同封の新聞は上海の新聞に候小生の写真あれば送り候〉（大正十年三月二十六日）、〈別封は上海の新聞切抜です僕の事が三日続きで出る〉（大正十年五月五日）などがあり、自分のことをかなり気にしている芥川の様子が窺える。「上海游記」の「李人傑氏」のなかに〈李氏は留学中、一二私の小説を読んだとか何とか云ふ事だつた。これも確に李氏に対する好意を増したのに相違ない〉と記して、自分の作品を読んでくれたことを素直に喜んでいる芥川が自作の翻訳が訪問先の国に出たという誇らしいことを知っているとすれば、『支那游記』やその前後の書簡に一言も触れていないことは極めて不思議なことであろう。つまり、それは中国滞在中の芥川が、魯迅の翻訳をまったく知らなかったことを物語っているのではなかろうか。当時さほど有名でなかった魯迅は、北京在住の日本人に注目される存在ではなく、その翻訳自体が知られていないのは、自然なことだと思われる。

中国から帰国して、その四年後の大正十四年、芥川は初めて「日本小説の支那訳」という文章のなかで、〈上海の商務印書館から世界叢書と云ふものが出てゐる。その一つが「現代日本小説集」である。これに輯めてあるのは国木田独歩、夏目漱石、（中略）僕、この十五人、三十篇である。このうち、夏目漱石、森鷗外、有島武郎、江口渙、菊池寛の五人は、魯迅君の訳で、その外は皆、周作人君の訳である〉と、本の内容を紹介し、さらに〈翻訳は僕自身の作品に徴すれば、中々正確に訳してある。（中略）これを現代の日本に行はれる西洋文芸の翻訳書に比べてもあまり遜色はないのに違ひない〉と、自作の翻訳についての感想も述べていた。ただし、実際は魯迅が翻訳にあたった作家数は五人でなく、芥川を含めて六人である。さらに芥川の作品の翻訳も注釈も作家紹介も全部魯迅の担当であった。しかし、芥川の文章や文面から見る限り、魯迅を特別に意識したような発言もなく、魯迅に特別に関心を払っている様子もない。またその文章を読むと、誰もが芥川の作品を翻訳したのは、魯迅でなく周作人であると思うであろう。その原因は、おそらく芥川が魯迅の訳に言及する際、うっかり自分を漏らしてしまったのか、あるいはもともと得た情報が間違っていたのではないかとも考えられる。

『現代日本小説集』は、一九二三年六月に刊行されている。そのなかに収録されている「羅生門」と「鼻」の翻訳は初出ではなく、一九二一年の五月と六月に魯迅が『晨報副刊』に発表した訳文の再録である。しかし芥川は、「日本小説の支那訳」のなかで、そのことには一語も言及していない。つまり、一九二一年の時点では、自作が翻訳されたこと自体を知らなかったというのが、ほぼ間違いないところであろう。帰国後の芥川が、どの時点で、どのように『現代日本小説集』を知るようになったのかなど、不明な点が多く残っている。本来、芥川の旧蔵書には、所蔵されたはずのこの本が入っていないことに、多少なりとも疑問が残らざるをえない。

『現代日本小説集』刊行の二年後に書かれた芥川の「日本小説の支那訳」から見て、魯迅の中国訳を読んでいたことは明白なのであるが、四ヶ月ほどの中国滞在中、〈「不要」とか「等一等」とか、車屋相手の熟語以外は、一言も支那語を知らない〉(「上海游記」)、〈私の知つてゐる支那語の数は、やつと二十六しかない〉(「江南游記」)と述べた芥川が、どうやって自作の中国訳を読んでいたのかという素朴な疑問が自然に生じてくる。〈中々正確に訳してある〉と褒めている芥川が、中国語に堪能で中国文壇の事情をよく知っている人物を通じて、初めて魯迅の存在を知り、その訳文をおおむね読んでいたのではないかと考えられる。

芥川はその文章のなかで、魯迅と周作人が兄弟であることを特別に語っておらず、あるいはそのこと自体を知らなかったのかもしれない。魯迅は、当時まだそれほど知名度が高くなかった。周作人は、文学界で魯迅より知られており、日本の文学者との交流も早くからあった。例えば、一九一九年七月「新しき村」を訪ね、武者小路実篤らと親しく面談し、五日間滞在していた。また木下杢太郎は、早くも一九二〇年秋に周作人を訪ねている。訪中した芥川が、日本の文学者とも交流があり、さらに中国の代表的な文学者である周作人に、それなりの興味をもっていたのは、ごく自然の成り行きだろう。〈北京では胡適や高一涵にも合ひました。周作人氏は病気の為めに西山へ静養に行つて居るので遂に合ひませんでした[15]〉と、芥川は周作人の存在を知っていて、また自ら面会の計画まで立てていた。

西山は、北京の西の郊外にある。周作人は一九二一年六月の中旬から、芥川の北京に滞在した期間を挟んで九月中旬まで、療養と仕事を兼ねて、西山の碧雲寺という寺に住んでいた。魯迅の日記によれば、その間に少なくとも四回以上弟の見舞いに行っている。もし芥川が少し足を伸ばして、周作人を見舞ったとしたら、偶然そこで魯迅に出会えたかもしれない。

二人は北京で会うことはなかったが、中国滞在中の芥川にとっては、魯迅のことを知りうるチャンスが何回もあった。たとえば芥川は上海で魯迅が生涯の師として尊敬していた章炳麟にも会っていたし、北京で魯迅の友人である胡適にも会っていた。弟の周作人に会いに行く計画も立てていた。その関係で魯迅の話が出てもまったくおかしくない。両者を繋ぐ糸は数多くあったが、結局二人が出会うことは残念ながらなかった。もし会うことが出来たら、ある意味で芥川の中国旅行の意味が違うものになったかもしれない。

七年間におよぶ日本留学は、文学蓄積期にある青年魯迅にとって極めて貴重な時間であった。文学者としての魯迅の形成に、日本の近代文学が影響を及ぼしたことは想像に難くない。魯迅が夏目漱石から大きな影響を受けたことは多くの研究者によって検証されたが、芥川の著作を購入したり、彼の作品を翻訳したりして、持続的に芥川と多くの関わりを持っていた魯迅にとって、芥川がより多くの刺激を与えてくれる作家であったことは間違いない。

注

(1) 劉柏青『魯迅と日本文学』(吉林大学出版社、一九八五)
(2) 青柳達雄「芥川龍之介と近代中国　序説」(『関東学園大学紀要』14・16・18集、一九八八〜一九九一)
(3) 成瀬哲生「芥川龍之介の「蜜柑」と魯迅の「一件小事」」(『徳島大学国語国文学』、第4号、一九九一)
(4) (3) 参照。
(5) 魯迅の四〇冊余りの著書のうち、ほとんどは雑感集である。芥川は生前、四冊の随筆集を公にしている。芥川は特にアフォリズムや俳句などの短文の形式を好んでいるようである。
(6) 竹内好「芥川全集に寄せて」(『竹内好全集』第13巻、筑摩書房、一九八一)
(7) 竹内好『新編　魯迅雑記』(勁草書房、一九七六)
(8) 関係論文は、秋吉収「魯迅『野草』における芥川龍之介」(『日本中国学会報』第52集、二〇〇〇)、彭春陽「芥川龍之介と魯迅――『湖南の扇』と『薬』を中心として――」(『近代日本文学の諸相』明治書院、一九九〇)、藤井省三「魯迅と芥川龍之介――『さまよえるユダヤ人』伝説をめぐって」(『月刊しにか』第9号、大修館書店、一九九一)、劉岸偉「作家魯迅の誕生――芥川龍之介・菊池寛に関わる一仮説――」(『比較文学研究』第68号、一九九六)など。
(9) 周作人「魯迅について　その二」(松枝茂夫訳『周作人随筆』、富山房、一九九六)
(10) (6) 参照。
(11) (2) 参照。
(12) 飯倉照平「北京の芥川龍之介」(『文学』、一九八一・1)
(13) 引用文は山下恒夫「薄倖の先駆者・丸山昏迷」(『思想の科学』、一九八六・10〜12) を用いている。

（14）（12）参照。

（15）芥川龍之介「新芸術家の眼に映じた支那の印象　芥川龍之介氏談」、一九二一）

★本文の魯迅の作品、日記などの引用は『魯迅全集』（学習研究社、一九八六）に、芥川の作品の引用は、『芥川龍之介全集』（岩波書店、一九九九）によった。

太宰治における「反俗」精神と「道化」意識の相互作用

――混乱・平和・混乱を生涯の主軸とした諸因――

李　捷

一　初めに

太宰治は日本文壇において、重要な位置を占め、今日なお若者たちの間で、最も人気のある作家の一人である。太宰の生涯を年代順に見ると、大きく四つの時期を劃していることがわかる。すなわち、第一期は、生れ年の明治四十二年から、昭和二年の十九歳までの少年時代であり、第二期は昭和三年から、十二年までの十年間で、所謂青年時代である。第三期は十三年から二十年までの七年間で、ちょうど日本の戦時中にあたる。第四期は二十年から二十三年までの三年間である。少年時代を別にして、作家へと出発した第二期から、第三期、第四期は、一般的には太宰文学の前期、中期、後期と見なされる。

太宰治の生涯の中で、最も注意すべきことは、前期、中期、後期における彼の作品や生活がはげしい起伏を伴っていることだと思う。前期と後期は微妙な違いを持ちながら、同じく頽廢的で、混乱した姿を呈している。しかし、中期はそれとは逆に、明るくて安定した姿を見せているのである。それほど生活の激しい起伏が生じた原因は一体何であろうか。それを論じるには、まず、太宰の性格から取りかかるのが妥当であろう。

日本では、太宰治についての作家論は様々である。例えば、1、「太宰の実人生における悲喜劇の原因も、その帰着するところはすべて〈家〉であったといっても過言ではあるまいと思う」という生家との葛藤を軸に論じたものに、相馬正一の『増補　若き日の太宰治』[1]があり、2、「太宰治の思想の根幹を形造ったのが聖書であろうという確信」を持っていた野原一夫は『太宰治と聖書』[2]で「HUMAN　LOST」「斜陽」「桜桃」など主要作品の鍵となる聖句の数々を取り出し、解析しながら、太宰にとっての神とは、罪障とは何かを問うものがあり、3、大野裕は「精神分析学から見た太宰治」[3]で、「太宰の生涯を見ると、彼が幼少児期に繰り返し味わった〈母なるもの〉の喪失体験が、その後の彼のパーソナリティ発達に強い影響を及ぼしたいることがわかる〉と述べて、精神病理からの作家論を試みたものがあり、4、奥野健男の『太宰治』[4]のような「太宰の文学も生涯もすべて、コミュニズムからの陥没意識、コミュニズムに対する罪の意識によって律せられている」というコミュニズムとの関連を最も大事にしたものもある。これらの先行研究には多角的に論究されていることが窺えるのである。

上掲の先行業績を通観してみると、太宰の矛盾に満ちた性格から、その生涯を論じたもの、さらにはっきり言うと、太宰の起伏の激しい生涯は彼の性格における「反俗」と「道化」の相互作用によるものだという指摘は筆者の調べた限りでは少ないようである。そこで、本稿では、これまでの先行研究を踏まえながら、太宰治自身の性格の形成、発展及びその性格が彼の人生をいかに支配していたかを主として、年代順に沿いながら、起伏の激しいこの作家の一生における「反俗」と「道化」の相互作用を探ってみたいと思う。

二　生立ちと性格の矛盾

人間の性格の形成はいろんな要素の相互作用によるものだと思われる。しかし、その中で、最も重要で、かつ決定的なのはその人の生立ちであろう。太宰も例外無く、その出自や少年時代の体験が、彼の性格と文学の根底をなしていると言える。

1　生立ちと思想の形成

周知のように、太宰治は青森県の大地主の家に生まれたのである。これは太宰治の人間形成に、その生き方に大きな影響を及ぼした。太宰の死の半年前の作品『わが半生を語る』で小さい時の自分については「殆ど他人には滿足に口もきけないほどの弱い性格で」「厭世主義といってもいいやうなもので、餘り生きることに張り合ひを感じない。ただもう一刻も早くこの生活の恐怖から逃げ出したい」と述べた。このような生に対する根本的な障害、生への本能の欠如によって、彼には自分が社会の一員として他と有機的につながっているということが、どうしても実感として沸いてこないのだと思われる。所謂疎外感覚を持っているのである。太宰にとって、世間とは、ただ自己に迫ってくる恐るべき外界と感じられるだけである。人間の様々な営みも、生きるためのエゴイズムも彼には分からないのである。

ところで、大地主の出自が太宰にもたらしたのは、疎外感覚だけではなく、名門の一員である高い誇りもあると思われる。太宰は「何はさてお前は衆にすぐれてゐなければいけないのだ、といふ脅迫めいた考え」(『思い出』)から勉学に励んだ。その結果、小学校や中学校で、成績が抜群で、開校以来の秀才とさえ言われていた。周囲による特別待遇の中で生活していた彼は、早くから「私のすべての行爲は凡俗でない、やはり私はこの世のかなりな單位にちがひないのだ」(『葉』)と、高く自己を設定したのである。

しかしもう一方、弱く貧しい小作人たちからの苛酷な搾取によって豊かな身代を築き上げた生家乃至大地主階級の一員として、太宰は若者らしい潔癖さから、本能的に「不当に恵まれてゐるといふ、いやな恐怖」(『東京八景』)

を感じた。その恐怖感は、太宰を「卑屈にし、厭世的にしてゐた」（『東京八景』）のである。『斜陽』で、貴族に生まれたことを恥じた直治は、

> 貴族に生まれたのは、僕たちの罪でせうか。ただ、その家に生まれただけに、僕たちは、永遠に、たとへばユダの身内の者みたいに、恐縮し、謝罪し、はにかんで生きてゐなければならない

と言っている。そこから、太宰治の心魂の表白と読み取ることができるのであろう。

大地主の出自は太宰にとって、誇りでありながら、生涯のコンプレックスでもあったのだろう。

また、「生後まもなく母親の健康上の都合のために乳母さよの手に委ねられた太宰は、一歳で叔母きゑによって育てられることになった。さらに三歳には女中たけが面倒を見るようになる。そして」「八歳時のたけとの別れ[5]」である。このように乳幼時期、「母不在」で、しかも、母親代理者の頻繁な交代をされた太宰は、この「見捨てられた體驗」による不安や空虚を感じた。彼は「父母の本當の子でないと思い込んでゐた事があった。兄弟の中で自分ひとりだけが、のけものにされてゐるやうな氣がしてゐた」（『六月十九日』）と書き、自分が父と叔母の間の不義の子だとさえ思ったのである。『評伝太宰治Ⅱ[6]』によると、昭和十九年、彼が三十五歳のときに子泊村でかつての子守りのたけに逢った時、「私は叔母の子ではないのか、知っているなら、どうか本當のことを教えてくれ」と執念ぶかく追及し、「母の子に間違いない」という答に、「そうかなあ、そうかなあ」と呟いていたという。

また、昔の大地主の家では長兄――家長の権力は絶対のものであり、次弟以下とははっきり差別されていたという。津島家の六男として、物質的には豊かでありながら、太宰の意見や考えを本気で重視する人はいないだろう。この大切にされず、継子扱いされた位置は、彼に早くから「余計者」の意識を植え付けたと思われる。彼は、『パンドラの匣』のなかで、「〈自分の生きてゐる事が、人に迷惑をかける。僕は餘計者だ〉といふ意識ほどつらい思ひは世の中に無い」と主人公に託した自分の苦しさを仄めかしたのである。

母性愛の欠如、余計者の地位という幼年時代の育ち環境は、「罪は誕生の時刻に在り」（『二十世紀旗手』）、「生れてすみません」（同上）等々、救い難い「罪の意識」をも持たせたのである。

前述したように、太宰治は人間の営みがわからなくて、疎外感覚を持っている人である。奥野健男の『太宰治』[7]によると、もし自己の存在価値の自己肯定さえできれば、むしろこの疎外感覚は、外界を切り捨て観念的な夢想に耽るとか、自己中心的な生き甲斐のある生活に没入するとか出来得る幸福な性格とすら言えるのである。しかし、残念なことに、罪の意識が深い太宰治は、自己の存在価値の自己肯定をどうしても自らに許せないのである。かえって、太宰は「自己中心的な」ことを棄てて、「他の為」という倫理感を持つようになったのである。

自分ひとりの幸福だけでは、生きて行けない。（『姥捨』）

誓って言ふ。私は、私ひとりのために行動した事はなかった。（『虚構の春』）

すべて皆、人のための手本。われの享樂のための一夜もなかった。（『HUMAN　LOST』）

上に挙げた言葉から、自分のすべてを「他の為」に尽そうという太宰の決意が窺われると同時に、太宰ははじめて自己の存在価値を見つけたのではないかと思われる。それは、太宰の思想の根本的なものであり、もっと適切に言えば、太宰はそれを自分の思想の根本的なものとして強要するのであると言えよう。彼は意識的にそれを自分の生き方やすべての行動の支えとしたのである。

2　道化の形成

一方では、コンプレックスを常に意識している彼は、自分の疎外感覚に「自分ひとり全く變っているやうな、不安と恐怖」を抱き、「その不安のために夜々、輾轉し、呻吟し、發狂しかけた事さへあります。」（『人間失格』）それはやや作品における誇張もあるが、疎外感覚の太宰の内心の恐怖がいかに深いかが窺われるであろう。彼はどうにか「人らしい人になりたい」（『狂言の神』）と一生懸命に努力を続けた。だから彼は周囲の大人が浴びせかける非難や忠告を、「霹靂の如く強く感ぜられ、狂ふみたいになり、口應えどころか、そのおこごとこそ、謂はば萬世一系の人間の〈眞理〉とかいふものに違ひない」（『人間失格』）と思い込んでしまうのだった。でも、その「おこごと」、つまり人間社会の習慣や営みは太宰が理解するはずはないであろう。彼の懸命な努力の結果、出来たのは道化のような外面をごまかすものだけだと思われる。『人間失格』の中では、その道化意識を次のように記している。

人間に對して、いつも恐怖に震ひをののき、また、人間としての自分の言動に、みぢんも自信を持てず、さうして、自分ひとりの懊惱は胸の中の小箱に秘め、その憂鬱、ナアヴアスネスを、ひたかくしに隱して、ひたすら無邪氣の樂天性を装ひ、自分はお道化たお變人として、次第に完成されて行きました。

つまり、太宰は、自分の存在を「他人へのサーヴィス」、「他人を喜ばせるため」と位置づけ、真実の自己に仮面をかぶって、民衆の歓心を買うのである。

彼等はまた、よくひとを笑はす。おのれを傷つけてまで、人を笑わせたがるのだ。それはいづれ例の虚無の心から發してゐるのであらうが、しかし、そのもういちまい底になにか思ひつめた氣がまへを推察できないだらうか。犠牲の魂。いくぶんなげやりであって、これぞといふ目的をも持たぬ犠牲の魂。（『道化の華』）

愚問を發する人は、その一座の犠牲になるのを覺悟して、ぶざまの愚問を發し、恐悦がったりしてみせてゐるのである。尊い犠牲心の發露なのである。（『散華』）

「犠牲の魂」、「尊い犠牲心の発露」、それらの言葉の底に秘められた太宰の「他の為」という固定観念を見落としてはならない。

にもかかわらず、道化はあくまでも、社会に対する反逆の無力感の認識から来る妥協ではなかろうか。自己を偽った他への奉仕、これは世間に対する一種の媚態ですらある。太宰が内心では正に自分の媚態を受け入れるかどうかは、疑わざるを得ないのである。

3　反俗の形成

「すでにすでに私には選ばれる資格があるのだ」（『もの思ふ葦』）と思う太宰は「疎外感覚」に、世間への恐怖を感じながら、心の底で、むしろ他との相異を大事にしているのだと思われる。エッセイ『碧眼托鉢』の中で、彼は、

　私はいつでも獨りでゐる、さうして、獨りで居るときの私の姿が、いちばん美しいのだと信じてゐると自信たっぷりに宣言したのである。

そして生に対する欲望のない彼にとっては、人間が生きて行くために守る社会の既成の道徳や権威は、実に悪いものに見えてくるのである。妥協でなくて、自己に真実であろうとした彼は、直覚的にそれを拒否したのである。

また、悪質な社会のからくりのために、生活に追われている世間の人々に対して、太宰は無限の感慨をハムレットに託して言っている。

　このごろ僕には人間がいよいよ可哀想に思はれて仕様がないんだ。無い知慧をしぼって懸命に努めても、みんな悪くなる一方ぢゃないか。（『新ハムレット』）

太宰は独自の感受性を持って、社会のからくりを、人間の悲哀を捉えたのである。それで、彼は「選ばれてある」（『葉』）ものの使命感を持って、「他の為」に、強いもの、悪い既成秩序と闘おうと決意して、自ら「反俗」の旗を取ったのである。すなわち、ここに見事に、自己に忠実であろうとした真意と、名門意識から生じた高い誇り

と、「他の為」という固定観念とが、一致したわけである。「道化」のほかに、太宰は、もう一種の「反俗」の姿を持つようになったのである。

「道化」は他人を喜ばせるための太宰の処世術だと言えるならば、悪質な社会と闘おうとする「反俗」の精神は、太宰の真の本質だと言えよう。

とはいえ、「反俗」といっても、気が弱い太宰には、真正面から世間と対決する勇気がなかった。太宰はその中期の作品『惜別』のなかで、自分の「反俗」について、

世は滔々として禮を名目にして、自己に反對する者には出鱈目に不孝などの汚名を着せ、これを倒し、もっぱら自己の地位と富の安全を計り、馬鹿正直に禮の本來の姿を信奉している者は、この僞善者どもの禮の悪用を見て、大いに不平だが、しかし無力なので、どうにも仕様がなくて、よろしい、そんならばもう乃公は以後、禮のレの字もいふまい、といふ愚直の片意地が出て來て、やけくそに、逆に禮の悪口をいひ出したり、まっぱだかで大酒などといふ亂暴な事を始めるやうになったのではないかと思ふのです

と説明した。

つまり、彼は人間社会の既成秩序を一人の人間としての自身への破壊によって内部から崩壊させようとしたのである。「なんでもよい。人のやるなと言ふことを計算なく行ふ」（『もの思ふ葦』）、「落ちるところまで落ちてみませう」（『水仙』）と決意し、破滅の道へ進もうとして、社会に対してマイナスの自己を、マイナスのまま提出してしまったのである。

4　回避できぬ深層矛盾

前記の如く、太宰は「他の為」を自分の「反俗」としての生き方を支える思想だと考えたのである。

いのちを捨てる氣で、所謂悪徳生活をしとほす事のはうが、のちの世の人たちからかへって御禮をいはれるやうになるかもしれません。

犠牲者。道徳の過渡期の犠牲者。(『斜陽』)

私は、やっぱり歴史的使命といふことを考へる。……私は、歴史的に、悪役を買はうと思った。ユダの悪が強ければ強いほど、キリストのやさしさの光が増やす。……滅亡するものの悪をエムファサイズしてみせればみせるほど、次に生れる健康の光のばねも、それだけ強くはねかへって來る、それを信じてゐたのだ。(中略)反立法としての私の役割が、次に生れる明朗に少しでも役立てば、それで私は、死んでもいいと思ってゐた。(『姥捨』)

太宰の生涯の中で、中期をのぞいて、こういう言葉はしばしば繰り返され、また、その言葉通りに実践したのである。だが、彼ひとりが堕落のポーズを示すことによって、次の時代に、より「健康の光」が来るなどとは、あくまでも太宰の主観的真実に過ぎないであろう。時代は決してこういう単純なあれかこれかで進むものではないのである。事実、彼の悪徳生活によって、時代はちっとも変らないばかりでなく、他人も深く傷つけられたことがある。すなわち、彼の「反俗」の自己破壊は「他の為」という初心と逆行してしまったのである。彼の自己破壊が激しければ激しいほど、「他の為」から遠くなるのである。その主観的真実と客観的現実との不調和性は、太宰の心身をさいなんで、彼の最後の滅亡を導いたのだと言えよう。

三　反俗と蹉跌

昭和四年から昭和十二年にかけて、太宰は波乱に富んだ青春期を送った。四度に亙る自殺未遂、麻薬中毒、多額の借金等々、めったに人が体験できないような事を太宰は一人で体験し演じてきたのである。特にコミュニズム運動への参加と脱落は青春期の太宰の重要な体験と思われる

太宰がコミュニズム運動に近づいたのは、客観的には高校の先輩の影響、社会運動の隆盛という時代の動向、プロレタリア文学の最盛期という文壇の傾向があることは相馬正一に指摘されている通りである。(『評伝太宰治』[8]を参照)また、主観的には彼の幼時から抱きつづけてきた生家にたいするコンプレックスと、自己は他の為にあらねばならぬというタブーとが、コミュニズムの思想の持っている倫理性に烈しく触発され共感したことを奥野健男は『太宰治』[9]で指摘しているのである。

両氏の見方にたいして、異議はないが、気が弱い太宰に、真正面から社会へ反逆する運動を参加させるのは、反俗の自己破壊の習性とつながりがあるのではないかと思う。反動的なものとされて、数回の苛酷な弾圧によって犠牲者が相次ぐこの最も危険な運動が、徹底的に自己を破壊し、既成秩序に反抗する太宰をはげしくゆすぶったのだろう。『人間失格』の中で、太宰自身を託した主人公大庭葉藏は、コミュニズム運動に参加する理由について、次のように語っている。

非合法。自分には、それが幽かに樂しかったのです。むしろ、居心地がよかったのです。(中略)日蔭者、といふ言葉があります。人間の世に於いて、みじめな、敗者、悪徳者を指差していう言葉のやうですが、自分は、自分を生れた時からの日蔭者のやうな氣がしてゐて、世間から、あれは日蔭者だと指差されてゐる程のひとと逢ふと、自分は、必ず、優しい心になるのです。(中略)また、犯人意識、といふ言葉もあります。自分は、この人間の世の中に於いて、一生その意識に苦しめられながらも、しかし、それは自分の糟糠の妻の如き好伴侶で、(中略)そんな男にとって、れいの地下運動のグループの雰圍気が、へんに安心で、居心地がよく、つまり、その運動の本來の目的よりも、その運動の肌が、自

分に合った感じなのでした。

その運動自身の本意より、非合法、日蔭者、犯人意識という、環境によって持たされた危険性に心を取られたと見えた太宰は、高校時代にプロレタリア風の小説をもって生家告発したり、帝国大学の時にシンパとして資金を出したり、自分の家をアジトとして党員に使わせたりして、さらに留置場に入れられたことまで起こったという。しかし意志が弱い太宰にはこの運動の過激さにはついに耐えられなくなり、ついに「自首」したのである。その裏切り者意識は太宰のもともと持ってきた罪の意識に、いっそう重みを加えたと思われる。

波乱に充ちた生活をしている一方、作家太宰治は文学創作を怠けてはいなかった。初期の文学は、昭和八年の『思い出』から、昭和十二年の『HUMAN LOST』までだといわれる。その時期の文学は彼の生活と相応して、「笑ひながら厳粛のことを語れ」（『狂言の神』）という道化の特徴を帯びると同時に、「反俗」の一面も、はっきりと主張されている。エッセイ『創作餘談』の中で、太宰は自分の文学理念を次のように書いている。

できるやうにも思ふのであるが、私は、わざと、できぬ、といふ。無理にもさう言ふ。文壇常識を破らなければいけないと頑固に信じてゐるからである。

世間の常識といふことについて考えてゐた。私たちは、全く、次の時代の作家である。それは信じなければいけない。さう在るべく努力してみなければいけない。

ここには、太宰の文学に対する「反俗」の態度がはっきり出ているのである。すなわち、彼は、次の時代の作家と自称して、至難の事業でありながらも、いまの文壇の常識を破って、自己流の作品を作ろうという決意が窺われる。

例えば、三回目の自殺未遂を素材にした『道化の華』の中で、主人公の大庭葉藏のほかに「僕」という作者――作者の自意識が、物語を中断して直接小説に登場し、「客観描写」的な小説を注釈して、小説全体に不思議な効果を与えたのである。実はこのような一風変ったスタイルの小説が初期には少なくない。『虚構の春』、『創世記』、『二十世紀旗手』などがそうである。太宰は「一切の既成の小説のスタイルによらず、彼独特の手法を持って作品を書いている」(『太宰治』[10])のである。それは、彼の初期の作品が難解で、まるで錯乱しているように見えると思われる原因でもあろう。

四　道化と安定

昭和十三年から二十年までは、太宰の中期にあたる。中期の太宰は、初期に較べてまるで人が変わったように平和で、かつ安定した姿を呈して、大人になった成熟を見せていたのである。太宰の激しい変貌の原因は聖書の影響、健康の回復、美知子との結婚などいろいろ挙げられるが、その中で時代の影響も見逃せないのである。

昭和十四年に、第二次世界大戦が勃発した。日本は、国民のすべてを捲き込む大きな戦争に突入し、食料、衣類その他の生活物質の不足で、配給制が実施されていて、戦前の生活の自由さえも制限されていた。太宰治も、一国民として、時代の動きの中で、社会に妥協せずには生きて行けなくなって、彼は他の日本人と一緒に所謂「戦時共同体」を形成した。おかげで、生まれながら持ってきた「疎外感覚」もそれほど強く現われていなかったようで、昭和十三年から昭和二十年まで、その生涯においては、心身ともに最も健康、かつ平和な日々を送っていたのである。

太宰は自分自身も、戦争の影響を認めていると思われる。中期の末頃書いたエッセイ『春』の中で彼は次のように語っているのである。

こなひだ、或る先輩が、よく、まあ、君は、生きて來たなあ、としみじみ言ってゐました。私自身にも、三十七まで生きて來たのが、うそのやうに思はれることがあります。戦争のおかげで、やっと、行き抜く力を得たやうなものです。

昭和十四年、太宰治は石原美知子と見合い結婚し、甲府市に新居を構えた。彼は安定した環境のなかで、生活を改善し、健全な小市民になろうとする努力を、堅実な家庭を築こうとする努力を、営々として始めたと見えたのである。

自叙伝的な小説ともいうべき『東京八景』の中で

私は、いまは一箇の原稿生活者である。旅に出ても宿帳には、こだはらず、文筆業と書いている。苦しさは在っても、めったに言はない。以前にまさる苦しさは在っても私は微笑を装っている。ばか共は、私を俗化したと言ってゐる。

と述べているように、太宰は微笑の仮面をかぶって、「道化」という処世の手段によって、小市民生活を送っていたのである。

一方、太宰の文学も前期の鋭さ、奇矯さが消え、健全で、かつ完全に人を喜ばせる玩具、更には道化の形になったのである。彼は世の中の明るさ、美しさだけを、善意だけを見、考えようとする。

中期の出発点と思われる『満願』はわずか五枚の掌篇だが、これまでの太宰の作風とガラリとかわり、人間の善意への信頼を底抜けに明るく歌っている。それから次々と発表された『富嶽百景』『美少女』『走れメロス』という一連の作品には、この明るさ、美しさだけを支えにどうにか生きていこうとする太宰の祈りが見られる。

世間の掟に従い、人の子の親となり、明るく健全な作品を書くようになった太宰治は見事に生活者として更生したかに見える。

ところが、自ら意志して行った小市民生活であるが、生活面に無能力に近い太宰は、心身ともにそれになり切れないであろう。また、平安な環境になじみ、好転する世評にやにさがっているうちには、自分のなかにある大切な反俗の精神がいつしか失われてゆくのではないかという不安を、太宰治は感じない筈はないであろう。

肉體が、自分の氣持と關係なく、ひとりでに成長して行くのが、たまらなく、困惑する。めきめきと、おとなになってしまふ自分を、どうすることもできなく、悲しい。なりゆきにまかせて、じっとして、自分のおとなになって行くのを見てゐるより仕方がないのだらうか。

昭和十四年四月発表された『女生徒』の少女の独白である。その少女は、大人になっていくことに悲しさを感じるのだが、太宰治もまた、家庭人として、一般市井人として、営々と小市民生活を修業している自分に、腹立ちと苛立たしさを感じはじめてくる。

『春の盗賊』は泥棒に入られたという主人公「私」の幻想によって成立した話だが、

私は、いやになった。それならば、現實といふものは、いやだ!愛し、切れないものがある。(中略)私も、今は營々と、小市民生活を修養し、けちな世渡りを始めてゐる。いやだ。私ひとりでもよい。もういちど、あの野望と獻身の、ロマンスの地獄に飛び込んで、くたばりたい!できないことか。いけないことか。

その言葉のなかには、太宰治が小市民生活を修養して、生きていることの不安にもう堪えられなくなる気持がひそんでいるのにちがいないのである。

そのようなかつて自己に忠実に生きた時代への憧れと、いまの生活への烈しい嫌悪および家庭から脱出の願望は、中期において行為となって激発することがないが、太宰の胸底でひそかに息づいている。『畜犬談』『鷗』『風の便り』など、さらに、中期の最後の作品といわれる『お伽草子』のなかに、ときどきその相貌を見せながら、深く刻み込まれていき、ついに、戦後の外的な圧迫はそれを破綻させることになるわけである。

五　抵抗と滅亡

昭和十二年八月から二十三年六月まで、このわずか三年間で終わりとなる後期において、太宰の生活と文学は、確かに平穏に見えた「中期」から、一転して苦悩する「前期」へ舞いもどったかのように見える。

昭和二十年、日本は敗戦した。敗戦によって古い社会、古い既成秩序が滅んで、永遠によみがえる事がない変りに、新しい、汚れのない社会と人間を作り出すチャンスもやってくるに違いないという幽かな希望を太宰は持っていたのである。しかし、『太宰治　生涯と文学』[11]によると、敗戦後、「軍閥が崩壊したら、かわって占領軍が、絶対の権力を持つ統治者となり、民主化政策を推し進めている。戦争中には軍部のお先棒をかついでいた所謂〈文化人〉やジャーナリズムが、舌の根もかわかぬうちに、日の丸の旗を赤旗に持ち替えて、民主主義礼讃をはじめている」ということで、敗戦によっても、人間の本性は少しも変らなく、相変わらずケチ臭く卑しく、自分の事ばかり考えている事に太宰はやがて気づいたのである。彼は希望から絶望に、期待から批判に、建設から破壊に、覚悟して前進し始めたのだと思われる。

太宰は保守主義を宣言し、天皇への愛惜の言葉を送り、更に一切の圧制と束縛に反抗する無頼派宣言をしたのである。それはいつも反俗精神を持っている太宰の生理的とも言える反応であろう。

私は無頼派です。束縛に反抗します。時を得顔のものを嘲笑します。

私はいま保守黨に加盟しようと思ってゐます。こんな事を思ひつくのは私の宿命です。

エッセイ『返事——貴司山治宛』の中の言葉であるが、そこに時流に背を向けながら自己の真実を貫き通そうとする太宰の決意がみて取れる。

それと同時に太宰の作品の様相も変わって、中期或いは敗戦直後の明るさや希望から次第に冷笑的な、文明批判を含んだ棘のあるものになっていく。『男女同権』『犯人』『女類』などの作品において、敗戦後のにわかづくりの民主主義を、新文化を、裏側から皮肉たっぷり諷刺していると思われる。

しかし、この真正面から政治や体制を批判するのは、到底太宰の体質にふさわしくないようで、彼の目は再び自分にとって、より本質と思われる人間に、向けられていったのである。

やはり私は政治運動には興味が無い。自分の性格がそれに向かないばかりか、それに依って自分が救はれるとも思ってゐない。(中略)私の視線は、いつも人間の「家」のはうに向いてゐる。(『家庭の幸福』)

彼は理想社会を阻むものは、政治や社会制度よりは、各個人にひそむ、古臭いもの、けち臭いもの、エゴイズムだと考えたのである。

私のたたかひ。それは、一言で言へば、古いものとのたたかひでした。ありきたりの氣取りに對するたたかひです。見えすいたお體裁に對するたたかひです。ケチくさい事、ケチくさい者へのたたかひです。(『美男子と煙草』)

そして、前期と同じように、彼の戦いは自身から始まったのである。さらに、今度の自己破壊は彼一人だけでなく、妻子まで犠牲にするということは、前期とは違っているのである。というのは、後期の彼は主に「爐邊の幸福」という既成の道徳に対して攻撃したからである。「爐邊の幸福」は中期の彼が最も憧れていて、求めていたものであった。それだからこそ、自分を否定しよう、破壊しようと志した太宰はそこからいちじるしい下降を見せたのである。彼は「家庭の幸福は諸悪の本」(『家庭の幸福』)と見なし、家庭の幸福を願う心が、あらゆる人間の崇高な決意を足元から破壊させる、人間のエゴイズムの源泉だと考えたのである。

太宰の後期の後半に一連の「家庭小説」を書いて、そこでは彼は「家庭」に目を置いて、作品の中で絶えず家を脱出し、家庭の幸福をわざと破壊しようとする夫のイメージを描いたのである。「子供より親が大事」(『桜桃』)、「義のために遊んでいる」(『父』)、「家庭の幸福は諸悪の本」(『家庭の幸福』)のような言葉が示しているように、この頃の作品において、彼の倫理観は通常の道徳と全く転倒して、善悪が通常のそれと全く逆になっていることが分かってきた。

ところが、義のために地獄の思いで遊んでいる父も、妻や子を愛し、家庭を大事にしたく、他人の傷つきを平気で無視することが出来ないのである。

おれだって、お前に負けず、子供の事は考へてゐる。自分の家庭は大事だと思ってゐる。(『桜桃』)

家庭の幸福。誰がそれを望まぬ人があらうか。私は、ふざけて言ってゐるのでは無い。家庭の幸福は、或ひは人生の最高の目標であり、榮冠であらう。最後の勝利かもしれない。(『家庭の幸福』)

それほど愛しているにもかかわらず、「破壊しなければいけなかった」(『おさん』)という苦しさは、またその苦しさに耐えて懸命に悪徳生活をしているのに、社会は彼の希望を裏切り、悪い方向へ傾斜して行くばかりだという苛酷な現実は、たえず太宰を苛んでいたのであろう。

昭和二十三年六月十三日深更、心身がますますその繰り返した敗北及びそれによる苦しさを支えられなくなった太宰治は山崎富栄と共に玉川上水に入水して世を去った。四回も自殺未遂を体験した作家太宰治は、結局は自殺によって命を終えたのである。

六　結　び

太宰の一生は、一人の気の弱い、本質的には世の中と相容れない人間が、自らに課した「他の為」という倫理に忠実でいようとした、苦闘の生涯だと言えよう。

彼は大地主の出自と幼年の育ち環境によるコンプレックスで、自分の「疎外感覚」に恐れを感じ、表ではたえず卑屈な笑いをし、他人を喜ばせる道化役を演じていたのである。しかしそれと同時に、彼の内心では素封家の子であることの選良意識も高いので、「道化」による偽りの自己より、真実の自己で生きて行こうとして、悪い社会に反抗する「反俗」精神をも持つことになったのである。でも、気の弱い彼は直接に社会と対決する体質でないので、彼の「反俗」は俗世の一人の人間である自身への破壊にしかならないのである。

要するに、「道化」と「反俗」との併存を有している太宰は、その「反俗」の強さに従って、生涯が「混乱――平和――混乱」という主軸を作っているのである。

また、「道化」も「反俗」も、そのいずれにせよ、「他の為」にしたものであり、ことに彼の「反俗」が目立っている。初期の混乱した生活も、後期の陰惨な家庭破壊も、「人の手本」と自称した太宰は「他の為」に「反俗」するという高い使命感を持って、やって見せたのだと言っても過言ではあるまい。

しかしながら、悪質な社会は、彼一人の自己破壊によって変わるわけもないし、他人はそれで救うどころか、傷つけられたことさえある。このような避けられぬ矛盾は、彼が結局滅びの一途を辿って行った最も重要な原因だと思う。

注

（1）相馬正一『増補　若き日の太宰治』津軽書房・1991年

（2）野原一夫『太宰治と聖書』新潮社・1998年5月25日

（3）大野裕「精神分析学からみた太宰治――〈母なるもの〉への復讐」『国文学　太宰治　もう一つの顔を求めて』学燈社・1982年5月20日
（4）奥野健男『太宰治』文春文庫・1998年2月10日
（5）大野裕「精神分析学からみた太宰治――〈母なるもの〉への復讐」『国文学　太宰治　もう一つの顔を求めて』学燈社・1982年5月20日
（6）相馬正一『評伝太宰治Ⅱ』筑摩書房・1983年
（7）奥野健男『太宰治』文春文庫・1998年2月10日
（8）相馬正一『評伝太宰治Ⅱ』筑摩書房・1983年
（9）奥野健男『太宰治』文春文庫・1998年2月10日
（10）奥野健男『太宰治』文春文庫・1998年2月10日
（11）野原一夫『太宰治　生涯と文学』筑摩書房・1998年5月21日

〔参考文献〕

本稿での太宰治の原文引用は次の著書に拠った。
1　『わが半生を語る』（『太宰治全集10』所収）筑摩書房・1967年12月2日
2　『思い出』（『太宰治全集1』所収）筑摩書房・1967年4月5日
3　『葉』（『太宰治全集1』所収）筑摩書房・1967年4月5日
4　『東京八景』（『太宰治全集4』所収）筑摩書房・1967年7月3日
5　『斜陽』（『太宰治全集9』所収）筑摩書房・1967年3月7日
6　『六月十九日』（『太宰治全集10』所収）筑摩書房・1967年12月2日
7　『パンドラの匣』（『太宰治全集8』所収）筑摩書房・1967年11月2日

8 『二十世紀旗手』（『太宰治全集2』所収）筑摩書房・1967年5月5日
9 『姥捨』（『太宰治全集2』所収）筑摩書房・1967年5月5日
10 『虚構の春』（『太宰治全集1』所収）筑摩書房・1967年4月5日
11 『HUMAN LOST』（『太宰治全集2』所収）筑摩書房・1967年5月5日
12 『人間失格』（『太宰治全集9』所収）筑摩書房・1967年3月7日
13 『狂言の神』（『太宰治全集1』所収）筑摩書房・1967年4月5日
14 『道化の華』（『太宰治全集1』所収）筑摩書房・1967年4月5日
15 『散華』（『太宰治全集6』所収）筑摩書房・1967年9月2日
16 『もの思ふ葦』（『太宰治全集10』所収）筑摩書房・1967年12月2日
17 『碧眼托鉢』（『太宰治全集10』所収）筑摩書房・1967年12月2日
18 『新ハムレット』（『太宰治全集4』所収）筑摩書房・1967年7月3日
19 『惜別』（『太宰治全集7』所収）筑摩書房・1967年10月3日
20 『水仙』（『太宰治全集5』所収）筑摩書房・1967年8月3日
21 『創作餘談』（『太宰治全集10』所収）筑摩書房・1967年12月2日
22 『春』（『太宰治全集10』所収）筑摩書房・1967年12月2日
23 『女生徒』（『太宰治全集2』所収）筑摩書房・1967年5月5日
24 『春の盗賊』（『太宰治全集3』所収）筑摩書房・1967年6月3日
25 『返事――貴司山治宛』（『太宰治全集10』所収）筑摩書房・1967年12月2日
26 『家庭の幸福』（『太宰治全9』所収）筑摩書房・1967年3月7日
27 『美男子と煙草』（『太宰治全集9』所収）筑摩書房・1967年3月7日
28 『桜桃』（『太宰治全集9』所収）筑摩書房・1967年3月7日

29 『父』（『太宰治全集9』所収）筑摩書房・1967年3月7日
30 『おさん』（『太宰治全集9』所収）筑摩書房・1967年3月7日

中日・日中同時通訳教育と実践の回顧とその展望について

宋　協　毅

0. はじめに

1964年、大連外国語学院は故周恩来、廖承志など国家指導者の支持下で大連日本語専科学校として開校し、1970年には専科生（短大生）の募集を開始して、1978年からは本科生の募集を始めた。筆者は1980年に大連外国語学院日本語学部に入学し、1984年に卒業して母校に残り、日本語教師を務めて今日まで至っている。振り返れば、大連外大在学中には翻訳の授業があったが、通訳の授業がなくて、同時通訳の授業は勿論なかった。そして、筆者は学生時代からよく中日友好交流のイベントに参加し、試行錯誤を繰り返しながら通訳に磨きをかけ、卒業後も、大学の派遣で何度も中日間技術移転プロジェクトの通訳を担当していたので、大学の日本語専攻における通訳授業の開設の必要性を否応なしに痛感させられたのである。そこで学院指導部の支持と日本人専門家の協力を得て、1986年より大連外国語学院日本語学部において、中国の大学日本語専攻の初めての同時通訳の授業を開設して以来、20数年の歳月が過ぎ去っている。本稿では、その20数年来携わってきた中日同時通訳の教育と実践について回顧分析することによって、我が国の中日・日中同時通訳教育の今後の発展のために、参考になるような提案が出来ればと考えている。

1. 中国の中日・日中同時通訳教育の草創期

1.1 中国における同時通訳教育の草創期

上述のように、建国から文革時代に及ぶ中国の日本語教育においては、社会の主な求人ニーズといえば、日本語教師と政府機関、国際旅行会社及び対外貿易会社関係の翻訳・通訳者などであり、そのうえ中日両国は長期に渡り国交を結んでおらず、両国の通商も香港経由の限られた中継貿易のみで、日本語人材の需要は非常にすくなかった。日本語学科を開設した大学は少なく、開設した授業科目には通訳や同時通訳のような授業はなかった。常に会話の授業を重視し、ヒアリングと会話能力を優先に考えている母校の大連外大といえども、当時は上記の有様であった。学生達が通訳の能力を向上させるには、仕事などの実践を通じて模索するより外は無かった。

筆者は学生時代より頻繁に各種の友好交流活動に参加し、通訳をやってきた。たとえば、日本青年の友好の船の訪問時の中国側の学生代表や、残留孤児の肉親探し、日本の著名な映画監督山田洋次氏及び俳優三船敏郎氏の大連訪問、日本からの技術移転プロジェクト、中国の技術者の日本研修等の現場での通訳を担当していたので、通訳並びに同時通訳能力育成の重要性を痛感したのである。そして、大連外大卒業後、新米の教師として教壇に立ってから2年後の１９８６年に、日本人教師と共に『同時通訳練習』という教科書を編集し、大連外大で初めての同時通訳の授業を開設した。

教科書の編集にあたり、社会の需要に応じ、政治、経済、文化、科学技術、観光等の分野を包摂したうえ、文字部分の編集の終了後に、ＮＨＫ北九州放送局と大連放送局のアナウンサーにハイクオリティな録音教材を吹き込んでもらい、教学に導入した。それで学生達から好評を博し、最も実用性の高い授業だと評価された。

1.2 草創期の教材編集及び教授法の模索

先に述べた通り、筆者と日本人教師が作った『同時通訳練習』教材は我が国の同時通訳教材として最初のものであり、専門的な音声教材まで配備していた。基礎ヒアリングの音声教材すら欠乏していた1986年当時、この教材はエポックメーキング的存在であったと言えよう。また、学生の語彙量の増大や聞きながら通訳する能力の向上を図るために、中日両国のアナウンサーによる二ヶ国語の音声教材の作成のみならず、ラジオのNHK国際放送の録音や、日本人の友人に日本国内でラジオとテレビの録音・録画をしてもらう等の方法を通じて、副教材として相当量のNHKニュース、特集番組、フォーラムなどの視聴覚教材を作った。

当時には参考となりうる教材や教授法などは存在せず、当然ながら〝シャドウイング〟といった訓練法や専門用語なども一切知らなかったので、手探りで前進するしかなかった。しかし、それまで多数の通訳、同時通訳の実践から得た経験から、語彙量の増大、ヒアリング能力の向上、イントネーションの修正、口頭表現のスピードアップなどの重要性を会得したので、それらを重要なポイントとして教学に取り込んだ。今振り返れば、手探りとはいえ、基本的には現代の同時通訳訓練法に限り無く近づいた教授法を採用したので、教学効果がよかった。例をあげれば、学生には1、2度聞かせたNHKニュースについて用語説明の後、即逐次通訳を行わせて、通訳と同時通訳の臨場感を体験させ、通訳の能力を高めた。学生たちは実によく頑張った。卒業後も、彼らは授業で学び取った知識をそれぞれの職場で存分に発揮し、授業の実用性についても再認識した。

筆者は1988年から日本留学を始めたので、大連外大の周先生が上述の『同時通訳練習』をベースに、各種の資料を付け加えて、90年代の初期に『同時通訳』の教科書（大連理工大学出版社）を出版し、版を重ね、中国の同時通訳教学のために貢献をした。

2. 在日10年間の通訳・同時通訳教学と実践

2.1 日本人学生を対象とする同時通訳教学

1988年10月、筆者は私費で日本に渡り、1989年3月に名古屋大学文学部大学院日本言語文化専攻に合格し、修士・博士課程の勉学を開始した。その傍らに、名古屋大学などの大学と名古屋中国語教室の日本人学生を中心に、10年の長きに及ぶ日中通訳と同時通訳の授業を行った。それで、中日両国の学生の特徴や教える側の教授法を比較するチャンスに恵まれた。

具体的に言えば、同時通訳の学習過程において、日本人学生の最大の難点は中国語の聞き取り、発音と会話スピードである。明治時代より、日本人は欧米の先進的な技術を習得する際に能率とスピードを追い求めるため、外国語の読み書きを重視する反面、会話能力をなおざりにしてきた。それは今日に至ってもその慣習が尾を引いている。日本人学生が中国語を学習する過程でぶつかる問題は多数あり、たとえば、日本語の音素が中国語より少ないうえ、中国語の巻舌音等に相当する多数の音素が存在せず、加えて中国語独特の四声等が、平板口調に慣れている日本人学生にとっては非常に把握しにくいものである。それゆえに元来外国語の勉強に自信の無い日本人学生は通訳と同時通訳の学習となれば、実に様々な難点を克服せねばならない。当然、教える側も多大な困難に立ち向かうことになる。

日本での留学中、筆者は勉学の余暇に同時通訳を教えたばかりではなく、絶え間なく自身の同時通訳実務の研鑽にも務め、それを教学にフィードバックをした。例を挙げれば、中国自動車代表団、中国映画代表団、郁達夫生誕

100周年記念国際フォーラム等の訪問活動及び国際会議で通訳や同時通訳を担当し、その過程で得たものをすぐに翌日の教学にでも反映し、学生達の学習意欲を高めた。

2．2　日本人学生を対象とする同時通訳教授法研究

まず始めに、筆者が日本留学中に気付いたことのひとつは、日本の日英同時通訳は極東軍事裁判と共に始まり、戦後経済の発展をアメリカの援助に頼ったこともあって日米間の交流は重要な位置を占めてきたので、日英同時通訳は水準が高くて、そのトレーニング法等も参考にすべき所が多々あったということである。そこで、目的性を持って各種の日英・英日同時通訳の教材、参考書を探し出し、同時通訳教授法について実践をしながら系統立てた勉強をし続けた。

その後、もう一つ注目したのは、日本において同時通訳の教育は大学が担当するのではなく、今の中国で言う〝新東方（ニュー・オリエンタル）〟のような英語養成学校に相当する〝サイマル〟と呼ばれる養成センターがそれを担っていたことである。日本の日英・英日同時通訳教育が先行しており、日中・中日同時通訳教育においてもその経験が生かされていた。サイマルの教授法は科学的かつ体系的で、多数の高水準の日中同時通訳の人材を育成してきた。

このように、筆者は在日中、日英・英日同時通訳及び〝サイマル〟の日中・中日同時通訳教授法を学習し、中国で模索した同時通訳の教学と実務経験に、日本の進んだ経験と手法をドッキングさせ、日本人学生の特徴に応じ、簡単で実用的な〝3人通訳＋同時通訳練習法〟を編み出した。

この方法は通訳の現場をシミュレートし、教師のリードで受講者一同が興味を持つ話題を一つ選び、教師はインタビュアーを担当し、順番で二名の学生はそれぞれ通訳者とインタビューされる人を担当して行われる。練習はす

べて即席で行われるので、そのサバイバル的練習で学生が口頭表現、関連知識、メンタル等の面で著しい進歩を得ることが出来た。練習時に教師は自分が提示した話題の和文中訳・中文和訳時に出現する誤訳や不適切な訳を即座に修正しなければならないため、教える側の力量が問われ、日本語に熟達し、しっかりとした日中両語の基礎を持ち、豊富な言語、文化、科学知識などと実践能力を擁していなければ務まらない。日本における10年間の教学実践で、この方法は通訳と同時通訳の教授法の一つとして実に有効だということを証明できた。

在日中、筆者は数多くの日本人学生に通訳と同時通訳を教授し、多くの優秀な学生に恵まれた。たとえば、90年代には、中国の元総理大臣である李鵬氏のトヨタ訪問時の通訳を務めた筆者の学生が高く評価されたのである。

3. 中国同時通訳の発展期

3.1 大連外大における同時通訳授業の改革

1997年、筆者は名古屋大学で博士号を取得し、何箇所かの大学が教員として招聘しようとしてきたが、母校大連外大の要請に応じ、思い切って1999年の春に母校に復帰することにした。留学期間中参考にした国内外の先人の経験を踏まえ、十年間研鑽した同時通訳教学法を中国人学生の特徴に合わせて再度調整をして、大連外大の中日・日中同時通訳の教学に導入した。その実践の中で、以下のような主な訓練方法の模索を行った。

1) リスニング

これは本科の一年から三年までのヒアリングの授業と違う所といえば、素早く聞いた内容を理解し、最終的にはネイティブに限りなく近づいた日本語の聴解力の育成を主旨とするところにある。通常、三年生までのヒアリングの素材は日本人の日常会話のスピードと内容と大分差があるので、リスニングの練習で扱う素材は量的に多く、スピードが速く、広範囲であるべきで、文化背景等に関する周辺知識の訓練もすべきである。NHKの各種ニュース、トーク番組、フォーラム、ミュージック・スポーツ番組、スピーチ等は適当な内容であり、教師は訓練中、学生に消極的、受身的にではなく、積極的、能動的に聞きながら考えるように指導し、出来るだけ簡潔で効果的にヒントを与え、目指すところは、より全面的かつ精確に聞き取り、瞬間的に正しい判断を下せるところにある。

2) シャドウイング・プロダクション

シャドウイングとは、スピーカーより1、2秒遅れて全く同様なアクセントやイントネーションでその話をリピートすることである。これは高度の集中力を要する練習であり、会話スピードの向上、イントネーションの修正の最適な方法でもある。普通、中国人は中央テレビ局の中国語ニュースをリピートするのでさえ一定の困難を伴うのものであり、日本語のシャドウイングを行うとき、ハイスピードの会話速度という条件下で同時にその内容を理解することは比較的難しい事である。しかし、この練習は同時通訳の基礎であり、筆者の長年の経験からいえば、中国の大学の日本語専攻の本科生は三年生辺りから比較的高いヒアリング能力をもっており、四年生ともなれば、ヒアリングとシャドウイングを同時に訓練することが出来る。

しかし、注意すべきことは同時通訳の訓練と言ってシャドウイングのみ強調し、プロダクションを軽視してしまうことである。なぜなら、同時通訳と逐次通訳は矛盾するものではなく、延長線上にあるもので、とりわけプロダクションは瞬間記憶能力を鍛える上で欠かすことの出来ない手段である。それと速記や特殊な筆記訓練と併用することも、同時通訳者を育成するのに非常に重要なステップとなるのである。

3) サイトトランスレーション――「サイトラ」と略す

サイトラとは、通訳者がスピーカーの原稿を手にし、スピーカーの話を聞きつつ、原稿を確認しながら通訳をすることである。国際会議においては、比較的正式なスピーチは通常、発言前に原稿が用意されるので、サイトラに熟達することで、原稿あり同時通訳の精確性、全面性の向上につながるのである。しかし、スピーカーが原稿を持っているとはいえ、都合により原稿通りに読まないことは要注意である。例えば、スピーチの開始か終了時に場面に即した祝辞・謝辞の付け加えや、進行途中のアドリブで内容に対する修正と添削などである。そのため、通訳者の手元に原稿があるといえども、常に注意を払わねばならない。

通常、原稿がない条件下で、忠実かつ適切に、ある言葉を別の国の言葉に同時通訳することは難しい。しかし、現実問題として、たとえ事前に原稿を手にしていても、通訳者は必ずしも完璧に同時通訳が出来る保証などどこにもない。従って、同時通訳の訓練中、スピーカーの語順に基づき、一定の直訳を訓練することも重要である。一般的なステップとしては、サイトラの第一歩は学生に中日両語の原稿あり同時通訳をさせ、その次は教師の朗読（スピードの調整をしながら）、あるいはテープを学生に聴かせ、逐次通訳させる。さらにその次は原稿なしの逐次通訳（できれば同時通訳へ移行）の訓練である。

4）即席通訳と同時通訳の練習

表面上、逐次通訳の場合、通訳者は発話者の会話内容を聞き終えてから通訳を開始するので、同時通訳よりは時間的な余裕がある。しかし、その難点はスピーカーの話が長時間に及ぶ時、脳の記憶だけでは不十分ということである。それ故、逐次通訳の訓練においては、聴解・会話・瞬間記憶・通訳の能力を鍛えるのみならず、筆記能力（無論、速記が出来れば最適だが）、特に時間の制限でノートにメモした単語群を文に還元する能力をも鍛えねばならない。それに、逐次通訳と同時通訳は相互補完的なもので、個別に扱うのが不適当である。従って教学中、教師は翻訳の授業で習得した日中・中日翻訳の知識と技能を通訳と同時通訳に応用することを学生に指導するべきである。教学の内容は政治・経済・文化・スポーツ・芸能等の各分野に渉るように、とりわけ正式な場面で用いる表現（敬語、慣用句等）や、言語と文化の表裏一体の関係などに関する指導も怠ってはならず、着実に逐次通訳から同時通訳への訓練を導入していくのである。

3．2　同時通訳における教学改革に対する社会面からの評価

上述の改革は同時通訳の教学に変貌を促した。学生たちは場面に応じる同時通訳調の言葉遣い、最新の政治・経済・文化等各分野の知識と同時通訳の技能などを学ぶことが出来、意欲が日に日に高まった。また、余暇において実践の機会に恵まれながら、就職活動のために面接の通訳試験で学んだものをすぐに応用できるので、社会から高く評価された。そこで学生たちは更に高いモチベーションで勉強に臨んだ。筆者自身の試みも認められ、２００１年に遼寧省教育庁教学成果の二等賞を獲得した。記憶に新しい事には、その教学成果選考会において筆者が同時通訳教学に関する改革の紹介を終えた時、ある審査員がこう言った。「うちの大学では同時通訳の授業さえ開設していないのに、貴校ではもうすでに改革まで行っていたのですか」と。改革開放後の中国社会の高度経済成長を支えるには、熟練した同時通訳者の育成は急務であるが、残念ながら、当時我々の教育システムはまだ社会の求める水準に達していなかった。

3．3　新編教材の準備と実践

１９９９年に筆者は帰国して同時通訳の授業を開始した時、手元には何冊かの教材があった。神崎先生等が編集した『式辞あいさつ篇』（東方書店 1989）と『中国語通訳トレーニング講座』（東方書店 1997）、塚本先生の『中国語通訳への道』（大修館書店 2003）、そして前述した周先生の『同時通訳』（第三版　大連理工大学出版社 1999）などである。その何冊かの教材を組み合わせ、自身の教学と実践の経験を加味して使用した。授業の傍ら、中国人学生の特徴と新時代に合う新編教材の執筆を始めた。その過程において、張維為先生が著した『英漢同時通訳』（中国

対外翻訳出版公司 1999)、楊承淑先生の『中日通訳入門教程』(外研社 2003)、および小松達也先生の『通訳の英語日本語』(文春新書 2003) 等の教材と文献を発見したので、新教材の編著のために参考となる理論と実践の根拠を得た。

同時に、筆者は帰国後も同時通訳の実践に十分の注意を払った。中国国内の発展は日進月歩であり、同時通訳現場の変化はその教育に携わる者にとって随時注目しなくてはならない。実践で更に経験を積むと共に業界の情勢変化を把握して、それを学生に紹介反映するように努めてきた。いまや同時通訳は高強度の脳力と体力を要する職業だと国際的に認知されている。そのため通常は2、3人のグループでローテーションを組んで、一人は15~20分担当して、仕事の正確さを期している。しかし、筆者は49歳頃に何度かこの仕事の限界に挑戦してみた。一人で朝8時から夜5時までの日中・中日同時通訳をやり通したのである。その国際会議の議題は中国東北地方旧工業基地の振興や、建築物の再生利用及び環境保護問題等で、専門性が高い上、中日双方から参加した政府官僚や専門家たちは原稿を用意しないか原稿どおりに発言しないため、その難しさを更に増したものである。20余年の経験を頼りに、その幾つかの国際会議の同時通訳を順調にこなした。そして会議が終了する度、司会者が参加者一同を代表して通訳の筆者に謝辞を述べてくれたのは最も誇りとするところである。この挑戦を通じて、語学の基礎、体力、周辺知識など共にベスト状態にある30代半ばの通訳者2、3人が一組となって順番で行なうべきであるという同時通訳業界の不文律は必ずしも適切ではないことを証明出来た。実際、中国の同時通訳業界の大先輩である林国本先生は60歳過ぎてもなお同時通訳の第一線で活躍し続けている。

4. 中国同時通訳教学の準成熟期

4.1 大連大学における教科書編集と同時通訳の教学実践

2003年、筆者は大連大学日本言語文化学院で仕事を始めた。国内外の先人の研究成果を参考にし、20年来の同時通訳教学と実践の経験を基にして、『新編中日・日中同時通訳教程』（外研社 2005）を完成させて出版した。その出版に際し、幸いにも劉徳有先生、林国本先生等中国翻訳界の大先輩の多大なる支持を得た。この教材は目下国内外で発行され、国内の多数の大学で同時通訳本科或いは修士課程の教材に選ばれた。2007年2月、この教材は日本で発売する中国大陸出版の書籍のベスト6に入った。時期を同じくして国内の学者も相次いで教材を出版した。例えば陸留弟先生の『同時通訳への近道——日本語上級通訳技能訓練書』（華東師範大学出版社 2005）、王健宜先生の『上級日本語通訳』（南開大学出版社 2006）等。これは中国の中日・日中同時通訳教学が真に準成熟期に入りつつあることを示している。

大連大学での教学において、筆者は教授法、教授内容と教学の対象について改めて考慮し、日本語専攻の同時通訳授業の実施を従来の4年生から3年生に引き下げた。3年生からスタートすることで、学生たちが通訳と会話能力を早めにレベルアップすることができ、4年生の就職活動が順調に進み、通訳の授業で学生の就職や留学などのための勉強内容を有機的に組み合わせることは筆者の狙いである。この試みは学生に受け、社会の求人ニーズにも対応できている。

そして、多方面の準備を経て、筆者は2005年に北京第二外国語学院と同時スタートして、中国の大学の日本語学科における最初の通訳と同時通訳コースを開設し、そのコースのための特別なカリキュラムを定めた。今は、高校で英語を学び、大学入学後日本語の勉強を始めたこのコースの学生達は既に4年生になり、厳しい訓練と自身の努力でその通訳の基礎能力が養成目標に達している。２００６年、筆者が担当した『日中同時通訳』授業は大連市の優秀授業に選ばれた。

4．2　実験室の建設

上述の教材編集、コースとカリキュラムの設定などで成果を挙げてから、２００６年に我々は大学の支持と日本の友好姉妹校の支援の下、遠隔教育システムと同時通訳教学・国際会議システムを一体化した基地を完成させ、２００６年10月に中国国家教育部本科教育水準評価で専門家グループより好評を博した。国家指導者である李克强氏や省と市の指導部及び国内外の姉妹校関係者の視察と訪問を迎えた。筆者はまた各界の要請に応じ同時通訳に関する教学・実践問題について大連森ビル、吉林大学、黒竜江大学で講演を行い、２００７年に北京外研社が主催した第一回日本語教学国際フォーラムで同時通訳のトレーニング法について全国の２００近くの大学の300名余りの専門家と教師を相手に講演した。多くの大学の教師が同時通訳の教師育成の研修班の開設を頼んで来るし、幾つもの大学の教師代表団が本学院を見学した。これは中国の日本語教育界が社会のニーズに合う日本語人材を育成しうる時代に入ったことを示しているであろう。

5．終わりに

以上、筆者は中国の中日・日中同時通訳教学の歴史を振り返りつつ、同時通訳の教学モデルの建設について述べてきた。２００６年に、中国同時通訳教学の中心校の一つである北京第二外国語学院が主催した『通訳と同時通訳教学国際フォーラム』において、中日両国の中日・日中同時通訳界の代表的人物である林国本、塚本慶一、徐一平等の諸先生方は両国の同時通訳の歴史や現状等について的確な分析と概括を行われ、今後の発展のために建設性に富んだ指摘をされた。2008年の第3回大会では筆者も塚本慶一先生、楊承淑先生と共に同時通訳教育方法論などについてパネルディスカッションを行なった。筆者が思うに、我々は日中両国の学生のために同時通訳の教授法をさらに深く研究し、本科生から修士（博士課程も射程に入れて）課程までの系統立てた教学システムを構築すべきである。また、同時通訳コースのカリキュラムを充実させ、社会が必要とする同時通訳専攻の人材育成を旨とする教学システムとそのための実験室などを作り、新世紀における高水準の同時通訳上級人材の育成のために努力をしなければならない。我々の努力を通じ、中国の中日・日中同時通訳の教学は近い将来、必ずや実りの多い成熟期に入るものと筆者は確信する。

〔参考文献〕

［1］陸留弟《同传捷径——日语高级口译技能训练教程》上海：华东师范大学出版社・2005

［2］王健宜《高级日语口译》天津：南开大学出版社・2006

［3］徐冰《日语口译学论稿》长春：东北师大出版社・2002

［4］杨承淑《中日口译入门教程》北京：外语教学与研究出版社・2003

［5］张维为《英汉同声传译》北京：中国对外翻译出版公司・1999

［6］周殿清《同声传译》第三版，大连：大连理工大学出版社・1999

［7］神崎多実子・待場裕子『中国語通訳トレーニング講座』東方書店・1997

［8］小松達也『通訳の英語　日本語』文春新書・2003

[9] 塚本慶一『中国語通訳への道』大修館書店・2003
[10] 待場裕子・能勢良子『式辞あいさつ篇』東方書店・1989
[11] 劉徳有『日本語の面白さ』サイマル出版会・1986

相互作用における意見展開のパターンについて

――日本人大学生の親しい女性同士の議論の会話をもとに[1]――

肖　婷婷

1.　はじめに

議論の場面では、自分の意見を述べることが重要であるが、相手と意見の相違がある場合には、感情の対立が起こる恐れがあるため、意見を述べるときには、対人関係を円滑に保つような配慮が必要となる。ところで、日本語学習者が配慮に文化差を感じることが先行研究の調査で報告されている（木山・長坂・木田2006）。そのため、日本語会話教育の現場で指導していくには、まず日本語母語話者の配慮の特徴を明らかにする必要がある。そこで、本研究は、まず日本語母語話者の議論会話を取り上げ、そこからどのような配慮が見られるのかを考察することを目的とする。

2.　先行研究

意見の述べ方にどのような配慮が見られるかについて、先行研究では様々な知見が報告されている（Watanabe

1999, 本田 1999, 李 2001, 椙本 2004 など)。たとえば、椙本(2004)は日本人大学生の会話を分析した結果、提案に対する反対意見を述べるまで、「保留」や「容認」などいくつかの段階を踏んで述べていることが対人配慮の手段の1つであると指摘している。

しかし、これらの研究はほとんど、意見をどのように伝えるかという意見の送り手側の目線でなされている。実際の議論の場面において意見をどのように展開していくのかは、意見の受け手との相互作用によって変わる可能性がある。そこで、本研究は、議論参加者同士の相互作用が現れる意見展開のパターンに焦点を当てることにした。

3. 研究設問

以上の研究目的に基づき、本研究では次の3つの研究設問を立てた。

(1) 相手の意見に対して、どのようなタイプの反応が見られたのか。
(2) 相手の反応によって、意見の展開パターンに違いがあるのか。
(3) もし、違いがあるのなら、それぞれの展開パターンから、どのような対人配慮が見られるのか。

4. 研究方法

4. 1. データ収集

分析のデータは性別、年齢、親疎関係が条件統制された日本人の親しい同性の友人同士の2者間会話が6会話で、総計約90分のものである。協力者は全員日本の大学に在籍する学生である。すべての会話は女性同士の議論の会話で15分程度録音されたものである。実験のテーマ、目的については実験前には伝えていない。また1会話終了ごとに、録音をどの程度意識したか、録音していることが会話に影響を与えたかについてフォローアップ・アンケートで確認した。

会話の場面設定についてては、まず議論のテーマは10の候補を事前用意し、それぞれのテーマについての協力者の考え、また協力者が話しやすいテーマはどれかについて、アンケートによって、事前に調査している。アンケートの結果から、会話参加者同士の立場が異なるもの、協力者が比較的に話しやすいと感じるもの、という基準で調査者が1つ指定した。テーマは会話ごとに異なることになるが、「話者同士の立場が異なるもの」ということで条件を合わせた。協力者には、「なるべく自分の立場を変えずに、意見を戦わせること」、「最終的に結論は出さなくても構わないこと」と録音前に伝えた。

収録した会話は、すべてBTSJ（Basic Transcription System for Japanese, 宇佐美 2007）に従って、文字化を行った。

4．2．分析方法

分析方法について、具体的には議論における話者双方の相互作用を考察するために、まず本研究における意見と反応の定義（以下4．3節参照）にしたがって、意見と反応を分ける。次に、相手の反応によって、意見がどのように展開していくのかを質的に分析し、その展開パターンの特徴を明らかにする。さらに、違う展開パターンに見られる対人配慮の仕方を考察する。

4.3. 用語の定義

用語	定義	会話例
意見	議論のテーマに関して、話者がなぜそのような立場をとったのかについての見解及びその理由説明の発話とする。	（トピック：大学の成績評価は試験がよいか、それともレポートがよいか 立場　A：試験派　B：レポート派） A：なんか試験のほうが客観的な気がして、安心できる。↑意見 B：それはあるよね。↑反応
反応	相手の「意見」に対するフィードバックのような発話とする。（「意見」の直後のターンに含まれるすべての発話）	

5. 結果と考察

分析の結果、意見の展開は相手の反応によって違うことがわかった。具体的には、相手が肯定的な反応を示した場合は、意見の送り手は自分の意見をさらに続ける傾向がみられ、否定的な反応を示した場合は次の4つの異なるパターンの展開が見られた。①相手の意見に同意する。②一旦同意してから、自分の意見をさらに続ける。③質問して、相手の意見を確認する。④相手に自分の意見をさらに説明する。

以下、研究設問ごとに具体的に述べていく。

5．1．研究設問(1)：相手の意見に対して、どのようなタイプの反応が見られたのか。

相手の意見に対して、さまざまなタイプの反応が見られ、大きくは肯定的な反応、否定的な反応、その他の反応の三つに分けることができた。詳細は以下の表1にまとめる。

表1：相手の意見に対する反応のタイプ（下線部は該当する発話）

反応	下位項目	特徴	会話例[2] （トピック：大学の成績評価は試験がよいか、レポートがよいか。 立場 A：試験派 B：レポート派）
肯定的反応	理解	相手の意見や、気持ちを分かっていることを示す発話	1A：うん、試験でなんかけっこうそんなことを聞かれても、というようなことを聞かれて、それを一生懸命考えるほうが、けっこう頭を使うかも。 2B：ああ、それはあるね。特に学部のレポートとか、けっこうね、出せばもらえるだろうみたいな。
	同意	相手の意見に賛成する発話	1B：試験のときは、けっこう話しが飛ぶと、でも修正する時間もないし。 2A：そうなんだよね。

否定的反応	回避	相手の意見に対し、賛成か、反対か、はっきりした態度の表明を避ける発話	1A：試験のほうがフェアだと思う。 2B：試験、試験、うーん。
	反論	相手の意見に不同意したり、反例を示したり、否定したりする発話。	1A：どうしても、なんかこう、自分の意見はあるんだけど、その授業で習ったことをフルに生かしきれない感じがする。 2B：でもさあ、分かりにくい授業の試験もつらくない？。
その他の反応	確認	相手の意見内容について、分かったこと、あるいは分からなかったことを質問などで確かめる発話	1B：じゃ、［名前2］先生みたいのがちょうどいいの？。 2A：［名前2］先生みたいなのが。 3B：（レポートと試験）両方やる［↑］。 4A：両方やるのがそれは妥当だと思うよ、両方。
	あいづち	話を続けてもよいという継続表示機能の発話（ザトラウスキー1993）	1A：レポートだと、あんまり私は文章を書くのが得意じゃないから、何かこう先生の好みとか、そういうのがあるかなと思っちゃう。 2B：ああ。 3A：けっこうそれが心配で、レポートだけだと、ちょっとこう（試験も）ほしいよと思うかも。
	応答	相手の質問、確認に答える発話。	1A：自分の好きな授業だったら両方やりたい感じ。レポートも書きたいし、試験も受けますみたいな。 2B：韓国語？。 3A：〈笑いながら〉韓国語でレポートを書け？。でもなんか分からない授業だと、ちょっとつらいかも。

5．2．研究設問⑵：相手の反応によって、意見の展開パターンに違いがあるのか。

意見の展開は受け手である相手の反応によって違う。相手が肯定的な反応を示した場合は、送り手は意見をさらに続ける傾向が見られ、否定的な反応を示した場合は4つの異なるパターンの展開が見られた。図示すると、次の通りになる。

図1：相手の反応ごとに見られる意見の展開パターン

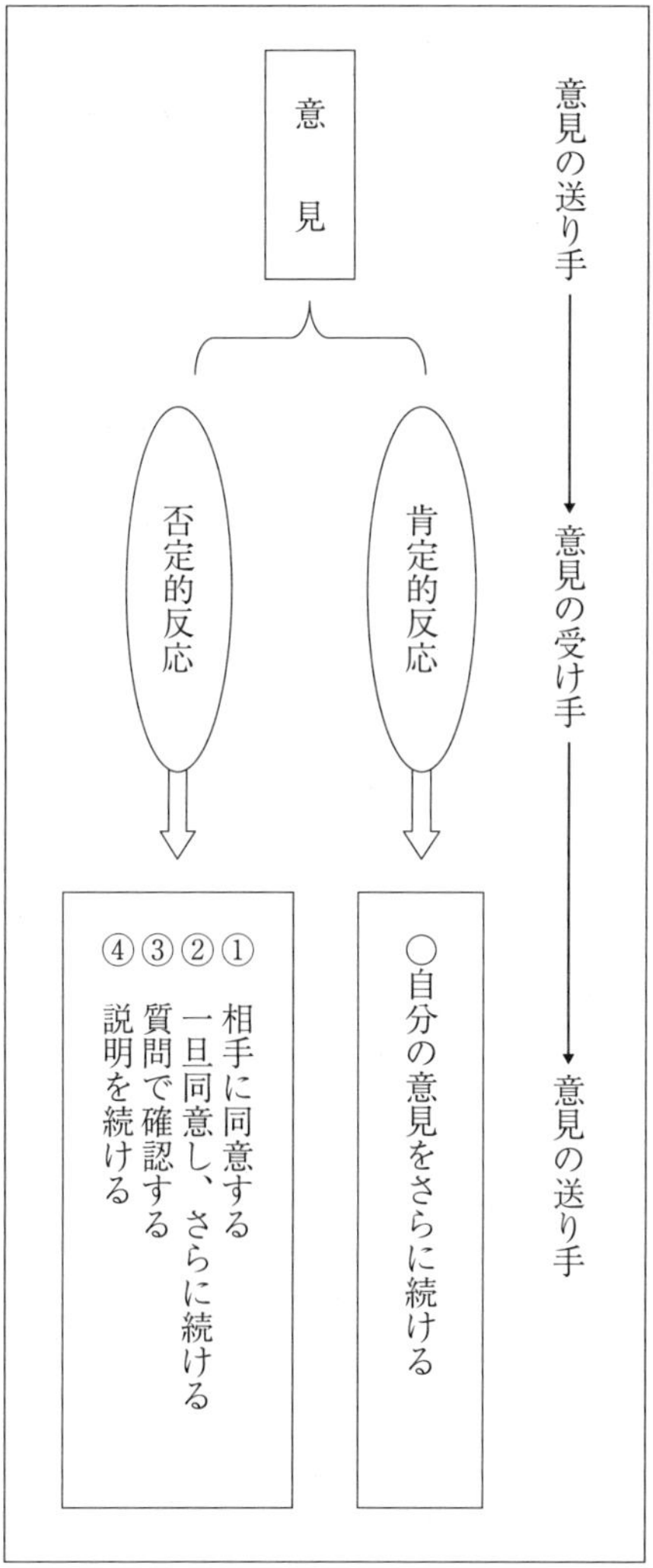

以下、具体的に述べていく。

5．2．1．相手が肯定的な反応を示した場合

相手が自分の意見に同意したり、理解を示したりするような肯定的な反応をとった場合、自分の意見をさらに続けていく傾向が見られた。以下はその例である。

①自分の意見をさらに続けていく

〈会話例①「大学の成績評価は試験がよいか、それともレポートがよいか」について、議論する場面。Aはレポート派　Bは試験派〉以下の会話でも、Aが参考資料の持ち込みが許される試験について、Bがどう思っているかと尋ねる。Bはあまり好きではないこと及びその理由について話している。AがBの意見に肯定的な反応を示すことによって、Bは自分の意見（下線部の発話）をより具体的に説明しつづけた。

1A：持ち込みの試験、あるじゃんね、あれはいいの［→］、［名前1］ちゃんは?。
2B：持込ある試験のほうが、かえってなんか。
3A：いやだ?。
4B：うーん、なんだろう、迷っちゃうから。
5A：ああ、なるほどね、そうか、そうか。　←肯定的反応
6B：なんか、なんかもう；
7A：どうしたらいいということか。　←肯定的反応
8B：なかったらもうなくて、自分の記憶とその場のひらめきで（はい、はい）、書くしかないから、（うん、うん）、なんかいいんだけど、レポートとか、持ち込みの試験は諦めが付かなくて〈笑いながら〉。
9A：ああ、なるほどね。　←肯定的反応
10B：なんか；
11A：まだやれるかもみたいな。　←肯定的反応

12B：そう、そう、そう、よりベター、というのができるんじゃないかという、間違った見解に襲われてはだめだから、いっそう試験で切ってくれ、みたいな。
13A：ああ、なるほど、そうか、そうか。

5．2．2．相手が否定的な反応を示した場合

相手が自分の意見に対し、回避したり、反論したりするような否定的な反応をとった場合の意見の展開には次の4つのパターンが観察された。
① 相手に同意する。
② 一旦同意してから、自分の意見をさらに続ける。
③ 質問して、相手の考えを確認する。
④ 相手に自分の意見をさらに説明する
以下は各々の例である。

① 相手に同意する。
〈会話例②　「大学の成績評価は試験がよいか、それともレポートがよいか」について、議論する場面。Aはレポート派。Bは試験派〉　Aはレポートがよいと思った理由は、自分が一夜漬けの勉強が必要とされる試験が苦手だからと述べ、それに対し、Bは試験のほうが持続的にやらなくていいから、楽だとAの意見に否定的な反応を示した。そのような反応を受けて、Aは自分の意見をさらに続けることなく、相手に同意する。
1A：でも本当に単語を覚えるのがいやで、一夜漬けとかもできなくて、実は。何かけっこう集中力、あ、まあ、違う

方面があるから、で競うとか言われるけど、実は毎日けっこう徐々にやってないと、覚えていない。本当に試験はそれは全部最初から覚えるじゃん［↑］本当なんかああ～となる、できないなあと思う。

2B：そうか、いや、なんかでも試験のほうが持続的にやらなくていいから、楽っていうのがすごいあって。

↑否定的反応

3A：そうなんだよね、ある。

② 一旦同意してから、自分の意見をさらに続ける。

〈会話例③「大学の成績評価は試験がよいか、それともレポートがよいか」について、議論する場面。Aはレポート派。Bは試験派〉Aはレポートがよいと思う理由の一つに、大学の試験でも覚えなければならないということを挙げ、具体的には歴史の授業もそうだと述べた。それに対し、Bは歴史は覚える科目ではなく、そこから何かを得るためにある科目だと反論した。そのようなBの否定的な反応を受け、Aはライン5（5A）で一旦相手に理解を示したうえで、歴史の授業でもテストのために、覚えなければならない部分があるのだと自分の意見をさらに説明した。

1A：：大学の試験は）覚えるのが単語とか、そういう単体じゃなくて、背景とか。

2B：背景とかね。

3A：歴史とか、そういうなんか【

4B：】いや、歴史は覚えるものじゃないんだよ、得るものなんだよ、だって【 ←否定的反応

5A：】わかるけど、それはもちろんわかるけど（うん）、でもテストのためには：

6B：そうだよね。

7A：覚えて。
8B：覚えなきゃいけないから、覚える。

③　質問して、相手の考えを確認する。

〈会話例④「大学の成績評価は試験がよいか、それともレポートがよいか」について、議論する場面。Aは試験派。Bはレポート派〉Aは試験がよい理由の一つに、分からない授業の場合、レポートはハードルが高いため、試験のほうがよいと述べた。それに対し、Bはライン6（6B）でAの意見に賛成も反対もせず、あいづちをうったのみであった。その後13秒間の沈黙が続いた。そこで、Aはライン7（7A）の質問で相手の考えを確認する。

1A：よくないと思うんだけど、どうしても分からない授業に出会ったときに、試験かレポートかと言ったら、試験と言うかも（ああ）、うん、わからない、もしかしたら、レポートの程度にもよるけどね、レポートにすごく高いものを求められているんだったら、ちょっときついなあとは思う。
2B：うん。
3A：ただ、自分の考えを書いてみてくださいというんだったら、色々たくさん思うことを書くけど。
4B：ああ。
5A：論文だと、全然分からない分野を書こうと思うと、ちょっと難しい。
6B：うーん。〈13秒沈黙〉　←否定的反応
7A：どうですか。

④　相手に自分の意見をさらに説明する。

〈会話例⑤「大学の成績評価は試験がよいか、それともレポートがよいか」について、議論する場面。Aは試験

派。Bはレポート派〉Aの試験派は分かりにくい授業の場合は、授業で習ったことがフルに生かしきれないことを理由に、レポートよりも試験のほうがよいと述べた。それに対し、Bはライン2（2B）とライン4（4B）で分かりにくい授業の試験もつらいと反論した。Bの否定的な反応を受け、Aは試験がやりやすいという自分の意見について、ライン3（3A）とライン5（5A）でさらに詳しく説明した。

1A：どうしても、なんか、こう自分の意見はあるんだけど、その授業で習ったことをフルに生かしきれない感じがする。

2B：え、でもさあ、分かりにくい授業の試験もつらくない?。 ↑否定的反応

3A：試験のほうがまだまだ。〈笑いながら〉

4B：え、レポートでもその授業のことをわかって、その授業で、だって、試験だったら、その授業のことを分かっていなかったら、できないじゃん。 ↑否定的反応

5A：うん、でも授業の内容はわかるんだけど、うまく、こう、それを応用できないじゃん（あ）、たとえば、数学とかだと、私は数学苦手だけど、数学のテストだと、計算はできるけど、その理論をこう、別のところに応用しつつ、自分の考えを出すとか、そういうのはちょっと難しい。

5. 3. 研究設問(3)：もし、違いがあるのなら、それぞれの展開パターンから、どのような対人配慮の特徴が見られるのか。

意見の展開パターンからさまざまな対人配慮の特徴が観察された。以下、それぞれの展開パターンごとに見ていく。

5．3．1．相手が肯定的な反応を示したときの意見の展開パターンに見られる配慮

このパターンでは、意見の送り手は相手の反応を見ながら、自分の意見をさらに明確なものにしていったり、意見の受け手は理解や、納得やなどの肯定的な反応を示し続けたりして、相手の考えを引き出していくような配慮が見られた。以下は具体例である。

〈会話例⑥[3]「大学の成績評価は試験がよいか、それともレポートがよいか」について、議論する場面。Aはレポート派　Bは試験派〉以下の会話では、Aが参考資料の持ち込みが許される試験について、Bがどう思っているかと尋ねた。AがBに肯定的な反応を示し続けることによって、Bは自分の意見（下線部の発話）をより詳しく説明するようになった。

具体的にはBはまずライン2と4で持ち込み試験がかえって迷ってしまうため、あまり好きではないと述べた。このようなBの意見を受けて、Aはライン5で「ああ、なるほどね、そうか、そうか」と肯定的な反応を示し、次のライン7で「どうしたらいいということか」と言って、Bが言っている「迷っちゃう」ということに自分が理解したことを述べた。そこで、その次のライン8でBは持ち込み可の試験は普通の試験と比べると、諦めが付かないからという自分がなぜ迷ってしまうかについて、より明確に説明した。それを受けて、Aはさらにライン9と11で「なるほど」と納得し、「まだやれるみたいな」と相手に共感を示した。BはAの分かったくれた通りだということをライン12で「そう、そう、そう、そう」と肯定し、さらに説明を加えた。

1A：持ち込みの試験、あるじゃんね、あれはいいの［↑］、［名前1］ちゃんは?。
2B：持込ある試験のほうが、かえってなんか。
3A：いやだ?。
4B：うーん、なんだろう、迷っちゃうから。

5A：ああ、なるほどね、そうか、そうか。　←肯定的反応

6B：なんか、なんかもう；

7A：どうしたらいいということか。　←肯定的反応

8B：なかったらもうなくて、自分の記憶とその場のひらめきで（はい、はい）、書くしかないから（うん、うん）、なんかいいんだけど、レポートとか、持ち込みの試験は諦めが付かなくて〈笑いながら〉。

9A：ああ、なるほどね。　←肯定的反応

10B：なんか；

11A：まだやれるかもみたいな。　←肯定的反応

12B：そう、そう、そう、よりベター、というのができるんじゃないかという、間違った見解に襲われてはだめだから、いっそう試験で切ってくれ、みたいな。

13A：ああ、なるほど、そうか、そうか。

5．3．2．相手が否定的な反応を示した場合の意見の展開パターンに見られる配慮

このパターンでは、意見の送り手は、相手が自分の意見に対して、否定的な反応を示した場合、相手に同意することで不一致による対立を回避したり（会話例②のライン③）、自分の意見を説明したあと、その限界についてもフォローの形で指摘したりする配慮が見られた。

意見の受け手は、相手の意見に否定的な反応を示す場合、笑いながら言ったり（会話例⑤のライン3）、前置きとして形だけの同意をしたあと、すぐ反論に入ったり（会話例③のライン5）、さらに「でも」や、「しかし」のような反対の意思をはっきり表明する接続詞の使用を避けたりすることによって、相手との対立緩和を図ろうとする現象が観察された。これについては、先行研究（本田 1999、相本 2004 など）で報告された結果と一致している。

6. おわりに

日本人大学生友人同士の議論における意見展開のパターンを分析した結果をまとめると、以下の通りである。

① 相手の意見に対する反応として、大きくて肯定的（理解、同意）、否定的（回避、反論）、その他（確認、あいづち、応答）の三つが見られた。

② 意見の展開は相手の反応によって違う。相手が肯定的な反応を示した場合は、送り手は意見をさらに続ける傾向が見られ、否定的な反応を示した場合は4つの異なるパターンの展開が見られた。それぞれは、(a)相手に同意する (b)一旦同意してから、自分の意見を続ける (c)質問して相手の考えを確認する (d)相手に自分の意見をさらに説明する4つである。

③ 意見の送り手は相手の反応を見ながら、だんだん意見を明確化していったり、相手の意見に理解を示したりしている。意見の受け手は積極的に相手に肯定的な反応を示すことで、相手の考えを引き出していくなど、さまざまな形での対人配慮の特徴が観察された。

以上の結果から、円滑なコミュニケーションを実現するには、意見の受け手、つまり聞き手側の視点を日本語会話教育に取り入れることの必要性を示唆していると言える。今回のデータにおいて、聞き手が肯定的な反応を示し続けることによって、話し手の意見や、感情がさらに明確な形のものになっていく現象が観察された。日本語学習者にとって、自分の意見をいかに伝えるかを学ぶことも大事であるが、相手の意見や、考えをよりよく理解するためには、聞き手が相手の意見に積極的に関わるための方策を示すことが必要であると考えられる。

このような議論における言語行動の特徴をより明らかにし、日本語会話教育への貢献を目指すためには、質的分析を深めていくだけでなく、量的分析の取り入れや、学習者の母語である中国語との対照研究も必要になる。それを今後の課題としたい。

注

（1）本稿は2008年8月に中国大連外国語学院で開催された第5回中日韓文化教育研究フォーラムでの口頭発表を加筆・修正したものである。

（2）会話資料の文字化原則は、宇佐美（2007）に従ったものである。紙幅の都合上、示し方を一部変更した。

（3）会話例⑥は5．2．1節で挙げた会話例①と同じものである。混乱を避けるため、新たな番号を振ることにした。

〔参考文献〕

宇佐美まゆみ（2007）「改訂版：基本的な文字化の原則（Basic Transcription System for Japanese: BTSJ）2007年3月31日改訂版」『談話研究と日本語教育の有機的統合のための基礎的研究とマルチメディア教材の試作』平成15—18年度科学研究費補助金基盤研究B⑵研究成果報告書（課題番号 15320064）：17-36

木山登茂子・長坂水晶・木田真理（2006）「上級日本語話者のための意見の述べ方に関する授業——内容と手法に着目した指導の実践」『日本語教育』10月号

国立国語研究所（2006）『言語行動における「配慮」の諸相』くろしお出版

ザトラウスキー・ポリー（1993）『日本語研究叢書5　日本語の談話の構造分析——勧誘のストラテジーの考察』くろしお出版

椙本総子（2004）「提案に対する反対の伝え方——親しい友人同士の会話データをもとにして」『日本語学』VOL23　10号

堀口純子（1997）『日本語教育と会話分析』くろしお出版

本田厚子（1999）「日本のテレビ討論に見る対立緩和のルール」『言語』 88 (1) 58-64

水谷信子（1993）「『共話』から『対話』へ」『日本語学』 12巻4号 4—10

メーナード・K・泉子（2004）『談話言語学 日本語のディスコースを創造する構成・レトリック・ストラテジーの研究』くろしお出版

李善雅（2001）「議論の場における言語行動——日本人母語話者と韓国人学習者の相違」『日本語教育』 111号

Brown & Levinson 1987 *Politeness: Some universals in Language usage.* Cambridge: Cambridge University Press.

Szatrowski. P (ed.). 2004. *Hidden and Open Conflict in Japanese Conversation Interaction.* Kuroshio Publishers

Watanabe, S. 1993 Framing in Discourse: Cultural differences in *Framing: American and Japanese Group Discussion.* Tannen,D.(ed.), New York: Oxford University Press.

中国朝鮮族、中国漢民族の日本語の格助詞習得に見られる異同点
——韓国（朝鮮）語・中国語母語話者に対する日本語教育の観点から——

崔　松子

1　はじめに

英語学習をめぐる第二言語習得研究では、英語を学習する祭に起きる母語の影響には、学習者の母語と目標言語（母語以外の学習している言語）の類似性によるものが多いということが多くの研究によって指摘されている。そして、学習者が母語以外の言語を学習する際、過剰一般化現象が見られ、その原因として母語の影響や目標言語内の言語規則の過剰な適用などが指摘されている。日本語学習に関する研究を見ても、韓国語（朝鮮語）や中国語を母語とする学習者の日本語の誤りの特徴に言及したものが少なくなく（鈴木 1987：田窪 1997：久保田 1994：小池 1995：迫田 1998：金 1999 など）、母語や過剰一般化による誤用が指摘されている。また、母語による影響においては、母語の影響が誤用原因であるとの主張や誤用は母語に関係ないという二つの異なる指摘がある。同じアルタイ語族とされる朝鮮語（韓国語）と日本語は文法面で類似性が高く、格助詞という対応する文法範疇を持つ。そのため、朝鮮語（韓国語）を母語とする日本語学習者にとって、日本語の格助詞は学習されやすい一方、母語による誤りが生じやすい。それに対して、孤立語である中国語は「助詞」という文法範疇を持たないなど文法面で日本語と

類似性が低く、中国語を母語とする学習者にとって日本語の格助詞は学習が難しいと考えられる。だが、中国語には日本語の格助詞に対応するいくつかの文法形式があり、日本語の格助詞に対応する文法形式がある場合は学習が助けられるものと考えられる。そこで、本研究では、上級レベルの日本語学習者と見られる中国朝鮮族（以下KCLと略）と中国漢民族（以下CLと略）を対象に、日本語の格助詞「で」、「を」、「に」、「から」の学習に関する調査を行い、その共通点と相違点を考察し、原因を分析した。分析では、「で」、「を」、「に」、「から」の意味機能による正用率、誤用率を概観した上に、誤用タイプを詳しく分析した。構成としては、まず、日本語の格助詞「で」、「を」、「に」、「から」とそれに対応する朝鮮語の格助詞、および中国語の文法形式を概観してから、調査の手順や結果を扱った。

2　日本語と朝鮮語の格助詞及びそれに対応する中国語の文法形式

日本語と朝鮮語の格助詞は意味、機能の面で類似点が多く、比較的に強い対応関係がある。例えば、場所を表す朝鮮語の「-에서 [-eyse]」と日本語の「で」、道具を表す朝鮮語の「-로／으로 [lo/ulo]」と日本語の「で」などである。中国語は格助詞という文法範疇は存在しないが、日本語、朝鮮語の格助詞に対応するいくつかの文法形式が存在する。例えば、「介詞」と呼ばれる中国語の「在 [zai^{4}]」と場所を表す「で」、「-에서 [-eyse]」、中国語の「用 [yong^{4}]」と道具、材料を表す「で」、「-로／으로 [lo/ulo]」などがある（例(1)、(2)）。だが、朝鮮語と日本語の格助詞は著しい対応を有しながら、その対応がずれる場合もある（例(3)）。例文における「J：Japanese」は日本語、「K：Korean」は朝鮮語、「C：Chinese」は中国語を指す。

例

(1) J 毎日 学校で 勉強する。(場所)

K 매일 학교에서 공부한다.(場所)

C 每天在学校学习 (mei^{3}tian^{1}zai^{4}xue^{2}xiao^{4}xue^{2}xi^{2})。(場所)

(2) J 鉛筆で 字を 書く。(道具)

K 연필로 글을 쓴다.(道具)

C 用铅笔写字 (yong^{4}qian^{1}bi^{2}xie^{3}zi^{4})。(道具)

(3) J 毎朝 公園を 散歩する。(場所)

K 매일아침 공원에서 산보한다 (場所)

C 每天早晨 在公园 散步 (mei^{3}tian^{1}zao^{3}chen^{2}zai^{4}gong^{1}yuan^{2}san^{4}bu^{4})。(場所)

朝鮮語と中国語では「行動が成り立つ場所」を表す場合それぞれ「-에서 [-eyse]」、「在 [zai^{4}]」を使うのが一般的であるが、例(3)を見ると「経由の場所」を表す場合、日本語では朝鮮語の格助詞「-을／를 [-ul/lul]」に対応する「を」を使うことが分かる。

次に、日本語の格助詞「で」、「を」、「に」、「から」とそれに対応する朝鮮語の格助詞、中国語の文法形式を下の表にまとめる。

意味をめぐる日、朝の格助詞の対応及び日、朝の格助詞に対応する中国語の文法形式

意味	日	朝	中
動作の直接的対象	を	-ul/lul	φ　φ
動作のかかわる場所	を	-ul/lul, -eyse	在（zai^4）
道具、材料や原料	で	-lo/ulo	用（$yong^4$）
動きや状態が成り立つ場所、範囲	で	-eyse	在（zai^4）
基準	で	-ey	φ
移動の出発点、経由の場所	から	-eyse,-pwute,-lopwute,ulo	从（$cong^2$）
間接的対象	から	-ka,-hanteyse/eykeyse	由…来（$you^2...lai^2$）
原料	から	-lo/ulo	用（$yong^4$）
間接的な対象	に	-eykey,-ul/lul	φ
動作や状態にかかわる場所	に	-ey,-ul/lul	
結果、様子	に	-lo/ulo,-i	
原因	に	-ey,-lo/ulo	用（$yong^4$）

上の表から、日本語の格助詞は一つの助詞が多様な意味を持ち、日、朝の格助詞には著しい対応関係があり、その対応関係は一対一だけではなく、一対多もある場合が存在することが分かる。そして、中国語と日朝の対応関係

を見ると、中国語には日朝の格助詞に対応する文法形式がない場合があることはもちろん、対応する文法形式がある場合があることがわかる。また、日本語では場所を表すのに、「を」、「で」、「に」の三つの格助詞が関わることが分かる。日本語学習で場所をめぐる「に」と「で」の混用による誤用よく見られる現象であり、その誤用原因や「に」と「で」の使い分けの解明を試みた研究も盛んに行われている（菅井 1997；鄭 2006 など）。

3　調査方法

3．1　調査目的、内容及び手順

格助詞「を」「で」「から」「に」の学習における KCL と CL の共通点と相違点を探ると同時に、その学習に見られる誤用の原因を考察することを目的に、翻訳課題を用いて格助詞「を」「で」「から」「に」の学習に関して調査を行った。材料となった文は33個で、「で」に関するものが7個、「を」「から」に関するものがそれぞれ8個、「に」に関するものが10個である。被調査者にはそれぞれの助詞の意味、機能を基に作った中国語の文を日本語に翻訳するように求めた。場所と時間に関する制限は設けなかった。

3．2　被調査者

それぞれ24名の上級レベルと見られる[1] KCL と CL 日本語学習者、計48名を対象とした。本調査における KCL の場合、朝鮮語を母語とし、中国語を母国語とする。日本語は第一外国語として12歳―13歳から学校教育を通して勉強している。中国語の勉強は7―8歳から学校教育で本格的に始まった。一方、CL の場合、中国語を母語とし、英語を第1外国語（12―13歳から学習を開始）として勉強した。日本語は CL にとって第2の外国語と言える。

3.3 分析

分析では、「を」「で」「から」「に」のそれぞれの正用、誤用の割合を量った。その上、KCLとCLの共通点と相違点をまとめ、各助詞の持つ意味による学習の難易を分析する一方、誤用が生じやすい場合を分析し、誤用タイプ及びその誤用率に基づいて誤用が生じる原因を推察した。本稿において、「実験の失敗に皆ががっかりした。」を「実験の失敗で皆ががっかりした。」のように求められている格助詞或いは述語になる動詞以外の不適切なものを書いた場合は誤用と見なした。そして、「彼女からこのことを聞いた」を「彼女にこのことを聞いた」のように、「から」を使わず、「に」を使うなど、適切な表現であるとは見られるが、求めている格助詞或いは動詞が使用されてない場合と完全に別な表現を用いて翻訳をした場合はその他と見なした。（表2―1～5―2は論文の最後に提示する。）

4 結果及び考察

表1 KCLとCLの正用、誤用率（n=792）

	正用	誤用	その他
KCL	73%	23%	4%
CL	67%	26%	7%
P値	0.33	0.62	0.25

本調査で得られたKCLとCLの助詞「を」「で」「から」「に」の学習における正用率、誤用率は表1の示すとお

りである。多重比較検定を行ったところ、KCLとCLの正用、誤用には有意な差異が見られなかった。しかし、個々の問題文別に見ると、それぞれの助詞の誤用などには異なっている場合が少なくない。

次に、具体的な数字を提示するとともに「を」「で」「から」「に」のそれぞれの正用と誤用及びその原因を分析することにする。

（Ⅰ）「を」

助詞「を」の場合、、KCLとCLとも動作の直接的な対象を表す場合に学習しやすく、動作のかかわる場所を表す場合に学習が難しい（表2―1）。

表2―1　格助詞「を」の正用・誤用の割合

問題文	KCL			CL		
	正用	誤用	他	正用	誤用	他
ゴミを捨てる	100%	0%	0%	100%	0%	0%
愛を感じた	96%	0%	4%	96%	4%	0%
本をくれた	83%	0%	17%	75%	0%	25%
会社を出た	83%	17%	0%	38%	50%	12%
公園を散歩する	4%	96%	0%	33%	67%	0%
高速道路を走る	38%	62%	0%	42%	58%	0%
空を飛ぶ	42%	58%	0%	67%	33%	0%
車を降りた	50%	50%	0%	33%	29%	38%

表2—1に示された数字からわかるように、「ゴミを捨てる」、「愛を感じた」のように「を」が動作の直接的な対象を表す場合にはKCL、CLともに正用率が多く、誤用が非常に少なかった。これに対して、「公園を散歩する」、「車を降りた」のように「を」が経由の場所、移動の出発点を表す場合、KCL、CLとも正用が少なく、誤用が多いことが分かる。いわば、例(1)のように、直接目的語として直接対象を表す場合、KCLとCLの全員が正しく学習している。「SOV」の語順をする日本語と朝鮮語は直接目的語となる「O」にそれぞれ格助詞「を」（日本語の場合）、「ul/lul」（朝鮮語の場合）が付く。中国語では「SVO」の語順をし、日本語の格助詞「を」に対応するマーカが存在しながが、中国での「V+O」の構造をする日本語の直接目的語の場合、格助詞「を」を持つのが一般的であり、CLの場合、動作の直接的な対象を表す場合の「を」の使用における誤用が少なかっただろうと考える。一方、例(2)の場合、中国語では助詞「で」に対応する文法形式「「在[zai4]」、朝鮮語では格助詞「-에서[-eyse]」があり、動作の行われる場所を表す。しかし、日本語では動作が行われる場所であっても経過する場所を表す場合には格助詞「で」ではなく、「を」を使う。そのため、KCLとCL両者とも「を」を「で」に書くような誤用が圧倒的に多かったと考えられる（表2—2）。

(1) J 王さんは ゴミを 捨てた。（直接対象）
K 쑈왕은 쓰레기를 버렸다.（直接対象）
C 小王 扔了 垃圾（xiao^{3}wang^{2}reng^{1}le^{1}la^{1}ji^{1}）（直接対象）

(2) J 車が 高速道路を 走っている。（経由）
K 차가 고속도로에서 달리고있다.（経由）
C 车 在高速公路上 跑（che^{1}zai^{4}gao^{1}su^{4}gong^{1}lu^{4}shang^{4}pao^{3}）（経由）

(3) J 午後 三時に 会社を 出た。（場所）

K　下午　三点　从公司　出来了。（場所）
C　오후　3시에　회사에서　나왔다.（場所）

表2—2　格助詞「を」の誤用タイプ

問題文	誤用タイプ及び比率 KCL		誤用タイプ及び比率 CL	
愛を感じた	–	–	が	4%
会社を出た	から	17%	から	38%
	に	–	に	8%
	が	–	が	4%
公園を散歩する	で	96%	で	63%
	に	–	に	4%
高速道路を走る	で	62%	で	54%
	に	–	に	4%
空を飛ぶ	で	58%	で	21%
	に	–	に	13%
車を降りた	から	46%	から	25%
	で	4%	で	4%

また、「を」の学習における誤用タイプを見てみると、本調査の場合その誤用タイプとして主に「で」と「から」があった。表2―1のように、経由の場所を表す場合には「で」を使用することによる誤用が圧倒的に多く、移動の出発点を表す場合には、助詞「を」を「から」に間違えることが多かった（例(2)と例(3)）。そして、その誤用率を見ると、KCLがCLより高い傾向を見せている。また、「空を（＊に）飛ぶ」、「会社を（＊に）出た」のように、「を」を「に」にするKCLには見られない誤用タイプがCLに見られたが、「鳥が空＊に飛んでいる」の場合は、おそらく文末にある動詞「いる」によるものであると考えられる。そして、ここでKCLとCLに共通に見られる経由の場所を表す「を」を「で」にする誤用、出発点を表す「を」を「から」にする誤用は学習者の母語の影響によるものではないかと考えられる。

（Ⅱ）「で」

本調査における格助詞「で」の誤用率を示すと、表3―1のとおりである。表3―1のように、動作が行われる場所、材料、道具を表す「で」はKCLとCLとも正用が多かった（例(4)）。しかし、基準を表す場合や団体あるいは機関が主体となる場合にはKCL、CL両者とも正用が少なく、その代わりに誤用が多かった（例(5)）。そして、「で」が主体、範囲を表す場合、KCLに比べてCLの方がより誤用が多かった。このような結果から、格助詞「で」の場合、動きが成り立つ場所、道具、材料を表す場合に学習がされやすく、基準、範囲を表す場合には学習がより難しいと考えられる。

(4) J　友たちと　景福宮で　写真を　取った。（場所）
K　친구들과　경복궁에서　사진을　찍었다.（場所）
C　和朋友　在景福宮　拍了　照（he^{2}peng^{2}you^{3}zai^{4}jing^{3}fu^{2}gong^{1}pai^{1}le^{1}zhao^{4}）（場所）

(5) J 三本で ビール 五元である。（基準）

K 맥주 세병에 5원이다.（基準）

C 三瓶 啤酒 五元（san^{1}ping^{2}pi^{2}jiu^{3}wu^{3}yuan^{2}）（基準）

(6) J 今回の 活動は 私たちの 学校で 主催した。（団体／組織）

K 이번 활동은 우리 학교에서 주최했다.（団体／組織）

C 本次 活动 是 我们 学校 主办的.

（ben^{2}ci^{4}huo^{2}dong^{4}shi^{4}wo^{3}men^{2}xue^{2}xiao^{4}zhu^{3}ban^{4}de）（団体／組織）

表3―1 格助詞「で」の正用・誤用の割合

問題文	KCL			CL		
	正答	誤答	他	正答	誤答	他
景福宮で写真を撮る	92%	4%	4%	100%	0%	0%
川で遊んでいる	100%	0%	0%	50%	50%	0%
石で作る	100%	0%	0%	96%	4%	0%
山の中で一番高い山	92%	8%	0%	54%	42%	4%
船で川を渡る	88%	0%	12%	88%	0%	12%
3本で5元である	67%	21%	12%	54%	38%	8%
学校で主催した	42%	58%	0%	4%	88%	8%

格助詞「で」の誤用を見ると、表3―1が示すようにKCLとCLに差異があった。「動作が行われる場所」である「友達と景福宮で写真を撮った」では、KCL、CLともほとんど正用であったのに対し、「子供達が川で遊んでいる」では、KCLは100％正用であったが、CLは46％が「に」による誤用を犯していた。また、誤用タイプにおいてもKCLとは違ってCLの場合は、「に」による誤用が多い（表3―2）。ここで、中国語でははっきりと場所を表す「在[zai⁴]」を使っているにもかかわらず、「で」を正しく使えなく、「で」と「に」の混用による誤用が多かったのは、文末にある動詞「いる」の影響を受けたのではないかと考える。「基準」を表す場合も、CLには「で」の代わりに「は」を用いることによる誤用、「で」を省略することによる誤用がより多く、「範囲」を表す場合にも、CLには「で」の代わりに「に」を使用することによる誤用が多く生じていた。特に、それぞれ50％と54％というKCL、CLとも高い誤用率を見せた「我々の学校で今回のイベントを主催した」の場合、CLの半数が主体を表す「で」を「は」に間違ってしまったのに対して、KCLは「は」を使用することによる誤用は少ないものの「が」を使用していた。これは、KCLもCLも「われわれの学校」が文の中で主語であることを意識したことによるものだと考える。それは、朝鮮語では「で」に対応する格助詞「-eyse」或いは「が」に対応する格助詞「-ka」を使うが、中国語では、主体を表す場合日本語の「で」に対応する文法形式「在[zai⁴]」を使わないのである。したがって、CLの場合は「で」による誤用がない一方、「私たちの学校」が主語であることを意識し、「私たちの学校」に助詞「は」を付けてしまう誤用が生じた可能性を排除できないと考える。

表3—2 格助詞「で」の誤用タイプ

問題文	誤用タイプ及び比率			
	KCL		CL	
景福宮で写真を撮る	から	4%	–	–
川で遊んでいる	–	–	に	46%
	–	–	を	4%
石で作る	–	–	に	4%
山の中で一番高い山	でも	4%	に	29%
	から	4%	の	8%
	–	–	φ	4%
3本で5元である	は	8%	は	17%
	φ	4%	φ	21%
	に	8%	–	–
学校で主催した	は	4%	は	54%
	が	50%	が	34%
	から	4%	–	–

（Ⅲ）「から」

表4―1の示すように、格助詞「から」が動作や状態のかかわる場所としての移動の出発点、経由する場所を表す場合には、KCL、CLとも正用率が非常に高かった。一方、直接伝える人、原料など間接的な対象を表す場合には、誤用が比較的に多かった。特に、「このことは私から彼に伝える」の場合、KCL、CLともなかなか「から」を使用できず、「が」を用いていた。このようなことから格助詞「から」の場合は、出発点を表す場合（例⑺）、学習がされやすく、受け取りの動作の相手、原料を表す場合（例⑻）、学習が難しいと考えられる（表4―1）。

(7) J　南から　一匹の　鳥が　飛んで　来た。（出発点）
K　남방에서　새가　한마리　날아　왔다.（出発点）
C　从南方　飞　来了　一只　鸟儿（cong^{2}nan^{2}fang^{1}fei^{1}lai^{2}le^{1}yi^{4}zhi^{1}niao^{3}er）

(8) J　プラスティックは　石油から　作る。（原料）
K　플라스틱은　석유로　만든다.（原料）
C　塑料是　用石油　作的（su^{4}liao^{4}shi^{4}yong^{4}shi^{2}you^{2}zuo^{4}de）（原料）

(9) J　公園から　タクシーに　乗った。（出発点）
K　공원에서부터　택시를　탔다.（出発点）
C　从公园　座了　出租车（cong^{2}gong^{1}yuan^{2}zuo^{4}le^{1}che^1）（出発点）

表4―1　格助詞助詞「から」の正用・誤用の割合

問題文	KCL			CL		
	正答	誤答	他	正答	誤答	他
南の方から鳥が…	100%	0%	0%	88%	12%	0%
学校から手紙が来た	100%	0%	0%	88%	8%	4%
箱の中から出て来る	100%	0%	0%	100%	0%	0%
窓から入る	100%	0%	0%	96%	0%	4%
彼からこの事を聞いた	100%	0%	0%	79%	17%	4%
公園から車に乗る	83%	17%	0%	71%	29%	0%
私から彼に伝える	33%	0%	67%	25%	12%	63%
石油から作る	29%	71%	0%	54%	46%	0%

表4―2から分かるように、KCL、CLにも原料を表す「から」を「で」にすることによる誤用が多かったが、これは日本語における助詞同士の意味の類似による誤用であると考える。そして、出発点を表す場合、全体的に見て正用が多かったものの、「公園から車に乗った」では「で」による誤用が見られたが、これは学習者の母語による影響ではないかと考える。その理由としてはKCLの母語である朝鮮語の場合「-eyse, -pwute」を使い、中国語では「从[cong^2]」も「在[zai^4]」も使うことが考えられる。また、KCLにはない誤用がCLに生じていた。例えば、「このことは私から彼に伝える」の「から」のかわりに「は」を使用することによる誤用などであるが、この場合

はCLが主語を意識したことによるものと考える。また、出発点を表す「から」を「で」、「を」、「からの」、「からは」に間違うことなど、誤用タイプもCLのほうがよりさまざまであった。

表4—2　格助詞「から」の誤用タイプ

問題文	誤用タイプ及び比率			
	KCL		CL	
南の方から鳥が…	–	–	で	8%
	–	–	を	4%
学校から手紙が来た	–	–	からの	8%
彼からこの事を聞いた	–	–	からは	4%
公園から車に乗る	で	17%	で	29%
私から彼に伝える	–	–	は	12%
石油から作る	で	67%	で	34%
	に	4%	に	4%
	–	–	を	4%
	–	–	からの	4%

(Ⅳ)「に」

表5―1から分かるように、格助詞「に」の場合、KCL、CLとも間接的な動作の対象を表す場合（例(7)）や結果や様子（例⑽）、認識を表す場合、動作や状態の関わる場所をあらわす場合は正答率が高いのに比べ、原因や時間を表す場合は誤用が多いと言える。

表5―1　格助詞「に」の正用・誤用の割合

問題文	KCL			CL		
	正答	誤答	他	正答	誤答	他
父に電話を掛ける	100%	0%	0%	100%	0%	0%
大学生になる	96%	4%	0%	96%	4%	0%
北京に住んでいる	88%	12%	0%	96%	4%	0%
母に似ている	84%	0%	16%	71%	4%	25%
人字型に並べる	92%	4%	4%	75%	21%	4%
本棚にたくさんの本がある	63%	–	37%	79%	4%	17%
デパートで先生に会った	58%	42%	0%	53%	47%	0%
タクシーに乗る	62%	38%	0%	50%	42%	8%
午後三時に会社を出た	50%	42%	8%	50%	46%	4%
実験の失敗にがっかりした	8%	38%	54%	0%	21%	79%

⑽ J　妹は　父に　電話を　掛けた。（間接対象）
K　여동생은　아버지한테　전화를　했다（間接対象）
C　妹妹　给爸爸　打了　电话（mei^{4}meigei^{2}ba^{4}bada^{2}le^{1}dian^{2}hua^{4}）（間接対象）

⑾ J　本棚に　たくさんの　本が　ある。（場所）
K　书架上　有　很多　书（shu^{1}jia^{4}shang^{4}you^{3}hen^{3}duo^{1}shu^{1}）（場所）
C　책장에　책이　많이　있다.（場所）

⑿ J　午後　三時に　私は　会社を　出た。（時間）
K　오후　3시에　나는　회사에서　나왔다.（時間）
C　下午　三点　我　离开了　公司（xia^{4}wu^{3}san1dian^{3}wo^{3}li^{2}kai^{1}le^{1}gong^{1}si^{1}）（時間）

⒀ J　実験の　失敗に　みんな　がっかりした。（原因）
K　실험의　실패에　모도가　실망했다.
C　实验的　失败　使大家　很　失望（shi^{1}yan^{4}de^{1}shi^{1}bai^{4}shi^{3}da^{1}jia^{1}hen^{3}shi^{1}wang^{4}）（原因）

ここで、例⑽のように、動詞の直接対象を表す場合の中国語の「V＋O」は日本語で「O（を）＋V」になるのが一般的であり、朝鮮語でも日本語と同じく「O（ul/lul）＋V」の形をとる。だが、日本語では一部の動詞はその直接対象となるものに「に」をつけるという特徴を持つため「デパートで先生に会った」の場合、わずかながらも「を」による誤用が見られた（表5―2）。そのほかに、「と」を使った人が多いが、これは対象を表す「に」と「と」の持つ意味の類似によるものではないかと考える。例⑾のように状態を表す「に」の場合も朝鮮語にはそれに対応する「-ey」があり、KCLには誤用が見られなかった。そして、CLにも誤用が非常に少なかったが、これは日本語学習における「…に…がある」という文型の使用頻度が＋の影響を果たしていたのではないかと考える。一方、例⑿のように、時間を表す場合、脱落による誤用が多く見られた。また、例⒀のように、原因を表す場合、求められている「に」を使った人が少なく、KCL、CLとも「で」を使う人が多かったが、これも日本語の助詞同士の意味機能の類似によるものであると考える。

表5—2　格助詞「に」の誤用タイプ

問題文	誤用タイプ及び比率			
	KCL		CL	
大学生になる	と	4%	と	4%
北京に住んでいる	で	12%	で	4%
母に似ている	ー	ー	が	4%
人字型に並べる	で	4%	で	17%
	ー	ー	を	4%
本棚にはたくさんの本がある	ー	ー	では	4%
デパートで先生に会った	を	8%	を	4%
	と	33%	と	46%
タクシーに乗る	を	38%	を	42%
3時に会社を出た	φ	42%	φ	46%
実験の失敗にがっかりした	で	38%	で	21%

以上（Ⅰ）～（Ⅳ）に述べたように、格助詞「を」「で」「から」「に」の意味、用法をめぐる学習調査の結果より、その意味機能から見て、動作の直接的な対象を表す「を」、動作が行われる場所や材料、道具を表す「で」、移動の出発点、経由の場所を表す「から」、動作の対象や状態にかかわる場所、結果、様子、認識を表す場合の「に」は、学習者の母語にかかわりなく、KCL、CLとも学習がしやすいと考える。そして、経由の場所を表す「を」、基準、動作の主体を表す「で」、直接伝える人や原料を表す「から」、原因を表す「に」は誤用が多く、学習が難しいと考える。また、その誤用を見ると、KCL、CLに共通する誤用があるかとすると、同じ助詞に見られる誤用であっても、KCLとCLの誤用のタイプや誤用率が違う場合が少なくない。

5　まとめ

本論文では、格助詞「を」、「で」、「に」、「から」の学習に関する調査を行い、誤用を中心に、KCLとCLの「を」、「で」、「に」、「から」の学習に見られる共通点と相違点を考察し、誤用の原因を分析した。本調査の結果から、共通点としては、「を」、「で」、「に」、「から」のそれぞれの意味、用法により、学習されやすい場合や学習が難しい場合があることと誤用率、誤用タイプ上がほぼ同じであるということである。このような共通点は文法面における朝鮮語、中国語、日本語の類似性に関わりなく、動作の直接的対象を表す「を」、動作の出発点を表す「から」など学習されやすい格助詞の意味、用法があることを示唆していると考える。一方、「山の中で一番高い山」の場合KCLには誤用が少なく8％であるのに対し、CLは「で」の脱落などによる42％の誤用率を見せていることなど、同じ助詞に見られる誤用であっても、KCLとCLの誤用のタイプや誤用率が違う場合が少なくないという相違点は、学習者の母語が影響している可能性を示唆していると考える。特に、中国語が母国語であるにもかかわらず、同じ助詞をめぐってCLが高い誤用率を見せ、KCLがほとんど正答を出していることなどは、KCLの場合は母語と日本語の文法上の類似性を意識することで、母語である朝鮮語がプラスの転移となる場合があり、日本語学習を助ける働きをしていることを示唆していると考えられる。CLの場合も日本語の格助詞に対応する文法形式がある場合高い正答率を見せる一方、「を」と「で」のように類似する意味を持つ助詞の間に混用が起きることなどから、母語がプラスの働きもマイナスの働きもするということが考えられる。また、日本語の習熟度が高いと見られるKCL、CLとも学習が難しく、高い誤用率が見られることからは、過剰一般化が作用していることが考えられる。このような考察から、日本語を教える際、どのようにして学習者の母語の＋の転移を生かし、－の転移を減少させるかを工夫するのも必要であると考える。そして、学習者の過剰生成による誤用を減少させるためには、日本語学習における格助詞の指導において、格助詞の意味用法を説明する際、学習者の既習言語と日本語の対応がずれている意味、用法、日本語内の言語規則を反する独特の使い方に注意を向けさせる必要があると考える。特に、経過の場所を表す「を」、原因を表す「に」、移動の到着点を表す「に」、主体を表す「で」、原料を表す「から」の場合は注意を喚起させることが必要であると考える。

本研究における結果は、韓国人や中国語母語話者を対象とした先行研究の結果の一部を支持することになる。つまり、日本語学習における学習者の母語の影響はある場合とない場合があり、それは、ここの文法項目が持つ意味機能や学習者の日本語の習熟度など多様な要因を考慮に入れる必要があると考える。そして、本調査において、中国語を日本語に訳す課題を与えたにもかかわらず、KCLに母語の影響と見られる現象が確認されたのは、多言語話者の目標言語学習の場合、言語の類似性がかかわってくるという先行研究の主張を支持することになる。たが、これからは、もっと多様な課題、様々な母語話者を対象とする研究による検証を行ってみたい。

注

（1）被調査者は日本語能力一級試験に合学者で、日本に留学して6ヶ月以上である。

〔参考文献〕

1　今井洋子 2000「上級学習者における格助詞「に」「を」の習得」『日本語教育』105号　51-59
2　小池ユリ 1995「中国語を母語とする学習者の誤用をめぐって――格助詞を中心に」『日本語の研究と教育』（窪田富男教授退官記念論文集）423-440
3　金仁炫 1999「韓国人日本語学習者における格助詞の誤用分析」『日本語教育学の展開』133-143
4　菅井三実 1997「格助詞「で」の意味特性に関する一考察」『名古屋大学文学部研究論集』文学43　1-18
5　久保田美子 1994「第二言語としての日本語の縦断的習得研究――格助詞「を」「に」「で」「へ」の習得過程について――」『日本語教育』82号　72-85
6　迫田久美子 1998「誤用を生み出す学習者のストラテジー――場所を表す格助詞「に」と「で」の使い分け――」『平成10年度日本語教育学会秋季大会予稿集』128-134
7　鈴木英夫　王　彦花 1987「場所を表す名詞につくデ・ニ・ヲの用法の異同について――中国人への日本語教育に関連して――」『茨城大学人文学部紀要』20号　39-61
8　田窪行則 1997「誤用分析Ⅲ」『続日本語誤用分析』100-156
9　鄭汀 2006〈场所〝に〟〝で〟语义功能再考〉《日语学习语研究》82-8

厳島神社の祭祀と毛利元就

岸田裕之

はじめに

天文九年（一五四〇）、安芸国内は出雲国尼子氏の侵攻によって戦乱に見まわれた。郡山城を攻撃された毛利元就を援助するため、宍戸隆家・天野興定・竹原小早川興景ら安芸国衆が参陣し、また大内義隆は、安芸東西条から杉隆宣、つづいて陶隆房を岩国・厳島・海田・中郡経由で派遣する。そして翌十年正月には攻勢に転じ、同月十三日に毛利氏軍は宮崎長尾、陶氏軍は三塚山で尼子氏軍と正面から衝突した。その合戦で陶隆房の重臣である深野平左衛門と尼子氏一門の尼子久幸が討死している。その結果、尼子氏軍はその夜のうちに陣を払って敗走したのである(1)。そしてまた大内氏軍は、尼子氏に与した厳島神社領の領主であった藤原姓神主家を四月、金山城の武田氏を五月になって討滅した。

鎌倉時代初め頃の承久の乱（一二二一）で朝廷方に与した罪に問われて神主の地位を追われた佐伯氏のあと、神主職に就いた藤原親実以来、約三〇〇年間続いた藤原姓神主家の滅亡によって、大内氏が厳島と厳島神社領を支配下におく。

天文十年の五月には社頭が土石流に埋まるという自然災害もあり[2]、政治的・経済的・社会的に厳しい状況であったが、七月五日に大内義隆は一斉に布令を発して供僧・社家衆に新給分を与え、祭祀の復興をはかった。

この関係の研究としては、河合正治氏の指摘があげられる[3]。その内容は、「中世末期における厳島神社は政変の嵐に吹きまくられたが、同時に非常に繁栄をみた時代」ととらえ、厳島を支配下においた大内義隆が社家三方へ年中祭祀（二季御祭、二大法会、船管絃など）の復興を申し渡したこと、社殿の修復と新築が大内氏ついで毛利氏によって行われたこと、舞楽・能楽・連歌などの文化現象の興隆がみられたこと、杉隆真（佐伯景教）が神主職に就いたあと棚守房顕や本願の大願寺が力を伸ばしたこと等々である。なお、厳島神社は神仏習合であった。

こうした激動の変革期に厳島神社の供僧・社家衆と大内氏、そして安芸国衆らはどう動いたか、そして厳島神社はどうなったか、厳島神社に視座をすえて戦国時代の宗教と政治権力の関係について考えてみたい。

一　棚守房顕手日記の翻刻と内容

新出の天文十一年（一五四二）三月八日の棚守房顕手日記[4]を掲げる。

棚守房顕手日記

手日記

一毎月御供壱ヶ度宛入目為半御供七拾弐貫文　朔幣之御供、同中之朔幣之毎月御供者従　御屋形様（大内義隆）新　御寄進之条、日限之儀者可為御存分候歟、

一六月十七夜船管絃入目弐拾貫余

一大鳥居之事、彼　御寄進之地四五ヶ年被調置、可被　仰付候歟、

以上

右三ヶ条、御名代満願寺江具申談候、

天文十一
三月八日

厳島社御師棚守左近衛将監
房顕（花押）

満願寺

差出書は大宮棚守の房顕である。内容は三箇条に及ぶ。第一条は毎月の御供の費用、第二条は六月十七日夜の船管絃の費用、第三条は大鳥居の再建費用、つまりこうした神事や社殿の復興資金について、援助をして欲しいという内容である。

宛書の満願寺は、「右三ヶ条、御名代満願寺江具申談候」とあり、この場合「御名代」であることが知られる。満願寺については、たとえば、満願寺栄秀は、大永三年（一五二三）七月二十五日に毛利元就が家督を相続した際、元就が多治比の猿掛城から吉田郡山城に登城する吉日の卜定をしている（『毛利家文書』二四七）。もともと吉田は高宮郡衙があり、郡山の山中には密教寺院が所在し、南北朝時代には「郡山坊主権大僧都」と呼ばれる僧がいた(5)。また、もと郡山東の峰の堂から移されて満願寺境内に安置されていたと伝えられる十世紀ごろの作の千手観音立像が残されている（安芸高田市吉田町清住寺(6)）。この満願寺は郡山山中にあった。そうした事情から考えて、満願寺は、毛利元就の名代であったと考えられる。

したがって、この文書は、棚守房顕が毛利元就に宛て、毎月の御供や船管絃、そして大鳥居の復興資金の一部を援助して欲しいと依頼したものであると考えられる。

なお、「船管絃」の記述は、史料上の明確な初見である。ただ、前年の天文十年の藤原姓神主家滅亡直後のものと思われる六月七日に大内氏奉行人弘中正長は棚守房顕に宛て、「来十七夜御祭礼御取乱祭申候へ共、申計候」と述べており[7]、これは六月十七日夜の船管絃の準備で房顕らが多忙な状態にあったことを示していると考えられるので、やや遡ってその存在を確かめることができる。

船管絃は、天文十一年四月六日の大内氏奉行人連署奉書に「件管絃経事、供僧社家申談、厳重可有其沙汰」とあることから[8]、供僧・社家がその費用を分担し、共同で催行する立場にあったことが知られる。棚守房顕は毛利元就にそうした船管絃の費用二十貫文余の援助を求めたのである。

この問題が解決するのは、天文十九年（一五五〇）のことである。それは、永禄六年（一五六三）八月十三日の厳島内外宮社役神事次第[9]に「六月十七日夜之船管絃、六月二日ヨリ至十七日七ヶ度会合、吉田小山西浦百五十貫文御寄進以地之内調之、執沙汰ス」とあり、この船管絃費用としての小山七十五貫文と西浦七十五貫文は、遡って天文十九年八月十五日に毛利元就・隆元によって厳島神社に寄進されているからである[10]。小山・西浦はもともと厳島神社領であったが、室町時代に毛利氏が押領していた在所であった[11]。

藤原姓神主家が滅亡した直後、それまで供僧と社家で費用を分担し、協力して催すことになっていた船管絃は、棚守房顕の要望通り、毛利氏がその費用として一五〇貫文の在所を寄進することによって執り行われたのである。

二　藤原姓神主家の滅亡と棚守房顕

それではなぜ棚守房顕は毛利元就に厳島神社のこうした神事や社殿の復興について資金援助を求めたのか、そして毛利元就はなぜそれに応じたのか、考えてみたい。

厳島神社は安芸国一宮であるから、一宮における祭祀や造営は安芸国の公権力が行うのが通常である。大内氏の財政状態が厳しかったとしても、それらの費用をなぜ毛利氏に頼んだのか、この棚守房顕手日記は何が契機となって毛利氏に宛てて差し出されたのか、考えてみたい。

毛利氏は、享禄二年（一五二九）に高橋氏を討滅し、その芸石国人領主連合の盟主の地位を獲得していた[12]が、その大内氏方としての活動に対し、天文九年に尼子氏軍は吉田に侵攻し、郡山城攻めを行った。ところが、大内氏が援軍を派遣して攻勢に転じたため、翌十年正月十三日の合戦で敗色濃厚となった尼子氏軍はその夜のうちに出雲国に撤退したのである。

尼子氏の勢威が安芸国内に伸びたため、武田氏も、大内氏と所領を接する藤原姓神主家も尼子氏に与したが、突然尼子氏が撤退したため、安芸国内の軍事情勢はまたも急変してしまい、藤原姓神主家も、武田氏も大内氏によって討滅されることとなった。

ここで考えるべき重要なことは、藤原姓神主家が尼子氏方として動いたということは、実は藤原姓神主家だけの問題ではなく、厳島神社の供僧・社家衆のなかも当然のことながら尼子氏方の供僧・社家衆が有勢であったということである[13]。この手日記を書いた棚守房顕は、かねて大内氏重臣の陶興房の御師であったが、こうした状況のなかで危険を冒して大内氏と通じたのであった。それでは尼子氏方の供僧・社家衆の代表的な人物として、田兵衛尉をあげたい。

次に、この問題に関係する棚守房顕申状案[14]をあげ、具体的に検討してみたい。

棚守房顕申状案

一去子歳（天文九年）尼子至吉田出陣之時、田兵衛尉其時者内蔵助与申候、彼兵衛尉雲州陣多古左衛門尉至陣所数通之状遣

之候、雲州衆敗軍之刻、彼状捨置候ツ、児玉就忠被取置、彼状之内御国衆への武略状共御座候を我等にくれられ候、于今此状所持候、可備上覧候哉、

一元祐東坊於　神前不慮之儀候処、従防州茂就御尋、田兵衛尉可致逐電候之処ヲ、房顕于今拘置在島之事、

一陶（弘治元年）至当島渡海之砌、兵衛尉子二巻の刀八文字にて島中之山ニ隠居候物共呼出候て、弘中隆兼・三浦越中守（房清）ニ見参させ候事、於其上客人之御前より大御前之裁判仕候、

一就夫房顕棚守を対弘中隆兼・三浦越中守懇望之状共候、児玉若狭守（就秋）我等被見せ候、此状をハ児玉与三右衛門尉為調法田兵衛尉以礼儀取返候、此等之儀者無紛候、

一其以後竹林内侍・田中務丞と契約候処、兵衛尉子彼女をうかし候て、其外我子の親共ニ不慮之儀たくむの条、両人共ニ逐電候処ヲ旁江遣人呼返候、房顕加憐愍候処、結句あた（仇）を成候事、不及是非候、今度之社家一両人之申事、座主御許容候而、房顕被無力候ハん事如何候哉、何事ニ付而も、就御尋を御請可申上候、此等之儀茂内々之言上候、可然之様可預御披露候、恐惶謹言、

この棚守房顕申状案は、年月日未詳であるが、天正三（一五七五）、四年頃のものと思われる。(15) 房顕が毛利輝元に宛て、厳島神社の供僧・社家衆の内訌について五箇条にわたって申し述べたものである。

とりわけ田兵衛尉が藤原姓神主家・尼子氏方として、どのような活動をしたかということについて、第一条で述べていることは興味深い。天文九年に尼子氏軍が吉田へ侵攻した時、田兵衛尉はその時には内蔵助と名乗っていたが、彼は尼子氏軍の多胡左衛門尉の陣所へ数通の書状を遣していた。ところが、尼子氏軍が敗れて出雲国に撤退した際、その書状は陣跡に捨て置かれていた。元就の側近児玉就忠がそれを取り置いて、そのうちに「御国衆への武略状共」があったのを房顕に与えてくれた。その書状はいまも所持しており、上覧に備えているというのである。

藤原姓神主家（友田興藤）が尼子氏に呼応して大内氏に反旗を鮮明にひるがえしたのは、尼子久幸が討死した合戦の前日の天文十年正月十二日のことであるが、[16]この第一条によると、天文九年の尼子氏の吉田侵攻の時、田兵衛尉は尼子氏重臣多胡氏と通じていたこと、具体的には多胡氏へ数通の書状を送り、そのなかに安芸国衆たちへ尼子氏への合力を求める「御国衆への武略状共」があったというのである。その内容は、友田興藤が近く挙兵するので、吉田郡山城の救援に行っている陶氏軍は周防国との連絡を断たれて孤立する、したがってその敗北は必至であるから、尼子氏に味方するように、というようなものであったと思われる。多胡氏は田兵衛尉の書状を安芸国衆たちに届ける予定であったが、戦局が急変したため、果たせなかったと考えられる。ともあれ、田兵衛尉は、藤原姓神主家の意に沿う行動をしたのであり、安芸国衆へ尼子氏に味方するよう調略する書状を尼子氏重臣多胡氏のもとに差し出していたのである。

仮に尼子氏が吉田郡山城を攻略して毛利氏を滅ぼしておれば、藤原姓神主家も討滅されることはなかったかもしれないし、田兵衛尉は社家衆のなかで地位を高めかつ強化したと思われるが、事態はその目論見とは逆になったのであり、尼子氏は出雲国に撤退した。この時、よほど慌てたものか、あるいはもはや不要と思ったか、陣所にそれらの書状を捨て置いて撤退した。そしてその捨て置かれた書状は、よりによって元就の側近児玉就忠が確保し、「御国衆への武略状共」については、就忠から棚守房顕に与えられたのである。房顕は、これを約三十五年後のいまも所持しているという。その「武略状」の重要性がうかがわれる。

第二条は、大内氏から尋問があったことから田兵衛尉が逐電しようとしたのを房顕が拘置いて在島させていることと、第三条は、毛利氏と陶氏が断交し、弘治元年（一五五五）に陶晴賢が厳島に渡海した時、田兵衛尉の子は陶氏方の弘中隆兼・三浦房清に見参し、客人社棚守の立場でありながら大宮の裁判、すなわち支配をしたこと、第四条は、そうした事態を踏まえて田兵衛尉は房顕の所持する大宮棚守職を与えてほしいと陶氏方の弘中・三浦両名に懇望したこと、その書状は元就の直臣の児玉就秋が房顕に見せてくれたこと、第五条は、それ以後、兵衛尉の子は竹林内侍・田中務丞と契約し、房顕に対して「不慮之儀」をたくらみ、逐電したこと、それを房顕は呼び返したこと、房顕としては田兵衛尉の子に「憐愍」を加えてきたにもかかわらず、結局は彼らは房顕に「あた《仇》を成候」と断じている。

そうした経緯を申し述べたうえで、房顕は輝元に宛て、「今度之社家一両人之申事、座主御許容候而、房顕被無力候ハん事如何候哉」と訴えているのである。

郡山合戦後約三十五年の時間を経てはいるが、厳島神社の供僧・社家衆の激烈な内訌は、その時々の政治情勢と絡みながら続いていたことが知られる。いま確認しておくべきことは、尼子氏対大内氏、つづく大内氏（陶氏）対毛利氏の構図のなかで、房顕が一貫して毛利氏と緊密な関係にあったことがうかがわれることである。そして房顕が抗争した相手方の代表的人物が田兵衛尉であった。

話題を天文十年の児玉就忠が房顕に田兵衛尉の書状、「御国衆への武略状共」を与えたところまで戻したい。その意味するところは、郡山合戦において厳島神社の供僧・社家衆のなかに尼子氏方として積極的に動いた者がいるという情報を、人物を特定し、その証拠を明示して伝えたということである。当然のことながら、毛利元就の立場からすると、そうした情報を伝えることで大内氏方として動いてきた棚守房顕がどういう対応をするか、十分に予測できていたと考えられる。事実、房顕は、逐電しようとした田兵衛尉を拘置いて、一旦は憐愍を加えたが、政治状況の変化をとらえて彼らの排除をはかったのである。

棚守房顕は、郡山合戦直後の藤原姓神主家の滅亡によって、厳島神社の供僧・社家衆の一本化を果たす立場を確保し、神主に代わって厳島神社の実質上の司祭者となっていく。それに援助を与えたのは、間違いなく毛利元就であった。

おわりに

こうした経緯から考えるならば、郡山合戦から一年余を経た天文十一年三月八日に棚守房顕手日記が差出された背景、房顕が毛利元就に神事や社殿の復興について資金援助を求め、元就がそれに応じた事情もうなづける。

それには、郡山合戦後に厳島と厳島神社領を支配下におさめた大内氏の財政状態も大きく影響していた。大内氏は外国貿易による富を基盤に文化性の高い大名として著名であるが、そうした性格から祭祀や社殿の復興をはかっている。たとえば大内義隆は御供の費用として友田郷などを寄進している。[17] 友田郷は藤原姓神主家の直轄領であったと思われる。しかし、大内義隆の意識や姿勢にかかわらず、翌天文十一年からの出雲国富田城の尼子氏攻めなどから推測されるように、大内氏の奉行人らは軍事費の不足を懸念し、また月次神事の伝授や造営費が尨大なことから、当主義隆の動きに必ずしも同調しなかった。そういう情勢のなかで、大内氏も復興資金の全てを支出することはむずかしい状況になっていたと考えられる。[18]

厳島神社の祭祀は古代以来絶えることなく継承され、執り行われてきたわけではない。とりわけ南北朝・室町時代に安芸国衆らが厳島神社領を押領したことによって年中の個別の神事の運営基盤は損われ、戦国時代には衰退していた。棚守房顕手日記によれば、現在は厳島神社の象徴とも言える大鳥居が存在しなかったことも知られる。[19] 全てを大内氏に頼ることができない状況を踏まえ、棚守房顕が復興資金の新しい援助者として選んだのが、尼子氏軍を撃退した安芸国衆連合の盟主・毛利元就であった。

房顕は、郡山合戦中における危機をのりこえ、毛利元就から得た情報をもとにして、尼子氏方の供僧・社家衆の排除や懐柔をはかって厳島神社内をまとめあげ、実質上の司祭者となった。また、元就は、安芸国一宮の祭祀や社殿の復興に関って安芸国の公権力としての役割を果たし、国衆たちの統合を進めた。房顕と元就、両者が結びつき、両者が相互に享受するものが合致し、お互いがその力を増す結果につながっていったのである。

毛利元就は、自らの厳島信仰について、弘治三年（一五五七）十一月二十五日の自筆書状、いわゆる三子教訓状のなかで、「我等事、不思儀ニ　厳島を大切に存る心底候て、年月信仰申候」とし、その具体的契機として天文二十三年（一五五四）に宮川甲斐守の率いる陶氏軍を破った折敷畑の合戦の際、房顕が遣わした石田六郎左衛門尉から御供米や巻数を届けられたことをあげ、「さてハ神変と存知、合戦弥すゝめ候て勝利候」と述べている（『毛利家文書』四〇五）。それをうけて隆元は、翌二十六日に自筆請書を認め（元春・隆景と連署）、そのなかで「御厳島御信仰之儀ニ付而、被仰下之通、誠其御事ニ候、今度弓矢中より、取分如御意、一入きとくの御事共、万々の事候、不及申候、然間、於我等茂はたと信仰之覚悟候、弥可致其心持候」としている（同四〇七）。

この天文二十三年は、毛利氏が自ら「国家」として自立を宣言し、大内氏・陶氏と断交する年と重なる。[20]しかし、元就が語るようにこの天文二十三年の折敷畑の合戦が元就の厳島信仰の具体的契機かというと、むしろもう十数年前に遡って、この郡山合戦にあったと考えた方がよい。

「房顕覚書」には、郡山合戦中の天文九年（一五四〇）のことであるが、陶隆房の率いる大内氏の軍勢が厳島を経て海田から吉田へ進軍している記事に続いて、「然処ニ吉田ノ御師職棚守房顕被仰付事ハ、陶隆房ノ為使者、深野文祝以ノ調法ナリ、同九月二十八日熊野民部丞、石田六郎左衛門尉、棚守房顕至吉田初而巻数上進ノ処ニ、則元就棚守使両人ニ対面アリ、然間同日二十八日尼子衆青三井ヨリ豊島小原動発向ス、尼子衆井原弥次郎其外宗トノ者共数十人討取、其頸トモヲ棚守房顕ノ使者元就対面ノ座敷へ持来ル、只厳島大明神ノ被召ル御事ト大慶御満足ト喜悦ナリ」とあって、棚守房顕が陶隆房の家臣深野文祝の調法によって毛利元就の御師となり、合戦中の元就に初めて巻数を届けたこと、元就は使者熊野民部丞・石田六郎左衛門尉との対面の場でその時の合戦の勝利を厳島大明神の御加護によるものと喜悦したことなどが知られる。

陶隆房の意向もあったが、房顕から元就への郡山合戦中のこうした御師職や初めての巻数の上進などの積極的行動があって、尼子氏撃退後の毛利氏の対応——房顕に田兵衛尉の「御国衆への武略状共」を与えたこと——は行われたと考えてよい。

毛利元就の厳島信仰の具体的契機は、いわゆる三子教訓状中の記事よりも遡って、郡山合戦中の天文九年（一五四〇）のこの事実に見出しておきたい。

こうした経緯を踏まえて考えると、前述した郡山合戦後の天文十一年三月八日に棚守房顕が毛利元就に御供や船管絃、大鳥居の復興資金の援助を依頼した事実は、よく理解できる。大名大内氏領国下の最終時期のことではあるが、安芸国の公権力と国の一宮、政治と宗教の相互関係をこうした構図で語ることは可能であり、「棚守房顕手日記」と「棚守房顕申状案」はその徴証となる。この両文書は、藤原姓神主家の滅亡によって重要な課題となった厳島神社の祭祀の復興や社殿の造営について、神社内外の動向と関係づけながら、その変革のいきさつ、また棚守房顕を軸とするその担い手たちの歴史像を具体的に描きうる貴重な史料であると言える。

注

（1）郡山合戦の全体像について解析した成果として秋山伸隆「毛利元就と郡山合戦」（大河ドラマ「毛利元就」推進協議会編『大河ドラマ「毛利元就」放送記念　歴史リレーフォーラム——元就歴史紀行——〈講演記録集〉』、一九九八年）がある。

（2）「房顕覚書」（『広島県史古代中世資料編Ⅲ』、一九七八年）に「天文十年五月四日七日ノ大水山河クつれ、社頭廻砂ハマル」とある。

（3）河合正治「厳島神社の祭祀形態とその推移」（『福山大学教養部紀要』一〇、一九八五年）。

（4）この手日記は、山口県文書館所蔵毛利家文庫遠用物に収められているが、公開された一九九七年の十二月十八日に同館で採訪したものである。近年、『山口県史　史料編　中世3』（二〇〇四年三月）に収められた。

（5）『毛利家文書』一五。なお、秋山伸隆「郡山《こおりやま》城と城下吉田を再考する」（『安芸郡山城と吉田』、吉田町歴史民俗資料館特別展図録12、一九九六年）八頁。

（6）一九九七年にNHK大河ドラマ「毛利元就」の放映に合わせて東京都美術館・広島県立美術館等で開催した『毛利元就展――その時代と至宝――』（NHK・NHKプロモーション）に出品した。また、岸田裕之編『広島県の歴史』（山川出版社、一九九九年）八四頁、同『毛利元就と地域社会』（中国新聞社、二〇〇七年）口絵などに掲載している。

（7）「厳島野坂文書」一六七（『広島県史古代中世資料編Ⅱ』、一九七六年）。

（8）「厳島野坂文書」一三四。

（9）「巻子本厳島文書」五五（『広島県史古代中世資料編Ⅲ』）。

（10）「巻子本厳島文書」二〇。

（11）「巻子本厳島文書」一五の宝徳二年（一四五〇）四月日の厳島社神主藤原教親申状案に「一ゝ(所)　小山村　毛利治部少輔(熙元)押領」とある。

（12）高橋氏については、岸田『大名領国の構成的展開』（吉川弘文館、一九八三年）第三編第六章「芸石国人領主連合の展開」の第二節「高橋氏と芸石国人領主連合」に詳述した。なお、『広島県史　中世』（一九八四年）のⅣの二に「高橋氏」と題して（四八九～五〇二頁）簡潔にまとめている。

（13）このことに関して、松岡久人氏は「同年四月神主家が滅亡し、五月佐東金山城も開城となって、神領は完全に大内氏の掌中に帰し、房顕の地位は確かな基盤の上に立つこととなった。房顕はこの戦いに神主方に与同した大願寺や、尼子氏の御師であった修理行事をとくに懇請してその赦免をかち得たし、佐東金山の本陣において義隆が厳島社領寄進を申渡すにあたっては、修善坊・祝師秀久・田親尊等の社家中の年寄を率いて参上している。こうして房顕の社家中での地位は大内氏権力を背景に確立したのである」「滅亡した神主家に与同し大内氏に叛した社家の処分に関しては上卿《しょうけい》親家（一三七、一四三号）、徳寿内侍（一一一、一六六号）、塔岡七郎太郎（一七〇号）などがあり、年月を経て国衆や社家の歎願により帰島が叶えられている」と述べている（『広島県史古代中世資料編Ⅱ』の「厳島野坂文書」の解説一二、一三頁）。

（14）広島県立文書館所蔵写真版「A1第二箱」。この文書は、広島県史の編さんに関わる調査後にあらためて野坂家の調査が行われた際に発見された巻子仕立の史料群中に収められている。翻刻されたものはなく、これまで未紹介の文書である。

秋山伸隆氏は、前注（1）所引「毛利元就と郡山合戦」二八頁においてこの文書を初めて紹介し、「尼子氏としては、その他の安芸国衆たちに対する工作を試みていたようです。後の史料ですけれども、厳島神社の棚守房顕のものだと思われる書状をみますと、尼子軍が本陣から敗走した後、安芸の国衆たちに対して誘いをかけた「武略状」、尼子方の味方につくように勧誘した手紙が尼子方の陣営の中に残されていた、ということが記されております（「野坂家文書」）」と述べている。

なお、この史料群中には、『広島県史』に未収録の文書が多数ある。そのうち時期の古い二通を次にあげる。

毛利熙房（元熙）書状案

（端裏ウハ書）「永享十
毛利治部少輔
熙房」
小早川殿 御宿所　本書京都ニ有

当知行分安堵之御判を申上候、仍在所を注候て進上申候、但小山村之事、其外厳島之御神領候者、不可違乱申候、飯尾肥前守殿へ御状を一通給候者、畏入存候、恐々謹言、

十二月五日　熙房（熙元）

小早川殿御宿所

毛利熙元請文案

「(端裏ウハ書)「毛利

進上　御奉行所　本書京都有　治部少輔熙元」

去六日御奉書謹拝見仕候、抑就当国小山村之事、令参洛可申明由蒙仰候、与州発向之事被仰出候、去四日上使御下向候間、更私之非無沙汰候、以代官愚意之通申上候、委細厳島神主掃部助(藤原教親)方へ申候、以此旨可預御披露候、恐惶謹言、

五月廿日　治部少輔熙元

進上　御奉行所

(15)このことに関して、松岡久人氏は「社家の公事に関する文書もかなりの数に達する。先ず注目されるのは、天正三年正月大聖院において田中務丞と大行事との間で起こった座敷論をきっかけとして表面化した事件に関するものである。事件は大聖院・役人佐武と社家の上卿・田中務丞・田左衛門大夫とが結託して棚守房顕・元行父子の失脚を画策したものらしい(房顕覚書)。かれらは神事祭礼等への出仕拒否の態度に出たため、神事等も停滞したのである(一五七四号)。同年十月吉田の奉行衆は両方を召出し審理尋問を開始した。その間元行は縁故を求めて諸方面に側面からの援助を要請している(一五八一、一五八三号)。かくして奉行衆の判断は棚守に有利に傾いたようである。前述の天正四年五月輝元の元行宛所帯安堵の書状(五一〇号)はこの時与えられたものであろう。同年七月先ず大聖院は大願寺の仲介により房顕と和解に達した(一四一八号)。ついで三人衆の一人田左衛門大夫は同年十一月奉行衆に対して書面を以て、房顕に対して社役馳走の覚悟である旨を述べ来った旨を誓い(一六五〇号)、上卿については元清の仲介で和解が成り、結局三人とも神文を記して帰島し、従前通り社務にあたることとなって(九三五号)解決した。輝元が供僧衆を

前々の通り大聖院に属させることにした（七七九号）のはこの解決時のことであろう」と述べている（『広島県史古代中世資料編Ⅱ』の「厳島野坂文書」の解説三三～三四頁）。

(16) 郡山合戦前後における藤原姓神主家（友田興藤）の動向については、『廿日市町史　通史編（上）』三八三～三九一頁（秋山伸隆執筆）に詳しい。

(17)「厳島野坂文書」一〇四の天文十三年五月十八日の厳島年中祭料条々案并陶晴賢奉行人證判。

(18) たとえば、「房顕覚書」の天文十一年の記事に「去程ウラヘ《（卜部）》ノ神主兼右《（吉田）》京都ヨリ三入《（安芸国安北郡）》之至御陣、下郷《（向）》在ケレハ、随《ヤカ》而当島へ下向アリ、宿坊大乗坊、則於神前護广行事二七ケ日執行ル、、御祓其外神通《（道カ）》少々神職相伝アル、上意《（大内義隆）》ヨリ之儀者棚守房顕にハ月次ノ神事ヲ相伝へしと神主兼右へ被仰渡ケレハ伝申ナリ、此御神事ハ千貫斗モ入事成ハ、御旦那ハ大内殿成レハト存知伝申也、兼右ハ卅日斗在島在、至山口下向アル」とある。吉田兼右による月次神事の伝授に関わる費用が、一〇〇〇貫文であったというのである。

(19) 天文十五年に始まる大鳥居の造立については、坂村香苗「中世末・近世初頭中国地方における造営事業と木材流通」（『史学研究』二一〇、一九九五年）に詳しい。

(20) 陶晴賢と断交直前の天文二十三年三月十二日の立雪恵心宛の毛利隆元自筆書状には、「如此存候トテ、国家ヲ可保事可油断トノ事ニテハ努々無之候」とある（『毛利家文書』七六一）。また、厳島合戦直後の天文二十四年十一月二十三日に隆元は厳島大明神に願書を奉納し、そのなかで「特仰神明之加被保国家利弓箭也」としている（「厳島野坂文書」三六五）。

〔付記〕

棚守房顕手日記については、広島大学　世界遺産・厳島――内海の歴史と文化プロジェクト研究センター『厳島研究』第二号（二〇〇六年三月）に口絵写真として翻刻・解説付で紹介し、また広島大学大学院文学研究科歴史文化学講座『地域アカデミー二〇〇五』（二〇〇六年七月）に掲載した「厳島神社の祭祀と大名権力」で具体的に論述した。後者は公開講座報告書であり、このたび典拠史料を入れながら論文として書き改めた。改題しているが、その主旨には変更はない。

なお、右二稿を踏えて船管絃等について詳述したものに、松井輝昭「戦国大名毛利氏と厳島神社」（前注（6）所引『毛利元就と地域社会』所収）がある。

民衆の政治・社会批判
――幕末・維新期の福井藩を素材に――

隼田嘉彦

はじめに

本稿は、主として幕末・維新期における、福井藩に関わる落書・落首を素材にして、民衆の政治ないし社会批判について考えることを目的とする。私はかつて、落書の一種ともいえる戯れ文に限って紹介したことがあるが、そこでは直接的に政治や社会を批判したり、からかったりしたものは省かれていた。この度また機会を得て、そのような批判を含むものを検討することにしたのである(1)。

落書・落首の研究は大づかみにいって、先ず紀田順一郎氏が先鞭を付けられ(2)、次いで林基氏の長大な論文によって民衆史研究における史料的価値がきちんと位置づけられたあと(3)、井上隆明氏により、「落首文芸」を想定したうえで論述されるに至り(4)、最近の南和男氏(5)、吉永健一郎氏(6)などに引き継がれているといっていいように思う。また史料的にも注(1)に挙げた『落書類聚』三冊の刊行によって、居ながらにして多くの落書・落首に触れることができるようになったが、狂歌や川柳まで含めれば枚挙に遑がないほどである。

越前と若狭の諸藩については、幕閣に連なったものを中心に福井藩、鯖江藩、小浜藩などの関係者が『落書類聚』に登場する。ことに福井藩の場合は、松平慶永（春嶽）が一橋慶喜と共に将軍継嗣問題などで大老井伊直弼と対立したこともあってしばしば俎上に載せられ、それとの絡みで、すなわち鯖江藩間部詮勝が老中として、小浜藩酒井忠義が京都所司代として安政の大獄に関わったことから対象にされることがあった。このほか福井藩については、幸いにも藩命で集めたとみられる落書類がいくつか残っているので、これらを素材に検討することにする。(7)

右に挙げた諸氏の著作はいわば広い範囲から集められており、とりわけ紀田、井上氏の「分類」に当てはめると、福井藩を中心とする本稿は地域的に限定されていることもあって如何にも貧弱といわざるをえないが、それなりに意味があるものと考えている。

一　目安箱の設置と幕末の動向――若干の前提――

1　目安箱の設置をめぐって

落書・落首は匿名で政治や社会を批判したり、風刺した書付のことであるから、人目に立つところに張ったり、わざと道ばたに落としたりしたもので、投書の形を取ることもあった。かなり古くから見られたといわれるが、読み書きが発達した江戸時代の中期以降、とりわけ社会不安が増した幕末に盛んに行われたものである。

福井藩についてみると、まず元文五年、用人波々伯部八左衛門と目付を宛所にして「惣御家中」の名で「落書」を拵え、波々伯部九兵衛の門前に張り付けたものがいた。(8)この落書の内容は全く伝わっておらず、結末も明らかでない。「惣御家中」というのも大袈裟に思われるが、藩士の中にも落書をするものがいたことを示している。

明和五年三月には越前で最大の打毀しが起こり、「蓑虫」（一揆勢を指す用語）たちが福井城下に押し寄せたが、四月には早くも「騒動歌仙」と称する落首や、「ひら仮名盛衰記」「御法談」「御文」の形を取った落書（戯れ文）

が作られた。藩は直ちに狂歌などを「持てはやす者有之ハ急度御咎」と触れ出したが、この触にもすぐさま落首で言い返すものがいたと伝える。[9] また鯖江藩の人で、この騒動を実際に見たものの手になると思われる「明和五年蓑虫騒動記」にも、打毀された商人などをからかった狂歌が載り、「たれとなくもてはやしけり」などと見える。[10]

寛政元年には足羽郡合谷村の大庄屋五郎兵衛宅の玄関の雪垣（雪囲い）に、下手な字で書いた書付が差し挟まれているのが見付かった。[11] 内容そのものは村方騒動の訴状に類似したもので、ことさら珍しいというほどのものではない。ただ本稿の趣旨からして大切なことは、内容や真偽ではなくて、「小百姓」の名を使って（つまり匿名で）訴状を認め、大庄屋宅の玄関に置いたものがいたということである。

このような事件はなかなか表面化することはなく、史料も残りにくいので、表沙汰になったのは氷山の一角と見るべきであり、おそらくこのような民衆の不平不満が無視できないところまできていたことは明らかであろう。それらの動向に対処するために直訴を合法化したものが目安箱の設置にほかならない。[12]

目安箱は天明八年九月、「目安箱内江御条目之通百姓とも勝手次第訴状投込可申事」と、直接訴えさせるために設置された。訴えることができたのは、政治向きの為になること、諸役人の私曲・非分すなわち依怙贔屓・賄賂・私欲、訴訟が長引いたときなどとされている。ただし禁止事項も多く、私利・私恨、よく知らないまま人に頼まれたこと、虚説などは禁止した。

このときはうまく機能しなかったのか、文政十二年十一月、改めて奨励するところがあり、とくに「表向相顕し難き儀」を訴えることが強調されたが、「若同村役人等之事ニ預候儀」は村役人に加印させるわけにいかぬから、代わりに親類のものが捺印することにしている。翌天保元年二月、右の触に基づいて改めて天明八年とほぼ同趣旨の「定」が出され、五月に正式に設置されたのである。

しかし百姓町人に本名を名乗らせて、藩役人にしろ村役人に対しても、その非分を訴えさせるのは、いくら「遠

付表：福井藩を中心とする動向

年	福　井　藩	そ　の　他
安政4	志比口に鉄砲製造所設置	
5	4横井小楠来福、6慶永ら不時登城、7慶永隠居、急度慎、茂昭襲封、10慶永が春嶽と号す、左内拘禁、12小楠離福	4井伊直弼大老、6間部詮勝老中再任、酒井忠義京都所司代再任、7将軍家定死去、10家茂将軍、12詮勝免
6	6小楠来福、10左内死罪	
万延元	9慶永急度慎免	1安藤信正老中、3直弼暗殺
文久2	7政事総裁職、⑧参勤交代緩和	4信正免、6忠義免、11詮勝隠居
3	3慶永辞任願、無断帰国、逼塞、5免、6挙藩上洛問題起こる、7中止決定、以後藩士の処分相次ぐ（翌年まで）8小楠離福	3家茂上洛、7福井藩の上洛阻止論活発化

注：『福井県史』年表（1998年）、『福井市史』通史編2（2008年）による。
〇は閏月。

慮なく」といってもおよそ無理というものである。そのようなこともあって匿名の落書がより一層流行したのであった。内容は政治や政治家、社会や世相を痛烈かつ辛辣に批判したものから、何もかも笑い飛ばしてしまう諷刺、洒落、もじりまでさまざまなものが見られた。なお念のためにいえば、江戸時代は自由な発言や政治・社会批判が許されない社会であったから、「匿名」の故をもってその行動を貶めてはならない。

2　幕末の動向

落書・落首はその時期の政治・社会を批判するものだから、どうしてもその事情を最低限は承知していなければ面白さは半減するし、そもそも理解不能にも陥りかねないであろう。逆にきちんと理解ができれば、表面的な史料からは窺い知ることのできない人間関係や機微に触れ得る可能性も出てくるのである。そこでごく簡単にではあるが、後掲の落書に関わることに限って、福井藩の事情を中心に示しておくと、上掲付表のようになる。

慶永は田安家の出身、天保九年襲封し初め左近衛権少将、越前守、のち同中将、長ずるに及んで橋本左内などを登用するとともに、熊本から横井小楠を招聘するなどして藩政改革を推進、将軍継嗣問題では一橋慶喜と結んで大老井伊直弼と対立、処分されたが間もなく復帰、終始開明派として活動した。

二　政治・社会批判

1　松平慶永に関するもの

先述のように福井藩では、松平慶永が幕政に参画するようになったころから、やはり市井の評判が気になったのであろう、家老の山県三郎兵衛が中心になって慶永や幕政に関わる落書類を収集した形跡がある。したがってすべてが福井で作られたとは限らず、江戸や京都で集めたものもあると思われる。ただし慶永に関するものは保存しておくことに憚られることもあったのか、山県家文書中に多くは見ることができない。それで『落書類聚』から興味深いものを拾い出して紹介することにする。

先ず落首から見ると次のようなものがあるが、福井藩主時代のものはほとんど見られない(13)。なお行頭の丸数字は、以下も含めて全て筆者が整理のために付けたものである。

①春嶽とあんまの様な名をつけて　上をもんだり下をもんだり
②春嶽がさかりになりて猿楽は　四海波をも謡ひかねたり
③六尺《(駕籠かき)》が九尺の店に住みかねて　五尺のからだおきどころなし
④春嶽が安藤《(信正)》け《(消)》して上をもみ　殿様もいく奥様もいく
⑤春嶽は御所の桜で味噌を付け　ゑちぜんめし《(越前飯、一膳飯)》も食へぬかけおち

⑥越前の皮をむかれて隠居らは　朝立どこか夜立するなり

いずれも幕政改革に関わって批判したりからかったものである。①は隠居して春嶽と号した時のもの、②は元旦の謡初め廃止、③は登城制を改正して籠かきが不要になったこと、④が参勤交代の緩和を指すが、安藤を行灯に掛けている。⑤と⑥には「文久三年三月二十三日、春嶽公辞表を差出し、まだ認可なき内に京都を発し越前福井に帰られし時の落書」とある通りである。なお①④⑥の三首にはとくに別の意味も隠されているので、当時の人々はむしろこちらの方を楽しんだのかもしれない。

ちょぼくれにも幕政改革を批判したものがあり、参勤交代、幕府の人材不足、無断帰国の部分を抄出してみるがまことに辛辣である。[14] なお「……」は中略を示す。以下同じ。

ヤレ〳〵抑当時の変風聞てもくんねへ、去年此方按摩（春嶽）が出かけて、五十以上は勤仕の寄合……日光（徳川家康）の親父が食ふや喰ずに折角集めた、国持大名家内の者迄国へ帰させ、馬鹿げた改革、江戸へ置のは若も大名が謀反をした時、人質同様の手だての事にてあるではないかへ……八百万石御高はあれども、御用に立人独りもないとは困ったものだよ……春嶽野郎も在所へ出奔、京都からなら路用もいるまい、天下が下天か別らぬ世の中、早々土着に成るがよからう

願人坊主などがこういうものに節を付けて、鉦や太鼓を叩き、歌いながら門付けをして歩いたのだから、聞くものも面白がったことであろう。子どもたちが真似をしながらゾロゾロ付いて歩くこともありそうだし、幕府や藩にとってはまことに不都合なことであったに違いない。

次にこの時期、表面的に活動した諸大名の評判記を示してみる。[15] 大名二〇人を役者に見立て、例えば五万石の大名なら五万両のように、領知高をそのまま「両」に直して給金として示し、国名や城下町などの地名のほか、家紋、官職、実名などに因んだ屋号を付け、「極上々吉」から「下々」までの評価を下したものである。慶永は次の

ように判定されている。

上々吉　価不定　ふく井屋　春藤　嶽十郎
一体このお人ハどういふお気か、先年橋屋の親方とやり合て、若隠居の日かげ者となりなされたが、又々当時御出勤にて、今度新名代の達者とハ大出来だが、何もおまへが出なくてハ芝居が出来ぬ、といふ事もありますまい、隠居かせぎの内職なら、大体（抵）にしてお見切〳〵

「ふく井屋　春藤　嶽十郎」はそのものズバリで、「橋屋の親方」とは大老井伊直弼のこと、井伊家の家紋が橘である。政事総裁職を「新名題の達者」として、就任を「隠居稼ぎの内職」と皮肉って、「いい加減にお辞めなさい」と痛烈である。「価不定」は矢島隆教も指摘するように「隠居ゆへかくいふた」のであるが、さらには、まだまだ真価はわからない、新設の役職でのお手並み拝見、といったことを含意している気がしてならない[16]。
最後に慶永のほか茂昭なども含む諸大名、諸外国などを魚に見立てた「東都名産魚尽」を紹介しよう[17]。

鮎　親玉　鮎ハ年魚と云（将軍）
龍　水前君　鱗中首領、天下ニ敵ナシ（徳川斉昭）
鯉　一橋　滝ヲ上ツテ龍トナラント欲ス（一橋慶喜）
ヲコセ　越州主　味ヨケレトモツキカアシ、（松平慶永）
正覚坊　同当主　酒斗呑テイル（松平茂昭）
鰹節　土前主（ママ）　ナクテ叶ハス（山内容堂）
御大老（鰤）　大魚ナレトモ其性鈍ク、身ヲ切取ル、コトヲ知ラス（井伊直弼）
鮟鱇　水府家来　キモガラ（ヲ）トイ
目高　彦根家来　トルニ足ラス

煮魚　日本　ムシリ取ラル、
荒鱈　ヲロシヤ　形チ大キク見かけハ温順ナレトモ、ヨク丸呑ヲナス、ユタンスベカラス
鼈　英吉利　毒アリ、近ツクヘカラス
サン生魚　アメリカ　形チシブトク、声高ク恐ルベキニ似タレドモ、元来有名ノ大魚ニアラス、火ヲカケテ殺スベシ
ナマズ　阿蘭陀　ヌラクラモノ

年魚とは生まれた年に死ぬ魚という意味で鮎の異名、冒頭で「親玉」というのだからおそらく将軍を指すと思われるが、この意味はよくわからないので御教示を得たい。水戸の前藩主斉昭は魚類（大名）の中の首領（龍）で天下に敵なく、慶喜は今はまだ鯉だが滝を駆け登って龍（将軍）になろうとしており、土佐の容堂は天下になくてはならない人である。福井藩の主を現当主の茂昭ではなく、なお前藩主慶永と見ており、正覚坊はアオウミガメの異称で、転じて大酒家を指すようになったという。[18]

鰤はもともと大魚、老魚の総称で、大いに老いた（大老）魚の意味といわれる。[19] 大きいので尾頭付きとはいかず、食すには切り身にしなければならないことから、直弼の暗殺に掛けた。直弼の首を取った水戸の家来は肝が太く、主君を殺された彦根の家来は取るに足らないメダカというわけである。むしり取られるばかりの煮魚日本から見た外国観も面白く、見事に的を射た見方であったといえるのではあるまいか。

2　福井藩に関するもの

最も多いのは狂歌で、そのほか川柳、百人一首下句取り、物は付け・ことわざ付け、謡曲・音曲、ちょぼくれ、万歳、諸証文など様々のものがある。[20] 先ず狂歌から。

①飛騨《(本多)》るてもかまわぬやふな御政事を　能き御役替日々に町在《(待居)》（一九〇）
②御政事の〆《(主馬)》くゝりをはとふなさる　はよふ《(早)》〳〵とみな松平《(待)》（一九〇）
③何事もあれか本多かしらねども　修理《(本多)》と口《(戸)》とて中か飛騨《(本多)》〳〵（一九一）
④江戸行を人に譲りて松平《マツヒラ》タ　主馬《(〆)》てしまらぬ腹の大サ（一九一）
⑤飛騨ゆすり《(譲)》主馬縄《(注連)》までも捨るとハ　年徳神かゆるしたまわす（一九二）

両本多氏と松平主馬は文久元年家老に任じられたが①②、挙藩上洛問題に絡んだ政争によって同三年から翌元治元年にかけて修理、飛騨、主馬が失脚し、村田巳三郎や三岡八郎などとともに処分されたことを諷したものである。④の「マツヒラ」は真っ平、①の「ひだる」とは空腹を意味するが、町在のものはひもじさを我慢できるほどの政治を待つというのであり、まことに痛切である。

次に物は付け（評判合言葉）を見る（一九五）。

①西より来て諸人をまとわす物ハ　成仏仕そこなふた亡者と横井《(小楠)》
②見懸ハ尤らしくて腹ニ何もないものハ　作り人形と当時の役人
③とふしてもならんものハ　破れ太鼓と下々の者
④間ニ合せて害に成ものハ　年越のひらい物と村田《(巳三郎)》
⑤地獄ハないものと思へと生なから責らるゝものハ　貧乏人と志比口へ行人
⑥もふおけハよいにつふれるまてまけおしみするものハ　素人角力と松岡《(由利公正)》
⑦とふそ早ふ帰れハよいものハ　迷子の親と西の人《(横井小楠)》
⑧歯ニ合ぬものハ其身かこわいから片付て置けといふものハ　歯ぬけちゝと天狗の一連

横井小楠①⑦や由利公正⑥、慶永側近の村田巳三郎④らが、庶民からどのように見られていたかが窺われて興味深い。②は役人への皮肉で「当時」は今時といった意味。③の「ならん」は、太鼓が鳴らないのと下々の者（の生活）がどうにもならない、を掛けたものである。⑤は吉田郡志比口に藩の鉄砲製造所が置かれ町在の職人が集められたこと、⑦の「天狗」は元治元年の水戸天狗党の通行を指している。

ことわざ付けには次のようなものがある（一九六）。「壱寸先ハ闇の評義《議》　掌政堂」から「京《今日》の誠に昨日ハうそ　御評議の間違」まで、頭文字に「い」から「京」までの四八字を用いている。「いろはたとえ」ともいって、よく使われた手法である。

①ろんこ読の論語しらす　学校の役輩
②へつらいの世の中　立身ヲする人
③立身するなら金かまいない　町在の者共
④他国へ恥の晒物　九十九橋の張帋
⑤罪ハなくとも命取られる　御札所の番人
⑥むかし恋しや　智《知》事

⑦命掛ニハ出ぬかよし　少禄取
⑧呑す喰すに居にやならん　借金持
⑨ますく〵金かふえる事　大禄の月給
⑩今年は急度蓑虫　在方の難渋
⑪君をないかしろ　諸役人
⑫夢のよふな御改革　役輩の早替り

とくに解説の要もあるまい。足羽川に架かる九十九橋は福井城下から諸方への起点になった橋で、北詰（城下町側）には高札場も置かれていたが、ここに他国へ恥になるほどの「張帋」が張られたというわけで、落書の盛行が窺われる。「へつらいの世の中」「立身するなら金か賄賂」など、寸鉄ながら人を刺す趣があるといってよく、旧藩士たる諸役人に蔑ろにされた知藩事松平茂昭が、昔を恋しがるのも無理のないことであったろう。

ちょぼくれは、一つの話の筋道を追ったり、話題があちこちに飛んだりするので長文になり、また内情を反映していることも多かったようである。『市史』には二点収められているが、そのうちの一点をほぼ半分に縮めて示してみる（一九九）。

ちよほくれ

さつても国之こわれ《（壊）》の元手ハ、明治の春から徳川没落、会津も同断、夫から東江朝廷ハ出掛る、越前藩中の蟄居やひつそく、俄ニ出掛て次第にはひこり……夫々役人能聞給へ、荒子迄ニも暇をとらせて、役人よいとて万民難渋を夢ニもしらんか、追付みのむし《（蓑虫）》騒動かおこるそ、給録、月給ハ沢山むさぼり、下々乞食に成のも知らすに、朝から晩まて奢りの相談……其時取つき、月給取おば地獄へ連行、あく迄ごうもん《（拷問）》するか合点か……いとしい御方ハ殿様斗、何にも御承知無之御方を、日々掌政へ引すり引はり、役人揃て悪心教える不忠の者共、殿の仰をそむいて我まゝ、追付御罰か当るそ、当時の役人張付《（磔）》獄門……武生《（府中、本多興之輔）》興さんたまつて《（黙）》はつかり、ちつと《（些）》ハ出て来て政事を被成や[21]……三岡八郎《（由利公正）》をさかしま《（逆）》はつゝけ《（磔）》せすんは、御国ハ増々困窮ニ落入、切手か出来んてことしもきゝん《（飢饉）》しや、百姓を育てにや作りか出来んぞ……役人月給て万民困窮て、追付け御国ハ騒動か始る、是サ興さん、上から下迄まんそくするのハ、当時の役人不残ろうやへ押込、徳川政事をやんれまち升《（待ちます）》〳〵〳〵（以下、狂歌二首略）

旧藩士（役人）批判に充ち満ちており、お可愛そうなは何も御存じない殿様ばかり、由利公正を磔にせよ、百姓を育てなければ農業が駄目になるとまことに痛烈で、現状批判が勢い余って徳川政治を「待ちます〳〵」と、復古調になったのである[22]。

最後に文政十二年「御触留　二」の中に書き留められた二、三の落書から、近世後期の世相をよく示すと思われる薬の効能書を紹介しておこう[23]。この前後には九月から十二月迄に出された本物の触が収められているので、この時期の落書であろうが、内容的にはことさら時期を限定する必要はない。

凡一通り請合

豊年順気風

第一米の□□を引さけ、上をすこやかに而、下のいたみをからけ、
借家つて家をかり、滞なふして、一切買〆せんきによし
調合所　大成国四海波静郡諸色次第ニ下ル所　安井米穀
取次所　祝前福井下後福町　叶喰米
右者此薬りハ安井様が穴出し国を納ル手立ニ而、右の薬り出ル

全体に難解であるが次のように考えてみた。先ず一行目は一通り請け合いましょう、つまりどんな病気にも効きますよ、という意味を含んでいる。薬は「豊年」といい「順気」といい、如何にも万病が快癒しそうな名前ではないか。次の二行は薬効の部分で、稲の出来をよくし、借家の家賃の滞納もなく、一切の買い占めの詮議（疝気に掛けた）に効く、というのであろう。調合所はむろん架空の地名ながら、「大いなる国で、四海波静かな郡、諸物価が次第に下がる所」というわけで、調合者の「安い米穀」とともに庶民の願望をみごとに酌み取っている。取次所は前を祝い、後で幸せになるといった意味であろうが、こちらは城下に実在した「越前福井下呉服町」のもじりである。名前が「喰い米に叶う」すなわち食料の備えも十分出来た、ということになる。終わりの行も難しいが、この薬は世情の機微ないし表裏に通じた安井先生が、この世をよくするために調合されたものである、と理解しておきたい(24)。

このようにみると、語呂合わせの戯れ文に見えるこの効能書も、前掲の「どうしてもならんものは」「呑まず喰わずに居にゃならん」「今年はきっと蓑虫」「今年も飢饉じゃ」「追っ付け御国は騒動が始まる」などの文言と関連させれば、そのような社会に住まうことを余儀なくされた人々の、抵抗の意思の表明として読み取ることができるのである。

むすびにかえて

慶応二年十月二十七日、福井藩郡役所が次のような触を発布し、それを受けた村役人によって翌日から村々へ廻達された。(25)

急度申遣候

近頃米相場高直ニ付人気騒かしの者有之、辻々へ張紙或者廻文等を以みの虫同様罷出度なと相認差出候趣相聞、畢竟不相済事ニ候、兼而相触候通り仮ニも徒党ケましき儀者重き御法度ニ有之、承知之筈ニ候、就而者自然廻文等相廻り節(候脱カ)ハ、其村継先々承り届早速其段御役所へ可訴出候、等閑ニ相心得同意之者等有之節ハ厳重御咎可被仰付候間、此段相心得末々迄不洩様可申渡者也

十月廿七日　郡役所

右之通被仰出候間此段可被相心得候、以上

廿八日　役人

これは坂井郡三国湊に出されたものであるが、丹生郡にも同じものが残っていることからすれば、福井藩全体への触と考えてよい。ただしこの件については今のところ、そもそもの切っ掛けはもちろん経過も結末も全く知ることができない。しかしながら米価の高騰をうけて人々に対し、かつての「蓑虫同様」に立ち上がることを使嗾して歩くものがいたことは確かである。このような行動は藩から見れば「人気《じんき》騒かし」以外の何物でもなく、許すべからざることであり、藩の危機感さえ伝わってくるようである。

慶応二年といえば、二年前の水戸浪士の通行と降伏に続き、長州再征も日程に上り、越前諸藩兵の多くは関西方

面に出兵していた時期である。国内では物価が上昇し、村々を乞食が大挙して物乞いに歩くなど、社会不安は増大の極に達した、そういう時期であった(26)。

さて、ここからやや飛躍させて考えてみたい。

文久三年小笠原氏の城下町、豊前小倉の高札場に次のような張紙をしたものがいた(27)。

九月上旬頃、豊前小倉高札場ニ張紙、はんじもの《判じ物》

「二下　天下ニ人なし
老口　老中ーなし
カ負　加賀ニ口なし
薩麻　薩摩に相手なし
巴夋　肥後ニへん《偏、変》なし
涱洲　長州ニへんあり　」

このうち加賀以下は各藩の特徴は示しても「なし」「あり」の使い方とともに、言葉遊びとしての判じ物といってもいいと思う。

しかしながら想像を逞しゅうすれば「二下」は少し違うのではないか、この時期のものとして最も相応しいものといえはしまいか、というのが飛躍ということの意味である。すなわち「二下」の心を噛み砕いていえば、「この混乱した世の中を収めるほどの人材は今の日本に一人もいない」といえるであろうし、九十九橋の高札場に張られたとしても少しも不思議ではない。

このようなときこの時代の人々は、政治、社会の現状への批判を込めて、思いを判じ物に託して「二下」と書いたのではあるまいか。「天下に人なし」、これほど簡にして要を得た、しかも現代にも通じる厳しさを持つものは、あまりないような気がしている。

注

（1） 拙稿「戯れ文について」（『文教國文学』三十、一九九三年）。表題の如く戯れ文に限って二、三紹介したものであるが、辻善之助『田沼時代』（岩波文庫）や、矢野隆教編、鈴木棠三・岡田哲校訂『江戸時代落書類聚』上・中・下（東京堂出版、一九八四、八五年、以下『落書類聚』上、の如く略記）に導かれて、落書の意味にも若干言及している。なお落書・落首として括ってしまうと、一般化されて如何にも無味乾燥な感じを受けるが、ちょぼくれ、評判記、物は付け・ことわざ付け、なぞなぞ、魚尽くし・野菜尽くし、薬の効能書などさまざまのものが含まれている。

（2） 紀田順一郎『落書日本史』（三一新書、一九六七年）、のち改題、増補して『日本人の諷刺精神』（蝸牛社、一九八〇年）、さらに補論一編を加えて『著作集』第2巻に収録（三一書房、一九九七年）。原題の如く落書をもとにした通史で、まことに博引旁証、膨大なものが引用されている。

（3） 林基「近世民衆の社会・政治思想研究の史料的基礎」一・二（『専修史学』5・6号、一九七三、七四年）。のち『近世民衆史の史料学』（青木書店、二〇〇一年）に収録。

（4） 井上隆明『落首文芸史』（高文堂新書、一九七八年）。新書版ながら、特色、発生、形成、諸分類、書き手、禁令との関係などに整理して詳述されている。

（5） 南和男『江戸の風刺画』（歴史文化ライブラリー22、吉川弘文館、一九九七年）、『幕末江戸の文化』（塙書房、一九九八年）、『幕末維新の風刺画』（歴史文化ライブラリー60、吉川弘文館、一九九九年）。

（6） 吉原健一郎『落書というメディア』（教育出版、一九九九年）。

（7） 山県昭彦家文書。主なものが『福井市史』資料編9　近世七　学問と文化（一九九四年）に「4　狂歌・俗謡」として収録されている。以下、『市史』9—史料番号、のように略記。おそらく慶永の幕政への参画、直弼との対立、藩内の動きなどを踏まえ、福井藩に関する落書が江戸や京都などでのものを含めて、家老山県三郎兵衛のもとに集められたものと思われる。同書「解題」（八七〇頁以下）参照。なおこの時期、越前では、鯖江藩や大野藩に若干見られ（『間部家文書』三、一九八四年、『大野市史』用留編、一九九八年）、『福井県史』通史編4（一九九八年）に言及がある。

（8）『市史』6上―三七六（一九九七年）。

（9）『国事叢記』下（福井県郷土叢書八、一九六二年）、七九五～八〇〇、八〇五頁。また「騒動歌仙」のみ『市史』3―一三三（一九八六年）に抄録。

（10）桑原喬家文書（『鯖江市史』史料編三、諸家文書編Ⅱ、一九八八年）、五二～五七、六一頁。

（11）『市史』8―一三〇（二〇〇五年）。経過は『福井市史』通史編2　近世（二〇〇八年）、六七六頁参照。

（12）以下目安箱については、『市史』6上―六八九、6下―九九二、九九六（一〇九四、一九九九年）参照。

（13）『落書類聚』中、四五一頁以下のものに限った。本注から注22まで引用する史料のなかには、かつて紹介したことがあるものが一部含まれている（『福井県の歴史』山川出版社、二〇〇〇年）。その後新しい理解にいたったものもあるので再録したが、御了承いただきたいと思う。

（14）『落書類聚』中、四五三頁以下。

（15）『落書類聚』中、四八三頁以下。「後者急勤《（役者給金）》付評判記　文久二戌年九月改　喜楽屋鈍助述」とある。

（16）参考までに、直弼のもとで安政大獄を指揮した老中、鯖江藩主間部詮勝のものを示しておこう。前注に同じ。

上々吉　五万両　いてふ屋　三津引鯖右衛門

実事荒事の名人なれど、孔子も時にあはぬ世の中ゆえ仕方がないが、いつぞや上方で、立派な敵役を大勢生捕たしうち《（仕打）》ハなか〳〵大出来、大当り、此お人なれバこそあの大役を難なくお勤めなされた、なろう事なら此節舞台を勤めて（以下欠）

間部家はこのとき五万石、家紋は丸に横三引三銀杏、鯖右衛門は説明するまでもあるまい。

また酒井忠義が本庄伯耆守宗秀に交替した時のものに次のものがある（『落書類聚』中、四五四頁）。

若狭さん何をぐつ〳〵してござる　伯耆（箒）たてたらちやつと御帰り

(17) 山県昭彦家文書。元福井市史編さん室架蔵、写真版による。全六二項から抄録。

(18) 印牧信明氏の御教示によると、慶応元年十二月九日付茂昭宛慶永書状に「黄昏比ゟ頭痛被覚候よし、全く新酒交り之酒力之効験」（伴五十嗣郎編『松平春嶽未公判書簡集』七二号、一九九一年）、慶永の『礫川文藻』（福井市春嶽公記念文庫）に「（茂昭が）第八時過帰邸、大愉快、大酔倒之様子」（明治十一年九月二十九日条）、「九時後帰邸、随分大酔之景況也」（同十月五日条）などと見える。義父を心配させるほどの酒好きではあったらしい。

(19) 「御大老」を鰤（井伊直弼）に当てたのは、『日本山海名産図絵』（名著刊行会、一九六九年）に次のようにあることによった。

　鰤ハ日本の俗字なり、本草綱目に魚師といへるハ、老魚また大魚乃物称なれば其形を不釈、或ハ云、海魚の事に於て中華に釈く所皆甚粗なり、是は大国にして海に遠きが故に、其物得て見る事難ければ、唯伝聞の端をのミ記せしこと多し、されども日本にて鰤乃字を制しハ、即魚師を二合して大に老たるの義に充たるに似たり、またブリといふ訓も老魚の意を以て、年経りたるのフリによりてフリの魚といふを、濁音に云習ハせたるなるべし（巻三、「鰤」の項、一四〇頁、ルビは省略）

「大に老いたるの義」から「大老」を採り、さらに大老に敬意を表して「御」を付けたものと考えたのである。なおこの書物へは例の如く、広文庫と古事類苑から辿り着いた。

(20) 『市史』9—一八九～二〇二に、山県昭彦家文書を中心に収録されているものから抄録する。引用史料の部分に付けた数字は史料番号。なお「解題」参照。

(21) 府中本多氏は、初代の富正は藩政の中心として藩主を補佐したが、貞亨の半知以降はほとんど携わらなくなった。慶応元年「御政事向を始悉皆厚心配相勤候様、定出福、在所政治向も有之ニ付折々帰府」とある（「旧藩制役成」『市史』5—一九二）。

(22) 本稿には載せていないが、一九八号のちょぼくれには最後に異筆で「可歎々々々々」とある。おそらくこのちょんがれを読んだ誰かが、批判の余りの激しさに驚いて書き込んだのであろう。

(23) 和田耕栄家文書、福井県文書館架蔵、写真版。

(24)「穴」の語釈には最近の『江戸時代語辞典』（角川学芸出版、二〇〇八年）が役立った。

(25)『市史』6下―一四二八。『市史』には坂井郡三国湊の松ヶ下区有文書から採用されているが、丹生郡のものは南菅生浦の松田三左衛門家文書。

(26) 例えば「諸用留」（坪川家文書『市史』9―一六七〜一七一）、『福井県史』通史編4など参照。

(27)「文久三亥雑記」（松平文庫）。「 」は筆者、この部分が張紙の内容。また『落書類聚』中、四三九頁にも判じ物の例として「水戸　水戸に篇《（変）》なし、掃部　掃部に篇あり、二下　天下に人なし、大老　大老首なし」と見える。共通する「天下」は将軍、幕府と考えられなくはないが、将軍に人を得ないのが今に始まったことではないとすれば、せいぜい幕府であろうが、本文の如くもっと広く理解したい。なお老中の部分は「しんぼうなし」と読んでおく。心は「心棒（中心人物）」がいないうえに、交替が頻繁で「辛抱（忍耐心）」もない。

オナリ神信仰とその起源についての考察

賀静彬
李鳳娟

はじめに

オナリ神信仰とは一言でいえば、兄弟に対する姉妹の霊力的優位への信仰である。兄弟の健康・幸福・厄払い・航海・旅立ちおよび農耕儀礼などの場合に、加護と豊穣などの霊力を、姉妹が与えるものである。オナリ神が沖縄・奄美などの日本各地には広く信仰される。一方、中国の一部の地方には類似する信仰がある。昔から日本は中国との文化交流が盛んに行われ、中国からの影響が大きかったが、オナリ神への信仰は中国からの影響がないかという疑問を抱いて、今回の研究課題のきっかけとなる。本稿ではオナリ信仰の実像と役割から着手し、先行研究を踏まえ、オナリ神信仰の起源を展開し、さらに、オナリ神信仰は中国民間信仰との繋がりがあるかどうかを究明しようと思う。

1　オナリ神信仰についての先行研究

オナリ神信仰について、柳田国男は早くから「玉依姫考」[1]および「妹の力」[2]などの論考で沖縄の民俗に注目した。柳田民俗学が発掘した「妹の力」とは、女性の霊的な力のことで、妹が兄を、姉が弟を、見えない精神的な力で支配していることを柳田は指摘し、兄妹の宗教上の提携の、いかに自然のものであったかは、遠近多種の民族の類例を比べてみてもわかる。柳田は「妹の力」を発掘し、主に論理的な視点からオナリ神信仰が発生する文化根源を論証した。

だが、沖縄側からの資料に基づいてオナリ神の問題をはじめて系統的に取り上げた試みとしては、伊波普猷は昭和二年（1927年）の「オナリ神考」[3]に、沖縄で兄弟に対し姉妹がいわば霊的優越の地位に立ち「オナリ神」と呼ばれたことを論考し、オナリ神信仰が姉妹と兄弟の家族関係のみではなく、神政琉球王国が、王（男）とその姉妹である最高司祭者「聞得大君」によって支えられ、また古歌謡にもしばしば表現されていることを指摘した。そして、日本本土における若干の伝承との関連性をも示唆された。また、この関連性については、中山太郎氏『日本巫女史』（1930年）にも種々の角度から検討される。

しかしそれ以後、この問題に対する研究はほとんど進でいなかった。戦後に至ってはじめてオナリ神信仰の民俗学的・社会人類学的野外調査がはじめられ、その先駆者が馬渕東一であった。それは、彼の有名な調査論文「沖縄先島のオナリ神」[4]にまとめられた。この先駆的論文がその後のオナリ神をめぐる調査研究の出発点になったのである。馬渕によれば、奄美・沖縄・八重山の諸地方では濃淡の差はあっても、ひろくオナリ神信仰の習俗がみられる。

オナリ神信仰についてはその他にも数多くの研究があるが、それらは多かれ少なかれ馬淵の研究から刺激を受けたものだといってよい。伊波が先鞭をつけ、馬淵に受け継がれたオナリ神の問題は、現在でも沖縄の民俗研究で最も豊富な話題を集めているテーマの一つとなる。ところが、オナリ神信仰についての先行研究には、オナリ神思想の起源に関わる研究がとても少ない。一方、中国では、オナリ神信仰についての先行研究が今までまだ出ていないようである。

2　女神としてのオナリ神

沖縄・奄美・宮古・八重山の諸地域では姉妹のことをオナリ（ウナイ、ブナリなど土地ごとに語彙は一定しない）といっている。兄弟はイケリとかイキリと呼ばれているが、このイケリたちを守護するのがそれぞれの家のオナリたちである。沖縄の『万葉集』などとよばれている『おもろさうし』[5]には、「神女おもろ」があって、巻き一、三、四、六に収められている。琉球では「聞得大君」を頂点に、「煽りやへ」、「差す笠」など称される神女がいたが、彼女たちを賛美し、その行為を歌っているのが「神女おもろ」である。

吾がオナリ御神の　守らてておわちゃむ　やれ　ゑけ

とあるように、男にとって、自分の姉妹を神として唄っている。オナリ神に「姉妹の生御魂」の義がある。旅に出た男たちをオナリが白鳥になってくれるという歌が出ているが、太平洋戦争のときにも、出征する沖縄の若者たちは、それぞれの家のオナリたちから、髪の毛をもらってお守り袋に入れたり、使っていたハンカチをもらい、身に付けたりして、出征したものである。したがって、「オナリ神」とは男にとっての「姉妹神」ということになる。オナリは家々の神に仕える巫女であって、同時に兄弟を守ることのできる霊力を備えた神でもある。

この沖縄のオナリ信仰に見られるような「兄妹の宗教上の提携の、いかに自然のものであったかは、遠近多種の民族の類例を比べてみてもわかる」と、柳田国男は『妹の力』のなかに書いている。

沖縄の久高島で「島の女性全員が神女となる」のを見ても、南島に広く広がっているオナリ神信仰を見ても、日本における神と女性との深いつながりの一端をつかむことができる。柳田国男は『妹の力』では「自分たちの学問で今までに知られていることは、祭祀祈祷の宗教上の行為は、もと肝要なる部分がことごとく婦人の管轄であった。巫はこの民族にあっては原則として女性であった。」と指摘した。

古琉球には、宗教活動を行う女神官たちの、最高の地位にあるものを聞得大君と称し、国王の姉妹の一人がこの地位についた。近世になって王の妻が聞得大君になったが、本来は王のオナリであった。これは聞得大君が、国王にとってオナリ神にあたる王を、宗教的な儀礼によって守護することを職掌としている。これは聞得大君が、国王にとってオナリ神にあたることから、姉妹が兄弟を守護するという思想を基本として形成された宗教政治の一形態であると理解できる。また一般的な形としてみれば、琉球におけるすべての女性は、オナリ神として兄弟を守ると信じられてきたことになる。沖縄では次の歌が広く伝わっている。

ゑなごみぐわぐわ生さば　(女ノ子ヲ生マバ)
君のみやだいだいり(い)　(聞得大君ノ御奉行ヲ)
ゑけがみぐわぐわ生さば　(男ノ子ヲ生マバ)
首里がなしみやだいだいり(い)　(国王殿下ノ御奉行ヲ)

その歌にも見えているが、祭政一致時代の琉球では男子は政治に携わったので、女人の権力が存外強かったから、従って当時の生活様式の影が、その言語の上にも翳したのであろう。なお折口氏も言われたとおり、「民間伝承にすら、このように、国王と聞得大君とを雙べ考へてゐる」のは、注意すべきことで、女子云々「ゑなごみぐわぐわ」の文句が男子云々「ゑけがみぐわぐわ」の文句に先立っているのは、八八八六調の琉歌の形式でないとしても、島人が不用意の間に、そう謡っているのを見ると、「神託をきく女君の、酋長であったのが、進んで妹なる女君の託言によって、兄なる酋長が政を行うてゐた時代」を想像せざるを得ないのである。こういうことを伝えた説話は、日琉共に数が多い。日本語の「いもせ」が、「オナリ・エケリ」と同じく、女性が男性の上に来ているのも、また注意すべきである。

南島人は、航海中、海鳥が帆桁などに止まるのを、縁起のいいこととした。例えば琉歌の中にもこういうのがある。

御船の高艫に　(船ノ高艫ニ)
白鳥がゐちょん　(白イ鳥が止マッテヰル)
白鳥やあらぬ　(白イ鳥デハナイ)
おみなりおすじ　(姉妹ノ生御魂ダ)

それは南島中、どこでも謡われている歌である。「おみなりおすじ」は、「オナリ神」の同義語である。

こうして白鳥(海鳥)が「オナリ神」の象徴になったことは、近代のことではない。「屋良ぐわいにゃ」にも、また同じ思想があらわれている。この「くわいにゃ」は三十行のもので、ここには出すことが出来ぬが、海外に派遣されることになった屋良村の地頭が、縁起のいいことに、屋良の浜辺で、金銀を銜えている海鳥を捕獲して、それを金銀製の籠に入れ、首里の都に上って、国王とその世子とに献上するまでのいきさつを歌ったものである。詩句の切れるごとに、「オナリ、やあらあ、やう(姉妹なる屋良よ)あむしいたあ(女等よ)」と囃子をなすところから考えて見ても、海鳥がやはり「オナリ神」の象徴であったことが分かる。この「くわいにゃ」は、「旅ぐわいにゃ」の一で、旅立ちした人の家で、旅行の平安を祈る為に謡われたものである。その主人公の屋良は、室町時代に、沖縄の海外貿易が盛んであった頃、日本や中国に使った有名な航海者であったという口碑がある。

『古琉球の政治』において、琉球国王とその姉妹である女神官・聞得大君との国家レベルの宗教的関係を論じた伊波普猷は、論文では主として民間レベルのオナリ神信仰に焦点を合わせている。いずれの場合にも、姉妹が航海の守護神とされており、オナリ神信仰と航海安全との結びつきを最も端的に示すものである。

3　田植えとオナリ神

次に田植えの時の「オナリ」について考察してみよう。沖縄では旧暦の九月中、即ち霜降と立冬との交に種を蒔くが、その時アマーオェーダー（天つ御田の義）という田植歌を歌う。この歌は、地方によって大同小異であるが、島尻郡真和志村の字識名では、四十四行のもので、種を蒔いてから刈入れるまでのことを歌ったのである。次のチラシの稲積節を見てみよう。[6]

銀臼（なんじゃうす）なかい　（白銀ノ磨臼ニ）
金軸（こがねじく）立てて　（黄金ノ軸ヲ立テテ）
きばて摺れやう　（精出シテ摺レヨ）
オナリのちや　（オナリ達）
しきよまかめらさや　（御初ヲ奉ラシメヤウネ）

そこには、今なお稲磨臼という古代の農具が残っている。直径一尺位の円筒状の上方に軸のついた台を下座にすえ、同状の穴のあいた台を上座に重ねたものだが、二人のオナリが差向いに座り、各両脚を投げ出して、それで下座をささえ、上座には縄をつけて、左右の手で交々引張り、歌を歌いながら、廻すと、上座の穴から送られた籾が、その間で磨れ、皮が破れて出るようになっている。この原始的の農具を頭に画いて、この歌を読んだら、その意味がもっとはっきりしてくるだろうと思う。このオナリのチャーは、姉妹等の義から転じて、今では女等の意に解かされているかも知れぬ。そして種蒔や刈入れの時などに、食物を調えたり、それを運んだりするのは、多くは女子のすることであるから、このオナリには、そういう仕事をする女の義も幾分含まれているかも知れない。現今、賄女もしくは昼間持ちの意味をもっている日本語のオナリもこうして姉妹の義から転じたのではあるまいか。ところが、この歌に歌われているオナリには、確かに「オナリ神」の気持ちが現れている。「しきよまかめらさや」は適訳を見出しかねたから、「御初を奉らしめようね」と訳しておいたが、これではその意味がはっきりあらわせない。詳しく説明すると、シキヨマは御初を四合か五合炊いたもので、カミユンは、これを目八分に捧げて、感謝しながら、神に奉ることである。これを男子にカミラサないで女子にカミラスところに、深い意味がある。こうしてその祖神を祭って、祝福された後に、さらに御飯を炊き、オナリがこれを家内中のものに配って、一家は始めて幸福になるのである。

4　政治とオナリ神

『聞得大君御殿並御城御規式之御次第』という記録にも、こういったようなことが見えている。昔久高島に小さい瓶が漂って来た。祝女が沐浴斎戒して取り上げてみると、五穀の種子が入っていた。この種を土地に蒔いて、始めて出来た物を、アマミキヨ[7]に献じたら、アマミキヨは、これでアマガスという神酒をこさえて、天神地祇を祭った。その後、ニライカナイ（海のかなたの楽土）からシラチヤネイ（米）の種子を求めてきて、ウケミゾ・ハリミゾに蒔いて、実った時にも、アマミキヨはこれでオシルマシという御酒をかもして、天神地祇を祭った云々。近い頃まで、各地方の祝殿内管轄内の人民たちは、お米が取れると、その御初を祝殿内に献じたが、祝女もまたこうして集まったものの中から、幾分を聞得大君御殿内に献上するのであった。そして聞得大君は、これをその国初の神に献じて、国家の安全を祈るのであった。

この聞得大君には、国王の姉妹が任命されるのであった。彼女はすなわち国王を守護する生御魂であった。オモロの中には、彼女を歌ったのがたくさんあるが、彼女をやはり「オナリ神」といっている。そしてその同義語は、「くせせりきよ」になっているが、このくせは、あや（美）の対語で奇しきの義があり、せりは宣りの義だから、「くせせりきよ」には、神意を宣る奇しき人の義がある。琉球の祭政一致時代に、政治家が巫女の託言によって、政治を行っていった。(8) 折口信夫も想像されたとおり、そこには、かつて聞得大君が神託を聴いて、直接政治を行った時代があったであろう。

5　儀礼とオナリ神

南島では、稲作が早くから導入されており、水稲の二期作が可能になっていた。琉球列島の島々を見ると、水稲耕作が可能な島と、それが不可能な島とがある。後者は主として、隆起珊瑚礁の島で、水資源に乏しい地質である。そういった島では、水稲の代わりに粟が耕作されてきた。しかしいずれにしろ、稲や粟の初撒きの時期における播種儀礼に関連して、オナリ神信仰が重要な意味をもってきた。

北方から鷹の群れが飛来する時期、つまり十月下旬から十一月の初旬にかけてであるが、この時期になると播種儀礼がおこなわれる。そのときには、各家では、イバチ（飯初と表記することが多い）をつくり、これを家の表座敷の一番座（東側にあるので東座ともいう）、または竃のところに供える。イバチというのは、もち米で作った円錐型の、またはノシモチ型のものである。たとえば、竹富島では、播種儀礼として、旧暦九月ないしは十月のツチノエ（戊）を最初の日とする種取り祭がある。その第二日目に、イバチを家族や親類のものが食べあうのである。このような共食儀礼にさきだって、イバチに最初の包丁を入れて切り分ける人は、戸主の姉妹、または彼の父の姉妹、つまりオバであることが多い。最初に切り取った部分をハチといい、これは、これを切り取った姉妹またはオバが取得する。だから、播種儀礼におけるイバチに対するさまざまな儀礼は、土地の人の表現に従えば、ブナル・ガン（姉妹神）がおこなうものであるという。また、伊波普猷が八重山の小浜島で調査した資料によれば、イバチは円錐型のもので、それを竈のヒ・ヌ・カン（火の神）に供え、必ず姉妹が祈願するものだということであった。

したがって、姉妹は未婚あるいは既婚の別なく、同じような儀礼的機能を果たしているわけである。婚出した女性も、かならずといってよいほど自己の生家にかえってきて、イバチの儀礼をとりおこなってきた。

次に、オナリ神が重要な儀礼的機能を果たす場として、兄弟のトシビ（厄年のこと）がある。男の厄年は二五・四二・六一歳（1945年以前は数え年年齢）で、とくに四二歳を大厄といい、その前後の年を前厄・後厄といった。それぞれの厄年のときには一番座の床に兄弟の香炉を安置し、厄年にあたる男性の姉妹または父方のオバがきて、厄払いの祈願をおこなう。この習俗は現在でも、少なくとも八重山地方では一般におこなわれている模様である。

第二次世界大戦中、出征する兵士に、いわゆる千人針を女性たちが贈ったものである。千人針は、白い木綿の手ぬぐいに千人とはいかないまでも、多くの女性が赤い糸を一針ずつぬいつけるものである。その第一針は南島では、出征する兵士の姉妹または父方のオバがしたのであった。その兵士がかりに既婚者であっても、彼の妻は第二針以下の順番で縫いとらねばならなかった。この千人針を身につけた兵士は、いわゆる武運長久であり、無事にわが故郷、わが家に帰りつくことができるものと信じられた。

最近でも、男性たちがわが家を出てゆくとき、たとえば進学とか、就職とか、長期の旅立ちなど、そうした場合その男性の姉妹やオバが、彼らの幸運と事故のないようにと祈願するために、木綿手ぬぐいあるいはかつては芭蕉布（芭蕉の繊維で織った平織りの布）、および自分の髪の毛数本を護符として与える。

以上述べたような民俗から、二つの要素が浮かび上がってくる。一つは布のシンボリズムであり、もう一つは女性の頭髪がもつ霊力である。南島では男女別分業として、機織りは女性の役割である。女性が織り成す布は女性自身と同視され、一つの霊力が与えられている。いずれにせよ、女性自身が作り出した布、あるいは女性自身の体の一部である頭髪には、豊穣と幸と吉とを男性に与える霊力があると信じられているのである。

6　オナリ神信仰の起源の探究

オナリ神信仰はずっと昔から琉球に存在して、それは日本の固有信仰だと思っている人が多いが、その源流について、学術界にはいろいろな意見がある。日本の荒木博之学者は「天后への信仰と姉妹神」という論文の中で、日本の姉妹神信仰に対し、「それらは十世紀以降に形成されたもので決してなく、稲作文化と同時に日本に伝わった可能性が極めて高いといわざるを得ない。奄美、沖縄で姉妹神信仰の最も希なのは宮古島だが、この島は水稲栽培が浸透しなかった地方である」と述べている。

社会人類学者の馬渕東一は、オナリ神信仰が東南アジアとの関係を強調した[9]。

さらに馬渕東一の教え子の社会人類学者鍵谷明子は、長期のインドネシア調査を続けて、その成果を『インドネシアの魔女』（学生社 1996）としてまとめた。彼女は、インドネシアの小スンバ列島のなかのサブ島、ライジュア島という二つの島を20年近くも毎年訪れ、そこで沖縄のオナリ神信仰と一致する信仰を発見した。

馬渕・鍵谷師弟の研究によって、オナリ神信仰の源流は東南アジアとして確定したように見える。しかし、オナリ神信仰東南アジア起源説をそのまま受け入れるには多くの疑問が湧いてくると思う。筆者は荒木博之氏の観点を認めると同時に、オナリ神信仰は中国古代の長江流域の少数民族の信仰と習俗から起源し、稲作文化と同時に日本に伝わったことを主張している。

日本の古代神話研究でその起源を東南アジアにもとめる説が有力であるが、林河教授[10]や諏訪春雄教授などの数多くの中日文化研究者は「イザナギ・イザナミの国生み神話、天地分離神話、海幸山幸神話など王権神話の重要な種類の原型が中国長江流域の少数民族神話にあること」と強く主張している。

東南アジアと日本に類似の神話や習俗が残っているのは、多くの場合、中国大陸から左右対称にせり出していったものの、末端残留現象として説明できる。

オナリ神信仰を東南アジア起源と考えると、うまく説明のつかないことがいくつかある。沖縄のオナリ神信仰と相似の信仰が本土日本のヒメ・ヒコ制である。『日本書紀』神武天皇即位前記甲寅年条では、九州菟狭國造の場合「菟狭國造の祖（おや）有り。号（なづ）けて菟狭津彦（うさつひこ）・菟狭津媛（うさつひめ）といふ」とあり彦と媛つまり「ヒコ・ヒメ」のペアで国を支配していた。このことからヒメ・ヒコ制と呼ばれるようになった。邪馬台国では卑弥呼が祭祀によって指針をきめ、弟が補佐として伝令・実行していた。これはヒメ・ヒコ制の表れである。ヒメ・ヒコ制は、兄弟と姉妹が政事と祭事を分担する統治の形態である。これは霊的守護者である姉妹を兄弟から引き離すことに目的があったのではないかと考えられる。もし、オナリ神が東南アジアを起源なら本土日本のヒメ・ヒコ制も東南アジアを起源となるのだろうか。

日本のヒメ・ヒコ制は『魏志倭人伝』に記述のある邪馬台国[11]の卑弥呼とその弟の関係にまでさかのぼる。この二人は3世紀ごろに実在した人物である。古い時代に、東南アジア→沖縄→本土日本と、女性霊の信仰がわたってきたのでろうか。

『倭人伝』の記述したとおり、邪馬台国は倭人がつくった国である。倭人の故郷は長江中流域である。彼らはまた越人と呼ばれたこともあり、いろいろなきっかけで朝鮮半島南部、日本などにその居住地域を広げていったのである。したがって、稲作の技術とともに、長江中流域の少数民族社会に行われている信仰や民俗、神話伝承も日本に伝来したものとみることができる。

沖縄のオナリ神信仰も本土日本のヒメ・ヒコ制も女性の霊力に対する信仰である。このような信仰が中国南部に存在したことが証明できれば、東南アジア起源説は簡単に崩壊する。それについて、いくらの証拠を提出することができる。

証拠1：憑霊型の女性シャーマン

証拠2：古代からの女神信仰

証拠3：航海女神信仰

証拠1　女性が霊力を持つと信じられたのは、神がかりによる特殊な予知能力を持つからである。つまり、憑霊型の女性シャーマンである。上田正昭氏はその著作『古代日本の女帝』に、巫女王説を紹介した。上田氏は日本の古代における巫女王として、卑弥呼、壱与（卑弥呼の長女）、神宮皇后、飯豊女王の4名を挙げる。この4名とも明らかに憑霊型の女性シャーマンである。諏訪春雄教授はその研究を通して、長江流域には神が巫女の身体に宿るシャーマニズムの憑霊型が盛んであったことを力説した。日本の古代巫女王の起源は長江流域に存在する可能性が高いと主張する。霊が白鳥になって、兄弟を救うオナリ神は巫女の色彩を持っていることをすでに説明した。それは長江流域のシャーマニズムの憑霊型とある程度で関連性があるといえるのであろう。

証拠2　中国の長江中流域の稲作民族には、女神信仰がゆきわたっている。その中に、侗族の人たちが民族の祖先神として「薩勉」（薩神）（サアーメン）とよばれる女神を信仰している。薩（サアー）は侗族語で「祖母」、「祖母神」などを意味する。勉「天」、「女性」、「不思議な力」などを意味する。ここで「天上の祖母神」に訳すべきである。薩勉の肉体は人であるが、その霊は不思議な力を持っている鳥である。「薩勉」はその「鳥祖母」の尊称である。

湖南長沙の楚墓で出土した2500年前の帛画中の迎魂船の船尾には鳥が立っているが、中国古代では船首に益鳥を描いて、航海人の安全を守護して、水神を避けたという意味を持っているのだろう。今でも、侗族は鳥（鸞）を、ミャオ（苗）族は「胡蝶媽媽」を崇拝している習俗が残っている。これはオナリ神の霊を白鳥、あるいは胡蝶になって兄弟を守護するのとよく似ているのが偶然であろうか。

長江流域のハニ族（哈尼族）が稲魂を女神と考えている。リー族（黎族）の人たちが大地の神を女神（地母）とみなし、毎年の田の鋤き返しに際し、細心の注意をはらって地母を祭る。イ族（彝族）の人たちは収穫後の陰暦の10月上旬に大地の神である地母をまつる地母祭を挙行する。地母は大地とイ族の人たちと特に婦女の健康を管理する。地母祭は女性の祭であって男性が参加することは許されない。参加する女性たちは、三日まえから潔斎に入り、男性と別居し、沐浴して祭を挙行する。前の「オナリ神の儀礼的役割」で紹介したオナリ神ついての習俗が、中国の少数民族の習俗とよく似ているところが少なくない。

証拠3　中国南部の女性霊力の信仰として注目されるのが媽祖信仰である。媽祖は海上の神、航海の女神であり、その信仰は中国東海沿岸に始まって、台湾、シンガポール、インドネシア、インドシナ、沖縄にまで広がっている。

媽祖信仰は沖縄のオナリ神の信仰とよく似ていて、相互の交流も推定される。10世紀後半に福建省に実在していた巫女の伝承がふくらんだものと推定されている。

媽祖信仰自体は新しいものだが、このような女神信仰の誕生する背景には、中国南部から東海半島沿岸にかけて、広く流布していた航海女神信仰の存在がある。現状は観音信仰と習合したり山岳信仰と結合したりしているが、いずれも航海の安全や豊漁の神と見られる女神であることは共通性である。

以上の証拠を通して、日本のオナリ神思想の起源は確かに古代の中国長江流域の少数民族にあり、中国の稲作文化と共に日本に伝わったといえるだろう。オナリ神の思想が古代の中国長江流域から日本に伝わったものであるが、現在の長江流域にはそれについての伝説がもう少なくなった。しかし、琉球ではオナリ神について、いろいろな民間伝承が広く伝わっている。

長江流域の少数民族の女神信仰の思想が日本に伝わった後、日本の実状によって、その固有信仰や習俗などに結びつき、だんだん本土日本でヒメ・ヒコ制になって、琉球でオナリ神信仰になってきた。ところが、具体的な変化の過程が現在ではまだ確かめることができない。これからの研究課題になると思う。

結び

オナリ神信仰は元々中国の民間信仰で、日本に伝わってから日本の民間信仰に大きな影響を与えた。オナリ神信仰は日本に伝わってから、いくつかの変遷を経て、沖縄と庵美などの地域で信仰された。オナリ神の実像としては次の特徴を持っている。

1　オナリ神は女神で、巫女の色彩をもっていると考えられる。

2　オナリ神は航海の守護神として、夢の分身か霊魂を出て、危険中の男兄弟あるいは父兄を助けるという同じような性格を持っている。

3　オナリ神は沖縄などの南西諸島では、男性にとっての「姉妹神」である。

4　オナリは兄弟つまりエケリを守る時、木綿手拭いあるいは芭蕉布、自分の髪の毛数本を護符として与える。また、白鳥や蝶々などに化して、兄弟を守る。

5　オナリ神信仰は遠古時期の長江中流域に発生して、中国の稲作文化に伴って日本に伝わったと推定されている。

オナリ神信仰は中国から日本に伝わって、日本で発展し、日本の固有習俗などに結びつき、日本の特色を持っている信仰になり、そして琉球の航海守護神になった。その点からみれば、日本の外来文化への受容態勢は伝統的な文化に執着心をもっているとともに、次第に外来文化を自分の価値観で理解し、容認してそれを部分的にまたはそれを日本のものと折衷して、自主的に選択して自分の実状に適用して、文化融合の過程を実現することが分かるであろう。

注

（1）『郷土研究』1917年

（2）『婦人公論』1925年

（3）雑誌『民族』二巻二号

（4）『日本民族学』日本民族学会、1955年

（5）琉球王府が三回にわたって採録した全二二巻の古謡集。「オモロ冊子」の意で、オモロの語彙は「思う」である。

（6）詳しく「南島の稲作の行事について」参照

（7）『琉球神道記』には、この神が女神になっている。

（8）『古琉球の政治』

（9）「沖縄先島のオナリ神」『日本民俗学』1955年
（10）湖南省の文学芸術界聯合会主席団の成員、湖南省の文史研究館館員、中国少数民俗文学学会侗族文学分会副会长、顧問、楚越文化を研究する専門家。
（11）「三国志」の魏志倭人伝に記載される、3世紀ごろ日本にあった国。女王卑弥呼が統治。2世紀後半の倭の大乱では、諸国が卑弥呼を倭王として共立することでまとまったという。所在地については北九州・畿内大和の2説がある。

〔参考文献〕

［1］伊波普猷（1973）『オナリ神の島』平凡社
［2］大林太良、網野善彦等（1985）『家と女性』小学館
［3］大林太良、網野善彦等（1994）『神と仏』小学館
［4］川村湊（1996）「環東シナ海の女神信仰」『日中文化研究第9号』勉誠社
［5］倉塚曄子（1994）『巫女の文化』平凡社新書
［6］窪徳忠（1974）『沖縄の習俗と信仰――中国との比較』東大出版社
［7］窪徳忠（1981）『中国文化と南島』第一書房
［8］二階堂善弘（2002）『中国の神さま』平凡社新書
［9］綾部恒雄（1989）『女の文化人類学』弘文堂
［10］牧田茂（1981）『神と女の民俗学』講談社現代新書
［11］馬渕東一（1955）「沖縄先島のオナリ神」『日本民俗学』日本民俗学会
［12］馬淵東一（1974）「姉妹の霊的優越」『馬淵東一著作集』社会思想社
［13］宮田登（2006）『女の民俗学』吉川弘文館
［14］柳田国男（1990）「妹の力」「玉依姫考」『柳田国男全集』12巻　筑摩書房

〔15〕林河・鈴木彩子訳（1996）「日中の稲作文化と儺文化の比較研究」『日中文化研究第9号』勉誠社
〔16〕荒木博之 1986 ⑵⑶「対天后的信仰和姊妹神」『民间文学研究动态』
〔17〕柳田国男 2007『遠野物語・山の人生』岩波文庫
〔18〕邢莉 宋颖 2002「妈祖与观音」蔡长奎『妈祖文化论文集』香港：香港凌天出版社
〔19〕薛曦　2001 ⑷「从〝救兄未救父〟的传说看妈祖信仰在琉球的嬗变」福建师范大学福清分校学报
〔20〕徐晓望 1997 ⑹「论妈祖与中国海洋文化精神」福建学刊
〔21〕徐晓光 2006 ⑵「日本与我国西南少数民族的女性始祖神话及女神崇拜观念比较」贵州民族学院学报

顔真卿撰「天台智者大師画讃」について

宮崎洋一

はじめに

清の黄本驥（一七八一～一八五六年）[1]によって編集され、道光二五年（一八四五年）に刊行された『顔魯公文集』三十巻補遺一巻[2]は、大きく顔真卿自身が書いた詩文を集めた部分（巻一～一二）、顔真卿以外の人物によって書かれた顔真卿に関する詩文を集めた「外集」（巻一三～二〇）、そして顔真卿の書作品に関する史料を作品ごとに整理した「書評」（巻二一～三〇）に分けられ、いずれも極めて多くの史料を収集している。しかし、天台宗の史料の中に、この文集に漏れた史料が残されている。表題の、智者大師（智顗、五三八～五九七年）に関する「天台智者大師画讃」もその一つで、日本の天台宗の研究においては以前から知られていたが、顔真卿の文集や書の研究においては、近年ようやく知られるようになった史料である。本稿は、上記の史料をはじめとする、天台宗史料の中に残された顔真卿関連の史料について、これまでの成果を整理しようとするものである。

一、「天台智者大師画讃」

顔真卿の撰したものとして、中国でもその名前は以前から知られていたもので、例えば、『顔魯公文集』巻一一「逸文存目」や恭黙［一九三七］は、『輿地碑目』にその名が見えると指摘する。

この「天台智者大師画讃」について記す最も古い史料は、春名好重［一九九一］や武覚超［一九九七］が指摘する、源為憲（?～一〇一一年）の『三宝絵』（九八四年序）下「比叡霜月会」で、

比叡の霜月会はもろこしの天台大師の忌日也。……伝教大師ふかく大師の恩を思て、延暦〔十〕七年の十一月に、はじめて七大寺名僧十人を請じて、ひえの山のせばき室にしてはじめて十講を行へり。十日講をはりてそのあくる朝廿四日、大師供をおこなふ。霊応図を堂の中にかけて供養ず。供物を庭のまへよりおくるに、茶を煎じ、菓子をそなふ。天台の昔に奉供するにをなじ。花をささげ、香をつたふ。震旦の煙を思やる。時時鐃鈸をうち、かたかた画讃をとなふ。すべて天竺、震旦、我国の諸道の祖師達をも、供をそなへて同くたてまつる。画賛は顔魯公が天台大師をほめたてまつれる文也。智證大師もろこしより伝へたる也。[3]

とあり、延暦一七年（七九八年）の天台大師の忌日に伝教大師（最澄、七六七～八二二年）によって始められた霜月会で、顔真卿の「天台智者大師画讃」が唱えられていたことを記し、智証大師（円珍、八一四～八九一年）が唐から日本に伝えたものであることを記す。また同じ部分に書かれた、

天の雲めぐりたなびきて、風さむくいたむ。山の木低傾、水むすびかなしぶ。十日かほの色同くしてあやまらず。身にあまねく汗ながれて、いき玉へる時のごとし。

は、後に掲げる「天台智者大師画讃」の第六一～六四句の訓読とされ、[4]

使をさして千僧を供養ぜしめ給ふ。斎場に僧をかぞふれば、千僧一をあませり。名を呼てこれをしるせば、又かずのごとし。供養を送れば又あまりぬ。事終ぬればみちぬ。即知ぬ、大師の来て僧にまじり給なりけりと。

と記された千僧供養の逸話も「天台智者大師画讃」に記載があるとされている。(5)

さらに、武覚超［一九九七］によれば、智証大師は八五三～八五四年に天台山に滞在し、『智証大師請来目録』には「天台智者大師画讃　碑本」が記されており、この顔真卿「天台智者大師画讃」を智証大師が持ち帰ったとする。

中国の史料としては、わずかに南宋時代の史料に限られ、いずれも顔真卿の死後に「天台智者大師画讃」が碑に書かれたことを記す史料である。前述の恭黙［一九三七］が引いた王象之（一一九六年進士）の『輿地碑記目』巻一「台州碑記」、またそのもととなった『輿地紀勝』巻一二「台州　碑記」には、

禪林寺智者大師畫讃。在天台縣。唐大曆中、顔眞卿文。

とあり、朱関田［二〇〇二］四三四頁が指摘する陳思（理宗、在位一二二四～一二六四年、の時の人）『宝刻叢編』巻一三「台州」に引かれた『復斎碑録』には、

唐天台禪林寺智者大師畫像賛。唐顔眞卿撰。姪顔顒正書。男汝玉篆額。太和四年冬季月建。台。

とある。その他にも、『宝刻類編』（一二二五以後成立）巻五「名臣十三之五　唐」の「顔顒」の項には、

天台禪林寺智者大師畫像賛。顔眞卿撰。姪顒正書。男汝玉篆額。太和四年冬季月建。台。

とある。

また、顔真卿撰文の碑はもう一通あったことが、『宝刻類編』巻八「釈氏三　唐」の最後の「行昉」の項に、

智者大師畫像賛。顔眞卿撰。八分書。台。

とあることからわかり、陳思『宝刻叢編』巻一三「台州」には、先の顔顒の碑に続けて、『諸道石刻録』の引用と

して、

唐智者大師畫像贊。唐顏眞卿撰。沙門行昉八分書。

とある。

これらの史料を総合すると、天台県に、顔真卿が大暦年間（七六六～七七九年）に撰文した「天台智者大師画讃」の碑があり、一つは太和四年（八三〇年）冬季月に顔真卿の弟の顔允臧の子である顔顒[6]の正書、その子の顔汝玉の篆額によって建てられたもの、もう一つは、唐の沙門行昉[7]の八分によって書かれたもの、の二つがあったという内容である。先に引用した『智証大師請来目録』の「碑本」は、この顔顒または行昉の碑の可能性もあるであろう。なお、朱関田［二〇〇二］三八一頁・朱関田［二〇〇八］一八一頁は、大暦三年（七六八年）に顔真卿が「天台智者大師画讃」を撰したと指摘する。

「天台智者大師画讃」の本文を記す最も古い史料は、その注の撰者を恵心僧都（源信、九四二～一〇一七年）とする説と智証大師とする説の二説がある、『天台大師画讃註』と思われる。武覚超［一九九七］は、『行歴抄』一巻（一〇四九年頼覚抄記）などとの詳細な対比から、智証大師が帰国後の八八二年に作ったと指摘する。この『天台大師画讃註』には、顔真卿「天台智者大師画讃」の一句七字全八八句から成る画讃の全文に対して、注が付されている。

この『天台大師画讃註』の重要な写本と思われるものの一つは、現在、東京藝術大学大学美術館に蔵されている、「覚猷」（鳥羽僧正、一〇五三～一一四〇年、のことか）の書写奥書のある本である。法量は縦二五・二×横一五・〇センチメートル、その一部は東京藝術大学大学美術館のホームページの収蔵品のデータベースで公開されている。一般に用いられる『恵心僧都全集』二[8]の翻刻は一七一五年の書写奥書のある本に基づいており、『大日本仏教全書』三三[9]の翻刻は一七三三年の書写奥書のある本に基づいている。

その本文は、下記の通りである。

陳隋二代三朝國師天台智者大師畫讃

光禄大夫守太子大師顔魯公文

天台大師俗姓陳、其名智顗華容人。隋煬皇帝崇明因、號為智者誠敬申。師初孕育靈異頻、綵煙浮空光照隣。堯眉舜目熙若春、禪慧悲智嚴其身。〔一～八句〕

長沙佛前發弘誓、定光菩薩示冥契。怳如登山臨海際、上指伽藍畢身世。東謁大蘇求眞諦、智同靈鷲聽法偈。得宿命通辯無礙、旋陀羅尼華三昧。〔九～一六句〕

居常面西化在東、八載瓦官闡玄風。敷演智度發禪蒙、梁陳舊德皆仰宗。遂入天台華頂中、因見定光符昔夢。降魔制敵爲法雄、胡僧開道精感通。〔一七～二四句〕

又有聖賢垂祕旨、時平國清即名寺。購得魚梁五百里、其中放生講流水。後主三禮彤庭裏、請爲菩薩戒弟子。煬皇出鎭臨江溪、金城說會求制止。〔二五～三二句〕

香火事訖乃西旋、渚宮聽衆踰五千。建立精舍名玉泉、橫亙萬里皆稟緣。煬皇啓請廻法船、非禪不智求弘宣。遂著淨名精義傳、因令徐柳參其玄。〔三三～四〇句〕

帝既西朝趍象魏、師因東還遂初志。半山忽與沙門值、俄頃逡巡復韜祕。一時月夜如論議、初夢塔壞胡僧至。又爲南嶽說三智、自言必當終此地。〔四一～四八句〕

帝十七年歸江都、遣使奉迎師北徂。山下規畫爲寺圖、王家所辨事不孤。石城天台西門樞、正好修觀形勝殊。像前羯磨依昔府、寄帝如意花香爐。〔四九～五六句〕

第五法師階位絕、觀音下迎彰記莂。萬行千宗最後說、跏趺不動歸寂滅。天雲映漭風慘烈、草木亙垂水嗚咽。十日容顏殊不別、遍身流汗彰異節。〔五七～六四句〕

欲歸佛壟西南峯、泥濘載塗那可從。門人瀝懇祝睟容、應手雲開山翠濃。于嗟此地瘞僧龍、空餘白塔間青松。每至忌辰因命重、何時道俗不憧憧。〔六五～七二句〕

歲歲開龕儼容質、最後如何忽亡失。齋場數僧千膸一、呼名點之又如實。受飡行嚫還復溢、明知神靈叵談悉。千變萬化難致詰、若欲書之無終畢。〔七三～八〇句〕

止觀大師名法源、親事左溪弘度門。二威灌頂誦師言、同稟思文龍樹尊。寫照隨形殊好存、源公瞻禮心益敦。俾余讚述斯討論、庶幾億載垂後昆。〔八一～八八句〕

これとは別に、顔真卿「天台智者大師画讃」の本文のみを書いたものがあり、その中で比較的古い写本の一つが、田中塊堂［一九五二］と春名好重［一九九一］が指摘する、小野道風の筆と伝えられる写本である[10]。唐紙、縦二四・三×横一七三・四センチメートル、巻子本で、第一～一二句と第三〇～四六句は残っていないが、かわりに、第八四句と第八五句の間に、「荊溪妙樂間生孫、廣述祖教補乾坤。」の二句が加えられている。帝室博物館館長などを務めた町田久成（一八三八～一八九七年）の旧蔵で、田中・春名両氏とも筆者を小野道風とすることは疑問とし、書写年代は、田中氏は藤原末期、春名氏は平安時代の末か鎌倉時代の初め、とする。また、『大日本続蔵経』乙第七套第四冊[11]に翻刻があり、その翻刻は、北宋末の僧曇照[12]の注した『天台智者大師別伝註』に「天台智者大師画讃」の本文のみが付され、一八三世天台座主の盛胤（一六五一？～一六八〇年）の一六七七年の奥書をもつ本に基づいている。

武覚超［一九九七］にも引かれた、この盛胤の奥書には、

顏眞卿所撰天台大師畫讚九十句、聲明家流習于歌讚尚矣。盛嘗披閲群書、會得惠心師注本與此讐挍頗正差謬焉。其註本則每韻各八句、凡十一韻八十八句、無荊溪妙樂間生孫、廣述祖教補乾坤二句。盛竊謂此二句必出於杜撰、非顏氏之眞手也。

顔真卿の撰した「天台大師画賛」九十句は、声明の家は歌讃をひろく習ってひさしい。私がかつて多くの書籍を調べて、たまたま恵心僧都の注本を得てこれと比べてみたところ間違いを正すところが多かった。（恵心僧都の）註本は韻ごとに各八句、全部で十一韻八十八句であって、「荊溪妙樂間生孫、廣述祖教補乾坤」の二句は無かった。私が考えたところでは、この二句は必ずや杜撰から出たものであって、顔真卿の手で書かれたものではない。

として、六点にわたってその理由を述べ、さらに、

自此而因仍傳習不辨真僞、則不翅貽謬於後世、亦當獲罪於前賢矣。今命聲明家、刪此二句、更恊音律、因陳其説書于讃後云。

これから先、なお習い伝えたままにして真偽を明らかにしなければ、ただ誤りを後の世に残すだけでなく、先人から罪を受けることになる。いま声明の家に命じてこの二句を削らせ、あらためて音律をあわせさせた。そこで、そのことを讃の後に書いておく。

とある。「天台智者大師画讃」が顔真卿の手になるものであるとの認識はもちろんのこと、声明の家において「天台智者大師画讃」がうたわれていたこと、さらにそこで「荊溪妙樂間生孫、廣述祖教補乾坤」の二句が加えられていたのを削ったこと、などを知ることが出来る。

別に恵心僧都には、その撰と伝えられる「天台大師和讃」が存在する。武覚超［一九九六］は詳細に本文の典拠を考証し、顔真卿撰「天台智者大師画讃」がその一部に利用されているが、必ずしも影響は大きくないと指摘する。

これに対して中国においては、「天台智者大師画讃」は周琦・茅奉天［一九九〇］によって初めて紹介され、これに基づいて陳尚君［一九九二］におさめられた。これらは、いずれも「荊溪妙樂間生孫、廣述祖教補乾坤」の二

句の入った本に基づいている。また、前述のように、朱関田［二〇〇二］三八一頁・朱関田［二〇〇八］一八一頁に指摘がある。

二、その他の史料

「天台智者大師画讃」に比べると関連する史料は少ないが、この他に、天台宗の史料に残る顔真卿が撰したものをあわせて整理しておきたい。

1.「天台山国清寺智者大師伝」

智者大師の伝記を顔真卿が撰していたことは、高麗の大覚国師（義天、文宗の第四子、一〇五五〜一一〇一年）の『新編諸宗教蔵総録』巻一に、

智者大師傳一巻　顔眞卿述

とあるのが最も古い記録であろう。同書は、大覚国師が一〇八五〜一〇八六年にかけて宋に滞在し、蒐集した書籍の目録として書かれたもので、一〇九〇年の序文がある。しかし、これ以外には、この顔真卿の「天台山国清寺智者大師伝」を記述した記録は見あたらない。

伝教大師の編とされる『天台霊応図本伝集』巻二には、その全文が残されている。ただ、『天台霊応図本伝集』は本来十巻とされるものが、現在は二巻しか残っておらず、史料としての問題も多く残されている。[13] 清田寂天［二〇〇二］は、伝教大師の没後、およそ一〇世紀の半ばから一二世紀後半までの二〇〇年の編集であるとし、釈孝順（池麗梅）［二〇〇五］は、伝教大師が集成したものではないとしながらも貴重な中国唐代文献が保存されている、

と指摘している[14]。

あわせて釈孝順氏は、この『天台霊応図本伝集』には七種の写本が存在すると指摘する。その中の同氏が未調査とする「身延山図書館蔵」本は、『国書総目録（補訂版）』第五巻[15]には「建久四年（一一九三年）」と指摘される古い写本である。一般に利用されるのは、『伝教大師全集』四[16]に翻刻された一八一五年の書写奥書を持つ本で、「身延山図書館蔵」本も用いて対校されているが、清田寂雲［一九八〇］が指摘するように問題もあり、改めて「身延山図書館蔵」本による調査が必要と思われる。この他に『天台宗顕教章疏』二[17]にも翻刻がある。

中国では、前節の「天台智者大師画讃」と同じ周琦・茅奉天［一九九〇］によって初めて紹介され、これに基づいて陳尚君［二〇〇五］におさめられた。いずれも『伝教大師全集』四の翻刻に基づいている。朱関田［二〇〇二］三八一頁・朱関田［二〇〇八］一八一頁の大暦三年（七六八年）の条も、この「天台山国清寺智者大師伝」の存在を指摘するが、その末尾の「唐魯郡公顔真卿」以下の題記について

細品之、純属他人語気、顔真卿所撰智者大師伝、当另一篇。斯文冠顔真卿、未確。

とする。

これをくわしく見てみると、まったく他人の語気であって、顔真卿が撰した「智者大師伝」は、別の一篇であるはずである。この文に顔真卿の名を冠するのは、確ではない。

2.「天台山国清寺壁上大師説法影像并仏頂及維摩四王六祖像」

秋田光兆［二〇〇二］、および朱関田［二〇〇二］三八一頁・朱関田［二〇〇八］一八一頁の大暦三年（七六八年）の条、などに指摘されるとおり、『伝教大師将来台州録』には、

天台山國清寺壁上大師説法影像并佛頂及維摩四王六祖像　顔眞卿撰

が記されている。しかし、その内容はもとより、その存在を記す史料もこれ以外にはない。

おわりに

本稿では、これまでの成果を整理することによって、天台宗の史料に残る顔真卿撰文の史料を紹介してきた。本文の校訂までは十分にできなかったが、さまざまな方面の成果が共有されることによって、さらに新たな発見があるように思われる。

注

（1）陳玉堂『中国近現代人物名号大辞典』（全編増訂本、浙江古籍出版社、二〇〇五年）一〇九七頁の記載による。なお、袁行雲『清人詩集叙録』第三冊（文化芸術出版社、一九九四年）二〇四七～二〇四八頁は生年は同じ一七八一年で卒年は未詳とし、柯愈春『清人詩文集総目提要』中（北京古籍出版社、二〇〇二年）一一三九頁は、卒年は同じ一八五六年だが生年は一七八〇年とする。

（2）『三長物斎叢書』所収。のちに、『四部備要』（上海中華書局排印本、一九三六年）や『叢書集成続編』第一二三冊（台北新文豊出版影印本、一九八九年）などに復刊され、また、凌家民氏による点校本である『顔真卿集』（黒龍江人民出版社、一九九三年）も、この本に基づいている。

（3）『新日本古典文学大系』三一（馬淵和夫・小泉弘校注、岩波書店、一九九七年）による。同書の本文での片仮名は平仮名に改め、踊り字は文字を補った。なお、「延暦〔十〕七年」については、一二〇頁の注一〇の指摘によって加えた。

（4）前掲注（3）『新日本古典文学大系』三一の二二〇頁注二など。
（5）前掲注（3）『新日本古典文学大系』三一の二二〇頁注四など。なお同注は、この千僧供養の逸話は、次節の1で取り上げる顔真卿「天台山国清寺智者大師伝」にも書かれていると指摘する。
（6）この「天台智者大師画讃」以外に、朱関田［二〇〇一］四七四頁は顔頵の書跡として、
「虢州刺史厳公碑」厳綬撰、顔頵書。元和九年、立在洛陽。

「修桐柏宮碑」元稹撰并書。台州刺史顔頵篆額。太和四年四月、立在台州。

の二種を挙げている。改めて、趙明誠『金石録』巻九、王象之『輿地紀勝』巻一二「台州碑記」・巻一二八「福州碑記」、陳思『宝刻叢編』巻一三「台州」・同巻一九「福州」、『宝刻類編』巻五「顔頵」、など記載を総合すると、さらに顔頵が関係した碑は、

「晋祠新松記」令孤楚撰。顔頵正書。元和元年三月。太原。

「東山愛同両寺義食堂画壁記」馮審撰。顔頵書篆額。元和四年五月。福州。

「羅漢堂記」在大乗愛同寺。顔頵書。福州。

「長生田記」顔頵撰。何帰儒書并篆額。台州。

がある（「晋祠新松記」は、『金石録』巻九は顔頵正書とするが、『墨池篇』巻六は顔頵の兄の顔頵の書とする）。朱関田［二〇〇一］四七一～四七二・四八一～四八二頁、朱関田［二〇〇八］一五〇～一五一・三六九～三七一頁が指摘するとおり、顔真卿に関連してあわせて重要なことは、浙江省博物館所蔵の南宋拓『忠義堂帖』（西泠印社、一九九四年、および『中国法帖全集』九「忠義堂帖」、湖北美術出版社、二〇〇二年、などに影印）に収められた、南宋の留元剛（一一八七～一二六八年）が顔真卿の告身に付けた嘉定乙亥（一二一五年）の跋文において、
右顔氏告世傳魯公親筆、或謂頵・顒輩所書。

右の顔氏の告身は、世に顔真卿の親筆と伝えられているが、あるいは（弟の顔允臧の子の）顔頵・顔頵らが書いたものともいう。

と述べて、告身は顔頵・顔顒らが書いたものである可能性を記していることであろう。朱関田氏は、

是告于顔頵・顔顒輩所書、蓋是。似書于顔真卿逝世之後数年間。

これらの告身は、顔頵・顔顒らが書いたものであろうというのは、おそらく正しい。顔真卿が亡くなって後の数年間に書かれたものであろう。

としている。

(7) 行昉に関係した碑は、これ以外には知られていない。

(8) 比叡山専修院・叡山学院編、比叡山図書刊行所、一九二七～一九二八年、初版。

(9) 仏書刊行会、一九一六年

(10) 『天台大師之讃』(光琳社、一九二五年)は、この複製である。

(11) 通一三四冊。全体は、蔵経書院、一九〇五～一九一二年。

(12) 釈志磐『仏祖統紀』巻二二には、

法師曇照、四明人、受業方廣。宣和初、述天台別傳註、最爲詳委、學者韙之。

法師曇照は、四明〔天台山の北にならぶ山〕の人で、業を方広に受けた。宣和年間(一一一九～一一二五年)の初め、天台別伝註を述べ、最も詳しく、学ぶ者はそれを良いとした。

とある。

(13) 前節で引用した『三宝絵』では、最後に引用した千僧供養の逸話に続けて、

奇妙の事ときつくすべからず。もしこれをしらむと思はば、しるせる文をたづねよ。唐高僧伝并霊応伝等に見えたり。

とあって、『天台霊応図本伝集』が参照されていたことが記される。また現在残っている『天台霊応図本伝集』の中では、千僧供養の逸話は顔真卿「天台山国清寺智者大師伝」しか見えない。さらに、前掲注(3)『新日本古典文学大系』三一の二二〇頁注七は、ここで引用した「奇妙の事ときつくすべからず」に対して、顔真卿「天台山国清寺智者大

師伝」に「其餘靈跡、不可勝言（其の余の霊跡、勝げて言うべからず）。」とあること指摘する。

（14）『天台霊応図本伝集』巻二の目録にだけあって逸文となっていた「天台大師略伝」が、一つ前の道澄「智者大師述讃」の最後に紛れてしまっていること指摘し、あわせて道澄「智者大師述讃」は四字一二句から成る讃文までで終わると指摘する。ただ、この最後の讃文は、延暦寺や園城寺に残る、鎌倉時代のものとされる「天台大師像」に書かれた讃文と同じであり、若杉準治氏は、その讃文は章安大師（灌頂、五六一～六三二年）の弟子の法銑のものとする（京都国立博物館・東京国立博物館編集『最澄と天台の国宝』読売新聞社、二〇〇五年、の「作品解説」）。

（15）岩波書店、一九九〇年、八四八頁

（16）天台宗宗典刊行會、一九一二年

（17）『日本大蔵経』第四六巻、日本大蔵経編纂会、一九二〇年

引用文献一覧（発表年順）

恭黙　［一九三七］「顔魯公所書仏教碑帖考」『微妙声』一―二、四七～五二頁

田中塊堂［一九五二］「伝道風華天台大師讃文」『書品』二七、七～八、四一～四二頁

清田寂雲［一九八〇］「天台大師別伝について」『天台学報』二二、二六～三三頁

周琦・茅奉天［一九九〇］「天台山発現一批唐代中日文化交流史料」『東南文化』一九九〇―六、二三四～二四三頁

春名好重［一九九一］「天台大師讃文」『書聖小野道風』春日井市道風記念館編集発行、四五～四六頁

陳尚君［一九九二］『全唐詩補編』中「全唐詩続拾」巻一八、中華書局、九二八～九二九頁

武覚超［一九九六］「『天台大師和讃』の研究――本文の典拠と『天台大師画讃』との関連」『叡山学院研究紀要』一九、二五～四六頁

武覚超［一九九七］「『天台大師画讃註』の撰者と本文の典拠」『叡山学院研究紀要』二〇、二九～五五頁

秋田光兆［二〇〇一］「顔真卿にみる天台思想」『山家學会紀要』四、一～八頁
清田寂天［二〇〇一］「天台霊応図本伝集真偽考」『叡山学院研究紀要』一〇、四五～五二頁
朱関田［二〇〇一］「顔真卿年譜　顔真卿書跡考略附顔頵顔顒」、朱関田『唐代書法家年譜』江蘇教育出版社、三一三～四八九頁
陳尚君［二〇〇五］『全唐文補編』上冊、中華書局、六三三～六三七頁
釈孝順（池麗梅）［二〇〇五］「『天台霊応図本伝集』に関する一考察」『中華佛學研究』九、一八三～二〇二頁
朱関田［二〇〇八］『顔真卿年譜』西泠印社

執筆者一覧（掲載順）（所属は二〇〇九年九月末現在）

島田　大助　豊橋創造大学情報ビジネス学部教授
杉本　好伸　安田女子大学文学部教授
顔　景義　大連水産学院外国語学部講師
飯倉　洋一　大阪大学文学研究科教授
高　暁華　大連外国語学院　雑誌「日語知識」教授
山本　綏子　藤女子大学准教授
久保田啓一　広島大学大学院文学研究科教授
大高　洋司　国文学研究資料館教授
藤沢　毅　尾道大学芸術文化学部教授
董　微　大連外国語学院　雑誌「日語知識」講師
崔　香蘭　大連水産学院外国語学部教授
夏　然　大連大学日本語言文化学院大学院生
稲田　篤信　首都大学東京大学院教授
井上　啓治　就実大学人文科学部教授
播本　眞一　大東文化大学文学部教授
板坂　則子　専修大学文学部教授

高木　元　千葉大学文学部教授
山本和明　相愛大学人間発達学部教授
服部　仁　同朋大学文学部教授
佐藤　悟　実践女子大学文学部教授
田中則雄　島根大学法文学部教授
浜田啓介　花園大学・京都大学名誉教授・大連外国語学院名誉教授
山内洋一郎　奈良教育大学名誉教授
柳田征司　東洋文庫研究員
友定賢治　県立広島大学保健福祉学部教授
古田雅憲　西南学院大学人間科学部教授
張　士傑　大連外国語学院外国語学部講師
槇林滉二　尾道大学芸術文化学部教授
塩崎文雄　和光大学表現学部教授
孫　樹林　島根大学外国語教育センター特別嘱託講師
綾目広治　ノートルダム清心女子大学文学部教授
押野武志　北海道大学大学院文学研究科准教授
朱　琳　浙江大学城市学院講師
張　蕾　大連海事大学外国語学部副教授
李　捷　大連理工大学外国語学部講師

宋　協毅　大連大学日本語言文化学院教授
肖　婷婷　大連外国語学院日本語学院准教授
崔　松子　大連水産学院外国語学部副教授
岸田　裕之　龍谷大学文学部教授・広島大学名誉教授
隼田　嘉彦　福井大学名誉教授
賀　静彬　大連外国語学院外国語学部教授
李　鳳娟　大連外国語学院日本語学院講師
宮崎　洋一　広島文教女子大学人間科学部教授

横山邦治先生叙勲ならびに喜寿記念論文集

日本のことばと文化
——日本と中国の日本文化研究の接点——

平成21（2009）年10月20日　発　行

編　者　横山邦治先生叙勲ならびに喜寿記念論文集編集委員会
発行所　株式会社 溪水社
広島市中区小町１－４（〒730-0041）
電 話（082）246－7909
FAX（082）246－7876
E-mail：info@keisui.co.jp

ISBN978-4-86327-071-8　C3090